Hier begint alles

Anna Todd bij Boekerij:

AFTER

Hier begint alles

Je kan niet leven zonder hem

Hij hoort bij jou

Voor altijd

www.boekerij.nl

Anna Todd

After

#1 Hier begint alles

∞

BOEKERIJ

Eerste druk 2015
Elfde druk 2020

ISBN 978-90-225-8669-3
NUR 302

Oorspronkelijke titel: *After*
Vertaling: Jeannet Dekker
Omslagontwerp: DPS Design & Prepress Studio, naar een omslag van Simon & Schuster US
Omslagbeeld: Aviron
Zetwerk: CeevanWee, Amsterdam

Voor alle lezers die me van het begin af aan hebben gevolgd,
met veel liefs en dankbaarheid. Jullie zijn alles voor me.

Lieve lezers,

Hier een berichtje van mij, Anna. Ik wil jullie enorm bedanken omdat jullie massaal voor dit boek hebben gekozen. Of je het al eerder hebt gelezen en vol verwachting uitkijkt naar de film of je het voor de eerste keer leest, jullie enthousiasme en steun betekenen veel voor me.

Als je vanaf het begin bij de *After*-familie hoort, wil ik je laten weten dat we feest kunnen vieren als je bekijkt hoe ver we zijn gekomen sinds het eerste hoofdstuk op Wattpad stond. Jullie hebben ons verhaal en de hele serie tot een bestseller gemaakt en nu zelfs tot een WAANZINNIGE FILM!! Ik weet zeker dat jullie het geweldig zullen vinden om het verhaal op het bioscoopdoek tot leven te zien komen. De passages die je mist kun je altijd in de boeken terugvinden. Ik hou van jullie en ik hoop dat jullie volop van de film genieten.

<3 Spreek jullie gauw ;)

Anna Todd

Proloog

∞

Studeren leek me altijd zo belangrijk, zo'n essentieel deel van je eigenwaarde en zo bepalend voor je toekomst. Tegenwoordig vragen mensen eerst waar je hebt gestudeerd en dan pas hoe je heet. Er is me van jongs af aan verteld, of beter gezegd geleerd, dat ik me moest voorbereiden op mijn studie. Het werd bijna een obsessie: alles stond in het teken van die voorbereiding. Al op mijn allereerste dag op de middelbare school werd duidelijk dat alle keuzevakken en ingeleverde opdrachten bepalend waren voor mijn vervolgstudie. En niet zomaar een studie: mijn moeder wilde per se dat ik naar Washington Central University zou gaan, de universiteit waaraan zij ook had gestudeerd, al had ze haar studie niet afgemaakt.

Ik had geen flauw idee dat studeren meer behelsde dan simpelweg veel leren. Ik kon niet weten dat de vakken die ik tijdens mijn eerste semester koos een paar maanden later onbeduidend zouden lijken. In die dagen was ik naïef, en in bepaalde opzichten ben ik dat nog steeds. Maar ik kon niet weten wat er op me wachtte. Toen ik mijn kamergenote leerde kennen, voelde ik me heel ongemakkelijk en van mijn stuk gebracht, en dat werd nog erger toen ik haar wilde vrienden leerde kennen. Ze waren zo anders dan de mensen met wie ik was opgegroeid. Hun uiterlijk en volslagen minachting voor elke vorm van structuur maakten me aanvankelijk bang, maar al snel werd ik gegrepen door hun gekte en genoot ik ervan...

En dat was het moment waarop *hij* mijn hart binnensloop.

Vanaf onze allereerste kennismaking veranderde Hardin mijn leven op manieren waarop geen les of boek me had kunnen voorbereiden. De belachelijke plotlijnen van de films waarvan ik als tiener had genoten werden plotseling mijn werkelijkheid. Zou ik andere keuzes hebben gemaakt als ik had geweten hoe het afliep? Dat weet ik niet. Ik zou daar graag een duidelijk antwoord op geven, maar dat kan ik niet. Soms ben ik dankbaar en ga ik zo op in de roes van de hartstocht dat er in mijn chaotische gedachten alleen plaats is voor hem. Op andere momenten denk ik aan de pijn die hij me heeft aangedaan, aan het deel van mezelf dat ik heb verloren, en aan die chaotische momenten waarop ik het gevoel had dat mijn hele leven op zijn kop werd gezet, en dan is het antwoord minder duidelijk dan voorheen.

Het enige wat ik zeker weet, is dat niets ooit nog hetzelfde zal zijn, niet nu Hardin mijn leven en hart is binnengestormd.

1

∞

Mijn wekker kan elk moment afgaan. Ik heb de halve nacht wakker gelegen en afwisselend de kieren tussen de plafondplaten geteld en in gedachten mijn collegerooster doorgenomen. Anderen tellen misschien schaapjes, maar ik plan. Mijn gedachten kunnen nooit ophouden met plannen, en vandaag, op de belangrijkste dag van mijn hele achttienjarige bestaan, is dat niet anders.

'Tessa!' hoor ik mijn moeder beneden roepen. Kermend rol ik mijn kleine maar comfortabele bed uit. Ik neem de tijd om de hoekjes van mijn laken bij het hoofdeinde in te stoppen omdat dit de laatste ochtend is waarop ik me aan dit deel van mijn dagelijkse routine kan houden. Na vandaag is deze slaapkamer niet langer mijn thuis.

'Tessa!' roept ze nogmaals.

'Ik ben al wakker!' roep ik terug. Ik hoor beneden kastdeurtjes opengaan en dichtslaan, geluiden die me vertellen dat ze net zo van slag is als ik. Mijn maag trekt pijnlijk samen, en wanneer ik de kraan van de douche opendraai, hoop ik hevig dat die spanning in de loop van de dag zal afzakken. Mijn hele leven heeft in het teken gestaan van de voorbereiding op dit moment: de eerste dag van mijn studie.

De afgelopen jaren heb ik hier zenuwachtig naar uitgekeken. Ik bracht de weekends door met mijn neus in de boeken terwijl mijn leeftijdgenoten uitgingen en dronken werden en al die andere dingen deden waardoor tieners in de problemen komen. Ik niet. Ik was het meisje dat 's avonds in kleermakerszit in de woonkamer zat te leren, in het gezelschap van haar moeder, die al roddelend naar de shoppingzender keek, op zoek naar manieren om er beter uit te zien.

Toen Washington Central University me per brief liet weten dat ik was aangenomen, was ik buiten zinnen van vreugde en heeft mijn moeder voor mijn gevoel urenlang lopen huilen. Ik zal niet ontkennen dat ik trots was omdat al dat harde werken zijn vruchten had afgeworpen. Ik was aangenomen op de enige universiteit waarvoor ik me had aangemeld, en vanwege ons lage inkomen had ik recht op zulke hoge studiebeurzen dat ik slechts het minimum hoefde bij te lenen. Ooit had ik me heel even hardop afgevraagd of ik de staat Washington moest verlaten om ergens anders te gaan studeren, maar toen ik zag dat mijn moeder wit wegtrok en bijna een uur lang door de woonkamer bleef ijsberen, zei ik snel dat ik dat niet meende.

Zodra ik onder de waterstraal stap, voel ik iets van de spanning uit mijn stijve spieren wegebben. Ik blijf onder het warme water staan en probeer mijn kalmte te bewaren, maar het tegenovergestelde gebeurt, en ik raak zo afgeleid dat ik tegen de tijd dat ik mijn lijf en mijn haar heb gewassen bijna niet meer genoeg warm water heb om mijn onderbenen te scheren.

Ik wikkel net een handdoek om me heen wanneer ik mijn moeder nogmaals hoor roepen. Ik weet dat het de zenuwen zijn en wil best rekening met haar houden, maar ik neem de tijd om mijn haar te föhnen. Ik besef heel goed dat mijn vertrek haar nerveus maakt, maar ik heb deze dag al maanden geleden tot op de minuut gepland. Slechts een van ons tweeën mag op zijn van de zenuwen, en door me zorgvuldig aan mijn plan te houden zorg ik ervoor dat ik dat niet ben.

Met trillende handen trek ik de rits van mijn jurk dicht. Ik geef niet veel om dat kledingstuk, maar mijn moeder wil graag dat ik het draag. Ten slotte win ik de strijd met de jurk en pak ik mijn lievelingstrui van de binnenkant van mijn kastdeur. Eenmaal aangekleed voel ik me kalmer, totdat ik zie dat er een klein gaatje in de mouw van mijn trui zit. Ik gooi hem op mijn bed en trek mijn schoenen aan, in de wetenschap dat mijn moeder met de seconde zenuwachtiger wordt.

Mijn vriendje, Noah, komt dadelijk hiernaartoe en zal met ons meerijden. Hij is een jaar jonger dan ik, maar hij wordt binnenkort achttien. Hij is superslim, haalt net als ik alleen maar tienen, en – dit vind ik zo geweldig – hij wil volgend jaar ook aan WCU gaan studeren. Ik wilde dat hij nu al mee kon gaan, zeker omdat ik daar geen hond ken, maar gelukkig heeft hij beloofd zo vaak mogelijk op bezoek te komen. Ik hoef alleen maar een fatsoenlijke kamergenote te treffen; dat is mijn enige wens, maar daar heb ik zelf geen invloed op.

'The-re-saaa!'

'Mam, ik kom er nu aan. Hou eens op met schreeuwen!' roep ik op weg naar beneden. Noah zit tegenover mijn moeder aan tafel en kijkt op zijn polshorloge. Zijn blauwe poloshirt kleurt uitstekend bij het lichtblauw van zijn ogen en zijn blonde haar is perfect met gel in model gebracht.

'Hoi, studente.' Hij staat op en laat een opgewekte, perfecte glimlach zien. Hij trekt me stevig tegen zich aan en ik doe mijn mond dicht wanneer ik merk hoe kwistig hij met de aftershave is geweest. Ja, soms overdrijft hij een beetje.

'Hoi.' Ik lach al even opgewekt en probeer mijn zenuwen te verbergen door mijn donkerblonde haar in een paardenstaart te binden.

'Lieverd, als je je haar wilt doen, kunnen we nog wel even wachten,' zegt mijn moeder zacht.

Ik loop naar de spiegel en knik. Ze heeft gelijk. Mijn haar moet vandaag goed zitten, en natuurlijk zal ze me daaraan herinneren. Ik had het moeten krullen zoals zij het graag ziet, als een afscheidscadeautje voor haar.

'Ik zet je tassen wel in de auto,' biedt Noah aan. Hij steekt zijn hand uit, zodat mijn moeder hem de sleutels kan geven. Na een snelle zoen op mijn wang loopt hij de kamer uit, met mijn tassen in zijn handen en mijn moeder op zijn hielen.

Een tweede poging om mijn haar te doen geeft betere resultaten dan de eerste, en ik borstel voor de laatste keer de pluisjes van mijn grijze jurk.

Wanneer ik naar de auto loop, die uitpuilt van mijn spullen, dansen de vlinders in mijn buik en ben ik blij dat we een rit van twee uur voor de boeg hebben zodat ze kunnen verdwijnen.

Ik weet absoluut niet wat ik van het studentenleven moet verwachten en kan opeens maar aan één ding denken: zal ik wel vrienden krijgen?

2

∞

Ik wilde dat ik kon zeggen dat het vertrouwde landschap van Midden-Washington me onderweg tot rust bracht, of dat ik bij elk bord dat ons vertelde dat we onze bestemming naderden door een gevoel van avontuur werd gegrepen, maar om eerlijk te zijn verkeerde ik in een roes en kon ik alleen maar obsessief zitten plannen. Ik weet niet eens waar Noah het allemaal over had, ik weet alleen dat hij me gerust probeerde te stellen en het spannend voor me vond.

'Daar zijn we dan!' roept mijn moeder enthousiast wanneer we door een stenen poort de campus op rijden. In het echt ziet het er net zo fantastisch uit als in de folders en op de website, en ik ben meteen behoorlijk onder de indruk van de elegante gebouwen. Het wemelt er van de mensen, wel honderden: ouders die afscheid nemen van hun kinderen, groepjes eerstejaars die van top tot teen in kleding van WCU zijn gestoken, een paar verdwaalde en verwarde laatkomers. Het formaat van de campus is een tikkeltje intimiderend, maar ik hoop dat ik me hier over een paar weken thuis voel.

Mijn moeder wil per se samen met Noah en mij de oriëntatiebijeenkomst voor de eerstejaars bijwonen en slaagt erin drie uur lang te blijven glimlachen. Noah zit net als ik aandachtig te luisteren.

'Voordat we vertrekken, wil ik graag je kamer zien. Ik wil er zeker van zijn dat alles in orde is,' zegt mijn moeder zodra de oriëntatie achter de rug is. Haar blik glijdt vol afkeuring over het oude gebouw. Ze weet altijd overal de nadelen in te ontdekken, maar Noah weet de stemming met een lach te verlevendigen en mijn moeder klaart weer op.

'Ik kan gewoon niet geloven dat je gaat studeren! Mijn enige dochter gaat het huis uit om te studeren,' zegt ze geroerd. Ze bet de huid onder haar ogen, maar zorgt ervoor dat haar make-up niet uitloopt. Noah loopt achter ons aan door de gangen en draagt mijn tassen.

'We moeten naar B22... en dit is gebouw C,' zeg ik, maar dan zie ik gelukkig een grote B op de muur staan.

'Hiernaartoe,' zeg ik, net wanneer mijn moeder de andere kant op wil gaan. Ik ben blij dat ik niet veel heb meegebracht – een paar kleren, een deken, sommige van mijn lievelingsboeken – zodat Noah niet veel hoeft te sjouwen en ik niet veel hoef uit te pakken.

'B22,' zegt mijn moeder verongelijkt. Als je bedenkt hoeveel we moeten lopen, had ze beter schoenen met minder hoge hakken kunnen aantrekken. Aan het einde van een lange gang blijf ik staan voor een oude houten deur en steek mijn sleutel in het slot. De deur zwaait krakend open en mijn moeder hapt luid naar adem. De kamer is klein, met twee kleine bedden en twee bureaus. Het duurt even, maar dan zie ik waarom mijn moeder zo ontzet reageert: de ene helft van de kamer is bedekt met posters van bands waarvan ik nog nooit heb gehoord, foto's van gezichten vol piercings en lijven vol tatoeages. En dan ligt er ook nog een meisje op een van de bedden, een meisje met knalrood haar. Haar ogen zijn omringd door een dikke laag zwarte eyeliner en haar armen zitten vol kleurige tatoeages.

'Hoi,' zegt ze, met een glimlach die ik tot mijn eigen verbazing behoorlijk boeiend vind. 'Ik ben Steph.' Ze komt half overeind, steunend op haar ellebogen, zodat haar borsten tegen haar dichtgeregen topje worden gedrukt. Ik geef zachtjes een schop tegen Noahs schoen omdat zijn blik afdwaalt naar haar decolleté.

'H-hoi, ik ben Tessa,' zeg ik met verstikte stem. Ik vergeet helemaal mijn goede manieren.

'Hoi, Tessa, leuk je te leren kennen. Welkom op WCU, waar de kamers klein zijn en de feesten groots.' Het meisje met het knalrode haar toont ons een nog bredere lach en legt dan schaterend haar hoofd in haar nek bij het zien van onze ontzette gezichten. Mijn moeders mond is zo ver opengevallen dat haar kin bijna de grond raakt en Noah schuifelt ongemakkelijk heen en weer. Steph loopt naar ons toe, blijft vlak voor ons staan en slaat haar magere armen om me heen. Ik blijf als verstijfd staan, verbijsterd door haar vriendelijkheid, maar dan beantwoord ik haar hartelijke gebaar. Net wanneer Noah mijn tassen neerzet, wordt er op de deur geklopt, en ik hoop maar dat dit een of andere grap is.

'Binnen!' roept mijn kamergenote. De deur gaat open, en nog voordat ze hallo kan zeggen, lopen er twee jongens naar binnen.

Jongens op de kamers van de meisjes? Op de eerste dag? Misschien was het toch niet zo'n goed idee om naar Washington Central te gaan. Of misschien had ik mijn kamergenote eerst moeten natrekken? Aan de gekwelde uitdrukking op mijn moeders gezicht kan ik zien dat zij hetzelfde denkt. Het arme mens ziet eruit of ze elk moment van haar stokje kan gaan.

'Hoi, ben jij Stephs nieuwe kamergenote?' vraagt een van de jongens. Zijn blonde haar, doorschoten met bruin, staat rechtop en zijn armen zitten onder de tatoeages. De ringen in zijn oren zijn zo groot als stuivers.

'Eh... ja. Ik ben Tessa,' weet ik uit te brengen.

'Ik ben Nate. Je hoeft niet zo nerveus te kijken,' zegt hij lachend. Hij steekt zijn hand uit en raakt mijn schouder aan. 'Je vindt het hier vast geweldig.' Ondanks zijn woeste uiterlijk is zijn uitdrukking warm en uitnodigend.

'Ik ben zover, jongens.' Steph pakt een zware zwarte tas van haar bed. Mijn blik gaat naar de andere jongen, die bruin haar heeft dat dik en golvend rond zijn gezicht valt en alleen zijn voorhoofd vrijlaat. Hij heeft allerlei metaal in zijn wenkbrauw en zijn lip en ik zie dat de armen die uit zijn zwarte T-shirt steken ook onder de tattoos zitten: er is geen centimeter onbedekte huid te zien. In tegenstelling tot de tatoeages van Steph en Nate zijn die van hem vooral zwart, grijs en wit. Hij is lang en slank en ik weet dat het onbeleefd is om hem zo aan te staren, maar ik kan er niets aan doen.

Ik verwacht dat hij zichzelf in navolging van zijn vriend zal voorstellen, maar hij rolt slechts geërgerd en zonder iets te zeggen met zijn ogen en haalt een mobieltje uit de zak van zijn strakke zwarte jeans. Hij is duidelijk minder vriendelijk dan Steph en Nate, maar hij is wel aantrekkelijker. Ik kan mijn ogen bijna niet van hem afhouden, me vaag bewust van het feit dat Noah naar me staat te kijken. Ten slotte ruk ik mijn blik los en probeer ik de indruk te wekken dat ik uit pure ontzetting stond te staren.

Want dat is toch ook zo?

'Tot later, Tessa,' zegt Nate, en ze lopen allemaal de kamer uit. Ik adem uit. De afgelopen paar minuten waren ongemakkelijk, en dan druk ik me nog zacht uit.

'Ik ga een nieuwe kamer voor je regelen!' barst mijn moeder los zodra de deur in het slot valt.

'Nee, dat hoeft niet.' Ik slaak een zucht. 'Het geeft niet, mam.' Ik probeer mijn zenuwen te verbergen. Ik weet niet of dit gaat werken, maar het laatste wat ik wil, is dat mijn dominante moeder op mijn allereerste dag hier moeilijk gaat lopen doen. 'Ik heb het sterke vermoeden dat ze niet al te vaak thuis zal zijn.' Ik probeer zowel haar als mezelf te overtuigen.

'Nee, we gaan nu een andere kamer voor je regelen.' Haar verzorgde verschijning botst met haar woedende gezicht; haar lange blonde haar hangt over één schouder, maar elke krul zit nog op zijn plaats. 'Jij gaat geen kamer delen met iemand die zomaar jongens binnenlaat, en dan ook nog van dat gajes!'

Ik kijk haar in haar grijze ogen en kijk dan naar Noah. 'Mam, toe, laten we het even aankijken. Alsjeblieft,' zeg ik smekend. Ik wil gewoon niet denken aan al die heisa als ik nu nog van kamer wil wisselen. Dat zou zo gênant zijn.

Mijn moeder kijkt nogmaals om zich heen, naar de helft van de kamer die door Steph is ingericht, en laat dan door woest te snuiven merken dat het duistere thema haar niet bevalt. 'Goed dan,' snauwt ze me tot mijn verbazing toe. 'Maar voor mijn vertrek wil ik je nog wel het een en ander duidelijk maken.'

3

∞

Een uur later, nadat ik heb zitten luisteren naar mijn moeders waarschuwingen over de gevaren van feestjes en studenten – waarbij ze woorden gebruikte die Noah en ik niet van haar gewend zijn – maakt ze zich eindelijk klaar om te vertrekken. Na een snelle omhelzing en zoen, zoals haar gewoonte is, zegt ze tegen Noah dat ze in de auto op hem zal wachten en loopt ze de kamer uit.

'Het zal wennen zijn om je niet meer elke dag te zien,' zegt hij zacht. Hij trekt me in zijn armen. Ik adem de geur in van de aftershave die ik hem twee jaar achter elkaar met Kerstmis heb gegeven en slaak een zucht. Er hangt nu niet langer zo'n wolk om hem heen, en ik besef dat ik zijn geur en de vertrouwdheid die ermee gepaard gaat zal missen, al heb ik er in het verleden nog zo vaak over geklaagd.

'Voor mij ook, maar we kunnen elkaar elke dag spreken,' beloof ik. Ik sla mijn armen steviger om zijn lijf en druk mijn gezicht in zijn nek. 'Ik wou dat je dit jaar ook al ging studeren.' Noah is slechts een paar centimeter langer dan ik, maar ik vind het fijn dat hij geen kop groter is. Mijn moeder plaagde me er vroeger altijd mee en beweerde dat een man bij elke leugen die hij vertelde twee centimeter langer werd. Mijn vader was lang, dus ik kan er niet te veel tegen inbrengen.

Noah strijkt met zijn lippen langs de mijne... en op dat moment hoor ik buiten een claxon.

Noah maakt zich lachend van me los. 'Je moeder. Ze is nogal vasthoudend.' Hij geeft me een zoen op mijn wang en loopt snel naar de deur. 'Ik bel je vanavond!'

Eenmaal alleen denk ik niet langer dan een paar seconden na over zijn haastige vertrek en begin dan mijn tassen uit te pakken. Het duurt niet lang voordat de helft van mijn kleren keurig opgevouwen in een van de kleine ladekasten ligt en de andere helft netjes in mijn kast hangt. Ik krimp even ineen als ik zie hoeveel leer en dierenprintjes er in de andere kast hangen. Mijn nieuwsgierigheid krijgt echter de overhand, en ik raak eerst een jurkje van een of andere metallicstof aan en daarna eentje dat zo dun is dat je er bijna doorheen kijkt.

Deze dag heeft me zo moe gemaakt dat ik even op mijn bed ga liggen. Een onbekend gevoel van eenzaamheid neemt langzaam bezit van me, en het helpt ook al niet dat mijn kamergenote er niet is, al geven haar vrienden me nog zo'n ongemakkelijk gevoel. Ik vermoed dat ze vaak afwezig zal zijn, of, erger nog, dat haar vrienden voortdurend langs zullen komen. Waarom heb ik geen kamergenote gekregen die gek is op lezen en leren? Als ze vaak weg is, zal ik de kamer in elk geval voor mezelf hebben, maar ik heb er geen goed gevoel over. Tot nu toe is studeren heel anders dan ik had gehoopt of verwacht.

Ik breng mezelf in herinnering dat ik hier nog maar net ben. Morgen gaat het vast beter. Dat kan niet anders.

Ik pak mijn agenda en mijn boeken en neem de tijd om mijn colleges van dit semester te noteren, net als de bijeenkomsten van de leesclub waarvan ik lid wil worden; ik weet nog niet zeker of ik dat doe, maar ik heb een paar beoordelingen van andere studenten gelezen en wil het wel proberen. Ik wil gelijkgestemden vinden, mensen met wie ik kan praten. Ik verwacht niet dat ik hier bergen vrienden zal vinden, maar een paar is genoeg. Al heb ik maar iemand met wie ik af en toe een hapje kan gaan eten. Ik wil morgen een kijkje buiten de campus nemen en wat spulletjes voor de kamer kopen. Ik ben niet van plan mijn helft net zo vol te zetten als die van Steph, maar ik wil wel een paar eigen dingen toevoegen, zodat ik me in deze vreemde omgeving wat meer thuis zal voelen. Al zal het vrij lastig worden omdat ik nog geen auto heb. Ik moet er zo snel mogelijk eentje kopen, en dat kan gelukkig ook omdat ik voor mijn eindexamen geld heb gekregen en tijdens de zomer een vakantiebaantje in een boekwinkel had. Maar autobezit betekent ook verantwoordelijkheden, en ik weet niet of ik daar nu al zin in heb. Ik kan gratis van het openbaar vervoer gebruikmaken omdat ik op de campus woon en heb al gekeken wanneer welke bus rijdt. Met een hoofd vol vertrektijden, roodharige meisjes en onvriendelijke mannen vol tatoeages val ik in slaap, met mijn agenda in mijn hand.

De volgende morgen ligt Steph niet in haar bed. Ik wil haar graag beter leren kennen, maar dat gaat een beetje moeilijk als ze er nooit is. Misschien was een van die twee jongens haar vriendje? Ik hoop voor haar dat het die blonde is.

Ik pak mijn toilettas en loop naar de douches. Een van de minst leuke kanten van een studentenflat vind ik het delen van de douche, dat weet ik nu al, ik had liever een eigen badkamer gehad. Gelukkig zijn de badkamers niet gemengd.

Hoewel... daar ging ik tenminste van uit. Dat zou iedereen toch doen? Maar bij de deur aangekomen zie ik twee poppetjes op het bordje staan, een mannetje en een vrouwtje. Jakkes. Niet te geloven dat ze dit toestaan. En niet te geloven dat dit me is ontgaan toen ik alle details van WCU opzocht.

Zodra ik een onbezet hokje zie, baan ik me snel een weg langs half ontklede jongens en meisjes, trek het douchegordijn stevig achter me dicht en kleed me uit. Ik hang mijn kleren op de tast over het rekje voor het hokje. Het duurt veel te lang voordat het water warm wordt, en ik sta de hele tijd nerveus te wachten, doodsbang dat iemand het gordijn opentrekt dat mijn naakte lijf scheidt van de rest van de jongens en meiden hier. Verder lijkt niemand er problemen mee te hebben dat beide seksen hier half ontkleed rondlopen. Tot nu toe vind ik het studentenleven maar raar, en dit is pas mijn tweede dag.

Het hokje is zo krap dat ik mijn armen niet eens voor me kan uitstrekken. Mijn gedachten dwalen af naar Noah en mijn leven thuis. Afwezig draai ik me om, waardoor ik met mijn elleboog tegen het rekje stoot en mijn kleren op de natte vloer vallen. Het water uit de douche doorweekt ze nog verder.

'Dat meen je niet,' mopper ik. Snel draai ik de kraan dicht en wikkel een handdoek om mezelf heen. Ik pak mijn zware, druipnatte kleren en hol door de gang, hopend dat niemand me zal zien. Bij mijn kamer aangekomen steek ik de sleutel in het slot. Zodra ik de deur achter me dichtdoe, kan ik me ontspannen.

Totdat ik me omdraai en de onbeschofte jongen met het bruine haar en de tatoeages languit op Stephs bed zie liggen.

4

∞

'Eh... waar is Steph?' Ik probeer bazig te klinken, maar mijn stem is eerder piepend. Ik klem mijn handen rond de zachte stof van mijn handdoek en kijk voortdurend of mijn blote lichaam wel verborgen blijft.

De jongen kijkt me aan. Zijn mondhoeken gaan een klein stukje omhoog, maar hij zegt geen woord.

'Heb je me wel gehoord? Ik vroeg waar Steph is,' herhaal ik. Deze keer probeer ik iets beleefder te klinken.

Hij kijkt nog geamuseerder en mompelt ten slotte: 'Dat weet ik niet.' Dan zet hij de kleine flatscreen op Stephs bureau aan. Wat doet hij hier eigenlijk? Heeft hij geen eigen kamer? Ik bijt op mijn tong en probeer mijn onbeleefde opmerkingen voor me te houden.

'Nou, eh, kun je misschien even weggaan of zo, zodat ik me kan aankleden?' Hij heeft niet eens gezien dat ik in een handdoek loop. Of misschien wel, maar het kan hem niet schelen.

'Haal je maar niet te veel in je hoofd, ik ga echt niet naar je zitten kijken,' zegt hij minachtend. Hij gaat op zijn zij liggen en slaat zijn handen voor zijn gezicht. Hij heeft een sterk Engels accent, dat me tot nu toe niet was opgevallen. Waarschijnlijk omdat hij te onbeleefd was om veel tegen me te zeggen.

Omdat ik niet goed weet hoe ik moet reageren, loop ik zuchtend naar mijn ladekast. Misschien valt hij niet op meisjes en zegt hij daarom dat hij niet gaat zitten kijken. Of misschien vindt hij me niet aantrekkelijk. Ik trek snel een beha en een onderbroek aan, gevolgd door een effen witte blouse en een kaki korte broek.

'Ben je al klaar?' vraagt hij, waardoor mijn laatste restje geduld opeens verdwijnt.

'Moet je echt zo onbeleefd zijn? Ik heb je niks gedaan. Waarom doe je zo moeilijk?' roep ik, veel harder dan mijn bedoeling was, maar aan zijn verbaasde gezicht te zien hebben mijn woorden het gewenste effect op de indringer.

Zwijgend kijkt hij me even aan. En terwijl ik op zijn verontschuldigingen wacht... barst hij in lachen uit. Zijn lach is diep en had bij een minder vervelend persoon aangenaam kunnen klinken. In allebei zijn wangen verschijnen kuiltjes, en ik voel me een ontzettende idioot omdat ik niet weet hoe ik moet reageren. Meestal ga ik conflicten uit de weg, en deze jongen is wel de laatste met wie ik ruzie wil maken.

De deur vliegt open en Steph stormt naar binnen.

'Sorry dat ik zo laat ben. Ik heb zo'n ontzettende kater,' zegt ze dramatisch. Haar blik schiet tussen ons heen en weer. 'Sorry, Tess, ik ben vergeten tegen je te zeggen dat Hardin langs zou komen.' Ze haalt verontschuldigend haar schouders op.

Ik had gehoopt dat Steph en ik een kamer konden delen en misschien wel vriendinnen konden worden, maar gezien haar keuze in vriendjes en het nachtenlange doorhalen ben ik daar niet meer zo zeker van.

'Je vriendje is behoorlijk onbeschoft,' zeg ik voordat ik mezelf kan tegenhouden.

Steph kijkt naar de jongen en barst dan in lachen uit. Waarom moet iedereen in mijn bijzijn voortdurend lachen? Dat begint behoorlijk irritant te worden.

'Hardin Scott is mijn vriendje niet!' flapt ze eruit, bijna stikkend van de lach. Eenmaal gekalmeerd draait ze zich om en kijkt ze Hardin boos aan. 'Wat heb je tegen haar gezegd?' Met een blik op mij: 'Hardin heeft een... heel eigen manier van uitdrukken.'

Geweldig. Ze beweert dus eigenlijk dat Hardin in wezen een bijzonder onbeschoft figuur is. De Engelse jongen haalt zijn schouders op en kiest met de afstandsbediening in zijn hand een andere zender.

'Er is vanavond een feest. Je moet met ons meegaan, Tessa,' zegt ze.

Nu is het mijn beurt om te lachen. 'Ik ben niet zo van de feesten. Bovendien wil ik nog wat spullen voor mijn bureau en de muren halen.' Ik kijk naar Hardin, die ons allebei volkomen negeert.

'Kom op... het is maar een feestje! Je bent nu student, één zo'n avond kan geen kwaad,' zegt ze smekend. 'O wacht, ga je naar de winkel? Ik dacht dat je geen auto had.'

'Ik wilde de bus pakken. En wat moet ik op een feest? Ik ken hier helemaal niemand,' zeg ik, en Hardin lacht opnieuw, om subtiel te laten merken dat hij wel degelijk oplet, maar vooral om mij belachelijk te kunnen maken. 'Ik wil wat gaan lezen en met Noah skypen.'

'Je moet niet op zaterdag de bus pakken. Dan is het veel te druk. Weet je, Hardin kan je op weg naar huis wel even afzetten... Dat wil je best, hè Hardin? En je kent mij! Toe, ga nou mee... Alsjeblieft?' Ze drukt met een dramatisch, smekend gebaar haar handen tegen elkaar.

Ik ken haar nog maar een dag. Kan ik haar wel vertrouwen? Ik denk aan de waarschuwingen van mijn moeder. Steph lijkt erg aardig, al heb ik nog niet zo vaak met haar gepraat, maar een feestje?

'Ik weet het niet... en nee, ik wil niet dat Hardin me ergens afzet,' zeg ik.

Hardin, die nog steeds op Stephs bed ligt, draait zich met een geamuseerd gezicht naar ons om. 'Wat jammer nou. Het leek me zo leuk om iets samen met jou te doen,' merkt hij droogjes op. Hij klinkt zo sarcastisch dat ik een boek naar zijn krullenkop wil gooien. 'Hé, Steph, je weet ook wel dat zij geen feestbeest is,' zegt hij lachend, met een heel sterk accent. Mijn nieuwsgierige kant – die, zo moet ik toegeven, erg overheersend is – wil hem dolgraag vragen waar hij vandaan komt, maar mijn strijdbare kant wil vooral laten zien dat hij ongelijk heeft, met dat zelfvoldane gezicht van hem.

'Weet je, ik denk dat ik wél ga.' Ik lach zo liefjes mogelijk. 'Het klinkt best leuk.'

Hardin schudt vol ongeloof zijn hoofd, maar Steph slaakt een gilletje en slaat dan stevig haar armen om me heen. 'Ja! Wat zullen wij een lol hebben!' roept ze met hoge stem. En ik hoop met heel mijn hart dat ze gelijk heeft.

5

∞

Ik ben dolblij dat Hardin er uiteindelijk vandoor gaat, want nu kunnen Steph en ik het over het feest hebben. Ik wil er graag meer over weten, in de hoop dat ik mijn zenuwen dan tot bedaren kan brengen, maar kalm worden ging echt niet lukken zolang hij hier rondhing.

'Waar is het feest? Op loopafstand?' vraag ik haar. In een poging tot rust te komen zet ik mijn boeken recht op de plank.

'Het is een dispuutsfeest, in een van de grootste dispuutshuizen hier.' Ze laat haar mond openvallen en bedekt haar wimpers met nog meer mascara. 'Het is buiten de campus, maar we hoeven niet te lopen. Nate komt ons wel ophalen.'

Ik weet dat Hardin er ook zal zijn en ben blij dat hij ons niet komt halen. Het is vast verschrikkelijk om met hem in één auto te zitten. Waarom is hij zo onbeleefd? Hij moet juist dankbaar zijn dat ik niet op hem neerkijk omdat hij zijn lijf heeft verpest met al die gaten en die tattoos. Goed, misschien doe ik dat wel een beetje, maar niet waar hij bij is. Ik ga in elk geval beleefd om met de verschillen tussen ons. Bij mij thuis zijn tattoos en piercings geen gemeengoed. Ik geef de voorkeur aan keurig gekamde haren, geëpileerde wenkbrauwen en schone, gestreken kleren. Zo ben ik nu eenmaal.

'Heb je me wel gehoord?' onderbreekt Steph mijn gepeins.

'Sorry... Wat?' Ik heb niet eens gemerkt dat mijn gedachten waren afgedwaald naar die onbeleefde jongen.

'Ik zei dat we ons moeten verkleden. Jij mag me helpen iets uit te zoeken,' zegt ze. De jurkjes die ze uitkiest, zijn zo ongepast dat ik blijf denken dat er ergens een verborgen camera hangt en er elk moment iemand kan opduiken die zegt dat dit één grote grap is. Ik krimp in elkaar bij het zien van haar kleren, maar zij moet lachen. Blijkbaar is mijn afkeer erg grappig.

Het jurkje – nee, het lapje stof – dat ze uiteindelijk uitkiest, is gemaakt van zwarte netstof, zodat je haar rode beha ziet zitten, en een onderjurkje in effen zwart moet voorkomen dat je de rest van haar lijf kunt zien. Het kledingstuk komt tot net over haar kont, maar ze hijst de zoom verder omhoog om meer van haar benen te laten zien en trekt de hals naar beneden voor een dieper decolleté. Haar hakken zijn minstens tien centimeter hoog. Ze steekt haar knalrode haar op in een woeste knot waaruit de krullen tot op haar schouders ontsnappen en omlijnt haar ogen met meer blauwe en zwarte eyeliner dan ik haar tot nu toe heb zien dragen.

'Deed het zeer, toen je die tattoos liet zetten?' vraag ik. Zelf pak ik mijn favoriete roodbruine jurkje.

'De eerste wel, maar niet zo erg als je zou verwachten. Het is net of je voortdurend door een bij wordt gestoken,' zegt ze schouderophalend.

'Dat klinkt verschrikkelijk,' zeg ik tegen haar, maar ze moet erom lachen, en ik besef dat ze mij waarschijnlijk net zo raar vindt als ik haar. Het is op een vreemde manier geruststellend dat het gevoel wederzijds is.

Ze staart naar mijn jurk. 'Die trek je toch niet aan, hè?'

Ik strijk met mijn hand over de stof. Dit is mijn mooiste jurk, mijn lievelingsjurk, en zo veel kleren heb ik nu ook weer niet. 'Wat is er mis mee?' vraag ik. Ik probeer niet te laten merken hoe beledigd ik ben. De roodbruine stof is zacht maar stevig, dezelfde soort stof waarvan ze herenpakken maken. De jurk heeft een hoge kraag en driekwartmouwen.

'Niets... Die jurk is gewoon erg... lang?' zegt ze.

'Hij komt tot net over mijn knieën.' Ik weet niet of ze merkt dat ik beledigd ben, maar om de een of andere reden wil ik niet dat ze dat weet.

'Hij is best mooi, maar een beetje deftig voor zo'n feest. Je mag wel iets van mij lenen,' zegt ze heel oprecht.

Ik krimp ineen bij de gedachte dat ik me in een van haar piepkleine jurkjes moet persen. 'Dank je, Steph, maar ik trek deze aan,' zeg ik, en ik steek de stekker van mijn krultang in het stopcontact.

6

∞

Nu mijn haar perfect krullend over mijn rug valt, duw ik er aan weerszijden twee schuifspeldjes in om het uit mijn gezicht te houden.

'Wil je soms wat van mijn make-up lenen?' vraagt Steph.

Ik kijk opnieuw in de spiegel. Mijn ogen lijken altijd een beetje te groot voor mijn gezicht, maar ik maak me nooit echt op en beperk me doorgaans tot een klein beetje mascara en lippenbalsem. 'Misschien wat eyeliner?' vraag ik, nog altijd onzeker.

Glimlachend geeft ze me drie oogpotloden aan, in paars, zwart en bruin. Ik rol ze tussen mijn vingers heen en weer en kies dan voor het bruine en het zwarte potlood.

'Dat paars zal fantastisch staan bij je ogen,' zegt ze, maar ik schud glimlachend mijn hoofd. 'Je hebt zulke bijzondere ogen. Wil je ruilen?' grapt ze.

Maar waarom zou ze daar grappen over maken als ze zelf zulke mooie groene ogen heeft? Ik pak het zwarte potlood en trek een zo dun mogelijk lijntje rond mijn ogen, wat me een trotse glimlach van Steph oplevert.

Haar mobieltje zoemt en ze grijpt naar haar tas. 'Nate is er,' zegt ze. Ik pak mijn tas, strijk mijn jurk glad en trek mijn platte, witte Toms aan. Dat ontgaat haar niet, maar ze zegt er niets van.

Nate staat voor de deur op ons te wachten. Uit de open raampjes van zijn auto schalt harde rock. Onwillekeurig kijk ik om me heen, en het ontgaat me niet dat iedereen naar ons kijkt. Ik richt mijn blik op mijn voeten, maar wanneer ik weer opkijk, zie ik dat Hardin voor in de auto zit. Blijkbaar zat hij net voorovergebogen. Bah.

'Dames,' luidt Nates begroeting.

Hardin kijkt me kwaad aan wanneer ik na Steph instap en achter hem ga zitten. 'Je weet dat we naar een feest gaan en niet naar de kerk, hè Theresa?' zegt hij.

Ik kijk in de zijspiegel en zie hem gniffelen. 'Noem me alsjeblieft geen Theresa. Ik geef de voorkeur aan Tessa,' zeg ik waarschuwend. Hoe weet hij trouwens dat ik zo heet? Theresa doet me aan mijn vader denken, dus die naam hoor ik liever niet.

'Goed hoor, Theresa.'

Ik leun achterover tegen de rugleuning en rol met mijn ogen. Het lijkt me niet de moeite om met hem te gaan bekvechten.

Ik staar naar buiten en probeer tijdens de rit de harde muziek te negeren. Ten slotte parkeert Nate aan de rand van een drukke straat vol grote huizen die op het eerste gezicht allemaal op elkaar lijken. De naam van het dispuut is in zwarte letters op de gevel van het grote huis voor ons geschilderd, maar ik kan het niet goed lezen omdat er allerlei planten tegen de zijkant groeien. Rondom het witte huis liggen slordige repen toiletpapier, en de herrie binnen bevestigt alle vooroordelen over dispuutshuizen.

'Wat een groot huis. Hoeveel mensen zijn er wel niet?' Ik hap naar adem. Het gazon staat vol mensen met rode bekertjes in hun handen. Een paar staan er te dansen, gewoon op het gras. Ik ben hier echt nog niet aan toe.

'Volle bak. Schiet eens op,' antwoordt Hardin. Hij stapt uit en smijt het portier dicht. Vanaf de achterbank zie ik dat meerdere mensen Nate een high five geven of hem de hand schudden, maar dat ze Hardin negeren. Het verbaast me dat ik, afgezien van Hardin, Nate en Steph, niemand zie die onder de tatoeages ziet. Misschien kan ik hier vanavond toch nog een paar vrienden maken.

'Kom je?' Steph doet glimlachend haar portier open en springt naar buiten.

Ik knik, voornamelijk tegen mezelf, en stap uit, nogmaals zorgvuldig mijn jurk gladstrijkend.

7

∞

Tot mijn opluchting is Hardin al naar binnen verdwenen, en hopelijk betekent dat dat ik hem de rest van de avond in dit overvolle huis niet meer hoef tegen te komen. Ik loop achter Steph en Nate aan de drukke woonkamer in en krijg een rood bekertje in mijn handen geduwd. Ik draai me om en wil beleefd 'Nee, ik hoef niet' zeggen, maar het is al te laat en ik heb geen idee wie me dit heeft gegeven. Ik zet het bekertje neer en loop verder met hen het huis in. We blijven staan bij een groepje dat zich op een bank heeft verzameld en van wie ik, op grond van hun uiterlijk, vermoed dat het vrienden van Steph zijn. Ze hebben net als Steph een heleboel tattoos en zitten naast elkaar op de bank. Helaas zit Hardin op de rechterleuning van de bank, maar ik kijk hem expres niet aan wanneer Steph me aan iedereen voorstelt.

'Dit is Tessa, mijn kamergenote. Ze is gisteren aangekomen en ik wilde ervoor zorgen dat haar eerste weekend op WCU er eentje wordt om nooit te vergeten,' legt ze uit.

Een voor een knikken of lachen ze naar me. Ze lijken allemaal erg vriendelijk, behalve natuurlijk Hardin. Een bijzonder knappe jongen met een lichtbruine huid steekt zijn hand uit en schudt de mijne. Zijn handen zijn een tikje koud vanwege het drankje dat hij vasthoudt, maar zijn lach is warm. Het licht valt op zijn gezicht en ik meen een stuk metaal in zijn tong te zien glimmen, maar hij doet zijn mond zo snel dicht dat ik er niet zeker van ben.

'Ik ben Zed. Wat is je hoofdvak?' vraagt hij aan me. Ik zie dat zijn blik over de dikke stof van mijn jurk glijdt. Hij glimlacht even, maar zegt niets.

'Engels,' zeg ik met een trotse glimlach, zonder aandacht te schenken aan Hardin, die minachtend snuift.

'Vet,' zegt Zed. 'Ik ben gek op bloemen.' Hij lacht en ik lach terug.

Bloemen? Wat bedoelt hij daar nu mee?

'Wil je iets drinken?' vraagt hij voordat ik iets over de bloemen kan zeggen.

'O nee, ik drink niet,' zeg ik tegen hem, en hij probeert een lach te onderdrukken.

'Echt iets voor Steph om met zo'n braaf tutje naar een feest te komen,' zegt een meisje binnensmonds. Ze is erg klein en heeft knalroze haar.

Ik doe net alsof ik haar niet hoor, zodat ik een discussie kan vermijden. Braaf? Ik ben helemaal niet zo braaf, maar ik heb mijn best gedaan om te komen waar ik nu ben, en sinds mijn vader ervandoor is gegaan, heeft mijn moeder haar hele leven gewerkt om me een goede toekomst te kunnen bieden.

'Ik ga even een luchtje scheppen,' zeg ik, me omdraaiend. Ik wil koste wat kost ruzie vermijden. Ik heb geen zin om vijanden te maken, niet nu ik nog niet eens vrienden heb.

'Zal ik even met je meelopen?' roept Steph me achterna.

Ik schud mijn hoofd en loop naar de deur. Ik weet nu dat ik beter niet had kunnen komen. Ik had op dit moment in mijn pyjama een boek kunnen lezen, of kunnen skypen met Noah, die ik heel erg mis. Zelfs slapen zou nog beter zijn dan buiten rondhangen op dit vreselijke feest vol dronken vreemden. Ik besluit Noah een berichtje te sturen en loop naar de rand van de tuin, waar het niet zo druk is.

IK MIS JE. TOT NU IS STUDEREN HELEMAAL NIET ZO LEUK.

Ik klik op 'versturen' en ga op het stenen muurtje op zijn antwoord zitten wachten. Een groepje dronken meiden loopt giechelend voorbij, struikelend over hun eigen voeten.

Hij antwoordt snel: WAAROM NIET? IK MIS JOU OOK, TESSA. IK WOU DAT IK BIJ JE WAS. Zijn woorden maken me aan het glimlachen.

'Shit! Sorry!' zegt een mannenstem, en dan voel ik iets kouds en nats voor op mijn jurk. De jongen verliest zijn evenwicht en zoekt steun bij het lage muurtje. 'Sorry, mijn schuld,' mompelt hij. Hij gaat zitten.

Erger kan het niet worden. Eerst die meid die me een braaf tutje noemt, en nu is mijn jurk doorweekt met god mag weten wat voor drank. Het stinkt behoorlijk. Met een zucht pak ik mijn telefoon en loop naar binnen, op zoek naar een wc. Ik baan me een weg door de overvolle gang en trek aan elke deur die ik tegenkom, maar ze gaan niet open. Ik denk liever niet aan wat mensen in die kamers doen.

Ik loop naar boven, nog steeds op zoek naar een wc. Eindelijk gaat een van de deuren open, maar het is jammer genoeg geen wc. Het is een slaapkamer, en wat het nog erger voor me maakt, is dat Hardin dwars op het bed ligt en het meisje met het roze haar schrijlings op zijn schoot zit en haar mond op de zijne drukt.

8

∞

Het meisje draait zich om en kijkt me aan. Ik probeer me te bewegen, maar ik sta als aan de grond genageld. 'Kan ik je soms ergens mee helpen?' vraagt ze vol minachting.

Hardin komt overeind, zonder haar van zijn schoot te duwen. Zijn gezicht verraadt niets: geen humor, geen schaamte. Dit soort dingen doet hij natuurlijk voortdurend. Hij weet niet beter of hij wordt in dispuutshuizen betrapt tijdens de bijna-seks met vreemde meisjes.

'O... Nee. Sorry... Ik zoek de wc, iemand heeft drank over me heen gemorst,' leg ik snel uit. Dit is zo gênant. Het meisje drukt haar mond in Hardins hals en ik kijk de andere kant op. Ze lijken voor elkaar gemaakt, allebei onder de tatoeages en allebei onbeschoft.

'O ja? Nou, zoek die wc dan maar.' Ze rolt met haar ogen.

Ik knik en loop de kamer uit. Nadat ik de deur achter me heb dichtgedaan, leun ik ertegenaan. Tot nu toe is studeren helemaal niet leuk. Ik snap gewoon niet dat een feest als dit als 'leuk' geldt. Ik besluit mijn zoektocht naar de wc te staken en me in de keuken te gaan opfrissen. Het laatste wat ik wil, is een deur openen en nogmaals twee dronken, door hormonen geplaagde studenten boven op elkaar aantreffen.

De keuken is niet moeilijk te vinden, maar het is er behoorlijk vol. De drank staat in emmers vol ijs op het aanrecht, naast stapels pizzadozen. Ik moet om een meisje met bruin haar dat in de gootsteen staat te kotsen heen reiken om de rol keukenpapier te kunnen pakken en die nat te maken. Ik doe mijn best om mijn jurk schoon te maken, maar er blijven witte pluisjes aan de natte plek kleven, waardoor het alleen maar erger wordt. Met een geërgerde kreun leun ik tegen het aanrecht.

'Vermaak je je een beetje?' Nate komt naar me toe. Ik ben dolblij dat ik een bekend gezicht zie. Hij glimlacht vriendelijk en neemt een slok van zijn drankje.

'Niet echt... Hoe lang duren deze feesten meestal?'

'Ze gaan de hele nacht door... en het grootste deel van morgen.' Hij lacht. Mijn gezicht betrekt. Hoe laat zal Steph naar huis willen? Hopelijk snel.

'Wacht.' Ik raak in paniek. 'Wie brengt ons terug naar onze studentenflat?' vraag ik aan hem, me heel erg bewust van zijn bloeddoorlopen ogen.

'Geen idee... Als je wilt, mag je mijn auto wel lenen,' zegt hij.

'Dat is aardig van je, maar dat gaat niet. Als ik jouw auto in de prak rijd of word gepakt met minderjarigen aan boord die hebben gedronken, dan kom ik zwaar in de problemen.' Ik zie al voor me wat voor gezicht mijn moeder zou trekken als ze me tegen betaling van een borg uit de cel moet komen halen.

'O, maar het is niet ver. Neem mijn auto maar. Je hebt niet eens gedronken. Anders moet je hier blijven of moet ik iemand zoeken...'

'Nee, laat maar, ik verzin wel iets,' weet ik uit te brengen voordat de muziek harder wordt gezet en alles verdrinkt in een mengeling van zware bassen en krijsende stemmen.

Ik heb steeds meer spijt van mijn besluit om naar dit feest te gaan.

9

∞

Nadat ik om me heen heb gewezen en wel een keer of tien 'Steph!' tegen Nate heb geroepen, wordt er een rustiger nummer opgezet en begint hij al knikkend te lachen. Hij steekt zijn handen omhoog en wijst naar de kamer naast ons. Ik snap niet goed waarom hij met Hardin omgaat; hij is veel vriendelijker.

Ik volg zijn wijzende vinger en hoor heel even mezelf naar adem happen. Steph staat met twee andere meisjes te dansen op een tafel in de woonkamer. Een dronken jongen die achter haar op de tafel klimt, grijpt haar bij haar heupen. Ik verwacht dat ze zijn handen zal wegslaan, maar ze lacht alleen maar en duwt haar achterste tegen zijn heupen. Oké...

'Ze staan gewoon te dansen, Tessa.' Nate grinnikt even vanwege mijn ongemakkelijke uitdrukking.

Maar het is meer dan dat. Ze staan elkaar te betasten en tegen elkaar op te rijden.

'Ja... dat weet ik.' Ik haal mijn schouders op, ook al laat het me niet zo onverschillig. Zo heb ik nog nooit gedanst, zelfs niet met Noah, en we gaan al twee jaar met elkaar. Noah! Ik haal mijn mobieltje uit mijn tas en kijk of hij me een antwoord heeft gestuurd.

Ben je daar Tess?

Hallo? Alles goed?

Tessa? Moet ik je moeder bellen? Maak me zorgen.

Ik toets zo snel als ik kan zijn nummer in, met heel mijn hart hopend dat hij mijn moeder nog niet heeft gebeld.

Hij neemt niet op, maar ik stuur hem een berichtje met de mededeling dat er niets aan de hand is en dat hij mijn moeder niet hoeft te bellen. Als zij denkt dat er tijdens mijn eerste weekend hier iets is gebeurd, zal ze helemaal flippen.

'Hé... Tessa!' zegt Steph met dubbele tong. Ze legt haar hoofd op mijn schouder. 'Heb je het naar je zin, kamergenootje?' Ze giechelt en is duidelijk behoorlijk lam. 'Ik geloof... Ik moet... De hele kamer begint te zwaaien, Tess... Draaien, bedoel ik,' zegt ze lachend, en haar lijf klapt naar voren.

'Ze moet kotsen,' zeg ik tegen Nate.

Hij knikt, tilt haar op en legt haar over zijn schouder.

'Kom mee,' zegt hij tegen me. Hij loopt voor me uit naar boven en doet halverwege de overloop een deur open. Dus dáár is de wc. Zodra hij haar op de vloer voor de toiletpot zet, begint ze te kokhalzen. Ik wend mijn blik af, maar pak wel voorzichtig haar rode haar vast om het uit haar gezicht te houden.

Ten slotte, na meer kots dan ik aankan, houdt ze op en geeft Nate me een handdoek aan. 'Breng haar naar de kamer hiertegenover en leg haar op het bed. Ze moet even slapen, dan is het zo over,' zegt hij. Ik knik, maar ik kan alleen maar denken dat ik haar niet alleen mag laten nu ze half bewusteloos is. 'Blijf jij maar bij haar,' zegt hij. Hij lijkt mijn gedachten te kunnen lezen.

Samen tillen we haar op en dragen we haar naar de donkere slaapkamer aan de andere kant van de overloop. We leggen de kermende Steph zachtjes op het bed, en daarna gaat Nate er snel vandoor, met de mededeling dat hij straks nog wel even bij ons komt kijken. Ik ga naast Steph op het bed zitten en zorg ervoor dat haar hoofd goed ligt.

Nu ik hier volslagen nuchter naast een dronken meisje zit terwijl beneden een feest in volle gang is, heb ik het gevoel dat ik een nieuw dieptepunt heb bereikt. Ik knip een lamp aan en kijk om me heen. Mijn blik vliegt onmiddellijk naar de boekenplanken die een van de wanden bedekken. Dit is een indrukwekkende verzameling: heel veel klassiekers, heel veel verschillende genres, inclusief al mijn lievelingsboeken. Ik zie *Wuthering Heights* staan en trek het van de plank. Het boek verkeert in slechte conditie, en aan het bindwerk is te zien hoe vaak het al is opengeslagen.

Ik ga zo op in de woorden van Emily Brontë dat ik niet eens merk dat de deur opengaat, het licht verandert en er opeens nog iemand in de kamer staat.

'Wat doe jij verdomme in mijn kamer?' dreunt een kwade stem achter me.

Inmiddels herken ik dat accent.

Hardin.

'Ik vroeg wat je in mijn kamer doet,' herhaalt hij, net zo bars als zoeven. Ik draai me om en zie dat hij met grote passen van zijn lange benen op me af stapt. Hij grist het boek uit mijn handen en gooit het terug op de plank.

Mijn hoofd tolt. Ik dacht dat het feest niet erger kon worden, maar hier zit ik dan, in Hardins eigen kamer. Hij schraapt op een onbeleefde manier zijn keel en wuift met zijn hand voor mijn gezicht heen en weer.

'Nate zei dat ik Steph hier moest laten liggen...' Mijn stem is zo zacht dat ik mezelf niet eens goed versta. Hij doet een stap naar voren en slaakt een diepe zucht. Ik wijs naar zijn bed, en zijn blik volgt die beweging. 'Ze heeft te veel gedronken en Nate zei...'

'Ik verstond je de eerste keer ook al.' Hij haalt zijn hand door zijn slordige haar, duidelijk van streek. Wat kan het hem schelen dat we op zijn kamer zitten? Wacht eens...

'Ben je lid van dit dispuut?' vraag ik aan hem. Ik kan de verbijstering in mijn stem niet onderdrukken. Hardin is wel de laatste van wie ik dat had verwacht.

'Ja, en?' antwoordt hij, en hij doet nog een stap naar voren. De afstand tussen ons is nu nog maar een halve meter, en wanneer ik terug probeer te deinzen, stoot ik mijn rug tegen de boekenplank. 'Verbaast dat je, Theresa?'

'Noem me geen Theresa.' Hij heeft me in een hoek gedreven.

'Zo heet je toch?' Hij trekt een spottend gezicht en lijkt iets minder kwaad.

Met een zucht wend ik me van hem af, waardoor ik gedwongen ben naar de muur van boeken te kijken. Ik heb geen idee wat ik moet doen, maar ik moet bij Hardin vandaan zien te komen voordat ik hem een draai om zijn oren geef. Al zou ik daar zeker plezier aan beleven.

Ik draai me om en baan me een weg langs hem.

'Ze kan hier niet blijven,' zegt hij wanneer ik langsloop.

Ik draai me om en zie dat hij het ringetje in zijn lip tussen zijn tanden geklemd houdt. Waarom heeft hij in vredesnaam gaten in zijn wenkbrauw en zijn lip laten prikken? Dat doet toch pijn... al benadrukt die piercing wel hoe vol en rond zijn lippen zijn.

'Waarom niet? Jullie zijn toch vrienden?'

'Klopt,' zegt hij, 'maar er slaapt nooit iemand op mijn kamer.' Hij slaat zijn armen over elkaar heen, en voor het eerst sinds ik hem heb leren kennen, kan ik de vorm van een van zijn tattoos onderscheiden. Het is een bloem, midden op zijn bedekte onderarm. Hardin, met een bloem? Van een afstand lijkt het ontwerp in zwart en grijs op een roos, maar er zit iets rond de bloem dat de schoonheid ervan aantast en de sierlijke vorm iets duisters geeft.

Ik voel me zo moedig en geërgerd dat ik een lach laat horen. 'Aha... ik snap het al. Dus alleen meisjes die het met je willen doen mogen in je kamer komen?' Zodra de woorden over mijn lippen rollen, wordt zijn lach breder.

'Die kamer waar ik net zat, was niet van mij. Maar als je het met me wilt doen, moet ik je teleurstellen. Je bent mijn type niet,' zegt hij.

Zijn woorden kwetsen me, al weet ik niet waarom. Hardin is beslist niet mijn type, maar dat zou ik nooit tegen hem zeggen. 'Je bent... je bent...' Ik weet niet hoe ik mijn ergernis moet uitdrukken. De muziek aan de andere kant van de muur voelt als jeuk. Ik schaam me, ik erger me, en ik ben doodmoe vanwege het feest. En met hem discussiëren is tijdverspilling. 'Nou... breng jij haar dan maar naar een andere kamer, dan zoek ik wel uit hoe ik terugkom op mijn kamer,' zeg ik op weg naar de deur.

Wanneer ik die achter me dichtsla, hoor ik ondanks de luide muziek toch nog Hardins spottende 'Welterusten, Theresa.'

10

∞

Boven aan de trap kan ik de tranen niet langer tegenhouden. Tot nu toe vind ik studeren vreselijk, en ik heb nog geen college gevolgd. Waarom hebben ze me geen kamergenote gegeven die op mij lijkt? Ik zou nu moeten slapen, als voorbereiding op maandag. Ik hoor niet thuis op dit soort feesten, en zeker niet bij dit soort mensen. Ik vind Steph best aardig, maar avondjes als dit zijn niets voor mij, en jongens als Hardin al helemaal niet. Ik snap niks van hem. Waarom moet hij altijd zo rot doen? Maar dan denk ik aan die wand vol boeken en vraag ik me af waarom hij er zo veel heeft. Het is gewoon niet mogelijk dat iemand als Hardin, zo'n grove, botte klootzak vol tatoeages, dat soort werken kan waarderen. Het etiket van een bierflesje lijkt me eerder zijn soort lectuur.

Ik wrijf over mijn vochtige wangen en besef dat ik geen flauw idee heb waar dit huis staat of hoe ik terug moet komen naar de studentenflat. Hoe meer ik denk aan de beslissingen die ik vanavond heb genomen, hoe gefrustreerder en gestrester ik word.

Ik had hier beter over na moeten denken. Dit is nu precies de reden waarom ik altijd alles plan: om te voorkomen dat dit soort dingen gebeuren. Het is nog steeds druk in het huis en de muziek staat erg hard. Nate is nergens te bekennen, Zed ook niet. Misschien moet ik gewoon een willekeurige slaapkamer zoeken en daar op de vloer gaan slapen? Er zijn boven minstens vijftien kamers, dus met een beetje geluk moet ik een lege kunnen vinden. Ik wil niet dat iedereen beneden me zo ziet; ik probeer mijn gevoelens te verbergen, maar weet dat dat me niet goed lukt. Ik draai me om, loop terug naar de wc waar ik eerder met Steph was en ga daar op de vloer zitten, met mijn hoofd tussen mijn benen.

Ik bel Noah nogmaals, en deze keer neemt hij al na twee keer op.

'Tess? Het is zo laat, is alles oké?' vraagt hij slaperig.

'Ja. Nee. Ik ben met mijn kamergenote naar een of ander stom feest gegaan en zit nu ergens in een dispuutshuis. Ik kan nergens slapen en heb geen idee hoe ik terug moet komen naar mijn kamer,' zeg ik snikkend. Ik weet dat dit geen kwestie van leven of dood is, maar ik erger me kapot omdat ik zo stom was om in een situatie te belanden die ik niet in de hand heb.

'Een feest? Met dat meisje met dat rode haar?' Hij klinkt verbaasd.

'Ja, met Steph. Maar ze ligt hier ergens buiten westen.'

'Wacht even, waarom ben je met háár mee gegaan? Ze is... ze is zo anders dan degenen met wie jij normaal gesproken omgaat.'

De ergernis in zijn stem irriteert me. Ik wil dat hij zegt dat alles in orde zal komen, dat er morgen weer een dag is. Gewoon iets positiefs en bemoedigends. Niet iets wat zo bot en veroordelend is.

'Daar gaat het niet om, Noah...' Ik slaak een zucht, maar dan rammelt er iemand aan de deurklink en schiet ik overeind. 'Momentje!' roep ik naar degene op de gang. Ik bet mijn ogen met wat toiletpapier, maar daardoor smeer ik de eyeliner alleen maar nog verder uit. Dat is dus de reden waarom ik dat spul nooit gebruik.

'Ik bel je terug, er wil iemand naar de wc,' zeg ik tegen Noah, en ik verbreek de verbinding voordat hij kan protesteren.

Degene op de overloop begint nu op de deur te bonzen. Ik slaak een zucht en sta haastig op om de deur open te doen, nogmaals mijn ogen afvegend. 'Ik zei toch "Momentje"...'

Maar ik val stil bij het zien van een stel kwade groene ogen die me aankijken.

11

∞

Ik kijk in die prachtige groene ogen en besef dat die kleur me tot nu toe niet is opgevallen. Omdat Hardin me met die prachtige, diepe, verbaasde, groene ogen tot nu toe nooit recht heeft aangekeken. Hij wendt snel zijn blik af wanneer ik langs hem naar buiten loop, maar dan grijpt hij me bij mijn arm en trekt me terug.

'Blijf van me af!' gil ik, me losrukkend uit zijn greep.

'Heb je zitten huilen?' vraagt hij op nieuwsgierige toon. Het is dat hij Hardin is, anders zou ik nog gaan denken dat hij zich zorgen maakt.

'Laat me met rust, Hardin.'

Hij gaat voor me staan en verspert me met zijn lange lijf de weg. Ik heb geen zin meer in zijn spelletjes, niet nu. 'Hardin, toe. Als je nog een beetje fatsoen hebt, laat je me nu gaan en bewaar je je gemene opmerkingen voor morgen. Kom op.' Het kan me niet schelen of hij hoort hoe beschaamd en wanhopig ik ben. Ik wil gewoon dat hij me met rust laat.

Er flitst iets van verbazing in zijn ogen voordat hij zijn mond opent. Hij kijkt me even aan en zegt dan pas iets. 'Verderop is een kamer waar je kunt slapen. Daar heb ik Steph ook neergelegd,' zegt hij op vlakke toon. Ik wacht even of hij nog iets gaat zeggen, maar dat doet hij niet. Hij staart me alleen maar aan.

'Goed,' zeg ik zacht, en hij gaat opzij.

'Derde deur aan je linkerhand,' zegt hij voordat hij naar zijn kamer loopt en naar binnen verdwijnt.

Wat was dat in godsnaam? Hardin die geen botte opmerking maakt? Ik weet zeker dat ik morgen het nodige van hem kan verwachten. Hij plant ongetwijfeld zijn vinnige commentaar zoals ik mijn huiswerk plan, en ik weet zeker dat ik voor morgen op de agenda sta.

De derde kamer aan mijn linkerhand is onopvallend, kleiner dan die van Hardin en biedt plaats aan twee brede eenpersoonsbedden. Deze kamer lijkt meer op een typische kamer in een studentenhuis dan de grotere van Hardin. Misschien is hij hier de baas? De meest logische verklaring is dat iedereen zo bang voor hem is dat ze hem de grootste kamer hebben gegeven. Steph ligt op het bed bij het raam, dus schop ik mijn schoenen uit en trek een deken over haar heen voordat ik de deur op slot doe en op het andere bed ga liggen.

Mijn gedachten dwalen alle kanten op voordat ik in slaap val, en mijn dromen worden bevolkt door troebele rozen en kwade groene ogen.

12

∞

Bij het wakker worden duurt het even voordat ik me kan herinneren hoe ik in deze vreemde slaapkamer ben beland. Steph ligt nog steeds te slapen en snurkt onaantrekkelijk, met haar mond open. Ik besluit haar pas wakker te maken als ik weet hoe we thuis kunnen komen. Ik trek snel mijn schoenen aan, pak mijn tas en loop de kamer uit. Moet ik bij Hardin aankloppen of op zoek gaan naar Nate? Is Nate eigenlijk ook lid van het dispuut? Ik zou nooit gedacht hebben dat Hardin bij een gezelligheidsvereniging zat, dus misschien geldt dat ook wel voor Nate.

Ik stap over slapende lijven op de overloop en loop de trap af.

'Nate?' roep ik, hopend op een antwoord. Alleen al in de woonkamer liggen minstens vijfentwintig mensen te slapen. De vloer is bezaaid met rode bekertjes en ander afval, waardoor ik me met moeite een weg weet te banen, maar daardoor besef ik ook hoe schoon het boven was, ondanks die mensen daar. Ik loop de keuken in en moet me beheersen om niet te gaan opruimen. Het zal minstens een dag kosten om dit hele huis schoon te maken. Ik zou maar wat graag zien dat Hardin deze troep zou opruimen en moet giechelen bij de gedachte.

'Wat is er zo grappig?'

Ik draai me om en zie dat Hardin met een vuilniszak in zijn hand binnenkomt. Hij veegt de bekertjes vanaf het aanrecht de zak in.

'Niets,' lieg ik. 'Woont Nate hier ook?'

Hij negeert me en gaat verder met opruimen.

'Woont Nate hier ook?' herhaal ik, dit keer ongeduldiger. 'Hoe eerder ik dat weet, hoe sneller ik ervandoor kan gaan.'

'Goed, nu heb je mijn aandacht. Nee, hij woont hier niet. Vind je hem een type voor een dispuut?' Hij gniffelt.

'Nee, maar dat vind ik jou ook niet,' bijt ik hem toe, waarna zijn kaak verstrakt.

Hij loopt om me heen en trekt het kastje naast mijn heup open om een rol keukenpapier te pakken.

'Rijdt er hier ergens een bus?' vraag ik, hoewel ik niet echt een antwoord verwacht.

'Ja, de halte is een paar straten verderop.'

Ik loop achter hem aan door de keuken. 'Kun je me misschien vertellen waar?'

'Ja hoor. Een paar straten verderop.' Zijn mondhoeken krullen spottend om.

Ik rol met mijn ogen en loop de keuken uit. Hardins plotselinge beleefdheid van gisteravond was duidelijk iets eenmaligs, en vandaag kan ik de volle laag verwachten. Na afgelopen nacht kan zijn gezelschap me gestolen worden.

Ik ga Steph wakker maken, die verbazingwekkend snel ontwaakt en me glimlachend aankijkt. Ik ben blij dat ze in staat is dit verrekte dispuutshuis te verlaten.

'Hardin zegt dat er een paar straten verder een bushalte is,' zeg ik wanneer we samen naar beneden lopen.

'We gaan echt niet met de bus. Een van die sukkels hier brengt ons wel thuis. Hij zat je waarschijnlijk gewoon te stangen,' zegt ze, met haar hand op mijn schouder. In de keuken, waar we Hardin bierblikjes uit de oven zien vissen, is ze een en al bazigheid. 'Hardin, kun je ons misschien even naar huis brengen? Ik barst van de koppijn.'

'Ja hoor, een momentje,' zegt hij, alsof hij de hele tijd al op ons stond te wachten.

Tijdens de rit naar huis zingt Steph mee met alle metal die door de speakers dreunt en draait Hardin de raampjes open, ondanks mijn beleefde verzoek om ze dicht te houden. Hij blijft tijdens de hele rit zwijgen en trommelt aan één stuk door met zijn lange vingers op het stuur. Niet dat ik erop zat te letten.

'Ik kom later nog wel even langs, Steph,' zegt hij tegen haar wanneer ze uitstapt. Ze knikt en zwaait terwijl ik mijn portier open.

'Dag, Theresa,' zegt hij met een spottend lachje. Ik rol met mijn ogen en loop achter Steph aan naar binnen.

13

∞

De rest van het weekend vliegt voorbij en ik slaag erin Hardin te ontlopen. Wanneer ik zondagmorgen vroeg ga winkelen, vertrek ik voordat hij naar onze kamer kan komen en keer ik pas terug wanneer de kans groot is dat hij weer weg is.

Mijn kleine ladekast raakt al snel gevuld met mijn nieuwe kleren, maar terwijl ik die opberg, hoor ik Hardin in mijn gedachten snerend vragen: je weet dat we naar een feest gaan, en niet naar de kerk?

Ik denk dat hij over mijn nieuwe kleren hetzelfde zou zeggen, maar ik heb toch al besloten dat ik nooit meer met Steph mee naar een feest ga, of naar om het even welke plek waar Hardin kan uithangen. Hij is vervelend gezelschap en het voortdurende gebekvecht is vermoeiend.

Eindelijk is het maandagmorgen, de dag van mijn eerste colleges, en ik ben zo voorbereid als maar kan. Ik ben extra vroeg opgestaan om zonder jongens in de buurt op mijn gemak te kunnen douchen. Mijn keurig gestreken witte blouse en roodbruine plooirok liggen al klaar. Net wanneer ik wil vertrekken – een kwartier te vroeg, zodat ik zeker op tijd ben – gaat Stephs wekker. Ze zet hem in de sluimerstand, maar ik vraag me af of ik haar wakker moet maken. Misschien beginnen haar colleges wel later dan die van mij, of misschien is ze niet van plan te gaan. Het lijkt me vreselijk om de eerste dag te moeten missen, maar ze is tweedejaars en zal het wel beter weten dan ik.

Na een laatste blik in de spiegel loop ik naar mijn eerste college. Ik heb er inderdaad goed aan gedaan om de plattegrond van de campus te bestuderen en vind binnen twintig minuten het gebouw waar ik moet zijn. Het lokaal waar Geschiedenis voor eerstejaars wordt gegeven is nog leeg, op één student na.

Blij dat er iemand is die het blijkbaar ook belangrijk vindt om op tijd te komen, ga ik naast hem zitten. Misschien wordt hij wel mijn eerste nieuwe vriend. 'Waar is iedereen?' vraag ik.

Hij glimlacht. Die lach alleen al stelt me gerust. 'Ze moeten vast allemaal rennen om op tijd hier te kunnen zijn,' grapt hij.

Ik mag hem meteen. Dat is precies wat ik ook dacht. 'Ik ben Tessa Young,' zeg ik met een vriendelijke glimlach.

'Landon Gibson,' zegt hij met een al even aanbiddelijke glimlach als zo-even. We blijven met elkaar kletsen totdat het college begint. Ik kom te weten dat hij net als ik Engels als hoofdvak heeft en dat zijn vriendin Dakota heet. Landon drijft geen moment de spot met me en valt tijdens ons ontspannen gesprek niet stil wanneer ik zeg dat Noah een klas lager zit dan ik. Ik weet nu al dat hij iemand is die ik vaker wil zien. Wanneer het lokaal volstroomt, nemen Landon en ik de moeite om onszelf aan de docent voor te stellen.

In de loop van de dag krijg ik er steeds meer spijt van dat ik vijf in plaats van vier vakken heb gekozen. Ik moet het bijna op een rennen zetten om op tijd bij mijn keuzevak Britse Literatuur te zijn, dat gelukkig het laatste college van de dag is. Tot mijn opluchting zie ik Landon op de eerste rij zitten, met naast hem een lege plek.

'Daar ben je weer,' zegt hij glimlachend als ik ga zitten.

De docent begint met het uitdelen van de syllabus voor het semester en vertelt kort iets over zichzelf, zijn besluit om les te gaan geven en zijn liefde voor het onderwerp. Ik vind het geweldig dat het hier zo anders gaat dan op de middelbare school en dat je niet naar voren hoeft te komen om iets over jezelf te vertellen of andere onnodige en gênante dingen te doen.

De docent is net bezig de leeslijst door te nemen wanneer de deur opengaat. Hardin stommelt naar binnen en ik hoor mezelf zachtjes kermen. 'Fantastisch,' mompel ik sarcastisch.

'Ken je Hardin?' vraagt Landon. Hardin moet wel een behoorlijke reputatie op de campus hebben als zelfs een aardige jongen als Landon hem kent.

'Een beetje. Hij is bevriend met mijn kamergenote. Hij is niet mijn favoriete persoon,' fluister ik. Terwijl ik dat zeg, kijken Hardins groene ogen me recht aan, en ik vraag me bezorgd af of hij me heeft gehoord. Wat zou hij dan doen? Maar dan besluit ik dat het me niet kan schelen of hij me heeft gehoord. Het is niet bepaald een geheim dat we elkaar niet moeten.

Ik vraag me wel af wat Landon over hem weet, dus voordat ik mezelf kan tegenhouden, vraag ik: 'Waar ken jij hem eigenlijk van?'

'Ik... eh...' Hij valt stil en draait zich half om, zodat hij achter ons langs kan kijken. Ik kijk op en zie dat Hardin aan het tafeltje naast me gaat zitten. Landon zegt de rest van het college niets meer en houdt zijn blik onafgebroken op de docent gericht.

'Dat was het voor vandaag. Ik zie jullie woensdag weer,' besluit meneer Hill zijn les.

'Ik denk dat dit mijn lievelingscollege gaat worden,' zeg ik op weg naar buiten tegen Landon. Hij is het met me eens, maar zijn gezicht betrekt wanneer hij merkt dat Hardin naast ons komt lopen.

'Wat moet je, Hardin?' vraag ik, even bot als hij altijd is. Het werkt niet, of ik klink niet afgemeten genoeg, want hij lijkt het vooral vermakelijk te vinden.

'Niets. Niets. Ik ben gewoon blij dat we een vak samen hebben,' zegt hij spottend. Hij haalt zijn handen door zijn haar en strijkt het van zijn voorhoofd. Ik zie dat er een ongewoon gevormd symbool voor oneindigheid vlak boven zijn pols is getatoeëerd, maar hij laat zijn hand zakken voordat ik heb kunnen zien wat eromheen staat.

'Ik zie je, Tessa,' zegt Landon, en hij gaat ervandoor.

'Natuurlijk word jij vriendjes met de sloomste jongen van de klas.' Hardin kijkt hem na.

'Hou op. Hij is erg aardig. Dat kan ik van jou niet zeggen.' Ik schrik van mijn eigen harde woorden. Hij brengt echt het ergste in me naar boven.

Hardin kijkt weer naar mij. 'Jij wordt bij elk gesprek pittiger, Theresa.'

'Als je me nog één keer Theresa noemt...' zeg ik waarschuwend, maar hij moet lachen. Ik probeer me voor te stellen hoe hij er zonder al die tatoeages en piercings uit zou zien. Zelfs met al die troep ziet hij er knap uit, maar zijn beroerde karakter bederft het behoorlijk.

We lopen terug in de richting van mijn studentenflat, maar na nog geen twintig meter roept hij opeens 'Loop niet zo naar me te kijken!' en verdwijnt nog voordat ik iets kan zeggen de hoek om.

14

∞

Na een paar uitputtende maar spannende dagen is het eindelijk vrijdag en zit mijn eerste week als studente er bijna op. Ik ben tevreden over het verloop van de week en wil in het weekend, wanneer Steph toch naar een of ander feest zal gaan en ik onze kamer voor mezelf heb, naar een stel films kijken. Nu ik van alle colleges de syllabus heb gekregen, is het ook veel gemakkelijker om vooruit te werken. Ik pak mijn tas en vertrek ruim op tijd, zodat ik bij het koffiehuis nog even een beker koffie kan halen voor wat extra energie.

'Jij bent toch Tessa?' hoor ik een meisje achter me in de rij zeggen. Ik draai me om en zie het meisje met het roze haar staan dat ik op het feest heb gezien. Ik geloof dat Steph haar Molly noemde.

'Ja, dat klopt,' antwoord ik, voordat ik me omdraai naar de toonbank om zo een poging tot een gesprek af te kappen.

'Kom je vanavond ook naar het feest?' vraagt ze. Ik draai me zuchtend om, er zeker van dat ze me in de maling neemt, en wil net mijn hoofd schudden wanneer ze vervolgt: 'Je moet komen, het wordt helemaal geweldig.' Ze strijkt met haar kleine vingers over een grote tatoeage van een elfje op haar onderarm.

Ik zwijg even, maar schud dan mijn hoofd en zeg: 'Sorry, ik heb al andere plannen.'

'Jammer. Ik weet dat Zed je graag weer wil zien.'

Nu barst ik in lachen uit, maar ze glimlacht alleen maar.

'Wat? Hij had het gisteren nog over je.'

'Dat lijkt me niet... en trouwens, ik heb al een vriendje,' zeg ik, waardoor haar lach nog breder wordt.

'Jammer, anders hadden we er een dubbele date van kunnen maken,' zegt ze dubbelzinnig. Godzijdank roept de barista net op dat moment dat mijn bestelling klaar is. In mijn haast pak ik de beker te snel vast en mors ik gloeiendhete koffie over mijn hand. Ik vloek en hoop maar dat dit geen voorbode is voor het weekend. Molly zwaait me gedag en ik glimlach beleefd voordat ik naar buiten loop. Haar opmerking blijft door mijn hoofd spoken. Een dubbele date? Met wie dan? Met haar en Hardin? Gaan die twee echt met elkaar? Zed is weliswaar aardig en knap, maar Noah is mijn vriend en ik zou hem nooit kwetsen. Ik weet dat we elkaar deze week niet vaak hebben gesproken, maar dat kwam doordat we het allebei zo druk hadden. Ik neem me voor hem die avond te bellen om bij te praten en te horen hoe hij het zonder mij redt.

Na mijn gemorste koffie en mijn ongemakkelijke ontmoeting met Roze Haar verloopt de rest van de dag beter. Landon en ik hadden afgesproken om elkaar voor het college bij de koffietent te treffen, en hij staat inderdaad tegen de bakstenen muur geleund en begroet me met een brede glimlach.

'Ik ga er vandaag na een half uur al vandoor. Ik ben vergeten je te vertellen dat ik voor het weekend naar huis vlieg,' zegt hij. Ik ben blij voor hem dat hij Dakota gaat opzoeken, maar het lijkt me vreselijk om zonder hem bij Britse Literatuur te zitten, zeker als Hardin er wel is. Al vraag ik me af of hij komt opdagen. Woensdag was hij er niet. Niet dat ik erop zat te letten of zo.

Ik draai me naar hem om. 'Nu al? Het semester is net begonnen.'

'Ze is jarig, en ik heb haar maanden geleden al beloofd dat ik zou komen.' Hij haalt zijn schouders op.

Tijdens het college gaat Hardin weer naast me zitten, maar hij zegt geen woord, zelfs niet wanneer Landon, zoals aangekondigd, er na een half uur vandoor gaat, waardoor ik me opeens veel bewuster ben van Hardins aanwezigheid.

'Vanaf maandag bespreken we een week lang *Pride and Prejudice* van Jane Austen,' zegt meneer Hill aan het einde van het college. Ik doe geen poging mijn opwinding te verbergen en weet bijna zeker dat ik een verrukt kreetje slaak. Dat is een van mijn lievelingsboeken, ik heb het zeker een keer of tien gelezen.

Hardin heeft tijdens de les helemaal niets tegen me gezegd, maar komt wel vlak naast me lopen. Aan zijn uitgestreken gezicht kan ik al zien wat hij gaat zeggen.

'Laat me raden, je bent stapelgek op Mr. Darcy?'

'Dat geldt voor iedere vrouw die dat boek heeft gelezen,' zeg ik zonder hem aan te kijken. We komen bij de kruising, waar ik naar links en naar rechts kijk voordat ik oversteek.

'Natuurlijk,' zegt hij lachend. Hij loopt over het drukke trottoir achter me aan.

'Je begrijpt vast niet wat er zo aantrekkelijk aan Darcy is.' Ik denk even aan de grote verzameling boeken op Hardins kamer. Die zijn toch niet van hem? Dat kan toch niet?

'Een onbeleefde, onuitstaanbare vent als romantische held? Dat is bespottelijk. Als Elizabeth een beetje verstand in haar kop had gehad, had ze hem bij hun eerste ontmoeting al verteld dat hij kon opsodemieteren.'

Ik moet lachen om zijn woordkeuze, maar sla dan mijn hand voor mijn mond om mezelf tegen te houden. Ik vind dit gesprek best aangenaam, maar het kan niet lang duren – hoogstens een minuut of drie, als ik mazzel heb – voordat hij iets lelijks zegt. Wanneer ik opkijk en de kuiltjes in zijn wangen zie, moet ik bekennen dat hij knap is. Ondanks al die piercings.

'Dus je bent het met me eens dat Elizabeth dom is?' Hij trekt een wenkbrauw op.

'Nee, ze is een van de sterkste en meest gecompliceerde personages uit de wereldliteratuur,' verdedig ik haar met een citaat uit een van mijn favoriete films.

Hij lacht opnieuw, en ik val hem bij, maar een paar tellen later, wanneer hij merkt dat we samen staan te lachen, houdt hij er opeens mee op en verdwijnt de lach van zijn gezicht. Er vonkt iets in zijn ogen. 'Ik zie je nog wel, Theresa,' zegt hij. Hij draait zich met een ruk om en loopt terug in de richting van de campus.

Wat is dat toch met hem? Voordat ik er echt over kan nadenken, gaat mijn mobieltje. Ik zie Noahs naam op het display staan en neem op, maar ik voel me gek genoeg een beetje schuldig.

'Hé, Tess, ik wilde je nog een berichtje sturen, maar toen bedacht ik dat ik je net zo goed kon bellen.' Noahs stem klinkt afgemeten en een tikje afwezig.

'Wat ben je aan het doen? Je klinkt gehaast.'

'O, ik ben op weg naar een afspraak met een paar vrienden,' legt hij uit.

'Nou, dan zal ik je niet ophouden. Ik ben zo blij dat het vrijdag is. Ik ben echt toe aan het weekend!'

'Je gaat toch niet weer naar een feest? Je moeder is nog steeds teleurgesteld.'

Wacht eens, waarom heeft hij dat aan mijn moeder verteld? Ik vind het fijn dat hij zo goed met haar kan opschieten, maar soms is het net alsof hij een klein broertje is dat voortdurend loopt te klikken, in plaats van mijn vriend. Ik maak die vergelijking liever niet, maar het is wel zo.

In plaats van tegen hem in te gaan, zeg ik alleen maar: 'Nee, ik blijf dit weekend lekker thuis. Ik mis je.'

'Ik mis jou ook, Tessa. Heel erg. Bel je me later nog?'

Ik zeg ja, en na een wederzijds 'Ik hou van je' hangen we op.

Terug op onze kamer zie ik dat Steph zich staat op te maken voor het volgende feest, waarschijnlijk hetzelfde waarover Molly het had. Ik log in op Netflix en scrol door de lijst met films.

'Ik wou dat je meeging. Deze keer blijf ik echt niet de hele nacht. Ga gewoon even mee. Je blijft hier toch niet op dit kamertje films kijken!' jammert Steph. Ik moet lachen. Steph blijft tijdens het opkammen van haar haar tegen me zeuren en trekt drie verschillende outfits aan voordat ze ten slotte voor een groen jurkje kiest dat weinig aan de verbeelding overlaat. Ik moet toegeven dat die felle kleur erg goed past bij haar knalrode haar en benijd haar om haar zelfvertrouwen. Tot op zekere hoogte heb ik dat ook wel, maar ik weet ook dat ik veel grotere borsten en bredere heupen heb dan de meeste vrouwen van mijn leeftijd. Ik draag vooral kleren die mijn borsten kleiner moeten laten lijken, maar zij probeert de hare zo veel mogelijk te benadrukken.

'Je hebt gelijk...' zeg ik om haar een plezier te doen. Maar dan wordt het scherm van mijn laptop opeens zwart. Ik druk op het aan-uitknopje en wacht... en blijf wachten. Het scherm blijft zwart.

'Zie je wel! Dat is gewoon een teken. En mijn laptop ligt bij Nate, dus die kan ik je niet lenen.' Ze lacht tevreden en kamt opnieuw haar haar.

Ik kijk haar aan en besef dat ik liever niet alleen op onze kamer blijf zitten, niet nu ik niets meer te doen heb.

'Goed, ik ga wel mee,' zeg ik.

Ze springt op en neer en klapt in haar handen.

'Maar dan gaan we voor twaalven weer naar huis.'

15

∞

Ik verruil mijn pyjama voor een nieuwe jeans die ik nog niet eerder heb gedragen. Die zit iets strakker dan het soort broeken dat ik gewoonlijk draag, maar ik moet hoognodig een wasje draaien en heb niet veel te kiezen. Mijn zwarte topje is eenvoudig en mouwloos, met een knoopsluiting en een kanten randje op de schouders.

'Hé, wat een leuke kleren,' zegt Steph tegen me. Ik glimlach en ze wil me opnieuw haar eyeliner aanbieden.

'Deze keer niet,' zeg ik, denkend aan de vorige keer toen mijn tranen zo'n smeerboel van mijn make-up maakten. Waarom ga ik eigenlijk terug naar dat huis?

'Oké. Nou, in plaats van Nate komt Molly ons ophalen. Ze heeft net een berichtje gestuurd dat ze er zo aan komt.'

'Ik geloof niet dat Molly me aardig vindt,' zeg ik met een blik in de spiegel.

Steph houdt haar hoofd scheef. 'Hè, wat? Natuurlijk vindt ze je wel aardig. Ze kan af en toe alleen een beetje lullig uit de hoek komen en is soms iets te eerlijk. Ik denk dat ze nogal van je onder de indruk is.'

'Van mij? Waarom in vredesnaam?' Ik moet lachen. Steph heeft er duidelijk niets van begrepen.

'Omdat je zo anders bent dan wij, denk ik,' zegt ze glimlachend. Dat weet ik ook wel, maar in mijn ogen zijn zij juist 'anders'. 'Maar maak je maar niet druk over haar, ze zal vanavond wel behoorlijk afgeleid zijn.'

'Door Hardin?' flap ik er zonder nadenken uit. Ik blijf in de spiegel kijken, maar het ontgaat me niet dat ze naar me kijkt, met één wenkbrauw opgetrokken.

'Nee, waarschijnlijk door Zed. Ze heeft elke week een ander.'

Ik vind het nogal grof om zoiets over een vriendin te zeggen, maar ze lacht alleen maar en trekt haar topje recht.

'Ik dacht dat ze iets met Hardin had?' Ik denk aan die twee, vrijend op het bed.

'Nee zeg, Hardin doet niet aan relaties. Hij neukt wel met heel veel meiden, maar hij heeft er geen verkering mee. Nooit.'

'O,' is alles wat ik kan uitbrengen.

Het feest van vanavond lijkt precies op dat van een week geleden. Binnen in het huis en buiten op het gazon wemelt het van de dronken studenten. Waarom kan ik niet gewoon op mijn kamer blijven en naar het plafond liggen staren?

Zodra we op het feest aankomen, gaat Molly ervandoor en beland ik ergens naast de bank, waar ik minstens een uur blijf zitten voordat Hardin langsloopt.

'Jij ziet er... anders uit,' zegt hij na een korte stilte. Zijn blik glijdt over mijn lijf en keert dan terug naar mijn gezicht. Hij probeert niet eens te verbergen dat hij me van top tot teen bekijkt. Ik zeg niets, en dan kijkt hij me recht in mijn ogen. 'Je draagt voor de verandering eens kleren die passen.'

Ik rol met mijn ogen en trek mijn topje recht. Had ik maar mijn gebruikelijke kleren aangetrokken, die veel ruimer vallen.

'Ik had je hier niet verwacht.'

'Ik ook niet,' zeg ik, en ik loop weg. Hij komt me niet achterna, maar diep in mijn hart wens ik dat hij dat wel doet.

Een paar uur later is Steph weer bezopen. Hetzelfde geldt trouwens voor de anderen.

'Laten we *truth or dare* spelen,' zegt Zed met dubbele tong. Een klein groepje van zijn vrienden verzamelt zich rond de bank. Molly geeft Nate een fles gevuld met een doorzichtig drankje waarvan hij een flinke slok neemt. Hardins hand is zo groot dat het rode bekertje waaruit hij drinkt er helemaal in verdwijnt. Er voegt zich nog een punkmeisje bij het groepje, zodat de spelers nu bestaan uit Hardin, Zed, Nate, Nates kamergenoot Tristan, Molly, Steph en het nieuwe meisje.

Ik bedenk me net dat een dronken versie van dat spel onmogelijk goed kan aflopen wanneer Molly met een gemeen lachje opmerkt: 'Jij moet ook meedoen, Tess.'

'Nee, liever niet.' Ik kijk ingespannen naar een bruine vlek op het tapijt.

'Ze is veel te preuts om mee te doen,' zegt Hardin tegen de anderen.

Ze moeten er allemaal om lachen, behalve Steph. Zijn woorden maken me kwaad. Ik ben niet preuts. Goed, je kunt me onmogelijk wild noemen, maar ik ben geen non of zo. Ik kijk Hardin boos aan en ga in kleermakerszit in hun kringetje zitten, tussen Nate en het andere meisje in. Hardin moet lachen en fluistert iets tegen Zed voordat ze beginnen.

Bij de eerste paar beurten moet Zed een heel blikje bier wegklokken, moet Molly de groep haar blote borsten laten zien (en dat doet ze ook) en moet Steph bekennen dat ze tepelpiercings heeft.

'Truth of dare, Theresa?' vraagt Hardin.

Ik hap even naar adem. 'Truth?' breng ik met een hoog stemmetje uit.

Hij moet lachen en mompelt 'Natuurlijk', maar ik negeer hem. Nate wrijft in zijn handen.

'Goed. Ben je... nog maagd?' vraagt Zed, en nu stik ik bijna. Niemand lijkt verbaasd over die brutale vraag, alleen ik. Ik word vuurrood en zie dat ze allemaal hun lachen proberen in te houden.

'Nou?' zegt Hardin.

Ik wil dolgraag wegrennen en me verstoppen, maar ik knik alleen maar. Natuurlijk ben ik nog maagd. Noah en ik zijn nooit verder gekomen dan flink zoenen en elkaar hier en daar betasten. Met onze kleren aan, natuurlijk.

Mijn antwoord lijkt niemand echt te verrassen. Ze kijken eerder geboeid.

'Dus je bent al twee jaar met Noah, maar jullie hebben het nog nooit gedaan?' wil Steph weten.

Ik schuif ongemakkelijk heen en weer, en dan schud ik simpelweg mijn hoofd. 'Hardin is aan de beurt', zeg ik snel, in de hoop de aandacht van mij te kunnen afleiden.

16

∞

'Dare,' zegt Hardin, voordat ik hem heb kunnen vragen wat hij kiest. Zijn groene ogen kijken me zo indringend aan dat ik het gevoel krijg dat ik aan de beurt ben, dat ik degene ben die iets moet durven.

En nu aarzel ik, want ik heb hier niet echt over nagedacht en had niet op een dergelijke reactie gerekend. Wat moet ik hem vragen te doen? Ik weet dat er niets is wat hij niet zal doen, gewoon omdat hij me dat plezier niet gunt.

'Ik... eh... Je moet...'

'Wat moet ik?' vraagt hij ongeduldig. Ik daag hem bijna uit om iets aardigs over iedereen in ons groepje te zeggen, maar ik besluit het niet te doen, al had het erg grappig kunnen uitpakken.

'Je moet je shirt uittrekken en het hele spel lang zo blijven zitten!' roept Molly. Ik voel opluchting. Niet omdat Hardin zijn shirt zal uittrekken, maar omdat ik niets kon bedenken en ik hem nu geen opdracht hoef te geven.

'Wat kinderachtig,' zegt hij verongelijkt, maar hij doet het wel. Onwillekeurig gaat mijn blik naar zijn lange bovenlijf en naar de zwarte lijnen die over zijn opvallend gebruinde huid kronkelen. Onder de vogels op zijn borstkas zit een grote boom met kale, spookachtige takken die tot op zijn buik reikt. Zijn bovenarmen zijn met meer tattoos bedekt dan ik had verwacht, en kleine, op het oog willekeurige afbeeldingen zitten verspreid over zijn schouders en heupen. Steph geeft me een por, en ik ruk mijn blik los, hopend dat niemand me heeft zien staren.

Het spelletje gaat verder. Molly zoent met zowel Tristan als Zed. Steph vertelt over haar eerste keer. Nate zoent met het andere meisje.

Hoe ben ik in vredesnaam midden in een groepje onaangepaste studenten beland bij wie de hormonen door hun lijf gieren?

'Tessa, truth of dare?' vraagt Tristan.

'Waarom vraag je dat nog? Ze zegt toch...' begint Hardin, maar tot mijn eigen verbazing, en die van hen, val ik hem in de rede met 'Dare'.

'Hmm... Tessa, wat je moet doen, is... een shotje wodka drinken,' zegt Tristan met een lachje.

'Ik drink geen alcohol.'

'Eh, dat is dus het hele punt van dit spel.'

'Hé, als je het echt niet wilt...' begint Nate, maar ik kijk op en zie dat Hardin en Molly me allebei uitlachen.

'Goed, eentje dan,' zeg ik. Ik verwacht dat Hardin me opnieuw vol minachting zal aankijken, maar wanneer onze blikken elkaar kruisen, kijkt hij me alleen maar vreemd aan. Iemand geeft me de fles met de doorzichtige drank aan. Ik maak de fout om die onder mijn neus te houden. De wodka stinkt en prikt hevig in mijn neusgaten. Ik trek mijn neus op en probeer het gegrinnik achter me te negeren. Ik probeer niet te denken aan al die monden die de fles voor mij hebben aangeraakt en zet hem aan mijn lippen. De wodka brandt op mijn tong en in mijn keel, helemaal tot aan mijn maag aan toe, maar ik weet de drank binnen te houden, al is de smaak verschrikkelijk vies. Het groepje applaudisseert lachend, behalve Hardin. Als ik hem niet beter kende, zou ik denken dat hij kwaad of teleurgesteld was. Hij doet zo vreemd.

Korte tijd later voel ik mijn wangen branden en neemt de hoeveelheid alcohol in mijn bloed bij elke beurt, en daarmee bij elke opdracht, verder toe. Ik neem elke keer gehoorzaam een slok en moet bekennen dat ik me voor de verandering ontspannen voel. Ik voel me lekker. Alles lijkt veel gemakkelijker. De mensen om me heen lijken leuker dan eerder op de avond.

'Nog een keer,' zegt Zed lachend. Hij neemt een slok en geeft de fles dan voor de vijfde keer aan mij. Ik kan me niet eens meer herinneren wat de opdrachten en waarheden bij de laatste paar beurten van de anderen waren. Deze keer neem ik twee grote slokken, maar dan rukt iemand de fles uit mijn handen.

'Volgens mij heb je wel genoeg gehad,' zegt Hardin, die de fles aan Nate geeft. Nate neemt een slok.

Wat denkt Hardin nou, dat hij me kan vertellen wanneer het genoeg is? De anderen drinken gewoon door, dus dat wil ik ook. Ik trek de wodka uit Nates handen en kijk Hardin even met een zelfvoldaan lachje aan voordat ik de fles aan mijn lippen zet.

'Niet te geloven dat je nog nooit dronken bent geweest, Tessa. Het is leuk, hè?' vraagt Zed, en ik moet giechelen. Even denk ik aan de preken van mijn moeder over onverantwoordelijk gedrag, maar dan ban ik haar uit mijn gedachten. Het is maar voor één avond.

'Hardin, truth of dare?' vraagt Molly. Natuurlijk kiest hij voor dare.

'Zoen Tessa,' zegt ze met een gemaakt lachje.

Hardin spert zijn ogen open, en ondanks de drank, die alles veel spannender maakt, wil ik het liefste hard wegrennen.

'Nee, ik heb een vriendje,' zeg ik, waarmee ik iedereen voor de zoveelste keer die avond aan het lachen maak. Wat doe ik eigenlijk met lui die me uitlachen?

'Ja, en? Het is maar een spelletje. Doe het gewoon,' dringt Molly aan.

'Nee. Ik ga niemand zoenen,' zeg ik kortaf. Ik sta op. Hardin neemt zonder me aan te kijken een slok uit zijn bekertje. Ik hoop dat hij beledigd is. Ik heb er genoeg van dat hij zo tegen me doet. Hij heeft de pest aan me en is ontzettend onbeschoft.

Pas wanneer ik opsta, voel ik wat de alcohol heeft aangericht. Ik struikel bijna, maar weet overeind te blijven en van het groepje weg te lopen. Ondanks de drukte slaag ik er zelfs in de voordeur te vinden. Zodra ik buiten sta, voel ik de frisse herfstwind. Ik doe mijn ogen dicht, adem diep in en ga dan op het bekende stenen muurtje zitten. Voordat ik goed en wel besef wat ik doe, heb ik mijn mobieltje in mijn handen en bel ik Noah.

'Hallo?' zegt hij. Nu ik zijn vertrouwde stem hoor en een lijf vol drank heb, mis ik hem nog veel meer.

'Hoi... schatje.' Ik trek mijn knieën op tot mijn borst.

Een korte stilte. 'Tessa, heb je gedronken?' Hij klinkt beschuldigend. Ik had hem niet moeten bellen.

'Nee... natuurlijk niet,' lieg ik, voordat ik de verbinding verbreek. Ik houd het knopje ingedrukt. Ik wil niet dat hij me terugbelt. Hij verpest, zelfs nog meer dan Hardin, het lekkere gevoel dat de wodka me geeft.

Ik strompel terug naar binnen, het gefluit en de grove opmerkingen van de dronken dispuutsjongens negerend. Ik pak een fles bruine drank van het aanrecht in de keuken en neem een veel te grote slok. Het smaakt nog viezer dan de wodka en het voelt alsof mijn keel in brand staat. Ik tast naar een beker met iets wat de smaak kan wegspoelen en pak ten slotte maar een glas uit het keukenkastje en vul dat met kraanwater. Het branderige gevoel zakt een klein beetje af. Door een opening tussen al die mensen zie ik mijn 'vrienden' nog steeds in een kring zitten, verdiept in dat stomme spelletje.

Zijn ze wel mijn vrienden? Ik denk het niet. Ze willen me er alleen maar bij hebben zodat ze om mijn onervarenheid kunnen lachen. Hoe durfde Molly te zeggen dat Hardin me moest zoenen – ze wéét dat ik een vriendje heb. En in tegenstelling tot haar doe ik het niet met om het even wie. Ik heb in mijn hele leven nog maar met twee jongens gezoend, Noah en Johnny, en Johnny was een jongen met sproeten uit groep zes, die me daarna tegen mijn schenen schopte. Zou Hardin het hebben gedaan? Ik denk het niet. Zijn lippen zijn zo roze en vol, en mijn hart begint sneller te kloppen wanneer ik denk aan Hardin die zich naar me toe buigt om me te kussen.

O nee! Waarom denk ik dat? Ik drink nooit meer.

Een paar minuten later begint de kamer te draaien en voel ik me misselijk. Mijn voeten brengen me naar de wc boven, waar ik voor het toilet ga zitten, in de verwachting dat ik moet kotsen, maar dat gebeurt niet. Kermend hijs ik mezelf overeind. Ik wil nu wel terug naar onze kamer, maar daar is Steph nog lang niet aan toe. Ik had niet mee moeten gaan. Het gaat weer net zoals de vorige keer.

Voordat ik mezelf kan tegenhouden, ligt mijn hand op de deurknop van de enige kamer in dit grote huis die me enigszins vertrouwd is. De deur van Hardins kamer zwaait moeiteloos open. Hij beweert dat hij altijd zijn deur op slot doet, maar hieruit blijkt het tegendeel. Zijn kamer ziet er net zo uit als de vorige keer, alleen danst nu de vloer onder mijn wankele voeten. *Wuthering Heights* staat niet op de plank, maar ligt op het nachtkastje, naast *Pride and Prejudice*. Ik moet denken aan wat Hardin over dat boek zei. Hij heeft het duidelijk al eens gelezen – en begrepen – en dat is voor iemand van onze leeftijd, zeker voor een jongen, erg ongebruikelijk. Misschien heeft hij het al eerder voor school moeten lezen. Maar waarom ligt *Wuthering Heights* hier? Ik pak het boek, ga op het bed zitten en sla het halverwege open. Mijn blik glijdt over de bladzijde en de kamer houdt op met draaien.

Ik ben zo verdiept in de wereld van Catherine en Heathcliff dat ik niet eens hoor dat de deur opengaat.

'Welk deel van "Er mag niemand op mijn kamer komen" heb je niet begrepen?' dreunt Hardins stem. Zijn kwade gezicht maakt me bang, maar ik moet tegelijkertijd ook lachen.

'S-sorry. Ik...'

'Rot op,' bijt hij me toe.

Ik kijk hem boos aan. De wodka giert nog door mijn lijf, zo hevig dat ik besluit dat ik Hardin niet tegen me laat schreeuwen. 'Wat ben je toch een lul!' zeg ik luider dan mijn bedoeling is.

'Je zit weer op mijn kamer, terwijl je weet dat ik dat niet wil hebben. Lazer op!' roept hij. Hij loopt naar me toe.

En nu Hardin zo vlak voor me staat, kokend van woede en de indruk wekkend dat ik de vreselijkste persoon ben die hij ooit heeft ontmoet, knapt er iets in me. Mijn laatste restje zelfbeheersing verdwijnt, en ik stel de vraag die ik al de hele tijd wilde stellen, zonder dat ik het toe durfde te geven.

'Waarom vind je me niet aardig?' wil ik weten. Ik kijk naar hem op.

Het is een voor de hand liggende vraag, maar eerlijk gezegd weet ik niet of mijn gekwetste ego het antwoord kan verdragen.

17

∞

Hardin kijkt me kwaad aan. Zijn blik is agressief, maar ook onzeker. 'Waarom vraag je dat?'

'Dat weet ik niet... Omdat ik wel aardig tegen jou ben, maar jij alleen maar onaardig tegen mij hebt gedaan.' En dan voeg ik eraan toe: 'En ik dacht nog wel dat we vrienden konden worden.' Dat klinkt zo stom dat ik, wachtend op zijn antwoord, mijn vingers tegen de brug van mijn neus druk.

'Vrienden? Wij?' Lachend steekt hij zijn handen omhoog. 'Het is toch wel duidelijk dat dat er niet in zit?'

'Niet voor mij.'

'Nou, om te beginnen ben jij veel te netjes; je bent vast opgegroeid in een of ander keurig huis dat er net zo uitziet als alle andere huizen in de straat. Je ouders hebben je ongetwijfeld alles gegeven waar je om vroeg, dus je had alles wat je hartje begeerde. En die stomme plooirokjes! Ik bedoel, welke meid van achttien draagt er nu zoiets?'

Mijn mond valt open. 'Je weet helemaal niets van me, dus doe niet zo uit de hoogte. Ik heb een heel ander leven gehad dan jij denkt! Mijn vader was alcoholist en ging ervandoor toen ik tien was, en mijn moeder heeft zich kapotgewerkt om mij te kunnen laten studeren. Ik heb op mijn zestiende een bijbaantje genomen om haar te kunnen helpen, en ik vind mijn kleren toevallig leuk – we lopen er niet allemaal zo bij als die sletten aan wie jij gewend bent! Voor iemand die wanhopig zijn best doet om anders te zijn dan anderen heb je wel heel erg veel vooroordelen over mensen die niet zo zijn als jij!' roep ik. De tranen staan in mijn ogen.

Ik draai me om, zodat hij me zo niet zal zien, maar het ontgaat me niet dat hij zijn vuisten balt. Alsof híj degene is die zich kwaad mag maken.

'En weet je, Hardin, ik wíl niet eens vrienden met je zijn.' Ik pak de deurklink vast. Door de wodka, die me eerst zo dapper maakte, voel ik me nu ook verdrietig over de hele situatie, en over ons geruzie.

'Waar ga je naartoe?' vraagt hij. Zo onvoorspelbaar. Zo snel van stemming veranderend.

'Naar de bushalte, zodat ik de bus naar huis kan pakken en hier nooit meer terug hoef te komen. Ik heb er genoeg van om aardig te doen, tegen jou en tegen de anderen.'

'Je moet zo laat niet alleen de bus pakken.'

Ik draai me met een ruk om. 'Doe nu niet alsof dat je iets kan schelen.' Ik moet lachen. Ik kan die veranderingen in hem niet meer bijhouden.

'Dat zeg ik niet... Ik waarschuw je alleen maar. Het is niet verstandig.'

'Nou, Hardin, ik heb niet bepaald veel keuze. Iedereen hier is dronken, ik ook.' En dan komen de tranen. Ik voel me zo opgelaten omdat nota bene Hardin me ziet huilen. Opnieuw.

'Huil je altijd op feesten?' vraagt hij, met zijn hoofd scheef. Ik zie het begin van een glimlach.

'In jouw gezelschap blijkbaar wel. En aangezien ik pas naar feesten ga sinds ik hier woon...' Ik pak opnieuw de deurknop en doe de deur open.

'Theresa,' zegt hij, zo zacht dat ik hem bijna niet versta. Zijn gezicht is ondoorgrondelijk. De kamer begint weer te draaien en ik grijp de ladekast naast zijn deur vast.

'Gaat het?' vraagt hij.

Ik knik, hoewel ik me misselijk voel.

'Ga even zitten. Je kunt altijd nog naar de bushalte lopen.'

'Ik dacht dat er niemand op je kamer mocht komen.' Ik laat me op de vloer zakken.

Ik hik even, en hij zegt meteen waarschuwend: 'Als je hier moet kotsen...'

'Ik moet gewoon wat water drinken.'

Ik wil opstaan, maar hij legt een hand op mijn schouder om me tegen te houden en geeft me zijn rode bekertje aan. 'Hier.'

Ik rol met mijn ogen en duw het weg. 'Ik zei "water", niet "bier".'

'Dit is water. Ik drink niet,' zegt hij.

Ik maak een geluid, ergens tussen een lach en een zucht. Hardin die niet drinkt? Dat kan niet. 'Goh, wat ben jij grappig. Je blijft hier toch niet babysitten, hè?' Ik voel me zo beroerd dat ik het liefste alleen wil zijn, en bovendien begin ik me, nu het effect van de alcohol uitgewerkt raakt, schuldig te voelen omdat ik tegen Hardin heb staan schreeuwen. 'Je haalt het ergste in me naar boven,' mompel ik hardop, zonder het te willen.

'Dat is wel wat overdreven,' antwoordt hij op ernstige toon. 'En ja, ik blijf hier babysitten. Je bent voor de eerste keer in je leven dronken en je hebt de gewoonte om mijn spullen aan te raken als ik er niet bij ben.' Hij gaat op zijn bed zitten en trekt zijn benen op. Ik pak het bekertje water en neem een slok. Ik proef een vleugje munt langs de rand en vraag me zonder het te willen af hoe Hardins mond zou smaken. Maar dan belandt het water boven op de alcohol in mijn maag en voel ik me opeens veel minder goed.

O god, ik drink nooit meer, zeg ik tegen mezelf wanneer ik weer op de vloer ga zitten. Na een paar minuten stilte zegt Hardin eindelijk iets. 'Mag ik je iets vragen?'

Zijn uitdrukking vertelt me dat ik beter nee kan zeggen, maar alles om me heen beweegt nog steeds een beetje, en omdat ik denk dat een gesprek me kan helpen me te concentreren, zeg ik: 'Ja, hoor.'

'Wat wil je na je studie gaan doen?'

Ik bekijk hem opeens met andere ogen. Dit was wel het laatste wat ik had verwacht. Ik dacht dat hij wilde vragen waarom ik nog steeds maagd ben, of waarom ik niet drink.

'Ik wil graag schrijfster worden. Of uitgever. Het ligt eraan welke kans zich eerder voordoet.' Ik kan maar beter niet te openhartig tegen hem zijn, want hij zal me toch uitlachen. Maar wanneer hij geen antwoord geeft, vat ik moed en stel ik hem dezelfde vraag. Hij rolt even met zijn ogen, maar zegt niets. Ten slotte vraag ik: 'Zijn die boeken van jou?' Al is dat waarschijnlijk ook zinloos.

'Ja,' mompelt hij.

'Wat is je lievelingsboek?'

'Ik doe niet aan lievelingsdingen.'

Met een zucht pluk ik aan een los draadje aan mijn spijkerbroek.

'Weet Brave Hendrik dat je weer naar een feest bent?'

'Brave Hendrik?' Ik kijk weer naar hem op, niet-begrijpend.

'Je vriendje. Dat is echt de grootste sukkel die ik ooit heb gezien.'

'Dat moet je niet zeggen. Hij is... hij is... aardig,' zeg ik hakkelend.

Hardin moet lachen en ik hijs mezelf overeind. Hij kent Noah helemaal niet. 'Je mag hopen dat je ooit zo aardig wordt als hij,' zeg ik bits.

'Aardig? Is dat het eerste woord dat bij je opkomt als je het over je vriendje hebt? Aardig is een "aardige" manier om te zeggen dat hij vreselijk saai is.'

'Je kent hem niet.'

'Nou, ik weet wel dat hij saai is. Dat zag ik aan zijn vest en zijn pantoffels.' Hardin gooit lachend zijn hoofd in zijn nek en ik kan de kuiltjes in zijn wangen niet negeren.

'Hij draagt geen pantoffels,' zeg ik, maar ik sla mijn hand voor mijn mond om te voorkomen dat ik samen met hem om mijn vriendje ga lachen. Ik pak het bekertje water en neem nog een slok.

'Nou, als hij al twee jaar met je gaat en nog niet met je heeft geneukt, dan is hij in mijn ogen een sukkel.'

Ik spuug het water uit in het bekertje. 'Wát zei je?' Net wanneer ik denk dat we iets beter met elkaar kunnen opschieten, komt hij met zoiets.

'Je hebt me wel gehoord, Theresa.' Zijn glimlach is wreed.

'Je bent een klootzak, Hardin,' zeg ik met een grom. Ik gooi het halflege bekertje naar hem toe, en hij reageert precies zoals ik hoopte: geschrokken. Terwijl hij zijn gezicht droogwrijft, sta ik wankelend op, met de boekenplank als steun. Er vallen een paar boeken op de vloer, maar ik heb er geen oog voor en ren de kamer uit. Ik stommel naar beneden en baan me tussen de mensen door een weg naar de keuken. Mijn woede is sterker dan mijn misselijkheid, en het enige wat ik wil, is Hardins nare lachje uit mijn geheugen bannen. In een andere kamer zie ik Zeds zwarte haar boven de menigte uitsteken. Ik loop naar hem toe. Hij zit naast een leuke jongen, een beetje een kakker.

'Hoi Tessa, dit is Logan, een vriend van me,' stelt Zed ons aan elkaar voor.

Logan glimlacht naar me en steekt me zijn flesje toe. 'Wil je ook wat?' Hij geeft me het flesje.

Het vertrouwde, brandende gevoel is fijn; mijn lijf komt weer tot leven en ik vergeet heel even dat Hardin bestaat.

'Heb je Steph gezien?' vraag ik, maar Zed schudt zijn hoofd. 'Volgens mij is ze ervandoor, samen met Tristan.'

Ervandoor? Wat nou weer? Het zou me niet koud moeten laten, maar de wodka beïnvloedt mijn vermogen tot helder denken, en ik stel vast dat zij en Tristan best goed bij elkaar passen. Een paar drankjes later voel ik me geweldig.

Dus daarom drinken mensen zo vaak. Ik kan me vaag herinneren dat ik eerder vanavond heb gezworen nooit meer een druppel te zullen drinken, maar nu lijkt het niet meer zo erg.

Een kwartier later maken Zed en Logan me zo aan het lachen dat ik steken in mijn zij krijg. Ze zijn veel leuker gezelschap dan Hardin. 'Weet je, Hardin is best wel een lul,' zeg ik, en dat ontlokt hun allebei een lach.

'Soms wel, ja.' Zed slaat een arm om me heen. Ik heb zin om zijn arm af te schudden, maar ik wil ook niet moeilijk doen. Ik weet dat hij er niets mee bedoelt. Al snel gaan er steeds meer mensen naar huis en begin ik me moe te voelen, maar dan besef ik dat ik geen idee heb hoe ik thuis moet komen.

'Rijdt de bus de hele nacht?' vraag ik met dubbele tong.

Zed haalt zijn schouders op, maar dan verschijnt Hardins krullenbos vlak voor me.

'Dus nu is het jij en Zed?' Zijn stem klinkt verstikt door een emotie die ik niet kan plaatsen.

Ik sta op en duw hem opzij, maar hij grijpt me bij mijn arm. Hij snapt echt niet wanneer hij te ver gaat. 'Laat me los, Hardin.' Ik zoek naar een bekertje waarmee ik hem kan bekogelen en zeg: 'Ik wil gewoon weten wanneer de bus gaat.'

'Doe eens relaxed... Het is drie uur 's nachts, er gaat geen bus. Je zult hier moeten blijven. Dat krijg je ervan als je hebt gedronken.' De blik in zijn ogen is zo spottend dat ik hem een klap wil verkopen. 'Tenzij je met Zed mee naar huis wilt...'

Zodra hij mijn arm loslaat, ga ik weer bij Zed en Logan op de bank zitten omdat ik weet dat hij dat irritant vindt. Hij blijft even staan, knikt en draait zich dan verontwaardigd om. Ik vraag aan Zed of hij mee naar boven wil lopen, waar ik hoop een kamer te vinden die dit weekend niet bezet is.

18

∞

We vinden een kamer, maar helaas wordt een van de bedden in beslag genomen door een snurkende vent die diep in slaap is.

'Dat andere bed is in elk geval vrij!' Zed lacht. 'Ik ga nu lopend naar huis. Je mag wel mee als je wilt. Ik heb nog een bank waar je op kunt slapen,' zegt hij.

Ik probeer ondanks mijn waas mijn gedachten op een rijtje te zetten en concludeer dat Zed, net als Hardin, met erg veel meisjes omgaat. Als ik ja zeg, geef ik hem min of meer toestemming me te zoenen... En ik heb het idee dat Zed dankzij dat knappe uiterlijk meisjes gemakkelijk tot meer kan overhalen dan alleen maar zoenen.

'Ik blijf hier wel op Steph wachten,' zeg ik.

Hij kijkt een beetje bedrukt, maar dan lacht hij begrijpend. Hij zegt dat ik voorzichtig moet zijn en geeft me een knuffel bij wijze van afscheid. De deur valt achter hem dicht en ik doe hem op slot. God mag weten wie er allemaal naar binnen willen. Ik kijk even naar de snurker, die in coma ligt, en ben er vrij zeker van dat die voorlopig niet wakker wordt. De vermoeidheid die ik beneden voelde, is nu wat afgezakt, en ik denk weer aan Hardin en aan zijn opmerking dat Noah nog niet met me naar bed is geweest. Dat vindt Hardin, die elk weekend een ander meisje heeft, vast heel vreemd, maar Noah is een echte heer. We hoeven niet met elkaar naar bed; we kunnen ook op andere manieren lol maken, zoals... Nou ja, we gaan naar de film en maken samen wandelingen.

Met die gedachte ga ik liggen, maar al snel merk ik dat ik de plafondtegels lig te tellen in een poging de slaap te vatten. Af en toe beweegt de dronken jongen op het andere bed, maar ten slotte vallen mijn ogen dicht en dommel ik in.

'Heb je hier... nog niet eerder gezien,' klinkt opeens een diepe, onvaste stem in mijn oor. Ik schrik op, waardoor zijn hoofd mijn kin raakt en ik op mijn tong bijt. Zijn hand ligt op het bed, vlak naast mijn bovenbeen. Zijn ademhaling is onregelmatig, en hij ruikt naar kots en sterkedrank. 'Hoe heet je, schatje?' zegt hij hijgend. Ik moet kokhalzen en til een magere arm op om hem weg te duwen, maar het is tevergeefs.

Hij lacht alleen maar. 'Ik zal je geen pijn doen. We gaan gewoon lol maken,' zegt hij. Hij likt zijn lippen af. Er loopt een straaltje kwijl over zijn kin.

Mijn maag komt in opstand. Het enige wat ik kan bedenken, is hem een knietje geven, hard. Hard en midden in de roos. Hij tast naar zijn kruis en deinst onvast achteruit, waardoor ik de kans krijg ervandoor te gaan. Zodra mijn trillende vingers het slot hebben geopend, ren ik de overloop op. Meerdere mensen kijken me verwonderd aan.

'Kom terug, kom eens hier!' hoor ik zijn vreselijke stem roepen, niet eens zo ver achter me. Gek genoeg lijkt niemand het raar te vinden dat een meisje op de overloop achterna wordt gezeten. Hij is amper een meter achter me, maar godzijdank is hij zo bezopen dat hij voortdurend struikelt. Mijn voeten bewegen als uit zichzelf, de overloop over, naar de enige plek in dit hele dispuutshuis die ik ken.

'Hardin! Hardin, doe alsjeblieft open!' roep ik, met een vuist op zijn deur bonkend. Met mijn andere hand probeer ik de deurknop om te draaien.

'Hardin!' roep ik nogmaals, maar dan zwaait de deur open. Ik weet niet waarom ik juist naar deze kamer ben gegaan, maar ik heb tien keer liever Hardins kritiek dan die dronken vent die aan me probeert te zitten.

'Tess?' vraagt Hardin verwonderd. Hij wrijft met een hand in zijn ogen. Hij draagt niet meer dan een zwarte boxershort en zijn haar staat alle kanten op. Gek genoeg verbaast zijn lekkere uiterlijk me meer dan het feit dat hij me Tess in plaats van Theresa noemt.

'Hardin, mag ik alsjeblieft binnenkomen? Die vent...' Ik kijk achter me. Hardin duwt me opzij en kijkt de overloop op, recht in de ogen van mijn achtervolger. Nu is de griezel die mij zo bang maakt opeens zelf bang. Na een laatste blik op mij draait hij zich om en druipt af naar die andere kamer.

'Ken je hem?' vraag ik met een trillend stemmetje.

'Ja. Kom binnen.' Hij pakt me bij mijn arm en trekt me naar binnen. Ik zie dat zijn spieren onder zijn getatoeëerde huid bewegen wanneer hij naar zijn bed loopt. Op zijn rug zitten geen tattoos, en dat is een opvallend contrast met zijn borstkas, armen en buik. Hij wrijft opnieuw in zijn ogen. 'Gaat het?' Zijn stem klinkt heser dan ooit omdat hij net wakker is.

'Ja... Ja. Het spijt me dat ik je wakker moest maken. Ik wist echt niet wat...'

'Het geeft niet.' Hardin haalt zijn hand door zijn slordige haar en slaakt een zucht. 'Heeft hij aan je gezeten?' vraagt hij, zonder een zweem van sarcasme of genoegen.

'Nee, maar hij probeerde het wel. Ik was zo stom om mezelf met een vreemde in een kamer op te sluiten, dus ik denk dat ik het aan mezelf te danken heb.' Bij de gedachte dat die engerd me had willen aanraken wil ik opnieuw in huilen uitbarsten.

'Het is jouw schuld niet. Je bent niet gewend aan dit soort... situaties.' Zijn stem klinkt vriendelijk, heel anders dan zijn gebruikelijke toon. Ik loop naar zijn bed en vraag hem zo zonder iets te zeggen om toestemming. Hij klopt op het bed en ik ga zitten, met mijn handen in mijn schoot.

'Ik ben niet van plan eraan gewend te raken. Dit is echt de laatste keer dat ik hiernaartoe ben gekomen, of sowieso naar een feest. Ik snap niet waarom ik het heb gedaan. En die jongen... Hij was gewoon zo...'

'Niet huilen, Tess,' fluistert Hardin.

En het gekke is dat ik niet eens merk dat ik zit te huilen. Hardin steekt zijn hand uit en ik deins bijna voor hem terug, maar niet voordat zijn duim de traan van mijn wang veegt. Mijn lippen wijken uiteen, in een verbaasde reactie op zijn voorzichtige aanraking. Wie is deze jongen en wat heeft hij met die gevatte, onbeleefde Hardin gedaan? Ik kijk op, recht in zijn groene ogen, en ik zie zijn pupillen groter worden.

'Het was me nog niet opgevallen hoe grijs je ogen zijn,' zegt hij, zo zacht dat ik me voorover moet buigen om hem te kunnen verstaan. Zijn hand rust nog steeds op mijn gezicht en mijn gedachten tollen door mijn hoofd. Hij bijt op de ene helft van zijn onderlip en neemt zijn lipring tussen zijn tanden. Onze blikken kruisen elkaar, maar ik kijk naar beneden, niet goed wetend wat er gebeurt. Maar dan haalt hij zijn hand weg en kijk ik opnieuw naar zijn mond en voel ik de strijd tussen mijn geweten en mijn hormonen.

Mijn geweten verliest. Ik druk mijn lippen hard op de zijne, hem volkomen overrompelend.

19

∞

Ik heb geen idee waar ik mee bezig ben, maar ik kan niet ophouden. Zodra mijn lippen die van Hardin raken, voel ik hem naar adem happen. Hardins mond smaakt precies zoals ik me had voorgesteld. Ik proef een zweem van munt op zijn tong wanneer hij zijn mond opent en me zoent. Me echt zoent. Zijn warme tong glijdt langs de mijne en ik voel het koele metaal van zijn lipring in mijn mondhoek. Mijn hele lijf lijkt in brand te staan; zo heb ik me nog nooit gevoeld. Hij brengt zijn handen naar mijn gezicht en legt ze op mijn blozende wangen, en dan gaan allebei zijn handen naar mijn heupen. Hij leunt een klein stukje achterover en plant kleine kusjes op mijn lippen.

'Tess,' zegt hij hijgend, en dan drukt hij zijn mond opnieuw op de mijne en glijdt zijn tong weer naar binnen. Mijn verstand is niet langer de baas; ik word volledig beheerst door gevoelens. Hardin pakt me bij mijn heupen en trekt me tegen zich aan terwijl hij achterover op het bed gaat liggen, zonder de kus ook maar een moment te verbreken. Omdat ik niet goed weet waar ik mijn handen moet laten, leg ik die op zijn borstkas, en dan klim ik boven op hem. Zijn huid is warm en zijn borstkas gaat op en neer door zijn snelle ademhaling. Hij maakt zijn mond los van de mijne, en ik kerm omdat het contact wordt verbroken, maar voordat ik bezwaren kan maken, voel ik hem in mijn hals. Ik voel elke beweging en elk likje van zijn tong. Zijn adem strijkt over me heen. Hij grijpt me bij mijn haar zodat hij mijn hoofd vlak boven het zijne kan houden terwijl hij mijn hals blijft kussen. Zijn tanden schrapen langs mijn sleutelbeen en ik kreun. Mijn hele lichaam reageert wanneer hij zachtjes aan mijn huid begint te zuigen. Het is maar goed dat ik zo dronken ben, van Hardin en van de alcohol, want anders had ik me veel te opgelaten gevoeld. Niemand heeft me ooit zo gekust, zelfs Noah niet.

Noah!

Ik zeg: 'Hardin... hou op,' maar ik herken mijn eigen stem niet meer. Die klinkt laag en hees, en mijn mond is kurkdroog.

Hij houdt niet op.

'Hardin!' zeg ik opnieuw, op duidelijke, scherpe toon, en hij laat mijn haar los. Wanneer ik hem in zijn ogen kijk, zijn die donkerder, maar ook zachter, en zijn lippen zijn donkerroze en opgezwollen van onze kussen. 'Dit kunnen we niet doen,' zeg ik. Ik wil hem dolgraag blijven kussen, maar ik weet dat ik dat niet kan maken.

De zachte blik verdwijnt uit zijn ogen en hij komt overeind, waarbij hij mij naar de andere kant van het bed duwt. Wat gebeurde er nu net?

'Het spijt me, het spijt me,' zeg ik. Dat is het enige wat ik kan bedenken. Het voelt alsof mijn hart elk moment uit elkaar kan barsten.

'Wat spijt je?' Hij loopt naar zijn ladekast, pakt een zwart T-shirt en trekt het over zijn hoofd. Mijn blik dwaalt af naar zijn boxershort, en het ontgaat me niet dat die aan de voorkant veel strakker zit.

Blozend wend ik mijn blik af. 'Dat ik je heb gezoend...' zeg ik, hoewel ik daarvoor eigenlijk niet mijn verontschuldigingen wil aanbieden. 'Ik snap niet waarom ik dat deed.'

'Het was maar een zoen. Dat gebeurt zo vaak,' hoor ik hem zeggen.

Om een of andere reden kwetsen die woorden me. Niet dat het me iets kan schelen dat hij niet voelt wat ik net voelde... Wat voelde ik eigenlijk? Ik weet niet eens of ik hem wel aardig vind. Ik ben gewoon dronken en hij is aantrekkelijk. Het is een lange nacht geweest en het komt door de alcohol dat ik hem wilde zoenen. Ergens in mijn achterhoofd vecht ik tegen de gedachte dat ik dolgraag wil dat het nog eens gebeurt. Hij deed gewoon heel aardig, daardoor kwam het.

'Kunnen we er niet zo'n toestand van maken?' vraag ik. Ik zou me zo vernederd voelen als hij dit aan de anderen zou vertellen. Dit is niks voor mij. Ik word nooit dronken en ik ga niet vreemd op feesten.

'Geloof me, ik wil ook niet dat iemand hiervan hoort. Hou er nu maar over op,' snauwt hij.

En daar is die arrogantie weer. 'Je bent weer helemaal de oude, hè?'

'Ik ben nooit iets anders geweest. Denk nu maar niet dat we een of andere band hebben omdat je me toevallig hebt gezoend. Tegen mijn zin.'

Au. Tegen zijn zin? Ik weet nog goed dat hij zijn hand door mijn haar vlocht, me boven op zich trok en 'Tess' fluisterde voordat hij me opnieuw kuste.

Ik sta op van het bed. 'Je had me kunnen tegenhouden.'

'Niet echt,' zegt hij minachtend. Het huilen staat me opnieuw nader dan het lachen. Ik word veel te emotioneel door hem. Het is te vernederend, het is te pijnlijk om hem te horen zeggen dat ik hem min of meer dwong me te zoenen. Ik sla even mijn handen voor mijn gezicht en loop dan naar de deur.

'Je mag vannacht wel hier blijven. Je kunt toch nergens anders naartoe,' zegt hij zacht, maar ik schud mijn hoofd. Ik wil niet langer in zijn buurt zijn. Dit is allemaal onderdeel van zijn spelletjes. Hij zegt dat ik hier kan blijven slapen in de hoop dat ik dan zal denken dat hij aardig is, en hoogstwaarschijnlijk gaat hij dan een of ander vies plaatje op mijn voorhoofd tekenen.

'Nee, dank je.' Ik loop de kamer uit. Bij de trap aangekomen hoor ik hem mijn naam roepen, maar ik loop door. Het koele windje buiten voelt heerlijk aan op mijn huid. Ik ga op het bekende stenen muurtje zitten en zet mijn telefoon aan. Het is bijna vier uur 's nachts. Over een uur zou ik op moeten staan voor een vroege douche en een paar uur studeren, maar ik zit hier op een vervallen stenen muurtje moederziel alleen in het donker.

Er hangen nog een paar verdwaalde studenten rond, en omdat ik niet goed weet wat ik moet doen, scrol ik door de berichtjes van Noah en mijn moeder. Natuurlijk heeft hij het aan haar verteld. Dat soort dingen doet hij nu eenmaal...

Maar ik kan niet eens kwaad op hem worden. Ik heb net met een ander gezoend. Wat geeft me dan het recht om kwaad te worden?

20

∞

De straten in de buurt van het huis zijn donker en verlaten, en de andere dispuutshuizen zijn kleiner dan dat van Hardin. Nadat ik anderhalf uur heb rondgelopen, geleid door mijn gps, kom ik eindelijk op de campus aan. Ik ben inmiddels zo ontnuchterd dat ik besluit wakker te blijven en ik loop naar de supermarkt om een beker koffie te halen.

Zodra de cafeïne zijn werk doet, besef ik dat Hardin heel veel dingen doet waar ik niks van snap. Zoals: waarom zit hij met allemaal van die rijke kakkers in een dispuut als hij zelf zo'n alto is, en waarom verandert zijn stemming zo snel? Het is echter allemaal getheoretiseer, want ik snap niet waarom ik eigenlijk nog tijd verspil aan nadenken over hem. Na de afgelopen nacht heb ik geen zin meer om vriendelijk tegen hem te doen. Ik kan gewoon niet geloven dat ik hem heb gekust. Een grotere fout had ik niet kunnen maken: zodra ik mijn schild liet zakken, viel hij aan, harder dan ooit. Hij zei dat hij het tegen niemand zou zeggen, maar ik ben niet zo stom dat ik dat geloof, al hoop ik dat de schaamte over zoenen met een 'maagd' ervoor zal zorgen dat hij zijn mond houdt. Als iemand mij ernaar vraagt, zal ik tot mijn laatste snik blijven ontkennen.

Ik moet omwille van mijn moeder en Noah een goede verklaring vinden voor mijn gedrag van gisteravond. Niet voor het zoenen – daar zullen ze nooit iets over horen – maar ik moet kunnen uitleggen waarom ik, voor de tweede keer, op een feest was. Maar ik moet Noah ook duidelijk zien te maken dat hij niet alles aan mijn moeder moet vertellen. Ik ben nu volwassen, ze hoeft niet te weten wat ik allemaal uitspook.

Tegen de tijd dat ik terug ben in onze studentenflat doen mijn benen en voeten pijn. Ik slaak zowaar een zucht van opluchting wanneer ik de deur opendoe.

Al krijg ik bijna een hartaanval wanneer ik Hardin op mijn bed zie zitten.

'Dit meen je niet!' roep ik bijna zodra ik een woord kan uitbrengen.

'Waar zat je?' vraagt hij kalm. 'Ik heb bijna twee uur rondgereden op zoek naar je.'

Wát? 'Wat? Waarom?' Waarom heeft hij dan niet meteen aangeboden om me naar huis te brengen? Of belangrijker nog: waarom heb ik hem niet gevraagd of hij me kon brengen zodra ik ontdekte dat hij niet had gedronken?

'Het leek me gewoon niet zo'n goed idee om je in je eentje in het donker rond te laten lopen.'

En omdat ik niet langer iets van de uitdrukking op zijn gezicht begrijp, en omdat Steph god mag weten waar is en ik hier alleen ben met hem – met de jongen die me echt in de problemen lijkt te kunnen brengen – kan ik alleen maar lachen. Het is een onbeheerste, schorre lach, die heel anders klinkt dan mijn gebruikelijke. En ik lach zeker niet omdat ik de situatie grappig vind, maar omdat ik te moe ben om iets anders te doen.

Hardin trekt zijn wenkbrauwen op en fronst, waardoor ik alleen maar harder moet lachen. 'Ga weg, Hardin. Ga weg!'

Hardin kijkt me aan en haalt zijn handen door zijn haar. Dat is in elk geval iets; ik ken deze irritante man die Hardin Scott heet nog niet zo lang, maar ik weet wel dat hij dat gebaar maakt wanneer hij gestrest is of zich niet op zijn gemak voelt. Ik hoop dat het nu allebei is.

'Theresa, ik...' begint hij, maar dan wordt hij onderbroken door een vreselijk gebons op de deur. 'Theresa! Theresa Young, doe de deur open!'

Mijn moeder. Het is mijn moeder. Om zes uur 's morgens. En er zit een jongen op mijn kamer.

Ik kom meteen in actie, zoals altijd wanneer ik met haar woede word geconfronteerd. 'Jezus, Hardin, ga de kast in,' fluister ik sissend. Ik grijp hem bij zijn arm en trek hem van het bed, ons allebei verbazend met mijn kracht.

Hij kijkt geamuseerd op me neer. 'Ik ga me niet in de kast verstoppen. Je bent achttien.'

Hij heeft gelijk, en dat weet ik ook, maar hij kent mijn moeder niet. Ik maak een geërgerd, kermend geluid en ze bonst opnieuw op de deur. Aan de uitdagende manier waarop hij zijn armen over elkaar heeft geslagen, kan ik zien dat hij geen duimbreed zal wijken, en dus kijk ik in de spiegel, veeg ik over de wallen onder mijn ogen en pak ik mijn tandpasta om een klein beetje op mijn tong te smeren om te voorkomen dat ze de wodka kan ruiken, ondanks de koffie die ik heb gedronken. Misschien zal de mengeling van die drie geuren haar neus in de war brengen of zo.

Ik trek een zo vriendelijk mogelijk gezicht en doe de deur open, klaar om haar te begroeten, maar dan zie ik dat ze niet alleen is. Noah staat naast haar. Natuurlijk. Ze kijkt woedend. En hij kijkt... bezorgd? Gekwetst?

'Hé, wat doen jullie hier?' vraag ik aan hen, maar mijn moeder duwt me opzij en stormt meteen op Hardin af. Noah loopt stilletjes achter haar aan naar binnen en laat haar de leiding nemen.

'Dus dit is de reden waarom je niet opneemt? Omdat je met deze... deze...' Ze wappert met haar armen in zijn richting. 'Met deze getatoeëerde onruststoker op je kamer zit! Om zes uur 's morgens!'

Mijn bloed begint te koken. Doorgaans ben ik erg timide en zelfs een beetje bang voor haar. Ze heeft me nooit geslagen of iets dergelijks, maar ze aarzelt niet me op mijn tekortkomingen te wijzen.

Je gaat toch niet in die kleren naar buiten, Tessa?

Je had je haar moeten borstelen, Tessa.

Je kunt gemakkelijk hogere cijfers halen, Tessa.

Ze zet me dag in, dag uit onder druk om perfect te zijn, en daar word ik doodmoe ben. Noah doet niet meer dan Hardin aanstaren, en ik heb zin om tegen hen allebei te schreeuwen – of nee, tegen hen alle drie. Tegen mijn moeder omdat ze me als een kind behandelt. Tegen Noah omdat hij loopt te klikken. En tegen Hardin omdat hij Hardin is.

'Is dit wat je studeren noemt, jongedame? Je blijft de hele nacht weg en neemt jongens mee naar huis? Die arme Noah maakte zich zo veel zorgen dat we meteen in de auto zijn gestapt, en nu blijkt dat je met vreemden de hort op bent,' zegt ze.

Noah en ik happen allebei naar adem.

'Ik ben er nog maar net, hoor, en zij heeft niets verkeerd gedaan,' mengt Hardin zich tot mijn grote schrik in het gesprek. Hij heeft geen idee waartoe ze in staat is. Hij is een roerloos voorwerp, zij is een onstuitbare kracht. Misschien kan dit wel een mooie strijd worden. Eigenlijk wil ik een zak popcorn pakken en een plekje op de eerste rij zoeken.

Mijn moeder trekt een gemeen gezicht. 'Sorry? Ik had het niet tegen jou. Ik weet niet eens wat iemand als jij hier bij mijn dochter moet.'

Hardin neemt de kritiek zonder iets te zeggen in zich op en blijft staan, haar aankijkend.

'Mam,' zeg ik met opeengeklemde kaken.

Ik weet niet goed waarom ik het voor Hardin opneem, maar ik doe het wel. Misschien wel omdat ze net zo tegen Hardin doet als ik toen we elkaar net hadden leren kennen. Noah kijkt naar mij, dan naar Hardin en vervolgens weer naar mij. Kan hij aan me zien dat ik Hardin net heb gekust? De herinnering is nog zo vers dat mijn huid tintelt bij de gedachte aan onze zoenen.

'Tessa, je bent duidelijk de weg kwijt. Ik kan ruiken dat je gedronken hebt en neem aan dat dat aan hem en aan die kamergenote van je te wijten is.' Mijn moeder zet haar woorden kracht bij door beschuldigend met haar vinger te wijzen.

'Ik ben achttien, mam. Ik heb nooit eerder gedronken en ik heb niets verkeerd gedaan. Ik doe gewoon wat iedere student doet. Het spijt me dat mijn accu leeg was en dat je helemaal hiernaartoe bent komen rijden, maar ik mankeer niets.' Na die woorden voel ik me zo uitgeput van de afgelopen uren dat ik op mijn bureaustoel ga zitten.

Mijn moeder slaakt een zucht. Nu ze ziet hoe berustend ik ben, kalmeert ze iets. Per slot van rekening is ze geen monster. Ze wendt zich tot Hardin en zegt: 'Jongeman, ik wil mijn dochter graag even zonder jou erbij spreken.'

Hardin kijkt me aan alsof hij wil vragen of dat goed is. Ik knik, en hij knikt ook en loopt de gang op. Noah doet snel en met een boze blik de deur achter hem dicht. Het is een vreemd gevoel, Hardin en ik samen tegen mijn moeder en mijn vriendje. Op de een of andere manier kan ik voelen dat hij voor mijn deur zal blijven wachten totdat ze vertrekken.

In de twintig minuten die volgen, legt mijn moeder zittend op mijn bed uit dat ze bang is dat ik mijn kans op een fantastische opleiding vergooi en verbiedt ze me alcohol te drinken. Ze zegt ook dat ze niet wil dat ik vrienden ben met Steph, Hardin of de anderen in hun groepje. Ze laat me beloven dat ik niet meer met hen omga. Na wat er vanavond is gebeurd wil ik sowieso niet meer met Hardin omgaan en ben ik niet van plan ooit nog met Steph naar een feest te gaan. Niet dat mijn moeder het zal weten als Steph en ik als vriendinnen met elkaar omgaan. Ten slotte staat ze op en vouwt ze haar handen in elkaar. 'Nu we er toch zijn, kunnen we net zo goed ergens gaan ontbijten en misschien nog wat gaan winkelen.'

Ik knik instemmend, en Noah, die tegen mijn deur geleund staat, glimlacht. Het lijkt me een goed idee, want ik rammel van de honger. Mijn denkvermogen is nog altijd wat aangetast door alcohol en vermoeidheid, maar de wandeling naar huis, de koffie en de preek van mijn moeder hebben me behoorlijk ontnuchterd. Ik loop naar de deur, maar blijf staan wanneer mijn moeder een kuchje laat horen.

'Natuurlijk moet je je wel even opfrissen en verkleden.' Ze laat haar neerbuigende glimlachje zien. Ik pak wat schone kleren uit mijn ladekast en verkleed me. Ik werk de make-up bij die ik gisteravond heb opgedaan, en dan ben ik klaar om te gaan. Noah doet de deur voor ons open. We zien alle drie dat Hardin op de gang op de vloer zit, met zijn rug tegen de deur tegenover ons. Wanneer hij opkijkt, pakt Noah stevig en beschermend mijn hand vast.

Toch wil ik mijn hand uit de zijne trekken. Wat is er mis met me? 'We gaan de stad in,' zeg ik tegen Hardin.

Bij wijze van antwoord knikt Hardin een paar keer, alsof hij antwoord geeft op een vraag diep in zijn binnenste. En voor de eerste keer ziet hij er kwetsbaar en zelfs een beetje gekwetst uit.

Hij heeft je vernederd, brengt een stemmetje in mijn gedachten me in herinnering. Dat is ook zo, maar toch voel ik me schuldig wanneer Noah me langs Hardin meetrekt en mijn moeder zo triomfantelijk naar Hardin glimlacht dat die zijn blik moet afwenden.

'Ik mag die jongen echt niet,' zegt Noah, en ik knik.

'Ik ook niet,' fluister ik.

Maar ik weet dat ik lieg.

21

∞

Het ontbijt met Noah en mijn moeder duurt ongelooflijk lang. Mijn moeder begint voortdurend over mijn 'wilde nacht' en neemt elke gelegenheid waar om te vragen of ik moe ben of een kater heb. Oké, ik heb me gisteravond voor mijn doen erg buitensporig gedragen, maar ik hoef het niet keer op keer te horen. Was ze altijd al zo? Ik weet dat ze het beste met me voorheeft, maar ze lijkt nu veel erger dan voordat ik ging studeren. Of misschien heb ik na een week van huis wel een andere kijk op haar gekregen.

'Waar zullen we gaan winkelen?' vraagt Noah tussen de happen pannenkoek door. Ik haal mijn schouders op. Was hij maar alleen gekomen, dan had ik de dag samen met hem kunnen doorbrengen. Ik wil hem duidelijk maken dat hij niet alles aan mijn moeder hoeft te vertellen, zeker niet het slechte nieuws, en dat gaat beter als ik alleen met hem ben.

'Misschien moeten we naar het winkelcentrum hier om de hoek gaan. Ik ken de stad verder nog niet zo goed,' zeg ik tegen hem. Ik snijd het laatste restje van mijn wentelteefje in kleine stukjes.

'Weet je al waar je een bijbaantje wilt gaan zoeken?' vraagt Noah.

'Nee, dat weet ik nog niet. Een boekwinkel? Ik hoop op een stageplaats bij een uitgeverij of zo,' zeg ik tegen hem.

Dat levert me een stralende lach van mijn moeder op. 'Dat zou geweldig zijn. Je moet iets vinden wat bij je studie aansluit, dan kunnen ze je fulltime aannemen als je bent afgestudeerd,' zegt ze, opnieuw glimlachend.

Ik probeer mijn sarcasme achter een 'Ja, dat lijkt me fantastisch' te verbergen, maar het ontgaat Noah niet, en hij knijpt me onder tafel even samenzweerderig in mijn hand.

Wanneer ik mijn vork in mijn mond steek, herinnert het metaal me aan het ringetje in Hardins lip en blijf ik even doodstil zitten. Ook dat ontgaat Noah niet, en hij kijkt me vragend aan.

Ik moet ophouden aan Hardin te denken. Nu meteen. Ik glimlach naar Noah en breng zijn hand naar mijn lippen, zodat ik die kan kussen.

Na het ontbijt rijdt mijn moeder met ons naar de Benton Mall, een erg groot en druk winkelcentrum. 'Ik loop even bij Nordstrom binnen en bel wel wanneer ik klaar ben,' zegt ze tot mijn opluchting tegen ons. Noah pakt opnieuw mijn hand en we kijken samen in een aantal winkels. Hij vertelt me over zijn voetbalwedstrijd van vrijdag, waarin hij het winnende doelpunt heeft gescoord. Ik luister aandachtig en zeg dat het allemaal geweldig klinkt.

'Je ziet er vandaag zo leuk uit,' zeg ik tegen hem, en hij glimlacht. Zijn lach met die volmaakte witte tanden is zo schattig. Hij draagt een kastanjebruin vest, een kaki broek en nette schoenen. Ja, hij draagt echt een vest, maar het is een leuk vest dat bij zijn persoonlijkheid past.

'Jij ook, Tessa,' zegt hij, en ik krimp ineen. Ik weet dat ik er vreselijk uitzie, maar het is zo aardig van hem om dat te zeggen. In tegenstelling tot Hardin, die zonder aarzelen zou zeggen wat hij echt denkt. Jakkes, Hardin. Ik wil die onbeschofte zak zo graag uit mijn gedachten bannen dat ik de kraag van Noahs vest vastpak en hem naar me toe trek. Ik wil hem zoenen, maar hij trekt zich glimlachend terug.

'Tessa, wat doe je nu? Iedereen staat naar ons te kijken.' Hij wijst naar een groepje volwassenen dat bij een kraampje zonnebrillen aan het passen is.

Ik haal speels mijn schouders op. 'Welnee. En al zouden ze kijken, wat dan nog?' Gewoonlijk zou ik me daar wel druk over maken, maar ik wil nu zo graag dat hij me kust dat het me niet kan schelen. 'Toe, geef me nu gewoon een zoen,' smeek ik hem bijna.

Hij ziet ongetwijfeld aan mijn blik hoe wanhopig ik ben, want hij legt zijn vingers onder mijn kin en geeft me een zoen. Teder en langzaam, zeker niet indringend. Zijn tong raakt amper de mijne, maar het voelt goed. Vertrouwd en warm. Ik wacht totdat het vuur in me zal ontbranden, maar dat gebeurt niet.

Ik mag Noah niet met Hardin vergelijken. Noah is mijn vriend en ik houd van hem. Hardin is een zak van een vent die het met om het even welke meid doet.

‘Wat is er met je?’ vraagt Noah plagend wanneer ik hem tegen me aan probeer te drukken.

Ik bloos en schud mijn hoofd. ‘Niks. Ik heb je gewoon gemist,’ zeg ik tegen hem. *O... en ik heb vannacht met een ander gezoend*, voegt het stemmetje in mijn gedachten eraan toe. Ik negeer het en zeg: ‘Noah, zou je alsjeblieft niet aan mijn moeder willen vertellen wat ik allemaal doe? Daar voel ik me niet prettig bij. Ik vind het erg fijn dat je zo goed met haar kunt opschieten, maar ik voel me net een klein kind als je alles doorvertelt.’ Nu dat eruit is, voel ik me een stuk beter.

‘O, Tessa, het spijt me. Ik maakte me gewoon zorgen om je. Ik zal het niet meer doen, dat beloof ik. Echt.’ Hij slaat een arm om mijn schouders en geeft me een zoen op mijn voorhoofd, en ik geloof hem.

De rest van die dag is beter dan die ochtend, vooral omdat mijn moeder me meeneemt naar een kapper en ik mijn haar in laagjes laat knippen. Het hangt nog steeds tot op mijn rug, maar het heeft nu meer volume en ziet er veel mooier uit. De hele weg terug naar de studentenflat bedelft Noah me onder de complimentjes, en alles voelt gewoon goed. Bij de voordeur neem ik afscheid van hen en beloof nogmaals dat ik uit de buurt zal blijven van iedereen met een tatoeage. Eenmaal terug op mijn kamer ben ik een beetje teleurgesteld omdat daar niemand is, al weet ik niet op wie ik had gehoopt, Steph of een ander.

Ik neem niet eens de moeite om mijn schoenen uit te trekken voordat ik op mijn bed ga liggen. Ik ben veel te moe en heb mijn slaap hard nodig. Ik slaap de hele nacht door en word de volgende dag pas om twaalf uur ’s middags wakker. Steph ligt in haar bed te slapen. Ik ga de rest van die zondag studeren, en wanneer ik terugkom, is ze er niet. Op maandagmorgen is ze nog niet terug, en ik besef dat ik dolgraag wil weten wat ze het hele weekend heeft gedaan.

22

∞

Voordat ik naar mijn eerste college van de dag loop, haal ik mijn gebruikelijke drankje bij het koffiehuis, waar Landon glimlachend op me zit te wachten. Nadat we elkaar hebben begroet, worden we onderbroken door een meisje dat om een uitgebreide routebeschrijving vraagt, en dus hebben we pas de kans om bij te praten wanneer we naar het laatste college van die dag lopen. Het college waartegen ik al de hele dag heb opgezien, maar waarnaar ik ook heb uitgekeken.

'Hoe was je weekend?' vraagt Landon, en ik kerm.

'Vreselijk. Ik ben weer met Steph naar een feest gegaan,' zeg ik. Hij trekt een gezicht en lacht. 'Jij hebt het vast veel leuker gehad. Hoe is het met Dakota?'

Hij begint te glimlachen nu haar naam valt, en ik besef dat ik niet heb verteld dat Noah hier zaterdag was. Landon vertelt dat Dakota auditie heeft gedaan bij een balletgezelschap in New York en dat hij dat zo fijn voor haar vindt. De hele tijd vraag ik me af of Noah ook zo straalt wanneer hij het over mij heeft.

Wanneer we het lokaal binnenlopen, vertelt hij dat zijn vader en stiefmoeder zo blij waren hem te zien, maar ik kijk afgeleid in het rond en luister niet echt. Hardins stoel is leeg.

'Zal dat niet lastig zijn als Dakota zo ver weg zit?' weet ik te vragen. We gaan zitten.

'Nou, we wonen nu niet in dezelfde stad, en dit werkt ook. Ik wil dat ze haar droom in vervulling laat gaan, en als dat in New York kan, dan moet ze naar New York gaan.'

De docent komt binnen en we vallen stil. Waar is Hardin? Hij zou toch geen college overslaan om mij niet te hoeven zien?

We storten ons op *Pride and Prejudice*, een geweldig boek dat iedereen volgens mij zou moeten lezen, en voordat ik het besef, is de les voorbij.

'Je hebt je haar geknipt, Theresa.' Ik draai me om en zie Hardin glimlachend achter me staan. Hij en Landon kijken elkaar even ongemakkelijk aan en ik probeer te bedenken wat ik moet zeggen. Hij zou nooit tegen Landon zeggen dat we hebben gezoend, toch? Dan zie ik die kuiltjes, even diep als altijd, die me duidelijk maken dat hij wel degelijk iets zou zeggen.

'Hoi, Hardin,' zeg ik.

'Hoe was je weekend?' Hij doet zo arrogant.

Ik trek Landon mee. 'Goed hoor, tot later!' roep ik zenuwachtig. Hardin lacht.

Eenmaal buiten vraagt Landon: 'Wat was dat nou?' Mijn vreemde gedrag is hem blijkbaar niet ontgaan.

'Niets. Ik mag Hardin gewoon niet.'

'Nou ja, je hoeft hem gelukkig niet zo vaak te zien.'

Maar de toon van zijn stem is vreemd, en waarom zou hij zoiets zeggen? Weet hij het, dat we hebben gezoend?

'Eh... inderdaad, gelukkig niet,' is alles wat ik weet uit te brengen.

Hij zwijgt even. 'Ik wilde eerst niets zeggen, omdat ik niet wil dat je ons met elkaar in verband brengt, maar...' Hij glimlacht zenuwachtig. 'De vader van Hardin is zeg maar met mijn moeder.'

Wat? 'Wat?'

'De vader...'

'Ja, dat verstond ik wel, maar woont de vader van Hardin hier? Waarom is Hardin hier... Ik dacht dat hij Brits was? Als zijn vader hier woont, waarom woont hij dan niet bij hem?' Voordat ik mezelf kan tegenhouden, heb ik hem met vragen bestookt.

Hij kijkt verwonderd, maar is minder nerveus dan zo-even. 'Hij komt uit Londen. Zijn vader en mijn moeder wonen vlak bij de campus, maar Hardin en zijn pa kunnen niet echt goed met elkaar opschieten. Zeg maar niet dat je dit van mij hebt. We zijn al niet zulke goede vrienden.'

Ik knik. 'Oké.' Er komen talloze vragen bij me op, maar ik zeg niets. Mijn vriend vertelt verder over Dakota. Zijn ogen stralen bij elk woord.

Steph is nog niet terug op onze kamer omdat haar college twee uur langer duurt. Ik leg mijn boeken en aantekeningen neer, klaar om aan de slag te gaan, maar ik besluit eerst Noah nog even te bellen. Hij neemt niet op. Ik wilde dat we samen naar de universiteit hadden kunnen gaan, dat was veel gemakkelijker en leuker geweest. Dan hadden we nu samen kunnen leren of een filmpje kunnen pakken.

Ik weet dat ik nu vooral aan hem denk omdat ik word verteerd door schuldgevoel vanwege die kus. Noah is zo lief, hij verdient het niet te worden bedrogen. Ik mag me zo gelukkig met hem prijzen. Hij is er altijd voor me en kent me beter dan wie dan ook. We kennen elkaar eigenlijk al ons hele leven. Toen zijn ouders bij ons in de straat kwamen wonen, was ik dolblij dat ik eindelijk iemand van mijn leeftijd had om mee om te gaan, en dat gevoel werd alleen maar sterker toen ik hem beter leerde kennen en ontdekte dat hij net als ik een oude ziel was. We lazen samen, keken naar films en wekten de kas achter in mijn moeders tuin tot leven. Die kas is altijd al mijn veilige plek geweest: daar verstopte ik me wanneer mijn vader te veel had gedronken, en alleen Noah kon me daar vinden. De avond waarop mijn vader voorgoed wegging, was verschrikkelijk, en mijn moeder weigert erover te praten. Als ze dat zou doen, zou ze het perfecte plaatje kapotmaken waaraan ze zo hard heeft gewerkt, maar ik wil er soms wel over praten. Ik vond het vreselijk dat hij zo veel dronk en mijn moeder zo slecht behandelde, maar ik verlang nog altijd hevig naar een vader. Op de bewuste avond verstopte ik me in de kas terwijl mijn vader liep te schreeuwen en door het dolle heen raakte. Ik hoorde glazen breken in de keuken, gevolgd door het geluid van voetstappen. Ik was doodsbang dat mijn vader me kwam zoeken, maar het was Noah. En ik ben nog nooit van mijn leven zo opgelucht geweest als toen, want hij was veilig. Vanaf dat moment waren we onafscheidelijk. In de loop der jaren is onze vriendschap veranderd in meer, en we hebben nooit met een ander verkering gehad.

Ik stuur Noah een berichtje om te zeggen dat ik van hem houd en besluit even een dutje te doen voordat ik me op mijn boeken stort. Ik pak mijn agenda en kijk nogmaals naar wat ik moet voorbereiden. Een dutje van vijfentwintig minuten moet wel lukken. Ik ben echter nog geen tien minuten onder zeil of er wordt op de deur geklopt. Slaperig doe ik de deur open, in de veronderstelling dat het Steph is die haar sleutel is vergeten.

Maar natuurlijk is het Steph niet. Het is Hardin.

'Steph is er nog niet.' Ik loop terug naar mijn bed en laat de deur voor hem openstaan.

Het verbaast me dat hij heeft aangeklopt, want ik weet dat Steph hem voor de zekerheid een sleutel heeft gegeven. Daar moet ik het nog met haar over hebben.

'Ik wacht wel.' Hij laat zich op Stephs bed vallen.

'Je doet maar,' zeg ik kermend. Ik negeer zijn gegrinnik, trek de deken over me heen en doe mijn ogen dicht. Of ik probeer zijn gegrinnik te negeren. Ik kan geen oog dichtdoen met Hardin in de kamer, maar ik doe liever alsof ik slaap dan dat ik het ongemakkelijke, onbeleefde gesprek met hem ga voeren dat anders onvermijdelijk is. Hij tikt zachtjes tegen het hoofdeinde van haar bed, maar ik weet dat geluid te negeren totdat mijn wekker gaat.

'Heb je een afspraak?' vraagt hij.

Ik rol met mijn ogen, hoewel ik weet dat hij dat niet kan zien. 'Nee, ik wilde een dutje van twintig minuten doen,' zeg ik. Ik kom overeind.

'Je hebt je wekker gezet omdat je precies twintig minuten wilde slapen?' zegt hij geamuseerd.

'Ja. Dat zijn jouw zaken toch niet?' Ik pak mijn boeken en leg ze netjes neer, in de volgorde van mijn vakken, en leg de aantekeningen van elk college erbovenop.

'Heb je OCD of zo?'

'Nee, Hardin. Mensen zijn niet gek omdat ze iets toevallig op een bepaalde manier doen. Er is niets mis met georganiseerd zijn,' bijt ik hem toe.

En natuurlijk moet hij daarom lachen. Ik wil hem niet aankijken, maar vanuit mijn ooghoeken zie ik dat hij opstaat van het bed.

Kom niet naar me toe, kom niet naar me toe...

En dan staat hij naast mijn bed en kijkt op me neer. Hij pakt mijn aantekeningen voor Engelse Literatuur en draait die een paar keer overdreven om, alsof hij naar een zeldzame vondst kijkt. Ik steek mijn hand ernaar uit – wat is hij toch irritant – maar hij houdt ze hoger, zodat ik moet opstaan om ernaar te kunnen grijpen. En dan gooit hij ze omhoog en dwarrelen ze om ons heen op de vloer.

'Raap op!' zeg ik streng.

Hij zegt grijnzend 'Goed, hoor', maar pakt dan mijn aantekeningen voor Sociologie en doet daar hetzelfde mee. Ik buk me haastig om ze op te rapen voordat hij ze kan vertrappen, en dat vindt hij alleen maar grappig.

'Hardin, hou op!' schreeuw ik, net wanneer hij het volgende stapeltje pakt. Woedend kom ik overeind en duw hem weg van het bed.

'Wat, vind je het niet leuk als iemand alles door de war gooit?' vraagt hij, nog altijd lachend. Waarom lacht hij me altijd uit?

'Nee, dat vind ik niet leuk!' roep ik, en ik geef hem opnieuw een duw. Hij doet een stap naar voren, pakt mijn polsen vast en duwt me tegen de muur. Zijn gezicht bevindt zich op een tiental centimeters van het mijne, en opeens merk ik hoe zwaar mijn ademhaling is. Ik wil roepen dat hij me los moet laten en mijn aantekeningen terug moet leggen. Ik wil hem een klap verkopen, hem dwingen om weg te gaan. Maar dat kan ik niet. Ik sta als verstijfd met mijn rug tegen de muur, geboeid door de verhitte blik in zijn groene ogen, die me recht aankijken. 'Hardin, toe nou,' is het enige wat ik ten slotte kan uitbrengen, maar het klinkt heel zacht. En ik weet niet of ik hem smeek me te laten gaan of me te kussen. Mijn ademhaling is nog altijd gejaagd; ik voel dat hij ook sneller begint te ademen en zie zijn borstkas krachtig opzwellen. Seconden voelen als uren, en ten slotte laat hij een hand zakken. Zijn andere hand is groot genoeg om allebei mijn polsen vast te houden.

Heel even denk ik dat hij me een klap wil geven, maar dan gaat zijn hand naar mijn jukbeen en stopt hij voorzichtig mijn haar achter mijn oor. Ik durf te zweren dat ik zijn polsslag kan horen wanneer hij zijn lippen naar de mijne brengt – en de vlammen knetteren onder mijn huid.

Hier heb ik sinds zaterdagnacht naar verlangd. Als ik de rest van mijn leven maar één ding zou kunnen voelen, zou ik dit wensen.

Ik wil niet nadenken over de vraag waarom ik hem opnieuw kus, en ook niet aan de vreselijke dingen die hij hierna zal zeggen. Het enige wat ik wil, is me concentreren op de manier waarop hij zijn lichaam tegen het mijne drukt zodra hij mijn polsen loslaat en me tegen de muur duwt, en op de muntsmaak van zijn mond. Op mijn tong, die op de een of andere manier de zijne volgt, en op mijn handen, die over zijn brede schouders glijden. Zijn handen klemmen zich rond de achterkant van mijn dijen, zodat hij me kan optillen. Ik sla mijn benen instinctief rond zijn middel en merk tot mijn verbazing dat mijn lichaam weet hoe het op hem moet reageren. Ik begraaf mijn vingers in zijn haar en trek er zachtjes aan terwijl hij terugloopt naar mijn bed, met zijn lippen nog steeds op de mijne.

Het verstandige stemmetje in mijn hoofd herinnert me eraan dat dit een erg slecht idee is, maar ik negeer het. Deze keer laat ik me niet tegenhouden. Ik trek harder aan Hardins haar, waardoor hij moet kreunen. Dat geluid wekt een gekreun bij mij op, en de twee kreten vermengen zich op een verrukkelijke manier. Dit is het opwindendste wat ik ooit heb gehoord, en ik wil alles doen wat nodig is om het nog eens te horen. Hij gaat op mijn bed zitten en trekt me op zijn schoot. Zijn lange vingers dringen in mijn huid, maar de pijn is een genot. Mijn lichaam begint zachtjes heen en weer te wiegen op zijn schoot en hij verstevigt zijn greep.

'Verdomme,' ademt hij in mijn mond, en ik voel iets wat ik nog nooit heb gevoeld: dat hij onder me hard wordt.

Hoever zal ik dit laten gaan? vraag ik mezelf, maar ik weet het antwoord niet.

Zijn handen vinden de zoom van mijn topje en trekken het omhoog. Ik kan gewoon niet geloven dat ik hem dat laat doen, maar ik wil niet dat hij ophoudt. Hij onderbreekt onze verhitte kus om het topje over mijn hoofd te kunnen trekken. Zijn blik kruist de mijne, en dan kijkt hij naar mijn borsten, bijtend op zijn lip.

'Je bent zo sexy, Tess.'

Ik heb dat soort schunnige praat nooit aantrekkelijk gevonden, maar nu Hardin het zegt, is het opeens het sensueelste wat ik ooit heb gehoord. Ik koop nooit dure lingerie omdat er letterlijk niemand is die het kan zien, maar nu wens ik dat ik iets beters had dan deze simpele zwarte beha. Hij heeft waarschijnlijk alle soorten beha's wel eens gezien, zegt het irritante stemmetje in mijn hoofd. In een poging zulke gedachten te verdrijven wieg ik harder heen en weer op zijn schoot, en hij slaat zijn armen om me heen en trekt me dichter tegen zich aan, zodat zijn borstkas de mijne raakt...

De deurklink rammelt. Ik duw mezelf van Hardins schoot en pak mijn topje. De trance waarin ik verkeerde, is meteen verbroken.

Steph komt de kamer in en blijft staan wanneer ze Hardin en mij ziet zitten. Haar mond vormt een O.

Ik weet dat mijn wangen vuurrood zijn; niet alleen omdat ik me zo schaam, maar ook vanwege het gevoel dat Hardin me geeft.

'Wat heb ik allemaal gemist?' vraagt ze verbaasd. Ze kijkt ons allebei met een brede grijns aan. Ik zie haar ogen gewoon glimmen van vreugde.

'Niet veel,' zegt Hardin. Hij staat op, loopt naar de deur en kijkt niet om wanneer hij naar buiten loopt. Ik blijf hijgend achter, Steph lachend.

'Jezus, wat was dat?' vraagt ze aan me. Ze slaat zogenaamd geschrokken haar handen voor haar gezicht, maar ze vindt het te spannend en kijkt me al snel weer aan. 'Jij en Hardin... Jij en Hardin hebben zitten vozen?'

Ik draai me om en doe net alsof ik de spulletjes op mijn bureau verplaats. 'Nee! Nee, echt niet. We hebben niks gedaan,' zeg ik tegen haar. Is dat zo? We hebben toevallig gezoend. Twee keer. En hij heeft mijn topje uitgetrokken, en ik was hem min of meer aan het bespringen – maar we doen niks, niet zoals zij het bedoelt. 'Ik heb een vriendje, weet je nog?'

Ze loopt naar me toe en kijkt me aan. 'Nou en? Dat betekent niet dat je niet met Hardin kunt zoenen. Niet te geloven! Ik dacht dat jullie de pest aan elkaar hadden. Nou ja, Hardin dan, die heeft de pest aan iedereen. Al dacht ik dat hij jou erger vond dan de meeste anderen,' zegt ze, en dan moet ze lachen. 'Hoe is dit... Hoe heeft dit kunnen gebeuren?'

Ik ga op haar bed zitten en haal mijn handen door mijn haar. 'Dat weet ik niet. Ik ben op zaterdag op zijn kamer beland omdat ik moest vluchten voor een of andere griezel, en toen heb ik Hardin gezoend. We hebben elkaar beloofd dat we er nooit iets over zouden zeggen, maar toen kwam hij vandaag opeens langs en zat hij overal aan. Niet aan mij, bedoel ik.' Ik kijk naar het bed, en haar grijns wordt alleen maar breder. 'Hij zat aan mijn spullen, en toen gaf ik hem een duw, en toen belandden we opeens op mijn bed.'

Zo lijkt het nog veel erger. Dit is echt niets voor mij. Mijn moeder had gelijk. Ik sla mijn handen voor mijn gezicht. Hoe heb ik Noah dit – opnieuw – kunnen aandoen?

'Goh, dat klinkt opwindend,' zegt Steph, maar ik rol met mijn ogen.

'Dat is het niet. Het is heel erg en het is fout. Ik hou van Noah en Hardin is een lul. Ik heb geen zin om zijn zoveelste verovering te worden.'

'Je kunt wel een hoop van Hardin leren. Seksueel, bedoel ik.'

Mijn mond valt open. Dat meent ze toch niet? Is dat iets wat ze zelf... O god, ze heeft toch niet... Met Hardin?

'Geen sprake van. Ik hoef niks van Hardin te leren, of van wie dan ook. Alleen van Noah,' zeg ik. Ik kan me niet voorstellen dat Noah en ik ooit zo zullen zoenen. Ik denk weer aan wat Hardin zei: 'Je bent zo sexy, Tess.' Noah zou zoiets nooit zeggen, niemand heeft me ooit sexy genoemd. Bij de herinnering begin ik te blozen. 'Heb jij...?' vraag ik een tikje schaapachtig.

'Met Hardin? Nee.' Daardoor voel ik me iets beter, maar dan gaat ze verder: 'Nou ja, ik ben niet met hem naar bed geweest, maar toen we elkaar pas kenden, gingen we een tijdje met elkaar, hoe gênant dat ook klinkt. Maar het is op niks uitgelopen, we waren gewoon een week lang vrienden met een beetje meer.' Ze zegt het op een toon alsof het niets bijzonders is, maar toch voel ik iets van jaloezie in me opwellen.

'Eh... "een beetje meer"?' vraag ik. Mijn mond wordt gortdroog, en opeens erger ik me aan Steph.

'Nou ja, het stelde niet veel voor. Een paar keer flink zoenen, een beetje aan elkaar zitten. Niks bijzonders,' zegt ze, maar het doet pijn in mijn borst. Het verbaast me niet echt, maar ik had beter niets kunnen vragen.

'Heeft Hardin veel van dat soort vriendinnen?' Ik moet het wel vragen, hoewel ik het antwoord niet wil horen.

Ze snuift en gaat tegenover me op haar bed zitten. 'O ja. Ik bedoel, geen honderden of zo, maar hij is nogal... actief.'

Ik kan merken dat mijn reactie haar niet is ontgaan en dat ze de waarheid voor me probeert te verzachten. Voor de zoveelste keer neem ik me voor uit zijn buurt te blijven. Ik wil niet zo'n vriendin zijn met wie je kunt rotzooien, van niemand. Nooit.

'Hij doet het niet om gemeen te zijn en hij wil die meisjes ook niet gebruiken. Ze werpen zich min of meer aan zijn voeten, hoewel hij altijd duidelijk zegt dat hij niet op zoek is naar een relatie,' zegt ze. Ik kan me herinneren dat ze dat eerder heeft verteld. Maar zoiets zei hij niet tegen me toen we...

'Waarom niet?' Waarom blijf ik vragen stellen?

'Dat weet ik ook niet... Hoor eens,' zegt ze, op bezorgde toon, 'ik weet dat je veel lol met Hardin kunt hebben, maar ik denk ook dat het gevaarlijk voor je zou kunnen zijn. Ik zou uit zijn buurt blijven als ik jou was, tenzij je zeker weet dat je nooit iets voor hem zult voelen. Ik heb heel veel meisjes voor hem zien vallen, en leuk is anders.'

'O geloof me, ik voel echt niks voor hem. Ik weet ook niet wat me bezielde.' Ik lach en hoop dat dat in elk geval overtuigend klinkt.

Steph knikt. 'Mooi. Vertel eens, hebben je moeder en Noah het je nog lastig gemaakt?'

Ik vertel haar over de preek van mijn moeder, maar verzwijg dat ze me heeft laten beloven dat ik niet langer met Steph zal omgaan. De rest van de avond hebben we het over onze vakken, over Tristan en over alles wat ik verder nog kan bedenken en wat niets met Hardin te maken heeft.

23

∞

De volgende dag komen Landon en ik vóór college in het koffietentje bij elkaar om onze aantekeningen voor Sociologie met elkaar te vergelijken. Na dat irritante gedoe van Hardin heeft het me een uur gekost voordat alles weer op de goede volgorde lag. Ik wil het eigenlijk wel aan Landon vertellen, maar ik wil niet dat hij negatief over me denkt, zeker niet nu ik weet dat zijn moeder en Hardins vader iets met elkaar hebben. Landon weet vast van alles over Hardin, en ik moet mezelf eraan herinneren dat ik geen vragen over hem stel. Bovendien kan het me geen moer schelen wat Hardin uitspookt.

De dag vliegt voorbij, en eindelijk is het tijd voor Literatuur. Zoals gewoonlijk zit Hardin aan het tafeltje naast me, maar vandaag lijkt hij niet de minste behoefte te hebben om mijn kant op te kijken.

'Vandaag is de laatste les waarin we aandacht besteden aan *Pride and Prejudice*,' laat de docent ons weten. 'Ik hoop dat jullie er plezier aan hebben beleefd, en nu jullie allemaal weten hoe het afloopt, wil ik graag bespreken welke elementen Austen gebruikt om naar het einde toe te werken. Een vraag: hadden jullie als lezer het vermoeden dat Elizabeth en Darcy een paar zouden worden?'

Een paar studenten mompelen iets of bladeren door hun boeken, alsof die meteen een antwoord zullen geven, maar zoals gewoonlijk steken alleen Landon en ik een vinger op.

'Juffrouw Young,' zegt hij.

'Nou, toen ik het boek voor de eerste keer las, vond ik het heel erg spannend omdat ik geen idee had of ze met elkaar zouden eindigen. Zelfs nu, nadat ik het boek al zeker een keer of tien heb gelezen, maakt het begin van hun relatie me nog altijd zenuwachtig. Meneer Darcy is zo wreed en zegt zulke nare dingen over Elizabeth en haar familie dat ik nooit weet of ze het hem wel zal vergeven, laat staan van hem zal gaan houden.'

Landon knikt bij mijn antwoord, en ik glimlach.

'Wat een gelul,' verbreekt een stem opeens de stilte. De stem van Hardin.

'Meneer Scott? U wilde ook iets kwijt?' vraagt de docent, duidelijk verbaasd over Hardins deelname.

'Ja. Ik zei dat dat gelul is. Vrouwen willen altijd wat ze niet kunnen krijgen. Elizabeth voelt zich juist tot Darcy aangetrokken vanwege zijn onbeleefde gedrag, dus het was van het begin af aan duidelijk dat ze samen zouden eindigen,' zegt Hardin, die vervolgens aan zijn nagels begint te peuteren alsof het hele gesprek hem geen klap interesseert.

'Dat is niet waar, dat vrouwen willen wat ze niet kunnen krijgen. Darcy was alleen maar gemeen tegen haar omdat hij te trots was om toe te geven dat hij van haar hield. Zodra hij daarmee ophield, zag ze dat hij echt van haar hield,' zeg ik, luider dan mijn bedoeling was.

Veel luider. Ik kijk om me heen en zie dat iedereen Hardin en mij aan zit te staren.

Hardin ademt luid uit. 'Ik weet niet op wat voor soort jongens jij doorgaans valt, maar ik denk dat hij nooit zo gemeen had gedaan als hij echt van haar had gehouden. De enige reden waarom hij haar ten slotte ten huwelijk vroeg, was omdat ze maar achter hem aan bleef zitten,' zegt hij nadrukkelijk.

Het gesprek geeft me een ongemakkelijk gevoel, maar ik kom er nu wel achter wat hij echt denkt. 'Ze zat niet achter hem aan! Hij wist haar te laten geloven dat hij aardig was en maakte toen misbruik van haar zwakheid!' roep ik luid, en dan valt er pas echt een stilte in het lokaal. Hardin wordt rood van woede en ik denk dat ik er niet heel anders uitzie.

'"Wist haar te laten geloven"? Dacht het niet. Ik bedoel, ze had zo genoeg van dat saaie leventje van haar dat ze op zoek ging naar spanning, dus ze zat wel degelijk achter hem aan!' roept hij terug. Zijn hand klemt zich rond zijn tafeltje.

'Nou, dan had hij het er na de eerste keer bij moeten laten en niet naar haar kamer moeten komen, maar daar was meneer te veel een player voor!' Zodra die woorden over mijn lippen rollen, besef ik dat ik ons heb verraden. Overal om ons heen wordt gegrinnikt en naar adem gehapt.

'Het is een erg levendige discussie, maar het lijkt me wel voldoende voor vandaag,' begint de docent, maar ik pak mijn tas en ren het lokaal uit.

Ergens achter me op de gang hoor ik Hardin kwaad roepen: 'Deze keer kun je niet wegrennen, Theresa!'

Buiten steek ik het groene grasveld over, maar net wanneer ik de hoek van het gebouw wil omslaan, pakt hij me bij mijn arm.

Ik ruk me los. 'Waarom pak je me altijd vast? Als je dat nog eens doet, kun je een mep verwachten!' schreeuw ik. Mijn harde woorden verbazen ook mij, maar ik heb er zo genoeg van.

Hij pakt me opnieuw bij mijn arm en ik weet me niet aan mijn belofte te houden. 'Wat wil je nu eigenlijk, Hardin? Me duidelijk maken hoe zielig ik ben? Me uitlachen omdat ik je weer je gang heb laten gaan? Ik ben die spelletjes van je zo zat, ik speel niet meer mee. Ik heb een vriend die van me houdt, en jij bent verschrikkelijk. Je moet echt eens langs een dokter gaan om te vragen of die een pilletje voor die stemmingswisselingen van je heeft. Ik kan het niet meer volgen. Het ene moment ben je aardig, dan doe je weer lelijk. Ik wil niks meer met je te maken hebben, dus doe me een lol en zoek een ander meisje om je spelletjes mee te spelen, want voor mij is het uit!'

'Ik haal echt het ergste in je naar boven, hè?' vraagt hij.

Ik draai me om en probeer me te concentreren op het drukke trottoir naast ons. Een paar verbaasde studenten kijken Hardin en mij iets te lang aan. Wanneer ik opnieuw naar hem kijk, spelen zijn vingers met een gaatje in de onderste zoom van zijn versleten zwarte T-shirt.

Ik reken erop dat hij zal glimlachen of zelfs in lachen zal uitbarsten, maar dat gebeurt niet. Als ik niet beter zou weten, zou ik nog denken dat hij... gekwetst is. Maar ik weet wel beter. Het kan hem allemaal geen zak schelen. 'Ik probeer geen spelletjes met je te spelen,' zegt hij. Hij haalt een hand door zijn haar.

'Wat doe je dan? Want ik krijg gewoon hoofdpijn van dat wisselende humeur van je,' bijt ik hem toe. Er heeft zich een klein groepje om ons heen verzameld, en ik wil me het liefste oprollen en verdwijnen. Maar ik moet weten wat hij tegen me wil zeggen.

Waarom kan ik niet uit zijn buurt blijven? Ik weet dat hij gevaarlijk en slecht voor me is. Ik heb nog nooit zo lelijk tegen iemand gedaan als tegen hem. Dat verdient hij, dat weet ik, maar ik doe liever niet lelijk.

Hardin grijpt me nogmaals bij mijn arm en duwt me een steegje tussen twee gebouwen in, weg van de drukte. 'Tess, ik... ik weet niet waar ik mee bezig ben. Jij zoende mij het eerst, weet je nog?' brengt hij me in herinnering.

'Ja, en ik was dronken, weet je nog? En jij zoende mij gisteren het eerst.'

'Ja, nou, je hield me anders niet tegen.' Hij zwijgt even. 'Het is vast erg vermoeiend,' zegt hij dan.

Wat? 'Hoe bedoel je?'

'Doen alsof je me niet wilt, terwijl we allebei weten dat het wel zo is,' zegt hij, en hij doet een stap in mijn richting.

'Wat? Ik wil je niet. Ik heb een vriend.' De woorden rollen zo snel over mijn lippen dat duidelijk wordt hoe absurd ze zijn, en daar moet hij om lachen.

'Een vriend die je verveelt. Geef maar toe, Tess. Niet aan mij, maar aan jezelf. Hij verveelt je.' Hij laat zijn stem zakken en begint langzamer te praten, waardoor hij sensueler klinkt. 'Heeft hij je ooit hetzelfde gevoel gegeven als ik?'

'W-wat? Ja, natuurlijk,' lieg ik.

'Nee... dat heeft hij niet. Ik kan merken dat je nooit bent aangeraakt... nooit echt bent aangeraakt.'

Nu ik zijn woorden hoor, verspreidt een inmiddels vertrouwd warm gevoel zich door mijn lichaam. 'Dat zijn jouw zaken niet.' Ik doe een stap naar achteren, waarop hij drie stappen naar voren doet.

'Je hebt geen flauw idee wat voor gevoel ik je kan geven,' zegt hij, en ik hap naar adem. Zo-even stond hij nog tegen me te schreeuwen, en nu dit? En waarom vind ik dit zo fijn? Ik kan geen woord uitbrengen. Hardins toon en suggestieve woordkeuze maken me week, kwetsbaar en verward. Ik ben als een konijn in de greep van een vos.

'Je hoeft het echt niet toe te geven. Ik merk het zo ook wel.' Zijn stem klinkt gezwollen van vooringenomenheid.

Het enige wat ik kan doen, is mijn hoofd schudden. Zijn glimlach wordt breder, en ik deins instinctief terug tegen de muur. Hij doet nog een stap naar voren. Ik haal diep en hoopvol adem. Niet weer.

'Je hart klopt nu sneller, hè? Je mond is droog. Je denkt aan me en je voelt het... daarbeneden. Dat is toch zo, Tessa?'

Alles wat hij zegt, is waar, en hoe meer van dit soort dingen hij zegt, hoe heviger ik naar hem verlang. Het is zo vreemd om een hekel aan iemand te hebben en tegelijkertijd naar hem te verlangen. De aantrekkingskracht die ik voel, is louter lichamelijk, en dat terwijl hij de tegenpool van Noah is. Ik kan me niet herinneren dat ik me ooit tot een andere jongen dan Noah aangetrokken heb gevoeld.

Ik weet dat ik nu iets moet zeggen, anders heeft hij gewonnen. Ik wil niet dat hij zo veel macht over me heeft en ook nog wint.

'Je hebt het mis,' mompel ik.

Maar hij glimlacht. En daardoor knettert de spanning door me heen.

'Dat heb ik niet,' zegt hij. 'Niet als het om dit soort dingen gaat.'

Ik doe een stap opzij voordat hij me helemaal klemzet tegen de muur. 'Waarom blijf je zeggen dat ik je achternaloop terwijl jij nu degene bent die mij in een hoek drijft?' vraag ik. Mijn woede onderdrukt mijn lust voor deze jongen met zijn tattoos die me tot waanzin drijft.

'Omdat jij bent begonnen. En begrijp me niet verkeerd, daar was ik net zo verbaasd over als jij.'

'Ik was dronken en had een lange nacht achter de rug. Dat weet je. Ik was in de war omdat je zo aardig tegen me deed. Of nou ja, voor jouw doen.' Ik duik langs hem heen en ga op de rand van het trottoir zitten, buiten zijn bereik. Een gesprek met hem is zo vermoeiend.

'Zo lelijk doe ik niet tegen je.' Hij torent boven me uit, maar het klinkt eerder als een vraag dan als een mededeling.

'Ja, dat doe je wel. Je doet heel erg je best om lelijke dingen tegen me te zeggen. Niet alleen tegen mij, maar tegen iedereen. Al lijkt het alsof je tegen mij nog gemener bent.' Ik kan gewoon niet geloven dat ik zo open tegen hem ben. Het zal vast niet langer dan een paar minuten duren voordat hij zich weer tegen me keert.

'Dat is niet waar. Ik ben niet gemener tegen jou dan tegen de rest van de bevolking.'

Ik schiet overeind. Een normaal gesprek met hem is simpelweg onmogelijk. 'Ik snap niet waarom ik nog tijd aan je verspil!' roep ik. Ik loop terug naar het grote pad en het grasveld.

'Hé, het spijt me. Kom eens hier.'

Ik kerm, maar mijn voeten reageren al voordat mijn verstand begrijpt wat hij zegt, en ik eindig op een meter afstand van hem.

Hij gaat op de rand van het trottoir zitten, daar waar ik net zat. 'Ga zitten,' beveelt hij me, en dat doe ik.

'Je zit wel erg ver weg,' zegt hij, en ik rol met mijn ogen. 'Vertrouw je me soms niet?'

'Nee, natuurlijk niet. Waarom zou ik?'

Zijn gezicht betrekt enigszins bij die woorden, maar hij herstelt zich snel. Wat kan het hem schelen of ik hem wel of niet vertrouw?

‘Kunnen we gewoon afspreken dat we of bij elkaar uit de buurt blijven of gewoon vrienden worden? Ik kan het niet meer opbrengen om telkens met je te bekvechten,’ zeg ik zuchtend.

Hij schuift iets dichter naar me toe en haalt diep adem voordat hij zegt: ‘Ik kan niet bij je uit de buurt blijven.’

Wat? Mijn hart springt bijna mijn borstkas uit.

‘Ik bedoel... ik geloof niet dat dat gaat, want een van mijn beste vriendinnen deelt immers een kamer met je. Dus ik denk dat we maar moeten proberen om vrienden te worden.’

Teleurstelling welt uit het niets op, maar dit wilde ik toch? Ik kan niet doorgaan met Hardin kussen en Noah bedriegen.

‘Goed dan. Vrienden?’ vraag ik, de teleurstelling onderdrukkend.

‘Vrienden,’ beaamt hij, en hij steekt zijn hand naar me uit.

‘Maar zonder een beetje meer,’ merk ik op wanneer ik zijn hand schud. Het bloed kruipt naar mijn wangen.

Hij begint te grinniken en raakt even het ringetje in zijn wenkbrauw aan. ‘Waarom zeg je dat?’

‘Alsof je dat niet weet. Steph heeft het me verteld.’

‘Wat zei ze over mij en haar?’

‘Jij en zij, jij en zo’n beetje ieder ander meisje.’ Ik doe net alsof ik lach, maar het klinkt als kuchen, en dus kuch ik nog wat meer om de schijn op te houden.

Hij trekt een wenkbrauw op, maar ik negeer het gebaar. ‘Nou, Steph en ik... Dat was leuk.’ Hij glimlacht, als bij een herinnering, en ik slik de gal weg die in mijn keel naar boven komt. ‘En ja, er zijn meiden met wie ik neuk. Maar wat kan jou dat schelen, als we gewoon vrienden zijn?’

Hij doet er helemaal niet moeilijk over, maar ik ben geschokt. Het zou me koud moeten laten, zijn bekentenis dat hij met al die meiden naar bed gaat, maar dat is niet zo. Maar hij is niet van mij, en Noah wel. Noah wel, Noah wel, zeg ik tegen mezelf.

‘Het kan me niks schelen. Ik wil alleen niet dat je denkt dat ik ook zo ben.’

‘Aaah... je bent toch niet jaloers, Theresa?’ vraagt hij spottend, en ik geef hem een por. Dat zal ik nooit van mijn leven toegeven.

‘Nee, echt niet. Ik heb met die meisjes te doen.’

Speels trekt hij een wenkbrauw op. ‘O, dat hoeft niet. Ze genieten ervan, geloof me.’

'Goed, goed, ik snap het al. Kunnen we het nu over iets anders hebben?' Ik slaak een zucht en leg mijn hoofd in mijn nek, opkijkend naar de hemel. Ik moet gewoon het beeld van Hardin en zijn harem uit mijn gedachten bannen. 'Ga je nu iets aardiger tegen me doen?'

'Ja, hoor. Ga jij proberen om iets minder de stijve trut uit te hangen?'

Met een blik op de wolken zeg ik dromerig: 'Ik ben geen trut. Jij bent gewoon vervelend.'

Ik kijk hem aan en begin te lachen, en gelukkig doet hij mee. Het is weer eens iets anders dan tegen elkaar schreeuwen. Ik weet dat we het belangrijkste probleem – of ik wel of niet iets voor hem voel – hiermee niet hebben opgelost, maar als ik ervoor kan zorgen dat hij me niet langer probeert te kussen, kan ik me op Noah concentreren en dit in de kiem smoren voordat het nog erger wordt.

'Kijk ons toch eens, twee vrienden.' Zijn accent is zo schattig als hij niet bot doet.

Nou, dat is het zelfs als hij wel bot doet, maar wanneer hij zo zacht praat, klinkt zijn accent veel mooier. Als fluweel. De manier waarop de woorden van zijn tong en over zijn roze lippen rollen... Ik mag niet aan zijn lippen denken. Ik ruk mijn blik los van zijn gezicht en sta op. Klop mijn rok af.

'Dat is echt een lelijke rok, Tess. Als je vrienden met me wilt zijn, kun je die maar beter niet meer dragen.'

Heel even ben ik gekwetst, maar wanneer ik naar hem opkijk, zie ik dat hij glimlacht. Dit is blijkbaar zijn manier van grappen maken: nog altijd bot, maar veel beter te verteren dan zijn gebruikelijke gemene opmerkingen.

De wekkerfunctie laat mijn mobieltje trillen. 'Ik moet gaan leren,' zeg ik tegen hem.

'Daar zet je de wekker voor?'

'Ik zet de wekker voor heel veel dingen. Zo ben ik nu eenmaal.' Ik hoop dat we dit onderwerp kunnen laten rusten.

'Nou, zet de wekker dan maar voor morgen, na college. Dan gaan we iets leuks doen.'

Wie is dit en wat heeft hij met de echte Hardin gedaan?

'Ik geloof niet dat we hetzelfde idee hebben over wat "iets leuks" is.' Ik kan me niet eens voorstellen wat bij Hardin in de categorie 'iets leuks' valt.

'Nou, we kunnen een paar katten offeren, wat gebouwen in de fik steken...'

Ik kan een gegiechel niet onderdrukken, en hij glimlacht naar me.

'Maar ik meen het. Je kunt wel iets leuks gebruiken, en daar heb je vrienden voor.'

Voordat ik antwoord wil geven, wil ik eerst even nadenken over de vraag of ik wel met Hardin alleen zou moeten zijn, maar voordat ik iets kan zeggen, draait hij zich om. 'Mooi, ik ben blij dat je meedoet. Tot morgen.'

En daarna gaat hij ervandoor.

Ik zeg niets en ga weer zitten. Mijn hoofd tolt van de afgelopen twintig minuten. Eerst bood hij me min of meer seks aan door te zeggen dat ik geen idee had welk gevoel hij me kan geven. Vervolgens stemde hij er een paar minuten later mee in om vriendelijk tegen me te doen, en daarna hebben we met elkaar zitten lachen. Dat was leuk. Er is nog steeds heel veel wat ik over hem wil weten, maar ik denk dat ik wel vrienden met Hardin kan worden, net als Steph. Goed, misschien niet helemaal op dezelfde manier. Meer zoals Nate of een van die andere jongens met wie hij omgaat.

Dit is echt het beste. Geen gezoen meer, geen seksuele toespelingen van zijn kant. Gewoon vrienden.

Maar wanneer ik terugloop naar mijn kamer, langs al die andere studenten, die hun eigen gang gaan zonder iets te weten over Hardin en wat hij doet, kan ik de angst dat ik opnieuw in een van zijn valstrikken ben gelopen niet helemaal van me afschudden.

24

∞

Terug op mijn kamer probeer ik me op mijn boeken te concentreren, maar het lukt niet. Nadat ik een paar uur naar mijn aantekeningen heb zitten staren zonder dat er echt iets doordringt besluit ik een douche te nemen. Misschien helpt dat. De gemengde badkamers geven me op drukke momenten nog altijd een ongemakkelijk gevoel, maar niemand valt me ooit lastig en ik raak er langzaam aan gewend.

Het lekker warme water maakt mijn gespannen spieren los. Ik zou opgelucht en blij moeten zijn dat Hardin en ik een soort wapenstilstand hebben gesloten, maar mijn woede en ergernis hebben nu plaatsgemaakt voor nervositeit en verwarring. Ik heb gezegd dat ik morgen iets met Hardin ga doen, 'iets leuks', en dat maakt me doodsbang. Ik hoop maar dat het goed zal gaan; ik verwacht niet dat we de beste vrienden worden, maar misschien leren we een gesprek te voeren zonder voortdurend tegen elkaar te schreeuwen.

De douche is zo aangenaam dat ik een hele tijd onder de straal blijf staan, en terug op onze kamer zie ik dat Steph er is geweest en weer is vertrokken. Ze heeft een briefje achtergelaten waarin staat dat Tristan haar ergens buiten de campus mee uit eten neemt. Ik mag Tristan wel; ondanks zijn overmatige gebruik van eyeliner lijkt hij me erg aardig. Als Steph en Tristan vaker met elkaar omgaan, kunnen we misschien een keer met ons vieren iets leuks gaan doen als Noah langskomt. Maar wie houd ik nu voor de gek? Noah moet niets van dat soort lui hebben, en voor mij gold drie weken geleden hetzelfde.

Uiteindelijk bel ik Noah voordat ik ga slapen. We hebben elkaar de hele dag niet gesproken. Hij is zo beleefd dat hij al zodra hij opneemt vraagt hoe mijn dag is geweest. Goed, zeg ik tegen hem. Ik zou hem moeten vertellen dat Hardin en ik morgen iets gaan doen, maar dat doe ik niet. Hij zegt dat zijn voetbalteam een enorme overwinning heeft geboekt op Seattle High, dat ook erg goed is. En ik ben blij voor hem, want hij is echt blij omdat ze zo goed hebben gespeeld.

De volgende dag gaat veel te snel voorbij. Wanneer Landon en ik bij Literatuur naar binnen lopen, zit Hardin al op zijn stoel. 'Klaar voor onze date van vanavond?' vraagt hij, en mijn mond valt open. Die van Landon ook. Ik weet niet wat me meer in verwarring brengt: de manier waarop Hardin het zegt, of het beeld dat Landon nu van me zou kunnen krijgen. De eerste dag van ons plan om vrienden te worden verloopt tot nu toe niet zo goed.

'Het is geen date,' zeg ik tegen hem, en dan kijk ik Landon aan, rol met mijn ogen en zeg achteloos: 'We gaan gewoon als vrienden iets doen', waarbij ik Hardin negeer.

'Komt op hetzelfde neer,' merkt Hardin op.

Ik besteed de rest van het college geen aandacht aan hem. Moeilijk is dat niet, want hij doet ook geen poging iets tegen mij te zeggen.

Wanneer Landon na het college zijn rugzak aan het inpakken is, kijkt hij even naar Hardin en zegt dan zacht tegen mij: 'Wees voorzichtig vanavond.'

'O, we willen elkaar alleen maar wat beter leren kennen omdat mijn kamergenote een goede vriendin van hem is,' antwoord ik, hopend dat Hardin me niet kan horen.

'Dat weet ik, en je bent echt een goede vriendin. Ik weet alleen niet of Hardin zo veel vriendelijkheid wel verdient,' zegt hij, nadrukkelijk luid, en ik kijk naar hem op.

'Heb je niks beters te doen dan over mij roddelen? Rot toch op,' snauwt Hardin achter me.

Landon kijkt me fronsend aan. 'Denk aan wat ik heb gezegd.' Hij loopt naar buiten, mij achterlatend met de bezorgde vraag of ik hem van streek heb gemaakt.

'Hé, je hoeft niet zo gemeen tegen hem te doen. Jullie zijn bijna broers,' zeg ik.

Hardin spert zijn ogen open. 'Wát?' vraagt hij grommend.

'Je weet wel, jouw vader en zijn moeder?' Landon heeft toch niet gelogen? Of had ik niets mogen zeggen? Landon zei wel dat ik beter niets tegen Hardin over zijn verhouding met zijn vader kon zeggen, maar ik dacht niet dat dit er ook onder viel.

'Dat zijn jouw zaken niet.' Hardin kijkt kwaad naar de deur waardoor Landon is verdwenen. 'Ik snap niet waarom die lul je dat heeft verteld. Ik moet hem duidelijk maken dat hij zijn mond moet houden.'

'Laat hem met rust, Hardin. Hij wilde het me niet eens vertellen, maar ik heb aangedrongen.' Het idee dat Hardin Landon iets wil aandoen maakt me misselijk. 'Nou, wat gaan we doen?' vraag ik, maar hij kijkt me kwaad aan.

'Niks. Dit was geen goed idee,' snauwt hij. Hij draait zich met een ruk om en loopt weg. Ik blijf even staan, me afvragend of hij van gedachten zal veranderen en terug zal komen.

Wat is er in vredesnaam met hem aan de hand? Nu weet ik bijna zeker dat hij een bipolaire stoornis heeft.

Terug op mijn kamer tref ik Zed, Tristan en Steph zittend op haar bed aan. Tristan kijkt Steph aan en Zed maakt een gebaar alsof hij een aansteker bedient. Onder andere omstandigheden zou ik zo veel onaangekondigd bezoek vervelend hebben gevonden, maar nu ben ik blij met de afleiding.

'Hé, Tessa, nog wat leuks geleerd?' vraagt Steph me met een brede glimlach. Het ontgaat me niet dat Tristan helemaal begint te stralen als hij naar haar kijkt.

'Ja, hoor. En jij?' Ik leg mijn boeken op mijn ladekast.

Ze vertelt dat haar docent hete koffie over zichzelf heen heeft gemorst en dat ze daardoor eerder weg mochten. 'Je ziet er leuk uit, Tessa,' zegt Zed tegen me. Ik bedank hem en kruip ook op Stephs bed. Dat is eigenlijk iets te krap voor vier personen, maar het lukt toch. Nadat we een paar minuten lang over allerlei rare docenten hebben zitten roddelen, gaat de deur open en kijken we allemaal op.

Het is Hardin. Jakkes.

'Jeetje man, je kunt ook eens leren te kloppen.' Steph kijkt hem boos aan, maar hij haalt zijn schouders op. 'Voor hetzelfde geld had ik hier in mijn blootje gestaan.' Ze lacht, duidelijk niet boos over zijn gebrek aan manieren.

'Niks wat ik nog niet eerder heb gezien,' grapt hij.

Tristans gezicht betrekt en de andere drie grinniken. Ik zie er de humor ook niet van in; ik denk liever niet aan Steph en Hardin samen.

'O, hou toch op,' zegt ze, nog altijd lachend. Dan pakt ze Tristans hand vast. Zijn lach keert terug en hij schuift iets dichter naar haar toe.

‘Wat gaan jullie doen?’ vraagt Hardin, die tegenover ons op mijn bed gaat zitten. Ik wil tegen hem zeggen dat hij dat niet moet doen, maar ik houd mijn mond. Heel even dacht ik dat hij zijn excuses kwam aanbieden, maar nu begrijp ik dat hij bij zijn vrienden wil zijn, en daar hoor ik niet bij.

Zed glimlacht. ‘We gaan dadelijk naar de film. Tessa, heb je zin om mee te gaan?’

Voordat ik iets kan zeggen, zegt Hardin: ‘Tessa en ik hebben al plannen.’

Zijn stem klinkt vreemd. God, wat wisselen zijn stemmingen toch snel.

‘Wat?’ vragen Zed en Steph op hetzelfde moment.

‘Ja, ik kwam haar halen.’ Hardin staat op, propt zijn handen in zijn zakken en gebaart met zijn schouders naar de deur. ‘Ben je zover?’

Nee, roep ik in gedachten, maar ik knik en laat me van Stephs bed glijden.

‘Nou, tot later!’ meldt Hardin, die me bijna naar buiten duwt. Daar voert hij me mee naar zijn auto en doet hij tot mijn verbazing het rechterportier voor me open. Ik blijf staan, met mijn armen over elkaar geslagen, en kijk hem aan.

‘Nou, dat was de laatste keer dat ik een portier voor je heb geopend...’

Ik schud mijn hoofd. ‘Wat had dat te betekenen? Ik weet heel goed dat je me niet komt halen je hebt net nog gezegd dat je niets met me te maken wilde hebben!’ roep ik.

En dus staan we weer tegen elkaar te schreeuwen. Ik word letterlijk stapelgek van hem. ‘Klopt, ja. Stap nu maar in.’

‘Nee! Als je niet toegeeft dat je hier niet voor mij bent, loop ik nu terug naar binnen en ga ik met Zed naar de film.’

Hij klemt zijn kaken opeen. Ik wist het wel. Ik weet niet wat ik ervan vind, maar op de een of andere manier wist ik dat Hardin alleen maar zei dat hij iets met mij ging doen omdat hij niet wil dat ik met Zed naar de film ga.

‘Geef het nu maar toe, Hardin, anders ben ik weg.’

‘Oké. Ja, je hebt gelijk. En stap in. Ik vraag het niet nog eens.’ Hij loopt om de auto heen.

Tegen beter weten in stap ik in.

Met een nog altijd kwaad gezicht verlaat Hardin de parkeerplaats.

Hij zet de snerpende muziek veel te hard. Ik steek een hand uit en zet de stereo uit.

'Blijf van mijn radio af,' zegt hij kwaad.

'Als je de hele tijd zo rot gaat zitten doen, hoeft het van mij niet.' En dat meen ik. Als hij zich zo gedraagt, kan het me niet schelen waar we zitten, dan lift ik wel terug naar de studentenflat.

'Ik doe niet rot. Je moet alleen niet aan mijn radio zitten.'

Ik denk even aan Hardin die mijn aantekeningen de lucht in gooide, en op mijn beurt heb ik zin om zijn radio uit het dashboard te trekken en naar buiten te gooien. Als ik dat kon, zou ik het doen.

'Waarom wil je niet dat ik met Zed naar de film ga? Steph en Tristan gaan ook.'

'Ik geloof niet dat Zed goede bedoelingen heeft,' zegt hij zacht, met zijn blik op de weg gericht.

Ik begin te lachen. Hij fronst. 'Denk je dat echt? Nou, Zed is in elk geval aardig tegen me.' Ik kan niet ophouden met lachen. Het idee dat Hardin me wil beschermen is hilarisch. Zed is een vriend, meer niet. Net als Hardin.

Hardin rolt met zijn ogen, maar geeft geen antwoord. Hij zet de muziek weer aan. De gitaren en de bas doen letterlijk pijn aan mijn oren.

'Mag het iets zachter?' vraag ik smekend.

Tot mijn verbazing zet hij het geluid inderdaad zachter, zodat het achtergrondmuziek wordt.

'Wat een vreselijke muziek.'

Lachend tikt hij op het stuur. 'Helemaal niet. Al zou ik graag horen wat jij goede muziek vindt.' Wanneer hij op die manier glimlacht, ziet hij er zo zorgeloos uit, zeker nu de wind die door het open raampje naar binnen waait met zijn haar speelt. Hij steekt een hand uit en strijkt zijn haar naar achteren. Zo ziet hij er leuk uit, met zijn haar zo naar achteren... Ik probeer die gedachte te verdrijven.

'Nou, ik hou van Bon Iver en The Fray,' zeg ik ten slotte.

'Dat verbaast me niks,' zegt hij grinnikend.

'Wat is daar mis mee?' verdedig ik mijn twee lievelingsbands. 'Die hebben ongelooflijk veel talent en maken hartstikke goede muziek.'

'Ja, het talent om mensen in slaap te laten vallen.'

Ik steek een hand uit en geef hem een speelse tik tegen zijn schouder. Hij doet net alsof hij ineenkrimpt en lacht.

'Nou, ik vind ze geweldig,' zeg ik met een glimlach. Als we zo tegen elkaar kunnen blijven doen, zou ik me best kunnen vermaken. Ik kijk voor de eerste keer uit het raam, maar ik heb geen idee waar we zijn. 'Waar gaan we naartoe?'

'Naar een van mijn lievelingsplekken.'

'En dat is?'

'Jij wilt echt altijd alles van tevoren weten, hè?'

'Ja... het liefste wel.'

'Omdat je alles onder controle wilt hebben?'

Ik zeg niets. Ik weet dat hij gelijk heeft, maar zo ben ik nu eenmaal.

'Nou, ik zeg het pas als we er zijn... en dat is over een minuut of vijf.'

Ik leun achterover tegen de leren bekleding en kijk over mijn schouder naar de achterbank. Aan de ene kant ligt een slordige stapel leerboeken en losse vellen papier, aan de andere kant ligt een dikke zwarte trui.

'Zie je iets wat je leuk vindt?' zegt Hardin opeens tot mijn schaamte.

'Wat is dit voor auto?' vraag ik. Ik heb behoefte aan afleiding; niet alleen omdat ik niet weet waar we naartoe gaan, maar ook omdat hij me zo-even heeft betrapt.

'Een Ford Capri. Een echte klassieker,' zegt hij, duidelijk trots. Hij vertelt me er van alles over, hoewel ik geen idee heb waar het over gaat. Toch kijk ik graag naar zijn mond wanneer hij praat, naar zijn lippen die traag de nog tragere woorden vormen. Nadat hij me tijdens het gesprek een paar keer heeft zien kijken, zegt hij vrij bot: 'Ik hou er niet van als mensen naar me kijken,' al glimlacht hij daarna wel een beetje.

25

∞

We rijden een grindweg op en Hardin zet de radio uit, zodat het enige geluid het knerpen van het grind onder de banden is. Opeens besef ik dat we op een volkomen verlaten plek zijn. Nu word ik nerveus: we zijn echt helemaal alleen. Er zijn geen auto's, geen gebouwen, niets.

'Maak je niet druk, ik heb je niet meegenomen om je hier te vermoorden,' grapt hij, en ik slik even. Hij weet vast niet dat ik banger ben voor wat ik met hem zou kunnen doen als we alleen zijn dan om te worden vermoord.

Zo'n anderhalve kilometer verder zet hij de auto stil. Ik kijk uit het raampje en zie alleen maar gras en bomen. Her en der bloeien gele wilde bloemen en het briesje is aangenaam warm. Oké, het is hier rustig en mooi. Maar wat doen we hier?

'Wat gaan we doen?' vraag ik bij het uitstappen.

'Nou, we gaan eerst een stukje wandelen.'

Ik zucht. Zijn we hier voor de lichaamsbeweging?

Hij ziet mijn bedrukte gezicht en voegt eraan toe: 'Niet te ver, hoor,' en hij loopt een pad op dat aan het platgetreden gras te zien al veel vaker is gebruikt.

Tijdens de wandeling zeggen we niet veel, op een paar botte opmerkingen van Hardin na, die vindt dat ik te sloom ben. Ik negeer hem en let op mijn omgeving. Langzaam begin ik te begrijpen waarom hij het hier fijn vindt. Het is zo stil. Vredig. Ik zou hier voor altijd kunnen blijven, mits ik een boek bij me had. Dan verlaat hij het pad en loopt hij verder het bos in. Mijn aangeboren argwaan is onmiddellijk gewekt, maar ik ga hem toch achterna. Een paar minuten later lopen we het bos uit en komen we bij een rivier. Ik heb geen idee waar we zijn, maar het water ziet er vrij diep uit.

Hardin zegt niets en trekt zijn zwarte T-shirt over zijn hoofd. Mijn blik glijdt over zijn met inkt versierde bovenlijf. De kale takken van de dode boom op zijn huid zien er in het felle zonlicht eerder mooi dan somber uit. Dan buigt hij zich voorover om de veters van zijn modderige zwarte schoenen los te maken en kijkt hij even naar me op, waarbij het hem niet ontgaat dat ik naar zijn halfnaakte lijf sta te staren.

'Wacht even, ben je je aan het uitkleden?' Ik kijk naar het water. O nee. 'Je gaat toch niet zwemmen? Daarin?' Ik wijs naar het water.

'Jawel, en jij ook. Ik doe het zo vaak.' Hij knoopt zijn broek los, en ik moet mijn best doen om niet naar de spieren in zijn rug te staren wanneer hij zich vooroverbuigt en zijn broek naar beneden trekt.

'Ik ga daar niet in zwemmen.' Ik houd best wel van zwemmen, maar niet zomaar ergens op een onbekende plek.

'Waarom niet?' Hij wijst naar de rivier. 'Het water is zo schoon dat je de bodem kunt zien.'

'Nou... er zitten vast vissen en god mag weten wat nog meer.' Ik besef dat ik me aanstel, maar dat kan me niet schelen. 'Bovendien heb ik niets bij me omdat je me niet hebt verteld dat we gingen zwemmen.' Daar heeft hij vast niet van terug.

'Wil je nu beweren dat je het soort meisje bent dat geen ondergoed draagt?' Hij grijnst. Ik staar hem, en al die kuiltjes, met open mond aan. 'Nou, zwem gewoon in je beha en je onderbroek.'

Wacht even, dus hij dacht echt dat ik hier al mijn kleren zou uittrekken om met hem te gaan zwemmen? Het begint vanbinnen te kriebe len en ik krijg het helemaal warm bij de gedachte dat ik naakt in het water lig, samen met Hardin. Wat doet hij met me? Dit soort dingen dacht ik vroeger nooit.

'Ik ga niet in mijn onderbroek zwemmen, griezel.' Ik ga in het zachte gras zitten. 'Ik kijk wel,' zeg ik tegen hem.

Hij fronst. Inmiddels draagt hij niet meer dan zijn zwarte boxershort, die strak rond zijn lijf spant. Dit is de tweede keer dat ik hem zonder bovenkleding zie, en hier, onder de blote hemel, ziet hij er zelfs nog beter uit.

'Wat ben je saai. Je mist wel veel,' zegt hij op vlakke toon voordat hij in het water springt.

Ik blijf naar het gras kijken en pluk aan een paar sprietjes. Hardin roept vanuit de rivier: 'Het water is lekker, Tess!' Vanaf mijn plekje op het gras zie ik de druppels van zijn nu zwarte haar vallen. Glimlachend strijkt hij met zijn ene hand zijn natte haar naar achteren en wrijft hij over zijn gezicht.

Heel even wens ik dat ik anders was, dat ik meer durfde. Net als Steph. Die zou zich zonder aarzelen hebben uitgekleed om met Hardin in het warme water te springen. Als ik zo was, zou ik in het rond hebben gespetterd om vervolgens de oever op te klimmen en er opnieuw in te duiken, zodat ik hem nat kon spatten. Dan had ik lol gemaakt, zorgeloos.

Maar ik ben Steph niet. Ik ben Tessa.

'Dit is tot nu toe een wel erg saaie vriendschap...' merkt Hardin op, die naar de oever zwemt. Ik rol met mijn ogen en grinnik.

'Trek dan in elk geval je schoenen uit, dan kun je pootjebaden. Het water is echt lekker, en over een paar weken is het te koud om te zwemmen.'

Pootjebaden klinkt niet zo verkeerd. En dus trek ik mijn schoenen uit, rol ik mijn jeans op en laat ik mijn voeten over de rand bungelen. Hardin heeft gelijk, het water is warm en helder. Ik beweeg mijn tenen op en neer en moet lachen.

'Lekker, hè?' vraagt hij, en ik moet wel knikken. 'Nou, duik er dan in.'

Ik schud mijn hoofd en hij spat me nat. Ik schuif naar achteren en kijk hem boos aan.

'Als je meedoet, zal ik een van die opdringerige vragen van je beantwoorden. Het maakt niet uit welke, maar niet meer dan één,' zegt hij.

Mijn nieuwsgierigheid krijgt de overhand en ik houd nadenkend mijn hoofd scheef. Hij wordt omgeven door raadsels, en wie weet is dit mijn kans er eentje te ontrafelen.

'Dit aanbod geldt slechts één minuut,' zegt hij voordat hij onder water verdwijnt. Ik zie zijn lange lijf door het heldere water zwemmen. Het ziet er inderdaad leuk uit, en Hardin geeft niet zomaar op. Hij weet hoe hij mijn nieuwsgierigheid tegen me moet gebruiken.

'Tessa,' zegt hij wanneer zijn hoofd weer boven water verschijnt, 'denk niet zo lang over alles na en spring er gewoon in.'

'Ik heb niks om aan te trekken. Als ik in mijn kleren ga zwemmen, moet ik straks drijfnat in de auto zitten,' protesteer ik. Het scheelt niet veel of ik wil echt gaan zwemmen. Of nee, ik *wíl* gaan zwemmen.

'Pak mijn T-shirt maar,' biedt hij aan.

Ik schrik er zo van dat ik verwacht dat hij zal zeggen dat het een grapje is, maar dat doet hij niet.

'Toe dan, pak mijn shirt. Dat is lang genoeg en dan hoef je je ondergoed niet uit te trekken, als je dat niet wilt,' zegt hij glimlachend. Ik besluit zijn advies op te volgen en op te houden met nadenken.

'Goed, maar dan moet je je wel omdraaien en niet kijken als ik me uitkleed. Dat meen ik!' Ik probeer heel erg streng te klinken, maar hij lacht alleen maar. Hij draait zich echter wel om en kijkt de andere kant op, en dus trek ik snel mijn topje over mijn hoofd en pak ik zijn shirt. Hij had gelijk: het is lang genoeg en komt tot halverwege mijn bovenbenen. Zonder het te willen geniet ik van de geur van zijn kledingstuk, een mengeling van een zwakke zweem van aftershave en een geur die ik alleen maar als 'Hardin' kan omschrijven.

'Schiet in vredesnaam op, anders draai ik me om,' zegt hij. Het liefste had ik nu een tak gepakt en die naar zijn hoofd gegooid, maar ik knoop mijn jeans los en trek die uit. Nadat ik mijn jeans en topje netjes heb opgevouwen, leg ik ze naast mijn schoenen in het gras. Hardin draait zich om en ik trek de zoom van zijn zwarte T-shirt zo ver mogelijk naar beneden.

Hij spert zijn ogen iets verder open en ik zie zijn blik over mijn lichaam gaan. Hij klemt het ringetje in zijn lip tussen zijn tanden en ik zie een blos op zijn wangen verschijnen. Hij heeft het vast koud, want ik weet gewoon dat ik niet verantwoordelijk kan zijn voor zo'n reactie.

'Eh... Kom je er nog in?' Zijn stem klinkt heser dan gewoonlijk. Ik knik en loop langzaam naar de oever. 'Spring dan!'

'Doe ik, doe ik!' roep ik nerveus, en hij lacht. 'Neem een aanloop.'

'Oké.' Ik doe een stapje naar achteren en begin dan te hollen. Het voelt zo stom, maar ik wil dit niet verpesten door er te veel over na te denken. Ik kijk naar het water en kom precies op de rand van de oever tot stilstand.

'O, kom op! Je begon zo goed!' Hij werpt lachend zijn hoofd in zijn nek en ziet er zo schattig uit.

Hardin, schattig?

'Het gaat niet.' Ik weet niet goed wat me tegenhoudt; het water is diep genoeg om in te springen, maar ook weer niet zo diep. Hardin staat op een plek waar het water tot aan zijn borst komt, dus dan zou het bij mij tot aan mijn kin reiken.

'Vind je het eng?' vraagt hij op kalme, maar ernstige toon.

'Nee... Dat weet ik niet. Een beetje,' geef ik toe, en hij loopt door het water naar me toe.

'Ga eens op de rand zitten, dan help ik je wel.'

Ik ga zitten en klem mijn benen tegen elkaar zodat hij mijn onderbroek niet kan zien, maar aan zijn grijns is te zien dat hem dat niet ontgaat. Hij grijpt me bij mijn bovenbenen, en opnieuw lijk ik in brand te staan. Waarom reageert mijn lichaam zo op hem? Ik moet dit gevoel zien te negeren als ik vrienden met hem wil worden. Hij verschuift zijn handen naar mijn middel en vraagt: 'Klaar?'

Zodra ik knik, tilt hij me op en trekt hij me het water in, water dat warm is en verrukkelijk aanvoelt op mijn verhitte huid. Hardin laat me te snel los, en ik sta rechtop in het water. We staan zo dicht bij de oever dat het water tot net onder mijn borsten komt.

'Kom op, niet blijven staan!' zegt hij spottend. Ik geef geen antwoord, maar zet wel een paar stapjes. Het T-shirt bolt op vanwege het water eronder, en ik trek het met een gilletje naar beneden. Zodra het weer op zijn plaats zit, lijkt het te blijven zitten.

'Trek het toch uit,' zegt hij grijnzend, waarvoor ik hem beloon door hem nat te spetteren.

'Heb je me net nat gespat?' vraagt hij lachend.

Ik knik en spat hem opnieuw nat. Hij schudt zijn natte hoofd en duikt onder water op me af. Zijn lange armen haken zich rond mijn middel en trekken me naar beneden. Snel steek ik mijn hand uit, zodat ik mijn neus kan dichtknijpen; ik heb nog niet geleerd hoe ik met mijn neus open moet zwemmen. Wanneer we weer bovenkomen, ligt Hardin helemaal in een deuk, en ik kan mijn lachen evenmin inhouden. Ik heb plezier, echt plezier, dat verder gaat dan de lol die je hebt bij het zien van een grappige film.

'Ik weet niet wat leuker is: dat jij je echt vermaakt of dat je je neus dicht moet houden,' zegt hij tussen het lachen door.

Ik durf opeens meer en loop naar hem toe, zonder aandacht te schenken aan het opbollende T-shirt, en probeer zijn hoofd onder te duwen. Natuurlijk is hij veel sterker en wil hij van geen wijken weten. Hij lacht alleen maar meer, waarbij hij al zijn mooie witte tanden laat zien. Waarom kan hij niet altijd zo zijn?

'Ik geloof dat je me een antwoord op een vraag schuldig bent,' breng ik hem in herinnering.

Hij wendt zijn blik af naar de oever. 'Ja, maar niet meer dan één.'

Ik weet niet goed wat ik moet zeggen omdat ik zo veel vragen heb, maar voordat ik een beslissing kan nemen, hoor ik dat mijn stem dat al voor me doet: 'Van wie hou je het allermeest?'

Waarom vraag ik dat? Ik wil veel concretere dingen weten, zoals: waarom doet hij soms zo bot? Waarom zit hij in Amerika?

Hij kijkt me argwanend aan, alsof mijn vraag hem in verwarring brengt. 'Van mezelf,' zegt hij, en dan verdwijnt hij een paar seconden onder water. Hoofdschuddend komt hij weer boven.

'Dat kan niet waar zijn,' zeg ik uitdagend. Ik weet dat hij arrogant is, maar hij moet toch wel van iemand houden? 'En je ouders?' vraag ik. Daar heb ik onmiddellijk spijt van.

Zijn gezicht vertrekt, en de zachte blik die ik zo fijn vond, verdwijnt uit zijn ogen. 'Hou voortaan je mond over mijn ouders, oké?' bijt hij me toe.

Ik kan mezelf wel slaan omdat ik het plezier tussen ons heb bedorven.

'Sorry, ik was gewoon nieuwsgierig. Je zei dat je antwoord zou geven op een vraag,' breng ik hem op zachte toon in herinnering.

Zijn trekken worden zachter en hij loopt naar me toe, zodat er rimpelingen in het water ontstaan.

'Het spijt me, Hardin, ik zal het niet meer over hen hebben,' beloof ik. Ik wil hier echt geen ruzie met hem krijgen; als ik hem te boos maak, laat hij me hier vast alleen achter.

Tot mijn grote verbazing pakt hij me bij mijn middel en tilt me op. Ik schop met mijn benen en wapper met mijn armen en roep dat hij me neer moet zetten, maar het enige wat hij doet, is me lachend in het water gooien. Ik plons een paar meter verderop neer, en wanneer ik weer bovenkom, zie ik dat zijn ogen fonkelen van de pret.

'Daar ga je voor boeten!' roep ik. Bij wijze van antwoord doet hij net alsof hij gaapt, en dus zwem ik naar hem toe, waarop hij me opnieuw vastpakt – maar deze keer sla ik zonder het te beseffen mijn benen om zijn middel. Een geschokte zucht ontsnapt aan zijn lippen.

'Sorry,' mompel ik. Ik wil mijn benen laten zakken, maar hij pakt ze vast en slaat ze opnieuw om zijn middel. De elektrische spanning tussen ons is er weer, deze keer nog heftiger dan eerder. Waarom gebeurt dit altijd met hem? Ik probeer er niet aan te denken en sla mijn armen om zijn nek om te voorkomen dat ik mijn evenwicht verlies.

'Wat doe je me aan, Tess?' zegt hij zacht. Hij wrijft met zijn duim over mijn onderlip.

'Dat weet ik niet...' antwoord ik eerlijk tegen zijn duim, die de vorm van mijn mond blijft volgen.

'Die lippen... en wat je daarmee zou kunnen doen,' zegt hij traag en verleidelijk. Diep in mijn buik welt het brandende gevoel op dat me als was in zijn handen maakt. 'Wil je dat ik ophoud?' Hij kijkt me diep in mijn ogen; zijn pupillen zijn nu zo groot dat er nog maar een klein donkergroen randje te zien is.

Voordat mijn verstand kan verwerken wat er gebeurt, schud ik mijn hoofd en druk ik mijn lichaam onder water tegen dat van hem.

'Je weet toch dat we niet alleen maar vrienden kunnen zijn, hè?' Zijn lippen raken mijn kin aan, waardoor ik begin te beven. Hij plant een reeks kusjes op mijn kaaklijn en ik knik. Ik weet dat hij gelijk heeft. Ik heb geen idee wat we wel zijn, maar ik weet dat ik nooit alleen maar vrienden met Hardin kan zijn. Wanneer zijn lippen het plekje vlak onder mijn oor aanraken, begin ik te kreunen, wat Hardin ertoe aanzet het nog eens te doen. Deze keer zuigt hij aan mijn huid.

'O, Hardin,' zeg ik kreunend. Ik klem mijn benen om hem heen, laat mijn handen over zijn rug gaan en haal mijn nagels over zijn huid. Het voelt alsof ik elk moment uit elkaar kan barsten, alleen maar omdat hij mijn hals kust.

'Ik wil je mijn naam horen kreunen, Tessa, telkens weer. Wil je dat ook?' Zijn stem is vervuld van wanhoop.

En diep vanbinnen weet ik dat ik met geen mogelijkheid nee kan zeggen.

'Zeg het, Tessa.' Hij neemt mijn oorlelletje tussen zijn tanden. Ik knik opnieuw, heftiger. 'Ik wil dat je het zegt, schatje, ik wil dat je het hardop zegt zodat ik weet dat je me echt wilt.' Zijn handen gaan naar beneden en verdwijnen onder zijn T-shirt dat ik draag.

'Ik wil...' De woorden rollen haastig over mijn lippen, en hij glimlacht tegen mijn hals terwijl zijn mond de tedere aanval voortzet. Hij zegt niets, maar pakt mijn bovenbenen vast, zodat hij me hoger kan optillen, en loopt naar de kant. Bij de oever aangekomen laat hij me los en klimt hij uit het water. Ik maak een kermend geluidje, waarmee ik zijn ego ongetwijfeld nog meer streel, maar het kan me op dit moment niet schelen. Het enige wat ik weet, is dat ik hem wil, dat ik hem nodig heb. Hij steekt zijn hand naar me uit en trekt me naar zich toe, de oever op.

Ik weet niet wat ik moet doen en blijf op het gras staan. Hardins zware, doorweekte T-shirt rust zwaar op mijn schouders. Hij is te ver weg, is het enige wat ik kan denken.

Hij laat zijn hoofd iets zakken, zodat hij me recht in mijn ogen kan kijken. 'Wil je het hier? Of op mijn kamer?'

Nerveus haal ik mijn schouders op. Ik wil niet naar zijn kamer, dat is te ver – tijdens de rit zou ik te veel tijd hebben om na te denken over wat ik op het punt sta te doen.

'Hier,' zeg ik, om me heen kijkend. Er is niemand in de buurt en ik hoop dat er ook niemand komt.

'Gretig, hè?' Hij glimlacht en ik wil met mijn ogen rollen, maar het ziet er waarschijnlijk eerder uit als een wanhopig geknipper. De hitte in mijn lichaam trekt langzaam weg nu Hardin me niet meer aanraakt.

'Kom hier,' zegt hij met lage stem, en de hitte keert terug.

Mijn voeten maken bijna geen geluid op het zachte gras. Ik blijf vlak voor Hardin staan. Zijn handen gaan meteen naar de zoom van het T-shirt en trekken het omhoog. Alleen al de manier waarop hij naar me kijkt maakt me gek; mijn hormonen schieten helemaal uit de bocht. Mijn hart gaat sneller kloppen wanneer hij me even van top tot teen bekijkt voordat hij mijn hand pakt.

Hij spreidt zijn shirt als een soort deken uit op het gras. 'Ga liggen.' Hij trekt me naast zich op de grond en vlijt me op mijn rug neer op de natte stof. Dan gaat hij op zijn zij liggen, leunend op zijn elleboog, en kijkt op me neer. Niemand heeft me ooit in zo weinig kleren gezien, en Hardin heeft zo veel meisjes gezien, meisjes die veel knapper zijn dan ik. Ik wil mijn lichaam met mijn handen bedekken, maar Hardin komt overeind, pakt allebei mijn polsen vast en duwt die tegen mijn zijden.

'Bedek je niet, niet voor mij,' zegt hij, me recht in mijn ogen kijkend.

'Het is gewoon...' begin ik, maar hij valt me in de rede: 'Dat hoef je niet te doen, Tess. Je hoeft je nergens voor te schamen.'

Meent hij dat?

'Ik bedoel, kijk eens naar jezelf,' vervolgt hij. Op de een of andere manier is hij in staat mijn gedachten te lezen.

'Je bent met zo veel meisjes geweest,' flap ik eruit.

Hij fronst. 'Maar niet met een meisje zoals jij.'

Ik weet dat ik zo'n antwoord op verschillende manieren kan interpreteren, maar ik ga er bewust niet op in.

'Heb je een condoom bij je?' vraag ik aan hem. Ik probeer me de paar dingen te herinneren die ik over seks weet.

'Een condoom?' Hij grinnikt. 'Ik ben niet van plan om seks met je te hebben.'

Ik raak in paniek. Is dit niet meer dan een spelletje, bedoeld om me voor schut te zetten?

'O,' is alles wat ik kan uitbrengen. Ik wil overeind komen, maar hij pakt me bij mijn schouders en duwt me zachtjes neer. Ik weet zeker dat ik zo rood als een biet ben en wil hier niet zo open en bloot liggen, kwetsbaar onder zijn sarcastische blik.

'Waar wil je...' begint hij, maar dan daagt het hem. 'O... Nee, Tess, zo bedoelde ik het niet. Ik bedoelde alleen dat jij het nog nooit hebt gedaan... helemaal niet, en dat ik dus nu geen seks met je ga hebben.' Hij staart me even aan. 'Niet vandaag,' voegt hij eraan toe, en ik voel iets van de spanning uit mijn borstkas wegtrekken.

'Er zijn zo veel andere dingen die ik eerst met je wil doen.' Hij laat zich boven op me zakken en laat zijn hele gewicht op zijn handen rusten, alsof hij een push-up doet. Het water druppelt uit zijn natte haar op mijn gezicht en ik kronkel.

'Ik kan niet geloven dat je nog nooit hebt geneukt,' fluistert hij, en hij gaat weer op zijn zij liggen. Hij brengt zijn handen naar mijn hals en daarna verder naar beneden, alleen zijn vingertoppen, tussen mijn borsten door en over mijn buik, totdat hij vlak voor de rand van mijn onderbroek ophoudt. We doen dit echt, Hardin en ik. Wat gaat hij doen? Zal het pijn doen? Er schieten wel honderd gedachten door mijn hoofd, maar die verdwijnen allemaal zodra zijn hand in mijn slipje verdwijnt. Ik hoor dat hij de lucht tussen zijn tanden naar binnen zuigt, en dan brengt hij zijn mond naar de mijne.

Hij laat me schrikken wanneer hij zijn vingers beweegt.

'Voelt dat fijn?' vraagt hij in mijn mond.

Hij wrijft alleen maar – hoe kan dat zo fijn voelen? Ik knik en hij beweegt zijn vingers verder naar beneden.

'Voelt het lekkerder dan wanneer je het zelf doet?'

Wat?

'Is dat zo?' vraagt hij.

'W-wat?' weet ik uit te brengen, ook al heb ik op dit moment geen controle meer over mijn lichaam of geest.

'Wanneer je jezelf aanraakt? Voelt dat net zoals dit?'

Omdat ik niet goed weet wat ik moet zeggen, staar ik hem alleen maar aan, en dan daagt er iets van begrip in zijn blik. 'Wacht even... Dat heb je ook nog nooit gedaan, hè?' In zijn stem klinkt verbazing door, en nog iets anders... Lust? Hij kust me opnieuw en zijn vingers bewegen op en neer. 'Je reageert zo snel op me, je bent zo nat,' zegt hij, en ik kreun. Waarom zijn vieze woordjes zo opwindend wanneer Hardin ze uitspreekt? Ik voel een zacht kneepje dat mijn hele lichaam laat schokken.

'Wat? Was... dat?' vraag ik kreunend. Hij grinnikt en geeft geen antwoord, maar ik voel dat hij het nogmaals doet en ik krom mijn rug. Zijn mond gaat naar mijn hals en daarna naar mijn borst. Zijn tong glijdt onder de cup van mijn beha en zijn hand masseert een van mijn borsten. De spanning in mijn buik neemt toe. Dit is zo lekker. Ik knijp mijn ogen dicht en bijt op mijn lip; mijn rug komt opnieuw omhoog van het gras en mijn benen beginnen te trillen.

'Goed zo, Tessa, kom maar klaar,' zegt hij, waardoor ik het gevoel krijg dat ik alle controle verlies. 'Kijk me aan, schatje,' zegt hij spinnend.

Ik doe mijn ogen open. De aanblik van zijn mond die aan de huid van mijn borst knabbelt, geeft me het laatste zetje. Een paar seconden lang wordt het wit voor mijn ogen. 'Hardin,' zeg ik, en dan herhaal ik het nog eens. Aan de blos op zijn wangen kan ik zien dat hij ervan geniet. Langzaam trekt hij zijn hand terug en laat die even op mijn buik rusten terwijl ik probeer op adem te komen. Mijn lichaam was nog nooit zo vervuld van energie en is nog nooit zo ontspannen geweest als nu.

'Ik geef je even een minuutje om bij te komen,' zegt hij lachend in zichzelf, en hij maakt zich van me los.

Ik frons. Ik wil dat hij naast me blijft liggen, maar gek genoeg kan ik geen woord uitbrengen. Na een paar van de beste minuten van mijn leven ga ik rechtop zitten en kijk ik naar Hardin. Hij heeft zijn jeans en schoenen al aangetrokken.

'Gaan we nu al?' Aan mijn stem is duidelijk te horen hoe beschaamd ik ben. Ik had verwacht dat hij zou willen dat ik hem zou aanraken; ik weet weliswaar niet goed wat ik moet doen, maar dat had hij me kunnen uitleggen.

'Ja, had je langer willen blijven?'

'Ik dacht gewoon... Ik weet het niet. Ik dacht dat jij misschien...' Ik weet niet hoe ik dit moet zeggen. Gelukkig begrijpt hij wat ik bedoel.

'O nee. Ik red me wel. Voor nu.' Hij lacht even kort naar me. Gaat hij nu weer gemeen lopen doen? Ik hoop het niet, niet na dit. Ik heb net de intiemste ervaring van mijn leven met hem gedeeld. Als hij nu weer rot tegen me zou doen, zou ik dat niet kunnen verdragen. 'Voor nu,' zei hij. Betekent dat dat hij later wel iets wil? Ik heb er nu al spijt van. Ik trek mijn kleren aan, over mijn natte beha en onderbroek, en probeer de vochtige, zachte plek tussen mijn dijen te negeren. Hardin pakt zijn natte T-shirt op en geeft het aan mij.

Als antwoord op mijn niet-begrijpende uitdrukking zegt hij dat ik me moet 'afdrogen'. Zijn blik gaat naar het punt waar mijn dijen bij elkaar komen.

O. Ik knoop mijn broek los, en hij neemt niet de moeite zich om te draaien wanneer ik de 'handdoek' over mijn gevoelige huid haal. Het ontgaat me niet dat hij met zijn tong over zijn onderlip strijkt. Hij haalt zijn mobieltje uit de zak van zijn jeans en laat zijn duim meerdere keren over het scherm glijden. Ik ben klaar met wat hij me heeft opgedragen en geef hem zijn T-shirt terug. Wanneer ik mijn schoenen aantrek, is de stemming tussen ons veranderd van hartstochtelijk in afstandelijk, en ik zou het liefste zo ver mogelijk bij hem vandaan willen zijn.

Op weg naar de auto wacht ik totdat hij iets zal zeggen, maar dat doet hij niet. Ik denk aan wat er nu kan gaan gebeuren en kan alleen maar verschrikkelijke dingen bedenken. Hij doet het portier voor me open, waarvoor ik hem met een knikje bedank.

'Is er iets mis?' vraagt hij wanneer we over de grindweg rijden.

'Geen idee. Waarom doe jij opeens zo raar?' vraag ik, hoewel ik zo bang ben voor zijn antwoord dat ik hem niet recht kan aankijken.

'Ik doe niet raar. Jij doet raar.'

'Nee, jij hebt geen woord meer tegen me gezegd sinds... je weet wel.'

'Sinds ik je voor het eerst van je leven heb laten klaarkomen?'

Mijn mond valt open en mijn wangen worden rood. Waarom verbaast zijn grofheid me nog altijd?

'Eh, ja. Sindsdien heb je niets meer gezegd. Je hebt je aangekleed en toen zijn we vertrokken.' Eerlijkheid lijkt me nu de beste tactiek, en dus voeg ik eraan toe: 'Daardoor heb ik het gevoel dat je me gebruikt of zo.'

'Wat? Nee, natuurlijk niet. Als ik je zou gebruiken, zou ik er iets aan over moeten houden,' zegt hij, zo achteloos dat ik de tranen voel opwellen. Ik doe mijn best ze tegen te houden, maar er ontsnapt er toch eentje.

'Zit je nu te huilen? Heb ik iets verkeerds gezegd?' Hij steekt een hand uit en legt die op mijn bovenbeen. Tot mijn verbazing stelt dat me op mijn gemak. 'Zo bedoelde ik het niet. Het spijt me. Ik ben niet gewend aan wat er na dit soort dingen gebeurt, en ik was echt niet van plan om je nu bij je kamer af te zetten en ervandoor te gaan. Misschien kunnen we ergens iets gaan eten? Je bent vast uitgehongerd.' Hij geeft me een zacht kneepje in mijn dij.

Ik glimlach naar hem, opgelucht door zijn woorden. Ik veeg de voortijdig ontsnapte traan weg, en daarmee ook mijn zorgen.

Ik weet niet waarom Hardin me zo emotioneel maakt. Het idee dat hij me kan gebruiken, maakt me meer van streek dan zou moeten. Mijn gevoelens voor hem zijn zo verwarrend. Het ene moment haat ik hem, het volgende wil ik hem kussen. Hij laat me dingen voelen die ik nog nooit eerder heb gevoeld, en niet alleen seksueel. Hij laat me lachen en huilen, hij laat me schreeuwen en krijsen, maar hij geeft me vooral het gevoel dat ik leef.

26

∞

Hardins hand rust nog altijd op mijn dij en ik hoop dat hij hem nooit weghaalt. Ik kijk even snel naar de tattoos die zijn armen bedekken. Opnieuw valt mijn blik op het symbool voor oneindigheid, vlak boven zijn pols, en ik vraag me af of dat iets voor hem betekent. Het lijkt zo persoonlijk, zeker op die plek zo vlak bij zijn hand. Ik kijk of hij net zo'n symbool op zijn andere pols draagt, maar dat is niet zo. Het is een symbool dat je vaker ziet, zeker bij vrouwen, maar wat me nog nieuwsgieriger maakt, is dat de twee krullen aan het uiteinde van het symbool een hart vormen.

'Wat voor soort eten vind je lekker?' vraagt hij.

Voor zijn doen is dat een heerlijk normale vraag. Ik draai mijn pluizige, bijna helemaal opgedroogde haar in een knot en denk even na over wat ik wil eten. 'Nou, ik lust eigenlijk alles wel, zolang ik weet wat het is en er geen ketchup op zit.'

Hij moet lachen. 'Hou je niet van ketchup? Daar zijn alle Amerikanen toch dol op?' vraagt hij plagend.

'Ik zou het niet weten, maar het is verschrikkelijk smerig.'

We moeten allebei lachen. Ik kijk naar Hardin, die zegt: 'Zullen we dan maar naar een simpel tentje gaan?'

Ik knik. Hij wil de muziek harder zetten, maar dan bedenkt hij zich en legt opnieuw zijn hand op mijn been. 'Wat wil je na je studie gaan doen?' Dat heeft hij me al eerder gevraagd, op zijn kamer.

'Ik verhuis meteen naar Seattle en hoop aan de slag te kunnen bij een uitgever of als schrijfster. Ik weet dat dat belachelijk klinkt.' Opeens schaam ik me voor mijn grootse ambities. 'Maar dat heb je me al eens gevraagd, weet je nog?'

'Het klinkt niet belachelijk. Ik ken iemand die bij Vance Publishing House werkt. Het is een eindje rijden, maar misschien moet je kijken of je daar stage kunt lopen. Ik wil wel een goed woordje voor je doen.'

'Echt? Zou je dat voor me willen doen?' Mijn stem klinkt hoog van verbazing. Dit had ik beslist niet verwacht, al is hij het afgelopen uur nog zo vriendelijk tegen me geweest.

'Ja. Het is geen moeite, hoor.' Hij klinkt een beetje opgelaten, waarschijnlijk omdat hij er niet aan gewend is om aardig te doen.

'Dank je wel! Dat meen ik. Ik moet sowieso snel op zoek naar een bijbaantje of een stage, en dit zou echt een droom zijn die in vervulling gaat,' roep ik uit, in mijn handen klappend.

Grinnikend schudt hij zijn hoofd. 'Graag gedaan.'

We rijden een parkeerplaats naast een oud bakstenen gebouw op.

'Hier hebben ze echt lekker eten.' Hij stapt uit, loopt naar de kofferbak, doet die open en... haalt er een effen zwart T-shirt uit. Hij moet over een onuitputtelijke voorraad beschikken. Ik vind het zo fijn om hem zonder T-shirt te zien dat ik was vergeten dat hij vroeg of laat weer iets moet aantrekken.

Het is binnen erg rustig en we gaan aan een tafeltje zitten. Een serveerster op leeftijd komt naar ons toe en wil ons de menukaarten aangeven, maar Hardin wuift ze weg, bestelt een hamburger met friet en gebaart dat ik hetzelfde moet doen. Ik vertrouw op zijn oordeel en bestel hetzelfde, maar natuurlijk zonder ketchup.

Terwijl we op ons eten wachten, vertel ik Hardin hoe het was om op te groeien in Richland, waarvan hij natuurlijk nog nooit heeft gehoord omdat hij uit Engeland komt. Veel heeft hij niet gemist: het is een klein stadje waar iedereen altijd hetzelfde doet en nooit iemand vertrekt. Behalve ik dan. En ik ga ook nooit meer terug.

Hij vertelt mij niet veel over zijn verleden, maar ik heb hoop en geduld. Hij heeft erg veel belangstelling voor mijn kindertijd en fronst wanneer ik hem vertel dat mijn vader dronk. Daar heb ik al eerder iets over gezegd, tijdens een van onze ruzies, maar deze keer treed ik iets meer in detail.

Tijdens een stilte in ons gesprek komt de serveerster ons eten brengen, dat er overheerlijk uitziet.

'Lekker, hè?' vraagt Hardin wanneer ik mijn eerste hap neem. Ik knik en veeg mijn mond af. Het eten is echt heel erg goed en we eten allebei ons bord leeg. Ik heb nog nooit van mijn leven zo veel honger gehad.

De rit terug naar het studentenhuis is ontspannen. Zijn lange vingers tekenen cirkeltjes op mijn been, en ik voel teleurstelling wanneer het bord met WCU bij de campus en de parkeerplaats voor de studenten in zicht komt.

'Heb je het leuk gehad?' vraag ik aan hem. Het voelt nu veel beter dan een paar uur geleden. Als hij wil, kan hij echt heel aardig zijn.

'Ja, dat heb ik.' Hij lijkt verbaasd. 'Hoor eens, ik wil best met je meelopen naar je kamer, maar ik heb geen zin in een kruisverhoor van Steph...' Hij glimlacht en draait zich naar me toe.

'Dat geeft niet. Ik zie je morgen wel.' Ik weet niet goed of ik naar hem toe moet leunen om hem te kussen of niet, dus ik ben opgelucht wanneer zijn vingers een paar verdwaalde plukjes van mijn haar wegstoppen achter mijn oren. Ik druk mijn gezicht tegen zijn handpalm. Hij buigt zich voorover en raakt met zijn lippen de mijne aan. Het begint als een simpele, tedere kus, maar mijn hele lijf wordt warm en ik wil meer. Hardin pakt mijn arm vast en trekt me naar zich toe om aan te geven dat ik over de middenconsole moet klimmen. Ik ga schrijlings op zijn schoot zitten, met mijn rug tegen het stuur, en voel dat de stoel een stukje naar achteren zakt, zodat we iets meer ruimte hebben en ik zijn shirt omhoog kan trekken om mijn handen eronder te laten verdwijnen. Zijn buik is hard en zijn huid is warm. Ik volg de lijnen van inkt met mijn vingers.

Zijn tong masseert die van mij en hij slaat zijn armen stevig om me heen. Het is bijna pijnlijk, maar het is een pijn die ik maar al te graag wil verdragen als ik daardoor zo dicht bij hem kan zijn. Hij kreunt tegen mijn mond wanneer ik mijn handen verder onder zijn T-shirt laat glijden. Ik vind het heerlijk dat ik hem ook kan laten kreunen, dat ik dit effect op hem kan hebben. Ik dreig me opnieuw helemaal in het gevoel te verliezen, maar dan gaat mijn mobieltje.

'Weer een wekker?' vraagt hij plagend.

Glimlachend open ik mijn mond, klaar om iets gevats te zeggen, maar dan kijk ik op het schermpje en zie ik dat het Noah is. Eén blik op Hardin vertelt me dat hij snapt hoe het zit. Zijn uitdrukking verandert, en uit angst dat ik hem, en deze stemming, verlies, druk ik op NEGEREN en smijt ik het toestel op de passagiersstoel. Ik wil nu niet aan Noah denken. Ik stop hem weg in een hoekje van mijn gedachten en doe die deur op slot.

Ik buig me voorover om Hardin opnieuw te kussen, maar hij houdt me tegen en wendt zijn gezicht af.

'Ik denk dat ik maar beter kan gaan.' Zijn toon is afgemeten.

Geschrokken trek ik me terug en kijk hem aan. Zijn blik is zo afwezig dat het vuur in mijn binnenste meteen plaatsmaakt voor ijs.

'Hardin, ik heb hem weggedrukt. Ik ga dit met hem bespreken, ik weet alleen niet hoe of wanneer... maar het duurt echt niet lang meer, dat beloof ik.' Ergens in mijn achterhoofd weet ik dat ik het meteen na die eerste kus met Hardin had moeten uitmaken met Noah. Ik kan zijn vriendin niet zijn als ik ben vreemdgegaan. Dan zou er altijd een donkere wolk van schuldgevoel over me heen hangen, en dat willen we geen van beiden. Ik kan niet meer met Noah samen zijn, niet als ik dit voor Hardin voel. Ik hou van Noah, maar als ik echt zo veel van hem zou houden als hij verdient, zou ik nooit deze gevoelens voor Hardin hebben. Ik wil Noah niet kwetsen, maar ik kan nu niet meer terug.

'Wat moet je met hem bespreken?' snauwt hij.

'Dit.' Ik maak een gebaar. 'Ons.'

'Ons? Je wilt toch niet zeggen dat je het uit gaat maken... vanwege mij?'

Mijn hoofd begint te tollen. Ik weet dat ik van zijn schoot moet kruipen, maar ik ben als verstijfd. 'Dat... wil je niet?' Mijn stem is een fluistering.

'Nee, waarom zou je? Ik bedoel, als je hem wilt dumpen, moet je dat vooral doen, maar doe het niet vanwege mij.'

'Maar ik... ik dacht...' Ik weet niet wat ik moet zeggen.

'Ik heb je al verteld dat ik niet date, Theresa,' zegt hij.

Ik voel me net een konijn in het licht van een koplamp, maar ik slaag erin van zijn schoot te glijden, simpelweg omdat ik niet wil dat hij me ziet huilen. Niet weer.

'Je bent walgelijk,' zeg ik op bittere toon. Ik pak mijn spullen van de vloer. Hardin lijkt iets te willen zeggen, maar hij doet het niet.

'Blijf voortaan uit mijn buurt, en dat meen ik!' roep ik, en hij knijpt zijn ogen dicht.

Ik loop zo snel als ik kan naar mijn kamer en weet mijn tranen in te houden totdat ik de deur achter me heb gesloten. Dolblij dat Steph er niet is laat ik me op de vloer zakken en begin te snikken. Hoe heb ik zo stom kunnen zijn? Ik wist wie hij was toen hij me meenam, en toch stond ik te popelen. Waarom? Omdat hij vandaag toevallig aardig tegen me was? Dacht ik nu echt dat hij... Dat hij wat? Mijn vriendje zou willen zijn? Ik lach door mijn snikken heen. Wat ben ik toch stom en naïef. Ik kan niet eens echt kwaad op hem worden. Hij heeft me verteld dat hij niet aan dates doet, maar omdat we vandaag zo'n leuke dag hadden en hij zelfs aardig en speels was, dacht ik echt dat er iets tussen ons begon te bloeien.

Maar hij deed maar alsof, gewoon omdat hij me wilde gebruiken. En ik stond dat toe.

27

∞

Mijn tranen drogen op, en tegen de tijd dat Steph thuiskomt van de bioscoop heb ik gedoucht en ben ik weer enigszins gekalmeerd.

'En, hoe was je... uitje met Hardin?' vraagt ze terwijl ze haar pyjama uit de ladekast pakt.

'Goed, hoor. Hij was zijn oude vertrouwde... charmante zelf.' Ik weet te lachen. Ik wil haar vertellen wat we hebben gedaan, maar ik schaam me te veel. Ik wil niet dat anderen dit weten, ook al wil ik het nog zo graag met iemand delen en zal zij me niet veroordelen.

Steph kijkt me zo overduidelijk bezorgd aan dat ik mijn blik moet afwenden. 'Wees voorzichtig, oké? Je bent veel te aardig voor iemand als Hardin.'

Ik wil mijn armen om haar heen slaan en uithuilen op haar schouder, maar in plaats daarvan verander ik van onderwerp en vraag hoe de film was. Ze vertelt dat Tristan haar popcorn heeft gevoerd en dat ze hem echt heel aardig begint te vinden. Dat maakt me misselijk, maar ik weet dat ik gewoon jaloers ben omdat Tristan haar aardig vindt en Hardin mij niet. Ik breng mezelf in herinnering dat ik iemand heb die van me houdt, iemand tegen wie ik aardiger moet zijn. En dat ik bij Hardin uit de buurt moet blijven. Deze keer meen ik het.

De volgende morgen voel ik me uitgeput. Ik heb geen energie en vrees elk moment in huilen te kunnen uitbarsten. Omdat mijn ogen nog rood en opgezwollen zijn van de huilbui van gisteravond loop ik naar Stephs ladekast en pak haar toilettasje. Ik pak haar bruine eyeliner en trek een dun lijntje onder mijn ogen en op mijn ooglid. Nu zien mijn ogen er een stuk beter uit. Ik breng wat poeder onder mijn ogen aan om mijn gezicht meer kleur te geven. Na een paar streken mascara voel ik me een ander mens. Tevreden over mijn uiterlijk trek ik mijn strakke jeans en een mouwloos topje aan, al doe ik ook nog een wit vestje aan omdat ik me anders zo bloot voel. De laatste keer dat ik voor een gewone schooldag zo veel werk van mijn verschijning maakte, was toen de schoolfotograaf een foto van onze eindexamenklas kwam maken.

Landon stuurt me een berichtje dat hij vóór het eerste college geen tijd heeft om koffie te halen, en dus neem ik voor hem ook een beker mee. Ik ben aan de vroege kant en loop daardoor langzamer dan gewoonlijk.

'Jij bent toch Tessa?' hoor ik een jongen achter me vragen. Ik kijk op en zie een keurig geklede jongen naderen.

'Ja. Heet jij niet Logan?' vraag ik hem.

Hij knikt. 'Kom je dit weekend ook?' Hij zit vast bij het dispuut, dat kan niet anders; hij is zo netjes en knap.

'O nee, dit weekend niet.' Ik begin te lachen en hij lacht mee.

'Jammer, want je kunt lol hebben met jou. Nou, je weet waar je moet zijn als je van gedachten verandert. Ik moet nu gaan, ik zie je nog wel.' Hij tikt tegen een denkbeeldige hoed en loopt weg.

Landon zit al op me te wachten en bedankt me uitvoerig voor de koffie. 'Je ziet er vandaag anders uit,' zegt hij wanneer ik ga zitten.

'Ik heb me opgemaakt,' grap ik.

Hij glimlacht. Hij vraagt me gelukkig niet naar mijn avond met Hardin. Ik had ook niet geweten wat ik had moeten zeggen.

Net wanneer de dag er beter uit begint te zien en ik niet langer aan Hardin denk, is het tijd voor Literatuur.

Hardin zit op zijn vaste plekje vooraan. Hij draagt voor de verandering een wit T-shirt, dat zo dun is dat je de tattoos eronder ziet. Het verbaast me dat ik tatoeages en piercings, die me vroeger koud lieten, nu opeens zo aantrekkelijk vind. Snel wend ik mijn blik af. Ik ga op mijn gebruikelijke plekje naast hem zitten en haal mijn aantekeningen tevoorschijn. Vanwege één onbeleefde jongen ga ik mijn goede zitplaats niet opgeven. Toch hoop ik dat Landon snel komt, zodat ik niet alleen met Hardin hoef te zitten.

'Tess?' fluistert Hardin wanneer het lokaal vol begint te stromen.

Nee. Geen antwoord geven. Negeer hem, zeg ik tegen mezelf.

'Tess?' zegt hij opnieuw, deze keer luider.

'Praat niet tegen me, Hardin,' zeg ik met opeengeklemde kaken.

Ik weiger hem aan te kijken. Deze keer zal ik niet in zijn val lopen.

'O, toe nou,' zegt hij op een toon waaraan ik kan horen dat hij dit grappig vindt.

Het kan me niet schelen dat ik ijzig klink. 'Ik meen het, Hardin. Laat me met rust.'

'Oké, jij je zin,' zegt hij even ijzig, en ik zucht. Tot mijn grote opluchting komt Landon binnen, die de spanning tussen mij en Hardin opmerkt en 'Gaat het?' vraagt.

'Ja, hoor,' lieg ik, en dan begint het college.

De rest van de week negeren Hardin en ik elkaar, en naarmate de dagen waarop we niet met elkaar praten vorderen, is het voor mij gemakkelijker om niet zo vaak aan hem te denken. Ik heb de kamer grotendeels voor mezelf omdat Steph vaak met Tristan op pad is, en dat is zowel een voordeel als een nadeel. Aan de ene kant heb ik nu veel gelegenheid om te studeren, maar ik ben ook regelmatig alleen, waardoor ik veel aan Hardin kan denken. Ik gebruik al de hele week make-up, maar loop nog wel rond in mijn wijde, veel verhullende kleren.

Op vrijdagmorgen heb ik het gevoel dat ik Hardin echt achter me kan laten, maar dan begint iedereen over een feest in het dispuutshuis. Ik begrijp het enthousiasme niet zo goed; er is daar immers elke vrijdag een feest, en vaak ook op zaterdag.

Nadat minstens tien studenten me hebben gevraagd of ik ook kom, doe ik het enige waarvan ik weet dat het me ervan kan weerhouden te gaan. Ik bel Noah.

'Hoi, Tessa,' zegt hij opgewekt. We hebben elkaar een paar dagen geleden voor het laatst gesproken en ik heb zijn stem gemist.

'Hoi. Hé, heb je misschien zin om langs te komen?' vraag ik.

'Ja, natuurlijk. Volgend weekend?'

Ik kerm. 'Nee, ik bedoelde eigenlijk vandaag. Kun je meteen komen?' Ik weet dat hij net zo'n planner is als ik, maar hij moet nú komen.

'Tessa, ik moet na school nog trainen. En ik zit nu op school. Het is net middagpauze,' legt hij uit.

'Toe nou, Noah, ik mis je zo. Kun je niet gewoon hiernaartoe komen? Voor het weekend?' Ik weet dat ik zit te smeken, maar het kan me niet schelen.

'Eh... ja, dat kan denk ik wel. Dan kom ik er nu aan, Tessa. Is alles in orde?'

Ik word overspoeld door een gevoel van geluk. Het verbaast me dat brave Noah zo snel ja zegt, maar ik ben er blij om. 'Ja. Ik mis je gewoon heel erg. Ik heb je al bijna twee weken niet gezien,' breng ik hem in herinnering.

Hij lacht. 'Ik mis jou ook. Ik moet even een briefje halen, en dan kan ik gaan, dus ik denk dat ik er over een uur of drie ben. Ik hou van je, Tessa.'

'Ik hou ook van jou.' Ik verbreek de verbinding. Nou, dat is dus geregeld. Er is geen enkele kans meer dat ik op dat feest beland.

Vervuld van opluchting loop ik naar het prachtige bakstenen gebouw waar Literatuur wordt gegeven, maar dat gevoel verdwijnt zodra ik binnenkom en zie dat Hardin over Landons tafeltje gebogen staat.

Wat nu weer?

Ik loop snel naar hen toe. Op hetzelfde moment slaat Hardin met zijn vlakke hand op de tafel en gromt: 'Hou dat gezeik voortaan voor je, lul.'

Landon wil opstaan, maar het zou gekkenwerk zijn om het tegen Hardin op te nemen. Landon is best wel gespierd, maar hij is zo vriendelijk dat ik me niet kan voorstellen dat hij ooit iemand een klap zou verkopen.

Ik weet Hardins arm vast te pakken en trek hem bij Landon vandaan. Zijn andere hand komt omhoog en ik krimp ineen, maar dan beseft hij dat ik het ben en laat hij zachtjes vloekend zijn hand zakken.

'Laat hem met rust, Hardin!' roep ik. Ik wend me tot Landon. Hij lijkt net zo kwaad als Hardin, maar hij gaat in elk geval zitten.

'Bemoei je met je eigen zaken, Theresa,' zegt Hardin afgemeten. Hij gaat zitten. Ik zou het zo fijn vinden als hij voortaan ergens achterin ging zitten.

Eenmaal op mijn vaste plaats tussen hen in buig ik me naar Landon toe en fluister: 'Gaat het? Waar ging dat over?'

Hij kijkt in de richting van Hardin en slaakt een zucht. 'Hij is een lul. Daar komt het min of meer op neer,' zegt hij op luidere toon en met een opgewekte lach.

Ik giechel even en recht mijn rug. Naast me hoor ik Hardin gejaagd ademhalen, en ik krijg een idee. Het is kinderachtig, maar ik doe het toch.

'Ik heb goed nieuws!' zeg ik zo uitbundig als ik kan tegen Landon.

‘O ja? Wat dan?’

‘Noah komt straks hiernaartoe en hij blijft het hele weekend!’ zeg ik glimlachend, terwijl ik ook nog in mijn handen klap. Ik weet dat ik overdrijf, maar ik voel dat Hardin naar me kijkt en weet dat hij me heeft gehoord.

‘O ja? Dat is inderdaad goed nieuws,’ zegt Landon oprecht.

Hardin zegt het hele uur geen woord tegen me. Wat mij betreft mag het altijd zo gaan. Na college wens ik Landon een prettig weekend en loop ik terug naar mijn kamer om mijn make-up bij te werken en nog iets te eten voordat Noah aankomt. Ik lach in mezelf tijdens het opmaken. Sinds wanneer ben ik het soort meisje dat haar make-up wil bijwerken voordat haar vriendje langskomt? Sinds die dag bij de rivier met Hardin, vermoed ik. Die ervaring heeft me veranderd, al ben ik nog meer veranderd door de manier waarop hij me daarna heeft gekwetst. De make-up is een kleine verandering, maar het is er wel een.

Ik eet een hapje en ruim de kamer op. Hopelijk vindt Steph het niet erg dat ik haar kleren opvouw en opberg. Noah stuurt me een berichtje dat hij er eindelijk is, en ik spring op van het bed waarop ik even was gaan zitten en ren naar buiten om hem te begroeten. Hij ziet er beter uit dan ooit in een donkerblauwe broek, een wit overhemd en een beige vest. Hij draagt inderdaad vaak een vest, maar dat vind ik leuk. De glimlach waarmee hij me verwelkomt, verwarmt mijn hart. Hij slaat zijn armen om me heen en zegt dat het zo fijn is me weer te zien.

Op weg naar mijn kamer kijkt hij me even aan en vraagt: ‘Heb je je opgemaakt?’

‘Ja, een beetje. Ik ben wat aan het experimenteren,’ leg ik uit.

Hij glimlacht. ‘Je ziet er leuk uit.’ Hij drukt een kus op mijn voorhoofd.

Op mijn kamer scrollen we door de lijst met romantische komedies op Netflix, op zoek naar een film die we willen zien. Steph laat me weten dat ze bij Tristan zit en vanavond in elk geval niet thuiskomt, dus doe ik de lampen uit en leunen we achterover tegen het hoofdeinde van het bed. Noah slaat zijn arm om mijn schouder en ik leg mijn hoofd op zijn borst.

Dit ben ik, denk ik. Niet een of ander wild meisje dat gaat zwemmen in het T-shirt van een punker.

We kiezen een film waarvan ik nog nooit heb gehoord, maar die is nog geen vijf minuten bezig of de deur vliegt open. Mijn eerste gedachte is dat het Steph is die iets is vergeten, maar natuurlijk is het Hardin. Zijn blik glijdt meteen naar Noah en mij, knuffelend op het bed, verlicht door het schijnsel van de tv. Ik loop rood aan omdat ik weet dat hij hiernaartoe is gekomen om Noah te vertellen wat we hebben gedaan. Paniek neemt bezit van me, en ik schuif bij mijn vriendje vandaan, zodat het lijkt alsof ik verbaasd opspring.

'Wat moet jij hier?' bijt ik hem toe. 'Je kunt hier niet zomaar naar binnen stormen!'

Hardin glimlacht. 'Ik heb met Steph afgesproken.' Hij gaat zitten. 'Hoi, Noah, leuk jou weer te zien.' Hij grijnst. Noah lijkt niet op zijn gemak. Waarschijnlijk vraagt hij zich af waarom Hardin een sleutel van onze kamer heeft en niet de moeite neemt om te kloppen.

'Ze is met Tristan op stap en zit nu waarschijnlijk al bij jou thuis,' zeg ik langzaam, hem stilletjes smekend om weg te gaan. Als hij het nu aan Noah vertelt, weet ik niet hoe ik daar ooit overheen moet komen.

'O ja?' zegt hij. Aan zijn zelfvoldane grijns kan ik zien dat hij hier alleen maar is om mij te pesten. Waarschijnlijk blijft hij zitten totdat ik alles aan Noah heb opgebiecht. 'Gaan jullie ook naar het feest?'

'Nee. We proberen naar een film te kijken,' zeg ik tegen hem. Noah steekt zijn hand uit en pakt die van mij vast. Zelfs in het donker zie ik dat Hardin naar Noahs hand op de mijne kijkt.

'Jammer, hoor. Ik kan maar beter gaan...' Hij loopt naar de deur, tot mijn grote opluchting, maar dan draait hij zich om. 'O, Noah,' begint hij. De moed zakt me in de schoenen. 'Dat is echt een leuk vest, zeg.'

Ik laat adem ontsnappen waarvan ik niet besefte dat ik die had ingehouden.

'Dank je. Van Gap,' zegt Noah. Hij heeft niet door dat Hardin hem belachelijk maakt.

'Dat zie ik. Nou, veel plezier nog,' zegt Hardin, en hij loopt de kamer uit.

28

∞

'Hij valt volgens mij best mee,' zegt Noah zodra de deur dichtvalt.

Ik lach zenuwachtig. 'Wat?' Wanneer hij een wenkbrauw naar me optrekt, vervolg ik: 'Niets. Het verbaast me alleen dat je dat zegt.' Ik leg mijn hoofd weer op zijn borst. De spanning die een minuut geleden nog de kamer vulde, is verdwenen.

'Ik wil niet zeggen dat je vrienden met hem moet worden, maar hij is niet onvriendelijk.'

'Hardin is altijd onvriendelijk,' zeg ik. Noah slaat grinnikend een arm om me heen. Als hij zou weten wat er tussen mij en Hardin is gebeurd, dat we hebben gezoend, dat ik kreunend zijn naam zei toen... *God, Tessa, hou op.* Ik kijk op en geef Noah een kus op zijn kaak, wat hem aan het glimlachen maakt. Ik wil dat Noah me net zo'n gevoel geeft als Hardin. Ik ga rechtop zitten, met mijn gezicht naar hem toe. Ik pak zijn gezicht tussen mijn handen en druk mijn lippen op die van hem. Zijn mond gaat open en hij beantwoordt mijn kus. Zijn lippen zijn zacht... net als zijn kus. Het is niet genoeg. Ik wil het vuur voelen, de hartstocht. Ik sla mijn armen om zijn hals en klim op zijn schoot.

'Hé, Tessa, wat doe je nu?' vraagt hij. Hij probeert me zachtjes van zijn schoot te duwen.

'Wat? Niets, ik wil... gewoon een beetje vrijen, denk ik.' Ik sla mijn blik neer. Normaal gesproken voel ik me tegenover Noah nooit opgelaten, maar normaal gesproken voeren we dit soort gesprekken nooit.

'Oké?' zegt hij, en ik kus hem opnieuw. Ik voel warmte, maar geen vuur. Ik beweeg mijn heupen heen en weer, in de hoop dat ik het vuur kan oprakelen. Zijn handen gaan naar mijn middel, maar hij gebruikt ze om mijn bewegingen tegen te houden en me weg te duwen. Ik weet dat we hebben afgesproken om te wachten totdat we getrouwd zijn, maar we zoenen alleen maar. Ik pak zijn handen vast, trek ze weg en duw mezelf opnieuw tegen hem aan. Het maakt niet uit hoe vaak ik probeer om hem intenser te kussen, zijn mond blijft zacht en timide. Ik voel wel dat hij opgewonden wordt, maar hij wil er niet aan toegeven.

Ik weet dat ik dit uitsluitend om de verkeerde redenen doe, maar dat kan me op dit moment niet schelen. Ik wil gewoon zeker weten dat Noah me hetzelfde gevoel kan geven als Hardin. Het is namelijk niet Hardin die ik wil, maar dat gevoel... toch?

Ik houd op met Noah te zoenen en glijd van zijn schoot.

'Dat was leuk, Tessa.' Hij glimlacht en ik lach terug. Het was 'leuk'. Hij is zo voorzichtig, veel te voorzichtig, maar ik houd van hem. Ik zet de film opnieuw aan en merk een paar minuten later dat ik indommel.

'Ik moet gaan,' zegt Hardin. Zijn groene ogen kijken me aan.

'Waarheen?' Ik wil niet dat hij gaat.

'Naar een hotel hier in de buurt. Ik kom morgenochtend weer terug,' zegt hij, en nadat ik hem even heb zitten aanstaren, verandert zijn gezicht in dat van Noah.

Ik schiet overeind en wrijf in mijn ogen. Noah. Het is Noah. Het was de hele tijd al Noah, niet Hardin.

'Je bent duidelijk erg slaperig en ik kan hier niet blijven slapen,' zegt Noah zacht. Hij streelt me over mijn wang.

Ik wil dat hij blijft, maar nu ben ik bang voor wat ik in mijn slaperige toestand kan zien of zeggen. Noah vindt het duidelijk niet gepast om op mijn kamer te blijven slapen. Noah en Hardin zijn echt tegenpolen, in elk opzicht.

'Oké. Het is zo fijn dat je bent gekomen,' mompel ik.

Hij drukt een lichte kus op mijn wang voordat hij onder me uit glijdt. 'Ik hou van je,' zegt hij.

Ik knik, begraaf mijn hoofd in mijn kussen en zink weg in dromen die ik me niet herinner.

De volgende morgen word ik wakker omdat Noah me belt om te zeggen dat hij onderweg is. Ik rol mijn bed uit en loop naar de douche, me afvragend wat we vandaag kunnen gaan doen. Op de campus is niet veel te doen, maar we kunnen naar de stad gaan. Misschien kan ik Landon vragen of hij, behalve een feest in een dispuutshuis, nog iets leuks weet. Ik denk dat hij mijn enige vriend is die zoiets weet.

Ik kies voor mijn grijze plooirokje en een effen blauwe blouse, zonder te luisteren naar de stem van Hardin die in mijn gedachten zegt dat het lelijke kleren zijn, en kleed me in het hokje aan.

Noah staat al op me te wachten wanneer ik terugloop naar mijn kamer, met een handdoek rond mijn haar. 'Je ziet er mooi uit,' zegt hij glimlachend, en hij slaat een arm rond mijn schouders wanneer ik de deur open.

'Ik moet nog even mijn haar doen en mezelf opmaken.' Ik pak Stephs toilettasje, dat ze gelukkig niet heeft meegenomen. Nu ik zo gewend begin te raken aan make-up moet ik zelf maar wat aanschaffen.

Noah blijft geduldig op mijn bed zitten wanneer ik mijn haar afdroog en de uiteinden in de krul zet. Even onderbreek ik mijn bezigheden om hem een zoen te geven voordat ik verderga met mijn makeup. 'Wat wil je vandaag gaan doen?' vraag ik wanneer ik klaar ben met de mascara en mijn haar heb opgeschud.

'Studeren doet je echt goed, Tessa. Je hebt er nog nooit zo mooi uitgezien,' zegt Noah. 'Ik weet het niet, misschien kunnen we naar het park gaan en dan ergens een hapje eten?'

Ik kijk op de klok. Is het echt al één uur 's middags? Ik stuur Steph een berichtje om te zeggen dat ik het grootste deel van de dag weg ben, maar zij laat me weten dat ze pas morgen thuiskomt. In het weekend woont ze min of meer in Hardins dispuutshuis.

Noah opent het rechterportier van zijn Toyota. Zijn ouders hebben hem de nieuwste uitvoering van het veiligste model gegeven. Het interieur is brandschoon: geen stapels boeken, geen vuile kleren. We rijden wat rond en vinden al snel een park. Het is klein en rustig, met gras dat deels is vergeeld en een paar bomen.

Tijdens het parkeren vraagt Noah: 'Hé, heb je al naar een auto gekeken?'

'Ik denk dat ik dat deze week ga doen. Ik wil deze week ook gaan solliciteren.' Ik zeg niets over de stageplaats bij Vance Publishing waar Hardin over is begonnen. Ik weet niet of hij me nog steeds wil helpen, en zo ja, hoe ik dat aan Noah moet vertellen.

'Dat is goed nieuws. Laat het me weten als ik je kan helpen,' zegt hij.

We lopen een rondje door het park en gaan aan een picknicktafel zitten. Noah voert het grootste deel van de tijd het woord en ik knik vooral. Mijn aandacht dwaalt af en toe flink af, maar dat ontgaat hem. We maken nog een wandelingetje en komen uit bij een smal riviertje. Ik lach spottend vanwege de ironie en Noah kijkt me vragend aan.

'Zin om te zwemmen?' Ik heb geen idee waarom ik dit zeg.

'Hier? Echt niet,' zegt hij lachend.

Ik geef mezelf in gedachten een standje. Ik moet ophouden Noah met Hardin te vergelijken.

'Ik maak maar een grapje,' lieg ik, hem meetrekkend over het pad.

We verlaten het park om een uur of zeven en besluiten terug op mijn kamer een pizza te bestellen en naar een gouwe ouwe te kijken: Meg Ryan die tijdens een radioprogramma verliefd wordt op Tom Hanks. Tegen de tijd dat de pizza komt, ben ik zo uitgehongerd dat ik bijna de helft opeet. Maar ik heb de hele dag dan ook al niets gegeten.

Halverwege de film gaat mijn telefoon. Noah steekt een hand uit om het toestel voor me te pakken. 'Wie is Landon?' Hij klinkt niet achterdochtig, alleen maar nieuwsgierig. Hij is nooit jaloers geweest. Daar had hij geen reden toe.

Tot nu toe, brengt het stemmetje in mijn gedachten me in herinnering.

'Een studiegenoot.' Ik neem op. Waarom belt Landon me nog zo laat? Hij belt me doorgaans alleen maar om onze aantekeningen te vergelijken.

'Tessa?' zegt Landon luid.

'Ja. Is alles oké?'

'Eh, nou, nee. Ik weet dat Noah bij je is, maar...' Hij valt stil.

'Wat is er, Landon?' Mijn hart begint te bonzen. 'Is alles goed met je?'

'Ja, met mij wel. Het gaat om Hardin.'

Paniek welt in me op. 'H-Hardin?' stotter ik.

'Ja. Zou je hiernaartoe willen komen? Ik zal je het adres geven.'

Op de achtergrond hoor ik een bons. Ik schiet overeind en heb nog voordat ik goed en wel kan nadenken al mijn schoenen aangetrokken. Noah staat ook op, bijna alsof hij met me meeleeft.

'Landon, probeert Hardin je iets aan te doen?' Dat is het enige wat ik kan bedenken.

'Nee, nee,' zegt hij.

'Stuur me het adres,' zeg ik tegen hem. Dan hoor ik weer een bons. Ik kijk Noah aan. 'Ik moet je auto lenen.'

Hij kijkt me van opzij aan. 'Wat is er aan de hand?'

'Dat weet ik niet... Iets met Hardin. Geef me je sleutels,' zeg ik nadrukkelijk.

Hij vist zijn sleutels uit zijn zak en zegt: 'Ik ga mee.'

Hoofdschuddend gris ik de sleutels uit zijn hand. 'Nee, je... Het is beter als ik alleen ga.'

Ik merk dat mijn woorden hem kwetsen. En ik weet dat het verkeerd is als ik nu vertrek, maar het enige waaraan ik kan denken, is dat ik naar Hardin moet, zo snel mogelijk.

29

∞

Ik voer het adres in dat Landon me heeft gestuurd, Cornell Road 2875, en mijn navigatieapp vertelt me dat het vijftien minuten rijden is. Waar heeft Landon me in vredesnaam voor nodig?

Op dat adres aangekomen begrijp ik er nog steeds even weinig van als op mijn kamer. Noah heeft me al twee keer gebeld, maar ik heb beide keren niet opgenomen; ik wil de app niet wegdrukken en word eerlijk gezegd ook achtervolgd door het gekwelde gezicht waarmee hij me zo-even nakeek.

De huizen in de bewuste straat zijn stuk voor stuk grote villa's en nummer 2875 is zeker drie keer zo groot als het huis van mijn moeder. Het is een ouderwets uitziend bakstenen huis waarvan de voortuin een klein beetje afloopt, zodat het lijkt alsof het op een heuvel staat. Zelfs in het licht van de straatlantaarns is het mooi. Het is veel te groot voor het huis van een student, dus ik vermoed dat dit het huis van Hardins vader is. Dat zou verklaren waarom Landon hier ook is. Ik haal diep adem, stap uit en loop het tuinpad op. Nadat ik hard op de donkere mahoniehouten deur heb geklopt, zwaait die binnen een paar tellen open.

'Tessa, ik ben zo blij dat je er bent. Het spijt me, ik weet dat je bezoek hebt. Waar is Noah?' Landon kijkt naar de auto en gebaart dat ik binnen kan komen.

'Die is op mijn kamer gebleven. Wat is er aan de hand? Waar is Hardin?'

'In de achtertuin. Hij is helemaal de weg kwijt,' zegt hij zuchtend.

'En ik ben hier omdat...' vraag ik zo aardig als ik kan. Wat heb ik te maken met Hardin die de weg kwijt is?

'Dat weet ik niet. Ik weet dat je de pest aan hem hebt, maar je moet met hem praten. Hij is heel erg dronken en heel erg kwaad. Hij stond hier opeens voor de deur en pakte een fles van zijn vaders whisky. Hij dronk de halve fles op! En toen begon hij van alles kapot te gooien: het complete servies van mijn moeder, een glazen kastje, zo'n beetje alles wat hij in handen kon krijgen.'

'Wat? Waarom?' Hardin heeft me verteld dat hij niet drinkt. Was dat ook een leugen?

'Zijn vader heeft hem net verteld dat hij en mijn moeder gaan trouwen...'

'Dus?' Ik snap er nog steeds niets van. 'Wil Hardin dat soms niet?'

Landon neemt me mee naar een grote keuken. Ik hap naar adem bij het zien van de enorme chaos. Op de vloer liggen gebroken borden en een grote houten kast is omgegooid. De glazen deurtjes liggen in scherven.

'Nee, maar dat is een lang verhaal. Zijn vader en mijn moeder zijn een weekendje de stad uit om het goede nieuws te vieren, maar ik vermoed dat Hardin hiernaartoe is gekomen omdat hij dacht dat zijn vader hier was en hij hem wilde spreken. Hij komt hier anders nooit,' legt hij uit. Hij doet de achterdeur open.

Ik zie een schaduw aan een tafeltje op het terras zitten. Hardin. 'Ik weet niet wat je van me verwacht, maar ik zal mijn best doen.'

Landon knikt. Hij buigt zich voorover en legt zijn hand op mijn schouder. 'Hij riep om jou,' zegt hij zacht. Mijn hart staat even stil.

Ik loop naar Hardin toe. Hij kijkt naar me op. Zijn ogen zijn bloeddoorlopen en zijn haar zit weggestopt onder een grijs mutsje. Zijn ogen worden groot, en dan donker, en ik was het liefste teruggedeinsd. In het zwakke licht van het terras ziet hij er bijna eng uit.

'Hoe ben jij...' zegt Hardin op luide toon. Hij staat op.

'Landon... Hij...' begin ik, maar dan wens ik dat ik niets had gezegd.

'Verdomme, heb je haar gebeld?' brult hij tegen Landon, die op zijn beurt naar binnen loopt.

'Laat hem met rust, Hardin. Hij maakt zich zorgen over je,' zeg ik streng.

Hij gaat weer zitten en gebaart dat ik hetzelfde moet doen. Ik ga tegenover hem zitten en zie dat hij een bijna lege fles met een donkere inhoud aan zijn mond zet. Wanneer hij slikt, zie ik zijn adamsappel bewegen. Daarna zet hij de fles zo hard terug op de glazen tafel dat ik opschrik, in de verwachting dat de fles of het tafelblad of allebei zullen breken.

'Wat een fraai stel zijn jullie toch. Zo voorspelbaar. Die arme Hardin is van streek en dus keren jullie je allemaal tegen hem in de hoop dat hij zich schuldig voelt omdat hij dat kutservies heeft gebroken,' zegt hij op lijzige toon. Zijn woorden gaan vergezeld van een misselijkmakende grijns.

'Ik dacht dat je niet dronk?' Ik sla mijn armen over elkaar heen.

'Doe ik ook niet. Tot nu toe niet, in elk geval. Maar lees me in godsnaam niet de les. Jij bent geen haar beter.' Hij wijst even naar me en pakt dan de fles voor een volgende slok.

En hoe eng het ook is, ik kan niet ontkennen dat ik tot leven kom nu ik hier naast hem zit, ook al is hij dronken. Ik heb het gevoel gemist dat Hardin me geeft. 'Ik heb nooit beweerd dat ik beter ben dan jij. Ik wil alleen weten waarom je nu opeens wel drinkt.'

'Wat kan jou dat nou schelen? Waar is dat vriendje van je?' Hij kijkt me fel aan. De emotie in zijn ogen is zo sterk dat ik mijn blik moet afwenden. Wist ik maar door welke gevoelens hij wordt geplaagd. Haat, veronderstel ik.

'Die zit op mijn kamer. Ik wil je alleen maar helpen, Hardin.' Ik wil zijn hand vastpakken, maar hij deinst voor me terug.

'Me helpen?' Hij lacht kakelend.

Ik vraag me af waarom hij mijn naam heeft geroepen als hij toch rot gaat zitten doen, maar ik wil hem niet vertellen dat Landon dat tegen me heeft gezegd.

'Als je me echt wilt helpen, kun je maar beter gaan.'

'Waarom vertel je me niet gewoon wat er aan de hand is?' Ik kijk naar mijn handen en pulk aan mijn nagels.

Met een zucht trekt hij de muts van zijn hoofd, haalt zijn hand door zijn haar en zet zijn muts weer op. 'Mijn vader besloot me pas nu te vertellen dat hij met Karen gaat trouwen, en de bruiloft is volgende maand al. Hij had het me dus al een hele tijd geleden kunnen vertellen, en niet over de telefoon. Ik twijfel er niet aan dat die goede brave Landon het al veel langer weet.'

O. Ik weet niet goed wat ik moet zeggen omdat ik niet had verwacht dat hij het aan mij zou vertellen. 'Hij had vast een goede reden om het nu pas te doen.'

'Je kent hem niet. Hij geeft geen zak om me. Weet je hoe vaak ik hem in het afgelopen jaar heb gesproken? Hoogstens tien keer! Het enige wat hem iets kan schelen, is zijn grote huis, zijn aanstaande echtgenote en zijn nieuwe, perfecte stiefzoon.' Hardin spreekt met dubbele tong en neemt nog een slok. Ik zeg niets en laat hem praten. 'Je zou eens moeten zien in wat voor krot mijn moeder in Engeland woont. Ze zegt dat ze daar met plezier woont, maar ik weet dat het niet zo is. Het hele huis is kleiner dan mijn vaders slaapkamer hier! Mijn moeder heeft me min of meer gedwongen om hier te gaan studeren, zodat we een betere band zouden krijgen... Nou, ik kan niet zeggen dat dat gelukt is!'

Hoewel hij me niet veel vertelt, heb ik het gevoel dat ik hem veel beter begrijp. Hardin is gekwetst. Daarom doet hij zo.

'Hoe oud was je toen hij jullie in de steek liet?' vraag ik.

Hij kijkt me argwanend aan. 'Tien. Maar voor die tijd was hij er ook bijna nooit. Hij hing elke avond in de kroeg rond. En nu leidt hij hier het perfecte leventje.' Hardin gebaart naar het huis.

Hardins vader heeft hem verlaten toen hij tien was. Zo oud was ik ook toen mijn vader de benen nam. En ze dronken allebei. We hebben veel meer met elkaar gemeen dan ik aanvankelijk dacht. Deze gekwetste, dronken Hardin lijkt veel jonger en veel kwetsbaarder dan de krachtige jongeman die ik tot nu toe heb gekend.

'Ik vind het heel naar voor jou en je moeder dat...'

'Ik kan heel goed zonder je medelijden,' onderbreekt hij me.

'Het is geen medelijden. Ik wil alleen maar...'

'Alleen maar wat?'

'Helpen. Je steunen,' zeg ik zacht.

En dan glimlacht hij. Het is een prachtige, gekwelde glimlach, die me de hoop zou kunnen geven dat ik hem hierdoorheen kan slepen, maar ik weet dat de werkelijkheid anders is. 'Wat ben je toch een sukkel. Snap je dan niet dat ik je hier niet wil hebben? Ik wil niet dat je me "steunt". Dat ik toevallig wat met je heb liggen rotzooien, betekent niet dat ik iets van je wil. En toch laat je je aardige vriendje – die maar al te graag bij je in de buurt is – alleen achter om mij te kunnen "helpen".' Met zijn vingers vormt hij aanhalingstekens in de lucht. 'Dat, Theresa, is de definitie van een sukkel.'

Zijn stem zit vol venijn, precies zoals ik al had verwacht, maar ik negeer de pijn in mijn borst en kijk hem aan. 'Dat meen je niet.' Ik denk aan vorige week, toen hij me lachend in het water gooide. Ik weet niet goed wat hij is, een geweldige toneelspeler of een uitstekende leugenaar.

‘Dat meen ik wel. Ga naar huis.’ Hij tilt de fles op voor een volgende slok, maar ik gris die uit zijn hand en gooi hem de tuin in.

‘Verdomme!’ roept hij.

Ik negeer hem en loop terug naar de achterdeur. Dan hoor ik hem achter me overeind komen en komt hij voor me staan.

‘Waar ga jij naartoe?’ Zijn gezicht bevindt zich op slechts een paar centimeter van het mijne.

‘Ik ga Landon helpen de troep op te ruimen en dan ga ik naar huis.’ Ik klink veel kalmer dan ik me voel.

‘Waarom zou je hem helpen?’ De afkeer in zijn stem is overduidelijk.

‘Omdat hij, in tegenstelling tot jou, wel wat hulp verdient.’

Zijn gezicht betrekt. Ik zou nog veel meer tegen Hardin moeten zeggen. Ik zou tegen hem moeten schreeuwen omdat hij zulke lelijke dingen tegen me heeft gezegd, maar ik weet dat hij dat juist van me verwacht. Zo doet hij nu eenmaal: hij kwetst iedereen om hem heen en geniet van de verwarring die volgt.

Hardin stapt zachtjes voor me opzij.

Binnen is Landon bezig de kast rechtop te zetten. ‘Heb je een bezem?’ vraag ik wanneer hij daarmee klaar is.

Landon kijkt me met een dankbare glimlach aan. ‘Daar,’ wijst hij. ‘En bedankt voor alles.’

Ik knik en begin de scherven bij elkaar te vegen. Het zijn er zo veel. Ik vind het zo erg voor Landons moeder dat ze bij thuiskomst zal zien dat al haar servies kapot is. Hopelijk had het geen sentimentele waarde.

‘Au!’ roep ik wanneer een glasscherf in mijn vinger dringt. Het bloed druppelt op de houten vloer en ik ren snel naar de kraan.

‘Gaat het?’ vraagt Landon bezorgd.

‘Ja. Het is zo’n klein scherfje dat ik niet snap waar al dat bloed vandaan komt.’ Het doet niet echt zeer. Ik doe mijn ogen dicht en laat het koude water over mijn vinger lopen.

Een paar minuten later hoor ik dat de achterdeur wordt geopend. Snel doe ik mijn ogen open. Hardin staat in de deuropening.

‘Tessa, kan ik je even spreken?’ vraagt hij.

Ik weet dat ik nee zou moeten zeggen, maar ik knik wanneer ik de rode randjes rond zijn ogen zie. Zijn blik valt op mijn hand en op het bloed op de vloer.

Snel loopt hij naar me toe. 'Gaat het? Wat is er gebeurd?'

'Niks. Gesneden aan een stukje glas,' zeg ik tegen hem.

Hij pakt mijn hand vast en trekt die onder de waterstraal vandaan. Nu hij mijn arm aanraakt, voel ik de elektriciteit. Hij kijkt fronsend naar mijn vinger, laat dan mijn hand los en loopt naar Landon toe. Goed, net noemde hij me nog een sukkel, maar nu is hij opeens bezorgd over mijn welzijn? Ik word knettergek van hem. Echt knettergek, als in: straks kunnen ze me opsluiten.

'Waar zijn de pleisters?' vraagt hij streng aan Landon, die antwoordt dat ze in de badkamer liggen. Nog geen minuut later is Hardin terug en pakt hij opnieuw mijn hand vast. Hij doet wat antibacteriële zalf op het wondje en wrijft die voorzichtig uit over mijn vinger. Ik blijf doodstil staan, even verward door Hardins manier van doen als Landon aan zijn gezicht te zien ook is.

'Kan ik je even spreken?' vraagt hij nogmaals.

Ik weet dat ik nee moet zeggen, maar sinds wanneer doe ik wat er van me wordt verwacht wanneer Hardin in het spel is? Ik knik.

Hij vouwt zijn vingers rond mijn pols en leidt me mee naar buiten.

30

∞

Bij de tafel op het terras laat Hardin mijn pols los en trekt de stoel voor me onder de tafel vandaan. Ik wrijf over mijn huid, die letterlijk in brand lijkt te staan door zijn aanraking. Hij pakt de andere stoel en trekt die over de tegels naar ons toe, zodat hij recht voor me kan gaan zitten. Hij zit zo dichtbij dat zijn knieën bijna die van mij raken.

'Waar wil je het in vredesnaam over hebben, Hardin?' vraag ik, zo onbuigzaam als ik kan.

Hij haalt diep adem, trekt opnieuw zijn muts van zijn hoofd en legt die op tafel. Ik zie dat hij zijn lange vingers door zijn dikke haar haalt. Dan kijkt hij me recht aan.

'Het spijt me,' zegt hij, met zo veel overtuiging dat ik mijn blik moet afwenden en naar de grote boom in de achtertuin staar. Hij leunt voorover. 'Heb je me verstaan?' vraagt hij.

'Ja,' snauw ik, en dan kijk ik hem ook recht aan. Als hij echt denkt dat hij alleen maar 'het spijt me' hoeft te zeggen om me al die vreselijke dingen te laten vergeten die hij me op bijna dagelijkse basis aandoet, is hij nog gekker dan ik dacht.

'Je bent echt ontzettend moeilijk.' Hij leunt achterover. De fles die ik zo-even nog in de tuin heb gegooid, rust opnieuw in zijn hand, en hij neemt een slok. Waarom is hij nog niet buiten westen?

'Ik ben moeilijk? Dat meen je niet! Wat verwacht je dan van me, Hardin? Je bent zo ontzettend gemeen tegen me.' Ik bijt op mijn onderlip. Ik ga niet opnieuw huilen waar hij bij is.

Noah heeft me nog nooit aan het huilen gemaakt. We hebben in de loop der jaren wel eens ruzie gehad, maar ik was nog nooit zo overstuur dat ik moest huilen.

Zijn stem klinkt laag en lijkt deel te zijn van de avondlucht. 'Dat wil ik niet zijn.'

'Dat wil je wel, en dat weet je. Je doet het expres. Ik ben nog nooit van mijn leven zo rot behandeld.' Ik bijt harder en voel een brok in mijn keel opwellen. Als ik ga huilen, dan wint hij. Dat wil hij.

'Waarom kom je dan telkens weer terug? Waarom geef je het niet op?'

'Als ik... Dat weet ik niet. Maar na vanavond zal het anders zijn. Ik stop met Literatuur en haal dat volgend semester wel in.' Tot nu toe had ik daar helemaal niet aan gedacht, maar ik weet nu zeker dat ik dat ga doen.

'Dat moet je niet doen.'

'Wat kan het jou nu schelen? Je wilt toch niet in de buurt zijn van een sukkel als ik.' Mijn bloed kookt. Ik wilde dat ik wist wat ik moet zeggen om hem net zo te kwetsen als hij mij altijd kwetst.

'Dat bedoelde ik niet zo... Ik ben juist een sukkel.'

Ik kijk hem recht aan. 'Zeg dat wel.'

Hij neemt nog een slok en trek de fles weg wanneer ik mijn hand ernaar uitsteek. 'Dus jij bent de enige die dronken mag worden?' vraag ik.

Er verschijnt een wrang lachje op zijn gezicht. Het licht van de terraslamp valt op het ringetje in zijn wenkbrauw wanneer hij me de fles aangeeft. 'Ik dacht dat je hem weer weg wilde gooien.'

Dat zou het beste zijn, maar ik breng de fles naar mijn lippen. De drank is warm en smaakt naar verbrande drop gedrenkt in medicinale alcohol. Ik kokhals en Hardin grinnikt.

'Hoe vaak drink je? Ik dacht dat je zei dat je nooit dronk,' zeg ik. Zodra hij heeft geantwoord, kan ik maar beter weer kwaad op hem worden.

'Al een half jaar niet meer. Tot aan vanavond.' Hij kijkt naar de grond, alsof hij zich schaamt.

'Nou, je kunt maar beter helemaal niet drinken. Je wordt er alleen maar vervelender van, en je bent al zo erg.'

Hij kijkt met een ernstig gezicht naar de grond. 'Denk je dat ik een slecht mens ben?'

Is hij zo bezopen dat hij werkelijk denkt dat hij goed kan zijn? 'Ja.'

'Dat ben ik niet. Of misschien wel. Ik wil dat je...' begint hij, maar dan valt hij stil, recht zijn rug en leunt weer achterover.

'Je wilt dat ik wat?' Ik moet weten wat hij wilde zeggen. Ik geef hem de fles aan, maar die zet hij op tafel. Ik wil niet meer drinken; dat kleine beetje was al erg genoeg, zeker wanneer je bedenkt hoe snel ik in het bijzijn van Hardin de controle over mezelf verlies.

'Niets,' zegt hij. Hij liegt.

Wat doe ik hier eigenlijk? Noah zit op mijn kamer op me te wachten en ik verspil mijn tijd met Hardin. 'Ik moet gaan.' Ik sta op en loop naar de achterdeur.

'Blijf,' zegt zijn stem zacht. En die smekende toon brengt mijn voeten tot stilstand. Ik draai me om en zie dat Hardin nog geen halve meter achter me staat.

'Waarom? Zodat je me nog wat meer kunt beledigen?' roep ik, en ik wend me af.

Hij grijpt mijn arm vast en trekt me terug. 'Draai me niet de rug toe!' roept hij, harder dan ik riep.

'Dat had ik al veel eerder moeten doen!' schreeuw ik. Ik duw tegen zijn borst. 'Ik snap niet eens wat ik hier doe! Zodra Landon belde, ben ik meteen gekomen. Ik heb mijn vriendje – inderdaad, de enige die mijn gezelschap blijkbaar kan verdragen – alleen gelaten om bij jou te kunnen zijn. En weet je, Hardin, je hebt gelijk. Ik ben een sukkel. Omdat ik naar je toe ben gekomen, omdat ik probeer...'

Maar mijn woorden worden gesmoord door zijn lippen op de mijne. Ik duw opnieuw tegen zijn borst om hem tegen te houden, maar hij wil van geen wijken weten. Elke vezel in mijn lijf wil zijn kus beantwoorden, maar ik houd mezelf in. Hij probeert met zijn tong mijn lippen uit elkaar te duwen en me naar zich toe te trekken. Ondanks mijn verzet slaat hij zijn armen om me heen. Mijn weerstand is zinloos. Hij is sterker dan ik.

'Kus me, Tessa,' zegt hij tegen mijn lippen.

Ik schud mijn hoofd en hij kermt gefrustreerd. 'Toe, kus me, ik heb je nodig.'

Zijn woorden breken door mijn verzet heen. Deze onbeleefde, dronken en vreselijke man zegt dat hij me nodig heeft, en op de een of andere manier klinkt dat als een gedicht. Hardin is net een drug: elke keer wanneer ik een klein beetje van hem proef, wil ik meer. Hij verslindt mijn mond en dringt mijn dromen binnen.

Zodra mijn lippen uiteenwijken, drukt hij zijn mond weer op die van mij, maar deze keer verzet ik me niet. Dat kan ik niet. Ik weet dat dit niet het antwoord op mijn problemen is en dat ik die juist alleen maar groter maak, maar dat doet er nu niet toe. Het enige wat ertoe doet, is wat hij zei, en hoe hij het zei: ik heb je nodig.

Heeft Hardin mij echt zo nodig als ik hem? Dat betwijfel ik, maar nu wil ik heel graag doen alsof dat zo is. Hij legt een hand rond mijn wang en laat zijn tong over mijn onderlip glijden. Mijn huivering maakt hem aan het glimlachen. Het ringetje in zijn lip kietelt mijn mondhoek. Ik hoor een ruisend geluid en trek me terug. Hij staat toe dat ik de kus onderbreek, maar hij houdt zijn armen stevig om me heen geslagen, zijn lichaam tegen dat van mij gedrukt. Ik kijk naar de achterdeur en hoop vurig dat Landon geen getuige is van mijn moment van zwakte. Godzijdank is hij nergens te zien.

'Hardin, ik moet echt gaan. We kunnen hier niet mee doorgaan. Dat is voor geen van ons beiden gezond,' zeg ik, met mijn blik neergeslagen.

'Dat kunnen we wel.' Hij tilt mijn kin op, zodat ik hem in zijn groene ogen moet kijken.

'Dat kunnen we niet. Je hebt de pest aan me en ik laat me niet door jou vernederen. Je maakt me in de war. Het ene moment zeg je nog dat je me niet kunt uitstaan of weet je me na mijn intiemste ervaring te vernederen.' Hij opent zijn mond om iets te zeggen, maar ik leg een vinger op zijn roze lippen en vervolg: 'Een minuut later sta je me te kussen en te vertellen dat je me nodig hebt. Ik hou niet van wie ik in jouw bijzijn ben en ik hou niet van hoe ik me voel als jij zulke vreselijke dingen tegen me zegt.'

'Wie ben je dan?' Zijn groene ogen bestuderen mijn gezicht, wachtend op een antwoord.

'Iemand die ik niet wil zijn. Iemand die vreemdgaat en voortdurend loopt te janken,' leg ik uit.

'Weet je wie je volgens mij bent als je bij mij bent?' Hij strijkt met zijn duim over mijn kaaklijn en het kost me moeite mijn concentratie te bewaren.

'Wie dan?'

'Jezelf. Ik denk dat dit je echte ik is en dat je dat zelf niet eens beseft, omdat je het te druk hebt met je afvragen wat anderen van je denken.'

Ik weet niet wat ik daarvan moet vinden, maar hij klinkt zo eerlijk, zo zeker van zijn antwoord dat ik even de tijd neem om over zijn woorden na te denken. 'En ik weet wat ik je heb aangedaan nadat ik je had gevingerd.' Hij ziet me fronsen, maar gaat verder: 'Sorry... Na wat wij samen hadden beleefd, had ik dat niet moeten doen. Toen je was uitgestapt, voelde ik me verschrikkelijk.'

‘Dat betwijfel ik,’ snauw ik, denkend aan hoeveel ik die nacht heb gehuild.

‘Echt waar. Ik zweer het. Ik weet dat je denkt dat ik niet deug... maar jij zorgt ervoor...’ Dan valt hij stil. ‘Laat maar.’

Waarom maakt hij nooit zijn zinnen af?

‘Zeg wat je wilt zeggen, Hardin, anders ga ik nu weg,’ zeg ik tegen hem. En dat meen ik.

Ik wacht op zijn antwoord wanneer ik zie dat hij me met gloeiende ogen aankijkt en dat zijn lippen langzaam uiteenwijken alsof elk woord iets zal bevatten, een leugen of de waarheid.

‘Jij... jij zorgt ervoor dat ik goed wil zijn, voor jou... Ik wil goed zijn voor jou, Tessa.’

31

∞

Ik probeer een stap naar achteren te doen, maar zijn greep is te sterk. Ik heb hem vast verkeerd verstaan. Omdat mijn emoties bezit van me nemen draai ik me om en tuur ik naar de donkere achtertuin, zoekend naar de betekenis achter zijn woorden. Hardin wil beter zijn voor mij? Hoe bedoelt hij dat? Toch niet... Nee.

Ik kijk hem weer aan. Mijn blik is wazig. 'Wat?'

Hij ziet er onaangedaan uit... Eerlijk? Hoopvol? Wát? 'Je hebt me wel gehoord.'

'Nee, ik weet zeker dat ik je verkeerd heb begrepen.'

'Nee, hoor. Je geeft me... een gevoel dat me vreemd is. Ik weet niet hoe ik daarmee om moet gaan, Tessa, en dus grijp ik terug op het enige wat ik ken.' Hij zwijgt even en slaakt dan een zucht. 'Me als een klootzak gedragen.'

Weer lijk ik in trance te zijn.

'Dit kan nooit iets worden, Hardin. We zijn te verschillend. Ten eerste date jij nooit, weet je nog?'

'Zo verschillend zijn we niet. We houden van dezelfde dingen. We houden bijvoorbeeld allebei van boeken,' zegt hij. Zijn adem ruikt zwak naar alcohol.

Zelfs nu ik hier sta, kan ik niet begrijpen waarom Hardin me ervan probeert te overtuigen dat we goed bij elkaar zouden passen. 'Je datet niet,' breng ik hem nogmaals in herinnering.

'Dat weet ik, maar... we kunnen toch vrienden zijn?'

Daar zijn we dan, terug bij af. 'Jij zei toch dat we geen vrienden konden zijn? En dat wil ik helemaal niet. Ik weet wat je daarmee bedoelt. Je wilt alle voordelen van een relatie zonder dat je je echt vastlegt.'

Zijn lichaam wiegt heen en weer. Hij leunt op de tafel en laat me los. 'Waarom is dat zo erg? Waarom heb je een etiketje nodig?'

Ik ben dankbaar voor de ruimte tussen ons in en voor de frisse, whiskyloze lucht.

'Omdat ik de laatste tijd misschien niet veel zelfbeheersing heb, Hardin, maar ik heb nog wel een zekere eigenwaarde. Ik ben niet je speeltje, zeker niet als dat betekent dat je me als oud vuil behandelt.' Ik steek een hand omhoog. 'En ik ben trouwens al bezet, Hardin.'

Samen met zijn grijns verschijnen ook zijn ondeugende kuiltjes. 'En kijk eens waar je nu zit.'

Als vanzelf flap ik eruit: 'Ik hou van hem en hij houdt van mij.' Ik zie Hardins uitdrukking veranderen. Hij laat me los en struikelt over de stoel.

'Dat moet je niet tegen me zeggen.' Hij praat sneller dan eerder, met dubbele tong. Ik was bijna vergeten dat hij zo dronken was.

'Dat zeg je alleen maar omdat je dronken bent. Morgen heb je weer de pest aan me.'

'Dat heb ik niet.' Hij loopt het gazon op.

Had hij maar niet zo'n effect op me, en kon ik maar gewoon weglopen. Maar ik blijf staan en hoor hem zeggen: 'Als je me recht aan kunt kijken en kunt zeggen dat ik je met rust moet laten, voor altijd, zal ik naar je luisteren. Dan zweer ik dat ik nooit meer in je buurt zal komen. Je hoeft het alleen maar te zeggen.'

Ik doe mijn mond open met de bedoeling inderdaad dat te zeggen. *Blijf uit mijn buurt, kijk nooit meer mijn kant op.*

Hij draait zich om en loopt naar me toe. 'Tessa, zeg dan dat je me nooit meer wilt zien.' En dan raakt hij me aan. Zijn handen gaan langs mijn armen op en neer en kippenvel verschijnt meteen op mijn huid. 'Zeg dat je nooit meer door me wilt worden aangeraakt,' fluistert hij. Zijn hand gaat naar mijn hals. Met zijn wijsvinger streelt hij mijn sleutelbeen, heen en weer over mijn hals. Ik hoor dat mijn adem steeds sneller gaat wanneer hij zijn lippen op een paar centimeter van mijn mond brengt. 'Dat je nooit meer door me wilt worden gekust,' zegt hij. Ik ruik de whisky en voel de warmte van zijn adem.

'Zeg het dan, Tessa,' zegt hij vleiend, en ik kerm.

'Hardin,' fluister ik.

'Je kunt geen nee tegen me zeggen, Tessa, net zoals ik geen nee tegen jou kan zeggen.' Zijn lippen zijn vlak bij die van mij; ze raken bijna mijn mond.

'Blijf je vannacht bij me?' vraagt hij.

Ik wil alles doen wat hij zegt, maar dan zie ik vanuit mijn ooghoek bij de deur iets bewegen en wend ik me met een ruk van Hardin af. Ik kijk op en zie Landon met een verbijsterd gezicht in de deuropening staan. Dan draait hij zich om en loopt weg.

Meteen ben ik terug in de werkelijkheid.

'Ik moet gaan,' zeg ik.

Hardin vloekt binnensmonds. 'Blijf alsjeblieft. Blijf vannacht bij me. Je kunt morgen altijd nog zeggen dat je me nooit meer wilt zien... Blijf alsjeblieft. Ik smeek je, en smeken is niets voor mij, Theresa.'

Ik knik, zonder het te willen. 'Maar wat zeg ik tegen Noah? Hij zit op me te wachten en ik ben met zijn auto.' Ik kan niet geloven dat ik hier echt serieus over nadenk.

'Zeg gewoon dat je moet blijven omdat... Ik weet het niet. Zeg maar niks tegen hem. Wat is het ergste wat hij kan doen?'

Ik ril. Het aan mijn moeder vertellen. Opeens erger ik me kapot aan Noah: ik zou me niet bezorgd moeten afvragen of mijn vriendje alles overbrieft aan mijn moeder, zelfs niet wanneer ik iets verkeerd doe.

'Hij ligt waarschijnlijk al te slapen,' zegt Hardin.

'Nee, dat kan niet. Zonder auto kan hij niet terug naar zijn hotel.'

'Hotel? Slaapt hij niet bij jou?'

'Nee, hij heeft een hotelkamer hier in de buurt.'

'En daar slaap jij ook?'

'Nee, daar slaapt hij,' zeg ik schaapachtig, 'en ik slaap op mijn kamer.'

'Weet je zeker dat hij op meisjes valt?' vraagt Hardin met een geamuseerde blik in zijn bloeddoorlopen ogen.

Ik sper mijn ogen open. 'Ja, natuurlijk!'

'Sorry, maar hier klopt iets niet. Als je van mij was, zou ik niet uit je buurt kunnen blijven. Ik zou elke kans grijpen om je te neuken.'

Mijn mond valt open. Hardins grove taal heeft een uiterst vreemd effect op me. Blozend wend ik mijn blik af.

'Kom, dan gaan we naar binnen,' hoor ik hem zeggen. 'De bomen gaan op en neer. Volgens mij is dat een teken dat ik te veel heb gedronken.'

'Blijf jij hier?' Ik had verwacht dat hij terug zou gaan naar zijn dispuutshuis.

'Ja, en jij ook. Kom op.' Hij pakt mijn hand en we lopen terug naar de achterdeur.

Ik moet Landon zien te vinden en uitleggen waarvan hij zo-even getuige was. Ik weet zelf niet eens goed wat er aan de hand is of hoe ik het moet verklaren, maar ik moet het hem op de een of andere manier duidelijk maken. Eenmaal binnen zie ik dat de rotzooi in de keuken al bijna helemaal is opgeruimd.

'Je moet dit morgen verder opruimen,' zeg ik tegen hem.

Hij knikt. 'Dat doe ik,' belooft hij. Weer een belofte waarvan ik hoop dat hij zich eraan houdt.

Met mijn handen in de zijne loopt hij de grote trap op. Ik hoop met heel mijn hart dat we Landon niet tegenkomen, en dat gebeurt ook niet.

Hardin doet de deur van een aardedonkere kamer open en trekt me voorzichtig naar binnen.

32

∞

Mijn ogen raken al snel gewend aan het donker. Het enige licht is een streepje maanlicht dat door het erkerraam naar binnen valt. 'Hardin?' fluister ik.

Ik hoor hem vloeken omdat hij over iets struikelt en ik probeer mijn lachen in te houden.

'Ik ben hier.' Hij knipt een bureaulamp aan. Ik kijk om me heen. Het is een grote kamer, die me aan een hotel doet denken. Tegen het midden van de verste muur staat een breed hemelbed met donker beddengoed en minstens twintig kussens. Het kersenhouten bureau is gigantisch, en de computer die erop staat, heeft een beeldscherm dat groter is dan de tv op mijn studentenkamer. Het erkerraam heeft een vensterbank waar je echt op kunt zitten en voor de andere ramen hangen donkerblauwe gordijnen die zo dik zijn dat het maanlicht er niet doorheen kan sijpelen.

'Dit is... mijn kamer.' Hij wrijft met zijn hand in zijn nek. Hij lijkt zich bijna te schamen.

'Je hebt hier een kamer?' vraag ik, maar natuurlijk heeft hij die. Het is het huis van zijn vader, waar Landon blijkbaar ook woont. Landon zei al dat Hardin hier nooit komt, dus misschien verklaart dat waarom de kamer aan een museum doet denken, onaangeroerd en onpersoonlijk.

'Ja... Ik heb hier tot nu toe nooit geslapen.' Hij gaat op de kist aan het voeteneind van het bed zitten en maakt zijn veters los. Hij trekt zijn schoenen en zijn sokken uit en propt zijn sokken in zijn schoenen. Mijn hart zwelt op bij de gedachte dat ik deel uitmaak van iets wat voor Hardin ook nieuw is.

'O. Waarom niet?' Ik besluit mijn voordeel te doen met zijn door dronkenschap ingegeven oprechtheid.

'Omdat ik hier niet wil zijn. Ik vind het hier verschrikkelijk,' zegt hij zacht. Hij knoopt zijn zwarte broek los en trekt die naar beneden.

'Waar ben je mee bezig?'

'Me uitkleden?' zegt hij vrij overbodig.

'Ja, maar waarom?' Hoewel ik niets liever wil dan dat hij me opnieuw aanraakt, hoop ik niet dat hij denkt dat ik seks met hem ga hebben.

'Omdat ik niet in mijn jeans en schoenen ga slapen,' zegt hij half lachend. Hij strijkt zijn haar van zijn voorhoofd, zodat het rechtop blijft staan. Alles wat hij doet, geeft me dat opwindende gevoel in mijn lijf.

'O.'

Hij trekt zijn T-shirt over zijn hoofd en ik moet wel kijken. Zijn getatoeëerde buik is volmaakt. Hij gooit het kledingstuk naar me toe, maar ik vang het niet op en het valt op de vloer. Ik trek een wenkbrauw op en hij glimlacht.

'Je kunt daarin slapen. Ik neem aan dat je niet in je ondergoed wilt slapen, al vind ik het helemaal niet erg als je dat wel doet.' Hij knipoogt en ik giechel.

Waarom giechel ik? Ik kan niet in zijn T-shirt slapen. Dan voel ik me veel te bloot.

'Ik hou dit wel aan,' zeg ik tegen hem.

Hij kijkt naar mijn kleren. Tot nu toe heeft hij nog niets beledigends gezegd over mijn lange rok en wijde blauwe blouse, en ik hoop dat dat zo blijft.

'Prima. Wat je wilt. Maar ga je gang als je iets comfortabelers wilt aantrekken.' Hij loopt in zijn boxershort naar het bed en begint de sierkussens op de vloer te gooien.

Ik loop naar de kist en maak die open. Zoals ik al dacht, is die leeg. 'Je moet ze nooit op de vloer gooien, ze horen hierin,' zeg ik tegen hem, maar hij gooit lachend nog een kussen op de vloer.

Met een zucht raap ik de kussens op en prop ze in de kist. Grinnikend slaat hij de deken terug en laat zich op het bed vallen. Hij vouwt zijn armen achter zijn hoofd, slaat zijn enkels over elkaar en kijkt me glimlachend aan. De woorden die op zijn ribben staan getatoeëerd, zijn uitgerekt vanwege de houding van zijn armen. Zijn lange, slanke lijf ziet er verrukkelijk uit.

'Je gaat toch niet zitten jammeren omdat je in hetzelfde bed als ik moet slapen?' vraagt hij.

Ik rol met mijn ogen. Ik was het niet van plan. Ik weet dat het verkeerd is, maar ik heb nog nooit zo graag iets gewild als in hetzelfde bed slapen als Hardin.

'Nee, het is groot genoeg voor ons allebei,' zeg ik glimlachend. Ik weet niet of het door Hardins glimlach komt of door het feit dat hij niet meer dan een boxershort draagt, maar ik ben in een veel betere stemming dan eerder vanavond.

'Dat is de Tessa op wie ik zo gek ben,' zegt hij plagend.

Mijn hart doet pijn wanneer ik die woorden hoor. Ik weet dat hij het niet meent en nooit zal menen, niet op die manier, maar het klinkt zo fijn.

Ik klim op het bed en kruip naar de rand, zo ver mogelijk bij Hardin vandaan. Nog verder, en ik rol van het bed. Ik hoor hem grinniken en ga op mijn zij liggen, zodat ik hem kan aankijken. 'Wat is er zo grappig?'

'Niets,' liegt hij. Hij moet op zijn lip bijten om zijn lachen in te houden. Ik vind deze speelse Hardin leuk, zijn humor is aanstekelijk.

'Zeg het!' Pruilend steek ik mijn onderlip naar voren.

Zijn blik gaat meteen naar mijn mond en hij strijkt met zijn tong over zijn lippen voordat hij het ringetje tussen zijn tanden klemt. 'Je hebt nog nooit met een jongen in hetzelfde bed geslapen, hè?' Hij gaat op zijn zij liggen en schuift iets dichter naar me toe.

'Nee,' is alles wat ik zeg, en zijn glimlach wordt breder. We liggen nog geen meter uit elkaar, en voordat ik besef wat ik doe, steek ik mijn hand uit en prik ik hem in het kuiltje in zijn wang. Zijn blik kruist verbaasd die van mij. Ik wil mijn hand wegtrekken, maar hij pakt hem vast en drukt hem tegen zijn wang. Dan beweegt hij mijn hand langzaam over zijn wang op en neer.

'Ik snap niet waarom er nog nooit iemand met je heeft geneukt. Al dat plannen van je zorgt er zeker voor dat je heel goed weerstand kunt bieden,' zegt hij.

Ik slik hoorbaar. 'Ik heb nog nooit weerstand hoeven bieden,' beken ik. Jongens op de middelbare school vonden me aantrekkelijk genoeg voor versierpogingen, maar er is nog nooit iemand geweest die me in bed probeerde te krijgen. Ze wisten allemaal dat ik met Noah ging; we waren populair en werden elk jaar tot een van de mooiste paren van het schoolbal gekozen.

'Dat lieg je. Of je zat op een school voor blinden. Alleen al van die lippen van je krijg ik een stijve.'

Ik hap naar adem wanneer hij dat zegt en hij grinnikt. Hij brengt mijn hand naar zijn mond en strijkt ermee langs zijn vochtige lippen. Zijn adem verwarmt mijn vingers, en tot mijn verbazing ontbloot hij zijn tanden en knabbelt aan het kussentje van mijn wijsvinger. Op de een of andere manier voel ik dat tot diep in mijn buik. Hij legt mijn hand in zijn hals en mijn vingertoppen volgen de vorm van de tattoo van een takje klimop. Hij kijkt me aandachtig aan, maar houdt me niet tegen.

'Je vindt het fijn als ik zo tegen je praat, hè?' Zijn uitdrukking is duister, maar o zo sexy. Mijn ademhaling stokt even en hij glimlacht opnieuw. 'Ik zie een blos op je wangen verschijnen en ik hoor dat je ademhaling verandert. Geef eens antwoord, Tessa. Zet die volle lippen van je aan het werk,' zegt hij.

Ik giechel, want ik weet niet wat ik anders moet doen. Ik zal nooit toegeven dat zijn woorden ergens diep vanbinnen iets opwekken.

Hij laat mijn hand los, maar vouwt zijn vingers rond mijn pols en maakt de ruimte tussen ons kleiner. Ik heb het warm. Te warm. Ik moet even afkoelen, anders breekt het zweet me straks uit.

'Kun je de ventilator aanzetten?' vraag ik. Hij fronst. 'Alsjeblieft.'

Met een zucht laat hij zich van het bed glijden. 'Als je het warm hebt, kun je beter die dikke kleren uittrekken. Die rok ziet er zo kriebelig uit.'

Ik heb zitten wachten totdat hij iets over mijn kleren zou zeggen, maar dit maakt me alleen maar aan het lachen omdat ik begrijp wat zijn achterliggende gedachte is.

'Met een lijf als dat van jou moet je je anders kleden, Tessa. Deze kleren verbergen al je rondingen. Als ik je niet in je ondergoed had gezien had ik nooit geweten hoe sexy en lekker je lichaam is. Die rok is echt net een aardappelzak.'

Ik moet lachen, hoewel hij me beledigt en me tegelijkertijd een compliment geeft. 'Wat moet ik volgens jou dan aantrekken? Netkousen en een kort topje?'

'Nou, nee, al lijkt dat me ook wel lekker, maar nee. Je kunt jezelf evengoed bedekken, maar draag kleren in jouw maat. Die blouse laat niets van je bovenlijf zien, en je moet je tieten niet verbergen.'

'Hou eens op met dat soort woorden te gebruiken!' zeg ik streng tegen hem. Hij glimlacht.

Hij komt weer op het bed zitten, met zijn vrijwel naakte lichaam heel dicht bij het mijne. Ik heb het nog steeds warm, maar Hardins ongewone complimenten hebben me een nieuw zelfvertrouwen gegeven. Ik stap uit bed.

'Wat ga je doen?' vraagt hij, geschrokken.

'Me omkleden.' Ik pak zijn T-shirt van de vloer. 'Draai je om, en niet gluren.' Ik zet mijn handen in mijn zij.

'Nee.'

'Hoe bedoel je, "nee"?' Hoe kan hij me nu iets verbieden?

'Ik wil me niet omdraaien. Ik wil jou zien.'

'O. Oké.' Maar ik glimlach alleen maar, schudt mijn hoofd en doe de lamp uit.

Hardin maakt een jammerend geluidje en ik trek glimlachend de rits van mijn rok naar beneden. Die valt net aan mijn voeten neer wanneer er een andere lamp aangaat.

'Hardin!' Snel buk ik om mijn rok omhoog te trekken.

Hardin ligt leunend op zijn ellebogen naar me te kijken en laat zijn blik onbeschaamd over mijn lichaam gaan. Hij heeft me al eerder in minder kleren gezien en ik weet dat hij niet zal luisteren, dus haal ik diep adem en trek mijn blouse over mijn hoofd. Ik zal niet toegeven dat ik best geniet van het spelletje dat we nu spelen. Diep in mijn hart wil ik graag dat hij naar me kijkt. Ik wil dat hij mij wil. Ik draag een effen wit behaatje en een wit slipje, niets bijzonders of opvallends, maar door Hardins blik voel ik me sexy. Ik pak zijn T-shirt en trek het over mijn hoofd. Het ruikt zo lekker, net als Hardin.

'Kom hier,' fluistert hij vanaf zijn plekje op het bed. Ik negeer het stemmetje in mijn gedachten, dat me vertelt dat ik zo snel als ik kan weg moet rennen, en loop naar het bed.

33

∞

Hardins fonkelende ogen blijven me de hele weg naar het bed aankijken. Ik zet mijn knie op de rand en laat me op de matras zakken. Tegelijkertijd komt Hardin overeind, met zijn rug tegen het hoofdeinde, en steek zijn handen naar me uit. Zodra ik mijn kleine handen in de zijne leg, sluit hij zijn vingers eromheen en trekt me naar zich toe. Ik ga schrijlings op zijn schoot zitten, met mijn knieën aan weerszijden van hem. Ik heb al eerder zo gezeten, maar nog nooit met zo weinig kleren aan. Ik duw mezelf op mijn knieën omhoog, zodat we elkaar niet raken, maar daar wil Hardin niets van weten. Hij grijpt me bij mijn heupen en trekt me zachtjes naar beneden. Het T-shirt kruipt omhoog, zodat mijn dijen helemaal worden ontbloot, en opeens ben ik blij dat ik die ochtend mijn benen heb geschoren. Zodra onze lichamen elkaar raken, begint het te kriebelen in mijn buik. Ik weet dat dit geluksgevoel niet eeuwig zal duren en voel me net Assepoester die wacht totdat de klok slaat en er een einde komt aan een prachtige avond.

'Dat is beter.' Hij laat me een scheef glimlachje zien.

Ik weet dat hij dronken is en dat hij daarom zo aardig is – nou ja, aardig voor zijn doen – maar op dit moment ben ik er blij mee. Als dit echt onze laatste ontmoeting zal zijn, is dit de manier waarop ik mijn tijd wil doorbrengen. Dat blijf ik tegen mezelf zeggen. Hierna zal ik tegen hem zeggen dat hij uit mijn buurt moet blijven, en dat zal hij doen. Dat is het beste, ik weet dat hij dat ook wil zodra hij weer nuchter is. Ter verdediging kan ik aanvoeren dat ik net zo bedwelmd ben door Hardin als hij is door de fles whisky die hij heeft gedronken. Ook dat blijf ik mezelf wijsmaken.

Hardin kijkt me recht aan, en dat maakt me zenuwachtig. Wat moet ik nu doen? Ik heb geen idee hoever hij wil gaan en ik wil mezelf niet voor schut zetten door als eerste iets te doen.

Mijn twijfel lijkt hem niet te ontgaan.

'Wat is er?' Hij legt een hand op mijn wang. Zijn vingers strijken over mijn jukbeen en mijn ogen vallen als vanzelf dicht bij die verrassend zachte aanraking.

'Niets... Ik weet gewoon niet wat ik moet doen,' beken ik. Ik sla mijn blik neer.

'Doe wat je wilt doen, Tess. Denk er niet te veel over na.'

Ik leun een stukje achterover, zodat er een centimeter of dertig aan ruimte tussen onze bovenlijven ontstaat, en leg mijn hand op zijn blote borstkas. Ik kijk hem vragend aan en hij knikt. Ik druk allebei mijn handen zachtjes op zijn borst en hij sluit zijn ogen. Mijn vingers volgen de vorm van de vogel op zijn borst en gaan daarna naar de dode boom op zijn buik. Zijn oogleden trillen wanneer ik de woorden op zijn ribben aanraak. Zijn uitdrukking is zo kalm, maar zijn borstkas gaat sneller op en neer dan zo-even. Ik kan mezelf niet langer inhouden en strijk met mijn wijsvinger langs de tailleband van zijn boxershort. Zijn ogen vliegen open. Hij ziet er nerveus uit. Hardin, nerveus?

'Mag ik je... eh... aanraken?' vraag ik, hopend dat hij begrijpt wat ik bedoel zonder dat ik het hoef uit te leggen. Het voelt alsof ik niet helemaal mezelf ben. Wie is dat meisje dat schrijlings op deze ruige jongen zit en vraagt of ze hem mag aanraken? Dáár? Ik denk aan wat Hardin eerder zei: dat ik bij hem kan zijn wie ik echt wil zijn. Misschien heeft hij gelijk. Ik geniet van hoe ik me nu voel. Ik geniet van de elektrische spanning die door mijn lichaam schiet wanneer we bij elkaar zijn.

Hij knikt. 'Graag zelfs.'

En dus laat ik mijn hand zakken, boven op zijn boxershort, en raak langzaam de bult onder de stof aan. Hij hapt naar adem wanneer ik mijn hand over hem heen beweeg. Ik weet niet goed wat ik moet doen en blijf hem dus maar aanraken. Mijn vingers gaan op en neer. Ik ben zo zenuwachtig dat ik hem niet aan durf te kijken en dus maar naar de zwelling in zijn kruis blijf kijken, die steeds groter wordt.

'Zal ik je laten zien wat je moet doen?' vraagt hij zacht. Zijn stem trilt. Zijn gewoonlijk zo arrogante houding heeft plaatsgemaakt voor geheimzinnigheid.

Ik knik. Hij legt zijn hand op die van mij en trekt hem naar beneden. Dan vouwt hij mijn hand open en sluit die om zijn lengte heen. Wanneer hij naar adem hapt, kijk ik door mijn wimpers naar hem op. Hij laat mijn hand los en geeft mij de volledige controle.

'Verdomme, Tessa, niet doen,' gromt hij. Niet-begrijpend houd ik op met hem strelen, maar net wanneer ik mijn hand wil wegtrekken, zegt hij opnieuw iets. 'Nee, nee, blijf dat alsjeblieft doen, maar kijk niet op die manier naar me.'

'Op wat voor manier?'

'Zo onschuldig. Als je zo kijkt, wil ik heel veel vieze dingen met je doen.'

Ik wil mezelf op het bed werpen en hem zijn gang laten gaan. Ik wil van hem zijn – ik wil heel even worden bevrijd van wat me soms zo bang maakt. Ik glimlach aarzelend en beweeg opnieuw mijn hand. Ik wil zijn boxershort uittrekken, maar dat durf ik niet. Een zwakke kreun ontsnapt aan zijn lippen, en ik verstevig mijn greep. Ik wil dat geluid opnieuw horen. Ik weet niet of ik mijn hand sneller moet bewegen of niet, dus ik houd mijn bewegingen langzaam en beheerst, en dat schijnt hij fijn te vinden. Ik buig me voorover en druk mijn lippen tegen de klamme huid van zijn hals, waardoor hij opnieuw kermt.

'Verdomme, Tess, jouw hand om me heen voelt zo goed.' Ik knijp iets harder en hij krimpt in elkaar. 'Niet zo hard, schatje,' zegt hij met een zachte stem, die heel anders klinkt dan de stem die eerder de spot met me dreef.

'Sorry,' zeg ik. Ik kus opnieuw zijn hals. Mijn tong strijkt over de huid onder zijn oor en zijn lichaam rijst op. Zijn handen gaan naar mijn bovenlijf en vinden mijn borsten.

'Mag... ik... je... beha uittrekken?'

Zijn stem is zo onbeheerst en schor. Ik knik, bedwelmd door het effect dat ik op hem heb, en zijn ogen lichten opgetogen op. Met trillende handen reikt hij onder het T-shirt, en zijn vingers hebben de sluiting op mijn rug zo snel losgemaakt dat ik me heel even afvraag hoe vaak hij dit al heeft gedaan. Ik verdring die gedachte en laat Hardin heel even los, zodat hij de bandjes naar beneden kan trekken. Hij gooit mijn beha naast het bed, laat zijn handen weer onder het shirt glijden en pakt mijn borsten vast. Hij knijpt zachtjes in mijn tepels wanneer hij naar voren leunt om me te kussen. Ik kreun onder zijn handen en steek opnieuw mijn hand naar hem uit.

'O, Tessa, ik ga klaarkomen,' zegt hij. Ik voel mijn slipje steeds natter worden, hoewel hij alleen maar mijn borsten aanraakt. Ik heb het gevoel dat ik ook ga klaarkomen, alleen al door zijn gekreun en zijn zachte aanval op mijn borsten. Zijn benen verstijven onder me, zijn kussen worden onbeheerster, zijn handen glijden van me af. Het vocht verspreidt zich door zijn boxershort en ik trek mijn hand terug. Ik heb nog nooit iemand laten klaarkomen. Mijn hart zwelt op, vervuld van het ongewone, nieuwe besef dat ik weer een nieuwe stap op de weg naar het vrouw-zijn heb gezet. Ik kijk naar de natte plek in Hardins boxershort, genietend van de macht die ik over hem heb. Ik vind het heerlijk dat ik zijn lichaam hetzelfde fijne gevoel kan geven als hij het mijne.

Hardin legt zijn hoofd in zijn nek en haalt een paar keer diep adem. Ik blijf op zijn bovenbenen zitten, niet goed wetend wat ik nu moet doen. Even later gaan zijn ogen open en tilt hij zijn hoofd op, zodat hij me kan aankijken. Er verschijnt een trage glimlach op zijn gezicht. Hij buigt zich voorover om me op mijn voorhoofd te kunnen zoenen.

'Zo ben ik nog nooit klaargekomen,' zegt hij.

Ik voel me opnieuw opgelaten. 'Was het zo erg?' Ik wil me van zijn benen laten glijden, maar hij houdt me tegen.

'Wat? Nee, zo lékker was het. Meestal is er meer voor nodig dan iemand die me door mijn boxershort heen aanraakt.'

Er schiet een steek van jaloezie door me heen. Ik wil niet denken aan al die andere meiden die Hardin dit gevoel hebben gegeven. Het ontgaat hem niet dat ik stil ben, en hij legt zijn hand tegen mijn wang en strijkt met zijn duim over mijn slaap. Ik voel me getroost door de kennis dat anderen er meer moeite voor hebben moeten doen dan ik, maar toch wens ik dat er geen anderen waren geweest. Ik weet niet waarom ik me er druk over maak; Hardin en ik zijn immers niets van elkaar. We zullen nooit verkering krijgen of meer hebben dan dit, maar nu wil ik van het moment genieten, van ons tweeën. Ik lach even bij die gedachte. Ik ben nooit iemand geweest die van het moment wilde genieten.

'Waar denk je aan?' vraagt hij, maar ik schud mijn hoofd. Ik wil mijn jaloerse gedachten niet met hem delen. Dat is niet eerlijk, en ik heb geen zin in dat gesprek.

'O, Tessa, zeg het,' zegt hij, maar ik schud opnieuw mijn hoofd. Hij grijpt me bij mijn heupen en begint me te kietelen, wat helemaal niets voor hem is. Ik begin te gillen van het lachen en rol van hem af, het zachte bed op. Hij blijft me kietelen totdat ik buiten adem ben. Zijn lach schalt door de kamer, en dat is het mooiste geluid dat ik ooit heb gehoord. Ik heb hem nog niet zo horen lachen, en iets vertelt me dat niemand dit ooit heeft gehoord. Ondanks zijn tekortkomingen, en dat zijn er veel, ben ik blij dat ik hem nu zo zie.

'Goed... goed! Ik zal het zeggen!' roep ik, en hij houdt op met kietelen.

'Een verstandig besluit,' zegt hij. Dan kijkt hij naar beneden en voegt eraan toe: 'Momentje, ik moet even iets schoons aantrekken.'

Ik bloos.

34

∞

Hardin loopt naar zijn ladekast, trekt de bovenste la open en trekt er een blauw met wit geruite boxershort uit. Met een blik vol afkeer houdt hij het kledingstuk omhoog.

'Wat is er?' Ik laat mijn hoofd op mijn elleboog rusten en kijk naar hem op.

'Dit is afzichtelijk,' zegt hij.

Ik moet lachen, maar ik ben blij dat de vraag of er wel of geen kleren in de kast liggen nu in elk geval is opgelost. Landons moeder of Hardins vader moet alle kleren hier voor hem hebben gekocht. En dat is best wel triest, het idee dat ze de kast met kleren hebben gevuld in de hoop dat hij ooit een keertje langs zou komen.

'Zo erg is het niet,' zeg ik tegen hem. Hij rolt met zijn ogen. Ik denk dat weinig kleren hem zo goed zullen staan als zijn gebruikelijke zwarte boxer, maar tegelijkertijd kan ik me niet voorstellen dat iets hem echt slecht zal staan.

'Nou ja, ik heb weinig keuze. Zo terug.' Hij loopt slechts gekleed in zijn zwarte boxer de slaapkamer uit.

O god, stel dat Landon hem zo ziet? Dan zou ik me zo opgelaten voelen. Ik moet Landon morgenochtend meteen uitleggen wat er is gebeurd, al heb ik geen idee wat ik moet zeggen. Het is niet wat het lijkt? We zaten gewoon met elkaar te kletsen en ik stemde ermee in om te blijven slapen, en op de een of andere manier eindigde ik in mijn ondergoed en heb ik hem afgetrokken, voor zover ik wist wat ik deed? Dat klinkt verschrikkelijk.

Ik leg mijn hoofd op de kussens en staar naar het plafond. Even vraag ik me af of ik mijn mobieltje moet checken, maar ik besluit het niet te doen. Het laatste waaraan ik nu behoefte heb, zijn berichten van Noah. Hij maakt zich waarschijnlijk heel erg veel zorgen, maar zolang hij niets tegen mijn moeder zegt, kan ik me er niet zo druk over maken. Als ik heel eerlijk moet zijn, heb ik niet meer aan Noah gedacht sinds ik Hardin gisteravond voor het eerst kuste.

Ik weet dat ik van Noah hou, ik heb altijd van hem gehouden. Maar ik begin me nu wel af te vragen of ik hem zie als een partner voor het leven of dat ik van hem hou omdat hij altijd zo'n rustpunt in mijn bestaan is geweest. Hij was er tot nu toe altijd voor me – en op papier zijn we echt een droompaar – maar ik kan mijn gevoelens voor Hardin niet negeren. Dit heb ik nog nooit eerder gevoeld. Het gaat niet alleen om wat ik ervaar als we boven op elkaar liggen, maar ook om de vlinders die ik voel wanneer hij me aankijkt, om mijn heftige verlangen naar hem, zelfs wanneer ik woedend op hem ben, en om de manier waarop hij mijn gedachten weet binnen te dringen wanneer ik mezelf ervan probeer te overtuigen dat ik een hekel aan hem heb.

Hardin is onder mijn huid gekropen, al doe ik nog zo mijn best dat te ontkennen. Ik lig immers in zijn bed, niet in dat van Noah. Als op bevel gaat de deur open en schrik ik op uit mijn gedachten. Ik kijk op en giechel bij de aanblik van Hardin in zijn blauw met wit geruite broek. Die is een beetje aan de grote kant en veel langer dan zijn andere onderbroek, maar hij ziet er desondanks prima uit.

'Staat je goed,' zeg ik glimlachend.

Hij kijkt me even boos aan voordat hij het licht uitdoet en de tv aanzet. Hij loopt terug naar het bed en gaat vlak naast me liggen.

'Nou, wat wilde je tegen me zeggen?' vraagt hij.

Ik krimp ineen. Ik had gehoopt dat hij dat was vergeten.

'Niet zo verlegen. Je hebt me net laten klaarkomen met mijn boxer nog aan,' grapt hij. Dan trekt hij me tegen zich aan en begint te lachen wanneer ik mijn gezicht in het kussen begraaf.

Ik hef mijn hoofd op, en Hardin stopt mijn haar weg achter mijn oor en geeft me een zachte kus op mijn lippen. Het is de eerste keer dat hij me zo teder kust, maar het voelt intiemer dan een tongzoen. Hij vlijt zijn hoofd naar achteren op het kussen en zapt naar een andere zender. Ik wil dat hij me in zijn armen houdt totdat ik in slaap val, maar ik vermoed dat Hardin niet zo'n knuffeltype is.

Ik wil goed zijn voor jou, Tess. De woorden die Hardin eerder die avond tegen me heeft gezegd spelen door mijn gedachten. Ik vraag me af of hij het echt meende of dat hij heel erg dronken was.

‘Ben je nog dronken?’ Ik leg mijn hoofd op zijn borst. Heel even verstijft hij, maar hij duwt me niet weg.

‘Nee, volgens mij heeft onze ruzie in de achtertuin me wel ontnuchterd,’ zegt hij. In zijn ene hand heeft hij de afstandsbediening, maar zijn andere houdt hij wat onhandig omhoog, alsof hij niet goed weet wat hij ermee moet doen.

‘Nou, dan kwam daar in elk geval nog iets positiefs uit voort.’

Hij draait zijn hoofd om en kijkt op me neer. ‘Ja, dat zal wel,’ zegt hij, en dan legt hij zijn hand eindelijk op mijn rug. Het voelt zo goed wanneer hij me vasthoudt. Het doet er niet toe wat hij morgen allemaal voor verschrikkelijks tegen me zal zeggen, dit moment kan hij me niet meer afpakken. Dit is mijn nieuwe lievelingsplek, met mijn hoofd op zijn borst en zijn arm rond mijn rug.

‘Ik geloof dat ik dronken Hardin leuker vond,’ zeg ik gapend.

‘O ja?’ Hij draait zich naar me om en kijkt me opnieuw aan.

‘Misschien,’ zeg ik plagend. Ik doe mijn ogen dicht.

‘Je bent vreselijk slecht in mensen afleiden. Zeg het nu gewoon.’

Dat kan ik net zo goed doen. Hij zal het onderwerp toch niet laten rusten.

‘Nou, ik moest denken aan al die meiden met wie je... Je weet wel, dingen hebt gedaan.’ Ik probeer mijn gezicht te verstoppen door het tegen zijn borst te drukken, maar hij laat de afstandsbediening op het bed vallen en tilt mijn kin omhoog.

‘Waarom moest je daaraan denken?’

‘Dat weet ik niet... Misschien omdat ik geen enkele ervaring heb en jij zo veel. Met inbegrip van Steph,’ antwoord ik. Het beeld van die twee samen maakt me misselijk.

‘Ben je jaloers, Tess?’ Hij klinkt geamuseerd.

‘Nee, natuurlijk niet,’ lieg ik.

‘Dus je vindt het niet erg als ik je wat details vertel?’

‘Nee! Niet doen,’ smeek ik.

Grinnikend slaat hij zijn arm iets steviger om me heen. Verder zegt hij er tot mijn grote opluchting niets meer over. Ik zou het niet kunnen verdragen om alles over zijn veroveringen te horen. Mijn oogleden worden zwaarder, maar ik probeer me op de televisie te concentreren.

‘Je gaat toch nog niet slapen? Het is nog vroeg.’ Zijn stem breekt amper door mijn waas heen.

‘O ja?’ Het voelt als twee uur ’s nachts. Ik ben hier om negen uur aangekomen.

'Het is nog maar twaalf uur.'

'Dat is niet vroeg.' Ik gaap opnieuw.

'Voor mij wel. En ik wil graag iets terugdoen.'

Wat?

O.

Mijn huid begint weer te tintelen.

'Dat wil je graag, hè?' zegt hij spinnend.

Ik slik. Ja, natuurlijk. Ik kijk naar hem op en probeer mijn verlangende glimlach te onderdrukken. Dat ontgaat hem niet, en hij draait ons met een snelle beweging om, zodat hij over me heen hangt. Hij laat zijn gewicht op zijn ene arm steunen en brengt zijn andere hand naar beneden. Ik trek mijn been op naar zijn zij, en wanneer ik mijn knie buig, streelt hij mijn been van mijn enkel tot boven aan mijn dij.

'Zo zacht,' zegt hij. Hij doet het nogmaals. Zachtjes knijpt hij me in mijn dij. Binnen een paar tellen staat het kippenvel op mijn huid. Hardin buigt zich voorover en plant een enkele kus aan de zijkant van mijn knie. Mijn been beeft. Hij grijpt het lachend vast en haakt zijn arm eromheen.

Wat is hij van plan? Het verwachtingsvolle gevoel maakt me gek.

'Ik wil je proeven, Tessa,' zegt hij. Hij kijkt me recht in mijn ogen om te zien hoe ik reageer. Mijn mond is meteen kurkdroog. Waarom vraagt hij of hij me kan kussen wanneer hij weet dat hij dat op elk gewenst moment kan doen? Mijn lippen wijken uiteen, wachtend op zijn kus.

'Nee. Daarbeneden,' verbetert hij me, en hij legt zijn hand tussen mijn benen. Mijn gebrek aan ervaring moet verbijsterend voor hem zijn, maar hij tracht in elk geval zijn lachen in te houden. Ik kijk hem even fronsend aan, maar hap dan heftig naar adem wanneer zijn vinger me door mijn slipje heen aanraakt. Die vinger streelt me met zachte bewegingen terwijl hij me recht aan blijft kijken.

'Je bent nu al nat.' Zijn stem klinkt heser dan gewoonlijk. Zijn warme adem prikt in mijn oor, zijn tong strijkt langs mijn oorlelletje.

'Praat tegen me, Tessa. Zeg eens hoe graag je dit wilt.' Hij grijnst wanneer ik kronkel omdat hij meer druk op mijn gevoelige plekje uitoefent.

Ik kan geen woord uitbrengen. Mijn lichaam staat in brand door zijn aanraking. Een paar tellen later trekt hij zijn hand weg en maak ik een kermend geluidje.

'Ik wil niet dat je ophoudt,' zeg ik jammerend.

'Je zei niets,' snauwt hij. Ik deins terug. Deze Hardin wil ik niet. Ik wil de lachende, speelse Hardin.

'Merkte je dat dan niet?' Ik kom overeind.

Hij recht zijn rug en gaat op mijn bovenbenen zitten, zijn gewicht verdelend over zijn gespreide knieën. Mijn lichaam reageert meteen wanneer hij zijn vingers langs de bovenkant van mijn dijen laat gaan. Ik hef mijn heupen op naar die van hem.

'Zeg het dan,' beveelt Hardin. Ik weet dat hij maar al te goed beseft wat ik wil, maar hij wil het me horen zeggen. Ik knik, maar hij beweegt zijn vinger voor me heen en weer.

'Nee, niet knikken. Zeg wat je wilt, schatje.' Hij glijdt van mijn knieën. In gedachten weeg ik de voor- en nadelen van de situatie af. Het is zo vernederend om tegen Hardin te zeggen dat ik wil dat hij me dáár kust, maar als het net zo lekker voelt als wat hij laatst met zijn vingers deed, weet ik zeker dat het de schaamte waard is. Ik steek mijn hand uit en grijp zijn blote schouder vast om te voorkomen dat hij zich nog verder van me afwendt. Ik weet dat ik hier veel te veel over nadenk, maar ik kan mijn gedachten niet stilzetten.

'Ik wil dat je dat doet.' Ik kruip dichter naar hem toe.

'Dat ik wat doe, Theresa?' Dat meent hij niet. Hij weet precies waar hij mee bezig is.

'Je weet wel... Me kussen,' zeg ik, en zijn glimlach wordt breder. Hij leunt voorover en plant een kus op mijn lippen. Ik rol met mijn ogen en hij kust me opnieuw op mijn mond.

'Is dat wat je wilde?' vraagt hij met een grijns.

Ik geef hem een tik op zijn arm. Hij wil me horen smeken. 'Kus me... Daar.' Blozend sla ik mijn handen voor mijn gezicht. Hij trekt ze lachend weg en ik kijk hem fronsend aan. 'Je zet me expres voor schut,' zeg ik met een boos gezicht. Zijn handen rusten nog altijd op de mijne.

'Dat is niet mijn bedoeling. Ik wil je gewoon horen zeggen wat je van me wilt.'

'Laat maar, Hardin.' Ik slaak een luide zucht. Misschien is het schaamte, of misschien zijn het mijn op hol geslagen hormonen die mijn gevoelens in de war schoppen, maar het moment is nu voorbij en ik erger me opeens aan zijn ego en zijn voortdurende behoefte om me op de kast te jagen. Ik rol op mijn andere zij, met mijn gezicht van hem afgewend, en trek de deken over me heen.

'Hé, het spijt me,' zegt hij, maar ik negeer hem. Ik weet dat ik me onder andere aan mezelf erger omdat ik in Hardins nabijheid in de gemiddelde, door hormonen geregeerde tiener verander.

'Slaap lekker, Hardin,' bijt ik hem toe, en ik hoor hem zuchten. Hij mompelt binnensmonds iets wat als 'Ook goed' klinkt, maar ik vraag niet of hij het herhaalt. Ik knijp mijn ogen stijf dicht en probeer aan iets anders te denken dan aan Hardins tong of aan zijn arm, die hij net voordat ik in slaap val over mijn lichaam heen legt.

35

∞

Ik heb het warm. Te warm. Ik probeer de dekens van me af te trekken, maar ze geven niet mee. Vlak voordat ik mijn ogen opendoe, gaan de gebeurtenissen van gisteravond door mijn gedachten: Hardin die in de tuin tegen me stond te schreeuwen, zijn adem die naar whisky rook, het gebroken glas in de keuken, Hardin die me kuste, Hardin die kreunde toen ik hem aanraakte, zijn natte boxershort. Ik probeer overeind te komen, maar hij is te zwaar. Zijn hoofd rust op mijn borst en zijn arm is om mijn middel geslagen, zodat zijn lijf me als een mantel bedekt. Het verbaast me dat we er zo bij liggen; hij moet zich in zijn slaap hebben bewogen. Ik moet bekennen dat ik dit bed, en Hardin, niet wil verlaten, maar ik moet wel. Ik moet terug naar mijn kamer. Daar is Noah. Noah. Noah.

Zachtjes duw ik tegen Hardins schouder, zodat hij op zijn rug rolt. Dan draait hij zich kermend op zijn buik, maar hij wordt niet wakker.

Snel stap ik uit bed en raap mijn kleren op, die over de vloer verspreid liggen. Ik ben zo'n lafaard dat ik hier weg wil zijn voordat hij wakker wordt. Niet dat het hem iets zal kunnen schelen, maar als ik er al vandoor ben, zal hij in elk geval geen energie hoeven besteden aan mij kwetsen. Dit is beter voor ons allebei. We hebben gisteravond weliswaar met elkaar gelachen, maar overdag is alles anders. Hardin zal echt niet vergeten hoe goed we gisteravond met elkaar konden opschieten en daardoor het gevoel hebben dat hij vandaag extra lelijk tegen me moet doen. Zo is hij nu eenmaal, maar deze keer ga ik er niet op wachten. Gisteravond is het heel even bij me opgekomen dat onze nacht samen hem misschien van gedachten kon doen veranderen en dat hij meer tijd met mij zou willen doorbrengen, maar diep in mijn hart weet ik wel beter.

Ik leg zijn keurig opgevouwen T-shirt op de ladekast en rits mijn rok dicht. Mijn blouse zit na een nacht op de vloer vol kreukels, maar dat is nu mijn laatste zorg.

Ik trek mijn schoenen aan en denk, wanneer ik al met de deurklink in mijn handen sta: één laatste blik kan geen kwaad.

Ik kijk om naar de slapende Hardin. Zijn haar zit door de war en ligt uitgespreid over het kussen, en zijn ene arm bungelt nu over de rand van het bed. Hij ziet er zo vredig uit, en ondanks al dat metaal in zijn gezicht ook zo mooi.

Ik draai me weer om en duw de klink naar beneden.

'Tess?'

Mijn hart zakt in mijn schoenen. Langzaam draai ik me om, in de verwachting dat hij me met een harde blik in zijn groene ogen zal aankijken. Maar zijn ogen zijn dicht. Er is een frons op zijn gezicht te zien, maar hij slaapt nog steeds. Ik weet niet of ik opgelucht ben omdat hij nog slaapt. Heeft hij echt mijn naam gezegd in zijn slaap, of verbeeld ik me nu dingen?

Ik glip de kamer uit en doe de deur zachtjes achter me dicht. Ik heb geen idee hoe ik dit huis uit moet komen. Ik loop de overloop op en zie gelukkig al snel de trap. Ik loop de trap af en bots bijna tegen Landon op. Mijn hart begint sneller te kloppen terwijl ik me afvraag wat ik moet zeggen. Zijn blik glijdt over mijn gezicht, maar hij zegt niets. Ik vermoed dat hij op mijn uitleg wacht.

'Landon... Ik...' Ik heb geen idee wat ik moet zeggen.

'Gaat het?' vraagt hij bezorgd.

'Ja, hoor. Je denkt vast...'

'Ik denk helemaal niets. Ik ben blij dat je bent gekomen. Ik weet dat je Hardin niet mag, en het betekent heel veel voor me dat je toch bent gekomen om me te helpen hem onder controle te krijgen.'

O. Hij is zo aardig, te aardig. Bijna wens ik dat hij tegen me zegt dat hij van me walgt omdat ik de nacht met Hardin heb doorgebracht en mijn vriendje in zijn eentje op mijn kamer heb achtergelaten nadat ik zijn auto heb gepakt om Hardin te redden. Dan zou ik me misschien zo beroerd voelen als ik verdien.

'Dus Hardin en jij zijn weer vrienden?' vraagt hij.

Ik haal mijn schouders op. 'Ik heb geen idee wat we zijn. Ik heb geen idee wat we doen. Hij is gewoon... hij...' Ik barst in snikken uit.

Landon slaat zijn armen om me heen, warm en troostend. 'Rustig maar. Ik weet hoe verschrikkelijk hij kan zijn.'

Wacht... Hij moet niet denken dat ik huil omdat Hardin me iets heeft aangedaan. Het komt waarschijnlijk niet bij hem op dat ik huil vanwege mijn gevoelens voor Hardin.

Ik moet maken dat ik wegkom voordat Hardin wakker wordt en voordat Landon doorkrijgt hoe ik echt ben. 'Ik moet gaan. Noah zit op me te wachten,' zeg ik. Landon glimlacht even begrijpend voordat hij afscheid neemt.

Ik stap in Noahs auto en rijd zo snel als ik kan terug naar mijn kamer, bijna de hele rit in tranen. Hoe leg ik dit alles aan Noah uit? Ik weet dat ik dat moet doen, ik kan niet tegen hem liegen. Maar ik kan me niet voorstellen hoeveel pijn ik hem hiermee zal doen.

Ik ben een vreselijk mens, anders zou ik hem dit niet aandoen. Waarom kan ik niet gewoon uit Hardins buurt blijven?

Tegen de tijd dat ik de parkeerplaats van de studentenflat bereik, ben ik weer wat gekalmeerd. Ik loop zo langzaam als ik kan naar binnen, nog steeds niet wetend wat ik tegen Noah moet zeggen.

Ik doe de deur van mijn kamer open en zie dat Noah op mijn smalle bed naar het plafond ligt te kijken. Hij springt op zodra hij me ziet.

'Jezus, Tessa, waar heb jij de hele nacht uitgehangen? Ik heb je aan één stuk door gebeld!' roept hij. Dit is de allereerste keer dat hij met stemverheffing tegen me spreekt. We hebben wel vaker gekibbeld, maar dit is anders. En niet prettig om te zien.

'Het spijt me verschrikkelijk, Noah. Ik ben naar Landons huis gegaan omdat Hardin dronken was en van alles kapotgooide. Ik ben gewoon de tijd vergeten, denk ik, want toen we eenmaal klaar waren met opruimen, was het al erg laat en was mijn accu leeg,' lieg ik.

Ik kan gewoon niet geloven dat ik recht in zijn gezicht sta te liegen. Hij is er zo vaak voor me geweest, en nu lieg ik tegen hem. Ik weet dat ik hem de waarheid moet vertellen, maar ik kan hem geen pijn doen.

'Waarom heb je geen telefoon geleend?' begint hij op krachtige toon, maar dan valt hij even stil. 'Laat maar. Wat zei je, was Hardin dingen kapot aan het gooien? Is alles goed met je? Waarom ben je daar gebleven als hij zo gewelddadig was?'

Het voelt alsof hij duizend vragen tegelijk afvuurt en me in de war probeert te brengen.

'Hij was niet gewelddadig, hij was alleen maar dronken. Hij zou me nooit pijn doen.' Ik sla mijn hand voor mijn mond en wens met heel mijn hart dat ik die laatste woorden terug kan nemen.

'Hoe bedoel je, "hij zou je nooit pijn doen"? Je kent hem niet eens, Tessa,' snauwt hij. Hij zet een stap in mijn richting.

'Ik bedoel dat hij geen geweld tegen me zou gebruiken. Zo goed ken ik hem wel. Ik wilde alleen maar Landon helpen. Die was er ook,' zeg ik op mijn beurt.

Maar Hardin zou me wel kunnen kwetsen, emotioneel gezien. Dat heeft hij al gedaan, en ik weet zeker dat het niet de laatste keer was. En hier sta ik hem dan te verdedigen.

'Ik dacht dat je niet meer met die lui om zou gaan? Dat heb je toch aan je moeder en mij beloofd? Tessa, ze hebben een slechte invloed op je. Je bent gaan drinken en blijft hele nachten weg, en nu heb je mij hier ook nog de hele nacht alleen gelaten. Ik weet niet eens waarom je vroeg of ik wilde komen. Je was er toch niet.' Hij gaat op het bed zitten en laat zijn kin in zijn handen rusten.

'Ze zijn niet slecht. Je kent ze niet eens. Sinds wanneer heb jij zo snel je oordeel klaar?' vraag ik hem. Ik zou hem nu moeten smeken of hij het me kan vergeven dat ik hem zo heb behandeld, maar ik erger me vooral aan zijn oordeel over mijn vrienden.

En dan vooral zijn oordeel over Hardin, fluistert het stemmetje in mijn hoofd. Kon ik dat maar laten zwijgen.

'Dat heb ik niet, maar je ging vroeger nooit met dat soort goths om.'

'Wat? Het zijn geen goths, Noah, ze zijn gewoon zichzelf.' Ik ben zelf net zo verbaasd over mijn uitdagende toon als Noah.

'Nou, ik vind het niet fijn dat je met hen omgaat. Ze veranderen je. Je bent niet meer de Tessa op wie ik verliefd ben geworden.'

Het dringt tot me door dat hij helemaal niet venijnig klinkt. Hij klinkt gewoon verdrietig. 'Nou, Noah,' begin ik, maar dan vliegt de deur open. Mijn blik volgt die van Noah, en we zien allebei een kwade Hardin naar binnen stormen.

Ik kijk naar Hardin, naar Noah en dan weer naar Hardin. Dit kan met geen mogelijkheid goed aflopen.

36

∞

'Wat doe jij hier?' vraag ik aan Hardin, hoewel ik dat antwoord liever niet wil horen. Zeker niet waar Noah bij is.

'Wat denk je zelf? Je bent weggeslopen terwijl ik nog lag te slapen. Wat had dat verdomme te betekenen?' vraagt hij met dreunende stem. Het geluid weerkaatst tegen de muren en ik houd mijn adem in. Er schiet een vlaag van woede over Noahs gezicht en ik weet dat hij bezig is de puzzelstukjes op hun plaats te leggen.

Ik word verscheurd tussen de behoefte om Noah uit te leggen wat er aan de hand is en de neiging om Hardin te vertellen waarom ik ervandoor ben gegaan.

'Geef antwoord!' roept Hardin midden in mijn gezicht. Tot mijn verbazing komt Noah tussen ons in staan.

'Schreeuw niet tegen haar,' zegt hij tegen Hardin.

Als aan de grond genageld kijk ik naar Hardin. Zijn gezicht is vertrokken van woede. Waarom is hij zo boos dat ik weg ben gegaan? Gisteravond nam hij me nog in de zeik omdat ik onervaren was, en waarschijnlijk zou hij me vanmorgen sowieso hebben weggestuurd. Ik moet iets zeggen voordat ik alles nog erger maak.

'Hardin... Kunnen we dit alsjeblieft niet nu doen?' smeek ik. Als hij nu weggaat, kan ik Noah proberen uit te leggen wat er aan de hand is.

'Wat niet, Theresa?' vraagt Hardin. Hij loopt om Noah heen. Omdat ik denk dat Hardin niet zal aarzelen om naar hem uit te halen hoop ik dat Noah op afstand blijft. Noah is vanwege al dat voetballen behoorlijk gespierd, zeker in vergelijking met Hardins slanke lijf, maar ik twijfel er niet aan dat Hardin zijn mannetje kan staan en van hem kan winnen.

Wat is er in godsnaam met me gebeurd dat ik bang ben dat Noah en Hardin met elkaar op de vuist gaan?

'Hardin, kun je alsjeblieft weggaan? We bespreken dit later wel,' zijn de woorden waarmee ik de spanning probeer te verminderen.

Noah schudt zijn hoofd. 'Wat wil je bespreken? Wat is er in vredesnaam aan de hand, Tessa?'

O god.

'Vertel het hem dan. Toe dan, vertel het hem,' zegt Hardin.

Ik kan gewoon niet geloven dat hij dit doet. Ik weet hoe wreed hij kan zijn, maar dit is wel heel extreem.

'Wat moet je me vertellen, Tessa?' vraagt Noah. Zijn houding straalt vanwege Hardin nog steeds agressie uit, maar het is ook duidelijk dat hij zich zorgen over mij maakt.

'Niets. Behalve wat je al weet, dat ik vannacht in het huis van Hardin en Landon heb geslapen,' lieg ik. Ik probeer Hardin met mijn grijze ogen recht aan te kijken, zodat ik hem kan smeken op te houden, maar hij wendt onmiddellijk zijn blik af.

'Zeg het dan tegen hem, Tessa, anders doe ik het,' zegt Hardin grommend.

Ik weet dat het nu allemaal voorbij is. Nu ik me niet langer kan verstoppen, begin ik te huilen, maar ik wil dat Noah het van mij hoort, en niet van die tevreden grijnzende klootzak die ons op dit punt heeft gebracht. Ik voel me zo vernederd; niet alleen vanwege mezelf, maar vanwege Noah. Hij verdient dit allemaal niet. Ik schaam me voor wat ik hem heb aangedaan en voor wat ik in het bijzijn van Hardin zal moeten opbiechten. 'Noah... Ik... Hardin en ik hebben...' begin ik.

'O god,' mompelt Noah. Zijn ogen schieten vol tranen.

Hoe kan ik hem dit aandoen? Wat dacht ik in vredesnaam? Noah is zo aardig, maar Hardin is wreed genoeg om Noahs hart te breken waar hij bij staat.

Noah brengt zijn handen naar zijn voorhoofd en schudt zijn hoofd. 'Hoe kon je dit doen, Tessa? Na alles wat we hebben meegemaakt? Wanneer is dit begonnen?' De tranen stromen uit zijn helderblauwe ogen. Ik heb me nog nooit zo ongelukkig gevoeld. Die tranen zijn mijn schuld. Ik kijk even naar Hardin en voel zo'n haat jegens hem dat ik hem opzij duw in plaats van antwoord te geven op Noahs vraag. Hardin ziet het niet aankomen en struikelt even voordat hij zijn evenwicht hervindt.

'Noah, het spijt me zo. Ik weet niet wat me bezielde.' Ik loop snel naar mijn vriend en probeer hem te omhelzen, maar hij wil niet dat ik hem aanraak. Dat kan ik me voorstellen. Als ik eerlijk moet zijn, heb ik Noah al een tijdje slecht behandeld. Ik weet niet waar ik mee bezig was. Dacht ik echt dat Hardin zijn leven zou beteren en met mij een relatie zou beginnen als ik het uit zou maken met Noah? Stommer kan ik toch niet zijn? Of dacht ik dat Noah nooit zou ontdekken wat er is gebeurd, als ik maar uit Hardins buurt zou blijven? Het probleem is alleen dat ik niet uit Hardins buurt kán blijven. Hij lokt me zoals een vlam een mot lokt en ik brand me elke keer weer. Beide gedachten waren dom en naïef, maar ik heb sinds ik Hardin heb leren kennen geen enkele verstandige beslissing meer genomen.

'Ik weet ook niet wat je bezielt,' zegt Noah met een blik waarin spijt en pijn om voorrang strijden. 'Ik ken je niet eens meer.'

En na die woorden loopt hij mijn kamer uit. Mijn leven uit.

'Noah, wacht alsjeblieft!' roep ik. Ik wil hem achternarennen, maar Hardin grijpt me bij mijn arm en probeert me tegen te houden.

'Blijf met je poten van me af! Dit is niet te geloven. Dit is zelfs voor jou laag, Hardin!' krijs ik. Ik ruk me los en geef hem nogmaals een harde duw. Ik heb nog nooit van mijn leven zo vaak iemand een duw gegeven als vandaag, maar ik heb zo'n gruwelijke hekel aan hem.

'Als je achter hem aan gaat, ben ik klaar met je,' zegt hij.

Mijn mond valt open. 'Klaar met mij? Of klaar met mij voor schut zetten? Ik haat je!' Omdat ik hem echter niet het plezier van mijn woede wil gunnen, vervolg ik op kalmere toon: 'Je kunt niet iets beëindigen wat nooit is begonnen.'

Hij laat zijn handen langs zijn zijden vallen. Zijn mond gaat open, maar er komt geen geluid uit.

'Noah!' Ik ren de kamer uit, de gang in, en daarna naar buiten, het grasveld op, totdat ik hem op de parkeerplaats eindelijk inhaal. Hij versnelt zijn pas.

'Noah, luister alsjeblieft naar me. Het spijt me zo verschrikkelijk. Ik had gedronken, en ik weet dat het geen excuus is, maar...' Ik veeg mijn tranen weg.

Zijn gezicht verzacht. 'Ik wil dit niet meer horen...' zegt hij. Zijn ogen zijn rood.

Ik wil zijn hand pakken, maar hij trekt die weg.

'Noah, toe, het spijt me zo. Vergeef het me alsjeblieft. Alsjeblieft.' Ik kan hem niet verliezen. Dat gaat gewoon niet.

Hij blijft naast zijn auto staan en haalt even zijn hand over zijn perfect met gel in model gebrachte haar voordat hij zich naar me omdraait. 'Ik heb gewoon wat tijd nodig, Tessa. Ik weet nu even niet wat ik moet denken.'

Ik slaak een verslagen zucht, niet goed wetend wat ik daarop moet zeggen. Hij heeft tijd nodig om dit te verwerken en dan zal alles weer normaal zijn. Hij heeft tijd nodig, meer niet, zeg ik tegen mezelf.

'Ik hou van je, Tessa,' zegt Noah, en dan verbaast hij me door een zoen op mijn voorhoofd te drukken voordat hij instapt en wegrijdt.

37

∞

Omdat Hardin nu eenmaal verschrikkelijk is, zit hij op mijn bed wanneer ik terugkom. Even stel ik me voor dat ik de lamp pak en hem de hersens insla, maar ik heb niet langer de fut om met hem te ruziën.

'Ik ga niet mijn excuses aanbieden,' zegt Hardin wanneer ik langs hem naar Stephs bed loop. Ik wil niet naast hem op mijn bed zitten.

'Dat weet ik ook wel.' Ik ga op mijn rug op het bed liggen.

Ik laat me niet door hem tot een discussie verleiden en verwacht niet dat hij zijn excuses aanbiedt. Ik ken hem inmiddels wel beter. Hoewel, uit de recente gebeurtenissen valt op te maken dat ik hem helemaal niet ken. Gisteravond dacht ik dat hij een boze jongen was die door zijn vader in de steek was gelaten en dat hij zo door verdriet werd verteerd dat hij de enige emotie die hij kende gebruikte om anderen op afstand te houden. Nu zie ik dat hij gewoon een vreselijk, van haat vervuld persoon is. Er zit niets goeds in Hardin. Ooit dacht ik van wel, maar dat kwam alleen maar doordat hij me dat liet geloven.

'Hij moest het weten,' zegt hij.

Ik bijt op mijn lip om mijn tranen in te houden en zeg niets, totdat ik hoor dat Hardin opstaat en naar me toe loopt. 'Ga weg, Hardin,' zeg ik, maar wanneer ik opkijk, zie ik dat hij over me heen gebogen staat. Wanneer hij naast me op het bed komt zitten, spring ik op.

'Hij moest het weten,' zegt hij nogmaals, en woede vlamt in me op. Ik weet dat hij me alleen maar uit mijn tent wil lokken.

'Waarom, Hardin? Waarom moest hij het weten? Wat is er positief aan hem pijn doen? Of hij het nu wist of niet, dat maakte voor jou niets uit. Je had gewoon door kunnen gaan met wat je doet, zonder iets tegen hem te zeggen. Je had niet het recht hem dat aan te doen, en mij ook niet.' De tranen wellen opnieuw op, maar deze keer kan ik ze niet tegenhouden.

'Als ik hem was, zou ik het willen weten,' zegt hij op effen, ijzige toon.

'Maar je bent hem niet, en je zult hem nooit worden. Ik was zo stom om te denken dat jullie zelfs maar een beetje op elkaar konden lijken. En sinds wanneer kan het jou iets schelen wat juist is en wat niet?'

'Vergelijk mij niet met hem,' bijt hij me toe. Ik vind het vreselijk dat hij slechts op een van mijn uitspraken reageert en bovendien mijn woorden uit hun verband rukt om zichzelf nog meer op te jutten. Hij staat op en wil zich over me heen buigen, maar ik kruip weg naar de andere kant van het bed.

'Vergelijken is niet mogelijk. Snap je dat nog niet? Je bent wreed en walgelijk en geeft alleen iets om jezelf. En hij... hij houdt van me. Hij is bereid me mijn fouten te vergeven.' Ik staar hem diep in zijn ogen. 'Mijn verschrikkelijke fouten,' voeg ik eraan toe.

Hardin zet een stap naar achteren, alsof ik hem een duw heb gegeven. 'Je vergeven?'

'Ja, hij zal me dit vergeven. Dat weet ik. Omdat hij van me houdt, dus je kunt je zielige plan om ons uit elkaar te drijven en je daarover te verkneukelen wel vergeten. En nu mijn kamer uit.'

'Dat was niet... Ik...' begint hij, maar ik val hem in de rede. Ik heb al genoeg tijd aan hem verspild. 'Rot op! Ik weet dat je waarschijnlijk nu al probeert te bedenken wat je volgende zet kan zijn, maar weet je, Hardin, dat gaat niet meer werken. En rot nu godverdomme op uit mijn kamer!' Mijn harde woorden verbazen me zelf nog het meeste, maar ik voel me niet schuldig omdat ik zo tegen Hardin tekeerga.

'Dat doe ik niet, Tess. Ik dacht dat na gisteravond... Ik weet het niet, ik dacht dat jij en ik...' Hij lijkt, voor het eerst, naar woorden te zoeken. Een deel van me – een groot deel – wil dolgraag weten wat hij te zeggen heeft, maar juist daardoor ben ik in eerste instantie in zijn web verstrikt geraakt. Hij gebruikt mijn nieuwsgierigheid tegen me, alsof het allemaal een spelletje voor hem is. Woest veeg ik mijn ogen af, blij dat ik me gisteren niet heb opgemaakt.

'Je denkt toch niet dat ik dat geloof, hè? Dat je iets voor me voelt?' Ik moet ophouden en hij moet weggaan voordat hij zijn klauwen nog dieper in me kan zetten.

'Natuurlijk voel ik iets voor je, Tessa. Je geeft me het gevoel dat...'

'Nee! Ik wil het niet horen, Hardin. Ik weet dat je liegt en dat je aan dit soort zieke spelletjes plezier beleeft. Je laat me geloven dat je voor mij zou kunnen voelen wat ik voor jou voel, en dan draai je opeens honderdtachtig graden om. Ik weet inmiddels hoe het gaat en ik doe niet meer mee.'

'Wat jij voor mij voelt? Wil je daarmee zeggen... dat je iets voor me voelt?' Er flitst iets in zijn ogen wat op hoop lijkt. Hij is een veel betere toneelspeler dan ik dacht.

Dat weet hij. Dat kan niet anders. Anders is er toch geen reden om dit ongezonde gedoe tussen ons vol te houden? Een tot nu toe ongekende angst welt in me op nu ik besef dat ik mijn gevoelens voor Hardin, die ik tot nu toe amper aan mezelf toe durfde te geven, nu aan hem zal moeten openbaren, waarna hij ze gemakkelijk kan verpulveren. Erger dan hij tot nu toe heeft gedaan.

Hardin haalt de muren om me heen langzaam neer met zijn blik, maar dat mag ik niet laten gebeuren. 'Ga weg, Hardin. Ik vraag het je niet nogmaals. Als je niet weggaat, bel ik de bewaking.'

'Tess, geef alsjeblieft antwoord,' zegt hij smekend.

'Noem me geen Tess! Dat mogen alleen vrienden en familie zeggen, mensen die echt iets om me geven. En nu opdonderen!' roep ik, veel luider dan mijn bedoeling was. Ik wil dat hij weggaat en me met rust laat. Ik vind het vreselijk wanneer hij me Theresa noemt, maar Tess is nog erger. De manier waarop die naam van zijn lippen rolt, heeft iets intiems, iets liefs. *Godverdomme, Tessa, hou nu op.*

'Toe, ik moet gewoon weten of...'

'Dat was een lang weekend zeg, ik ben echt doodmoe!' Steph stormt de kamer in, haar woorden gekleurd door een speelse vermoeidheid, maar dan ziet ze mijn betraande wangen. Ze valt stil en kijkt Hardin met samengeknepen ogen aan.

'Wat is er aan de hand? Wat heb je gedaan?' roept ze tegen hem. Dan kijkt ze mij aan en vraagt: 'Waar is Noah?'

'Die is vertrokken, en Hardin gaat nu ook weg,' zeg ik tegen haar.

'Tessa...' begint Hardin.

'Steph, zorg er alsjeblieft voor dat hij weggaat,' zeg ik smekend, en ze knikt. Hardins mond valt open; hij is duidelijk geërgerd omdat ik Steph tegen hem inzet. Hij dacht echt dat hij me opnieuw in de tang had. 'Kom op, man,' zegt ze. Ze pakt hem bij zijn arm en trekt hem naar de deur.

Ik blijf naar de muur kijken totdat ik de deur hoor dichtvallen, maar daarna hoor ik meteen hun stemmen op de gang.

‘Jezus, Hardin, ik zei toch dat je haar met rust moest laten? Ik moet een kamer met haar delen en ze is heel anders dan die andere meiden met wie je altijd rotzooit. Ze is aardig en onschuldig en eerlijk gezegd veel te goed voor je.’

Het verbaast en verrast me dat ze het voor me opneemt, maar het kan de pijn in mijn borst niet verzachten. Mijn hart doet letterlijk pijn. Ik dacht dat ik na de dag met Hardin bij de rivier wist hoe een gebroken hart voelde, maar dat was niets vergeleken met hoe ik me nu voel. Ik wil het niet toegeven, maar ik weet dat de afgelopen nacht mijn gevoelens voor Hardin nog veel sterker heeft gemaakt. Hem horen lachen toen hij me kietelde, de tedere manier waarop hij mijn lippen kuste, zijn met tattoos bedekte armen om me heen, zijn oogleden die trilden en dichtvielen toen ik mijn vingers over zijn blote huid liet gaan – daardoor ben ik alleen maar meer voor hem gevallen. Door die intieme momenten tussen ons ben ik meer om hem gaan geven, en daarom doet dit ook meer pijn. Bovendien heb ik Noah zo gekwetst dat ik alleen maar kan hopen dat hij het me vergeeft.

‘Zo is het niet.’ Door zijn woede is zijn accent sterker en klinken zijn woorden afgemeten.

‘Dat is gelul, Hardin, ik ken je toch. Zoek maar iemand anders die je kunt besodemieteren. Er zijn genoeg meiden te vinden. Zij is niet het juiste meisje voor je. Ze heeft al een vriendje en kan dit soort shit niet gebruiken.’

Ik vind het niet leuk om te horen dat ik te gevoelig ben, alsof ik een zwakkeling ben of zo, maar ik ben bang dat ze gelijk heeft. Sinds ik Hardin heb leren kennen, heb ik weinig anders gedaan dan huilen, en nu probeert hij ook nog mijn relatie met Noah kapot te maken. Ik ben niet geschikt voor vriendschappen met een beetje meer, wat voor gevoel hij me ook geeft. Ik heb te veel respect voor mezelf en ben te emotioneel.

‘Goed, dan blijf ik wel bij haar uit de buurt. Maar neem haar niet meer mee als er een feest bij mij thuis is,’ snauwt hij, en ik hoor hem stampvoetend weglopen. Het geluid van zijn stem sterft weg met zijn laatste uitroep: ‘Dat meen ik. Ik wil haar nooit meer zien. En als dat wel gebeurt, maak ik haar kapot.’

38

∞

Steph komt binnen en slaat meteen haar magere armen om me heen. Het is vreemd dat haar dunne armpjes zo troostend kunnen zijn.

'Dank je dat je hem hebt weggestuurd,' zeg ik snikkend, en ze drukt me steviger tegen zich aan. Mijn tranen zijn nu niet meer te stuiten, het voelt alsof deze huilbui een eeuwigheid zal duren.

'Hardin is misschien wel mijn vriend, maar dat ben jij ook, en ik wil niet dat hij je van streek maakt. Het spijt me, dit is allemaal mijn schuld. Ik had mijn sleutel beter aan Nate kunnen geven en Hardin niet bij je in de buurt moeten laten. Hij kan soms zo'n lul zijn.'

'Nee, het is jouw schuld helemaal niet. En het spijt mij. Ik wil jullie vriendschap niet verpesten.'

'Ach, toe nou,' zegt ze.

Ik maak me van haar los en zie hoe bezorgd ze kijkt. Ik vind het fijn dat ze er is, fijner dan ze ooit zal kunnen begrijpen. Ik voel me zo alleen: Noah neemt de tijd om te besluiten of hij het wil uitmaken of niet, Hardin is een lul, mijn moeder zou helemaal gek worden als ik haar dit zou vertellen, en Landon zou heel erg teleurgesteld zijn als hij echt wist hoe het tussen mij en Hardin zit. Ik heb helemaal niemand meer, behalve dit meisje met haar tattoos en haar knalrode haar van wie ik nooit had gedacht dat ze mijn vriendin kon worden. Maar ik ben blij dat ze het is.

'Wil je erover praten?'

Ja, dat wil ik. Ik wil mijn hart luchten. Ik vertel haar alles: de eerste kus met Hardin, de middag bij de rivier, dat ik hem liet klaarkomen, dat hij mijn naam in zijn slaap zei, maar ook dat hij me dwong het aan Noah te vertellen, waarmee hij mijn laatste restje respect voor hem kapotmaakte. Haar uitdrukking verandert van bezorgd in geschokt in verdrietig. Tegen de tijd dat ik klaar ben met mijn verhaal is mijn blouse doorweekt van de tranen en houdt ze mijn hand vast.

'Jeetje, ik had geen idee dat er zo veel was gebeurd. Je had het me na de eerste keer al moeten vertellen. Ik wist wel dat er iets aan de hand was toen we op het punt stonden om naar de film te gaan en Hardin hier opeens opdook. Ik had hem letterlijk een paar tellen eerder nog aan de lijn gehad en ik dacht dat hij voor jou kwam. Hoor eens, Hardin is best een goede jongen. Soms. Ik bedoel, diep in zijn hart weet hij gewoon niet hoe hij moet geven om iemand op de manier waarop jij, eh, de meeste meisjes, dat graag willen. Als ik jou was, zou ik het snel weer goedmaken met Noah, want Hardin is gewoon niet in staat om een goed vriendje te zijn.' Ze knijpt me even in mijn hand.

Ik weet dat alles wat ze zegt waar is en dat ze gelijk heeft. Waarom doet het dan toch zo'n pijn?

Op maandagmorgen staat Landon op me te wachten, leunend tegen de bakstenen muur van het koffietentje. Ik zwaai naar hem, maar dan zie ik dat er een blauwpaarse plek rond zijn oog zit, en wanneer ik iets beter kijk, zie ik ook een blauwe plek op zijn wang.

'Wat is er met je oog?' Ik ren naar hem toe. Dan dringt het opeens tot me door. 'Landon! Heeft Hardin dit gedaan?' Mijn stem beeft.

'Ja...' geeft hij tot mijn ontzetting toe.

'Waarom? Wat is er gebeurd?' Ik kan Hardin wel wurgen omdat hij Landon pijn heeft gedaan.

'Na jouw vertrek stormde hij het huis uit, en hij kwam pas een uur later terug. Hij was zo kwaad. Hij ging op zoek naar nog meer spullen die hij kapot kon gooien en ik probeerde hem tegen te houden. We hebben gevochten, maar het was eigenlijk niet zo erg. Ik denk dat we allebei aardig wat van onze woede kwijt konden. Ik wist hem ook een paar keer goed te raken,' schept hij op.

Ik weet niet wat ik moet zeggen. De luchtige toon waarop Landon verslag doet van de ruzie met Hardin verbaast me.

'Weet je zeker dat het wel gaat? Kan ik iets doen?' vraag ik aan hem. Ik heb het gevoel dat dit mijn schuld is. Hardin was kwaad vanwege mij, en hij is echt te ver gegaan door Landon aan te vliegen.

'Nee, echt, het gaat wel.' Hij glimlacht.

Op weg naar college vertelt hij dat Hardins vader gelukkig thuiskwam voordat ze elkaar konden afmaken en hen uit elkaar heeft gehaald, en dat zijn moeder moest huilen toen ze ontdekte dat Hardin haar complete servies had gebroken. De borden hadden geen sentimentele waarde, maar het deed haar pijn dat Hardin tot zoiets in staat was.

'Maar ik heb gelukkig ook nog veel leuker nieuws. Dakota komt volgend weekend langs. Ze gaat mee naar het kampvuur.' Hij glimlacht.

'Kampvuur?'

'Ja, heb je die posters niet zien hangen? Er is elk jaar een groot kampvuur om het nieuwe studiejaar in te luiden. Iedereen gaat ernaartoe. Ik geef doorgaans niet veel om dat soort dingen, maar het schijnt erg leuk te zijn. Je moet vragen of Noah ook komt, dan kunnen we met z'n vieren gaan.'

Ik knik glimlachend. Misschien kan ik Noah op die manier laten zien dat ik ook leuke vrienden heb, zoals Landon. Ik ken Noah en Landon; ik weet dat ze goed met elkaar zouden kunnen opschieten en ik wil Dakota ook graag leren kennen.

Nu Landon het kampvuur onder mijn aandacht heeft gebracht, zie ik dat er inderdaad op bijna elke muur posters hangen. Blijkbaar was ik de afgelopen week zo afgeleid dat ze me zijn ontgaan.

Al snel is het tijd voor Literatuur, en hoewel mijn gedachten schreeuwen dat ik het niet moet doen, kijk ik toch om me heen of ik Hardin ergens zie. Dat is niet zo, maar ik hoor nog wel zijn stem in mijn hoofd: 'Dan maak ik haar kapot.'

Wat kan hij me aandoen? Hij heeft me al verlinkt waar Noah bij stond, en ik kan me niets ergers voorstellen. Ik begin me van alles in het hoofd te halen, maar gelukkig onderbreekt Landon mijn gedachten.

'Ik denk niet dat hij komt. Ik heb hem tegen die Zed horen zeggen dat hij van vak wil wisselen. Goh, je had dat blauwe oog van hem moeten zien.' Landon kijkt me glimlachend aan, maar mijn blik schiet door het lokaal.

Ik wil ontkennen dat ik naar Hardin zocht, maar nu kan ik dat niet meer. Hardin heeft een blauw oog? Ik hoop dat hij niets mankeert... of nee, eigenlijk hoop ik dat hij verrekt van de pijn.

'O, oké,' mompel ik, plukkend aan mijn rok.

De rest van het uur zegt Landon niets meer over Hardin.

De andere dagen van de week verlopen volgens hetzelfde patroon: ik praat met niemand over Hardin en niemand zegt iets over hem tegen mij. Tristan hangt het grootste deel van de week bij ons op de kamer rond, maar dat vind ik niet erg. Ik vind hem erg aardig, hij maakt Steph en soms ook mij aan het lachen in wat misschien wel de ergste week van mijn leven is. Ik draag de kleren die toevallig schoon en praktisch zijn en doe mijn haar elke dag in een knot. Mijn korte bevlieging met eyeliner is voorbij en ik houd me weer aan mijn vaste gewoonten.

Slapen, college, studeren, eten, slapen, college, studeren, eten.

Op vrijdag doet Steph pogingen om de oude vrijster naar buiten te krijgen. 'Toe nou, Tess, het is vrijdag. Ga met ons mee, dan brengen we je wel weer thuis voordat we naar Har... voordat we naar het feest gaan,' zegt ze smekend, maar ik schud mijn hoofd. Ik moet studeren en mijn moeder bellen. Ik ga haar telefoontjes al een week lang uit de weg. Ook moet ik Noah bellen om te horen of hij een besluit heeft genomen. Ik heb hem de hele week de tijd gegeven en hem alleen een paar vriendelijke berichtjes gestuurd, in de hoop dat hij bij zal draaien. Ik wil heel erg graag dat hij volgende week vrijdag ook naar het kampvuur komt.

'Ik sla maar eens over... Ik wil morgen naar een auto gaan kijken, dus ik moet uitgeslapen zijn,' zeg ik, en dat is niet eens echt gelogen. Ik wil morgen echt op autojacht, maar ik weet ook dat ik niet echt zal uitrusten als ik in mijn eentje op onze kamer over Noah zit te piekeren, of over het feit dat Hardin zich aan zijn woord heeft gehouden en echt uit mijn buurt is gebleven – en ik ben heel blij dat hij dat heeft gedaan. Ik kan hem alleen niet uit mijn gedachten bannen en zeg tegen mezelf dat ik meer tijd nodig heb.

Al blijf ik piekeren over de manier waarop hij zich tegenover mij gedroeg toen we elkaar voor het laatst zagen... Alsof hij iets van me wilde.

Mijn gedachten dwalen af naar een herinnering aan de aardige, grappige Hardin, met wie ik goed kon opschieten. Met wie ik zou kunnen daten, écht daten, en die me mee zou nemen naar de film of uit eten. Hij zou een arm om me heen slaan, trots dat ik zijn date was; hij zou zijn jas over mijn schouders hangen als ik het koud had, me bij het afscheid kussen en me beloven dat hij me morgen weer zou zien.

'Tess?' hoor ik Steph vragen. Mijn gedachten lossen op als rook. Ze waren toch al niet echt, en Hardin zou nooit zo kunnen zijn als de jongen uit mijn fantasie.

'Ga mee. Je loopt al de hele week in die malle pluizige broek,' zegt

Tristan plagend. Ik moet lachen. Die broek draag ik graag in bed, zeker wanneer ik niet lekker ben, of wanneer ik een gebroken hart moet verwerken, of twee. Ik snap nog steeds niet hoe Hardin en ik een einde hebben kunnen maken aan iets wat nog niet eens was begonnen.

'Goed, goed, maar dan moeten jullie me na het eten meteen naar huis brengen, want ik wil morgen vroeg op,' zeg ik waarschuwend.

Steph springt enthousiast op en neer, klappend in haar handen. 'Ja! En mag ik iets voor je doen?' vraagt ze met een onschuldige glimlach, knipperend met haar wimpers.

'Wat?' vraag ik kermend. Ik weet gewoon dat het niets goeds kan zijn.

'Mag ik je een kleine make-over geven? Toooeeeee.' Ze rekt het laatste woord overdreven uit.

'Echt. Niet.' Ik zie mezelf voor me met roze haar en kilo's eyeliner, met slechts een beha als topje.

'Niet te opvallend. Gewoon... iets waardoor het lijkt of je niet al de hele week in je pyjama loopt.' Ze glimlacht en Tristan moet zijn lachen inhouden.

En wanneer ik toegeef en 'Oké dan' zeg, klapt ze opnieuw in haar handen.

39

∞

Nadat Steph mijn wenkbrauwen heeft geëpileerd – wat veel pijnlijker was dan ik had verwacht – laat ze me een rondje draaien, maar ik mag pas in de spiegel kijken wanneer ze klaar met me is. Ik vecht tegen het nerveuze gekriebel in mijn buik terwijl ze mijn gezicht met poeder bestuift. Ik zeg telkens weer dat ze niet te veel make-up moet gebruiken, waarop ze keer op keer antwoordt dat ze dat niet zal doen. Ze borstelt mijn haar en zet het in de krul voordat ze mijn haar en de halve kamer onder een laag haarlak bedekt.

'Make-up en haar: klaar! Nu gaan we je nog iets anders aantrekken, en dan mag je eindelijk kijken. Ik heb nog wel iets wat je zal passen.' Ze is duidelijk trots op haar creatie en ik hoop maar dat ik er niet als een clown uitzie. Wanneer ik achter haar aan naar de kast loop, probeer ik een stiekeme blik in haar kleine spiegel te werpen, maar ze trekt me weg.

'Hier, trek dit eens aan,' zegt ze. Ze haalt een zwart jurkje van een klerenhanger. 'Hé, wegwezen jij!' roept ze tegen Tristan, die zo vriendelijk is om de kamer lachend te verlaten.

Het jurkje is strapless en onvoorstelbaar kort. 'Dat kan ik niet dragen!'

'Deze dan?' Ze houdt een ander zwart jurkje omhoog. Ze moet er minstens tien hebben. Deze is wat langer dan de vorige en heeft twee brede schouderbandjes. De halslijn baart me zorgen omdat die hartvormig is en ik niet zulke kleine borsten heb als zij.

Wanneer ik te lang twijfel, slaakt ze een zucht en vraagt: 'Wil je hem in elk geval even passen?'

Ik trek gehoorzaam mijn gerieflijke pyjama uit en vouw die keurig op. Ze rolt plagend met haar ogen en ik stap glimlachend in het jurkje. Wanneer ik het omhoogtrek, voel ik al dat het strak zit, zelfs voordat het is dichtgeritst. Steph en ik verschillen niet zo veel qua maat, maar zij is langer en ik heb duidelijk meer rondingen. Het materiaal glimt een beetje en voelt als zijde. Het jurkje is niet zo kort als ik vreesde – de zoom reikt tot halverwege mijn dijen – maar wel veel korter dan wat ik gewoonlijk draag. Ik voel me bijna naakt nu mijn benen zo bloot zijn. Mijn vingers plukken aan de stof in een poging het jurkje omhoog te trekken.

'Wil je soms een maillot?' vraagt ze.

'Graag, ik voel me zo... bloot,' zeg ik lachend.

Ze graaft in haar la en haalt er twee verschillende maillots uit. 'Deze is effen zwart en deze heeft een kantmotiefje.'

Kant is gewoon te veel voor me, zeker nu ik minstens vijf kilo aan make-up op mijn gezicht heb. Ik pak de effen maillot en trek die aan terwijl Steph in haar kast naar schoenen zoekt.

'Ik draag nooit hakken!' breng ik haar in herinnering. Ik kan echt niet op hakken lopen en lijk nog het meeste op een pinguïn als ik het toch probeer.

'Nou, ik heb lage hakken of sleehakken voor je. Het spijt me, Tessa, maar bij zo'n jurk als deze staan die Toms van jou gewoon niet.'

Ik kijk haar zogenaamd boos aan. Ik loop elke dag op mijn Toms, tot mijn volle tevredenheid. Ze pakt een stel zwarte schoenen met hakken en zilverkleurige kralen op de neus, en ik moet bekennen dat ze mooi zijn, al zijn dit soort schoenen niets voor mij.

'Vind je deze mooi?'

Ik knik. 'Ja, maar daar kan ik niet op lopen.'

Ze fronst. 'Natuurlijk wel. Je moet gewoon dit bandje rond je enkels doen, dan val je echt niet.'

'Is dat bandje daarvoor?' vraag ik.

Ze lacht. 'Nee, maar het helpt wel.' Ze lacht opnieuw. 'Pas ze gewoon eens.'

Ik ga op het bed zitten, steek mijn been uit en gebaar dat ze me moet helpen ze aan te trekken. Ze helpt me overeind en ik zet een paar stappen. Dankzij de bandjes weet ik inderdaad mijn evenwicht te bewaren.

'Ik kan niet langer wachten! Kijk toch eens.' Ze doet de andere deur van de kast open. Ik kijk in de manshoge spiegel en hap naar adem.

Wie is dat? Mijn spiegelbeeld lijkt op mij, maar dan veel mooier. Ik was bang dat ze te veel make-up zou gebruiken, maar dat heeft ze niet gedaan. Mijn grijze ogen lijken lichter door de kastanjebruine oogschaduw en mijn jukbeenderen lijken meer uit te steken door de roze blusher op mijn wangen. Mijn haar glanst en is in grove slagen gekruld in plaats van in de kleine krulletjes die ik had verwacht.

'Ik ben onder de indruk.' Ik kijk nog eens goed en prik in mijn wang om mezelf ervan te verzekeren dat ik niet droom.

'En je bent nog steeds jezelf, maar dan in een sexy, beter verzorgde versie.' Giechelend roept ze naar Tristan dat hij moet komen kijken.

Zodra hij de deur opendoet, valt zijn mond open. 'Waar is Tessa?' vraagt hij, terwijl hij plagend om zich heen kijkt. Hij pakt een kussen en kijkt eronder.

'Wat vind je ervan?' Ik trek opnieuw de jurk naar beneden.

'Je ziet er echt heel goed uit.' Glimlachend slaat hij een arm om Stephs middel. Ze leunt tegen hem aan en ik wend mijn blik af.

'O, nog één dingetje.' Ze loopt naar de ladekast, pakt een potje lipgloss en tuit haar lippen. Ik doe mijn ogen dicht en doe hetzelfde, zodat ze de kleverige gloss op mijn lippen kan smeren.

'Klaar?' vraagt Tristan, en ze knikt.

Op weg naar buiten pak ik mijn tas en ik prop er een paar Toms in, gewoon voor de zekerheid.

Tijdens de rit naar het restaurant zit ik achterin uit het raampje te staren en laat ik mijn gedachten afdwalen, maar ik krimp ineen wanneer ik bij aankomst een hele rij motorfietsen voor het restaurant zie staan. Ik had gedacht dat we naar een of andere betaalbare keten zouden gaan, en niet naar een bar voor motorrijders. Zodra we over de drempel stappen, heb ik het gevoel dat iedereen naar me kijkt, ook al is dat waarschijnlijk niet zo.

Steph pakt mijn hand en trekt me mee naar een tafeltje achterin. 'Nate komt ook. Dat vind je niet erg, hè?' vraagt ze wanneer we gaan zitten.

'Nee, natuurlijk niet,' zeg ik tegen haar. Zolang het Hardin maar niet is, vind ik alles prima. Bovendien is extra gezelschap welkom; nu voel ik me een beetje het derde wiel aan de wagen.

Een vrouw met nog meer tattoos dan Steph en Tristan komt naar ons tafeltje en noteert wat we willen drinken. Steph en Tristan bestellen allebei een biertje. Daarom komen ze waarschijnlijk graag hier, omdat er niet naar hun identiteitsbewijs wordt gevraagd. De vrouw trekt een wenkbrauw op wanneer ik om een cola vraag, maar ik wil geen alcohol.

Na het eten wil ik nog wat studeren. Een paar minuten later komt ze onze drankjes brengen. Ik neem net een flinke slok wanneer ik een bewonderend gefluit hoor. Nate en Zed komen naar onze tafel toe. Ik zie Molly's roze haar achter hen opdoemen... gevolgd door Hardin.

Ik spuug de cola uit in mijn glas.

Steph kijkt met grote ogen naar Hardin en dan naar mij. 'Dat wist ik echt niet, ik zweer het. Als je wilt, gaan we nu weg,' fluistert ze. Zed laat zich naast me op het bankje glijden en ik doe mijn best om niet naar Hardin te kijken.

'Jeetje, Tessa, wat zie jij er goed uit,' verklaart Zed. Ik moet ervan blozen. 'Nee, echt, ik meen het. Zo heb ik je nog niet eerder gezien.'

Ik bedank hem met een flauw glimlachje. Nate, Molly en Hardin gaan aan het tafeltje achter ons zitten. Ik wil Steph vragen of ze met mij van plaats kan wisselen, zodat ik met mijn rug naar Hardin zit, maar ik krijg de woorden niet over mijn lippen. Ik zal gewoon de hele tijd oogcontact moeten vermijden. Dat lukt me wel.

'Je ziet er echt lekker uit, Tessa,' zegt Nate over het lage scheidingswandje tussen onze tafels heen. Ik glimlach, niet gewend aan al die aandacht. Hardin heeft nog niets gezegd over mijn nieuwe look, maar dat verwacht ik ook niet. Ik ben allang blij dat hij me niet beledigt.

Hardin en Molly zitten recht in mijn blikveld. Tussen de schouders van Steph en Tristan door kan ik Hardins hele gezicht zien.

Eén snelle blik, dat kan geen kwaad... Voordat ik mezelf kan tegenhouden, doe ik het, maar ik heb er meteen spijt van. Hardin heeft zijn arm om Molly's schouders geslagen.

Jaloezie schiet door me heen. Dat is mijn straf voor mijn gegluur. Ik had het niet moeten doen. Natuurlijk zijn ze weer met elkaar bezig. Of nog steeds. Waarschijnlijk zijn ze er nooit mee opgehouden. Ik zie opnieuw Molly voor me die schrijlings op Hardins schoot zit en slik de gal weg die in mijn keel opwelt. Hardin is vrij om te doen wat hij wil, met wie hij maar wil.

'Ze ziet er goed uit, hè?' zegt Steph bemoedigend, en ze knikken allemaal.

Ik voel dat Hardin naar me kijkt, maar ik kan niet nogmaals zijn kant op kijken. Hij draagt een wit T-shirt, waar zijn tatoeages ongetwijfeld doorheen schijnen, en zijn haar zit heerlijk in de war, maar het kan me niet schelen. Het kan me niet schelen hoe goed hij eruitziet, of hoe schaars Molly gekleed is.

Ze is zo irritant met haar roze haar en haar ordinaire kleren. De slet.

Mijn eigen gedachten en mijn woede verbazen me, maar het is waar, en ik vind haar echt niet aardig. Ik heb nog nooit iemand een slet genoemd, zelfs niet in gedachten.

En natuurlijk kiest ze precies dit moment uit om me een compliment te geven. 'Je ziet er goed uit, meid, beter dan ooit!' zegt ze, en dan leunt ze tegen Hardins borst aan.

Ik maak oogcontact met haar en doe net alsof ik glimlach.

'Mag ik een slokje?' vraagt Zed, die mijn cola pakt voordat ik antwoord kan geven. Ik laat hem uit mijn glas drinken, hoewel ik dat doorgaans vreselijk vind, maar ik ben zo uit mijn doen dat ik niet langer helder kan denken. Hij drinkt mijn halve glas leeg, totdat ik hem een por geef.

'Sorry, schat, ik bestel wel een nieuw glas voor je,' zegt hij soepeltjes. Hij is echt heel erg knap en lijkt meer op een fotomodel dan op een student. Als hij niet zo onder de tatoeages zat, was hij waarschijnlijk ook model geweest.

Aan het andere tafeltje klinkt een geluid, en mijn blik gaat naar Hardin. Hij schraapt opnieuw zijn keel, luid, en kijkt me met vlammende ogen aan. Ik wil mijn blik afwenden, maar het gaat niet. Zijn blik houdt me gevangen wanneer Zed zijn arm optilt en die achter me op de leuning van het bankje laat rusten.

Hardin knijpt zijn ogen tot spleetjes en ik besluit hem eens lekker te stangen.

Omdat ik nog goed weet dat hij zei dat hij niet wil dat ik met Zed omga, schuif ik iets dichter naar Zed toe. Hardin spert zijn ogen even open, maar herstelt zich snel. Ik weet dat ik onvolwassen doe en me aanstel, maar het kan me geen moer schelen. Als ik toch bij hem in de buurt moet zijn, wil ik dat hij zich zo min mogelijk op zijn gemak voelt.

De vrouw met de tattoos komt terug om te vragen wat we willen eten. Ik bestel een hamburger met friet, zonder ketchup, en de anderen nemen allemaal gekruide kippenvleugeltjes. Ze brengt Hardin een glas cola en alle anderen een glas bier. Ik wacht nog altijd op mijn tweede cola, maar wil niet onbeleefd zijn door haar eraan te herinneren.

'Ze hebben hier echt de beste vleugeltjes,' zegt Zed tegen me, en ik kijk hem glimlachend aan. 'Ga je volgend weekend ook naar het kampvuur?' vraag ik hem.

'Dat weet ik nog niet. Het is niet echt mijn ding.' Hij neemt een slok van zijn bier, haalt zijn arm van de leuning en legt die rond mijn schouder. 'Ga jij?'

Ook zonder naar Hardin te kijken weet ik dat die zich ergert. Eerlijk gezegd voel ik me schuldig omdat ik zo met Zed zit te flirten, en omdat ik nog nooit met iemand heb geflirt, twijfel ik er niet aan dat ik er slecht in ben. 'Ja, met Landon.'

Ze barsten allemaal in lachen uit. 'Landon Gibson?' vraagt Zed, nog altijd lachend.

'Ja, dat is een vriend van me,' zeg ik kortaf. Ik vind het helemaal niet leuk dat ze hem zo uitlachen.

'Ja, zo'n kampvuur is echt iets voor hem. Het is zo'n sukkel,' zegt Molly.

Ik kijk haar boos aan. 'Nee, dat is hij niet. Hij is cool,' zeg ik verdedigend. Ik snap dat we allebei andere ideeën hebben over wat 'cool' is, maar ik heb gewoon gelijk.

'"Landon Gibson" en "cool" horen niet in dezelfde zin,' zegt Molly. Ze strijkt Hardins haar van zijn voorhoofd.

Ik haat haar.

'Nou, het spijt me als hij niet cool genoeg is voor jullie clubje, maar hij is...' Ik spreek nu met stemverheffing en ga rechtop zitten, waarbij ik Zeds arm van mijn schouder duw.

'Hé, Tessa, rustig aan. We plagen je alleen maar,' zegt Nate. Molly kijkt me met een zelfvoldaan lachje aan. Volgens mij mag ze mij ook niet zo.

'Nou, ik hou er niet van wanneer mensen de draak steken met een vriend van me, zeker als die er niet is om zichzelf te verdedigen.' Ik moet echt proberen kalm te worden. Mijn emoties schieten alle kanten op nu ik hier tegenover Hardin zit en hij zo over Molly heen hangt.

'Goed, goed, het spijt me. En ik moet bekennen dat hij niet zo'n watje is. Kijk maar naar dat blauwe oog van Hardin.' Zed slaat opnieuw zijn arm om me heen. Iedereen lacht, zelfs ik, alleen Hardin niet.

'Ja, het is maar goed dat die docent die twee uit elkaar wist te trekken, anders zou Hardin helemaal in elkaar zijn geslagen door die loser...' Nate valt stil en kijkt me aan. 'Sorry, dat ontglipte me.' Hij kijkt me met een verontschuldigend lachje aan.

Een docent? Maar ze zijn niet uit elkaar gehaald door een docent. Hardins vader heeft ingegrepen. Of Landon heeft gelogen, of... Wacht even, weten deze jongens wel dat Hardin en Landon binnenkort stiefbroers worden? Ik kijk naar Hardin, die nu een bezorgd gezicht trekt. Híj heeft tegen hen gelogen. Ik zou hem ermee moeten confronteren, hier, waar iedereen bij zit.

Maar dat kan ik niet. Ik ben niet zoals hij. Ik kan mensen niet zo gemakkelijk kwetsen als hij. Afgezien dan van Noah, merkt het stemmetje in mijn gedachten op, maar dat verdring ik snel.

'Nou, het kampvuur lijkt míj erg leuk,' zeg ik.

Zed kijkt me vol belangstelling aan. 'Nou, wie weet kom ik toch even langs.'

'Ik ga ook,' laat Hardin opeens aan het andere tafeltje weten.

Iedereen kijkt hem aan en Molly lacht. 'Geloof je het zelf?' Ze rolt met haar ogen en lacht weer.

'Volgens mij wordt het best leuk,' beweert Hardin zacht, waarop ze opnieuw met haar ogen rolt.

Hardin zegt dat hij gaat omdat Zed wil gaan? Misschien ben ik beter in dat geflirt dan ik dacht.

De serveerster komt ons eten brengen en geeft me mijn hamburger aan. Die er heerlijk uitziet, ware het niet dat hij druipt van de ketchup. Ik trek mijn neus op en probeer er met een servetje wat af te vegen. Ik stuur niet graag een bestelling terug naar de keuken en het is al zo'n vreselijke avond. Het laatste wat ik wil, is nog meer aandacht op mezelf richten.

Ze storten zich allemaal op hun vleugeltjes. Ik pak wat frieten terwijl aan de tafeltjes het feest van vanavond wordt besproken. Ten slotte blijft de serveerster bij ons tafeltje staan en vraagt of we nog wensen hebben.

'Nee, volgens mij zijn we voorzien,' merkt Tristan op. Ze wil weglopen, maar dan zegt Hardin op luide toon: 'Wacht even. Zij heeft een hamburger zonder ketchup besteld.'

Ik laat spontaan een frietje op mijn bord vallen.

De serveerster kijkt bezorgd. 'Het spijt me. Wil je een nieuwe?'

Ik voel me zo opgelaten dat ik alleen maar mijn hoofd kan schudden.

'Ja, dat wil ze,' antwoordt Hardin voor mij.

Waar is hij in vredesnaam mee bezig? En hoe weet hij eigenlijk dat er ketchup op zit? Hij wil me alleen maar in verlegenheid brengen.

'Kom, geef me je bord maar.' Ze steekt glimlachend haar hand uit. 'Ik breng je wel een nieuwe.'

Ik geef haar mijn bord en bedank haar, mijn ogen neergeslagen.

'Wat was dat?' hoor ik Molly aan Hardin vragen. Ze moet echt eens werk maken van haar fluisterstem.

'Niets. Ze lust geen ketchup,' is alles wat hij zegt.

Ze snuift even en neemt weer een slok van haar bier. 'En wat dan nog?' zegt Molly.

Hardin kijkt haar boos aan. 'Hou erover op.'

Nu weet ik in elk geval dat ik niet de enige ben tegen wie hij bot doet.

Mijn nieuwe, ketchupvrije hamburger wordt gebracht, en ondanks mijn gebrek aan eetlust eet ik hem helemaal op.

Zed is tenslotte degene die voor mijn eten betaalt, en dat is tegelijkertijd aardig en ongemakkelijk.

Hardins ergernis lijkt toe te nemen wanneer Zed op weg naar buiten opnieuw een arm om me heen slaat.

'Volgens Logan gaat het op het feest al flink los,' zegt Nate, die net een berichtje leest.

'Rij jij maar met mij mee,' biedt Zed aan. Hij fronst wanneer hij me mijn hoofd ziet schudden.

'Ik ga niet,' leg ik uit. 'Tristan brengt me naar huis.'

'Dat kan ik ook wel doen. Ik moet toch al rijden,' merkt Hardin op.

Ik struikel bijna over mijn eigen voeten wanneer ik dat hoor, maar gelukkig weet Steph me op te vangen. Ze lacht naar Hardin. 'Nee, dat doen Tristan en ik wel. Zed mag ook wel met ons meerijden, hoor.'

Als blikken konden doden, had Steph nu in een zielig hoopje op de grond gelegen.

Hardin wendt zich tot Tristan. 'Je wilt op de campus echt niet met drank op worden betrapt. Op vrijdag controleert de politie altijd extra vaak.'

Steph kijkt me aan, wachtend totdat ik iets zal zeggen, maar ik weet niet wat. Ik wil niet alleen met Hardin in een auto zitten, maar ik wil ook niet met Tristan meerijden als die heeft gedronken. Ik haal mijn schouders op en leun tegen Zed aan, hopend dat de anderen de knoop voor me doorhakken.

'Goed, dan zetten we haar thuis af en gaan we daarna naar het feest,' zegt Molly tegen Hardin, maar hij schudt zijn hoofd.

'Rijd jij maar met Tristan en Steph mee,' zegt hij nadrukkelijk. Molly krimpt zichtbaar in elkaar.

'God nog aan toe, kan iedereen nu misschien in een auto stappen?' Nate pakt zijn sleutels uit zijn zak.

'Kom, Tessa, dan gaan we,' zegt Hardin.

Ik kijk even naar Zed en dan naar Steph.

'Tessa!' blaft Hardin. Hij doet het portier van zijn auto open en kijkt even naar me om met een blik die me het gevoel geeft dat hij me aan mijn haren naar die auto zal slepen als ik niet snel kom. Maar waarom wil hij me nu brengen als hij eerder tegen Steph zei dat hij me nooit meer wilde zien?

Hij stapt in en start de motor.

'Ga maar. Stuur me een berichtje als je thuis bent,' zegt Steph.

Mijn nieuwsgierigheid krijgt de overhand en ik wil weten wat zijn bedoeling is. Ik knik en loop naar Hardins auto. Ik kan niet anders.

40

∞

De afgelopen week heb ik zo mijn best gedaan om hem niet te hoeven zien, en nu zit ik naast hem in zijn auto. Hij kijkt me niet aan wanneer ik instap en mijn gordel vastmaak. Ik trek opnieuw aan het jurkje in een poging meer van mijn dijen te bedekken. We blijven even zwijgend zitten voordat hij de parkeerplaats afrijdt. Het enige voordeel is dat Molly niet met ons meerijdt, maar ik was nog liever gaan lopen dan er getuige van te moeten zijn hoe zij zich aan zijn voeten werpt.

'Hoe zit dat met je nieuwe look?' vraagt hij eindelijk wanneer we eenmaal op de grote weg zitten.

'Eh... Steph wilde eens iets nieuws met me proberen.' Ik kijk ingespannen naar de gebouwen die we passeren. Zijn gewoonlijk zo agressieve muziek vult zachtjes de auto.

'Het is wel een beetje overdreven, hè?' vraagt hij.

Ik bal mijn vuisten in mijn schoot. Dus dit is het plan voor vandaag. Me de hele weg terug naar mijn kamer beledigen. 'Je hoeft me niet te brengen, hoor.' Ik leg mijn hoofd tegen het raampje, de afstand tussen ons zo groot mogelijk makend.

'Je hoeft niet zo verdedigend te doen. Ik zeg alleen maar dat het een tikje te veel van het goede is.'

'Nou, dan is het maar goed dat het me geen zak kan schelen wat je denkt, maar het verbaast me dat je dit niks vindt. Je hebt immers altijd zo veel kritiek op mijn uiterlijk,' bijt ik hem toe. Ik doe mijn ogen dicht. Het is zo vermoeiend om in zijn buurt te zijn. Hij zuigt het laatste restje energie uit me.

Ik hoor hem zachtjes grinniken. Hij zet de radio uit. 'Ik heb nooit gezegd dat er iets mis was met je uiterlijk. Met je kleren wel, ja, maar ik vind zelfs die foeilelijke lange rokken beter dan dit.'

Hij probeert het uit te leggen, maar ik kan er geen touw aan vastknopen. Hij vindt het leuk als Molly zich op deze manier of zelfs nog delleriger kleedt, dus waarom niet als ik het doe?

'Heb je me gehoord, Tessa?' vraagt hij.

Ik geef geen antwoord, maar voel dan zijn hand op mijn dij. Ik deins terug en doe mijn ogen open. 'Ja, ik heb je gehoord, maar ik heb je niks te zeggen. Als mijn kleren je niet bevallen, moet je maar niet naar me kijken.' Het enige voordeel van een gesprek met Hardin is dat ik gewoon kan zeggen wat in me opkomt, zonder dat ik bang hoef te zijn dat ik hem kwets. Hij heeft toch geen gevoel.

'Is dat niet het hele probleem? Ik kan niet ophouden met naar je te kijken.' Zodra die woorden zijn mond hebben verlaten, vraag ik me af of ik het portier moet openen en gewoon naar buiten moet springen, de weg op.

'O, toe nou,' zeg ik lachend. Ik weet dat hij net genoeg aardige, maar cryptische dingen zal zeggen om het straks, als hij die woorden terugneemt en me beledigt, des te pijnlijker te kunnen maken.

'Wat? Het is zo. Ik vind je nieuwe kleren leuk, maar al die make-up hoeft van mij niet. De meeste meiden zien er volgesmeerd nog niet half zo goed uit als jij zonder die troep.'

Wat? Hij is zeker vergeten dat we niet meer met elkaar praten, dat hij nog geen week geleden mijn leven probeerde te verwoesten en dat we een gruwelijke hekel aan elkaar hebben.

'Je verwacht toch zeker geen bedankje?' Ik lach kort. Hij is zo verwarrend: het ene moment zit hij nog kwaad te mokken, maar een tel later zegt hij dat hij zijn ogen niet van me kan afhouden.

'Waarom heb je de anderen niet de waarheid over Landon en mij verteld?' verandert hij van onderwerp.

'Omdat wel duidelijk was dat je niet wilt dat ze weten hoe de vork in de steel zit.'

'Maar waarom zou jij mijn geheimen bewaren?'

'Omdat het niet aan mij is die aan anderen te vertellen.'

Hij kijkt me even aan, met half geloken ogen en een aarzelende glimlach rond zijn lippen. 'Ik had het je niet kwalijk kunnen nemen, zeker niet na wat ik tegen Noah heb gezegd.'

'Ja, nou, ik ben anders dan jij.'

'Nee, dat is wel duidelijk,' zegt hij op veel zachtere toon. Daarna blijft hij de rest van de rit zwijgen, net als ik. Ik heb hem niets te zeggen.

Ten slotte bereiken we de campus en parkeert hij zo ver mogelijk bij mijn kamer vandaan. Natuurlijk.

Ik wil het portier openen, maar dan raakt Hardin opnieuw mijn dij aan. 'Ga je me niet bedanken?' Hij glimlacht en ik schud mijn hoofd.

'Bedankt voor de lift,' zeg ik sarcastisch. 'En ga maar snel weer terug, Molly wacht op je,' zeg ik bij het uitstappen. Hopelijk hoorde hij dat niet. Ik weet niet eens waarom ik dat zei.

'Ja... Ik hoop het maar. Je kunt erg veel lol met haar hebben als ze bezopen is,' zegt hij met een voldaan lachje.

Ik probeer te negeren dat het voelt alsof hij me zo-even een stomp in mijn maag heeft gegeven en buig me voorover naar het raampje aan de passagierszijde. Hardin draait het naar beneden.

'Dat geloof ik graag. Noah komt trouwens binnenkort langs,' lieg ik. Ik zie dat hij zijn ogen tot spleetjes knijpt.

'O ja?' Hardin peutert even aan zijn nagels. Dat is een nerveuze gewoonte, vermoed ik.

'Ja. Nou, tot ziens, hè?' Glimlachend loop ik weg.

Ik hoor dat hij uitstapt en het portier dichtsmijt. 'Wacht!' roept hij. Ik draai me om.

'Ik... Laat maar. Ik dacht dat je, eh, iets had laten vallen, maar dat is niet zo.' Hij loopt rood aan. Het is overduidelijk dat hij liegt en ik wil dolgraag weten wat hij eigenlijk wilde zeggen, maar ik moet nu weglopen, dus dat doe ik.

'Dag, Hardin.' Die woorden betekenen meer dan ik laat merken. Ik hoef niet om te kijken om te zien of hij me volgt, want ik weet dat dat niet zo is.

Nog voordat ik bij de studentenflat aankom, trek ik mijn schoenen al uit. Op mijn kousenvoeten loop ik verder over de campus. Zodra ik terug ben op mijn kamer trek ik mijn pluizige broek aan en bel ik Noah. Zijn toestel gaat twee keer over voordat hij opneemt.

'Hoi,' piep ik. Mijn stem klinkt te hoog. Het is Noah maar. Waarom ben ik zo zenuwachtig?

'Hoi, Tessa. Hoe was je dag?' vraagt hij zacht. Hij klinkt anders dan de afstandelijke Noah van eerder deze week. Ik slaak een zucht van opluchting.

'Het ging wel. Ik zit vanavond lekker op mijn kamer. Wat ben jij aan het doen?' Ik zeg expres niet dat ik met Steph en de anderen, en dan met name Hardin, een hapje ben gaan eten. Dat zou niet bijdragen aan mijn 'Vergeef het me alsjeblieft'-strategie.

'Ik ben net klaar met trainen. Ik wilde vanavond wat gaan leren omdat ik morgen de nieuwe buren ga helpen een boom om te hakken.'

Hij helpt altijd iedereen. Hij is veel te goed voor me.

'Ik ga vanavond ook leren.'

'Ik wou dat we dat samen konden doen,' zegt hij.

Glimlachend pluk ik een paar pluisjes van mijn maillot. 'Echt?'

'Natuurlijk, Tessa. Ik hou van je en ik mis je. Maar ik moet er wel zeker van kunnen zijn dat iets als dit nooit meer gebeurt. Ik ben bereid het te vergeten, maar je moet me beloven dat je uit zijn buurt blijft,' zegt hij. Hij hoeft niet eens zijn naam te noemen.

'O ja, natuurlijk. Ik hou van je!' Diep in mijn hart weet ik dat ik vooral wil dat Noah het me vergeeft omdat ik niet zielig in mijn eentje om Hardin wil gaan zitten treuren, maar ik negeer dat gevoel.

Nadat we nog een paar keer 'Ik hou van je' hebben gezegd, stemt Noah ermee in om volgend weekend samen naar het kampvuur te gaan en verbreken we de verbinding. Ik zoek op internet de garages in de buurt van de campus op en stel vast dat er heel wat handelaren in tweedehandsauto's klaarstaan om arme studenten het vel over de oren te trekken. Nadat ik een paar adressen heb genoteerd zoek ik tussen Stephs make-up naar watjes waarmee ik mijn gezicht kan schoonmaken. Het duurt zo lang dat ik me voorneem het spul nooit meer te gebruiken, ook al zag ik er nog zo goed uit.

41

∞

Ik pak mijn boeken en mijn aantekeningen om me op mijn studie te storten. Omdat ik er een hekel aan heb om achterop te raken, werk ik het liefste een week vooruit en begin ik nu aan de opdrachten voor volgende week. Maar omdat mijn gedachten telkens afdwalen naar Hardin en zijn nukkige gedrag, ben ik niet echt bezig met het essay dat ik zou moeten schrijven. Het is nog maar twee uur geleden dat ik met Noah heb gebeld, maar het lijken er wel vier.

Ik besluit in bed te kruipen en een film te gaan kijken totdat ik in slaap val. Ik kies voor *The Vow*, hoewel ik die al heel vaak heb gezien. De film is nog geen tien minuten bezig wanneer ik op de gang iemand hoor vloeken. Ik draai het volume van mijn laptop omhoog, maar negeer de stemmen: het is vrijdagavond, dan wemelt het in de studentenflats van de dronken figuren. Een paar minuten later hoor ik opnieuw gevloek. Een mannenstem, waarbij zich al snel een vrouwenstem voegt. De man begint harder te schreeuwen, en nu herken ik het accent. Hardin.

Ik spring mijn bed uit en trek de deur open. Hij zit op de vloer, met zijn rug tegen de muur naast mijn deur. Een meisje met geblondeerd haar staat over hem heen gebogen, met haar handen in haar zij, en kijkt hem kwaad aan.

'Hardin?' zeg ik.

Hij kijkt op. Een brede grijns glijdt over zijn gezicht.

'Theresa...' Hij probeert op te staan.

'Kun je je vriendje duidelijk maken dat hij geen wodka meer voor mijn deur moet morsen?' roept het meisje.

Ik kijk naar Hardin. 'Hij is niet...' begin ik, maar Hardin pakt mijn hand en trekt me naar mijn deur.

'Sorry voor het morsen,' zegt hij tegen het blonde meisje, rollend met zijn ogen.

Beledigd rent ze terug naar haar kamer en smijt de deur dicht.

‘Wat moet jij hier, Hardin?’ vraag ik. Hij wil naar binnen, maar ik versper hem de weg.

‘Waarom mag ik niet binnenkomen, Tessa? Ik zal aardig zijn tegen opa.’ Hij moet lachen.

Ik rol met mijn ogen omdat ik weet dat hij daarmee Noah bedoelt. ‘Die is er niet.’

‘Waarom niet? Oké, laat me dan maar binnen,’ zegt hij met dubbele tong.

‘Nee. Ben je dronken?’ Mijn blik gaat onderzoekend over zijn gezicht. Zijn ogen zijn rood en zijn grijns spreekt boekdelen. Hij bijt op zijn lip en steekt zijn handen in zijn zakken.

‘Voor iemand die niet drinkt, ben je wel vaak dronken.’

‘Nog maar twee keer. Doe eens relaxed.’ Hij duwt me opzij, loopt naar binnen en laat zich op mijn bed vallen. ‘Waarom is Noah niet gekomen?’ vraagt hij.

‘Geen idee,’ lieg ik.

Hij knikt een paar keer, alsof hij serieus over iets nadenkt. ‘Hij heeft vast afgezegd omdat hij naar de uitverkoop van vesten bij Gap moest.’ Hij barst in lachen uit, en de stemming op de kamer is zodanig dat ik zonder het te willen met hem meelach.

‘En waar is Molly dan?’ vraag ik. ‘Bij de uitverkoop van Slet & Del?’

Hardin houdt even op en lacht dan nog harder. ‘Dat was een vreselijk slechte tegengrap, Theresa,’ zegt hij spottend. Ik schop met mijn voet tegen zijn scheenbeen, dat over de rand van mijn bed bungelt.

‘Hoe dan ook, je kunt hier niet blijven. Noah en ik zijn officieel weer bij elkaar.’

Ik zie zijn glimlach verdwijnen. Hij wrijft met zijn handen over zijn knieën. ‘Mooie pyjama,’ zegt hij.

Ik sla mijn blik neer. Waarom doet hij zo aardig? We hebben helemaal niets besproken, en het laatste wat ik weet, is dat we bij elkaar uit de buurt zouden blijven. ‘Hardin, je moet gaan.’

‘Laat me raden: een van de voorwaarden waaronder Noah het goed wilde maken, was dat je uit mijn buurt zou blijven?’ Nu klinkt hij veel ernstiger.

‘Inderdaad, en voor zover ik weet, zijn wij geen vrienden en praten we zelfs niet eens met elkaar. Waarom heb je Literatuur laten vallen en ben je Landon te lijf gegaan?’

‘Waarom stel je altijd zo veel vragen?’ jammert hij. ‘Daar wil ik helemaal niet over praten! Wat deden jij en die leuke pyjama van je voordat ik binnenkwam, en waarom is het licht uit?’ Hardin is veel luchtiger wanneer hij drinkt, maar ik vraag me af waarom hij nu opeens wel drinkt terwijl hij dat eerst niet deed.

‘Ik zat naar een film te kijken.’ Misschien wil hij een paar van mijn vragen beantwoorden als ik aardig tegen hem ben.

‘Welke film?’

‘*The Vow*,’ antwoord ik. Ik kijk hem aan, in de verwachting dat hij in lachen zal uitbarsten, en dat is ook zo.

‘Ja, zo’n sentimentele draak is echt iets voor jou. Helemaal niet realistisch.’

‘Het is anders gebaseerd op ware gebeurtenissen,’ merk ik op.

‘Dat maakt het niet minder stom.’

‘Heb je die film eigenlijk wel gezien?’ vraag ik hem.

Hij schudt zijn hoofd. ‘Ik weet zo ook wel dat hij stom is. Ik kan je zelfs vertellen hoe hij afloopt: ze krijgt haar geheugen terug en ze leven nog lang en gelukkig,’ zegt hij met een hoog stemmetje.

‘Nou nee, zo eindigt het niet,’ zeg ik lachend. Hardin drijft me voortdurend tot waanzin, maar dit is een van de weinige keren dat hij me doet vergeten hoe erg hij kan zijn.

Ik vergeet dat ik een hekel aan hem zou moeten hebben en gooi een van Stephs kussens naar hem toe. Hij weert niet af, hoewel dat gemakkelijk had gekund, en slaakt een kreet alsof hij ook echt gewond is. Dat maakt ons allebei aan het lachen.

‘Laat me blijven, dan kunnen we samen kijken,’ stelt hij half lachend, half ernstig voor.

‘Dat lijkt me geen goed idee.’

Hij haalt zijn schouders op. ‘Soms blijken de ergste ideeën de beste te zijn. En je wilt toch niet dat ik met een dronken kop naar huis rij?’ Hij glimlacht.

Ik kan geen weerstand bieden, hoewel dat wel zou moeten. ‘Goed, maar dan moet je naast Stephs bed op de grond zitten.’

Hij pruilt, maar ik houd voet bij stuk. God mag weten wat er gebeurt als we allebei op mijn smalle bed gaan zitten. Ik bloos bij de gedachte aan de mogelijkheden en neem het mezelf dan kwalijk dat ik op die manier aan Hardin denk, zo kort nadat ik Noah heb beloofd om uit zijn buurt te blijven. Het is zo’n eenvoudige belofte, maar ik lijk Hardin telkens weer op te zoeken. Of, zoals nu, hij mij.

Hardin laat zich op de vloer zakken en geeft me heel even de kans om vast te stellen dat hij er in zijn witte T-shirt erg smakelijk uitziet. Het contrast tussen de zwarte inkt en de witte stof is perfect en de ranken van de klimop onder aan zijn hals kruipen op een fraaie manier uit boven de rand van de kraag, waaronder ik de zwarte inkt zie schemeren.

Ik druk op PLAY, waarna hij meteen vraagt: 'Heb je ook popcorn?'

'Nee, dat had je zelf mee moeten brengen,' zeg ik plagend. Ik draai het scherm, zodat hij het vanaf zijn plekje op de vloer beter kan zien.

'Ik kan altijd nog voor een ander hapje gaan,' merkt hij op, waarop ik hem een speelse tik tegen zijn hoofd geef.

'Kijken en mond houden, anders zet ik je eruit.'

Hardin maakt een gebaar alsof hij zijn mond dichtritst en geeft me een onzichtbare sleutel aan, die ik giechelend zogenaamd achter me neergooi. Hardin laat zijn hoofd tegen de rand van het bed rusten en ik stel vast dat ik me de hele week niet zo kalm en rustig heb gevoeld als nu.

Hardin kijkt meer naar mij dan naar de film, maar dat kan me niet schelen. Het valt me op dat hij glimlacht als ik om een grappige zin moet lachen, dat hij fronst als ik huil omdat Paige haar geheugen verliest en dat ook hij opgelucht zucht als Paige en Leo aan het einde weer bij elkaar komen.

'Wat vond je ervan?' Ik scrol door de lijst op zoek naar een volgende film.

'Wat een bagger.' Maar hij zegt het met een glimlach en ik haal mijn hand door zijn haar voordat ik goed en wel besef wat ik doe. Ik ga rechtop zitten en hij kijkt de andere kant op.

Goed zo, Tessa, dat maakt het pas echt gênant.

'Laat mij de volgende film maar kiezen.' Hij steekt zijn handen uit naar mijn laptop.

'Wie heeft gezegd dat je voor een volgende film mag blijven?' vraag ik.

Hij rolt met zijn ogen. 'Kan niet rijden, nog steeds dronken,' zegt hij met een ondeugende grijns.

Ik weet dat hij liegt. Hij is behoorlijk ontnuchterd, maar hij heeft gelijk. Hij kan beter blijven. Morgen maak ik me wel druk over hoe Hardin tegen me doet, nu wil ik gewoon wat tijd met hem doorbrengen.

Hij had gelijk, ik ben een sukkel, maar dat kan me nu niet schelen.

Ik wil hem vragen wat hij hier komt doen en waarom hij niet op het feest zit, maar ik besluit te wachten tot na de film omdat ik weet dat hij chagrijnig zal worden als ik hem nu met vragen bestook. Hardin kiest voor een of andere *Batman*-film die ik niet ken maar die volgens hem de beste film aller tijden is. Ik lach omdat hij zo enthousiast probeert uit te leggen waar de eerdere delen in de trilogie over gingen, maar ik heb geen idee waar hij het over heeft. Noah en ik kijken altijd samen naar films, maar met Noah heb ik nooit zo'n lol als nu met Hardin. Noah staart zwijgend naar het scherm, maar Hardin geeft luidkeels commentaar en maakt grappige, sarcastische opmerkingen.

'Ik krijg een houten kont van die harde vloer,' klaagt Hardin zodra de film begint.

'Het bed van Steph is lekker zacht,' zeg ik tegen hem.

Hij fronst. 'Daar kan ik het scherm niet zien. Kom op, Tess, ik zal mijn handen thuishouden.'

'Goed dan,' brom ik, opzijschuivend.

Glimlachend gaat hij naast me op zijn buik liggen, met zijn benen net zo gebogen als ik en zijn voeten in de lucht. Hardin vlijt zijn hoofd neer op zijn gevouwen handen, waardoor hij er opeens veel minder stoer en juist schattig uitziet. De film is veel beter dan ik verwacht had, maar blijkbaar was ik er meer door geboeid dan Hardin, want wanneer ik tijdens de aftiteling naar hem kijk, zie ik dat hij in een diepe slaap is verzonken.

Hij ziet er slapend zo mooi en vredig uit. Ik kijk nu graag naar hem: zijn oogleden trillen, zijn borst gaat op en neer en een fraaie zucht ontsnapt aan zijn volle lippen. Ik wil mijn hand naar hem uitsteken en zijn gezicht aanraken, maar dat doe ik niet. Ik zou hem wakker moeten maken en hem weg moeten sturen, maar in plaats daarvan trek ik een deken over hem heen en doe ik de deur op slot voordat ik op Stephs bed ga liggen. Ik kijk weer even naar hem en bewonder de manier waarop zijn gezicht baadt in het zwakke licht van het beeldscherm. Hij ziet er slapend veel jonger en gelukkiger uit.

Terwijl ik in slaap val, bedenk ik dat ik al een paar keer een nacht met Hardin heb doorgebracht, maar nog nooit met Noah. Het stemmetje in mijn hoofd is zo behulpzaam om me eraan te herinneren dat ik wel méér met Hardin heb gedaan dan met Noah.

42

∞

Een zwak, zoemend geluid doorbreekt met een zekere regelmaat mijn droom. Waarom houdt het niet op? Ik rol op mijn andere zij en weiger wakker te worden, maar het irritante geluid wil per se dat ik mijn ogen open. Ik ben zo gedesoriënteerd dat ik even niet weet waar ik ben. En dan besef ik dat ik in het bed van Steph lig. Ik was bijna vergeten dat Hardin in mijn kamer is.

Waarom eindigen we altijd bij elkaar? En belangrijker nog, waar komt dat ergerlijke geluid vandaan? Ik zoek naar de bron, geholpen door het zwakke schijnsel van de straatlantaarns voor mijn raam, en stel vast dat het uit Hardins zak komt. Het voelt alsof het geluid me in mijn dromerige toestand roept. Met mijn blik gericht op de zak voor op zijn jeans waarin de omtrek van zijn telefoon zichtbaar is, vraag ik me af of ik mijn hand in zijn zak moet steken. Het geluid houdt op wanneer ik bij mijn bed aankom, wat me de gelegenheid geeft om nogmaals naar de vredig slapende Hardin te kijken. Nu zit er geen rimpel op zijn voorhoofd omdat hij niet langer fronst, nu zijn die roze lippen niet ontevreden getuit. Ik slaak een zucht en draai me om, maar dan begint het gezoem weer. Ik pak gewoon snel zijn telefoon, dan wordt hij vast niet wakker. Ik steek mijn hand uit en probeer die in Hardins zak te wurmen. Zat zijn broek maar iets minder strak, dan zou ik het toestel kunnen pakken... maar helaas.

'Wat ben je aan het doen?' bromt hij.

Ik spring minstens een meter bij het bed vandaan. 'Ik werd wakker van je telefoon.' Ik fluister, hoewel we de enigen in de kamer zijn.

Zwijgend kijk ik toe terwijl hij zijn grote hand in zijn zak steekt en de telefoon pakt. 'Wat?' snauwt hij zodra hij heeft opgenomen. Hij strijkt met zijn hand over zijn voorhoofd bij het antwoord dat hij krijgt.

'Ik kom vannacht niet meer terug. Ik zit bij vrienden.'

Zijn we vrienden? Nee, natuurlijk niet, ik dien gewoon als excuus voor hem om niet terug te hoeven gaan naar het feest. Ik blijf ongemakkelijk staan en verplaats mijn gewicht van het ene been op het andere.

'Nee, blijf van mijn kamer, dat weet je. Ik ga nu weer slapen, dus maak me niet opnieuw wakker. En mijn deur zit op slot. Bespaar je de moeite.' Hij hangt op en ik deins instinctief terug. Zijn slechte humeur is tastbaar en ik heb geen zin om het mikpunt van zijn woede te worden. Ik kruip terug op Stephs bed en trek de deken naar me toe.

'Sorry dat je wakker werd van mijn telefoon,' zegt hij zacht. 'Dat was Molly.'

'O.' Ik zucht en ga op mijn zij liggen, zodat ik mijn bed aan de andere kant van de kamer kan zien. Hardin glimlacht even, alsof hij weet wat ik van Molly vind. Ik kan een gevoel van opwinding niet onderdrukken: hij is hier, bij mij, en niet bij Molly, al snap ik niet waarom.

'Je mag haar niet, hè?' Hij rolt op zijn zij. Zijn haar zit door de war en bedekt mijn kussen.

Ik schud mijn hoofd. 'Nee, maar dat moet je niet tegen haar zeggen. Ik heb geen zin in drama,' smeek ik. Ik weet dat ik hem niet kan vertrouwen, maar hopelijk vergeet hij dat ik dit heb gezegd.

'Van mij zal ze niks horen. Ik vind haar trouwens ook niet zo leuk,' mompelt hij.

'Ja, het ziet er echt uit alsof je een hekel aan haar hebt,' zeg ik zo sarcastisch als ik kan.

'Dat heb ik niet. Je kunt best lol met haar hebben, maar soms kan ze heel irritant zijn.' Door die woorden neemt mijn opwinding alleen maar toe.

'Nou, misschien moet je wat minder met haar rotzooien,' stel ik voor. Ik ga op mijn rug liggen, zodat hij mijn gezicht niet kan zien.

'Waarom zou ik niet met haar rotzooien?'

'Waarom wel? Waarom doe je het als je haar irritant vindt?' Ik weet dat hij geen antwoord zal willen geven, maar ik vraag het toch.

'Omdat te voorkomen dat ik me ga vervelen, denk ik.'

Ik doe mijn ogen dicht en haal diep adem. Met Hardin over Molly praten is pijnlijker dan zou moeten.

Zijn soepele stem onderbreekt mijn jaloerse gedachten. 'Kom eens bij me liggen.'

'Nee.'

'Toe, kom eens bij me liggen. Ik slaap beter met jou in de buurt.' Het klinkt als een bekentenis.

Ik ga rechtop zitten en kijk hem aan. 'Wat?' Ik kan mijn verbazing niet onderdrukken. Het doet er niet toe of hij het meent, mijn binnenste verandert toch wel in een weke massa.

'Ik slaap beter met jou in de buurt.' Hij verbreekt het oogcontact en slaat zijn blik neer. 'Ik heb al tijden niet meer zo goed geslapen als afgelopen weekend.'

'Dat kwam vast door de drank, niet door mij.' Ik probeer de spot met hem te drijven omdat ik niet weet wat ik anders moet doen of zeggen.

'Nee, het kwam door jou,' verzekert hij me.

'Slaap lekker, Hardin.' Ik draai me om. Als hij dit soort dingen blijft zeggen en ik blijf luisteren, ben ik straks opnieuw als was in zijn handen.

'Waarom geloof je me niet?' fluistert hij bijna.

'Omdat je dit altijd doet: je zegt een paar aardige dingen en vervolgens draai je als een blad aan een boom om en maak je me aan het huilen.'

'Doe ik dat?'

Weet hij dat echt niet? Hij heeft me vaker zien huilen dan wie dan ook. 'Ja, zo vaak.' Ik grijp Stephs deken stevig vast.

Ik hoor het bed zachtjes kraken en doe mijn ogen dicht. Uit angst, maar dat is niet mijn enige emotie. Hardins vingers strijken langs mijn arm wanneer hij op de rand van Stephs bed gaat zitten, en ik zeg mezelf dat vier uur in de ochtend te laat, of juist te vroeg, voor dit soort gedoe is.

'Het is niet mijn bedoeling je aan het huilen te maken.'

Ik doe mijn ogen open en kijk hem aan. 'Ja, dat is het wel. Dat is precies wat je wilt, anders zou je niet zulke nare dingen tegen me zeggen. En je hebt me gedwongen om Noah over ons te vertellen. En je hebt me vorige week in jouw bed voor schut gezet omdat ik niet precies onder woorden kon brengen wat ik van je wilde. Nu zeg je dat je beter slaapt met mij in de buurt, maar ik weet gewoon dat je, als ik nu bij je ga liggen, bij het wakker worden gaat zeggen dat ik zo lelijk ben, of dat je me niet kunt uitstaan. Nadat we bij de rivier waren geweest, dacht ik... Laat maar. Ik kan dit gesprek niet keer op keer met je blijven voeren.' Ik haal een paar keer diep adem, geschrokken omdat ik zo mijn hart heb gelucht.

'Deze keer luister ik.' Zijn blik is ondoorgrondelijk, maar zorgt er wel voor dat ik door wil gaan.

'Ik snap gewoon niet waarom je zo'n kat-en-muisspelletje met me blijft spelen. Eerst ben je aardig, dan weer gemeen. Je zegt tegen Steph dat je me "kapot" gaat maken als ik bij je in de buurt kom, en vervolgens wil je me naar huis brengen. Er is geen touw aan vast te knopen.'

'Zo bedoel ik het niet. Dat ik je kapot wilde maken... Ik weet het gewoon niet. Soms zeg ik gewoon van dat soort dingen.' Hij haalt zijn handen door zijn haar.

'Waarom heb je Literatuur laten vallen?' vraag ik ten slotte.

'Omdat je wilde dat ik uit je buurt bleef, en ik moet ook uit je buurt blijven.'

'Waarom doe je dat dan niet?' Ik ben me ervan bewust dat de energie rondom ons verandert. We zijn dichter naast elkaar gaan zitten, op nog geen tien centimeter afstand.

'Dat weet ik niet,' zegt hij met een zucht. Hij wrijft in zijn handen en laat ze dan op zijn knieën rusten.

Ik wil iets zeggen – het maakt niet uit wat – maar dat kan ik niet. Ik wil niet toegeven dat ik niet wil dat hij uit mijn buurt blijft, dat ik elke minuut van de dag aan hem denk.

Ten slotte verbreekt hij de stilte. 'Mag ik je iets vragen? En wil je eerlijk antwoord geven?'

Ik knik.

'Heb je... me deze week gemist?'

Dat was wel het laatste wat ik had verwacht. Ik knipper een paar keer om mijn gedachten leeg te maken. Ik heb gezegd dat ik eerlijk antwoord zou geven, maar ik durf niet.

'Nou?'

'Ja,' mompel ik. Ik sla mijn handen voor mijn gezicht, maar dan trekt hij ze weg. Zijn vingers op mijn polsen zetten mijn huid in brand.

'Ja, wat?' Zijn stem is gespannen, alsof hij snakt naar mijn antwoord.

'Ja, ik heb je gemist.' Ik slik en wacht op het ergste.

Wat ik niet had verwacht, is zijn opgeluchte zucht en de lach die doorbreekt op zijn knappe gezicht. Ik wil hem vragen of hij mij heeft gemist, maar hij neemt het woord voordat ik de kans krijg.

'Echt?' vraagt hij, bijna alsof hij me niet gelooft.

Ik knik en hij glimlacht verlegen. Hardin, verlegen? De kans is groter dat mijn bekentenis hem plezier doet omdat hij nu weet dat hij mij in zijn macht heeft.

'Mag ik nu weer gaan slapen?' jammer ik. Ik weet dat hij nooit iets vergelijkbaars zal bekennen en het is al erg laat.

'Alleen als je bij me komt liggen. In hetzelfde bed, bedoel ik.' Hij glimlacht.

Ik slaak een zucht en mompel: 'O, Hardin, kunnen we niet gewoon gaan slapen?' Ik draai me om en zorg ervoor dat ik hem niet aanraak. Maar dan slaak ik een geschrokken kreet omdat er opeens aan mijn benen wordt getrokken: Hardin tilt me van het bed en hijst me op zijn schouder. Hij negeert mijn geschop en gesmeek totdat we naast mijn bed staan. Daar zet hij een knie op het bed en vlijt me voorzichtig neer langs de muur voordat hij zelf naast me gaat liggen. Ik kijk hem boos en zonder iets te zeggen aan, bang dat hij weg zal gaan als ik me zal verzetten, en dat wil ik niet.

Hij raapt het kussen op dat ik eerder naar hem toe heb gegooid en legt het grijnzend tussen ons in, als een barrière. 'Kijk, nu kun je rustig en veilig slapen.'

Ik kijk glimlachend naar hem op. Ik kan er niets aan doen. 'Slaap lekker,' zeg ik half giechelend.

'Slaap lekker, Tessa.' Hij lacht ook en ik draai me op mijn rug.

Maar opeens ben ik helemaal niet moe meer. Ik lig naar de muur te staren, hopend dat de spanning zal verdwijnen en ik in slaap zal vallen. Nou ja, dat hoop ik half.

Een paar minuten later voel ik dat het kussen beweegt en dat Hardin zijn armen om mijn middel slaat en me tegen zijn borst trekt. Ik verroer me niet en laat niets merken. Ik geniet te veel van dit gevoel.

'Ik heb jou ook gemist,' fluistert hij in mijn haar. Ik glimlach, in de wetenschap dat hij dat niet kan zien. De vlinders stijgen op in mijn buik wanneer hij zijn lippen lichtjes tegen mijn achterhoofd drukt. Het is een heerlijk gevoel, maar ik val verwarder dan ooit in slaap.

43

∞

Mijn wekker gaat te vroeg af en ik draai me om. Ik hef mijn hand op om met een tik een einde te maken aan het gruwelijke gepiep dat mijn oren teistert, maar mijn hand raakt iets warms en zachts. Mijn ogen gaan knipperend open en ik zie dat Hardin me aankijkt. Ik pak een kussen om mijn verlegenheid te verbergen, maar Hardin trekt het weg.

'Ook goedemorgen,' zegt hij met een glimlach, wrijvend over zijn arm.

Ik staar terug en probeer een excuus te bedenken. Hoe lang ligt hij al naar me te kijken?

'Je ziet er leuk uit als je slaapt,' zegt hij plagend.

Ik kom zo snel als ik kan overeind, er niet aan twijfelend dat ik er, zoals zo vaak 's morgens, vreselijk uitzie.

Hij geeft me mijn telefoon aan. 'Waarom had je de wekker gezet?'

Ik zet de wekkerfunctie uit en stap uit bed. 'Ik wil vandaag naar een auto gaan kijken, dus je kunt gaan wanneer je maar wilt.'

Hij fronst. 'Je bent echt geen ochtendmens.'

Ik bind mijn haar samen in een staart, in de hoop dat het dan minder op een vogelnest lijkt. 'Ik ben... Ik wil je gewoon niet ophouden.' Ik voel me een tikje schuldig omdat ik zo onbeleefd ben, maar eerlijk gezegd had ik van hem ook de nodige botheid verwacht.

'Dat doe je niet. Mag ik mee?'

Ik kijk om me heen, me afvragend of ik hem wel goed heb verstaan, en kijk hem dan argwanend aan. 'Op zoek naar een auto? Waarom?'

'Moet ik daar een reden voor hebben? Je doet net of ik een moord op je beraam of zo.' Lachend staat hij op en haalt een hand door zijn haar.

'Nou, ik ben wat van mijn stuk gebracht door je vrolijke bui... en je wilt met me mee... en je beledigt me niet,' geef ik toe.

Ik wend me van hem af en pak mijn kleren en mijn douchegel.

Voordat ik aan mijn dag buiten de deur begin, wil ik eerst douchen.

Hardin is niet van zijn stuk gebracht door mijn openheid en dringt aan: 'Het wordt leuk, echt waar. Laat me gewoon bewijzen dat we... dat ik aardig kan zijn. Het is maar voor een dagje.'

Zijn lach is mooi en overtuigend. Maar als Noah hoort dat Hardin hier heeft geslapen, in mijn bed, met zijn armen om me heen, dan maakt hij het uit en zegt hij nooit meer een woord tegen me. Ik weet niet waarom ik voortdurend zo bang ben om Noah te verliezen; misschien ben ik bang voor hoe mijn moeder zal reageren als het uit is, of misschien is mijn oude ik wel erg aan Noah verknocht. Noah is er altijd voor me geweest en ik vind dat ik het hem en mezelf verschuldigd ben om onze relatie voort te zetten. Maar ik denk dat het vooral komt doordat ik weet dat Hardin me niet het soort relatie kan en wil geven waaraan ik behoefte heb.

Nu ik zo in gedachten verzonken ben, moet ik iets voor mezelf toegeven: het was zo fijn om Hardin rustig in zijn slaap vlak naast me te horen ademen dat ik Noah ervoor zou willen opgeven.

'Aarde aan Tessa!' roept Hardin vanaf de andere kant van de kamer. Ik schrik op uit mijn gepieker. Ik was helemaal vergeten dat Hardin bij me in de kamer was.

'Is er iets?' Hij loopt naar me toe.

Niets, hoor. Ik heb alleen net voor mezelf toegegeven dat ik heel veel voor je voel en meer van je wil, hoewel ik weet dat je nooit iets om mij of wie dan ook zult geven.

'Ik probeer te bedenken wat ik aan moet trekken,' lieg ik.

Zijn blik gaat naar de kleren in mijn hand. Hij houdt zijn hoofd scheef, maar zegt slechts: 'Nou, mag ik mee? Het is sowieso handiger als je niet met de bus hoeft.'

Het zou leuk kunnen zijn. En handiger. 'Ja, oké,' zeg ik. 'Ik ben zo klaar.' Ik loop naar de deur en hij loopt mee.

'Wat ben je aan het doen?' vraag ik hem.

'Ik ga mee.'

'Eh, ik ga nu douchen.' Ik laat hem mijn toilettas zien, die hij uit mijn hand grist.

'Wat een toeval, ik ook!'

Stomme gemengde badkamers. Hij loopt langs me heen en doet zonder om te kijken de deur open. Ik ren naar hem toe en grijp zijn shirt vast.

‘Leuk dat je meegaat,’ zegt hij, en ik rol met mijn ogen.

‘De dag is nog niet eens begonnen en ik erger me al aan je,’ merk ik plagend op. Een paar meisjes passeren ons en lopen de badkamers in; ze proberen niet eens te verbergen dat ze naar Hardin staren.

‘Dames,’ zegt Hardin, en ze giechelen als schoolmeisjes. Nou ja, ze volgen strikt genomen inderdaad nog onderwijs, maar ze zijn ook volwassenen en dienen zich ernaar te gedragen.

44

∞

Na een bezoekje aan het toilet stel ik vast dat er geen spoor van Hardin bij de douches te bekennen is, waardoor ik me natuurlijk ga afvragen of hij ergens met die meisjes naartoe is. Hij had niet eens schone kleding bij zich, dus hij moet na zijn douche zijn kleren van gisteren aantrekken, maar Hardin kan in een aardappelzak lopen en ziet er dan nog beter uit dan alle jongens die ik ken. Op Noah na, breng ik mezelf in herinnering.

Na een snelle douche droog ik me af, kleed ik me aan en loop ik terug naar mijn kamer, waar ik Hardin tot mijn grote opluchting op het bed zie zitten. Daar kunnen die meisjes het mee doen, denk ik. Hij heeft geen shirt aan en het water heeft zijn donkere haar nog donkerder gemaakt. Ik moet mijn mond dichtdoen om te voorkomen dat mijn tong eruit gaat hangen.

'Jij nam de tijd.' Hij leunt achterover. Zijn spieren trekken samen wanneer hij zijn armen boven zijn hoofd strekt en zich schrap zet tegen de muur.

'Je zou aardig doen, weet je nog?' Ik loop naar Stephs kast en doe de deur open, zodat ik in de spiegel kan kijken. Daarna pak ik haar make-up en ga in kleermakerszit voor de spiegel zitten.

'Ik bén aardig.'

Zwijgend breng ik een klein beetje make-up aan, maar na een derde poging om een rechte lijn op mijn ooglid te tekenen smijt ik de eyeliner tegen de spiegel.

Hardin lacht. 'Dat heb jij toch niet nodig,' zegt hij.

'Ik vind het leuk staan,' zeg ik, en hij rolt met zijn ogen. 'Goed, dan moeten we hier maar de hele dag zitten kijken hoe jij je gezicht verft,' zegt hij. Tot zover aardige Hardin.

Het valt hem ook op, want hij zegt snel 'Sorry, sorry' terwijl ik mijn ogen schoonveeg en mijn pogingen staak. Ik kan dit niet als Hardin zit te kijken.

'Ik ben klaar,' zeg ik tegen hem. Hij springt overeind. 'Moet je geen shirt aan?' vraag ik.

'Ik heb er eentje in mijn kofferbak.'

Ik had gelijk: hij moet een eindeloze voorraad hebben. Ik wil niet nadenken over de reden daarvoor.

Hardin vist inderdaad een effen zwart T-shirt uit zijn kofferbak en kleedt zich op de parkeerplaats verder aan.

'Kijk niet zo en stap in,' zegt hij plagend.

Ik mompel iets ontkennends, maar doe wat hij vraagt. 'Ik zie je graag in het wit,' zeg ik voordat ik mezelf kan tegenhouden.

Hij houdt zijn hoofd scheef en grinnikt tevreden. 'Is dat zo?' Hij trekt een wenkbrauw op. 'Nou, ik zie je graag in die jeans. Daar heb je een lekkere kont in.'

Mijn mond valt open. Hardin, altijd even brutaal. Ik geef hem een speelse tik, die hem aan het lachen maakt, maar in gedachten geef ik mezelf een schouderklopje omdat ik deze jeans heb aangetrokken. Ik wil dat Hardin naar me kijkt, al zou ik dat nooit toegeven. Ik ben gevleid door zijn ongewone complimenten.

'Waar gaan we naartoe?' vraagt hij.

Ik pak mijn mobieltje en lees de lijst met namen van autohandelaren binnen een straal van tien kilometer aan hem voor, plus de beoordeling die ze van klanten hebben gekregen.

'Je plant veel te veel. Dat gaan we niet doen.'

'Jawel, ik heb dit al helemaal uitgestippeld. Bob's Super Cars heeft een Prius die ik graag wil bekijken.' Ik krimp even in elkaar bij de afgezaagde naam van die dealer.

'Een Prius?' vraagt hij vol afkeer.

'Wat is daar mis mee? Die zijn zuinig en veilig en...'

'Saai! Ik had het kunnen weten, een Prius! Daar spat het "vrouwtje dat alles plant" gewoon vanaf,' zegt hij op gemaakte toon, en dan barst hij in lachen uit.

'Lach maar. Ik ga honderden dollars per jaar op benzine besparen,' breng ik hem grinnikend in herinnering wanneer hij zich voorover-buigt en me in mijn wang knijpt. Ik kijk hem aan, geschrokken van het bescheiden maar lieve gebaar. Hij lijkt al even verbaasd als ik.

'Soms ben je gewoon schattig,' zegt hij.

Ik kijk weer voor me. 'Nou, bedankt hoor.'

'Dat bedoel ik op een aardige manier. Soms doe je schattige dingen,' mompelt hij. De woorden rollen ongemakkelijk over zijn lippen, en ik weet dat hij dit soort dingen niet vaak zegt.

'Goed...' Ik kijk uit het zijraampje.

Elke seconde die ik met Hardin doorbreng, maakt mijn gevoelens voor hem alleen maar sterker, en ik weet dat het gevaarlijk is om zulke kleine, ogenschijnlijk betekenisloze momenten toe te staan. Toch lijk ik mezelf in de nabijheid van Hardin niet te kunnen beheersen. Deze storm heb ik niet meer in de hand.

Ten slotte rijdt Hardin ons naar Bob's Super Cars, waarvoor ik hem bedank. Bob blijkt een klein, bezweet mannetje met te veel gel in zijn haar dat naar nicotine en leer stinkt en bij elk lachje een gouden tand laat zien. Tijdens mijn gesprek met hem blijft Hardin in de buurt staan en trekt gekke gezichten op momenten dat Bob dat niet kan zien. Het mannetje lijkt wat geïntimideerd door Hardins verschijning, maar dat kan ik hem niet kwalijk nemen. Na één blik op de gebruikte Prius besluit ik die niet te nemen. Ik vermoed dat het barrel meteen na het wegrijden uit elkaar valt en Bob neemt geen auto's terug.

We bezoeken nog een paar andere autohandelaren, die stuk voor stuk even ordinair zijn. Na een ochtend vol kalende mannen besluit ik mijn zoektocht naar een auto voorlopig te staken. Voor een fatsoenlijk exemplaar zal ik verder uit de buurt van de campus moeten zoeken en daar heb ik nu geen zin in. We besluiten bij een afhaalrestaurantje wat te eten te halen en eten dat in de auto op. Hardin vertelt me tijdens het eten dat Zed een jaar geleden is gearresteerd omdat hij in een hamburgertent de hele vloer had ondergekotst. De dag verloopt beter dan ik had verwacht, en voor de verandering heb ik het gevoel dat we dit semester door kunnen komen zonder elkaar om te brengen.

Op weg terug naar de campus komen we langs een leuk tentje dat yoghurtijs verkoopt en ik smeek Hardin om te stoppen. Hij kermt en doet net alsof hij dat niet wil, maar ik zie een zweem van een glimlach achter die chagrijnige trekken. Hardin zegt dat ik een zitplaats moet zoeken en haalt voor ons allebei een ijsje, compleet met alle extraatjes die op de kaart staan. De combinatie ziet er vreselijk uit, maar volgens hem krijg je alleen op die manier waar voor je geld. Het blijkt verrukkelijk te zijn. Ik krijg mijn portie niet eens helemaal op, maar Hardin eet na zijn ijsje ook mijn bakje leeg.

'Hardin?' klinkt opeens een mannenstem.

Hardin heft met een ruk zijn hoofd op en knijpt zijn ogen tot spleetjes. Wat was dat voor accent? De onbekende man heeft een tas en een blad vol bakjes yoghurt in zijn handen.

'O... hoi,' zegt Hardin, en ik weet meteen dat dit zijn vader is. De man is lang en slank, net als Hardin, en zijn ogen hebben dezelfde vorm als die van Hardin, alleen zijn die van hem donkerbruin in plaats van groen. In alle andere opzichten zijn ze tegenpolen. Zijn vader draagt een nette grijze broek en een vest. Zijn bruine haar is een tikje grijs bij de slapen en zijn uitdrukking is zakelijk en koel. Dat wil zeggen: totdat hij glimlacht. Zijn glimlach is even warm als die van Hardin, op de zeldzame momenten dat die niet vervelend is.

'Hallo, ik ben Tessa,' zeg ik beleefd, en ik steek mijn hand uit. Hardin kijkt me boos aan, maar ik negeer hem. Ik weet dat hij me uit zichzelf nooit zou voorstellen.

'Hallo, Tessa, ik ben Ken, de vader van Hardin.' Hij schudt me de hand. 'Hardin, je hebt me nooit verteld dat je een vriendinnetje hebt... Jullie moeten vanavond komen eten. Karen maakt wel iets lekkers, ze kan erg goed koken.'

Ik wil voorkomen dat Hardin kwaad wordt en probeer zijn vader te vertellen dat ik niet zijn vriendinnetje ben, maar Hardin is me te snel af.

'We kunnen vanavond niet. Ik moet naar een feest en zij heeft geen zin,' snauwt hij.

Ik hap naar adem wanneer ik hoor wat voor toon hij tegen zijn vader aanslaat. Kens gezicht betrekt en ik heb heel erg met hem te doen.

'Het lijkt me enig. Ik ben trouwens ook bevriend met Landon, we hebben samen college,' merk ik op, en Kens vriendelijke glimlach keert terug.

'O ja? Wat leuk. Landon is erg aardig. Ik wil graag dat je vanavond komt,' zegt Ken.

Ik glimlach en voel Hardins ogen branden wanneer ik vraag: 'Hoe laat verwacht u ons?'

'Jullie?' vraagt zijn vader, en ik knik. 'Nou... een uur of zeven? Ik moet Karen even de tijd geven, anders zwaait er wat,' grapt hij.

Ik lach. Hardin staart woedend door het raam naar buiten.

'Goed, dan zien we jullie vanavond.' Hij zegt Hardin gedag, die hem ondanks de schop die ik hem onder tafel geef, opzettelijk negeert. Amper een minuut nadat zijn vader de zaak heeft verlaten staat Hardin onverwacht op en schuift met kracht zijn stoel onder tafel. Die valt om, waarop hij hem half door de zaak schopt en naar buiten rent, mij achterlatend met de andere klanten, die allemaal zitten te kijken. Omdat ik niet goed weet wat ik moet doen, laat ik mijn bakje staan, mompel een verontschuldiging en zet de stoel rechtop voordat ik achter hem aan naar buiten ren.

45

∞

Ik roep Hardins naam, maar hij negeert me. Wanneer hij halverwege de parkeerplaats is, draait hij zich zo snel om dat ik bijna tegen hem aan bots.

'Godverdomme, Tessa, wat had dat te betekenen?' roept hij tegen me. Voorbijgangers kijken naar ons, maar hij vervolgt: 'Waar ben je mee bezig?' Hij loopt naar me toe. Hij is kwaad, erger dan kwaad.

'Niets, Hardin. Had je dan niet door dat hij je graag wil zien? Hij deed zijn best, maar jij was zo onbeschoft!' Ik weet niet waarom ik ook met stemverheffing spreek, maar ik sta niet toe dat hij zo tegen me schreeuwt.

'Hij deed zijn best? Geloof je dat echt? Dat had hij al heel veel eerder moeten doen, bijvoorbeeld voordat hij ons in de steek liet!' De aderen in zijn nek zwellen op.

'Schreeuw niet zo tegen me. Misschien probeert hij de verloren tijd in te halen. Mensen maken nu eenmaal fouten, Hardin, en het is duidelijk dat hij om je geeft. Hij heeft bij hem thuis een kamer voor je ingericht, vol kleren en...'

'Je weet helemaal niks van hem, Tessa!' brult hij, bevend van woede. 'Hij woont godverdomme met zijn nieuwe gezin in een villa terwijl mijn moeder zich kapotwerkt, vijftig uur per week, alleen maar om rond te kunnen komen. Dus vertel me niet wat ik moet denken en bemoei je verdomme met je eigen zaken!'

Hij stapt in en smijt het portier dicht. Ik stap snel in, bang dat hij me anders in zijn woede hier zal achterlaten. Dit was het dus, wat betreft onze dag zonder ruzie.

Hij kookt van woede, maar houdt gelukkig zijn mond wanneer we de grote weg op draaien. Als het de rest van de rit zo rustig blijft, ben ik allang al tevreden, maar toch wil ik Hardin duidelijk maken dat ik niet wens dat er tegen me wordt geschreeuwd. Dat moet ik mijn moeder nageven: ze heeft me duidelijk geleerd hoe een man je wel en niet dient te behandelen.

'Goed,' zeg ik, kalmer dan ik daadwerkelijk ben, 'ik zal me met mijn eigen zaken bemoeien, maar ik ga vanavond wel bij hen eten, of je nu meegaat of niet.'

Hij draait zich meteen naar me om, als een wild dier dat wordt uitgedaagd. 'Dat ga je niet!'

Ik weet mijn geveinsde kalmte te bewaren en zeg: 'Je hebt niets te zeggen over wat ik wel en niet doe, Hardin, en bovendien ben ik uitgenodigd. Zal ik Zed vragen of hij zin heeft om mee te gaan?'

'Wát?' Het stof wervelt op wanneer Hardin een ruk aan het stuur geeft en de auto in de berm van de drukke weg parkeert.

Ik weet dat ik te ver ben gegaan, maar ik ben inmiddels net zo kwaad als hij en roep: 'Ben je gek geworden? Je kunt niet zomaar in de berm gaan staan!'

'Ben jíj gek geworden? Je zegt tegen mijn vader dat ik bij hem kom eten en hebt ook nog het lef om te zeggen dat je Zed wilt uitnodigen?'

'O, sorry hoor, ik was even vergeten dat jouw coole vrienden niet mogen weten dat Landon je stiefbroer is.' Ik lach. Het is immers bespottelijk.

'Ten eerste is hij mijn stiefbroer niet, en ten tweede weet je dat dat niet de reden is dat ik Zed daar niet wil hebben.' Zijn stem klinkt nu veel lager, maar nog altijd verstikt van woede.

Ondanks de spanning in de auto en de jaloezie van Hardin voel ik een sprankje hoop. Ik weet dat zijn gevoelens meer te maken hebben met onderlinge concurrentie dan met bezorgdheid om mij, maar toch voel ik iets kriebelen in mijn buik.

'Nou, als jij niet gaat, heb ik geen andere keuze dan hem te vragen.' Dat zou ik nooit doen, maar dat weet Hardin niet.

Hardin staart een paar seconden naar de weg voor ons en slaakt dan een zucht die iets van de spanning wegneemt. 'Tessa, ik heb echt geen zin om te gaan. Ik wil niet met mijn vaders perfecte gezinnetje aan tafel zitten. Er is een reden dat ik hem nooit zie.'

Ik kies ook voor een luchtiger toon. 'Ik zal je echt niet dwingen om iets te doen wat je pijnlijk vindt, maar ik zou het fijn vinden als je met me mee wilt gaan. Ik ga toch, met of zonder jou.'

Van yoghurtijs gingen we naar een schreeuwfestijn en nu lijken we weer kalm, al gaan mijn gedachten net zo tekeer als mijn hart.

'Pijnlijk?' Hij klinkt ongelovig.

'Ja, als je echt niet wilt, zal ik je niet dwingen,' antwoord ik. Ik weet dat ik Hardin niet kan dwingen; hij heeft tot nu toe nooit laten blijken dat hij graag wil meewerken.

'Wat kan het jou schelen of iets pijnlijk voor me is?' Hij kijkt me recht aan.

Ik probeer mijn blik af te wenden, maar wederom heeft hij me in zijn macht. 'Natuurlijk kan dat me iets schelen. Waarom zou dat niet zo zijn?'

'Waarom wel?'

Zijn blik heeft iets smekends, alsof hij me de woorden wil horen zeggen, maar dat kan ik niet. Dan zal hij ze tegen me gebruiken en nooit meer met me om willen gaan. Dan word ik zo'n irritante griet die achter hem aan loopt, zo'n meisje over wie Steph me heeft verteld.

'Omdat jouw gevoelens me niet koud laten.' Hopelijk is dat antwoord goed genoeg voor hem.

Het moment wordt onderbroken door mijn mobieltje. Ik vis het uit mijn tas en zie dat het Noah is. Voordat ik goed en wel besef wat ik doe, heb ik hem weggedrukt.

'Wie is dat?' Hardin is zo nieuwsgierig.

'Noah.'

Hij kijkt verbaasd. 'Neem je niet op?'

'Nee, ik zit nu met jou te praten.' En dat doe ik veel liever, zegt het stemmetje in mijn gedachten.

'O,' is alles wat hij zegt, maar zijn glimlach spreekt boekdelen.

'En, ga je mee? Er is al een tijdje niet meer voor me gekookt, dus dit laat ik liever niet aan mijn neus voorbijgaan.' Ik glimlach. De sfeer in de auto is beter, maar nog altijd gespannen.

'Nee. Ik heb al plannen,' mompelt hij. Ik wil niet weten of die plannen iets met Molly te maken hebben.

'Oké. Vind je het erg als ik wel ga? Word je dan boos op me?' Het is best raar als ik in mijn eentje naar het huis van Hardins vader ga, maar Landon is ook een vriend van me, en bovendien ben ik uitgenodigd.

'Ik ben altijd boos op je, Tess,' zegt hij, maar hij kijkt me met een geamuseerde blik aan.

Ik moet lachen. 'Ik ook op jou,' zeg ik, en hij grinnikt.

'Kunnen we nu gaan? Als je hier nog langer blijft staan, krijg je een bekeuring.'

Hij knikt, geeft gas en draait de weg op. De ruzie met Hardin duurde niet zo lang als ik had verwacht. Ik vermoed dat hij meer aan conflicten gewend is dan ik; ik breng liever tijd met hem door zonder al dat gekibbel.

Ik heb gezworen dat ik het niet zou vragen, maar ik moet het weten... 'En... eh... wat zijn jouw plannen eigenlijk?'

'Waarom vraag je dat?' Ik weet dat hij naar me kijkt, maar ik blijf naar buiten kijken.

'Ik vraag het me gewoon af. Je zei dat je al plannen had, vandaar.'

'We hebben weer een feest. Ik ga in principe elke vrijdag en zaterdag, afgezien van gisteravond en vorige week zaterdag...'

Ik teken met mijn vinger een kringetje op het raam. 'Krijgen jullie daar geen genoeg van? Elk weekend hetzelfde, met dezelfde dronken lui?' Hopelijk beledig ik hem daar niet mee.

'Ja... misschien wel. Maar we studeren en ik zit bij een dispuut, dus wat moet je anders?'

'Ik weet het niet... Het lijkt me zo vervelend om elk weekend de rotzooi van anderen te moeten opruimen, zeker als je zelf niet eens drinkt.'

'Dat is het ook, maar ik heb nog geen betere manier gevonden om de tijd door te komen, dus...' Hij valt stil. Ik weet dat hij nog steeds naar me kijkt, maar ik kijk niet terug.

De rest van de rit is stil. Niet raar, maar gewoon stil.

Verward loop ik van de parkeerplaats naar mijn kamer. Mijn emoties gaan alle kanten op. Ik heb net de nacht en het grootste deel van de dag met Hardin doorgebracht, zonder al te veel gedoe. Het was zelfs leuk, erg leuk. Waarom kan ik niet altijd zo'n leuke tijd hebben met iemand die me echt aardig vindt? Iemand als Noah? Ik weet dat ik hem terug moet bellen, maar ik geniet van hoe ik me nu voel.

Op onze kamer tref ik tot mijn verbazing Steph aan. Meestal is ze het hele weekend de hort op.

'Waar heb jij gezeten, jongedame?' vraagt ze plagend. Ze neemt een handvol popcorn met kaas.

Lachend trek ik mijn schoenen uit en laat me op het bed vallen. 'Ik was op zoek naar een auto.'

'En, eentje gevonden?' vraagt ze.

Ik begin haar te vertellen over die vreselijke autohandelaren, maar ik zeg niet dat Hardin er ook bij was. Na een paar minuten wordt er op de deur geklopt en staat Steph op om open te doen.

'Wat moet jij hier, Hardin?' zegt ze grommend.

Hardin. Ik kijk nerveus op en hij loopt naar mijn bed. Hij steekt zijn handen in zijn zakken en wiegt heen en weer op zijn hielen.

'Heb ik iets in je auto laten liggen?' vraag ik. Ik hoor Steph naar adem happen. Ik zal het haar later wel uitleggen, al begrijp ik zelf ook niet hoe we vandaag met elkaar konden eindigen.

'Eh... nee. Ik, eh, vroeg me af of ik je vanavond een lift naar mijn vader moet geven. Je hebt immers geen auto,' zegt hij, zich schijnbaar niet bewust van Steph, die met open mond naast ons staat. 'Als je dat niet wilt, ook goed. Ik wilde het gewoon aanbieden.'

Ik ga rechtop zitten. Hij klemt zijn lipringetje tussen zijn tanden. Dat vind ik altijd zo leuk. Zijn aanbod verbaast me zo dat ik vergeet te antwoorden. 'Eh, ja... dat zou handig zijn. Dank je.'

Ik glimlach en hij glimlacht terug, warm en zo te zien opgelucht. Hij haalt een van zijn handen uit zijn zakken, haalt die door zijn haar en steekt hem dan weer in zijn zak.

'Goed... dan kom ik je rond half zeven ophalen, dan ben je ruim op tijd.'

'Dank je, Hardin.'

'Tessa,' zegt hij rustig. Hij loopt de kamer uit en trekt de deur dicht.

'Wat had dat in godsnaam te betekenen?' zegt Steph met een hoog stemmetje.

'Dat weet ik ook niet,' geef ik toe. Telkens wanneer ik denk dat Hardin niet vreemder kan worden, doet hij iets als dit.

'Dit is niet te geloven! Ik bedoel, je zag Hardin... Het was net alsof hij nerveus was of zo. O god! En hij bood je een lift naar zijn vader aan... Wat moet jij bij zijn vader thuis? En waarom dacht je dat je iets zijn auto had laten liggen? Ik heb zo veel gemist! Vertel me alles!' Ze staat bijna te schreeuwen en springt op het voeteneinde van mijn bed.

En dus vertel ik haar alles en leg ik uit dat hij hier gisteravond opeens voor de deur stond en dat we samen naar een film hebben gekeken en dat hij toen in slaap is gevallen, en dat we vandaag naar auto's hebben gekeken – en dat ik niet had gezegd dat hij hier was omdat dat raar zou zijn omdat ik haar net had gevraagd of ze me wilde helpen hem uit mijn buurt te houden. Ik zeg niet veel over zijn vader, alleen dat ik bij hem ga eten, maar dat vindt ze fascinerend. En ze wil alles over gisteravond weten.

'Ik kan gewoon niet geloven dat hij is blijven slapen. Dat is echt ongelooflijk! Dat doet Hardin namelijk nóóit. En er mag ook niemand bij hem blijven slapen. Ik heb gehoord dat hij nachtmerries heeft of iets dergelijks, ik weet het ook niet. Maar jeetje, wat heb je met hem gedaan? Ik wou dat ik een foto had kunnen maken van dat gezicht dat hij net trok!' Ze lacht. 'Ik vind jullie nog steeds geen ideale combinatie, maar je lijkt hem beter aan te kunnen dan anderen. Wees wel voorzichtig,' waarschuwt ze me opnieuw.

Wat ik met hem gedaan heb? Niets, toch? Het is niet zijn gewoonte om aardig te doen, maar hij doet het nu wel. Misschien wil hij me op een bepaalde manier de loef afsteken, of wil hij laten zien dat hij heus wel beleefd kan zijn? Ik weet het niet zeker, en mijn hoofd doet pijn van het piekeren hierover.

Ik vraag hoe het met Tristan is, waarna Steph het gesprek overneemt. Ik probeer me te concentreren op haar verhalen over het feest van gisteravond, waar Molly uiteindelijk zonder topje schijnt te hebben rondgelopen (wat een verrassing) en Logan Nate heeft verslagen bij een dronken potje armpje-drukken (volgens haar een van die dingen die grappiger zijn als je er zelf bij bent). Mijn gedachten dwalen natuurlijk af naar Hardin, en ik kijk op de klok om te zien of ik genoeg tijd heb om mezelf voor vanavond om te kleden. Het is nu vier uur, dus ik moet me rond vijf uur gaan voorbereiden.

Steph blijft tot half zes babbelen en is door het dolle heen wanneer ik haar vraag of ze mijn haar en make-up wil doen. Ik weet niet zeker waarom ik zo mijn best doe voor een familie-etentje waar ik beter niet naartoe kan gaan, maar ik doe het toch. Ze brengt de make-up zo licht aan dat je die bijna niet ziet, maar het ziet er geweldig uit. Natuurlijk, maar mooi. Ze krult mijn haar op dezelfde manier als gisteren. Ik besluit mijn kastanjebruine lievelingsjurk aan te trekken, hoewel Steph me iets uit haar kast probeert aan te smeren. Mijn jurk is netjes en mooi, perfect voor een etentje met Hardins familie.

'Trek er dan in elk geval een kanten panty bij aan, of laat me de mouwen afknippen,' zegt ze kermend.

'Goed, geef me die kanten panty dan maar. Deze jurk zit toch best goed, niet te wijd.'

'Dat is waar, maar hij is... saai.' Ze trekt haar neus op, maar draait bij wanneer ik de panty aantrek en instem met hoge hakken. Toch stop ik net als gisteren voor de zekerheid een paar Toms in mijn tas.

Om half zeven besef ik dat de gedachte aan de rit ernaartoe me zenuwachtiger maakt dan het etentje zelf. Ik frunnik aan mijn panty en loop een paar keer bij wijze van oefening door de kamer, en dan klopt Hardin aan. Steph kijkt me met een vreemd lachje aan en ik doe de deur open.

'Wauw, Tessa, jij... eh... ziet er leuk uit,' mompelt hij.

Ik glimlach. Sinds wanneer zegt hij 'eh' in elke zin?

Steph loopt met ons mee naar buiten, knipoogt en zegt op de toon van een trotse ouder: 'Veel plezier jullie twee!'

Hardin steekt zijn vinger naar haar op, een gebaar dat ze op dezelfde manier beantwoordt voordat hij de deur voor haar neus dichtslaat.

46

∞

De rit naar het huis van Hardins vader is aangenaam. De zachte muziek op de achtergrond voelt als een afleiding, en het ontgaat me niet dat Hardin het stuur wel erg stevig vastgrijpt. Tijdens de rit lijkt hij wat gespannen, maar ik weet dat hij niet zou aarzelen zijn mond open te doen als hij per se iets wil bespreken.

Ik stap uit de auto en loop naar de voordeur. Nu het nog licht is, zie ik dat er oude klimplanten vol witte bloemetjes rond de hoek van het huis groeien. Tot mijn verbazing hoor ik Hardins portier open- en dichtgaan, gevolgd door het geluid van zijn schoenen op het trottoir. Ik draai me om en zie hem op ruim een meter achter me staan.

'Waar ben jij mee bezig?' vraag ik aan hem.

'Ik ga mee, wat anders?' Hij rolt met zijn ogen en neemt een grote stap, waardoor hij naast me op het stoepje voor de voordeur komt te staan.

'O ja? Maar je ging toch...'

'Ja. Kom, dan gaan we naar binnen voor de ergste avond van je leven.'

Op zijn gezicht verschijnt de meest neppe glimlach die ik ooit heb gezien. Ik geef hem een por en bel aan.

'Ik bel nooit aan,' zegt hij, draaiend aan de deurknop. Het is het huis van zijn vader, en dus mag hij dat, maar het geeft me toch een ongemakkelijk gevoel.

We lopen naar binnen en staan al in de hal wanneer zijn vader verschijnt. De verbazing is duidelijk zichtbaar op zijn gezicht, maar hij glimlacht vriendelijk en loopt naar zijn zoon toe om hem te omhelzen. Hardin weet hem echter te ontwijken en loopt langs hem heen. Even worden de knappe trekken van meneer Scott getekend door schaamte, maar ik wend mijn blik af voordat hij merkt dat ik dat heb gezien.

'Dank u wel voor de uitnodiging, meneer Scott,' zeg ik wanneer we verder naar binnen lopen.

'Dank je dat je bent gekomen, Tessa. Landon heeft me al het nodige over je verteld. Hij is erg op je gesteld. En zeg alsjeblieft Ken.' Hij glimlacht en ik loop achter hem aan de woonkamer in.

Daar zit Landon met een boek voor Literatuur op de bank. Hij kijkt verheugd op en slaat het boek dicht wanneer ik naar hem toe loop en naast hem ga zitten. Ik weet niet zeker waar Hardin is gebleven, maar die zal vroeg of laat wel weer opduiken.

'Dus Hardin en jij willen jullie vriendschap een nieuwe kans geven?' vraagt Landon licht fronsend.

Ik wil graag uitleggen hoe het tussen Hardin en mij zit, maar ik heb zelf ook geen idee. 'Het is ingewikkeld.' Ik probeer te glimlachen, maar het lukt niet helemaal.

'Je bent nog steeds met Noah, hè? Ken lijkt te denken dat Hardin en jij aan het daten zijn.' Hij lacht. Ik hoop dat mijn lach minder nep klinkt dan het voelt. 'Ik kon het niet over mijn hart verkrijgen om hem te verbeteren, maar dat zal Hardin ongetwijfeld doen,' gaat hij verder.

Ik schuif ongemakkelijk heen en weer, niet goed wetend wat ik moet zeggen. 'Ja, ik ben nog met Noah, het is alleen...'

'Jij bent vast Tessa!' schalt een vrouwenstem door de kamer. De moeder van Landon loopt naar me toe en ik sta op om haar de hand te schudden. Haar ogen fonkelen en haar glimlach is hartelijk. Ze draagt een turquoise jurk die erg op mijn bruine jurk lijkt, met eroverheen een schort dat is bedrukt met een motief van aardbeitjes en bananen.

'Dank u wel voor de uitnodiging. U hebt een erg mooi huis,' zeg ik.

Haar glimlach vult haar hele gezicht, en ze geeft me een kneepje in mijn hand. 'Je bent van harte welkom, lieverd, we vinden het fijn dat je er bent,' zegt ze stralend. Ze schrikt op van het geluid van een kookwekker in de keuken. 'Ik moet even de laatste hand aan het eten leggen. Ik zie jullie over een paar minuten in de eetkamer.'

'Wat ben je aan het doen?' vraag ik aan Landon.

Hij pakt een map. 'De opdrachten voor volgende week. Dat essay over Tolstoj wordt nog mijn dood.'

Ik knik. Daar heb ik ook uren aan zitten werken. 'Ja, dat viel niet mee. Ik heb het een paar dagen geleden afgemaakt.'

'Blijven jullie nerds aantekeningen vergelijken? Ik wil graag nog deze eeuw eten,' zegt Hardin.

Ik kijk hem boos aan, maar Landon legt slechts lachend zijn boek neer en loopt naar de eetkamer. Blijkbaar heeft hun ruzie de lucht weten te klaren.

Ik loop de twee achterna naar de grote eetkamer. De lange tafel is schitterend gedekt met een compleet servies en in het midden staan schalen met verschillende gerechten. Karen heeft echt haar best gedaan. Als Hardin zich nu niet weet te gedragen, breng ik hem om.

'Tessa, gaan jij en Hardin maar hier zitten.' Karen wijst naar de linkerkant van de tafel. Landon gaat tegenover Hardin zitten. Ken en Karen nemen naast Landon plaats.

Ik bedank haar en ga naast Hardin zitten, die stil is en niet op zijn gemak lijkt. Ik zie dat Karen opschept voor Ken, die haar bedankt met een snelle kus op haar wang. Het is zo'n lief gebaar dat ik mijn blik even moet afwenden. Ik vul mijn bord met rosbief, aardappels en muskaatpompoen en leg er een broodje bovenop. Hardin kijkt grinnikend naar de berg voedsel.

'Wat is er? Ik heb honger,' fluister ik.

'Niets. Meisjes met honger zijn de leukste.' Hij lacht opnieuw en schept nog meer op dan ik.

'En, Tessa, bevalt het je op Washington Central?' vraagt Ken.

Ik kauw heel snel, zodat ik antwoord kan geven. 'Ja, heel goed, maar het is nog maar mijn eerste semester, dus misschien moet u het over een paar maanden nog eens vragen,' grap ik. Iedereen lacht, behalve Hardin.

'Dat is fijn om te horen. Ben je nog lid van clubs op de campus?' vraagt Karen. Ze dept haar mond met haar servet.

'Nog niet, maar ik wil volgend semester lid worden van de Literaire Club.'

'O ja? Daar was Hardin vroeger ook lid van,' merkt Ken op.

Ik kijk even naar Hardin. Er ligt een geërgerde blik in zijn samengeknepen ogen.

'Vindt u het fijn om vlak bij de universiteit te wonen?' vraag ik, om de aandacht van Hardin af te leiden. Zijn mildere blik is zijn manier om mij te bedanken.

'Ja, het bevalt ons hier goed. Toen Ken pas rector was, woonden we veel kleiner. Dit huis beviel ons meteen.'

Mijn vork klettert op het glazen bord. 'Rector? Van de universiteit?' vraag ik ademloos.

'Ja. Heeft Hardin je dat nooit verteld?' Ken kijkt even naar zijn zoon.

'Nee...'

Ook Karen en Landon kijken naar Hardin, die zenuwachtig heen en weer schuift.

Hardin kijkt op zijn beurt met een blik vol haat naar zijn vader. Hij schiet overeind en roept: 'Nee! Ik heb het haar godverdomme niet verteld omdat het niet belangrijk is. Ik hoef jouw naam of jouw positie niet te gebruiken.' Hij stormt de kamer uit. Karen kijkt alsof ze in huilen kan uitbarsten en Ken loopt rood aan.

'Het spijt me, ik wist niet dat hij...' begin ik.

'Je hoeft je niet te verontschuldigen voor zijn beroerde gedrag,' zegt Ken tegen me.

Ik hoor de achterdeur dichtvallen en sta op. 'Sorry, ik ben zo terug.' Ik sta op en ga op zoek naar Hardin.

47

∞

Ik ren de achterdeur uit en zie Hardin ijsberen op het terras. Ik weet niet zeker hoe ik de situatie kan verbeteren, maar ik weet wel dat ik na die uitbarsting liever hier bij Hardin ben dan bij zijn familie in de eetkamer. Bovendien voel ik me verantwoordelijk voor dit alles omdat ik zei dat ik wilde gaan en Hardin niet. Als hij opeens bij mijn moeder zou willen eten, zou ik me er ook niet prettig bij voelen.

Alsof ze dat ooit zou laten gebeuren, merkt het stemmetje in mijn hoofd op.

Hardin kijkt me geërgerd aan, alsof hij mijn gedachten kan lezen. Ik loop naar hem toe, maar hij wendt zich van me af.

'Hardin...'

'Nee, Tessa, niet doen,' zegt hij op scherpe toon. 'Ik weet wat je gaat zeggen: dat ik terug naar binnen moet gaan en mijn excuses moet aanbieden. Maar dat gaat dus echt niet gebeuren. Spaar je de moeite! Waarom ga jij niet terug naar binnen om van het eten te genieten? Laat mij verdomme met rust.'

Ik zet een stap in zijn richting, maar kom niet verder dan: 'Ik wil niet terug naar binnen.'

'Waarom niet? Je past er perfect tussen. Saai en preuts, net als zij.'

Au! Waarom ben ik hier ook alweer? O ja, om me door Hardin te laten vernederen. 'Weet je, bekijk het maar. Ik ga ervandoor. Ik snap niet waarom ik nog moeite voor je doe!' roep ik, hopend dat ze me binnen niet horen.

'Omdat je niet weet wanneer je moet ophouden, denk ik.' Zodra die woorden over zijn lippen rollen, krijg ik een brok in mijn keel.

'O, dat weet ik inmiddels heel goed.' Ik staar naar het betegelde terras en probeer de pijn van zijn woorden te negeren, maar het lukt niet. Ik kijk op naar Hardin. De blik in zijn kille ogen kruist de mijne.

'Dat is alles? Meer heb je niet te zeggen?' Lachend haalt hij zijn handen door zijn haar.

'Ik ga niet nog meer tijd aan je verspillen. Je verdient het niet eens dat ik nog met je praat, of dat die aardige mensen binnen een etentje voor ons hebben georganiseerd, dat jij vervolgens verpest. Want dat doe je: je verpest alles! En ik heb er genoeg van dat je ook mijn leven verpest.' Mijn gezicht is nat van mijn tranen. Hardin stapt naar me toe, maar ik deins terug en struikel ergens over. Hardin steekt een hand naar me uit om te voorkomen dat ik val, maar ik grijp naar een terrasstoel. Ik wil zijn hulp niet, ik kan zonder.

Wanneer ik naar hem opkijk, zie ik dat zijn uitdrukking vermoeid is. Dat geldt ook voor de stem waarmee hij zacht 'Je hebt gelijk' zegt.

'Dat weet ik.' Ik wend me van hem af.

Sneller dan ik me had kunnen voorstellen sluit zijn hand zich om mijn pols en trekt hij me tegen zijn borst. Zonder aarzelen leun ik tegen hem aan, verlangend naar zijn aanraking. Maar ik weet wel beter: ik hoor het waarschuwende kloppen van mijn hart, dat tekeergaat in mijn borstkas. Ik vraag me af of Hardin dat ook hoort, en of hij het bloed voelt kloppen in mijn pols. Zijn ogen fonkelen van woede, maar ik weet dat hetzelfde voor de mijne geldt.

Ik krijg geen waarschuwing voordat zijn lippen krachtig op de mijne neerkomen, met een druk die bijna pijnlijk is. Zijn kus is zo wanhopig en hongerig dat ik me verlies. In Hardin. In de zilte smaak van mijn tranen op onze lippen, in zijn vingers die door mijn haar bewegen. Zijn handen gaan van mijn hoofd naar mijn middel en hij tilt me op het hek. Mijn benen wijken uiteen en hij gaat ertussenin staan, zonder mijn mond ook maar een moment los te laten. We zijn een en al hitte en gehijg, verstrengeld met elkaar. Mijn tanden schrapen langs zijn onderlip, waardoor hij kreunt en me nog dichter tegen zich aan drukt.

De achterdeur vliegt open en de betovering wordt verbroken. Ik draai me om en zie tot mijn ontzetting dat Landons zachte ogen me recht aankijken. Hij loopt rood aan en spert zijn ogen open. Ik duw Hardin van me af en spring van het hek. Mijn voeten komen neer op het terras en ik trek mijn jurk recht.

'Landon, ik...' begin ik.

Hij steekt zijn hand omhoog om me tot stilte te manen en loopt naar ons toe. Hardin ademt zo zwaar dat ik er zeker van ben dat ik het geluid tussen het huis en de bomen kan horen echoën. Zijn wangen zijn vuurrood, zijn blik is woest.

'Ik snap het niet. Jullie hebben de pest aan elkaar, en nu... Je hebt een vriendje, Tessa. Ik dacht dat je anders was.' Landons woorden zijn hard, maar zijn toon is mild.

'Ik heb niet... Ik weet niet wat dit is.' Ik gebaar naar mezelf en naar Hardin. Hardin houdt tot mijn opluchting zijn mond. 'Noah weet dat dit, eh, eerder is gebeurd. Ik wilde het ook aan jou vertellen, maar ik wil niet dat je anders over me denkt,' zeg ik bijna verontschuldigend.

'Ik weet niet wat ik moet denken...' Landon loopt terug naar de achterdeur. En dan, als in een film, is er aan de hemel opeens een donderslag te horen.

'Er komt slecht weer aan.' Hardin bestudeert de hemel, die steeds verder betrekt. Ondanks zijn rood aangelopen gezicht klinkt zijn stem kalm.

'Slecht weer? Landon heeft ons net zien... zoenen.' Ik voel dat het vuur tussen ons langzaam dooft.

'Het komt wel goed.'

Ik kijk naar hem op, in de verwachting een zelfvoldane uitdrukking te zien, maar die is er niet. Hij legt een hand op mijn rug en wrijft zachtjes.

'Wil je terug naar binnen of moet ik je naar huis brengen?' vraagt hij. Het is verbazingwekkend hoe snel zijn stemming kan veranderen van kwaad in verlangend in kalm.

'Ik wil graag terug naar binnen en verder eten. Wat wil jij?'

'Ik denk dat we wel naar binnen kunnen gaan. Het eten is lekker.' Hij glimlacht en ik giechel. 'Wat klinkt dat leuk,' zegt hij. We kijken elkaar even recht aan.

'Je bent in een veel betere stemming,' zeg ik.

Hij glimlacht opnieuw en wrijft in zijn nek, zoals hij zo vaak doet. 'Ik snap er ook niks van.' Dus hij is net zo in de war als ik? Ik zou willen dat mijn gevoelens voor hem niet zo sterk waren, dan kon ik hier veel beter mee omgaan. Wanneer hij dit soort dingen zegt, ga ik alleen maar meer om hem geven. Voelde hij zich maar net zo. Ik weet alleen dat dat nooit zal gebeuren, dat heeft zowel Steph als Hardin zelf me duidelijk gemaakt.

De donder rommelt opnieuw en Hardin pakt me bij mijn hand. 'Kom, dan gaan we naar binnen voordat het begint te regenen.'

Ik knik en hij leidt me terug naar binnen. Hij blijft mijn hand vasthouden wanneer we terug naar de eetkamer lopen. Landons blik schiet naar onze handen, maar hij zegt niets. Ik vind het niet prettig dat Landon het ziet, maar Hardins hand in de mijne voelt zo goed dat ik de mijne niet wil terugtrekken. Landon kijkt weer naar zijn bord en wij gaan zitten. Hardin laat mijn hand los en kijkt naar zijn vader en Karen.

'Het spijt me dat ik zo tegen jullie schreeuwde,' mompelt hij.

Het is overduidelijk dat iedereen stomverbaasd is. Hardin kijkt naar de tafel. 'Hopelijk heb ik hierdoor niet het etentje verpest waarvoor jullie zo veel moeite hebben gedaan,' vervolgt hij.

Voordat ik mezelf kan tegenhouden, tast ik onder de tafel naar Hardins hand en geef hem een kneepje.

'Het geeft niet, Hardin, we begrijpen het best. De avond is er echt niet door verpest; laten we verdergaan met eten.' Karen glimlacht en Hardin kijkt haar aan. Dan glimlacht hij aarzelend, en ik weet hoeveel moeite hem dat kost. Ken zegt niets, maar hij knikt wel instemmend.

Ik wil mijn hand uit die van Hardin trekken, maar hij vlecht zijn vingers door de mijne en kijkt me van opzij aan. Ik hoop dat ik niet zo dweperig kijk als ik me voel. Voor het eerst in mijn leven, zo lijkt het, denk ik niet te veel over dingen na. Ik vraag me bijvoorbeeld niet af waarom ik Hardins hand vasthoud terwijl Noah mijn vriendje is.

Tijdens de rest van het eten voel ik me veel schuchterder nu ik weet dat Ken zo'n hoge functie aan de universiteit heeft. Dit is niet niks. Hij vertelt ons over zijn verhuizing naar Amerika, dat hij een geweldig land vindt, met name de staat Washington. Hardin blijft mijn hand vasthouden. Het kost ons allebei moeite om met één hand te eten, maar dat vinden we geen van beiden vervelend.

'Het weer zou beter kunnen zijn, maar het is hier erg mooi,' merkt Ken op, en ik knik instemmend.

'Wat wil je na je studie gaan doen?' vraagt Karen me wanneer iedereen klaar is met eten.

'Ik wil naar Seattle verhuizen, een baan vinden bij een uitgeverij en aan mijn eerste roman werken,' zeg ik vol zelfvertrouwen.

'Een uitgeverij? Heb je al een paar namen in gedachten?' vraagt Ken.

'Niet echt, maar ik zal mijn uiterste best doen om ergens binnen te komen.'

'Dat klinkt goed. Ik heb zelf een paar goede contacten bij Vance. Ken je die?' vraagt hij.

Ik kijk naar Hardin. Daar heeft hij al eerder iets over gezegd.

'Ja, daar heb ik goede dingen over gehoord.' Ik glimlach.

'Ik kan wel een paar telefoontjes voor je plegen; het zou een mooie kans voor je zijn. Je lijkt me een intelligente jonge vrouw en ik wil je graag helpen.'

Ik trek mijn hand uit die van Hardin en vouw die samen met mijn andere hand onder mijn kin. 'Meent u dat? Wat aardig, dank u wel,' roep ik uit.

Ken zegt dat hij zijn kennis maandag meteen zal bellen, en ik bedank hem meerdere keren. Hij verzekert me dat het geen moeite is en dat hij me graag wil helpen. Ik steek mijn hand weer onder de tafel, maar Hardin heeft zijn hand weggehaald, en wanneer Karen opstaat om af te ruimen, vraagt hij of hij van tafel mag en verdwijnt naar boven.

48

∞

Karen glimlacht goedkeurend wanneer ik haar vraag of ik kan helpen met afruimen en lijkt een tikje verbaasd over mijn aanbod. Ik vul de vaatwasser terwijl zij de grote dekschalen afwast. Het valt me op dat de borden er erg nieuw uitzien en ik moet denken aan de schade die Hardin op die ene avond heeft veroorzaakt. Hij kan zo gemeen zijn.

'Ik hoop niet dat je het erg vindt dat ik het vraag, maar hoe lang gaan Hardin en jij al met elkaar?' Ze bloost bij die vraag, maar ik schenk haar een hartelijke glimlach.

Het lijkt me het beste een rechtstreeks antwoord te vermijden. 'Nou, we kennen elkaar nog maar een maand. Hij is bevriend met Steph, met wie ik een kamer deel.'

'We kennen maar een paar van Hardins vrienden. Jij bent... Nou, je bent anders dan degenen die ik tot nu toe heb ontmoet.'

Het bliksemt buiten, en regen klettert tegen de ramen. 'Goh, het komt echt met bakken uit de hemel.' Ze trekt het raampje boven de gootsteen dicht. 'Hardin is niet zo erg als hij lijkt,' zegt ze tegen me, al klinkt het eerder alsof ze zichzelf hieraan wil herinneren. 'Hij is gewoon gekwetst. Ik wil graag geloven dat het ooit beter zal worden. Ik moet bekennen dat ik erg verbaasd was dat hij vanavond kwam opdagen en denk dat dat door jou komt.'

Tot mijn grote verbazing slaat ze haar armen om me heen en geeft me een knuffel. Ik weet niet goed wat ik moet zeggen en omhels haar ook. Ze maakt zich van me los, maar laat haar keurig gemanicuurde handen op mijn schouders rusten.

'Heel erg bedankt.' Ze dept haar ogen met een zakdoekje uit haar schort en gaat dan verder met de afwas.

Ze is zo aardig tegen me dat ik niet het hart heb om haar te vertellen dat ik geen invloed op Hardin heb. Hij is alleen maar gekomen om mij dwars te zitten. Nadat ik de vaatwasser heb gevuld, kijk ik een tijdje naar de regendruppels die langs de ruiten druipen. Het is opvallend dat Hardin, die aan iedereen een hekel heeft, op hemzelf en mogelijk zijn moeder na, zo veel mensen in zijn leven heeft die om hem geven, hoewel hij zijn uiterste best doet om dat te dwarsbomen. Hij mag zich gelukkig prijzen dat hij hen – ons – heeft. Ik weet dat ik er nu ook bij hoor. Ik heb alles voor Hardin over; ik kan het wel ontkennen, maar het is zo. Ik heb verder niemand, behalve mijn moeder en Noah, en die geven allebei niet om mij op de manier waarop Hardins toekomstige stiefmoeder om hem geeft.

'Ik ga even bij Ken kijken. Doe alsof je thuis bent, lieverd,' zegt Karen tegen me. Ik knik en besluit op zoek te gaan naar Hardin, of naar Landon – wie ik toevallig het eerste tegenkom.

Landon is beneden nergens te vinden, dus ik loop de trap op naar Hardins kamer. Als hij daar niet is, ga ik wel in mijn eentje beneden zitten. Ik probeer de deur te openen, maar die zit op slot.

'Hardin?' zeg ik, zachtjes, zodat niemand me hoort. Ik klop op de deur, maar zonder resultaat. Net wanneer ik weg wil lopen, hoor ik het slot klikken en doet hij de deur open.

'Mag ik binnenkomen?' vraag ik.

Hij knikt en houdt de deur net ver genoeg voor me open. Er waait een briesje door de kamer en ik ruik de geur van de regen die door het open erkerraam naar binnen komt. Hij gaat op de vensterbank onder dat raam zitten, met zijn knieën opgetrokken, en staart naar buiten, zonder iets tegen me te zeggen. Ik ga tegenover hem zitten en wacht. Het ritme van de roffelende regen heeft iets kalmerends.

'Wat is er gebeurd?' vraag ik ten slotte. Wanneer hij me met een verbaasde uitdrukking aankijkt, leg ik uit: 'Beneden, bedoel ik. Je hield mijn hand vast en toen... Waarom trok je hem weg?' Ik schaam me voor de wanhopige toon van mijn stem. Ik klink veel te afhankelijk, maar de woorden zijn nu al gezegd.

'Was het de stage? Wil je om een of andere reden dat ik dat niet doe? Maar je hebt zelf al eerder aangeboden me te helpen.'

'Daar gaat het juist om, Tessa.' Hij kijkt weer uit het raam. 'Ik wil je zelf helpen. Ik wil niet dat hij het doet.'

'Wat maakt dat nu uit? Het is toch geen wedstrijd? Jij bood het me als eerste aan, dank je wel daarvoor.' Ik wil hem geruststellen, al begrijp ik niet waarom het belangrijk is.

Hij slaakt een geërgerde zucht en vouwt zijn handen rond zijn knieën. De stilte blijft tussen ons in hangen terwijl we allebei uit het raam kijken. Het is harder gaan waaien, de bomen zwaaien heen en weer, en het bliksemt nu veel vaker.

'Wil je dat ik nu wegga? Dan bel ik Steph om te vragen of Tristan me kan komen halen,' fluister ik. Ik wil niet weg, maar hier blijven zitten met een zwijgende Hardin drijft me tot waanzin.

'Wegga? Ik zeg net dat ik je wil helpen. Hoe kom je erbij dat ik daarmee wil zeggen dat je weg moet?' Zijn stem wordt luider.

'Ik... ik weet het niet. Je zei niks tegen me en het weer wordt steeds slechter...' stamel ik.

'Je maakt me echt helemaal gek, Theresa.'

'Hoe dan?' vraag ik piepend.

'Ik probeer je duidelijk te maken dat... dat ik je wil helpen. Ik hou je hand vast, maar je snapt niet... Je snapt het nog steeds niet. Ik weet niet wat ik anders moet doen.' Hij slaat zijn handen voor zijn gezicht. Hij bedoelt toch niet wat ik denk dat hij bedoelt?

'Wat moet ik snappen? Wat, Hardin?'

'Dat ik je wil. Ik heb nog nooit van mijn leven zo graag iets of iemand gewild.' Hij kijkt me niet aan.

Mijn hart maakt een sprongetje en begint luid te bonken. Weer verandert de lucht tussen ons. Hardins openlijke bekentenis brengt me van mijn stuk. Want ik wil hem ook. Meer dan wat dan ook.

'Ik weet dat je niet... Je voelt niet hetzelfde voor mij, maar...' begint hij, maar nu ben ik degene die aangeeft dat hij stil moet zijn.

Ik trek zijn handen van mijn knieën en breng ze naar me toe. Hij buigt zich over me heen, met een onzekere blik in zijn groene ogen. Ik haak mijn vinger achter de kraag van zijn shirt en trek hem naar me toe. Oog in oog. Hij laat zijn knie naast mijn dijen op de vensterbank rusten en ik kijk weer naar hem op. Hij haalt een paar keer adem. Zijn blik gaat van mijn lippen terug naar mijn ogen. Hij likt zijn onderlip af en ik leun naar hem toe. Ik had gedacht dat hij me nu wel zou kennen.

'Kus me,' smeek ik.

En hij brengt zijn gezicht dichter bij dat van mij, slaat een arm om me heen en drukt me neer, zodat ik plat op mijn rug op het gestoffeerde bankje lig. Ik spreid voor de tweede keer vandaag mijn benen voor hem en hij laat zijn lijf ertussen zakken. Zijn gezicht bevindt zich op een paar centimeter van het mijne wanneer ik mijn hoofd ophef om hem te kussen. Ik kan niet langer wachten. Wanneer onze lippen langs elkaar strijken, trekt hij zich voorzichtig terug om aan mijn nek te snuffelen en daar een kusje te planten voordat hij zijn lippen weer naar mijn mond brengt. Hij kust mijn mondhoek en daarna mijn kaak. Ik huiver van genot. Zijn lippen strijken nog een keer over de mijne, en dan haalt hij zijn tong langs mijn onderlip, vangt mijn mond in de zijne en opent zo opnieuw mijn lippen. De kus is zacht en langzaam, zijn tong glijdt langs de mijne. Een van zijn handen rust op mijn heup, en hij klemt de stof van mijn jurk, die langs mijn dijen omhoog is geschoven, tussen zijn vingers. Met zijn andere hand streelt hij mijn wang, zonder de kus te onderbreken, en ik sla mijn armen om zijn middel en trek hem stevig tegen me aan. Elke vezel van me wil hem in zijn lip bijten en zijn shirt over zijn hoofd trekken, maar de zachte, tedere manier waarop hij me kust, voelt veel beter dan het gebruikelijke brandende vuur.

Hardins lippen voegen zich naar die van mij en mijn handen dansen over zijn rug. Zijn slanke heupen drukken tegen de mijne en een kermend geluidje ontsnapt aan mijn lippen. Hij slikt mijn zuchten in door met zijn lippen mijn mond te omlijsten, met me mee bewegend.

'O, Tessa, wat doe je me allemaal aan... Het gevoel dat je me geeft,' fluistert hij in mijn mond. Zijn woorden zijn mijn ondergang en ik grijp naar de zoom van zijn shirt. Zijn hand gaat van mijn wang naar mijn borst, en vervolgens naar mijn buik, waar het kippenvel op mijn huid verschijnt. En dan naar de kleine ruimte tussen onze lichamen, daar waar mijn benen gespreid zijn. Ik hap naar adem wanneer hij over het kant wrijft dat mijn dijen bedekt. Hij vergroot de druk en ik krom kermend mijn rug.

Het maakt niet uit hoe kwaad of van streek hij me maakt, één aanraking en ik ben als was in zijn handen. Maar zijn kalmte en zelfbeheersing lijken geen stand te houden; ik zie dat hij zich probeert in te houden, maar dat zijn voornemen gedoemd is te mislukken. Hij strijkt met zijn neus langs mijn wang terwijl ik zijn shirt over zijn hoofd trek. Het blijft achter zijn haar haken, maar hij steekt een hand uit, rekt zich uit en trekt het van zijn hoofd. Nadat hij het shirt op de grond heeft gegooid, buigt hij zich weer over me heen en vindt opnieuw mijn lippen. Ik pak zijn hand en leg die tussen mijn dijen. Een lach laat zijn lichaam beven, en hij kijkt op me neer.

'Wat wil je dat ik doe, Theresa?' Zijn stem klinkt schor.

'Wat je maar wilt.' Ik meen het. Ik wil alles met hem doen, zonder te denken aan wat morgen de gevolgen kunnen zijn. Hij zei dat hij me wil, en ik ben van hem. Dat ben ik al sinds die eerste kus.

'Niks zeggen, want er zijn zo veel dingen die ik met je kan doen,' zegt hij kreunend. Hij drukt zijn duim tegen mijn panty en slipje. Mijn verbeelding slaat meteen op hol.

'Beslis jij maar.' Ik kerm wanneer hij een cirkeltje maakt met zijn duim.

'Wat maak ik je nat. Ik voel het door je panty heen.' Hij likt zijn lippen af en ik kreun opnieuw. 'Ik wil die panty uit hebben, oké?' zegt hij, maar voordat ik antwoord kan geven, maakt hij zich van me los. Zijn handen glijden onder mijn jurk, pakken mijn panty vast en trekken die naar beneden. Ik voel koele lucht op mijn huid en hef onwillekeurig mijn heupen op.

'Shit,' mompelt hij. Zijn blik glijdt over mijn lichaam en blijft tussen mijn dijen rusten. Niet in staat zichzelf in te houden steekt hij zijn hand uit en strijkt met zijn vinger over mijn plekje. Dan brengt hij zijn vinger naar zijn lippen en zuigt eraan. Zijn ogen zijn half dicht. O. Nu ik hem dat zie doen, voel ik de hitte in mijn hele lichaam.

'Weet je nog dat ik zei dat ik je wilde proeven?' vraagt hij, en ik knik.

'Nou, dat wil ik nu. Goed?' Zijn uitdrukking is gretig. Ik voel me nog altijd een beetje opgelaten bij het idee, maar als het net zo goed voelt als toen bij de rivier wil ik dat hij het doet. Hij likt opnieuw zijn lippen af en kijkt me indringend aan. De laatste keer toen ik hem dit wilde laten doen, eindigde het in ruzie omdat hij zo gemeen deed. Hopelijk verpest hij het niet weer.

'Wil je dat?' vraagt hij, en ik kreun.

'Toe, Hardin, dwing me niet het te zeggen,' smeek ik.

Hij steekt zijn hand opnieuw naar me uit en beweegt zijn vingers in grote cirkels over mijn heupen. 'Dat zal ik niet doen,' belooft hij, tot mijn opluchting. Ik knik en hij ademt hoorbaar uit.

'Laten we op het bed gaan liggen, dan heb je meer ruimte,' stelt hij voor, zijn hand naar me uitstekend. Ik sta op en trek mijn jurk naar beneden. Hij kijkt me met een voldaan lachje aan. Dan loopt hij naar de zijkant van de erker en trekt aan een koord, zodat de dikke blauwe gordijnen dichtvallen en het donker wordt in de kamer.

'Trek die eens uit,' beveelt hij op zachte toon. Ik doe wat hij vraagt. De jurk valt aan mijn voeten neer en ik draag alleen nog maar een beha, effen wit, met een klein strikje tussen de cups. Hij spert zijn ogen open en kijkt naar mijn borsten. Dan steekt hij zijn hand uit en raakt met zijn lange vingers het strikje aan.

'Wat schattig.' Hij glimlacht en ik krimp in elkaar. Ik moet echt in nieuwe lingerie investeren als Hardin me er vaker in zal zien. Ik probeer mijn bijna naakte lichaam voor hem te bedekken. Ik voel me meer op mijn gemak bij Hardin dan bij wie dan ook, maar ik sta hier nog altijd in niet meer dan een beha. Nadat ik een blik op de deur heb geworpen, loopt hij ernaartoe om die op slot te doen.

'Lach je me soms uit?' zeg ik streng.

Hij schudt zijn hoofd. 'Dat zou ik niet durven.' Grinnikend leidt hij me naar het bed. 'Ga op de rand liggen, met je voeten op de grond, zodat ik voor je kan knielen,' draagt hij me op.

Ik ga achterover op het grote bed liggen en hij trekt me aan mijn dijen naar voren. Mijn voeten bungelen vlak boven de vloer.

'Ik heb er nooit bij stilgestaan dat dit zo'n hoog bed is,' zegt hij lachend. 'Misschien kun je beter bij het hoofdeinde gaan liggen.'

Ik schuif omhoog op het bed en Hardin volgt mijn voorbeeld. Hij haakt zijn armen rond mijn dijen en buigt zijn knieën, zodat hij voor me gehurkt zit, tussen mijn benen. Ik word helemaal gek bij de gedachte aan hoe dit zou kunnen voelen en had graag meer ervaring gehad, zodat ik zou weten wat er volgt.

Hardin buigt zijn hoofd. Zijn krullen kietelen tegen mijn dijen.

'Ik ga je zo'n lekker gevoel geven,' mompelt hij tegen mijn buik. Mijn hart klopt in mijn oren en ik vergeet even dat er nog andere mensen in huis zijn.

'Spreid je benen, schatje,' fluistert hij. Ik gehoorzaam. Hij toont me een verdwaasde glimlach, laat zijn mond zakken en kust me vlak onder mijn navel. Zijn tong draait rondjes over mijn romige huid en mijn oogleden vallen trillend dicht. Ik uit een kreetje van verbazing wanneer hij aan de zachte huid van mijn heup knabbelt en zuigt. Het prikt een beetje, mijn huid tussen zijn tanden, maar het is zo sensueel dat de pijn niet uitmaakt.

'Hardin, toe,' zeg ik ademloos. Ik verlang naar een of andere bevrijding van zijn langzame, plagende marteling.

Dan drukt hij opeens zonder waarschuwing zijn tong tegen mijn kern, waardoor ik een kreet van genot slaak. Hij maakt kleine bewegingen met zijn tong, en mijn handen grijpen het dekbed onder me vast. Ik schuif heen en weer onder zijn vaardige tong, maar hij slaat zijn armen stevig rond mijn heupen en houdt me op mijn plaats. Ik voel niet alleen de strelingen van Hardins tong, maar ook het wrijven van zijn vinger, en het brandende gevoel welt op in mijn buik. Ik voel het koele metaal van het ringetje in zijn lip, dat een andere structuur en temperatuur aan de sensatie toevoegt.

Zonder dat ik toestemming heb gegeven laat Hardin een vinger in me glijden, langzaam en voorzichtig. Ik knijp mijn ogen stijf dicht en wacht totdat het ongewone prikken wegtrekt.

'Gaat het?' Hij heft zijn hoofd een klein stukje op. Zijn volle lippen glimmen van mij. Ik knik, niet in staat de juiste woorden te vinden, en hij trekt zijn vinger langzaam terug om die daarna opnieuw in me te duwen. In combinatie met de bewegingen van zijn tong voelt het ongelooflijk. Kreunend reik ik naar zijn zachte haar, vlecht mijn vingers erdoorheen en trek zachtjes. Zijn vinger vult me en trekt zich terug, keer op keer. De donderslagen laten het hele huis schudden en weerkaatsen tegen alle wanden, maar ik ben zo afgeleid dat het me niet kan schelen.

'Hardin,' zeg ik kermend wanneer zijn tong dat allergevoeligste plekje vindt en hij zachtjes zuigt. Ik had nooit gedacht dat iets zo goed kon voelen. Mijn lichaam wordt overgenomen door sensaties en genot, en ik werp een snelle blik op Hardin, die er tussen mijn benen ongelooflijk sexy uitziet. De harde spieren onder zijn huid trekken samen wanneer hij zijn vinger in en uit me beweegt.

'Zal ik je zo laten klaarkomen?' vraagt hij. Ik kerm even omdat ik zijn tong niet langer voel en knik als een bezetene. Hij lacht tevreden en raakt me opnieuw met zijn tong aan. Deze keer gaat hij met snelle strelingen over dat plekje waarop ik zo dol ben geworden.

'O, Hardin,' zeg ik ademloos. Hij kreunt tegen me aan, wat trillingen door mijn binnenste zendt. Mijn benen verstijven, en ik mompel keer op keer zijn naam terwijl ik alle controle verlies. Mijn blik wordt wazig, ik knijp mijn ogen stijf dicht. Hardin houdt me vast en beweegt zijn tong steeds sneller. Ik trek mijn ene hand uit zijn haar en sla die voor mijn mond, op mijn vingers bijtend om te voorkomen dat ik het uitschreeuw. Een paar tellen later raakt mijn hoofd het kussen en gaat mijn borst op en neer terwijl ik wanhopige pogingen doe om op adem te komen. Mijn hele lichaam tintelt omdat ik me zo euforisch voelde.

Ik ben me er amper van bewust dat Hardin op het bed klimt en naast me gaat liggen. Hij leunt op zijn elleboog en streelt met zijn duim over mijn wang. Hij geeft me de kans om terug te keren naar het hier en nu voordat hij me vraagt iets te zeggen.

'Hoe was het?' Zijn stem klinkt een tikje onzeker.

Ik draai mijn hoofd naar hem toe. 'Mmmm.' Ik knik en hij grinnikt. Het was ongelooflijk, het was meer dan ongelooflijk. Nu snap ik waarom iedereen dit soort dingen doet.

'Ben je zo verdoofd?' vraagt hij plagend. Zijn duim strijkt over mijn onderlip. Ik steek mijn tong uit om mijn lippen af te likken en raak Hardins duim.

'Dank je.' Ik glimlach verlegen. Ik weet niet waarom ik me zo verlegen voel na wat we net hebben gedaan, maar het is nu eenmaal zo. Hardin heeft me op mijn kwetsbaarst gezien, zoals niemand me ooit heeft gezien, en dat vind ik opwindend en beangstigend tegelijk.

'Ik had je moeten waarschuwen voordat ik mijn vingers gebruikte. Ik probeerde voorzichtig te zijn,' zegt hij verontschuldigend.

Ik schud mijn hoofd. 'Het geeft niet, het voelde lekker.' Ik bloos.

Hij glimlacht en stopt mijn haar weg achter mijn oor.

Er trekt een rilling over mijn rug. Hardin fronst. 'Heb je het koud?' vraagt hij, en ik knik. Hij verbaast me door het dekbed te pakken en mijn bijna naakte lijf te bedekken.

Ik voel me dapper genoeg om tegen hem aan te kruipen. Hij bekijkt me aandachtig wanneer ik me oprol en mijn hoofd op zijn harde buik leg. Zijn huid is kouder dan ik had verwacht, al waait er vanwege het noodweer nog altijd een frisse bries door de kamer. Ik trek de lakens omhoog tot over zijn borst en verberg mijn hoofd eronder. Hij tilt de lakens weer op, zodat hij mijn gezicht kan zien, en ik duik voor hem weg, lachend om onze versie van verstoppertje.

Het liefste wil ik hier urenlang blijven liggen, met zijn hartslag onder mijn wang. 'Hoe lang kunnen we hier nog blijven voordat we weer naar beneden moeten?' vraag ik.

Hij haalt zijn schouders op. 'Als we willen voorkomen dat ze denken dat we hier liggen te neuken, kunnen we maar beter nu naar beneden gaan,' grapt hij. We lachen allebei even. Ik raak steeds meer gewend aan zijn grove taalgebruik, maar ik schrik nog altijd wanneer hij dat soort woorden zo achteloos laat vallen. Wat me nog het meest schokt, is dat mijn huid ervan gaat tintelen.

Kermend stap ik uit het bed. Hardin kijkt naar me wanneer ik me vooroverbuig om mijn kleren van de vloer te rapen. Ik gooi hem zijn shirt toe, dat hij over zijn hoofd trekt alvorens een hand door zijn slordige haar te halen. Ik stap in mijn onderbroek en trek die onder zijn toeziende blik naar boven. Daarna volgt mijn panty, maar ik ben zo nerveus dat ik er bijna over struikel.

'Kijk niet zo naar me, daar word ik zenuwachtig van,' zeg ik tegen hem, en hij glimlacht. De kuiltjes in zijn wangen zijn zoals altijd opvallend.

Hij propt zijn handen in zijn zakken en kijkt naar het plafond. Ik giechel en weet ten slotte mijn panty omhoog te trekken.

'Wil je straks mijn jurk voor me dichtritsen?' vraag ik aan hem. Zijn blik glijdt over mijn lichaam en ik zie van een meter afstand dat zijn pupillen groter worden. Ik kijk naar beneden en begrijp waarom. Mijn borsten lijken uit mijn beha te rollen en mijn kanten panty zit vlak boven mijn heupen; opeens voel ik me net een pin-up.

'J-Ja, dat wil ik.' Hij slikt hoorbaar. Het is verbazingwekkend dat een jongen zo knap en, tja, sexy als Hardin zo van mij onder de indruk kan zijn. Ik weet dat ik als aantrekkelijk geld, maar ik ben zo anders dan de meiden met wie hij doorgaans omgaat. Ik heb geen tattoos en geen piercings en ik kleed me veel keuriger.

Ik trek de jurk aan en draai me om, zodat mijn rug naar hem toe wijst, wachtend tot hij de rits dicht zal trekken. Ik til mijn haar op en houdt het boven mijn hoofd. Zijn vingers dansen over mijn huid en springen over het bandje van mijn beha voordat hij de rits naar boven strekt. Huiverend leun ik tegen hem aan. Met opzet duw ik mijn billen tegen hem aan, en ik hoor hem naar adem happen. Zijn handen gaan naar mijn heupen en knijpen even. Ik voel hem hard worden, waardoor er voor misschien wel de honderdste keer vandaag een schok door me heen gaat.

'Hardin?' klinkt Karens stem op de overloop, gevolgd door een zachte klop op de deur. Ik ben dolblij dat we allebei aangekleed zijn.

Hardin rolt met zijn ogen en brengt zijn lippen naar mijn oor. 'Later,' belooft hij. Hij loopt naar de deur en doet het licht aan voordat hij de deur opent en ik Karen zie staan.

'Het spijt me dat ik jullie stoor, maar ik heb een paar toetjes gemaakt. Hebben jullie daar trek in?' vraagt ze vriendelijk. Hardin geeft geen antwoord, maar kijkt naar mij, wachtend op mijn antwoord.

'Ja, dat klinkt goed,' zeg ik glimlachend.

Ze lacht terug. ‘Mooi, dan zie ik jullie dadelijk beneden.’ Ze draait zich om en loopt weg.

‘Ik heb al wat lekkers gehad,’ zegt Hardin ondeugend. Ik geef hem een tik op zijn arm.

49

∞

Karen heeft heel veel zoetigheid voor ons klaargemaakt. Ik proef van alles wat en praat met haar over haar hobby, bakken. Landon is niet bij ons in de eetkamer komen zitten, maar dat lijkt niemand erg te vinden. Ik kijk even naar de bank, waar hij met een boek op schoot zit, en herinner mezelf eraan dat ik dit later met hem moet bespreken. Ik wil hem niet als vriend verliezen.

'Ik vind bakken ook erg leuk, maar ik ben er niet goed in,' zeg ik tegen Karen.

Ze moet lachen. 'Ik wil het je best leren,' zegt ze met een hoopvolle blik in haar bruine ogen.

Ik knik. 'Dat zou ik erg leuk vinden.' Ik kan het niet over mijn hart verkrijgen om 'nee' te zeggen. Ik heb met haar te doen: ze doet echt haar best om me beter te leren kennen omdat ze denkt dat ik Hardins vriendinnetje ben, en ik kan niet tegen haar zeggen dat het niet zo is. Al put ik hoop uit het feit dat Hardin het niet tegenover haar of zijn vader heeft ontkend. Ik wens dat het altijd zo kon zijn als vanavond, dat ik tijd met Hardin kan doorbrengen en we voortdurend blikken uitwisselen terwijl ik met zijn vader en aanstaande stiefmoeder zit te praten. Hij is al zeker een uur lang aardig tegen me en strijkt zo teder met zijn duim over mijn knokkels dat er vlinders in mijn buik opstijgen. Buiten blijft het regenen. De wind huilt.

Na de toetjes staat Hardin op van tafel. Ik kijk hem vragend aan en hij buigt zich voorover om 'Zo terug, even naar het toilet' in mijn oor te fluisteren. Ik zie hem in de gang verdwijnen.

'We kunnen je niet vaak genoeg bedanken. Het is zo heerlijk dat Hardin hier is, al is het maar voor een avondje,' zegt Karen.

Ken legt zijn hand op de hare. 'Ze heeft gelijk. Het is heerlijk om als vader te zien dat je enige zoon zo verliefd is. Ik heb vaak gedacht dat hij misschien niet... Hij was zo'n... boos kind,' mompelt Ken met een blik op mij. Het was hem vast niet ontgaan dat ik ongemakkelijk heen en weer schuif, want hij vervolgt met: 'Het spijt me, ik wilde je niet van streek maken. We zijn alleen blij dat hij gelukkig is.'

Gelukkig? Verliefd? Ik verslik me en krijg een spontane hoestbui. Na een slok koel water uit mijn glas kom ik weer tot bedaren en kijk hen aan. Denken ze dat Hardin verliefd op me is? Het zou erg onbeleefd zijn om Ken en Karen in hun gezicht uit te lachen, maar het is duidelijk dat ze hun zoon niet goed kennen.

Voordat ik antwoord kan geven, komt Hardin weer terug en dank ik de goden dat ik niet hoef te reageren op hun lieve maar compleet foute veronderstelling. Hardin gaat niet zitten, maar blijft achter mijn stoel staan, met zijn handen op de rugleuning.

'We kunnen maar beter gaan. Ik moet Tessa nog terug naar de studentenflat brengen,' zegt hij.

'O, doe niet zo gek, jullie kunnen blijven logeren. Het is buiten noodweer en wij hebben ruimte zat, hè, Ken?'

Hardins vader knikt. 'Ja, natuurlijk kunnen jullie blijven.'

Hardin kijkt naar mij. Ik wil blijven. Dan ben ik langer met Hardin op deze plek die van de buitenwereld afgesloten lijkt te zijn en waar hij zo'n goed humeur heeft.

'Ik vind het prima,' zeg ik, al wil ik hem niet boos maken met mijn voorkeur. Zijn blik verraadt niets, maar hij lijkt niet kwaad te zijn.

'Mooi! Dat is dan geregeld. Ik laat Tessa even een logeerkamer zien... of slaap je liever bij Hardin?' vraagt ze. Ze klinkt niet veroordelend, maar gewoon vriendelijk.

'Nee, ik heb graag een eigen kamer, als dat goed is.'

Hardin kijkt me kwaad aan. Wil hij me bij hem op de kamer hebben? Het is een opwindende gedachte, maar ik ben er nog niet aan toe omdat ik weet dat Hardin en ik dat punt nog niet hebben bereikt. Het gevatte stemmetje in mijn gedachten herinnert me eraan dat we niet eens daten, zelfs niet een klein beetje, en dat we dus geen enkel 'punt' kunnen bereiken. En dat ik al een vriend heb, die geen Hardin heet. Ik schenk geen aandacht aan dat stemmetje en loop met Karen mee naar boven, me afvragend of ze ons meteen naar bed zal sturen. Ik durf het niet te vragen.

Ze laat me een kamer recht tegenover die van Hardin zien. Minder groot, maar even fraai ingericht. Het bed is kleiner en staat op een witte verhoging tegen de muur. Er hangen afbeeldingen van boten en ankers aan de muren. Ik bedank haar meerdere keren en ze geeft me een knuffel voordat ze de kamer verlaat.

Ik loop door de kamer en blijf bij het raam staan. De achtertuin is veel groter dan ik had gedacht; tot nu toe had ik alleen het terras en de bomen aan de linkerkant gezien. Aan de rechterkant is een gebouwtje dat op een kas lijkt, maar door de zware regen is het moeilijk te zien.

Ik staar naar de regen en merk dat mijn gedachten alle kanten op gaan. Vandaag was de beste dag die ik tot nu toe met Hardin heb beleefd, al is hij af en toe uit zijn slof geschoten. Hij heeft mijn hand vastgehouden, wat hij nooit doet; hij heeft zijn hand op mijn rug gelegd toen we naast elkaar liepen; en hij heeft me geprobeerd gerust te stellen toen ik me zorgen maakte om Landon. Zo ver zijn we nog nooit gekomen in onze... vriendschap. Dat is het verwarrende: ik weet dat we waarschijnlijk nooit zullen daten, maar misschien is wat we nu hebben goed genoeg? Ik had nooit gedacht dat ik iemands vriendin met een beetje meer kon zijn, maar ik weet ook dat ik niet uit zijn buurt kan blijven. Dat heb ik tot nu toe al te vaak geprobeerd.

Een zachte klop op de deur laat me opschrikken uit mijn gedachten. Ik verwacht Karen of Hardin, maar in plaats daarvan staat Landon in de deuropening. Hij heeft zijn handen in zijn zakken gepropt en glimlacht aarzelend en ongemakkelijk.

'Hoi,' zegt hij.

Ik glimlach. 'Hoi, zin om binnen te komen?'

Hij knikt. Ik loop naar het bed en ga zitten, hij pakt de stoel die bij het tafeltje in de hoek staat en neemt plaats.

'Ik...' zeggen we tegelijkertijd, en dan lachen we allebei.

'Jij eerst,' stelt hij voor.

'Goed. Het spijt me dat je er op deze manier achter moest komen, van Hardin en mij. Dat is nooit mijn bedoeling geweest. Ik liep alleen maar naar buiten om er zeker van te zijn dat hij oké was; het idee van het etentje met zijn vader maakte hem nogal van streek, maar op de een of andere manier zijn we... zoenend geëindigd. Dat klinkt vreselijk, en ik vind het vreselijk dat ik ben vreemdgegaan, maar ik ben zo in de war en heb geprobeerd uit zijn buurt te blijven. Echt waar.'

'Ik veroordeel je niet, Tessa. Ik was alleen verbaasd dat ik jullie twee zo bezig zag. Ik had verwacht dat jullie tegen elkaar zouden staan schreeuwen.' Hij lacht even en vervolgt: 'Ik had al zo'n vermoeden dat er iets gaande was toen jullie bij Literatuur ruzie kregen, en vervolgens bleef je afgelopen weekend hangen en begon hij ruzie met mij te maken toen hij thuiskwam. De tekenen waren er, maar ik dacht dat je het me wel zou vertellen. Al snap ik heel goed waarom je dat niet wilde.'

Er valt een enorme last van mijn schouders. 'Je bent dus niet boos op me? En je denkt ook niet anders over me?' vraag ik.

Hij schudt zijn hoofd. 'Nee, natuurlijk niet. Ik maak me wel zorgen over jou en Hardin. Ik wil niet dat hij je kwetst, maar ik ben wel bang dat dat zal gebeuren. Het spijt me dat ik dat moet zeggen, maar ik zie het als mijn plicht als vriend om je te waarschuwen.'

Ik wil in de verdediging schieten en zelfs kwaad worden, maar ik weet dat hij gelijk heeft. Al hoop ik diep in mijn hart dat het niet zo is.

'Hoe moet het nu met Noah?'

Ik kerm. 'Geen flauw idee. Ik ben bang dat ik er spijt van ga krijgen als ik het uitmaak, maar wat ik nu doe, is ook niet eerlijk. Ik heb nog even wat tijd nodig om een beslissing te nemen.'

Hij knikt.

'Landon, ik ben zo blij dat je niet boos op me bent, al deed ik rot tegen je. Ik wist gewoon niet wat ik moest zeggen. Sorry.'

'Ik snap het wel.' We staan allebei op en hij omhelst me. Het is een warm, troostend gebaar. En dan zwaait de deur open.

'Eh... stoor ik soms?' klinkt Hardins stem door de kamer.

'Nee, kom binnen,' zeg ik tegen hem. Hij rolt met zijn ogen. Hopelijk heeft hij nog een goed humeur.

'Ik heb wat nachtgoed voor je,' zegt hij tegen me. Hij legt een stapeltje kleren op het bed en loopt weer naar de deur.

'Bedankt. Je mag wel blijven.' Dat wil ik ook.

Hij kijkt naar Landon en snauwt: 'Nee, dank je.' Hij loopt de kamer uit.

'Wat is hij toch humeurig!' jammer ik. Ik laat me op het bed vallen.

Landon grinnikt en leunt achterover. 'Ja, dat kun je wel zeggen.'

We barsten allebei in lachen uit, en dan begint Landon over Dakota, en dat hij zo uitkijkt naar volgend weekend. Ik was dat hele kampvuur al bijna vergeten. Noah komt ook. Misschien moet ik hem afzeggen. Stel dat de verandering tussen Hardin en mij zich alleen in mijn hoofd afspeelt? Na vandaag heb ik het gevoel dat er iets is veranderd, en hij heeft ook gezegd dat hij nog nooit iemand zo graag heeft gewild. Maar hij heeft niet met zo veel woorden gezegd dat hij iets voor me voelt, alleen maar dat hij me wil. Na een uur waarin Landon en ik van alles bespreken, van Tolstoj tot de skyline van Seattle, wenst hij me welterusten en gaat hij naar zijn kamer, mij alleen achterlatend met mijn gedachten en het geluid van de regen.

50

∞

Ik pak de kleren die Hardin me heeft gebracht: een van zijn kenmerkende zwarte T-shirts, een rood met grijs geruite broek en een paar grote zwarte sokken. Ik moet lachen bij de gedachte dat Hardin die heeft gedragen, maar dan besef ik dat dit waarschijnlijk afkomstig is uit die kast met ongedragen kleren. Ik pak het shirt. Het ruikt naar hem. Hij heeft dit wel degelijk gedragen, en niet zo lang geleden. De geur is bedwelmend: muntachtig, niet goed te omschrijven, maar ik weet nu al dat dit mijn nieuwe lievelingsgeur is. Ik trek de kleren aan. De broek is veel te groot, maar zit wel lekker.

Ik ga op het bed liggen en trek de deken tot over mijn borst. Starend naar het plafond beleef ik opnieuw de dag. Ik dommel langzaam in, dromend van groene ogen en zwarte T-shirts.

'Nee!'

De stem van Hardin zorgt ervoor dat ik wakker schrik. Heb ik dat echt gehoord?

'Toe nou!' roept hij. Ik spring mijn bed uit en ren de overloop over. De deurklink van Hardins kamer voelt koud aan onder mijn vingers, maar godzijdank zit de deur niet op slot.

'Nee! Toe...' roept hij opnieuw. Ik heb hier niet eens over nagedacht en heb geen idee wat ik moet doen als iemand hem bezig is pijn te doen. Ik tast naar de schakelaar van de lamp en knip die aan. Hardin ligt met ontbloot bovenlijf in bed, verstrikt in het dikke dekbed, te woelen en te draaien. Zonder na te denken ga ik op het bed zitten en raak zijn schouder aan. Zijn huid is warm, veel te warm.

'Hardin!' zeg ik zachtjes, in een poging hem te wekken. Zijn hoofd beweegt met een ruk opzij en hij maakt een kermend geluid, maar hij wordt niet wakker.

'Hardin, word eens wakker!' roep ik. Ik schud hem harder door elkaar en ga schrijlings op hem zitten. Ik grijp beide schouders vast en schud nog eens.

Zijn ogen vliegen open; heel even is er ontzetting zichtbaar in zijn blik, gevolgd door opluchting. Het zweet staat op zijn voorhoofd.

'Tess,' zegt hij met verstikte stem. De manier waarop hij mijn naam zegt, breekt mijn hart en maakt het weer beter. Binnen een paar tellen heeft hij zijn armen uit het dekbed bevrijd en ze om me heen geslagen om me op zijn borst te trekken. Ik schrik van zijn vochtige huid, maar ik blijf liggen. Ik voel zijn hart als een razende kloppen onder mijn wang en leg mijn handen op zijn zijden. Hij strijkt me telkens weer over mijn haar en mompelt mijn naam, alsof ik een talisman in het donker ben.

'Hardin, gaat het?' Mijn stem is zachter dan een fluistering.

'Nee,' bekent hij. Zijn borstkas gaat nu langzamer op en neer, maar zijn ademhaling is nog altijd oppervlakkig. Ik wil hem niet dwingen om me te vertellen wat hij net voor iets verschrikkelijks heeft gedroomd.

Ik vraag ook niet of hij wil dat ik blijf, want ik weet dat het zo is. Wanneer ik mijn arm uitsteek om de lamp uit te doen verstijft hij over zijn hele lichaam.

'Ik wilde alleen het licht uitdoen, of zal ik het laten branden?' vraag ik hem.

Nu hij begrijpt wat mijn bedoeling is, ontspant hij zich en laat me naar de lamp reiken.

'Doe maar uit, alsjeblieft,' zegt hij smekend. Zodra de kamer weer in duisternis gedompeld is, leg ik mijn hoofd op zijn borst. Ik had gedacht dat dit een ongemakkelijke houding zou zijn, schrijlings op hem zittend, maar het biedt ons allebei troost. Ik word kalm van het geluid van zijn kloppende hart in zijn harde borstkas, dat geruststellender is dan het geroffel van de regen. Ik zou er alles voor overhebben om elke nacht zo met Hardin door te kunnen brengen en zo bij hem te kunnen liggen, met mijn armen om hem heen en hij langzaam ademend in mijn oor.

Ik word wakker omdat ik Hardin onder me voel bewegen. Ik lig nog altijd boven op hem, met mijn knieën aan weerszijden van hem. Ik til mijn hoofd op van zijn borst en kijk in zijn betoverende groene ogen. Nu het licht is, weet ik niet of mijn aanwezigheid nog net zo gewenst is als vannacht. Ik kan zijn uitdrukking niet peilen, waardoor mijn zenuwen de overhand krijgen. Ik glijd van hem af. Ik heb een zere nek omdat ik de hele nacht op zijn harde borst heb geslapen en ik moet mijn benen strekken.

'Goedemorgen.' Zijn glimlach vol kuiltjes stelt me gerust.

'Goedemorgen.'

'Wat ga jij doen?' vraagt hij.

'Mijn nek doet zeer,' zeg ik.

Hij trekt me naar zich toe, met mijn rug tegen zijn voorkant. Hij laat me schrikken door zijn hand in mijn nek te leggen, maar ik herstel me wanneer hij mijn nek begint te masseren. Ik doe mijn ogen dicht en krimp even ineen omdat het pijn doet, maar die pijn trekt door zijn massage al snel weg.

Hij zegt eerder iets dan ik: 'Dank je.'

Ik kijk hem over mijn schouder aan. 'Waarvoor?' Misschien wil hij dat ik hem voor de massage bedank?

'Omdat je... naar me toe bent gekomen. En bent gebleven.' Hij bloost en wendt zijn blik van me af. Hij schaamt zich. Hardin schaamt zich. Hij weet me altijd weer te verbazen en te verwarren.

'Je hoeft me niet te bedanken. Wil je erover praten?' Ik hoop van wel. Ik wil weten waarover hij droomt.

'Nee,' zegt hij slechts, en ik knik. Ik weet wat er zal gebeuren als ik hem onder druk zet, al wil ik dat nog zo graag.

'Ik wil wel praten over hoe ontzettend lekker jij er in mijn shirt uitziet,' zegt hij kirrend in mijn oor. Hij duwt met zijn hoofd tegen het mijne en drukt zijn lippen op mijn huid. Mijn ogen vallen dicht wanneer hij mijn oorlelletje tussen zijn volle lippen neemt en zachtjes trekt. Ik voel hem onder me hard worden, en dat wekt een ongelooflijke loomheid bij me op. Dit is een stemmingswisseling die me wel bevalt.

'Hardin,' fluister ik. Hij grinnikt tegen mijn nek. Zijn handen dwalen over mijn lichaam; hij haakt zijn duim rond de tailleband van de veel te grote geruite pyjamabroek. Mijn hart begint sneller te kloppen, en ik hap naar adem wanneer hij zijn hand voor in de broek laat glijden. Dit effect heeft hij altijd op me: binnen een paar seconden voel ik dat de broek vochtig wordt. Zijn andere hand sluit zich rond mijn borst. Hij maakt een sissend geluidje wanneer hij zijn duim over mijn gevoelige tepel heen en weer beweegt. Ik ben dolblij dat ik voor het slapengaan mijn beha heb uitgetrokken.

‘Ik krijg maar geen genoeg van je, Tess.’ Zijn raspende stem klinkt nu nog lager, vervuld van lust. Zijn hand omvat me, over mijn slipje heen, en hij trekt me zo dicht mogelijk tegen zich aan. Zijn erectie drukt tegen mijn rug. Ik steek mijn hand uit, pak zijn hand en trek die uit mijn broek. Wanneer ik me naar hem omdraai, zie ik hem fronsen.

‘Ik... ik wil iets voor jou doen,’ fluister ik langzaam, beschaamd.

De frons maakt plaats voor een glimlach. Hij neemt mijn kin tussen zijn vingers en dwingt me hem aan te kijken.

‘Wat wil je dan doen?’ vraagt hij. Dat weet ik niet precies, ik weet alleen dat ik hem net zo’n lekker gevoel wil geven als hij mij geeft. Ik wil hem de controle zien verliezen, net zoals mij in deze kamer is overkomen.

‘Ik weet niet... Wat wil je dat ik doe?’ Mijn gebrek aan ervaring klinkt door in mijn stem.

Hardin pakt mijn handen vast en drukt ze tegen de bult in zijn broek. ‘Ik wil heel graag die volle lippen om me heen voelen.’

Ik hap naar adem bij die woorden en voel de druk tussen mijn dijen.

‘Wil jij dit ook?’ vraagt hij. Zijn handen bewegen in kringetjes over zijn kruis. Zijn donkere ogen kijken me aan en proberen mijn reactie te peilen.

Ik knik en slik, wat me een glimlach oplevert. Hij gaat rechtop zitten en trekt me tegen zich aan. Ik word overspoeld door zenuwen en verlangen, maar dan schalt zijn luide ringtone door de kamer. Hij kermt en pakt zijn mobieltje van de tafel. Zodra zijn blik op het scherm valt, slaakt hij een zucht.

‘Ik ben zo terug,’ zegt hij, en hij loopt de kamer uit. Een paar minuten later komt hij terug, maar zijn stemming is omgeslagen.

‘Karen is bezig het ontbijt klaar te maken. We kunnen zo aan tafel.’ Hij trekt de ladekast open en vist er een T-shirt uit, dat hij zonder naar mij te kijken over zijn hoofd trekt.

‘Oké.’ Ik sta op en loop naar de deur. Voordat ik zijn familie onder ogen kom, wil ik graag een beha aantrekken.

‘Ik zie je straks beneden.’ Zijn stem verraadt geen enkele emotie.

Ik slik de brok in mijn keel weg. Hardin-die-op-zijn-hoede-is is mijn minst favoriete Hardin; ik heb nog liever Hardin-die-kwaad-is. Wie heeft hem zo-even gebeld, en waarom is hij opeens zo afstandelijk? Waarom kan hij zijn goede humeur niet gewoon bewaren?

Ik knik en steek de overloop over. Mijn maag rammelt nu ik bacon ruik.

Ik doe mijn beha aan en trek het koordje in de geruite broek zo strak mogelijk aan. Even vraag ik me af of ik mijn jurk nu al moet aantrekken, maar ik draag zo vroeg op de ochtend liever gemakkelijke kleren. Voor de grote spiegel aan de muur blijf ik even staan om een hand door mijn slordige haar te halen en de slaap uit mijn ogen te wrijven.

Net wanneer ik de deur van mijn kamer dichtdoe, gaat Hardins deur open. Ik concentreer me op het behang en loop de overloop af. Ik hoor zijn voetstappen achter me, en net wanneer ik bij de trap aankom, grijpt hij me bij mijn elleboog.

'Wat is er?' vraagt hij met een bezorgd gezicht.

'Niets, Hardin,' snauw ik. Ik ben nu al veel te emotioneel en ik heb nog niet eens ontbeten.

'Zeg eens wat er is,' draagt hij me op. Hij houdt zijn gezicht vlak voor het mijne.

Ik zwicht. 'Wie belde er net?'

'Niemand.'

Hij liegt. 'Was het Molly?' Ik weet niet of ik het antwoord wil horen.

Hij zegt niets, maar zijn uitdrukking spreekt boekdelen. Net toen ik van plan was... dat... met hem te doen, liep hij de kamer uit om een telefoontje van Molly aan te nemen. Ik zou verbaasder moeten zijn dan ik echt ben.

'Tessa, het is niet...' begint hij, maar ik trek mijn arm uit zijn greep. Hij klemt zijn kaken op elkaar.

'Dag, jongens.' Landon komt zijn kamer uit en ik glimlach. Zijn haar staat hier en daar rechtop en hij draagt net zo'n geruite broek als ik. Hij ziet er schattig en slaperig uit. Ik loop langs Hardin naar Landon toe en weiger aan Hardin te laten merken dat ik me gekwetst en opgelaten voel.

'Heb je goed geslapen?' vraagt Landon. We lopen samen de trap af en laten een gefrustreerde Hardin alleen achter.

Karen heeft flink uitgepakt met het ontbijt, zoals ik al had verwacht. Hardin schuift een paar minuten na ons aan, maar ik heb mijn bord al gevuld met eieren, bacon, toast, een wafel en een paar druiven.

'Heel erg bedankt voor het ontbijt,' zeg ik tegen Karen, ook namens Hardin; ik weet dat hij niet de moeite zal nemen haar te bedanken.

'Graag gedaan, lieverd. Heb je lekker geslapen? Ik hoop niet dat het slechte weer je wakker heeft gehouden.' Ze glimlacht.

Hardin verstijft naast me, waarschijnlijk bang dat ik zal verklappen dat hij een nachtmerrie had. Inmiddels zou hij moeten weten dat ik dat nooit zou doen, dus zijn gebrek aan vertrouwen stoort me enorm.

'Ik heb erg goed geslapen. Ik heb het bed op mijn studentenkamer zeker niet gemist!' Ik begin te lachen, en iedereen valt me bij, behalve natuurlijk Hardin. Hij neemt een slok van zijn jus d'orange en blijft naar de muur staren. Luchtige gesprekken vullen de kamer; Ken en Landon babbelen over een of andere sportwedstrijd.

Na het ontbijt bied ik Karen aan om te helpen de keuken op te ruimen. Hardin blijft in de deuropening hangen. Hij biedt geen hulp aan, maar houdt me alleen maar in de gaten.

'Ik hoop niet dat je het erg vindt dat ik het vraag, maar hebben jullie een kas in de tuin?' vraag ik aan Karen.

'Ja, inderdaad. Ik heb er dit jaar niet veel mee gedaan, maar ik ben dol op tuinieren. Je had het afgelopen zomer moeten zien,' zegt ze. 'Hou jij van tuinieren?'

'O ja. Mijn moeder heeft ook een kas. Als kind heb ik daar veel van mijn vrije tijd doorgebracht.'

'Echt? Nou, misschien moet je dan maar vaker langskomen, dan kun je me helpen iets van de mijne te maken,' zegt ze. Ze is zo lief en aardig. Zo zou een moeder moeten zijn.

Ik glimlach. 'Dat zou ik enig vinden.'

Hardin verdwijnt even uit het zicht en komt dan weer terug, luid zijn keel schrapend. We draaien ons allebei naar hem om.

'We moeten gaan,' zegt hij. Ik frons. Hij heeft mijn kleren en mijn tas in zijn hand en steekt me mijn Toms toe. Het is wat vreemd dat hij me niet de gelegenheid geeft mijn pyjama uit te trekken en het is een tikje verontrustend dat hij mijn spullen is gaan pakken, maar ik zie het door de vingers. We namen afscheid. Ik omhels Karen en Ken. Hardin wacht vol ongeduld bij de deur.

Ik beloof dat ik snel terug zal komen en hoop dat ik me daaraan kan houden. Ik wist dat ik hier niet eeuwig kon blijven, maar het was zo fijn mijn gewone leven even te kunnen vergeten: hier waren geen lijstjes, geen wekkers, geen verplichtingen. Ik wil nog niet dat er een einde aan komt.

51

∞

De rit is ongemakkelijk. Ik zit met mijn kleren op mijn schoot uit het raampje te kijken, me afvragend of Hardin de stilte tussen ons zal verbreken. Wanneer hij geen aanstalten maakt om iets te zeggen, haal ik mijn telefoon uit mijn tas. Het toestel staat uitgeschakeld; blijkbaar is dat afgelopen nacht per ongeluk gebeurd. Ik zet het aan en het scherm komt tot leven. Tot mijn grote opluchting zijn er geen nieuwe voicemails of berichten. Het enige geluid in de auto is de lichte regen en het langzame gepiep van de ruitenwissers.

'Ben je nog steeds kwaad?' zegt hij bij aankomst op de campus.

'Nee,' lieg ik. Kwaad is niet het goede woord. Eerder gekwetst.

'Je wekt wel de indruk dat je kwaad bent. Je moet niet zo kinderachtig doen.'

'Dat maak ik zelf wel uit. Zet me maar af, dan kun jij naar Molly toe.' De woorden rollen mijn mond uit voordat ik mezelf kan tegenhouden. Ik vind het vreselijk dat ik me zo druk maak over hem en Molly, maar de gedachte aan die twee samen maakt me misselijk. Wat is er trouwens zo leuk aan haar? Haar roze haar? Haar tattoos?

'Dat was ik niet van plan. Niet dat het jouw zaken zijn,' zegt hij minachtend.

'Nou, je wilde anders maar wat graag opnemen toen ik op het punt stond om... Je weet wel,' mompel ik. Ik had mijn mond moeten houden. Ik heb nu geen zin in ruzie met Hardin. Zeker niet nu ik niet eens weet of ik hem ooit nog zal zien. Had hij Literatuur maar nooit laten vallen. Hij weet me gewoon uit mijn tent te lokken, elke keer weer.

'Zo zit het niet, Theresa,' zegt hij.

Aha, nu is het weer 'Theresa'?

'O nee, Hardin? Zo zit het volgens mij wel. En het kan me trouwens geen zak schelen. Ik wist wel dat het niet lang zou duren,' geef ik eindelijk tegenover hem en mezelf toe. Ik wilde het huis van zijn vader niet verlaten omdat ik wist dat dit zou gebeuren zodra Hardin en ik alleen met elkaar zouden zijn. Zo gaat het altijd.

'Wat zou niet lang duren?'

'Dit... wij. Jij die aardig tegen me doet.' Ik wil hem niet aankijken. Als ik dat doe, ben ik zoals altijd meteen als was in zijn handen.

'Dus wat nu? Wil je me een week lang ontlopen? Want we weten allebei dat je dit weekend weer bij me in bed zult liggen,' bijt hij me toe.

Wacht, zei hij dat echt?

'Pardon?' roep ik uit. Ik weet niet wat ik moet zeggen. Niemand heeft ooit zo tegen me gesproken, niemand heeft ooit zo weinig respect getoond. Tranen schieten in mijn ogen terwijl hij de auto parkeert.

Voordat hij iets kan zeggen, gooi ik het portier open, pak mijn spullen en ren naar mijn studentenflat. Ik steek schuin het natte gras over en neem het mezelf kwalijk dat ik niet via het trottoir ben gelopen, maar ik wil gewoon zo snel mogelijk uit Hardins buurt zijn. Toen hij zei dat hij me wilde, bedoelde hij dat seksueel. Dat wist ik wel, maar het doet toch pijn.

'Tessa!' hoor ik hem roepen. Een van Stephs schoenen valt op de grond, maar ik blijf rennen.

'Verdomme, Tessa, blijf staan!' roept hij weer. Ik had niet gedacht dat hij me achterna zou komen. Ik dwing mezelf sneller te hollen, en ten slotte kom ik bij onze flat aan en ren ik de gang in. Tegen de tijd dat ik bij mijn kamer aankom, loop ik echt te snikken. Ik ruk de deur open en laat die met een klap achter me dichtvallen. Mijn tranen vermengen zich met de regen en ik kijk of er een schone handdoek op mijn bed ligt...

En dan verstijf ik omdat ik Noah op het bed zie zitten.

O god, niet nu. Hardin kan elk moment naar binnen stormen.

Noah staat op en komt naar me toe. 'Tessa, wat is er? Waar heb je gezeten?' Hij probeert zijn hand tegen mijn wang te leggen, maar ik draai mijn hoofd om. Er verschijnt een gekwetste blik in zijn ogen wanneer ik me van hem afwend.

'Het is... Het spijt me, Noah,' zeg ik huilend. Op hetzelfde moment trekt Hardin zo hard de deur open dat de scharnieren ervan kraken.

Noah spert zijn ogen open en knijpt ze dan tot spleetjes. Met een ontzette uitdrukking deinst hij voor me terug. Hardin gooit de schoenen die ik op het gras heb laten vallen neer en loopt verder de kamer in, zonder ook maar naar Noah te kijken.

'Dat meende ik niet, wat ik net zei.' Hardin loopt naar me toe.

'Heb je bij hem gezeten? De hele nacht? Zijn dit zijn kleren? Ik probeer je al de hele nacht en de hele ochtend te bereiken... Ik heb ik weet niet hoeveel berichten ingesproken, en jij zat bij hém?' In Noahs stem is de afkeer hoorbaar.

'Wat? Ik...' begin ik, maar dan draai ik me om naar Hardin. 'Je hebt in mijn telefoon gekeken, hè? Je hebt mijn berichten gewist!' schreeuw ik tegen hem. Mijn verstand zegt dat ik Noah moet antwoorden, maar mijn hart is uitsluitend op Hardin gericht.

'Ja... dat klopt,' geeft hij toe.

'Waarom heb je dat in godsnaam gedaan? Jij mag wel opnemen als Molly belt, maar je wist de berichten van mijn vriend?'

Hij krimpt in elkaar bij het woord 'vriend'.

'Hoe durf je zulke spelletjes met me te spelen, Hardin!' schreeuw ik. Ik begin opnieuw te snikken. Noah pakt me bij mijn pols en draait me naar zich toe, maar dat is voor Hardin een teken om Noah bij zijn schouders te pakken en hem een duw te geven. 'Blijf van haar af,' gromt hij.

Dit kan niet waar zijn. Mijn leven is een soap geworden die zich vlak voor mijn ogen afspeelt.

'Het gaat jou niks aan wat ik met mijn vriendin doe, lul,' zegt Noah kwaad. Hij geeft Hardin ook een duw.

Hardin duikt opnieuw op Noah af, maar ik pak hem bij zijn shirt en trek hem terug. Al kan ik die twee misschien maar beter laten vechten. Hardin heeft wel een rechtse directe verdiend.

'Hou op! Hardin, ga weg!' Ik wrijf mijn tranen weg.

Hardin kijkt Noah nog eens kwaad aan en gaat voor me staan. Ik steek mijn hand uit en leg die voorzichtig op Hardins rug, in de hoop dat ik hem kan kalmeren.

'Nee, deze keer ga ik niet weg, Tessa. Dat heb ik al te vaak gedaan.' Met een zucht haalt hij zijn hand door zijn haar.

'Tessa, stuur hem weg!' smeekt Noah, maar ik negeer hem. Ik wil weten wat Hardin te zeggen heeft.

'Ik meende niet wat ik zei, daarnet in de auto, en ik weet niet waarom ik opnam toen Molly belde. Uit gewoonte, denk ik. Geef me alsjeblieft nog een kans. Ik weet dat je me al heel veel kansen hebt gegeven, maar ik heb er nog eentje nodig. Alsjeblieft, Tess.' Hij slaakt een diepe zucht. Hij klinkt doodmoe.

‘Waarom zou ik, Hardin? Ik heb je vaak genoeg de kans gegeven een vriend te zijn,’ zeg ik tegen hem. ‘Ik kan het niet nog eens opbrengen.’ Ik ben me er vaag van bewust dat Noah ons met open mond staat aan te staren, maar op dit moment kan dat me niets schelen. Ik weet dat dit verkeerd is – dat ik hier verkeerd aan doe – maar ik heb nog nooit iets zo graag gewild.

‘Ik wil niet alleen maar vrienden zijn... Ik wil meer.’

Zijn woorden benemen me de adem. ‘Nee, dat is niet zo.’ Hardin wil geen vriendin, waarschuwt mijn verstand me.

‘Jawel.’

‘Je hebt gezegd dat je niet datet en dat ik je type niet ben,’ breng ik hem in herinnering. Ik kan nog steeds niet bevatten dat ik dit met Hardin sta te bespreken, waar Noah bij is.

‘Je bent mijn type niet en ik ben jouw type niet. Maar daarom passen we zo goed bij elkaar; we zijn zo anders, en toch hetzelfde. Je hebt ooit gezegd dat ik het slechtste in je naar boven breng. Nou, jij brengt het beste in mij naar boven. En ik wilde inderdaad nooit daten, totdat ik jou leerde kennen. Nu wil ik het wel, want jij zorgt ervoor dat ik beter mijn best wil doen. Ik wil dat je inziet dat ik je waard ben; ik wil dat je net zo naar mij verlangt als ik naar jou. Ik wil ruzie met je maken, ik wil tegen je schreeuwen totdat een van ons toegeeft het mis te hebben. Ik wil je laten lachen en je horen praten over klassieke romans, ik wil... Ik heb je gewoon nodig. Ik weet dat ik soms gemeen kan zijn... Nou, dat ben ik altijd wel, maar ik weet gewoon niet hoe ik me anders moet gedragen.’ Zijn stem is niet meer dan een fluistering en zijn blik is woest. ‘Het was zo’n gewoonte geworden dat ik me helemaal niet anders wilde gedragen. Totdat ik jou leerde kennen.’

Ik ben met stomheid geslagen. Hij heeft gezegd wat ik hem wilde horen zeggen, wat ik nooit had gedacht te zullen horen. Dit is niet de Hardin die ik ken, maar doordat zijn woorden zo gehaast over zijn lippen rolden en gepaard gingen met zijn zware ademhaling is het allemaal veel echter en natuurlijker.

Ik snap niet dat ik na zijn uitspraak nog overeind sta.

‘Jezus, wat... Tessa?’ zegt Noah op indringende toon.

‘Je kunt maar beter gaan,’ fluister ik, zonder het oogcontact met Hardin te verbreken.

Noah doet een stap naar voren en maakt een triomfantelijk geluid. ‘Eindelijk! Ik dacht dat er nooit een einde aan zou komen.’

Hardin ziet er heel erg gekwetst en verslagen uit.

'Noah, ik zei dat je moest gaan,' herhaal ik.

Beide mannen happen hoorbaar naar adem. Opluchting maakt zich meester van Hardin, en ik reik naar zijn handen, mijn kleine vingers door zijn trillende vlechtend.

'Wat?' roept Noah. 'Dat meen je niet, Tessa! We kennen elkaar al zo lang... Deze jongen gebruikt je gewoon. Zodra hij genoeg van je heeft, zal hij je laten vallen. Ik hou van je! Je vergist je, Tessa,' zegt hij smekend.

Ik heb met Noah te doen en vind het vreselijk dat ik hem zo moet kwetsen, maar ik weet dat ik niet met hem samen kan zijn. Ik wil Hardin. Ik heb nog nooit van mijn leven zo erg naar iets of iemand verlangd.

En Hardin wil mij. Meer tijd met mij.

Met bonzend hart kijk ik naar Noah, die zijn mond opendoet om iets te zeggen.

'Ik zou mijn mond houden als ik jou was. Nu,' zegt Hardin waarschuwend.

'Het spijt me dat het zo moest gaan. Echt waar,' zeg ik.

Hij zegt verder niets meer. Terneergeslagen pakt hij zijn rugzak en loopt mijn kamer uit.

'Tessa... Ik... Voel je hetzelfde als ik?' vraagt Hardin ademloos, en ik knik. Dat moet hij inmiddels toch wel weten?

'Knik niet, zeg het.' Hij klinkt wanhopig.

'Ja, Hardin, dat voel ik,' zeg ik. Ik heb niet zo'n mooi of betekenisvol verhaal zoals hij net heeft opgehangen, maar die eenvoudige woorden lijken genoeg voor hem te zijn.

De glimlach die hij me schenkt, verzacht iets van de pijn die ik voel omdat ik Noahs hart heb gebroken.

'Wat doen we nu?' vraagt hij. 'Dit is nieuw voor me.' Hij bloost.

'Kus me,' zeg ik.

Hij trekt me tegen zijn borst, met zijn hand op mijn rug. Zijn lippen zijn koel en zijn tong glipt warm mijn mond in. Ondanks de chaos die zo-even in mijn kleine kamer is losgebroken voel ik me kalm. Dit is net een droom. Ik weet dat het de stilte voor de storm is, maar voor nu is Hardin mijn anker. Ik hoop alleen maar dat hij me niet kopje-onder trekt.

52

∞

Wanneer Hardin de kus eindelijk verbreekt, gaat hij op mijn bed zitten en neem ik naast hem plaats.

Een paar minuten lang zeggen we niets, dus wanneer ik eindelijk mijn mond opendoe, voel ik me nerveus, alsof we ons op een bepaalde manier horen te gedragen nu we... Ik heb geen idee wat we nu zijn.

'Wat wilde je de rest van de dag gaan doen?' vraagt hij.

'Ik wilde gaan leren,' zeg ik.

'Mooi.' Hij klakt met zijn tong. Hij lijkt ook nerveus. Ik ben blij dat ik niet de enige ben.

'Kom eens hier.' Hardin wenkt me en opent zijn armen.

Zodra ik op zijn schoot zit, zwaait de deur open en maakt hij een getergd geluidje. Steph, Tristan en Nate zien dat ik me van Hardins schoot laat glijden en aan de andere kant van het bed ga zitten.

'Zijn jullie nu elkaars neukertje?' vraagt Nate onomwonden.

'Nee!' roep ik op schrille toon. Ik weet niet wat ik tegen hen moet zeggen en wacht totdat Hardin iets zegt, maar die houdt zijn mond. Tristan en Nate beginnen hem over het feest van gisteravond te vertellen.

'Ik heb blijkbaar niet veel gemist,' zegt Hardin tegen hen, en Nate haalt zijn schouders op.

'Nou ja, totdat Molly begon te strippen. Je had erbij moeten zijn, ze stond compleet in haar nakie,' merkt Nate op. Ik krimp in elkaar en kijk naar Steph, die naar Tristan staat te staren en waarschijnlijk hoopt dat hij zijn oordeel over de blote Molly voor zich houdt.

Hardin glimlacht. 'Dat heb ik allemaal al eens gezien.'

Ik hap naar adem en probeer dat geluid als een kuch te vermommen. Zei hij dat echt? Zijn gezicht betrekt. Blijkbaar dringt het ook tot hem door wat hij zojuist zei.

Misschien was dit helemaal geen goed idee. Het voelt sowieso al ongemakkelijk, en dat gevoel wordt nog sterker nu iedereen hier in de kamer staat. Waarom zei hij niet dat we daten? Is dat wel zo? Ik snap het zelf ook niet helemaal. Na zijn bekentenis dacht ik van wel, maar we hebben het nooit met zo veel woorden gezegd. Misschien hoeft dat ook niet? De onzekerheid maakt me nu al stapelgek; toen ik nog met Noah was, heb ik me nooit druk hoeven maken over wat hij voor me voelde. Er waren geen voormalige vriendinnen met een beetje meer, want ik ben het enige meisje met wie Noah ooit heeft gezoend, en eerlijk gezegd vond ik dat wel prettig. Ik wilde dat Hardin nooit iets met een ander meisje had gedaan, of in elk geval met wat minder meisjes.

'Ik kom me even verkleden, we gaan bowlen. Willen jullie ook mee?' vraagt Steph, maar ik schud mijn hoofd.

'Ik moet nodig gaan studeren. Het is er dit weekend nog niet van gekomen.' Ik wend mijn blik af nu de herinnering aan wat ik wel heb gedaan naar boven komt.

'Ga mee, dat is leuk,' zegt Hardin, maar ik schud mijn hoofd. Ik moet echt hier blijven en had gehoopt dat hij dat ook zou doen.

Steph loopt naar de kast en heeft binnen een paar minuten een andere outfit aan. 'Klaar, jongens? Weet je zeker dat je niet mee wilt?' vraagt ze aan mij.

Ik knik. 'Heel zeker.'

Ze staan allemaal op en Hardin zwaait even glimlachend naar me wanneer hij naar buiten loopt. Het stelt me teleur dat hij niet wil blijven en ik hoop dat hij dit al had gepland vóór dit weekend en alle opschudding van vandaag.

Maar wat had ik dan gedacht? Dat hij naar me toe zou rennen om me te kussen, dat hij me zou vertellen dat hij me zo zou missen? Ik moet lachen. Ik weet niet of er echt iets tussen mij en Hardin zal veranderen, afgezien van het feit dat we elkaar nu niet meer met opzet uit de weg zullen gaan. Ik ben zo gewend aan hoe het altijd met Noah ging dat ik geen idee heb wat er nu zal gebeuren, en ik vind het vreselijk dat ik de situatie niet kan beïnvloeden.

Nadat ik een uurtje heb zitten studeren doe ik een vergeefse poging tot een dutje en pak dan mijn telefoon om Hardin een berichtje te sturen. Pas op dat moment besef ik dat ik niet eens zijn nummer heb. Tot nu toe hebben we elkaar nooit gebeld. Dat hoefde niet, we konden elkaar immers niet uitstaan. Dit is ingewikkelder dan ik dacht.

Ik bel mijn moeder om bij te praten, maar vooral om te kijken of Noah haar al heeft verteld wat er is gebeurd. Het is twee uur rijden, dus het zal niet lang duren voordat hij weer thuis is, en ik weet zeker dat hij het haar zo snel mogelijk zal vertellen. Zodra ik hoor dat ze met een simpel 'Hallo' opneemt, weet ik dat ze nog geen idee heeft. Ik vertel over mijn mislukte jacht op een auto en de mogelijke stage bij Vance. Natuurlijk herinnert ze me eraan dat ik al een maand hier zit en nog steeds geen auto heb gevonden. Ik rol met mijn ogen en laat haar ratelen over haar bezigheden van de afgelopen week. Tijdens het gesprek licht mijn telefoon op. Ik zet haar op handsfree en lees het berichtje.

Je had met ons – met mij – mee moeten gaan luidt het bericht. Mijn hart zwelt op: het is van Hardin.

Ik doe net alsof ik naar mijn moeder luister en mompel een paar keer 'Mmm... ja', maar ondertussen stuur ik een berichtje terug.

Jij had moeten blijven. Ik staar naar het scherm, wachtend op zijn antwoord. Ik kom je ophalen antwoordt hij na wat een eeuwigheid lijkt. Wat? Nee, ik heb geen zin om te bowlen, en jij bent er al. Blijf daar.

Ik ben al vertrokken. Sta klaar. Zelfs in een berichtje klinkt hij veeleisend.

Mijn moeder blijft praten, maar ik heb geen idee waarover. Zodra Hardin me een bericht stuurde, ben ik opgehouden met luisteren. 'Mam, ik moet je terugbellen,' onderbreek ik haar.

'Waarom?' vraagt ze vol verbazing en afkeuring.

'Ik... eh... heb koffie op mijn aantekeningen gemorst. Tot later.'

Ik verbreek de verbinding en verwissel Hardins pyjama voor mijn nieuwe jeans en een paars topje. Ik kam mijn haar, dat er best goed uitziet als je bedenkt dat ik het niet heb gewassen. Ik kijk hoe laat het is en loop naar de badkamer om mijn tanden te poetsen. Wanneer ik terugkom, zit Hardin op mijn bed.

'Waar zat je?' vraagt hij.

'Ik was mijn tanden aan het poetsen.' Ik ruim mijn toilettas op.

'Echt?' Hij staat op en loopt naar me toe. Ik verwacht eigenlijk dat hij me zal omhelzen, maar dat doet hij niet. Hij loopt naar de deur.

Ik knik en pak mijn tas en mijn telefoon.

Tijdens de rit zet hij de radio niet hard. Ik heb helemaal geen zin om te gaan bowlen. Ik heb er een hekel aan, maar ik wil wel tijd met hem doorbrengen, al vind ik het irritant dat ik me nu al zo afhankelijk van hem voel.

'Hoe lang denk je dat we daar moeten blijven?' vraag ik na een paar minuten stilte.

'Geen idee... Hoezo?' Hij kijkt me van opzij aan. 'Het is niet zo erg. Iedereen is er,' verzekert hij me.

Ik hoop dat Molly de parttimeslet niet onder 'iedereen' valt.

'Het zal wel,' mompel ik. Ik kijk uit het raampje.

'Heb je geen zin?' Zijn stem klinkt zacht.

'Niet echt. Daarom zei ik eerder nee.' Ik lach even, hoewel ik het niet grappig vind.

'Zullen we ergens anders naartoe gaan?'

'Zoals?' Ik erger me aan hem, maar weet niet goed waarom.

'Mijn huis,' stelt hij voor.

Ik knik glimlachend. Zijn lach wordt breder, zodat de kuiltjes zichtbaar worden die ik zo leuk vind. 'Mijn huis dus.' Hij steekt zijn hand uit en legt die op mijn dij. Mijn huid wordt warm en ik leg mijn hand op de zijne.

Een kwartier later zijn we bij het grote dispuutshuis. Ik ben hier niet meer geweest sinds Hardin en ik ruzie hadden en ik terug naar de studentenflat ben gelopen. Niemand kijkt ervan op wanneer we de trap op lopen; blijkbaar zijn de andere jongens eraan gewend dat Hardin een meisje mee naar huis neemt. Mijn maag trekt samen bij de gedachte.

Ik moet dit soort dingen niet meer denken, want ik word er helemaal gek van en kan er toch niets aan veranderen.

'Daar zijn we dan.' Hardin haalt de deur van het slot. Ik loop achter hem aan naar binnen. Hij knipt het licht aan, schopt zijn schoenen uit en loopt naar het bed. Daar klopt hij op het plekje naast hem.

Ik loop naar hem toe en merk dat ik niet langer in staat ben mijn nieuwsgierigheid te bedwingen. 'Was Molly er ook? Op de bowlingbaan?' Ik kijk uit het raam terwijl ik die vraag stel.

'Ja, natuurlijk,' antwoordt hij achteloos. 'Hoezo?'

Ik ga op het zachte bed zitten. Hardin pakt mijn enkels vast en trekt me naar zich toe. Lachend glijd ik op mijn rug naar hem toe en trek dan mijn knieën op, zodat ik mijn voeten aan weerszijden van zijn benen kan planten.

'Ik vroeg het me gewoon af...' zeg ik.

Hij grijnst. 'Ze zal er wel vaker bij zijn; ze maakt deel uit van ons groepje.'

Ik weet dat het onzin is om jaloers op haar te zijn, maar ik stoor me gewoon aan haar. Ze doet alsof ze me aardig vindt, terwijl ik weet dat het niet zo is, en ik weet dat ze Hardin leuk vindt. Nu dat we... Wat we ook zijn, ik wil haar niet bij hem in de buurt zien.

'Je bent toch niet bang dat ik met haar ga neuken?'

Ik geef hem een tik op zijn arm. Normaal gesproken hoor ik hem graag grove taal uitslaan, maar niet wanneer het om Molly gaat.

'Nee, ik... Misschien. Ik weet dat je dat eerder hebt gedaan en ik wil niet dat je het nog eens doet,' zeg ik. Ik weet zeker dat hij me belachelijk gaat maken om mijn jaloezie en wend mijn blik af.

Hij legt zijn hand op mijn knie en geeft een zacht kneepje. 'Dat zou ik nooit doen... Nu niet meer. Maak je over haar maar geen zorgen, oké?'

'Waarom heb je niemand over ons verteld?' Ik weet dat ik beter mijn mond kan houden, maar het zit me dwars.

'Dat weet ik niet... Ik wist niet of je dat wel wilde. Bovendien zijn dit onze eigen zaken, en niet die van een ander,' legt hij uit. Zijn antwoord is veel beter dan wat ik me in het hoofd had gehaald.

'Je hebt gelijk, denk ik. Ik dacht dat je je misschien schaamde of zo,' zeg ik.

Hij lacht. 'Waarom zou ik me voor je schamen? Kijk toch eens.' Zijn ogen worden donker en hij legt zijn hand op mijn buik. Zijn vingers trekken mijn shirt omhoog en tekenen kringetjes op mijn blote huid. Hij glimlacht wanneer hij kippenvel ziet verschijnen.

'Het is heerlijk zoals jouw lichaam op mij reageert,' zegt hij ademloos. Ik weet wat er nu volgt en kan niet wachten.

53

∞

Hardins vingers kruipen verder onder mijn shirt. Zodra hij merkt dat ik sneller begin te ademen, verschijnt er een glimlach op zijn knappe gezicht.

'Ik hoef je maar heel even aan te raken of je zit al te hijgen,' fluistert hij met hese stem. Hij buigt zich voorover en schuift mijn benen van zijn schoot, zodat hij zijn mond in mijn hals kan drukken. Zijn tong trekt een spoor over mijn huid en maakt me aan het huiveren. Ik vlecht mijn vingers door zijn haar en trek er zachtjes aan terwijl hij aan mijn vel knabbelt. Een van zijn handen glijdt tussen mijn benen, maar ik pak zijn pols vast om hem tegen te houden.

'Wat is er?' vraagt hij.

'Niets... Ik dacht dat ik deze keer misschien iets voor jou kan doen?' Ik wend mijn blik af, maar zijn vingers sluiten zich rond mijn kin, zodat ik gedwongen ben oogcontact met hem te maken. Hij probeert zijn grijns te onderdrukken, maar ik zie het toch.

'En wat zou je voor mij willen doen?'

'Nou... Misschien wat je laatst zei?' Ik snap niet waarom ik zo verlegen ben terwijl Hardin alles zegt wat in zijn hoofd opkomt, maar een woord als 'pijpen' zit niet in mijn vocabulaire.

'Je wilt me afzuigen?' vraagt hij, duidelijk verbaasd.

Nu ben ik officieel ontzet. Maar ook opgewonden. 'Eh... Ja. Als je dat wilt?' Ik hoop dat ik dit soort dingen gemakkelijker over mijn lippen krijg als onze relatie vordert. Ik wil me zo bij Hardin op mijn gemak voelen dat ik hem precies kan zeggen wat ik met hem wil doen.

'Natuurlijk wil ik dat. Toen ik je voor het eerst zag, wilde ik al je lippen om me heen voelen.'

Ik ben ongewoon gevleid door zijn onverbloemde bekentenis, maar dan vraagt hij: 'Weet je het zeker? Heb je eigenlijk wel eens... een pik gezien?'

Ik twijfel er niet aan dat hij het antwoord op die vraag kent. Wil hij het me soms hardop horen zeggen?

'Natuurlijk wel. Niet in het echt, maar wel op plaatjes, en ik heb de buurman een keer betrapt bij het kijken naar een pikante film,' zeg ik tegen hem. Hij probeert zijn lachen in te houden. 'Lach me niet uit, Hardin,' zeg ik waarschuwend.

'Dat doe ik niet, schatje. Het spijt me. Ik heb alleen nog nooit een meisje met zo weinig ervaring gekend. Dat is helemaal niet erg, maar soms brengt jouw onschuld me een beetje in verwarring. Al is het wel heel opwindend om te weten dat ik de enige ben die je ooit heeft laten klaarkomen.' Deze keer lacht hij niet, waardoor ik me wat beter voel.

'Goed... laten we beginnen.'

Glimlachend strijkt hij met zijn duim over mijn wang. 'Helemaal niet bang. Dat mag ik wel.' Hij staat op.

'Waar ga je naartoe?' vraag ik.

Hij glimlacht. 'Ik ga nergens naartoe. Ik doe mijn broek uit.'

'Dat wilde ik doen,' zeg ik pruilend. Grinnikend trekt hij zijn broek weer omhoog. 'Ga je gang, liefje.' Hij plant zijn handen in zijn zij.

Glimlachend buig ik me voorover en trek zijn broek naar beneden. Zijn boxer ook? Hardin doet een stap naar achteren en drukt zijn hielen tegen het bed voordat hij gaat zitten. Ik laat me op mijn knieën voor hem zakken en hoor hem diep ademhalen.

'Kom eens dichterbij, schatje.'

Ik schuif naar hem toe en zet mijn handen op zijn gebogen knieën.

'Gaat het?' vraagt hij voorzichtig.

Ik knik en hij trekt me aan mijn ellebogen omhoog.

'Laten we eerst even zoenen, oké?' stelt hij voor, me boven op zich trekkend.

Ik moet bekennen dat ik opgelucht ben. Ik wil dit heel graag, maar ik moet het even kunnen verwerken, en door hem te kussen zal ik me meer op mijn gemak voelen. Hij zoent me eerst langzaam, maar binnen een paar tellen voel ik dat de aanzwellende spanning tussen ons me in bezit neemt. Ik klem mijn vingers stevig om zijn armen en wieg heen en weer op zijn schoot. De bult in zijn boxer wordt groter en ik trek zachtjes aan zijn haar. Nu wens ik dat ik een rok had gedragen, dan had ik die kunnen optrekken en hem tegen me aan kunnen voelen... Ik schrik van mijn eigen gedachten, maar ik steek mijn hand uit en raak hem door zijn boxer heen aan.

'Jezus, Tessa, als je dat blijft doen, kom ik weer klaar met mijn ondergoed nog aan,' zegt hij kreunend.

Ik trek mijn hand terug, glijd van hem af en wil weer op mijn knieën gaan zitten.

'Doe je jeans uit,' beveelt hij, en ik knik voordat ik de knopen losmaak en de broek naar beneden trek. Ik voel me dapper genoeg om mijn topje over mijn hoofd te trekken en het op de vloer te gooien. Hardin bijt op zijn onderlip wanneer ik weer voor hem ga staan. Ik haak mijn vingers rond de tailleband van zijn boxershort en trek. Hij heft zijn heupen zo ver op dat ik het kledingstuk helemaal uit kan trekken.

Mijn ogen worden groot en ik hap naar adem nu ik Hardins lid zie. O jee, dat is groot. Veel groter dan ik had gedacht. Hoe krijg ik zoiets ooit in mijn mond?

Ik blijf een paar tellen staren en steek dan mijn wijsvinger uit om hem aan te raken. Hardin grinnikt even wanneer het lichaamsdeel beweegt en meteen terugveert.

'Hoe... Ik bedoel... Wat moet ik eerst doen?' stamel ik. Ik ben van mijn stuk gebracht door de omvang, maar ik wil dit heel graag doen.

'Dat zal ik je laten zien. Hier... Wikkel je vingers eromheen, net als vorige keer...'

Ik sla mijn vingers om hem heen en beweeg ze een beetje. Zijn huid is op die plek veel zachter dan ik had verwacht. Ik weet dat ik hem aanraak alsof hij een onderzoeksobject is, maar voor mij voelt het bijna zo omdat dit zo nieuw voor me is. Ik grijp hem zachtjes beet en beweeg mijn hand op en neer. 'Zo?' vraag ik.

Hardin knikt. Zijn borst gaat op en neer.

'Nu... doe je je mond eromheen. Niet helemaal, hoewel, als je kunt... Gewoon zo ver als het gaat.'

Ik haal diep adem en buig me voorover. Ik open mijn mond en neem hem tot halverwege in me op. Hij maakt een sissend geluidje en legt zijn handen op mijn schouders. Ik trek me een klein beetje terug en proef iets zouts. Komt hij nu al klaar? De smaak verdwijnt en ik beweeg mijn hoofd op en neer. Een of ander instinct waarvan ik niet wist dat ik het had, vertelt me dat ik mijn tong langs de schacht op en neer moet bewegen.

'God ja, zo,' zegt Hardin kermend, en ik herhaal de beweging. Hij grijpt mijn schouders nog steviger vast en duwt zijn heupen naar voren, naar mijn mond. Ik neem hem verder in me op, bijna helemaal, en kijk op. Zijn ogen zijn weggedraaid en hij ziet er geweldig uit. De spieren spannen zich onder zijn versierde huid, waardoor de letters op zijn ribben voorzichtig bewegen. Ik concentreer me weer op het zuigen en beweeg iets sneller.

'Gebruik je hand... voor de rest,' zegt hij happend naar adem. Ik doe wat hij vraagt en beweeg mijn hand over de onderkant heen en weer terwijl mijn mond de bovenkant liefkoost. Ik zuig mijn wangen naar binnen en hij kreunt opnieuw.

'Fuck... Ah, Tessa, ik... ik hou het bijna niet meer,' zegt hij ingespannen. 'Als je niet wilt dat ik in je mond kom, dan... moet je... nu... stoppen.'

Ik kijk naar hem op, met hem nog steeds in mijn mond. Het is zo heerlijk dat ik hem de controle kan laten verliezen.

'Shit... Blijf... me aankijken.' Zijn lichaam verstijft, maar hij kijkt me nog altijd aan. Ik knipper overdreven met mijn ogen. Hardin noemt een paar keer vloekend, schitterend, mijn naam en ik voel iets samentrekken in mijn mond, gevolgd door een warme, zilte vloeistof die in korte scheuten mijn keel in glijdt. Ik kokhals en trek me terug. Het smaakt niet zo vies als ik dacht, maar lekker is anders. Zijn handen gaan van mijn schouders naar mijn wangen.

Hij is buiten adem en verdwaasd. 'Hoe... was het?'

Ik kom overeind en ga naast hem op het bed zitten. Hij slaat zijn armen om me heen en legt zijn hoofd op mijn schouder. 'Ik vond het fijn,' zeg ik, en hij lacht.

'Fijn?'

'Het was leuk, zeg maar. Om jou zo te zien. En het smaakte niet zo vies als ik vreesde,' beken ik. Ik zou het erg moeten vinden dat ik net heb bekend dat ik ervan heb genoten, maar ik schaam me niet. 'En voor jou?' vraag ik nerveus.

'Aangenaam verrast. Ik ben nog nooit zo lekker gepijpt.'

Ik bloos. 'Dat geloof ik graag,' zeg ik lachend. Ik ben blij dat hij niet de draak steekt met mijn gebrek aan ervaring.

'Nee, echt. Je bent zo... onbedorven, dat doet iets met me. En toen je zo naar me opkeek...'

'Oké, oké!' onderbreek ik hem, zwaaiend met mijn hand. Ik hoef niet elk detail van mijn eerste poging te horen.

Grinnikend duwt hij me neer op de matras. 'Dan ga ik er nu voor zorgen dat jij je net zo goed voelt als ik,' gromt hij in mijn oor, zuigend aan mijn hals. Zijn vingers kruipen mijn slipje in en trekken het naar beneden. 'Wil je mijn vinger of mijn tong?' fluistert hij verleidelijk.

'Allebei,' antwoord ik.

Hij glimlacht. 'Zoals je wenst.' Hij buigt zijn hoofd. Ik kerm en trek opnieuw aan zijn haar. Ik doe dat behoorlijk vaak, maar hij lijkt het prettig te vinden. Ik krom mijn rug en bevind me binnen een paar minuten in een euforische toestand. Ik roep Hardins naam en lijk uit elkaar te spatten.

Wanneer mijn ademhaling weer iets rustiger wordt, ga ik rechtop zitten en volg ik met mijn vingers de donkere inktlijnen op zijn borstkas. Hij bekijkt me aandachtig, maar houdt me niet tegen. Zonder iets te zeggen gaat hij naast me liggen en laat me genieten van mijn verdoofde toestand. 'Niemand heeft me ooit zo aangeraakt,' zegt hij.

Ik slik alle vragen in die ik hem wil stellen. In plaats van hem te ondervragen, glimlach ik bescheiden en druk een snelle kus op zijn borst.

'Blijf je vannacht hier?' vraagt hij.

Ik schud mijn hoofd. 'Dat gaat niet. Het is morgen maandag en we hebben college.' Ik wil bij hem blijven, maar niet op zondag.

Zijn blik is smekend. 'Toe nou.'

'Ik heb geen schone kleren voor morgen.'

'Dan draag je deze. Blijf alsjeblieft bij me. Alleen vannacht. Je komt op tijd op college, dat beloof ik.'

'Ik weet het niet...'

'Ik kan er zelfs voor zorgen dat je een kwartier te vroeg bent. Dan heb je nog tijd om een beker koffie te halen en met Landon te kletsen,' zegt hij.

Mijn lippen wijken uiteen. 'Hoe weet je dat ik dat doe?'

'Omdat ik naar je kijk... Niet de hele tijd, bedoel ik. Maar ik kijk vaker naar je dan je denkt,' zegt hij tegen me.

Mijn hart zwelt op. Ik val voor hem, snel en onstuitbaar.

'Dan blijf ik,' zeg ik, maar ik steek een hand omhoog. 'Op één voorwaarde.'

'Wat dan?'

'Kom terug bij Literatuur,' zeg ik.

Hij trekt een wenkbrauw op. 'Oké.'

Ik glimlach om zijn eenvoudige antwoord en hij trekt me tegen zijn borst.

54

∞

Nadat ik een paar minuten in Hardins armen heb gelegen begin ik te twijfelen over mijn belofte om hier vannacht te blijven.

'Hoe moet het dan morgen als ik wil douchen?' vraag ik aan hem.

'Dat kun je hier doen. Er is een badkamer op de overloop.' Zijn lippen vinden mijn kaak en planten een spoor van kusjes. Door zijn mond op mijn huid kan ik niet meer goed nadenken – hij weet precies wat hij doet.

'In een dispuutshuis? Iedereen kan zomaar naar binnen lopen!'

'Ten eerste kan de deur op slot en ten tweede ga ik natuurlijk met je mee,' zegt hij tussen de zoenen door.

Ik frons, maar besluit hem niet tegen te spreken. 'Goed. Maar ik wil graag nu douchen, voordat het te laat wordt.'

Hij knikt, staat op en pakt zijn jeans. Ik klim van het bed en doe hetzelfde, maar zonder mijn slipje aan te trekken.

'Geen slipje?' Hij grijnst.

Ik rol met mijn ogen en zeg: 'Heb je shampoo? Ik heb niet eens een haarborstel.' Opeens denk ik aan al die dingen die ik niet bij me heb. 'Wattenstaafjes? Flosdraad?' vervolg ik.

'Hebben we allemaal in huis, rustig maar. We hebben ook nog wel een extra tandenborstel, en ik weet zeker dat er ergens nog een haarborstel ligt. Het zou me ook niet verbazen als we hier slipjes in alle mogelijke maten hebben,' deelt hij me mee.

'Slipjes?' vraag ik, voordat ik besef dat hij bedoelt dat die door andere meisjes zijn achtergelaten. 'Laat maar,' zeg ik. Hij moet lachen. Hopelijk heeft Hardin geen rare verzameling ondergoed afkomstig van meiden met wie hij ooit naar bed is geweest.

Hij voert me mee naar de badkamer. Ik voel me er meer op mijn gemak dan ik had gedacht, maar dat komt doordat ik er al een paar keer ben geweest.

Hardin draait de kraan open en trekt zijn shirt over zijn hoofd.

'Wat ga je doen?' vraag ik.

'Douchen?'

'O, ik dacht dat ik eerst mocht.'

'We kunnen samen douchen,' zegt hij ontspannen.

'Eh... nee! Dat doe ik niet.' Ik kan niet samen met hem douchen.

'Waarom niet? Ik weet hoe jij eruitziet, jij weet hoe ik eruitzie. Wat maakt het uit?' zegt hij.

'Ik weet het niet... Ik wil het gewoon niet.' Ik weet dat hij me al in mijn blootje heeft gezien, maar dit voelt veel te intiem. Meer dan wat we net hebben gedaan.

'Goed. Ga jij maar eerst,' zegt hij, maar hij klinkt wat geërgerd.

Ik glimlach liefjes en kleed me uit zonder aandacht te schenken aan zijn zure toon. Zijn blik glijdt over mijn lijf, maar dan kijkt hij de andere kant op. Ik steek mijn hand om het douchegordijn heen om de temperatuur te testen en stap onder de waterstraal.

Hardin zegt niets terwijl ik mijn haar natmaak. Het is te stil. 'Hardin?' roep ik. Is hij weggegaan?

'Ja?'

'Ik dacht dat je misschien was weggegaan.'

Hij trekt het gordijn een stukje open en steekt zijn hoofd om het hoekje. 'Nee, ben er nog.'

'Is er iets?' vraag ik fronsend. Hij schudt ontkennend en zegt niets. Staat hij nu echt als een klein kind te pruilen omdat ik niet samen met hem wil douchen? Ik zeg bijna dat hij erbij moet komen, maar ik wil hem duidelijk maken dat hij niet altijd zijn zin kan krijgen. Zijn hoofd verdwijnt weer en ik hoor dat hij op het toilet gaat zitten.

De shampoo en de douchegel ruiken sterk naar muskus. Ik mis mijn eigen vanilleshampoo, maar dit kan wel voor een avondje. Het zou misschien logischer zijn geweest als Hardin bij mij op mijn kamer was gebleven, maar dan had ik alles aan Steph moeten uitleggen, en ik vermoed dat Hardin minder lief zou zijn met haar erbij. Die gedachte stoort me, maar ik negeer het.

'Kun je een handdoek aangeven?' vraag ik hem. Ik draai de kraan dicht. 'Of twee, als je hebt.' Ik wil graag een handdoek voor mijn haar en eentje voor mijn lijf.

Hij steekt een hand met twee handdoeken langs het gordijn. Ik bedank hem en hij mompelt iets wat ik niet versta.

Terwijl ik me afdroog, trekt hij zijn jeans uit en draait hij opnieuw de kraan open. Zijn lange armen schuiven het gordijn open, en zonder het te willen staar ik naar zijn naakte lijf. Hoe vaker ik hem zo zie, hoe mooier ik de tekeningen op zijn lichaam vind. Ik blijf naar hem kijken terwijl hij onder de douche stapt. Het water spat op zijn donkere haar, maar dan trekt hij het gordijn dicht. Ik had samen met hem moeten douchen; niet omdat hij staat te pruilen, maar omdat ik dat graag wil.

'Ik ga terug naar je kamer,' zeg ik tegen hem, in de veronderstelling dat hij me toch wel zal negeren.

Met een ruk trekt hij het gordijn open. De ringen schrapen langs de stang. 'Nee, dat ga je niet.'

'Jeetje, wat is jouw probleem?' bijt ik hem toe.

'Niets, maar je gaat niet in je eentje terug naar mijn kamer. Er wonen hier dertig jongens, dus je gaat niet in je eentje door de gangen dwalen.'

'Er is meer aan de hand dan dat. Je doet al nukkig sinds ik zei dat ik niet samen met je wilde douchen.'

'Dat is niet waar.'

'Je zegt nu wat er aan de hand is, anders loop ik in deze handdoek naar buiten,' dreig ik, hoewel ik dat nooit zou doen. Hij knijpt zijn ogen tot spleetjes en wil me bij mijn arm pakken. De spatten vliegen in het rond.

'Ik hoor niet graag "nee".' Zijn stem klinkt laag, maar veel zachter dan zo-even.

Ik vermoed dat Hardin zelden 'nee' te horen krijgt wanneer het om meiden gaat. Ik zou tegen hem moeten zeggen dat hij er maar beter aan kan wennen, maar tot nu toe heb ik nog nooit 'nee' tegen hem gezegd. Zodra hij me aanraakt, doe ik alles wat hij maar wil.

'Nou, ik ben anders dan andere meiden, Hardin,' snauw ik. Mijn jaloezie krijgt opnieuw de overhand.

Er verschijnt een glimlachje rond zijn lippen. Het water stroomt over zijn gezicht. 'Dat weet ik, Tess, dat weet ik.' Hij trekt het gordijn dicht, ik trek mijn kleren aan en hij draait de kraan dicht.

'Je kunt wel wat kleren van mij lenen om in te slapen,' zegt hij, en ik knik. Ik hoor hem amper omdat ik te veel word afgeleid door zijn glinsterende lichaam. Hij wrijft met de witte handdoek over zijn haar, waardoor het alle kanten uitsteekt, en wikkelt de handdoek dan rond zijn middel, zo laag dat hij pure seks uitstraalt. Het voelt alsof het opeens tien graden warmer is in de badkamer. Hij bukt zich, doet een kastje open om een haarborstel te pakken en legt die in mijn hand. 'Kom,' zegt hij.

Ik schud mijn hoofd in een poging de vunzige gedachten uit mijn hoofd te bannen. We lopen de overloop op en slaan net de hoek om wanneer een jongen met blond haar bijna tegen me aan botst... Ik kijk naar hem op en krijg het opeens ijskoud.

'Hé, jou heb ik al een tijdje niet meer gezien,' zegt hij kirrend.

Ik voel me misselijk. 'Hardin,' zeg ik met piepende stem. Hij draait zich om, en het duurt maar een seconde voordat hij zich herinnert dat dit de jongen is die zich eerder aan me probeerde te vergrijpen.

'Laat haar met rust, Neil,' bijt hij hem toe. Neil wordt lijkbleek. Hij zag Hardin blijkbaar niet de hoek om komen. Zijn fout.

'Sorry, Scott,' zegt hij, en hij loopt weg.

'Dank je,' fluister ik tegen Hardin.

Hij neemt mijn hand in die van hem en haalt zijn deur van het slot. 'Ik zou hem eigenlijk helemaal verrot moeten slaan, hè?' zegt hij terwijl ik op het bed ga zitten.

'Nee, niet doen!' zeg ik smekend, maar ik weet niet of hij het meent. Ik wil het liever niet weten.

Hij pakt de afstandsbediening van zijn ladekast en zet de tv aan voordat hij een la opent en mij een T-shirt en een boxershort toegooit.

Ik trek mijn jeans uit en doe de boxershort aan, waarvan ik de tailleband een paar keer omsla. 'Mag ik misschien het shirt aan dat jij vandaag droeg?' Pas nu ik die woorden uitspreek, merk ik hoe raar ze klinken.

'Wat?' Hij grijnst.

'Ik... Nou... Laat maar. Ik weet niet waarom ik dat zei,' lieg ik. Ik wil je gedragen shirt aan omdat het lekker ruikt? Dat klinkt vreemd en gestoord. Grinnikend raapt hij het van de vloer en loopt naar me toe.

'Hier, liefje.' Hij geeft het me aan. Ik ben blij dat hij er verder niets over zegt, maar ik voel me toch een beetje opgelaten.

'Dank je,' zeg ik opgewekt. Ik trek mijn topje en beha uit en doe zijn shirt aan. Dan haal ik diep adem en constateer dat het net zo lekker ruikt als ik had verwacht.

Hij ziet het en kijkt me met een mildere blik aan. 'Je bent zo mooi,' zegt hij, en dan wendt hij zijn blik af. Ik vermoed dat het niet zijn bedoeling was dat hardop te zeggen, maar daardoor voel ik me nog beter.

Ik glimlach en zet een stap in zijn richting. 'Jij ook.'

'Zo is het wel genoeg,' zegt hij, lachend en blozend. 'Hoe laat wil je morgen opstaan?' Hij gaat op het bed zitten en zapt langs de zenders.

'Vijf uur, maar ik zet mijn eigen wekker wel.'

'Vijf uur? 's Morgens? En je eerste college is om negen uur? Waarom moet je zo vroeg op?'

'Ik weet niet. Om me te kunnen voorbereiden?' Ik haal de borstel door mijn haar.

'Nou, laten we er zeven uur van maken. Mijn lijf doet het voor zevenen toch niet,' zegt hij, en ik kerm. Hardin en ik zijn zo verschillend.

'Half zeven?' stel ik voor.

'Oké, half zeven.'

We brengen de rest van de avond door met tv-kijken. Hardin valt in slaap met zijn hoofd op mijn schoot terwijl ik met zijn haar zit te spelen. Ik ga naast hem liggen en probeer hem niet wakker te maken.

'Tess?' Hij kreunt en steekt met zijn hand voor zich uit, alsof hij me zoekt.

'Hier ben ik,' fluister ik achter hem. Hij draait zich op zijn andere zij en slaat een arm om me heen voordat hij weer in slaap valt. Hij zegt dat hij beter slaapt wanneer ik er ben, en ik denk dat dat andersom ook geldt.

De volgende morgen gaat mijn wekker om half zeven af en ren ik in het rond om mijn kleren van gisteren bij elkaar te zoeken, Hardin wakker te maken en me aan te kleden. Hij is niet gemakkelijk wakker te krijgen. Ik voel me opgejaagd en onvoorbereid, maar we zijn om kwart over zeven op mijn kamer, zodat ik genoeg tijd heb om me te verkleden, mijn haar te kammen en mijn tanden te poetsen. Steph slaapt door alles heen en ik kan nog net voorkomen dat Hardin een glas water boven haar hoofd omkiepert om haar wakker te maken. Ik ben erg blij dat Hardin geen beledigende opmerking maakt wanneer ik een van mijn lange rokken en een effen blauwe blouse aantrek.

'Het is nog maar acht uur. We hoeven pas over twintig minuten naar die koffietent van jou te vertrekken,' merkt Hardin op.

'"We"?'

'Ja, ik wilde met je meelopen. Heb je dat liever niet? Dat is ook goed.' Hij wendt zijn blik af.

'Nee, natuurlijk is dat goed.' Ik ben er gewoon nog niet aan gewend dat er het een en ander tussen ons is veranderd. Het zal fijn zijn dat ik hem niet langer hoef te ontlopen en niet meer bang hoef te zijn dat ik hem tegenkom. Wat zal Landon ervan denken? Gaan we het aan Landon vertellen?

'Hoe vullen we die twintig minuten?' Ik glimlach.

'Ik heb wel een paar ideeën.' Rond zijn lippen verschijnt een grijns, en hij trekt me naar zich toe.

'Steph is er,' breng ik hem in herinnering wanneer hij op de huid onder mijn oor zuigt.

'Dat weet ik, maar we zoenen alleen maar,' zegt hij lachend. Hij drukt zijn lippen op die van mij.

We gaan weg voordat Steph wakker wordt. Hardin biedt aan mijn tas te dragen; een lief en onverwacht gebaar.

'Waar zijn jouw boeken?' vraag ik aan hem.

'Die heb ik niet bij me. Ik leen ze gewoon elke dag, bij elk college. Dan hoef ik niet met zoiets als dit te sjouwen.' Hij wijst naar mijn tas aan zijn schouder. Ik rol met mijn ogen en lach naar hem.

Landon staat al tegen de bakstenen muur van het koffiehuis geleund en lijkt verbaasd te zijn dat Hardin en ik samen komen aangelopen. Ik laat hem met mijn blik weten dat ik alles later zal uitleggen, waarop hij glimlacht.

'Nou, dan kan ik maar beter gaan. Ik heb nog de nodige colleges waarbij ik moet slapen,' zegt Hardin.

Ik knik. Wat moet ik nu doen? Hem een knuffel geven?

Voordat ik een besluit kan nemen, laat hij mijn tas vallen, haakt een arm rond mijn middel en trekt me naar zich toe voor een kus. Dat zag ik niet aankomen. Ik kus hem terug en hij laat me los.

'Tot later,' zegt hij met een grijns, en dan kijkt hij Landon aan. Dit is superongemakkelijk. Landon staat bijna met zijn mond open en ik voel me behoorlijk opgelaten door Hardins onverschrokken gebaar.

'Eh... Sorry.' Ik moet niet veel hebben van zoenen in het openbaar. Noah en ik hebben dat soort dingen nooit gedaan, behalve dan die ene keer dat ik hem in het winkelcentrum probeerde te kussen in een poging Hardin te vergeten.

'Ik heb je heel wat te vertellen,' zeg ik tegen Landon, die mijn tas opraapt.

55

∞

Landon zegt niet veel wanneer ik hem vertel dat ik het heb uitgemaakt met Noah en me afvraag hoe ik mijn relatie met Hardin moet noemen. Ik geloof dat we nu daten, maar we hebben het er niet echt over gehad.

'Ik heb je al eens gewaarschuwd, dus dat ga ik niet nog eens doen. Maar wees alsjeblieft voorzichtig. Al moet ik toegeven dat hij net zo gek lijkt op jou als jij op hem, voor zover dat bij iemand als Hardin mogelijk is,' zegt Landon wanneer we gaan zitten.

Het betekent heel veel voor me dat hij begrip toont, hoewel hij weinig van Hardin moet hebben.

Tijdens mijn derde college van die dag vraagt de docent Sociologie of ik even naar voren wil komen.

'Ik heb net vernomen dat je je bij de rector moet melden,' zegt hij.

Wat? Waarom? Allerlei angsten spoken door mijn hoofd, maar dan herinner ik me dat Hardins vader de rector is. Echt ontspannen kan ik me daardoor niet, want nu vraag ik me af waarom hij me wil spreken. Ik weet dat het hier niet zo gaat als op de middelbare school, maar toch voelt het alsof ik bij de directeur op het matje moet komen, alleen is die directeur nu toevallig de vader van mijn... vriendje?

Ik hijs mijn tas op mijn schouder en loop over de campus naar de administratie. Het is een lange wandeling die me zeker een half uur kost. Ik meld me bij de secretaresse aan de balie, die snel de telefoon pakt. Ik versta niet wat ze zegt, afgezien van 'meneer Scott'.

'Je mag naar binnen,' zegt ze met een zakelijke glimlach, wijzend op een houten deur aan de overkant van de hal.

Ik loop naar de deur, maar voordat ik kan aankloppen, zwaait de deur krakend open en begroet Ken me met een glimlach. 'Tessa, fijn dat je er bent.' Hij gebaart dat ik binnen moet komen en moet gaan zitten. Hij neemt plaats in een grote draaistoel achter een bovenmaats bureau van kersenhout. Hier, op zijn kamer, ben ik veel meer van hem onder de indruk dan bij hem thuis.

'Het spijt me dat ik je uit de les heb gehaald. Ik wist niet hoe ik je kon bereiken, en het valt niet altijd mee om Hardin te pakken te krijgen.'

'Het geeft niet. Is er iets mis?' vraag ik nerveus.

'Nee, hoor. Ik wil een paar zaken met je bespreken. Laten we met de stage beginnen.' Hij leunt voorover en plaatst zijn handen op het bureau. 'Ik ben blij dat ik je kan melden dat ik mijn kennis bij Vance heb gesproken. Hij wil je dolgraag spreken, zo snel mogelijk. Heb je morgen tijd? Dat zou het beste uitkomen,' zegt hij.

'Echt?' roep ik. Ik spring overeind van opwinding. Staan voelt raar, dus ik ga snel weer zitten. 'Wat geweldig, dank u! Dat waardeer ik echt enorm,' zeg ik. Dit is fantastisch nieuws. Ik kan gewoon niet geloven dat hij dit voor mij wilde doen.

'Heel graag gedaan, Tessa.' Hij trekt belangstellend zijn wenkbrauwen omhoog. 'Zal ik hem zeggen dat je morgen langskomt?'

Ik wil liever geen colleges missen, maar dit is de moeite waard en ik loop toch al voor. 'Ja, graag. Dank u. Wauw,' zeg ik.

Hij lacht. 'Ik wilde nog iets met je bespreken, maar je moet het eerlijk zeggen als je het niet ziet zitten. Het is eerder een persoonlijk verzoek, en als je het niet wilt doen, heeft dat geen enkele invloed op je stage bij Vance.'

Nu word ik nerveus. Ik knik en hij gaat verder: 'Ik weet niet of Hardin je heeft verteld dat Karen en ik volgend weekend gaan trouwen?'

'Ik heb er iets over gehoord, ja. Nog gefeliciteerd,' zeg ik tegen hem. Ik wist niet dat de bruiloft al volgende week is. Ik denk aan Hardin die van alles in hun huis heeft vernield en een hele fles whisky heeft leeggedronken.

Hij glimlacht vriendelijk. 'Dank je wel. Ik vroeg me af of je... er op de een of andere manier... voor zou kunnen zorgen... dat Hardin ook komt.' Hij maakt zijn blik los van de mijne en staart naar de muur. 'Ik weet dat ik hiermee eigenlijk te ver ga, maar ik zou het vreselijk vinden als hij er niet bij zou zijn, en jij bent volgens mij de enige die hem kan overhalen te komen. Ik heb het hem zelf al een paar keer gevraagd, maar toen zei hij onmiddellijk nee.' Hij zucht gefrustreerd.

Ik heb geen idee wat ik moet zeggen. Ik wil dolgraag dat Hardin naar zijn vaders bruiloft gaat, maar ik denk niet dat hij naar mij zal luisteren. Waarom denkt iedereen dat toch? Ik weet nog dat Ken zei dat Hardin volgens hem verliefd op me is, maar die gedachte is even absurd als onwaar.

'Ik zal met hem praten. Ik vind zelf ook dat hij moet gaan,' zeg ik eerlijk.

'Ja? O, dank je, Tessa. Ik hoop niet dat je je onder druk gezet voelt om dat te doen, maar ik kijk er zo naar uit om jullie er op die dag bij te hebben.'

Met Hardin naar een bruiloft? Het idee klinkt geweldig, maar het zal moeilijk worden om Hardin te overtuigen.

'Karen is erg op je gesteld en vond het zo leuk dat je er dit weekend was. Je bent altijd welkom.'

'Ik vond het ook leuk. Misschien moet ik haar eens bellen om te vragen of ze me nog bakles wil geven.' Ik lach en hij grinnikt ook. Hij lijkt zo veel op Hardin wanneer hij lacht dat mijn hart er warm van wordt. Hardins vader verlangt zo naar een goede relatie met zijn kwade, gekwetste zoon dat mijn hart breekt. Als ik Ken op de een of andere manier kan helpen, zal ik dat doen.

'Dat zou ze geweldig vinden! Onze deur staat altijd open,' zegt hij luid, en ik sta op.

'Bedankt voor uw hulp met de stage. Dat betekent heel veel voor me.'

'Ik heb je aanmelding bekeken en was erg onder de indruk. Hardin kan nog het nodige van je leren,' zegt hij met een hoopvolle blik.

Ik begin te blozen en neem glimlachend afscheid. Tegen de tijd dat ik de campus ben overgestoken en bij het literatuurgebouw aankom, heb ik nog maar vijf minuten voordat het volgende college begint. Hardin zit weer op zijn oude plekje, waardoor ik onwillekeurig moet glimlachen.

'Jij hebt je aan jouw deel van de afspraak gehouden, en dat doe ik ook,' zegt hij, eveneens glimlachend. Ik begroet Landon en ga tussen hen in zitten.

'Waarom ben je zo laat?' fluistert Hardin wanneer de docent begint.

'Dat vertel ik je na college wel.' Als ik er nu over begin, gaat hij tijdens college stennis schoppen.

'Zeg het nou.'

'Straks. Het stelt niet zo veel voor,' beloof ik. Hij slaakt een zucht, maar laat het onderwerp rusten.

Na college staan Hardin en Landon allebei op en weet ik niet met wie ik moet praten. Meestal babbel ik nog wat met Landon en lopen we samen naar buiten, maar nu Hardin weer terug is, begin ik te twijfelen.

'Ga je vrijdag nog met Dakota en mij mee naar het kampvuur? Misschien kun je eerst komen eten. Dat zou mijn moeder erg leuk vinden,' zegt Landon voordat Hardin iets kan zeggen.

'Ja, natuurlijk ga ik mee. En ik kom graag eten. Laat me maar even weten hoe laat ik moet komen.' Ik wil Dakota graag leren kennen. Ze maakt Landon gelukkig, en dat is al voldoende reden om haar aardig te vinden.

'Ik stuur je wel een berichtje.' Hij loopt naar buiten.

'"Ik stuur je wel een berichtje",' herhaalt Hardin op spottende toon.

Ik rol met mijn ogen. 'Laat hem met rust,' zeg ik waarschuwend.

'O ja, ik was even vergeten hoe kwaad je kunt worden. Ik weet nog dat je bijna ons tafeltje besprong toen Molly een opmerking over hem maakte.' Hij lacht en ik geef hem een por tegen zijn schouder.

'Ik meen het, Hardin. Laat hem met rust.' En dan voeg ik er 'Alsjeblieft' aan toe, in de hoop zijn stemming te kunnen verzachten.

'Hij woont bij mijn pa. Dat betekent dat ik hem in de zeik mag nemen.' Hij glimlacht naar me en ik lach terug. Op weg naar buiten weet ik dat het nu of nooit is.

'Nu we het toch over je pa hebben...' Ik kijk naar Hardin en zie dat hij nu al verstijft. Met een argwanende blik kijkt hij me aan, wachtend op wat ik ga zeggen. 'Daar zat ik vandaag, bij hem. Hij wilde me spreken. Hij heeft een gesprek met Vance voor me geregeld. Morgen. Is dat niet geweldig?'

'Hij heeft wát?' zegt hij minachtend.

'Een gesprek voor me geregeld. Het is een geweldige kans, Hardin,' zeg ik, smekend om begrip.

'Goed,' zegt hij met een zucht.

'Er is nog iets.'

'Natuurlijk...'

'Hij heeft gevraagd of ik volgend weekend op zijn bruiloft kom. Of wij komen. Hij heeft ons uitgenodigd.' Ik krijg die woorden amper over mijn lippen omdat hij me zo kwaad aankijkt.

'Nee, ik ga niet. Einde discussie.' Hij draait zich om en wil weglopen.

‘Wacht, luister even. Toe?’ Ik wil hem bij zijn pols pakken, maar hij rukt zich los.

‘Nee. Je moet je er echt niet mee bemoeien, Tessa. Dat meen ik. Bemoei je voor de verandering eens met je eigen zaken,’ snauwt hij.

‘Hardin...’ begin ik nog eens, maar hij negeert me.

Hij loopt de parkeerplaats op. Mijn voeten voelen log en zo zwaar dat ik hem niet achterna kan rennen, en ik zie dat zijn witte auto de parkeerplaats verlaat. Hij stelt zich aan, maar ik ga er niet aan meewerken. Hij moet eerst even afkoelen, dan praten we wel verder. Ik wist wel dat hij niet wil gaan, maar ik had gehoopt dat hij er in elk geval over zou willen praten.

Wie houd ik nu eigenlijk voor de gek? We hebben pas twee dagen geleden besloten dat we ‘meer’ voor elkaar zijn, maar ik snap niet waarom ik blijf denken dat alles nu anders zal gaan. Op een bepaalde manier is het anders: Hardin is het grootste deel van de tijd aardiger tegen me en heeft me, tot mijn grote verrassing, in het openbaar een zoen gegeven. Maar Hardin is nog altijd Hardin, en hij is koppig en eigenwijs. Met een zucht hang ik mijn tas over mijn schouder en loop ik terug naar mijn kamer.

Steph zit in kleermakerszit op de vloer naar haar tv te kijken wanneer ik binnenkom. ‘Waar was jij gisteravond? Je kunt niet zomaar de hort op als je de volgende dag college hebt, jongedame,’ zegt ze plagend.

Ik rol speels met mijn ogen. ‘Ik was... uit.’ Ik weet niet of ik moet zeggen dat ik bij Hardin zat.

‘Met Hardin,’ vult ze voor me aan. Ik wend mijn blik af. ‘Dat weet ik. Hij vroeg me om jouw nummer, verliet de bowlingbaan en kwam niet meer terug.’ Ze lacht breeduit en is duidelijk blij voor me.

‘Je moet het tegen niemand zeggen. Ik weet zelf niet eens wat er aan de hand is,’ zeg ik.

Steph belooft te zwijgen als het graf, en we hebben het de rest van de middag over haar en Tristan, die haar komt ophalen om haar mee uit eten te nemen. Hij kust haar zodra ze de deur voor hem opendoet, houdt haar hand vast wanneer ze haar spullen pakt en kijkt haar de hele tijd glimlachend aan. Waarom doet Hardin niet zo tegen mij?

Ik heb al een paar uur niets van Hardin gehoord, maar ik wil hem niet als eerste een bericht sturen. Dat is kinderachtig, dat weet ik, maar dat kan me niet schelen. Zodra Steph en Tristan weg zijn, maak ik mijn opdrachten voor college af. Ik wil net mijn spullen pakken om te gaan douchen wanneer mijn mobieltje begint te zoemen. Mijn hart maakt een sprongetje zodra ik Hardins naam zie staan.

Kom je vanavond naar mij? luidt zijn bericht. Hij heeft me al uren niet meer gesproken, maar hij wil dat ik naar hem toe ga? Alweer?

Waarom? Zodat je rot tegen me kunt doen? antwoord ik. Ik wil hem graag zien, maar ik ben nog steeds boos.

Ik kom eraan, zorg dat je klaar bent.

Ik rol met mijn ogen vanwege dat bazige antwoord, maar voel me ook opgewonden omdat ik hem weer zal zien.

Ik neem snel een douche, zodat ik dat niet bij hem thuis hoef te doen, en daarna heb ik amper genoeg tijd om mijn kleren voor de volgende dag bij elkaar te zoeken. Ik vind het vervelend dat ik de bus moet nemen naar Vance terwijl het met de auto maar een half uur is, maar dat sterkt me in mijn voornemen om op zoek te gaan naar een eigen vervoermiddel. Ik ben net bezig mijn kleren op te vouwen en in mijn tas te stoppen wanneer Hardin de deur opendoet. Zonder te kloppen, natuurlijk.

'Klaar?' Hij pakt mijn handtas van de ladekast. Ik knik, hang mijn tas over mijn schouder en loop achter hem aan naar buiten. We lopen zwijgend naar zijn auto, en ik hoop vurig dat de rest van de avond beter verloopt.

56

∞

Ik staar uit het raampje omdat ik niet als eerste de stilte wil verbreken. Een paar straten verder doet Hardin de radio aan en zet vervolgens het geluid heel erg hard. Ik rol met mijn ogen, maar probeer de herrie te negeren totdat het niet langer gaat. Ik heb een heel andere smaak dan hij en krijg onmiddellijk koppijn van zijn muziek. Zonder het te vragen zet ik het geluid zachter. Hardin kijkt naar me. 'Wat?' bijt ik hem toe.

'Jeetje, hier is iemand toch een partij chagrijnig,' zegt hij.

'Nee, hoor. Ik heb gewoon geen zin om naar die herrie te luisteren, en als er iemand chagrijnig is, ben jij het. Eerder vandaag liep je nog bot tegen me te doen en nu vraag je of ik met je mee naar huis ga. Daar snap ik niks van.'

'Ik was kwaad omdat je over die bruiloft begon. Nu we hebben vastgesteld dat we niet gaan, is er geen reden meer om kwaad te zijn.' Zijn toon is kalm en zelfverzekerd.

'Er is helemaal niks vastgesteld. We hebben het er niet eens over gehad.'

'Jawel. Ik zei dat ik niet ga, dus hou erover op, Theresa.'

'Nou, ik ga wel. En ik ga deze week ook naar het huis van je pa omdat Karen me wil leren bakken,' zeg ik tegen hem.

Hij klemt zijn kaken opeen en kijkt me boos aan. 'Je gaat niet naar die bruiloft, en... Wat, zijn Karen en jij nu opeens elkaars beste vriendin? Je kent haar amper.'

'Wat dan nog? Ik ken jou ook amper,' zeg ik tegen hem. Zijn gezicht betrekt en ik voel me een tikje schuldig, maar het is wel waar.

'Waarom doe je zo moeilijk?' zegt hij met opeengeklemde kaken.

'Omdat jij me niet gaat vertellen wat ik moet doen, Hardin. Zo werkt het niet. Als ik naar die bruiloft wil, dan ga ik, en ik wil graag dat je meegaat. Het kan leuk worden, wie weet vermaak je je wel. Het zou heel veel betekenen voor je vader en voor Karen, maar dat kan jou natuurlijk geen zak schelen.'

Hij zegt niets, maar zucht diep. Ik kijk weer uit het raampje. De rest van de rit houden we allebei onze mond, te kwaad voor een gesprek. Bij het dispuutshuis tilt Hardin mijn tas van de achterbank en hangt die over zijn schouder.

'Waarom zit je eigenlijk bij een dispuut?' vraag ik hem. Dat wil ik al weten sinds ik voor het eerst zijn kamer heb gezien.

Hij haalt diep adem terwijl we naar de voordeur lopen. 'Omdat er tegen de tijd dat ik ermee instemde hier te gaan studeren geen plaatsen meer vrij waren in de studentenflats en ik in geen geval bij mijn vader wilde wonen. Dit was zo'n beetje de enige optie.'

'Maar waarom blijf je hier wonen?'

'Omdat ik echt niet bij mijn vader ga wonen, Tessa. En kijk eens naar dit huis; het is mooi en ik heb de grootste kamer.' Hij grijnst tevreden, en ik ben blij dat zijn woede afzakt.

'Nee, ik bedoel, waarom woon je niet buiten de campus?' vraag ik. Hij haalt zijn schouders op. Misschien wil hij geen baan zoeken.

Ik loop zwijgend achter hem aan naar zijn kamer en wacht totdat hij de deur heeft geopend. Waarom doet hij toch zo moeilijk over zijn kamer?

'Waarom wil je niet dat er anderen op je kamer komen?' vraag ik.

Hij rolt met zijn ogen en zet mijn tas op de vloer. 'Waarom stel je altijd zo veel vragen?' zegt hij gekweld. Hij gaat op de stoel zitten.

'Ik weet het niet. Misschien wel omdat je nooit antwoord geeft?' vraag ik, maar natuurlijk negeert hij me. 'Mag ik mijn kleren voor morgen ergens ophangen? Ik wil niet dat ze kreuken.'

Hij lijkt er even over na te denken, maar knikt dan en staat op om een hanger uit zijn kast te pakken. Ik pak mijn blouse en rok en hang die op het hangertje, zonder te reageren op het zure gezicht waarmee hij naar mijn kleren kijkt.

'Ik moet vroeger op dan gewoonlijk omdat ik om kwart voor negen op het busstation moet zijn. Drie straten verder is een halte voor de lijn die me tot op twee straten afstand van Vance brengt,' zeg ik tegen hem.

'Wat? Ga je daar morgen al naartoe? Waarom heb je dat niet gezegd?'

‘Dat heb ik gezegd... maar jij had het blijkbaar te druk met andere dingen,’ kaats ik terug.

‘Ik breng je wel met de auto. Je hoeft echt niet, wat is het, een uur in de bus te zitten.’

Ik wil het liefste nee zeggen, gewoon om hem dwars te zitten, maar ik besluit het niet te doen. Hardins auto is een veel beter vervoermiddel dan een volle bus.

‘Ik moet snel een auto kopen, want ik kan echt niet langer zonder. Als ik inderdaad stage mag lopen, moet ik drie keer per week de bus pakken.’

‘Dan zou ik je brengen,’ zegt hij, bijna fluisterend.

‘Ik regel wel een eigen auto,’ zeg ik tegen hem. ‘Het laatste wat ik wil, is dat je een kwade bui hebt en besluit me niet op te halen.’

‘Dat zou ik nooit doen.’ Hij klinkt serieus.

‘Dat zou je wel doen, en dan zou ik opeens op zoek moeten naar een bushalte. Nee, dank je wel,’ zeg ik, half als grap. Ik kan hem denk ik wel vertrouwen, maar ik wil geen enkel risico nemen. Hij is gewoon te wispelturig.

Hardin zet de tv aan en staat op om zich te verkleden, en dus richt ik mijn aandacht op hem. Het maakt niet uit hoe kwaad ik op hem ben, ik laat geen kans voorbijgaan om hem zonder kleren te zien. Hij trekt eerst zijn shirt over zijn hoofd, en dan zie ik zijn spieren samentrekken onder zijn huid wanneer hij zijn strakke zwarte jeans losknoopt en naar beneden trekt. Net wanneer ik denk dat hij in zijn boxershort blijft rondlopen haalt hij een dunne katoenen broek uit zijn ladekast en trekt die aan. Gelukkig voor mij doet hij geen bovenkleding aan.

‘Hier,’ mompelt hij, me het shirt gevend dat hij net heeft uitgetrokken. Ik kan een glimlach niet onderdrukken wanneer ik het aanpak. Dit is nu blijkbaar iets van ons: hij wil graag dat ik het draag en ik geniet van de geur. Terwijl Hardin naar de tv kijkt, volg ik zijn voorbeeld en trek zijn shirt en een yogabroek aan. De broek doet eerder denken aan een strakke legging, maar hij zit wel lekker. Ik ben net bezig mijn beha en kleren op te vouwen wanneer Hardin eindelijk weer naar mij kijkt. Hij schraapt zijn keel en bekijkt me van top tot teen.

‘Die broek is... eh... best wel sexy.’

Ik bloos. ‘Dank je.’

‘Veel beter dan dat pluizige geval,’ zegt hij plagend.

Ik ga lachend op de vloer zitten. Gek genoeg voel ik me hier op mijn gemak. Misschien komt het door de boeken, of door Hardin. Dat weet ik niet zeker.

'Meende je wat je net in de auto zei? Dat je me amper kent?' vraagt hij zacht. Zijn vraag komt erg onverwacht.

'Ja, eigenlijk wel. Je bent niet iemand die je gemakkelijk leert kennen.'

'Ik heb het gevoel dat ik jou wel ken,' zegt hij, me recht aankijkend.

'Ja, dat komt doordat ik jou wel dingen over mezelf vertel.'

'Dat doe ik ook. Het lijkt misschien niet zo, maar je kent me beter dan wie dan ook.' Hij kijkt even naar de vloer en dan weer naar mij. Hij ziet er verdrietig en kwetsbaar uit. Het is heel anders dan zijn gebruikelijke, intense woede, maar even fascinerend.

Ik weet niet zeker wat ik hierop moet zeggen. Ik heb het gevoel dat ik Hardin op een erg persoonlijk niveau wel goed ken en dat onze band op een bepaalde manier verdergaat dan kleine dingen van elkaar weten, maar het is bij lange na niet genoeg. Ik heb meer nodig.

'Jij kent mij ook beter dan wie dan ook,' zeg ik tegen hem. Hij kent mij, de echte Tessa. Niet de Tessa die ik tegenover mijn moeder of zelfs Noah moet zijn. Ik heb Hardin verteld dat mijn vader ons heeft verlaten, dat mijn moeder erg kritisch is en dat ik voor bepaalde dingen bang ben. Dat heb ik verder aan niemand verteld. Hardin lijkt blij met deze mededeling. Er verschijnt een glimlach op zijn knappe gezicht, en dan staat hij op uit zijn stoel en loopt naar me toe. Hij pakt mijn hand en trekt me omhoog.

'Wat wil je weten, Tessa?' vraagt hij, en dat is hartverwarmend. Hardin is eindelijk bereid me meer over zichzelf te vertellen. Ik ben een stapje dichter bij ontdekken wie deze ingewikkelde en kwade maar soms ook lieve jongen is.

Hardin en ik gaan allebei op het bed liggen, met onze blik gericht op het plafond, en ik stel hem wel honderd vragen. Hij vertelt waar hij is opgegroeid, in Hampstead, waar het erg fijn wonen is. Hij zegt dat hij het litteken op zijn knie heeft overgehouden aan de eerste keer dat hij zonder zijwieltjes ging fietsen en dat zijn moeder flauwviel vanwege al het bloed. Zijn vader zat die dag – de hele dag – in de kroeg, dus zijn moeder was degene die hem leerde fietsen. Hij zegt dat hij op de lagere school vooral vaak zat te lezen. Hij was niet erg sociaal, en naarmate hij ouder werd, was zijn vader vaker dronken en maakten zijn ouders voortdurend ruzie. Hij vertelt dat hij van de middelbare school werd getrapt omdat hij had gevochten en dat zijn moeder de school smeekte hem terug te nemen. Hij nam zijn eerste tatoeage op zijn zestiende; een vriend van hem zette die in zijn kelder. Na die eerste, een ster, wilde hij er steeds meer. Hij zegt dat er geen speciale reden is waarom zijn rug nog onbedekt is; daar is hij nog niet aan toegekomen. Hij heeft een hekel aan vogels, behalve aan de twee boven zijn sleutelbeen, en is dol op oldtimers. Leren autorijden was de beste ervaring van zijn leven, de scheiding van zijn ouders de ergste. Zijn vader hield op met drinken toen Hardin veertien was en heeft sindsdien geprobeerd de verloren jaren goed te maken, maar Hardin wil er niets van weten.

Mijn hoofd loopt over van al die nieuwe informatie, maar ik heb eindelijk het gevoel dat ik hem begrijp. Er is nog steeds heel veel wat ik over hem wil weten, maar terwijl hij me vertelt over het huisje van kartonnen dozen dat hij op zijn achtste samen met zijn moeder en een vriendin van haar heeft gemaakt, valt hij in slaap. Ik kijk naar hem en stel vast dat hij er veel jonger uitziet nu ik van alles over zijn kindertijd weet, die grotendeels gelukkig was, totdat zijn vader hun leven vergiftigde met zijn drankzucht en de boze Hardin van nu schiep. Ik buig me voorover en geef de trotse rebel een kus op zijn wang voordat ik ook onder de wol kruip.

Omdat ik hem niet wakker wil maken, trek ik het dekbed van opzij over me heen. Die nacht droom ik over een jongetje met krullen dat van een fietsje valt.

'Hou op!'

Ik schrik wakker van het gekwelde geluid van Hardins stem. Ik kijk zoekend om me heen en tuur dan over de rand van het bed. Hij ligt te spartelen op de vloer. Snel stap ik uit bed, hurk naast hem neer en schud hem zachtjes bij zijn schouders om hem wakker te maken. Ik weet nog hoe moeilijk het de vorige keer was, dus ik buig me voorover om mijn dunne armen om zijn schouders te slaan en zo zijn spartelende ledematen in bedwang te houden. Een kermend geluid ontsnapt aan zijn volmaakte lippen en zijn ogen schieten open.

'Tess,' zegt hij, happend naar adem. Hij slaat zijn armen om me heen, hijgend en zwetend. Ik had hem naar zijn nachtmerries moeten vragen, maar ik wilde niet te gretig klinken. Hij heeft me al veel meer verteld dan waarop ik had gehoopt.

'Hier ben ik, hier ben ik,' zeg ik troostend. Ik trek aan zijn arm en gebaar dat hij overeind moet komen en weer naar bed moet gaan. Wanneer hij me aankijkt, verdwijnen de verwarring en angst langzaam uit zijn blik.

'Ik dacht dat je weg was,' fluistert hij. We gaan weer liggen en hij trekt me zo dicht mogelijk tegen zich aan. Ik haal mijn vingers door zijn vochtige, slordige haar, en zijn ogen vallen dicht.

Ik zeg niets. Ik blijf met kalmerende gebaren over zijn hoofdhuid wrijven.

'Laat me niet alleen, Tess,' fluistert hij voordat hij in slaap valt. Mijn hart zwelt op wanneer ik zijn smeekbede hoor, en ik weet dat ik blijf zo lang als hij dat wil.

57

∞

De volgende morgen word ik vóór Hardin wakker en weet ik van hem af te rollen en mijn benen van de zijne los te maken zonder hem te wekken. Ik voel vlinders in mijn buik bij de herinnering aan de opgeluchte manier waarop hij mijn naam fluisterde en aan al de geheimen die hij me heeft verteld. Gisteravond was hij zo open en vol vertrouwen dat ik nog meer om hem ben gaan geven. De intensiteit van mijn gevoelens maakt me bang, maar hoewel ik weet dat ze er zijn, wil ik er niet te veel aan denken. Ik pak mijn krultang en het tasje met de make-up dat ik van Steph heb geleend – natuurlijk met haar toestemming – en loop naar de badkamer.

De overloop is verlaten en er klopt niemand op de deur wanneer ik me klaarmaak voor de dag. Op weg terug naar Hardins kamer heb ik minder geluk. Er komen drie jongens aangelopen, onder wie Logan.

'Hoi, Tessa,' zegt hij opgewekt. Hij toont me zijn opgewekte glimlach.

'Hoi, hoe gaat het met jou?' Ik voel me erg ongemakkelijk onder hun starende blikken.

'Prima, ik ga net naar buiten. Kom je hier wonen of zo?' vraagt hij lachend.

'O nee, zeg. Ik ben... eh... op bezoek.' Ik heb geen idee wat ik moet zeggen. De lange jongen buigt zich voorover en fluistert iets in Logans oor, maar ik kan het niet verstaan en wend mijn blik af. 'Nou, tot later,' zeg ik.

'Ja, we zien je wel op het feest,' zegt Logan. Hij loopt weg.

Welk feest? Waarom heeft Hardin daar niets over gezegd? Misschien gaat hij niet? Of misschien wil hij niet dat ik meega, voegt een stemmetje in mijn gedachten eraan toe. En wie geeft er nou een feest op dinsdagavond?

Bij Hardins deur aangekomen zie ik dat die al openzwaait voordat ik de klink kan pakken.

'Waar zat je?' vraagt hij. Hij doet de deur verder voor me open, zodat ik naar binnen kan lopen.

'Ik heb mijn haar gedaan. Ik wilde je niet wakker maken,' zeg ik.

'Ik zei dat ik niet wil hebben dat je zo door het huis dwaalt, Tessa,' zegt hij kwaad.

'En ik heb gezegd dat je niet de baas over me moet spelen, Hardin,' merk ik op sarcastische toon op.

Zijn trekken verzachten. 'Je hebt gelijk.' Hij lacht en stapt naar me toe. Hij legt een hand op mijn rug en de andere onder mijn shirt, op mijn buik. Zijn vingers zijn ruw van het eelt, maar glijden teder over mijn huid, steeds hoger op mijn buik.

'Maar je kunt maar beter een beha dragen als je door de gangen van een dispuutshuis dwaalt, Theresa.' Op het moment dat hij zijn mond naar mijn oor brengt, bereiken zijn vingers mijn borsten. Hij wrijft met zijn duimen over de gevoelige puntjes, die daardoor hard worden, en ademt hoorbaar in. Ik verstijf, maar mijn hart bonst als een bezetene. 'Je weet nooit wat voor viezeriken er hier rondlopen,' zegt hij zachtjes in mijn oor.

Zijn duimen draaien kringetjes rond mijn tepels, en dan knijpt hij er zachtjes in. Mijn hoofd valt op zijn borst, en ik ben niet langer in staat mijn gekreun in te houden nu zijn vingers hun tedere aanval inzetten.

'Ik durf te wedden dat ik je hierdoor kan laten klaarkomen,' zegt hij, de druk verhogend.

Ik had geen idee dat het zo... lekker kon zijn. Ik knik en Hardin grinnikt, met zijn mond tegen mijn oor. 'Wil je dat? Zal ik je laten klaarkomen?' vraagt hij.

Ik knik weer. Moet hij dat nog vragen? Mijn ademhaling is zwaar en mijn knieën begeven het bijna.

'Mooi, dan kunnen we nu naar het bed...' begint hij, maar dan gaat de wekkerfunctie van mijn mobieltje af.

Ik kom meteen bij zinnen. 'O god, we moeten over tien minuten vertrekken, Hardin, en jij bent niet eens aangekleed! Ik ben niet eens aangekleed!'

Ik maak me van hem los, maar hij schudt zijn hoofd en drukt me weer tegen zich aan. Deze keer trekt hij mijn broek en slipje naar beneden, en daarna steekt hij zijn hand uit en schakelt mijn mobieltje uit.

'Ik heb maar twee minuten nodig. Dan hebben we er nog acht over om ons aan te kleden.' Hij tilt me op en zet me op de rand van het bed voordat hij neerhurkt en me aan mijn enkels naar de rand trekt. 'Benen wijd, schatje,' zegt hij kirrend, en ik gehoorzaam.

Ik weet dat dit niet op het programma stond, maar ik kan geen betere manier bedenken om de dag te beginnen. Zijn lange vinger gaat strelend langs mijn dij omhoog, zijn andere hand drukt me neer. Dan buigt hij zijn hoofd en likt me voordat hij zijn lippen tuit en zuigt. Het is dat plekje weer, o god. Mijn heupen komen omhoog van het bed, maar hij drukt me neer en houdt me op mijn plaats. Hij steekt de vinger van zijn andere hand in me en maakt pompende bewegingen, sneller dan eerder. Ik weet niet wat lekkerder voelt, zijn handen of zijn zuigende mond, maar de combinatie is overweldigend. Binnen een paar tellen welt dat brandende gevoel op in mijn buik, en zijn vinger beweegt nog sneller.

'Nu twee, oké?' zegt hij, en ik kreun instemmend. Het voelt raar en een klein beetje ongemakkelijk, net als de eerste keer toen hij een vinger in me stak, maar wanneer zijn lippen me weer vinden en hij opnieuw begint te zuigen, vergeet ik de lichte pijn. Ik kerm wanneer Hardin zijn mond weghaalt.

'O schatje, wat ben je nauw.' Die woorden op zich laten me al bijna klaarkomen. 'Gaat het?' vraagt hij.

Ik grijp hem bij zijn krullen en trek zijn gezicht naar beneden. Grinnikend drukt hij zijn lippen op me. Ik zeg kreunend zijn naam en trek aan zijn haar, overvallen door het heftigste orgasme van mijn leven. Niet dat ik nu zo ervaren ben, maar dit was zeker het snelste en sterkste. Hardin plant een kusje op mijn heup voordat hij opstaat en naar de kast loopt. Ik til mijn hoofd op en probeer op adem te komen. Hij loopt terug en veegt me af met een T-shirt. Het is dat ik zo van de wereld ben, anders had ik me vast geschaamd.

'Ik ben zo terug. Ik ga even mijn tanden poetsen.' Hij loopt de kamer uit. Ik sta op, kleed me aan en kijk hoe laat het is. Over drie minuten moeten we vertrekken. Wanneer Hardin terugkomt, kleedt hij zich snel aan en gaan we op weg.

'Weet je hoe je moet rijden?' vraag ik wanneer hij de oprit verlaat.

'Ja, Christian Vance is een oude studiegenoot van mijn vader en een goede vriend van hem,' zegt hij. 'Ik ben er al een paar keer geweest.'

'O... wauw.' Ik wist dat Ken connecties bij het bedrijf had, maar ik wist niet dat de directeur een vriend van hem was.

'Je hoeft je niet druk te maken, hij is erg aardig. Een beetje saai, maar aardig. Je zult er perfect passen.' Zijn lach is aanstekelijk. 'Je ziet er trouwens leuk uit.'

'Dank je. Wat heb jij vanmorgen een goed humeur,' zeg ik plagend.

'Ja, de dag beginnen met mijn hoofd tussen jouw dijen doet wonderen.' Lachend neemt hij mijn hand in de zijne.

'Hardin!' zeg ik bestraffend, maar hij lacht alleen maar.

De rit duurt niet lang, en al snel staan we op een parkeerplaats achter een vijf verdiepingen tellend gebouw met spiegelende glazen zijwanden en een grote v op de gevel.

'Ik ben zenuwachtig,' beken ik aan Hardin terwijl ik kijk of mijn make-up nog goed zit.

'Dat hoeft niet. Je zult het heel goed doen. Je bent zo slim, dat ziet hij meteen,' verzekert Hardin me.

O, wat is het toch fijn wanneer hij zo aardig doet.

'Dank je,' zeg ik. Ik leun naar hem toe om hem een zoen te geven. Een lieve, eenvoudige zoen. 'Ik blijf hier in de auto op je wachten,' zegt hij, me opnieuw kussend.

Binnen ziet het gebouw er al even chic uit als aan de buitenkant. Bij de receptie krijg ik een dagpasje en wordt me verteld dat ik op de vijfde verdieping moet zijn. Bij de balie daar vertel ik de jongeman hoe ik heet.

Hij glimlacht zijn volmaakte witte tanden bloot en brengt me naar een grote werkkamer. 'Meneer Vance, Theresa Young voor u,' zegt hij tegen een man die ik vanuit de deuropening zie zitten. Hij is van middelbare leeftijd met lichte gezichtsbeharing.

Meneer Vance gebaart dat ik verder moet komen en loopt naar me toe om me de hand te schudden. Vanaf de andere kant van de kamer kan ik zien dat hij groene ogen heeft. Met een geruststellende glimlach nodigt hij me uit om plaats te nemen.

'Wat leuk je te ontmoeten, Theresa, en bedankt voor je komst,' zegt hij.

'O, zegt u alstublieft Tessa. En dank u voor de uitnodiging,' antwoord ik glimlachend.

'Vertel eens, Tessa, je hebt dus Engels als hoofdvak?' vraagt hij.

'Ja, meneer,' knik ik.

'Ken Scott heeft je enthousiast aanbeloven. Hij is van mening dat ik heel wat mis als ik je geen stage aanbied.'

'Ken is erg aardig,' zeg ik.

Hij knikt en wrijft over zijn baard. Dan vraagt hij wat ik de laatste tijd heb gelezen, wat mijn favoriete en minst favoriete schrijvers zijn, en of ik kan uitleggen waarom ik dat vind. Tijdens mijn uitleg knikt hij en maakt hij instemmende geluiden, en wanneer ik klaar ben, schenkt hij me een glimlach.

'Nou, Tessa, wanneer kun je beginnen? Ken zegt dat het met jouw vakken niet moeilijk is om een compact schema aan te houden, zodat je twee dagen per week hier kunt zijn en de overige drie dagen aan je studie kunt wijden,' zegt hij.

Mijn mond valt open. 'Echt?' is alles wat ik kan uitbrengen. Dit is veel beter dan ik had verwacht. Ik had gedacht dat ik 's avonds college zou moeten lopen en de dagen hier zou moeten doorbrengen – als ze me al een stage zouden aanbieden.

'Ja, en we geven je ook studiepunten voor de dagen dat je hier werkt.'

'Dank u wel. Dit is een geweldige kans, dank u wel. Dank u.' Ik kan niet geloven dat ik zo veel mazzel heb.

'Je kunt maandag beginnen. Dan zullen we ook meteen je salaris bespreken.'

'Salaris?' Ik had gedacht dat dit een onbetaalde stage was.

'Ja, natuurlijk zullen we je voor je tijd hier betalen.' Hij glimlacht.

Ik knik alleen maar, bang dat ik hem voor de duizendste keer zal bedanken als ik mijn mond opendoe.

Ik ren bijna naar de auto. Hardin stapt uit wanneer hij me ziet naderen.

'En?' vraagt hij.

Ik slaak een verrukte kreet. 'Ik mag hier komen werken! Betaald! Twee dagen per week, zodat ik drie dagen per week kan studeren. En ik krijg er studiepunten voor. Hij was zo aardig, en het is zo aardig van je vader dat hij dit voor me heeft geregeld, en hetzelfde geldt natuurlijk voor jou. O, ik vind dit zo geweldig en ik... Nou ja, dat is het wel zo'n beetje.' Ik lach en hij slaat zijn armen om me heen, drukt me dicht tegen zich aan en tilt me op.

'Ik ben zo blij voor je,' zegt hij, en ik begraaf mijn vingers in zijn haar.

'Dank je,' zeg ik, waarna hij me neerzet. 'Echt, heel erg bedankt dat je me hebt gebracht en in de auto wilde wachten.'

Hij zegt dat het geen moeite was, en terwijl we instappen, vraagt hij: 'Wat wil je de rest van de dag doen?'

'Terug naar de uni natuurlijk, dan zijn we nog net op tijd voor Literatuur.'

'Echt? Ik kan wel leukere dingen bedenken.'

'Nee, ik heb deze week al te veel colleges gemist en wil niet nog meer missen. Ik ga naar Literatuur, en jij ook.' Ik glimlach.

Hij rolt met zijn ogen, maar knikt instemmend.

We zijn net op tijd, zodat ik Landon nog over de stage kan vertellen. Hij feliciteert me en omhelst me stevig. Hardin maakt heel onbeleefd kokhalsgeluiden achter ons, maar ik geef hem een trap tegen zijn been.

Na college loopt Hardin met Landon en mij mee naar buiten en hebben we het nog even over het kampvuur van komende vrijdag. Ik spreek af dat ik om vijf uur naar het huis van Landon kom, zodat ik kan mee-eten, en dat we om zeven uur vertrekken. Hardin zegt al die tijd niets en ik vraag me af of hij ook mee zal gaan. Hij heeft dat wel gezegd, maar volgens mij deed hij dat alleen maar om Zed te stangen. Landon neemt afscheid van ons bij de parkeerplaats en loopt fluitend weg.

'Scott!' hoor ik iemand roepen. We draaien ons allebei om en ik zie dat Nate en Molly naar ons toe komen. Fantastisch, maar niet heus. Molly draagt een mouwloos topje en een roodleren rokje. Het is nog maar dinsdag, maar ze is al bijna door haar sletquotum van deze week heen. Dat soort dingen kan ze beter voor het weekend bewaren.

'Hoi,' zegt Hardin. Hij doet een stap bij me vandaan.

'Hoi, Tessa,' zegt Molly op haar beurt.

Ik beantwoord haar groet en blijf ongemakkelijk staan terwijl Hardin en Nate elkaar begroeten. 'Ben je er klaar voor?' vraagt Nate, en dan pas dringt het tot me door dat Hardin hier met hen heeft afgesproken. Ik weet niet waarom ik had verwacht dat hij en ik iets zouden gaan doen, maar hij had in elk geval iets kunnen zeggen.

'Ja hoor,' zegt Hardin. Dan kijkt hij me aan. 'Tot later, Tessa,' zegt hij achteloos. Hij loopt samen met hen weg. Molly kijkt even over haar schouder naar me, met een brede grijns op haar dik opgemaakte gezicht, en stapt naast Hardin in de auto. Nate gaat achterin zitten.

En ik blijf op de parkeerplaats staan en vraag me af wat er zo-even in godsnaam is gebeurd.

58

∞

Op weg terug naar mijn kamer besef ik dat ik wel erg dom ben geweest. Dacht ik nu echt dat Hardin opeens zou zijn veranderd? Ik had beter moeten weten. Ik had kunnen weten dat dit te mooi was om waar te zijn. Hardin die me in het bijzijn van Landon kust, Hardin die aardig is en 'meer' wil, Hardin die me over zijn kindertijd vertelt. Ik had kunnen weten dat hij, zodra zijn vrienden in beeld verschenen, weer zou veranderen in de Hardin die hij tot nu toe is geweest.

'Hé, kom je vanavond ook?' vraagt Steph zodra ik de kamer binnenloop. Tristan zit op haar bed en kijkt haar vol bewondering aan. Ik mocht willen dat Hardin ook zo naar mij keek.

'Nee, ik moet studeren,' zeg ik. Leuk hoor, iedereen is blijkbaar voor dat feest uitgenodigd, maar Hardin vond het niet de moeite waard om mij er iets over te vertellen. Misschien wil hij bij Molly zijn en niet worden afgeleid.

'O, toe nou, het wordt heel leuk. Hardin komt ook.' Ze glimlacht, waarop ik mezelf dwing terug te lachen.

'Nee, ik ga niet. Ik moet mijn moeder nog bellen om bij te praten en ik wil mijn werk voor volgende week plannen.'

'Wat saai!' zegt Steph plagend. Ze pakt haar tas. 'Nou ja, je moet het zelf weten. Ik blijf de hele nacht weg, dus als je iets nodig hebt, moet je maar even bellen.' Bij wijze van afscheid omhelst ze me.

Ik bel mijn moeder om haar over de stage te vertellen, en natuurlijk is ze heel erg blij voor me. Ik zeg niets over Hardin, maar vertel haar wel over Ken, die ik als Landons toekomstige stiefvader omschrijf. En dat is hij natuurlijk ook. Ze vraagt naar Noah, maar ik ontwijk haar vragen. Ik ben verbaasd en dankbaar dat Noah mijn moeder niet alles heeft verteld. Hij is me niets verschuldigd, maar ik ben blij dat hij zijn mond heeft gehouden. Nadat ik naar een veel te lang verhaal over haar nieuwe collega heb zitten luisteren, die volgens haar een verhouding met de baas heeft, zeg ik tegen haar dat ik moet studeren en hang ik op. Meteen dwalen mijn gedachten af naar Hardin. Mijn leven was zo eenvoudig voordat ik hem leerde kennen, en nu... is het ingewikkeld, een bron van zorgen. Ik ben of ontzettend gelukkig of voel me heel erg rot omdat ik aan Hardin en Molly samen denk.

Als ik hier blijf zitten, word ik stapelgek, en het is nog maar zes uur wanneer ik mijn pogingen tot studeren staak. Misschien moet ik een wandelingetje maken? Ik heb echt meer vrienden nodig. Ik pak mijn mobieltje en bel Landon.

'Hoi, Tessa!' Zijn vriendelijke toon neemt meteen iets van mijn onrust weg.

'Hoi, Landon, heb je het druk?' vraag ik aan hem.

'Nee, ik zit naar de wedstrijd te kijken. Hoezo, is er iets?'

'Nee, ik vroeg me gewoon af of ik even langs kon komen... Misschien kunnen we iets leuks gaan doen, of misschien vindt je moeder het niet erg om me nu bakles te geven.' Ik lach zwakjes.

'O, dat zal ze geweldig vinden. Ik zeg haar wel dat je onderweg bent.'

'Nou, de volgende bus vertrekt pas over een half uur, maar ik kom zo snel als ik kan,' zeg ik tegen hem.

'Bus? O ja, ik was even vergeten dat je nog geen auto hebt. Zal ik je komen halen?'

'Nee, dat hoeft niet, ik vind het niet erg om met de bus te gaan.'

'Tessa, het is maar vijftien kilometer. Ik kom er nu aan,' zegt hij, en ik stem ten slotte in.

Ik pak mijn tas en kijk voor de laatste keer op mijn mobieltje. Natuurlijk heeft Hardin me geen bericht gestuurd en me ook niet gebeld. Ik vind het vreselijk dat ik me zo afhankelijk van hem voel, zeker nu duidelijk is dat ik niet op hem kan vertrouwen.

Ik zet het toestel uit, vastbesloten me onafhankelijk te gedragen. Als ik het aan laat staan, zal ik mezelf gek maken door er om de paar minuten op te kijken. Ten slotte stop ik mijn mobieltje weg in de bovenste la van mijn kast en ga ik buiten op Landon staan wachten.

Een paar minuten later komt hij aangereden, zachtjes claxonnerend. Ik spring verrast op van het trottoir en we moeten allebei lachen wanneer ik instap.

'Mijn moeder gaat helemaal los in de keuken, dus bereid je maar voor op een intensieve baksessie,' zegt hij.

'O ja? Ik stort me graag ergens helemaal op.'

'Dat weet ik. In dat opzicht lijken we behoorlijk op elkaar,' zegt hij voordat hij de radio aanzet.

Ik herken de vertrouwde melodie van een van mijn lievelingsliedjes. 'Mag ik hem iets harder zetten?' vraag ik.

Hij knikt. 'Vind je The Fray goed?' vraagt hij verbaasd.

'Ja, dat is mijn lievelingsband. Ik ben er gek op. Vind jij ze ook goed?'

'Ja, wie niet?' zegt hij lachend.

Hardin, antwoord ik bijna, maar ik besluit mijn mond te houden.

We komen bij het huis aan, waar Ken ons met een vriendelijke glimlach begroet. Ik hoop maar dat hij niet dacht dat Hardin er ook bij zou zijn, maar ik zie geen teleurstelling op zijn gezicht en glimlach terug.

'Karen is in de keuken. Betreden op eigen risico,' zegt hij ondeugend.

Hij overdreef niet. Het complete kookeiland is bedekt met bakblikken, mengkommen en heel veel dingen die ik niet herken.

'Tessa! Ik was net van alles aan het voorbereiden!' Stralend gebaart ze naar al die onbekende voorwerpen.

'Kan ik je ergens mee helpen?'

'Nee, nu nog even niet. Ik ben bijna klaar... Zo, dat is gepiept.'

'Sorry dat ik zo laat liet weten dat ik wilde komen,' zeg ik.

'O nee, lieverd, je bent hier altijd welkom,' verzekert ze me, en ik kan zien dat ze het meent.

Ze geeft me een schort aan en ik draai mijn haar in een knotje. Landon gaat op het aanrecht zitten en blijft even met ons kletsen terwijl Karen me uitlegt welke ingrediënten je nodig hebt voor cupcakes. Ik giet alles in de kom van de mixer en zet die op de laagste stand.

'Ik voel me nu al een echte bakker,' zeg ik lachend.

Landon buigt zich naar me toe en veegt iets van mijn wang. 'Er zat bloem op je gezicht.' Hij bloost en ik glimlach.

Daarna giet ik het beslag voor de cupcakes in het bakblik. Wanneer we het blik in de oven hebben gezet en over school en thuis beginnen, besluit Landon 'de meiden' te laten kletsen en in de woonkamer naar de wedstrijd te gaan kijken.

Terwijl ons gebak gaar wordt en afkoelt, kletsen we over van alles en nog wat, en wanneer Karen zegt dat het tijd is om de cakejes te versieren, stel ik vast dat de mijne best goed gelukt zijn. Karen laat zien hoe je een spuitzak gebruikt en ik zet een L op een van de cakejes, dat ik voor Landon apart zet. Karen versiert haar baksels geroutineerd met bloemetjes en grassprietjes terwijl ik het beste van de mijne probeer te maken.

'Volgende keer laat ik je zien hoe je koekjes bakt.' Glimlachend legt ze de cupcakes op een gebaksschaal.

'Dat klinkt goed.' Ik neem een hap van een van mijn creaties.

Terwijl Karen de schaal wegzet, vraagt ze: 'Waar is Hardin vanavond?'

Ik kauw langzaam en probeer te bepalen waarom ze dat vraagt. 'Thuis,' antwoord ik slechts. Ze fronst even, maar vraagt niet door.

Landon komt de keuken in en Karen gaat Ken een paar cupcakes brengen.

'Is deze voor mij?' vraagt Landon. Hij houdt de cupcake omhoog waarop met glazuur de bibberige L is geschreven.

'Ja, ik heb dat glazuren nog niet helemaal onder de knie.'

Hij neemt een grote hap. 'Als de smaak maar goed is,' zegt hij met volle mond. Ik giechel en hij veegt zijn mond af.

Ik eet nog een cupcake en Landon vertelt me over de wedstrijd. Die interesseert me niet echt, maar ik doe alsof ik luister omdat hij zo aardig tegen me is. Toch dwalen mijn gedachten af naar Hardin en staar ik uit het raam.

'Gaat het?' onderbreekt Landon mijn gepieker.

'Ja, sorry.' Ik glimlach verontschuldigend.

'Het geeft niet. Is het Hardin?'

'Ja... Hoe weet je dat?' vraag ik.

'Waar is hij?'

'Thuis. Er is vanavond een of ander feest...' begin ik, maar dan besluit ik hem in vertrouwen te nemen. 'Waarover hij me niets had verteld. Hij had met zijn vrienden afgesproken en ging er gewoon vandoor, na een simpel "Tot later, Tessa". Ik voel me zo stom nu ik dit vertel, en ik weet hoe belachelijk het klinkt, maar ik word er gek van. Hij heeft voortdurend met Molly lopen rotzooien, en nu is ze er weer bij, zonder dat hij haar heeft verteld dat we... Wat we ook zijn.' Ik slaak een diepe zucht.

'Jullie zijn toch aan het daten?' vraagt Landon.

'Ja... Of nou ja, dat dacht ik. Nu weet ik het niet meer zo zeker.'

'Waarom vraag je het hem niet? En waarom ga je niet naar dat feest?'

Ik kijk hem aan. 'Dat kan ik niet zomaar doen.'

'Hoezo niet? Dat heb je vaker gedaan, en Hardin en jij zijn nu min of meer met elkaar, of hoe je het ook wilt noemen, en je kamergenote is er ook. Als ik jou was, zou ik gaan.'

'Ja? Steph heeft me wel uitgenodigd, maar... Ik weet het niet.'

Ik wil gewoon weten of Hardin daar met Molly is, maar ik durf niet zo goed.

'Ik vind dat je het gewoon moet doen.'

'Heb je zin om mee te gaan?' vraag ik.

'O, nee, nee. Sorry, Tessa. Ik weet dat we vrienden zijn, maar nee.'

Ik wist wel wat zijn antwoord zou zijn, maar ik moest het vragen. 'Oké, ik ga naar dat feest. Dan kan ik in elk geval met hem praten.'

'Goed idee, maar veeg eerst even die bloem van je gezicht.'

Hij lacht en ik geef hem een zachte por tegen zijn arm. Ik blijf nog wat langer met Landon kletsen omdat ik niet de indruk wil wekken dat ik hem alleen maar gebruik voor een lift naar het feest, ook al weet ik dat hij dat nooit zal denken.

'Succes, en bel me als je me nodig hebt,' zegt hij wanneer ik voor het dispuutshuis uitstap. Ik zie hem wegrijden en bedenk dat het wel erg ironisch is dat ik mijn telefoon thuis heb gelaten om te voorkomen dat ik over Hardin zou piekeren, maar dat ik nu toch voor zijn deur sta.

Bij het zien van een groepje schaars geklede meisjes in de tuin kijk ik naar mijn eigen outfit: jeans en een vestje. Ik ben amper opgemaakt en draag mijn haar in een knotje boven op mijn hoofd. Waarom leek het me in godsnaam een goed idee om hiernaartoe te gaan?

Ik onderdruk mijn zenuwen en loop naar binnen. De enige bekende die ik zie, is Logan, die een shotje drinkt vanaf een meisje in lingerie. Ik loop de keuken in, waar iemand me een rood bekertje vol alcohol aangeeft, dat ik aan mijn lippen zet. Als ik Hardin onder ogen wil komen, heb ik drank nodig. Ik baan me door de drukke woonkamer een weg naar de bank waar zijn groepje doorgaans rondhangt. Tussen lijven door en over schouders heen zie ik het roze haar van Molly...

En ik word spontaan misselijk wanneer ik zie dat ze niet op de bank zit, maar bij Hardin op schoot. Ze leunt tegen hem aan, met haar hand op zijn dij, en zit met haar vrienden te lachen alsof dit de normaalste zaak van de wereld is.

Hoe ben ik in vredesnaam in deze situatie met Hardin beland? Ik had uit zijn buurt moeten blijven. Dat heb ik al die tijd al geweten, maar nu wordt het me nogmaals onder de neus gewreven. Ik zou gewoon weg moeten gaan. Ik hoor hier niet en ik wil niet opnieuw in het bijzijn van deze mensen in huilen uitbarsten. Ik ben het zat om telkens maar om Hardin te huilen en heb genoeg van mijn pogingen om hem te veranderen in iemand die hij niet is. Elke keer wanneer ik denk dat ik het dieptepunt heb bereikt, doet hij weer iets wat me laat beseffen dat onbeantwoorde gevoelens meer pijn kunnen veroorzaken dan ik ooit had kunnen denken. Ik zie dat Molly haar hand op die van Hardin legt; hij trekt zijn hand terug, maar legt hem dan op haar heup en geeft haar een speels kneepje dat haar aan het lachen maakt. Ik wil mezelf dwingen weg te lopen, terug te deinzen, het op een rennen te zetten, te kruipen, alles te doen wat nodig is om hieraan te ontsnappen, maar mijn blik weigert zich los te maken van de jongen voor wie ik ben gevallen en die naar háár blijft kijken.

'Tessa!' roept iemand. Hardin heft met een ruk zijn hoofd op, en zijn groene ogen, groot van ontzetting, kijken recht in de mijne. Ook Molly kijkt mijn kant op en buigt zich dan verder naar Hardin toe. Zijn lippen wijken even uiteen, alsof hij iets wil zeggen, maar dat doet hij niet.

Zed verschijnt aan mijn zijde en ik weet mijn blik eindelijk van Hardin los te rukken. Ik probeer een glimlach tevoorschijn te toveren, maar ik heb al mijn energie nodig om te voorkomen dat ik in tranen uitbarst.

'Wil je iets drinken?' vraagt Zed, en ik kijk naar mijn handen. Ik hield net toch een biertje vast?

Mijn bekertje ligt aan mijn voeten, het bier is op het tapijt gemorst. Ik doe een stap opzij; onder andere omstandigheden zou ik het opruimen en mijn excuses aanbieden, maar nu doe ik liever of ik er niets mee te maken heb. Het is hier zo druk dat niemand zal merken dat ik het was.

Ik kan twee dingen doen: huilend wegrennen en Hardin de indruk geven dat hij me de baas is, of niets laten merken en net doen alsof hij, en het feit dat Molly op zijn schoot zit, me niets kan schelen.

Ik besluit voor optie twee te kiezen.

'Ja, graag, dat lijkt me heerlijk,' zeg ik op gespannen toon.

59

∞

Ik loop achter Zed aan naar de keuken en probeer me mentaal schrap te zetten, zodat ik dit feest kan overleven. Het liefste wil ik nu naar Hardin toe lopen om hem eens flink uit te schelden en Molly's roze haar uit haar hoofd te trekken, maar de kans is groot dat hij dat met een zelfvoldane grijns zou ondergaan, en dus drink ik de hele *cherry vodka sour* die Zed voor me heeft gemaakt op en vraag dan om een tweede beker. Hardin heeft al te veel avonden voor me verpest en ik weiger dat weer te laten gebeuren.

Zed mixt nog een drankje voor me, maar wanneer ik een paar minuten later nogmaals mijn beker uitsteek, steekt hij lachend zijn handen op. 'Ho ho, rustig aan. Je hebt er al twee op!'

'Het is gewoon hartstikke lekker.' Lachend lik ik de kersensmaak van mijn lippen.

'Nou, doe het dan rustig aan met deze, oké?'

Wanneer ik ja zeg, mixt hij er nog een voor me en zegt dan: 'Volgens mij gaan we zo weer een potje truth or dare spelen.'

Waarom willen deze lui dat telkens zo graag spelen? Ik dacht dat dat iets voor op de middelbare school was. Opnieuw voel ik de pijn in mijn borst wanneer ik denk aan al die dingen waartoe Hardin en Molly vanavond misschien al zijn uitgedaagd.

'Wat heb ik tijdens het laatste potje gemist?' vraag ik met de verleidelijkste glimlach die ik tevoorschijn kan toveren. Ik zie er waarschijnlijk bespottelijk uit, maar het lijkt te werken, want hij glimlacht terug.

'Gewoon een stel dronken lui die elkaar zaten af te lebberen.' Hij haalt zijn schouders op. De brok in mijn keel kruipt verder omhoog, maar ik slik die weg met mijn drankje. Dan tover ik een lach op mijn gezicht en loop ik al drinkend met Zed naar de anderen. Zed gaat op de vloer zitten, schuin tegenover Hardin en Molly, die op de bank zitten, en ik neem naast hem plaats. Ik ga expres dichter bij hem zitten dan ik normaal gesproken zou doen. Ik had wel verwacht dat Hardin Molly inmiddels van zijn schoot zou hebben geduwd, maar dat is niet zo, en dus kruip ik wat dichter tegen Zed aan.

Hardin knijpt zijn ogen bijna dicht, maar ik negeer hem. Molly zit nog steeds op zijn schoot. Wat is ze toch een slet. Steph glimlacht begripvol naar me en kijkt even naar Hardin. Tegen de tijd dat Nate aan de beurt is, begint de wodka zijn werk te doen.

'Truth of dare?' vraagt Steph.

'Truth,' antwoordt hij, waarop ze met haar ogen rolt.

'Slappe zak.' Haar kleurrijke taal blijft me verbazen. 'Goed dan... Is het waar dat je afgelopen weekend in Tristans kast hebt staan pissen?' vraagt ze. Iedereen begint te lachen, behalve ik. Ik heb geen idee waar ze het over hebben.

'Nee! Ik heb al gezegd dat ik daar niets mee te maken had!' zegt hij kermend, waardoor iedereen nog harder moet lachen. Zed kijkt naar me en geeft me een knipoog.

Het was me nog niet eerder opgevallen, maar hij is echt een lekker ding. Heel erg lekker.

'Tess, doe je mee?' vraagt Steph, en ik knik. Dan kijk ik op naar Hardin, die me aan zit te staren. Ik glimlach naar hem en kijk dan naar Zed. De frons op Hardins gezicht maakt me iets kalmer. Net goed dat hij zich net zo rot voelt als ik.

'Goed, truth of dare?' vraagt Molly. Natuurlijk moet zij dat weer aan mij vragen.

'Dare,' zeg ik dapper. God mag weten wat ze me zal laten doen.

'Zoen Zed.'

Er wordt hier en daar verbaasd naar adem gehapt, maar ook gegrinnikt.

'We weten al hoe ze over zoenen denkt. Kies maar iets anders,' zegt Hardin met opeengeklemde kaken.

'Nee hoor, het maakt me niet uit.' Als hij wil spelen, gaan we spelen.

'Ik denk niet...' begint hij, maar Steph valt hem in de rede met 'Kop houden, Hardin'. Ze glimlacht bemoedigend naar me.

Ik kan niet geloven dat ik ermee instem om Zed te zoenen, al is hij een van de aantrekkelijkste mensen die ik ken. Tot nu toe zijn Noah en Hardin de enige jongens die ik heb gekust; Johnny van de basisschool telt volgens mij niet mee, en bovendien smaakte hij naar lijm.

'Zeker weten?' vraagt Zed. Hij probeert bezorgd over te komen, maar ik zie de opwinding op zijn volmaakte gezicht.

'Ja, natuurlijk.' Ik neem nog een slok en doe mijn best om niet naar Hardin te kijken, bang dat ik anders van gedachten verander. Iedereen kijkt naar ons wanneer Zed zijn lippen aflikt en naar voren leunt om me te kussen. Zijn lippen zijn koud van zijn drankje en ik proef het zoete kersensap op zijn tong. Zijn lippen voelen tegelijkertijd zacht en hard tegen de mijne en zijn tong beweegt bedreven mee met die van mij. Ik voel de hitte opwellen in mijn buik; niet zo heet als met Hardin, maar het voelt zo lekker dat wanneer Zed me bij mijn middel pakt en we allebei op onze knieën...

'Jezus, ze zei "zoenen". Niet "neuken waar iedereen bij is"', zegt Hardin, maar Molly zegt dat hij zijn mond moet houden.

Ik kijk even naar Hardin. Hij ziet er kwaad uit. Ontzettend kwaad. Maar hij heeft het zelf zo ver laten komen.

Ik maak me los van Zed en voel dat ik door de blikken van de anderen begin te blozen. Steph steekt haar duimen naar me omhoog, maar ik kijk naar de vloer. Zed lijkt heel erg tevreden. Ik schaam me, maar ik ben ook erg blij met Hardins reactie.

'Tessa, nu mag jij Tristan iets vragen,' zegt Zed. Tristan kiest een opdracht, dus ik laat hem het minst creatieve doen wat ik kan bedenken: een shotje drinken.

'Zed, truth of dare?' vraagt Tristan zodra hij klaar is.

Ik drink mijn beker leeg. Hoe meer ik drink, hoe doffer mijn gevoelens worden.

'Dare,' antwoordt Zed. Steph fluistert iets in Tristans oor waarvan hij moet grijnzen.

'Neem Tessa tien minuten lang mee naar boven,' zegt Tristan, en ik krijg even geen lucht. Dit is te veel.

'Dat is een goeie!' zegt Molly, die om mij begint te lachen.

Zed kijkt me aan, alsof hij om mijn instemming vraagt. Zonder na te denken sta ik op en pak ik Zeds hand. Hij ziet er even verbaasd uit als de anderen, maar hij staat wel op.

'Dit is geen truth or dare meer, dit is... gewoon hartstikke stom,' zegt Hardin.

'Wat maakt dat nou uit? Ze zijn allebei single en het is leuk, dus wat kan jou het schelen?' vraagt Molly aan hem.

'Het... het kan me niks schelen. Ik vind het gewoon stom,' antwoordt Hardin, en mijn hart doet opnieuw pijn. Hij heeft zijn vriendin duidelijk niet verteld dat we... Wat we ook zijn. Hij heeft me de hele tijd gebruikt, ik ben gewoon een van die vele meisjes voor hem, en het was uitermate dom dat ik dacht dat het deze keer anders was.

'Nou, dan is het maar goed dat jij er niks over te zeggen hebt, Hardin,' bijt ik hem toe. Ik trek Zed aan zijn hand mee.

'Ha, ha!'

'Daar kan hij het mee doen!' hoor ik een paar stemmen zeggen, gevolgd door gevloek van Hardin.

Zed en ik lopen naar boven en vinden boven aan de trap een lege slaapkamer. Zed trekt de deur open en doet het licht aan.

Nu Hardin niet langer in de buurt is, word ik veel zenuwachtiger, zo alleen met Zed. Al ben ik nog zo kwaad, ik wil niet met Zed rotzooien. Nou, 'wil niet' is misschien verkeerd uitgedrukt. Ik weet dat ik het beter niet kan doen. Zo'n soort meisje ben ik niet.

'Wat wil je doen?' vraag ik met een piepstemmetje.

Hij grinnikt en leidt me naar het bed. O god.

'Gewoon even praten?' zegt hij.

Ik knik en staar naar de vloer.

'Al zijn er genoeg andere dingen die ik met je wil doen, maar je bent aangeschoten en ik wil geen misbruik van je maken.'

Ik hap naar adem.

'Verbaasd?' Hij kijkt opgewekt naar me op.

Ik lach. 'Een beetje wel, ja,' geef ik toe.

'Waarom? Ik ben niet zo'n lul als Hardin, hoor,' zegt hij, en ik wend mijn blik af. 'Weet je, ik dacht even dat jij en Hardin iets met elkaar hadden.'

'Nee... We zijn gewoon... Nou ja, we waren vrienden, maar nu niet meer.' Ik wil niet toegeven dat ik zo stom ben geweest om Hardins leugens te geloven.

'Dus je gaat nog steeds met je vriendje van school?' vraagt hij.

Opgelucht dat ik niet langer over Hardin hoef te praten, zeg ik: 'Nee, we hebben het uitgemaakt.'

'O, dat is jammer. Hij mocht zich gelukkig prijzen met jou,' zegt hij met een lieve glimlach.

Zed is zo charmant. Ik kijk hem recht in zijn goudbruine ogen en zie dat zijn wimpers dikker zijn dan die van mij. 'Dank je.'

'Heb je zin om een keertje met mij uit te gaan? Een echte date, bedoel ik? Dus niet ergens op een slaapkamer tijdens een feest.' Hij lacht nerveus.

'Eh...' Ik weet niet wat ik moet zeggen.

'Zal ik het morgen nog eens vragen, als je nuchter bent?' Hij is veel aardiger dan ik had gedacht. Meestal zijn jongens die zo knap zijn ontzettende klootzakken... net als Hardin.

'Goed.'

Hij pakt opnieuw mijn hand. 'Oké. Dan gaan we nu weer naar beneden.'

Daar zitten Hardin en Molly nog steeds op de bank, maar Hardin heeft nu een drankje in zijn hand en Molly zit naast hem, met haar benen over zijn schoot. Wanneer ik zie dat Hardin ziet dat Zed en ik hand in hand lopen, trek ik in een opwelling mijn hand uit de zijne, maar dan pak ik hem snel weer vast. Hardin klemt even zijn kaken op elkaar en ik wend mijn blik af naar de andere feestgangers.

'Hoe was het?' vraagt Molly zelfingenomen.

'Leuk,' antwoord ik, en Zed zegt niets. Daar moet ik hem later voor bedanken. 'Nu is Molly aan de beurt,' kondigt Nate aan zodra wij weer op de vloer zijn gaan zitten.

'Truth of dare?' vraagt Hardin.

'Dare, natuurlijk.'

En Hardin kijkt mij recht aan en zegt: 'Kus me.'

Mijn hart stopt, letterlijk. Het houdt op met kloppen. Hij is een nog grotere rotzak dan ik had kunnen vermoeden. Mijn oren suizen en mijn hart bonst weer en Molly kijkt me even trots aan voordat ze zich op Hardin stort. Alle woede die ik jegens Hardin voel, maakt plaats voor pijn, een allesverterende pijn. Ik voel de hete tranen op mijn gezicht. Ik kan dit niet langer aanzien. Dat kan ik gewoon niet.

Een paar tellen later ben ik opgestaan en baan ik me een weg door de dronken massa. Ik hoor dat Zed en Steph me allebei roepen, maar de kamer draait om me heen, en wanneer ik mijn ogen dichtknijp, zie ik alleen maar Molly en Hardin. Ik bots tegen iedereen aan, maar bereik zonder om te kijken de deur. Buiten hap ik mijn longen vol frisse lucht en kom ik weer een beetje tot mezelf.

Hoe kan hij zo gemeen zijn? Ik ren het stoepje bij de voordeur af, het trottoir op. Ik moet hier weg. Had ik hem maar nooit leren kennen. Had ik maar een andere kamergenote gehad. Was ik maar nooit naar WCU gekomen.

'Tessa!' hoor ik iemand roepen. Ik draai me om, er zeker van dat ik me die stem heb verbeeld, maar dan zie ik dat Hardin achter me aan rent.

60

∞

Ik ben nooit erg sportief geweest, maar de adrenaline stroomt door mijn lijf en ik dwing mijn benen sneller te bewegen. Pas aan het einde van de straat begin ik moe te worden. En waar moet ik in vredesnaam naartoe? Ik weet niet hoe ik de vorige keer terug naar de studentenflat ben gelopen, en ik ben zo stom geweest om mijn telefoon op mijn kamer achter te laten. Omdat ik iets duidelijk wilde maken: dat ik niet afhankelijk ben van Hardin. Hardin, die nu achter me aan rent en 'Tessa, blijf staan!' roept.

En dat doe ik. Ik kom meteen tot stilstand. Waarom loop ik eigenlijk voor hem weg? Híj is degene die moet uitleggen waarom hij spelletjes met me blijft spelen.

'Wat heeft Zed tegen je gezegd?'

Wát? Ik draai me om. Hij staat nog geen meter achter me, met een ontzet gezicht; blijkbaar dacht hij niet dat ik echt zou blijven staan.

'Wat is er, Hardin? Wat wil je nu eigenlijk van me?' gil ik. Mijn hart bonst van al dat rennen, en omdat hij het heeft gebroken.

'Ik...' Hij lijkt voor de verandering naar woorden te zoeken. 'Heeft Zed iets tegen je gezegd?'

'Nee, waarom zou hij?' Ik doe weer een stap naar voren, zodat ik oog in oog met hem sta, niet in staat mijn woede te beheersen.

'Het spijt me, oké?' zegt hij zacht. Hij kijkt me in de ogen en steekt zijn hand uit naar de mijne, maar ik sla hem weg. Hij negeert mijn vraag over Zed, maar ik ben zo kwaad dat het me niet kan schelen.

'Het spijt je?' herhaal ik. Mijn stem verandert in een lach.

'Ja.'

'O, stik er toch in, Hardin.' Ik wil weglopen, maar hij pakt me opnieuw bij mijn arm. Ik word daar zo kwaad om dat ik mijn hand uitsteek en hem een harde klap geef. Ik ben al even verbaasd door dat geweld als hij en wil bijna mijn excuses aanbieden voor de klap, maar hij heeft me zo'n pijn gedaan dat een pets op zijn wang eigenlijk niet genoeg is.

Zijn hand gaat naar zijn gezicht. Hij wrijft langzaam over de rode huid van zijn wang en kijkt me aan met een blik waarin woede en verwarring zich met elkaar vermengen.

'Wat is jouw probleem? Jij bent degene die met Zed heeft gezoend!' roept hij. Er rijdt een auto voorbij waarvan de bestuurder ons aanstaart, maar ik schenk er geen aandacht aan. Het kan me geen donder schelen als ik nu een scène trap.

'Wil je mij daar soms de schuld van geven? Je hebt tegen me gelogen, je hebt me voor lul gezet, Hardin! Net toen ik dacht dat ik je kon vertrouwen, moest je me weer vernederen! Als je zo graag met Molly samen wilt zijn, waarom zeg je dan niet dat ik je met rust moet laten? Nee, in plaats daarvan loop je te zeiken dat je meer wilt en vraag je me of ik de nacht met je wil doorbrengen, alleen maar om me te kunnen gebruiken. Wat had dat voor zin? Wat hield jij daaraan over? Behalve natuurlijk een pijpbeurt!' gil ik. Het voelt raar om dat woord uit te spreken.

'Wat? Denk je dat soms? Dat ik je gebruik?' roept hij.

'Nee, dat denk ik niet, Hardin, dat wéét ik. Maar weet je, ik heb er genoeg van. Ik ben er helemaal klaar mee. Ik wil je nooit meer zien, en als het nodig is, zal ik daar zelfs een plek in een andere flat voor aanvragen.' Ik meen het. Ik zit er niet op te wachten dat deze mensen mijn leven nog verder verzieken.

'Je overdrijft,' zegt hij op vlakke toon.

Ik moet me tot het uiterste beheersen om hem niet opnieuw een draai om zijn oren te geven. 'Ik overdrijf? Je hebt je vrienden niet over ons verteld, je hebt me niets over dit feest verteld, en je hebt me voor lul op de parkeerplaats laten staan toen je er uitgerekend met Molly vandoor ging. Vervolgens tref ik je hier aan met Molly op je schoot en ga je klef zitten doen. Pal voor mijn neus, Hardin. Dus ik kan wel stellen dat mijn reactie volkomen gerechtvaardigd is.' Mijn stem verandert in een fluistering, zo moe ben ik. Ik veeg de tranen van mijn wangen en kijk op naar de avondhemel.

'Jíj hebt Zed vlak voor míjn neus gezoend! En ik heb je niets over dit feest verteld omdat ik dat niet hoef te doen! Je had toch niet mee gewild – je hebt het te druk met studeren of voor je uit zitten staren,' blaft hij.

Mijn ogen tranen zo hevig dat ik hem door een waas zie. 'Waarom verspil je dan je tijd aan me?' vraag ik hem op de man af. 'Waarom kom je me zelfs hier achterna, Hardin?'

Hij zegt niets, maar dat is ook een antwoord.

'Dat dacht ik al. Je nam aan dat je sorry kon zeggen en dat ik dat zou aanvaarden en dat ik – je saaie geheime vriendinnetje – een geheim kon blijven. Nou, je hebt het mis. Je zag mijn vriendelijkheid aan voor zwakheid en daarin heb je je behoorlijk vergist.'

'Vriendinnetje? Dacht je echt dat je mijn vriendin was?' brult hij.

De pijn in mijn borst is nu duizend keer zo sterk. Ik kan amper blijven staan. 'Nee... ik...' begin ik. Ik weet niet wat ik moet zeggen.

'Dat dacht je, hè?' zegt hij lachend.

'Nou... eigenlijk wel,' geef ik toe. Ik ben al zo vernederd dat ik niets meer te verliezen heb. 'Jij kwam met al dat gelul aanzetten dat je meer wilde, en ik geloofde je. Ik geloofde alles wat je tegen me zei, al die dingen die je volgens eigen zeggen nog nooit tegen iemand hebt verteld, maar ik ben er zeker van dat dat ook gelul was. Ik vraag me zelfs af of het wel echt is gebeurd,' zeg ik schouderophalend. Ik geef het op. 'Maar weet je, ik ben niet eens kwaad op jou, ik ben kwaad op mezelf omdat ik zo stom was het te geloven. Ik wist hoe je was voordat ik voor je begon te vallen. Ik wist dat je me zou kwetsen. Wat zei je ook alweer, je wilde me vernietigen? Nee, kapotmaken. Je wilde me kapotmaken. Nou, gefeliciteerd, Hardin, dat is je gelukt.' Ik snik.

Pijn flitst in zijn ogen... Nou, het lijkt op pijn. Waarschijnlijk is het humor.

Het kan me niet langer schelen of ik win of verlies, ik wil deze vermoeiende spelletjes niet langer spelen. Ik draai me om en loop terug in de richting van het huis. Er is vast wel iemand die me een mobieltje wil lenen om Landon te bellen of me een lift terug naar de studentenflat wil geven.

'Waar ga je naartoe?' vraagt hij. Het doet me pijn dat hij niets anders te zeggen heeft, dat hij niets uitlegt. Hij heeft alleen bevestigd wat ik al wist: dat hij geen hart heeft.

Ik verhoog mijn tempo, hem negerend. Hij loopt achter me aan en roept een paar keer mijn naam, maar ik laat me niet opnieuw door hem inpakken.

Terug bij het huis zie ik Molly met haar roze haar buiten in de tuin staan. 'O kijk, ze staat op je te wachten. Jullie zijn echt het ideale stel,' roep ik over mijn schouder naar Hardin.

'Zo zit het niet en dat weet je,' moppert hij.

'Ik weet helemaal niets,' snauw ik. Ik ren met twee treden tegelijk het stoepje voor de voordeur op. Zed verschijnt in de deuropening en ik stuif op hem af. 'Mag ik je telefoon lenen? Alsjeblieft?'

Hij knikt. 'Gaat het? Ik wilde nog achter je aan gaan, maar je was al weg,' zegt hij.

Ik knik ook. Hardin gaat naast Zed en mij staan terwijl ik Landon bel en hem vraag of hij mij wil komen ophalen. Zed en Hardin kijken elkaar even aan wanneer ze Landons naam horen, en dan wendt Zed zijn blik af en kijkt hij mij aan. 'Kan hij komen?' vraagt hij, duidelijk bezorgd.

'Ja, hij komt er zo aan. Bedankt dat ik je mobieltje mocht lenen,' zeg ik, Hardin negerend.

'Graag gedaan. Zal ik samen met je blijven wachten?' vraagt hij.

'Nee, dat doe ik wel,' komt Hardin op venijnige toon tussenbeide.

'Dat zou ik heel fijn vinden, Zed,' zeg ik, en ik loop samen met hem het stoepje af. Hardin loopt achter ons aan, want zo'n lul is hij wel, en blijft ongemakkelijk achter ons staan. Ook Steph, Tristan en Molly komen erbij.

'Gaat het?' vraagt Steph.

'Ja,' zeg ik knikkend. 'Maar ik ga naar huis. Ik had niet eens moeten komen.' Terwijl Steph me omhelst, hoor ik Molly mompelen: 'Dat kun je wel zeggen.'

Ik hef met een ruk mijn hoofd op. Doorgaans heb ik een hekel aan confrontaties, maar mijn hekel aan Molly is nog groter. 'Je hebt gelijk! Dit is geen plek voor mij. Ik ben immers niet zo goed als jij in dronken worden en tegen iedere jongen aan rijden die ik tegenkom.'

'Wat?' zegt ze.

'Je hebt me wel gehoord.'

'Wat is jouw probleem? Kwaad omdat ik met Hardin heb zitten zoenen? Jammer voor je, liefje, ik zoen zo vaak met Hardin.'

Ik voel het bloed wegtrekken uit mijn gezicht. Ik kijk naar Hardin, die blijft zwijgen.

Dus hij bleef het de hele tijd met Molly doen? Dat verrast me niet zo erg als had gemoeten. Ik weet niet eens wat ik tegen haar moet zeggen. Ik doe mijn best om iets te bedenken, maar er komt niets. Zodra ik hier weg ben, schud ik vast tien antwoorden uit mijn mouw, maar nu niet.

'Kom, dan gaan we naar binnen,' stelt Tristan voor. Hij pakt Molly en Steph bij hun arm. Ik probeer dankbaar naar hem te glimlachen.

'Jij ook, Hardin. Laat me met rust,' zeg ik, kijkend naar de straat.

'Ik heb niet met haar gezoend. De laatste tijd niet, bedoel ik. Afgezien van vanavond. Dat zweer ik,' zegt hij. Waarom zegt hij dit waar iedereen bij is?

Molly draait zich om.

'Het kan me geen reet schelen wie je wel of niet zoent. En nu oprotten,' zeg ik.

Een golf van opluchting gaat door me heen wanneer ik Landons auto zie naderen. 'Nogmaals bedankt,' zeg ik tegen Zed.

'Graag gedaan, en vergeet niet wat we hebben besproken,' zegt hij hoopvol, me herinnerend aan onze 'date'.

'Tessa...' zegt Hardin wanneer ik naar de auto loop. Ik negeer hem en hij roept luider: 'Tessa!'

'Ik heb je alles al gezegd wat ik je te zeggen heb, Hardin. En ik heb geen zin om nog langer te luisteren naar jou en je gezeik, dus laat me godverdomme met rust!' krijs ik. Ik draai me naar hem om, me ervan bewust dat iedereen naar ons staat te kijken, maar ik heb het helemaal gehad met hem.

'Ik... Tessa, ik...'

'Wat, Hardin? Wat?' gil ik nog harder.

'Ik... ik hou van je!' roept hij.

En alle lucht verdwijnt uit mijn longen.

En Molly ziet eruit alsof ze stikt.

En Steph ziet eruit alsof ze een spook heeft gezien.

En een paar tellen lang blijft iedereen zo staan, alsof er een buitenaardse verschijning langs is gekomen die ons allemaal aan de grond heeft genageld. Wanneer ik eindelijk weer iets kan zeggen, zeg ik zacht: 'Je bent gestoord, Hardin. Je bent hartstikke gestoord.'

Hoewel ik weet dat dit onderdeel van zijn spelletjes is, hebben zijn woorden toch iets in me gewekt. Ik grijp naar het handvat van Landons portier, maar Hardin trekt me terug.

'Ik meen het. Ik weet dat je me niet gelooft, maar het is zo. Ik hou van je.' Zijn ogen staan vol tranen en zijn lippen vormen een strakke lijn. Hij slaat beide handen voor zijn gezicht en doet dan een stap naar achteren, en dan nog een. Wanneer hij zijn handen laat zakken, lijkt de blik in zijn groene ogen oprecht, vol paniek.

Hardin speelt beter toneel dan ik had verwacht. Ik kan gewoon niet geloven dat hij dit doet waar iedereen bij is.

Ik duw hem naar achteren, open het portier en doe het op slot voordat Hardin zijn evenwicht heeft hervonden. Zodra Landon gas geeft, bonst Hardin met zijn vuisten tegen het raampje, en ik sla mijn handen voor mijn gezicht zodat hij me niet ziet huilen.

61

∞

Nadat ik eindelijk ben opgehouden met snikken vraagt Landon: ‘Hoorde ik dat goed? Zei hij dat hij van je houdt?’

‘Ja… Ik snap het ook niet… Volgens mij wilde hij een scène schoppen,’ zeg ik, bijna opnieuw in tranen.

‘Denk je dat… En nu moet je niet boos op me worden… Denk je dat het misschien waar is? Dat hij, zeg maar, echt van je houdt?’

‘Wat? Natuurlijk niet. Ik weet niet eens zeker of hij me wel aardig vindt. Ik bedoel, wanneer we alleen zijn is hij heel anders en denk ik dat hij echt om me geeft, maar ik weet dat hij niet van me houdt. Hij is niet in staat om van anderen te houden, alleen van zichzelf,’ leg ik uit.

‘Ik sta aan jouw kant, Tessa, echt waar,’ antwoordt Landon. ‘Maar die uitdrukking op zijn gezicht toen we wegreden… Zijn hart leek gebroken. En je hart kan alleen breken als je van iemand houdt.’

Dat is niet waar. Mijn hart viel weliswaar in scherven uiteen toen hij Molly kuste, maar ik hou niet van hem.

‘Hou jij van hem?’ vraagt hij simpelweg.

‘Nee, ik hou niet van hem… Hij is… Nou ja… Hij is een lul. Ik ken hem nog geen twee maanden en we hebben de helft van die tijd… Nee, de héle tijd ruziegemaakt. Je kunt niet van iemand houden die je nog maar twee maanden kent.’ Mijn stem klinkt gespannen en de woorden komen te snel. ‘Bovendien is hij een lul.’

‘Dat zei je al,’ zegt Landon. Ik zie de zweem van een glimlach rond zijn lippen, hoewel hij zijn best doet om zijn gezicht in de plooi te houden.

Ik vind het niet fijn dat ik zo’n druk op mijn borst voel wanneer we het over mijn mogelijke liefde voor Hardin hebben. Daar word ik misselijk van, en de ruimte in de auto voelt veel benauwder. Ik draai het raampje een klein stukje naar beneden en laat mijn hoofd ertegenaan rusten, zodat de vlaag frisse lucht langs me kan stromen.

'Heb je zin om mee terug te gaan naar mijn huis of moet ik je naar je kamer brengen?' vraagt hij.

Ik wil terug naar mijn kamer en opgerold op mijn bed gaan liggen, maar ik ben bang dat Steph of Hardin langskomt. De kans dat Hardin naar het huis van zijn vader gaat, is zo klein dat die optie veiliger is.

'Naar jouw huis, graag, maar kunnen we eerst even langs mijn kamer om een paar kleren op te halen? Ik vind het wel vervelend dat ik je zo heen en weer laat rijden.'

'Tessa, het is niet ver en we zijn vrienden. Hou op met mij steeds te bedanken en je verontschuldigingen aan te bieden,' zegt hij streng, maar zijn lieve glimlach maakt me aan het lachen.

Hij is de fijnste persoon die ik hier heb leren kennen en ik ben zo blij dat ik hem als vriend heb.

'Nou, mag ik je dan nog één keer bedanken omdat je zo'n goede vriend bent?' vraag ik.

Hij trekt speels zijn wenkbrauwen op. 'Goed dan, maar nu is het genoeg.'

Op mijn kamer pak ik snel mijn kleren en boeken. Het voelt alsof ik hier nooit meer kom. Dit is de eerste nacht in tijden dat ik niet naast Hardin zal slapen. Ik begon er net aan gewend te raken, en dat was zo stom van me. Ik pak mijn mobieltje uit de la en loop terug naar Landons auto.

Het is na elven wanneer we bij zijn huis aankomen. Ik ben doodop en blij dat Ken en Karen al liggen te slapen wanneer we binnenkomen. Landon schuift een pizza voor ons in de oven en ik eet een van de cupcakes die ik eerder heb gebakken. Het lijkt weken in plaats van uren geleden dat ik met Karen heb staan bakken. Het was zo'n lange dag. Alles begon zo goed met Hardin en met de stage, maar toen moest hij het zoals altijd weer verpesten.

Nadat Landon en ik de pizza hebben opgegeten lopen we naar boven en brengt hij me naar dezelfde logeerkamer als de vorige keer. Niet dat ik daar toen echt heb geslapen; ik werd immers gewekt door een schreeuwende Hardin. Sinds ik hem heb leren kennen, verloopt de tijd niet meer zoals ik gewend ben. Alles is zo snel gegaan, en ik word duizelig bij de gedachte aan de leuke momenten die we hebben beleefd en die zo ver uit elkaar liggen, van elkaar gescheiden door zo veel ruzies. Ik bedank Landon nogmaals, die met zijn ogen rolt en dan naar zijn eigen kamer loopt. Ik zet mijn mobieltje aan en zie dat Hardin, Steph en mijn moeder me talloze berichtjes hebben gestuurd. Op die van mijn moeder na wis ik ze allemaal, zonder ze te lezen. Ik weet toch al wat erin staat en heb daar na vandaag schoon genoeg van. Ik zet het toestel op *MUTE*, trek mijn pyjama aan en kruip in bed.

Het is één uur 's nachts en ik moet over vier uur opstaan. Morgen wordt een lange dag. Als ik vandaag niet de ochtendcolleges had gemist, zou ik thuisblijven, of nou ja, hier. Of teruggaan naar mijn kamer. Waarom heb ik Hardin overgehaald om terug te komen naar Literatuur? Nadat ik een hele tijd heb liggen woelen, kijk ik hoe laat het is: bijna drie uur. Hoewel dit een van de beste én slechtste dagen van mijn leven was, ben ik te uitgeput om de slaap te kunnen vatten.

Voordat ik besef wat ik doe, sta ik voor de deur van Hardins kamer. En dan ga ik naar binnen. Nu er niemand is die me kan veroordelen, trek ik de tweede la open en pak een wit T-shirt. Ik kan ruiken dat dit nog nooit is gedragen, maar dat maakt me niet uit. Ik verruil mijn eigen T-shirt voor dit. Dan ga ik op het bed liggen en begraaf mijn hoofd in het kussen. Met Hardins muntachtige geur in mijn neus val ik eindelijk in slaap.

62

∞

Wanneer ik wakker word, duurt het even voordat ik besef dat ik niet met Hardin in bed lig. De zon schijnt vredig door het erkerraam, en wanneer ik om me heen kijk, zie ik iemand zitten. Snel schiet ik overeind en probeer mezelf te oriënteren. Zodra mijn ogen aan het licht gewend zijn, twijfel ik er niet aan dat ik gek ben geworden.

'Hardin?' zeg ik zacht, in mijn ogen wrijvend.

'Hoi,' zegt hij vanuit een oorfauteuil, met zijn ellebogen op zijn knieën.

'Wat doe jij verdomme hier?' snauw ik. Mijn hart doet nu al pijn.

'Tessa, we moeten praten.' Hij heeft flinke wallen onder zijn ogen.

'Heb je naar me zitten kijken toen ik sliep?' vraag ik.

'Nee, natuurlijk niet. Ik ben hier net een paar minuten,' zegt hij.

Ik vraag me af of hij vannacht nachtmerries had omdat ik niet naast hem sliep. Als ik niet met eigen ogen had gezien hoe onrustig hij slaapt, had ik kunnen denken dat hij ook dat uit zijn duim zuigt, maar ik weet nog goed dat ik zijn bezwete gezicht tussen mijn handen hield en echte angst in zijn groene ogen zag.

Ik zeg niets. Ik wil geen ruzie met hem maken. Ik wil gewoon dat hij weggaat. Of nee, eigenlijk wil ik dat niet, en dat vind ik vreselijk, maar ik weet dat het moet.

'We moeten praten,' zegt hij nogmaals. Wanneer ik nee schud, haalt hij beide handen door zijn haar en haalt diep adem.

'Ik moet naar college,' zeg ik tegen hem.

'Landon is al weg. Ik heb je wekker uitgezet. Het is al elf uur.'

'Wát?'

'Je bent laat opgebleven en ik dacht...' begint hij.

'Hoe durf je! Ga weg.' Ik voel nog altijd de pijn van wat hij me gisteren heeft aangedaan, en dat overschaduwt mijn woede over het feit dat ik colleges mis, maar ik mag geen zwakte tonen, want dan zal hij toeslaan. Dat doet hij altijd.

'Je ligt in mijn kamer,' brengt hij me in herinnering.

Ik stap uit bed. Het kan me niet schelen dat ik alleen een T-shirt draag, zíjn T-shirt. 'Je hebt gelijk. Dan ga ik wel.' De brok in mijn keel wordt steeds groter en mijn tranen laten zich niet veel langer bedwingen.

'Nee, ik bedoelde... Ik bedoelde dat je op mijn kamer hebt geslapen. Waarom?' Zijn stem klinkt dof.

'Dat weet ik niet... Ik heb gewoon... Ik kon niet slapen,' geef ik toe. Ik kan maar beter ophouden met praten. 'Het is trouwens niet echt jouw kamer. Ik heb hier net zo vaak geslapen als jij, of nu zelfs nog vaker,' merk ik op.

'En je eigen T-shirt paste niet?' vraagt hij, met zijn blik op het witte kledingstuk. Natuurlijk drijft hij de spot met me.

'Toe dan, plaag me maar,' zeg ik. De tranen verzamelen zich in mijn ogen. Hij probeert me aan te kijken, maar ik wend mijn blik af.

'Dat doe ik niet.' Hij staat op uit de stoel en loopt naar me toe, maar ik deins terug en steek mijn handen omhoog.

Hij blijft staan. 'Wil je alsjeblieft naar me luisteren?'

'Wat heb je verder nog te zeggen, Hardin? Zo gaat het altijd. We maken elke keer dezelfde ruzie, en elke keer is het erger. Dat kan ik niet meer. Dat kan ik niet.'

'Ik zei dat het me speet dat ik haar heb gezoend,' zegt hij.

'Daar gaat het niet om. Nou, deels wel, maar het gaat om veel meer. En het feit dat je dat niet snapt, bewijst al dat we hier onze tijd staan te verdoen. Je zult nooit degene zijn die je voor mij moet zijn, en ik ben niet degene die jij wilt dat ik ben.' Ik veeg mijn ogen af. Hij kijkt uit het raam.

'Maar dat ben je al,' zegt hij.

Kon ik hem maar geloven.

'Jij niet,' is alles wat ik kan uitbrengen. Ik wil niet huilen waar hij bij is, maar ik kan mezelf niet tegenhouden. Ik heb al zo vaak gehuild sinds ik hem leerde kennen, en als ik me door hem opnieuw in zijn web laat vangen, zal het altijd zo blijven.

'Wat ben ik niet?'

'Wie ik wil dat je bent. Je doet me alleen maar pijn.' Ik loop langs hem heen en steek de overloop over naar de logeerkamer. Snel trek ik mijn broek aan en zoek ik mijn spullen bij elkaar. Hardins blik volgt elke beweging.

'Heb je niet gehoord wat ik gisteren zei?' zegt hij ten slotte.

Ik had gehoopt dat hij er niet over zou beginnen.

'Geef eens antwoord,' zegt hij.

'Ja... Ik heb je wel gehoord,' zeg ik, zonder hem aan te kijken.

Zijn toon wordt vijandig. 'Heb je er niets over te zeggen?'

'Nee,' lieg ik.

Hij gaat voor me staan.

'Ga opzij,' zeg ik.

Hij staat gevaarlijk dicht bij me en ik weet wat hij van plan is zodra hij aanstalten maakt om me te kussen. Ik probeer voor hem terug te deinzen, maar zijn sterke handen houden me op mijn plaats en trekken me naar hem toe. Zijn lippen raken de mijne en zijn tong probeert mijn mond binnen te dringen, maar ik weiger mee te werken.

Hij trekt zijn hoofd een klein beetje terug. 'Kus me, Tess,' eist hij.

'Nee.' Ik geef een duw tegen zijn borst.

'Als je nu zegt dat je niet hetzelfde voor mij voelt, ga ik weg.' Zijn gezicht is centimeters van het mijne verwijderd, zijn adem is warm op mijn gezicht.

'Ik voel niet hetzelfde.' Die uitspraak doet me pijn, maar hij moet gaan.

'Ja, dat doe je wel,' zegt hij, op wanhopige toon. 'Dat weet ik.'

'Ik voel het niet, Hardin, en jij ook niet. Je denkt toch echt niet dat ik daarin zou trappen?'

Hij laat me los. 'Je gelooft niet dat ik van je hou?'

'Natuurlijk niet. Hoe stom denk je dat ik ben?'

Hij staart me even aan voordat hij zijn mond opent en weer sluit. 'Je hebt gelijk,' zegt hij dan.

'Wat?'

Hij haalt zijn schouders op. 'Jij hebt gelijk, ik niet. Ik hou niet van je, ik wilde het alleen allemaal nog dramatischer maken.' Hij lacht even. Ik wist wel dat hij het niet meende, maar dat maakt zijn eerlijkheid niet minder pijnlijk. Een deel van me, een groter deel dan ik wil toegeven, hoopte dat hij het wel meende.

Hij blijft met zijn rug tegen de muur staan wanneer ik met mijn tas in mijn hand naar buiten loop.

Ik kom bij de trap aan, waar Karen glimlachend naar me opkijkt.

‘Tessa, liefje, ik wist niet dat jij hier was!’ Haar glimlach verdwijnt wanneer ze ziet dat ik van streek ben. ‘Gaat het? Is er iets gebeurd?’

‘Nee, het gaat wel. Ik had mezelf gisteravond buitengesloten en ik...’

‘Karen,’ klinkt Hardins stem achter me.

‘Hardin!’ Haar glimlach is even terug. ‘Hebben jullie trek? Zal ik ontbijt maken? Of nou ja, lunch, het is bijna twaalf uur.’

‘Nee, bedankt, ik ga nu terug naar mijn kamer,’ zeg ik op weg naar beneden tegen haar.

‘Ik heb trek,’ zegt Hardin achter me.

Ze kijkt eerst verbaasd naar mij en dan naar hem. ‘Goed, ik ben in de keuken.’

Nadat ze is verdwenen, loop ik naar de deur.

‘Waar ga je naartoe?’ Hij pakt me bij mijn pols.

Ik verzet me even voordat hij me loslaat. ‘Naar mijn kamer, zoals ik net al zei.’

‘Lopend?’

‘Wat is er met je? Je doet net alsof er niets is gebeurd, alsof we niet zo-even hebben staan bekvechten, alsof je niets hebt gedaan. Je bent echt volslagen gestoord, Hardin, en dan bedoel ik rijp voor een inrichting, compleet met pillen en dwangbuizen. Eerst zeg je vreselijke dingen tegen me en dan wil je me een lift aanbieden?’ Ik kan hem gewoon niet volgen.

‘Zulke vreselijke dingen heb ik toch niet gezegd? Alleen maar dat ik van je houd. En ik wilde je helemaal geen lift aanbieden, ik vroeg alleen maar of je wilt gaan lopen.’

Zijn zelfvoldane uitdrukking maakt me duizelig. Waarom zoekt hij me eigenlijk op als hij toch niets om me geeft? Heeft hij niets beters te doen dan mij te treiteren?

‘Wat heb ik gedaan?’ vraag ik ten slotte. Dat wilde ik al een hele tijd vragen, maar ik was bang voor zijn antwoord.

‘Wat?’

‘Ik moet iets hebben gedaan, anders zou je niet zo’n hekel aan me hebben. Wat?’ vraag ik. Ik probeer niet te schreeuwen omdat ik wil voorkomen dat Karen me hoort. ‘Je kunt ieder meisje krijgen dat je wilt hebben, maar je verspilt je tijd, en die van mij, aan het bedenken van nieuwe manieren om mij het leven zuur te maken. Wat heeft dat voor zin? Heb je zo’n hekel aan me?’

‘Nee, dat is het niet. Ik heb geen hekel aan je, Tessa. Je hebt alleen

een gemakkelijk doelwit van jezelf gemaakt, en het gaat allemaal om de jacht, nietwaar?' zegt hij pochend. Voordat hij nog iets kan zeggen, roept Karen hem en vraagt of hij augurkjes op zijn boterham wil.

Hij loopt naar de keuken en geeft antwoord, en ik loop naar buiten.

Op weg naar de bushalte bedenk ik dat ik de laatste tijd al zo veel colleges heb gemist dat ik net zo goed de rest van de dag naar een auto kan gaan zoeken. Gelukkig komt de bus binnen een paar minuten aangereden en vind ik een plekje helemaal achterin.

Terwijl ik me op de bank laat vallen, denk ik aan wat Landon over gebroken harten zei: dat iemand je hart niet kan breken als je niet van diegene houdt. Hardin breekt keer op keer mijn hart, zelfs wanneer ik denk dat er geen hart meer over is dat kan breken.

En ik houd van hem. Ik houd van Hardin.

63

∞

De verkoper is een griezel die naar oude sigaretten ruikt, maar ik kan het me niet langer veroorloven kieskeurig te zijn. Na een uur lang onderhandelen schrijf ik een cheque uit voor de aanbetaling en geeft hij mij de sleutels van een Corolla uit 2010 die in redelijke toestand verkeert. Op een paar plaatsen is de witte lak wat aangetast, maar ik heb de prijs zo ver naar beneden gekregen dat ik me er niet druk over kan maken. Voordat ik de garage verlaat, bel ik mijn moeder met het goede nieuws, maar natuurlijk zegt ze dat ik een grotere auto had moeten kiezen en vertelt ze meteen waarom. Het eindigt ermee dat ik net doe alsof ik geen bereik heb, en ik zet mijn telefoon uit.

Het is zo geweldig om in mijn eigen auto rond te rijden. Nu ben ik niet langer afhankelijk van het openbaar vervoer en kan ik zelf naar mijn stage rijden. Hopelijk zal de stage niet lijden onder het feit dat ik de banden met Hardin heb verbroken. De kans lijkt me klein, maar stel dat hij er genoeg van heeft om me alleen maar aan het huilen te maken en het voor me wil verpesten? Misschien moet ik met Ken gaan praten en hem uitleggen dat Hardin en ik niet langer... daten? Als hij denkt dat we daten, moet ik iets beters verzinnen dan 'Je zoon is de gemeenste jongen die ik ken en ik kan het niet langer verdragen om bij hem in de buurt te zijn'.

Ik zet de radio aan, harder dan ik gewoonlijk zou doen, maar het heeft het gewenste effect. De nare gedachten worden uit mijn hoofd verdreven omdat ik me op de teksten van alle liedjes concentreer. Ik negeer het feit dat al die liedjes me aan Hardin doen denken.

Voordat ik terugga naar de campus, besluit ik nog wat nieuwe kleren te kopen. Nu het kouder wordt, heb ik nieuwe jeans nodig, en bovendien heb ik er genoeg van om altijd maar lange rokken te dragen. Ik koop een paar nieuwe outfits die ik naar Vance kan dragen, een stel effen blouses en vestjes, en een paar jeans. Strakker dan ik gewoonlijk zou kiezen, maar ze staan me goed.

Steph is niet thuis, maar dat vind ik helemaal niet erg. Misschien moet ik inderdaad werk maken van een nieuwe kamer. Ik mag Steph graag, maar we kunnen geen kamer delen als dat betekent dat Hardin voortdurend komt binnenvallen. Als ik genoeg verdien met mijn stage, kan ik me misschien wel een eigen etage veroorloven, buiten de campus. Ik weet al hoe mijn moeder daarop zal reageren, maar het is niet haar leven.

Ik vouw mijn nieuwe kleren op en leg ze in de kast. Dan pak ik mijn toilettas en loop naar de badkamers. Na mijn douche tref ik Steph en Zed op haar bed aan, waar ze naar haar computer zitten te kijken.

Fantastisch.

Ze kijkt slaperig op. 'Hoi, Tessa. Heeft Hardin je gisteravond nog gevonden?' Na mijn knikje vraagt ze: 'Hebben jullie het uitgepraat?'

'Nee. Of ja, ik denk het wel. Ik ben klaar met hem,' zeg ik tegen haar.

Ze zet grote ogen op. Blijkbaar dacht ze dat hij opnieuw zijn klauwen in me kon zetten.

'Nou, daar ben ik in elk geval blij om.' Zed glimlacht en Steph geeft hem een por, maar dan gaat haar mobieltje en kijkt ze naar het scherm.

'Tristan is er, we kunnen gaan. Zin om mee te gaan?' vraagt ze aan mij.

'Nee, bedankt, ik blijf hier. Hé, ik heb vandaag trouwens een auto gekocht,' zeg ik tegen haar, en ze slaakt een vreugdekreet.

'Dat is te gek!'

Ik knik.

'Als ik terug ben, moet je hem laten zien,' zegt ze. Ze lopen naar de deur, maar terwijl Steph naar buiten loopt, blijft Zed nog even staan.

'Tessa?' Zijn stem is zacht als fluweel. Ik kijk op en hij glimlacht naar me. 'Heb je nog nagedacht over een date?' vraagt hij, me recht aankijkend.

'Ik...' Ik wil nee tegen hem zeggen, maar waarom eigenlijk? Hij is erg aantrekkelijk en lijkt lief. Hij heeft geen misbruik van me gemaakt toen hij de kans kreeg. Ik weet dat hij leuker gezelschap is dan Hardin, maar eerlijk gezegd is iedereen dat. 'Ja.' Ik glimlach.

'Ja, in de zin van "ik wil graag me je uit"?' Zijn glimlach wordt breder.

'Ja, waarom niet?' antwoord ik.

'Vanavond?'

'Ja, vanavond is prima.' Eigenlijk is dat geen goed idee omdat ik veel werk moet inhalen, maar hoewel ik deze week de nodige colleges heb gemist, loop ik nog altijd voor.

'Geweldig. Ik kom je om zeven uur halen, oké?'

'Oké.'

Hij zet even zijn volmaakte tanden in zijn onderlip. 'Tot vanavond, schoonheid,' zegt hij. Ik bloos en zwaai hem gedag wanneer hij de kamer verlaat.

Het is nu vier uur, dus ik heb nog drie uur. Ik föhn mijn haar en krul de uiteinden om, en tot mijn verbazing ziet het er erg goed uit. Ik breng wat lichte make-up aan en trek een paar van mijn nieuwe kleren aan: een donkere jeans, een wit mouwloos topje en een lang bruin vest. Nu ik eenmaal voor de spiegel sta, krijgen mijn zenuwen de overhand. Misschien moet ik iets anders aantrekken? Ik kies voor een blauw mouwloos topje en een blouse.

Niet te geloven dat ik met Zed uitga. Ik heb in mijn hele leven nog maar één vriendje gehad, en nu ga ik na al dat gedoe met Hardin op stap met Zed. Misschien zijn jongens met tattoos en piercings mijn nieuwe type?

Ik pak mijn oude exemplaar van *Pride and Prejudice* en lees een stukje om de tijd te doden, maar mijn gedachten dwalen af, en ik moet telkens aan Noah denken. Moet ik hem bellen? Ik pak mijn mobieltje en scrol door de lijst met namen totdat ik de zijne zie staan. Ik staar naar mijn scherm; mijn schuldgevoel en gezonde verstand strijden om voorrang totdat ik het toestel terug op mijn bed gooi.

Voor mijn gevoel wordt er een paar minuten later al op de deur geklopt. Daardoor weet ik dat het Zed is: Hardin zou nooit kloppen. Die zou naar binnen banjeren en mijn spullen overhoopgooien.

Ik doe de deur open en voel dat mijn mond openvalt. Zed is gekleed in een strakke zwarte jeans, witte gympen en een T-shirt met een afgeknipt spijkerjasje eroverheen. Hij ziet er zo lekker uit.

'Je ziet er mooi uit, Tessa,' zegt hij, en dan geeft hij me een bloem.

Een bloem? Ik ben zowel verbaasd als gevleid door Zeds attente cadeau.

'Dank je.' Glimlachend ruik ik aan de witte lelie.

'Ben je klaar?' vraagt hij beleefd.

'Ja, waar gaan we naartoe?' vraag ik op weg naar buiten.

'Het leek me leuk om uit eten te gaan, misschien naar de film. Gewoon een gezellige avond, geen druk,' zegt hij met een stem vol humor.

'O. Dank je.'

Ik ben nog altijd nerveus, maar Zed is zo aardig dat ik me al snel kan ontspannen. In de auto laat hij de radio uit en hebben we een leuk gesprek. Hij vraagt naar mijn familie en naar mijn plannen voor na mijn studie. Hij vertelt dat hij naar WCU is gegaan om milieukunde te studeren, een keuze die me verbaast, maar ik vind het wel interessant.

We gaan op het terras van het eetcafé zitten. Nadat we hebben besteld, blijven we kletsen totdat het eten wordt gebracht. Zed eet zijn hele bord leeg en begint dan frietjes van mijn bord te pikken.

Dreigend steek ik mijn vork naar hem uit. 'Als je er nog eentje pakt, ben je er geweest,' zeg ik plagend.

Hij kijkt me gespeeld onschuldig aan en lacht met zijn tong tussen zijn tanden. Ik blijf ook de hele tijd lachen, en dat voelt zo goed.

'Je hebt een erg leuke lach,' zegt hij, en ik rol met mijn ogen.

We gaan uiteindelijk naar een afgezaagde komische film die ons geen van beiden kan boeien, maar dat geeft niet. Tijdens de film vermaken we elkaar met onze eigen grappen, en tegen het einde legt hij zijn hand op die van mij. Het voelt niet ongemakkelijk, zoals ik had gevreesd, maar wel anders dan met Hardin. En dan dringt het tot me door dat ik al uren niet meer aan Hardin heb gedacht. Dat is een verademing nadat hij dag in, dag uit door mijn hoofd heeft gespookt.

Het is bijna elf uur wanneer Zed me terugbrengt naar de campus. Ik ben blij dat het woensdag is. Nog twee dagen te gaan tot aan het weekend, dan kan ik mijn slaap inhalen.

Hij stapt uit de auto en loopt naar me toe terwijl ik mijn tas op mijn heup hang. 'Ik vond het echt heel leuk. Bedankt dat je met me uit wilde gaan,' zegt hij.

'Ik vond het ook leuk.' Ik glimlach.

'Ik dacht net... Weet je nog dat je vroeg of ik naar het grote kampvuur ging?' Wanneer ik knik, vraagt hij: 'Vind je het goed als ik meega?'

'Ja, natuurlijk. Maar ik ga met Landon en zijn vriendin.' Ik kan me niet herinneren dat Zed ook kinderachtige opmerkingen over Landon maakte, maar hij moet wel weten dat ik dat niet oké vind.

'Dat geeft niet. Het lijkt me leuk,' zegt hij, en ik glimlach.

'Nou, dat is dan geregeld. Dan zie ik je daar, oké?' stel ik voor. Ik neem hem echt niet mee naar het etentje bij Landon thuis.

'Klinkt goed. Nogmaals bedankt voor vanavond.' Hij zet een stap in mijn richting.

Wil hij me zoenen? Ik raak in paniek. Maar in plaats daarvan pakt hij mijn hand en brengt die naar zijn lippen om er een kus op te planten. Zijn lippen zijn zacht op mijn warme huid en het gebaar is erg lief.

'Nog een fijne avond, Tessa.' Hij stapt in zijn auto.

Ik laat mijn ingehouden adem ontsnappen, opgelucht dat hij me niet echt probeerde te kussen. Hij is leuk, en tijdens het spelletje bleek hij goed in zoenen, maar dit voelt niet als het juiste moment.

De volgende morgen vertel ik Landon, die bij het koffiehuis op me staat te wachten, over Zed.

Irritant genoeg is 'Weet Hardin hiervan?' het eerste wat hij vraagt.

'Nee, en dat hoeft ook niet. Het gaat hem niets aan.' Zodra ik mijn scherpe toon hoor, voeg ik eraan toe: 'Sorry. Het ligt nogal gevoelig bij me.'

'Dat is wel duidelijk. Wees voorzichtig,' waarschuwt hij hartelijk, en ik beloof hem dat ik dat zal zijn.

De rest van de dag vliegt voorbij zonder dat Landon nog iets over Hardin of Zed zegt. Ten slotte is het tijd voor Literatuur. Met ingehouden adem loop ik samen met Landon het lokaal in, waar Hardin al op zijn vaste plek zit. Mijn borst doet pijn wanneer ik hem daar zie zitten. Hij kijkt even mijn kant op, maar richt zijn aandacht dan weer op degenen voor in het lokaal.

'Dus je bent gisteravond met Zed op stap geweest?' vraagt hij echter zodra ik ga zitten.

Ik had gehoopt dat hij niets tegen me zou zeggen. 'Dat zijn jouw zaken niet,' zeg ik zacht.

Hij draait zich om, zodat hij me recht aan kan kijken. 'Nieuws gaat snel in ons groepje, Tessa, dat moet je niet vergeten.'

Dreigt hij nu zijn vrienden te vertellen over wat wij hebben gedaan? De gedachte maakt me misselijk.

Ik draai me om en richt mijn aandacht op de docent, die zijn keel schraapt en zegt: 'Goed, dan gaan we nu verder waar we gisteren zijn gebleven met onze discussie over *Wuthering Heights*.'

De moed zinkt me in de schoenen. We zouden *Wuthering Heights* volgende week pas behandelen. Dat krijg je dus als je te veel colleges mist. Het ontgaat me niet dat Hardin naar me zit te kijken. Misschien denkt hij, net als ik, aan de eerste keer dat ik in zijn slaapkamer was en hij me betrapte toen ik in zijn exemplaar van die roman zat te lezen.

Onze docent loopt voor ons heen en weer, zijn handen op zijn rug gevouwen. 'Goed, we weten dus dat de relatie tussen Cathy en Heathcliff bijzonder hartstochtelijk is en dat vrijwel ieder ander personage in de roman door de kracht van hun hartstocht wordt vernietigd. Sommige lezers vinden dat die twee een ramp voor elkaar zijn, andere zeggen dat ze hadden moeten trouwen en niet van het begin af aan tegen hun liefde hadden moeten vechten.' Hij zwijgt even en kijkt ons allemaal aan. 'Wat denken jullie?' vraagt hij.

Gewoonlijk zou ik mijn hand meteen hebben opgestoken, verlangend om met mijn kennis van de klassiekers te pronken, maar dit komt te dichtbij.

Een stem achter in het lokaal antwoordt: 'Ik vind dat ze volkomen ongeschikt voor elkaar waren. Ze hadden voortdurend ruzie en Catherine weigerde toe te geven dat ze van Heathcliff hield. En hoewel ze wist dat ze van hem hield, trouwde ze toch met Edgar. Als ze van het begin af aan samen waren geweest, hadden ze iedereen heel wat verdriet kunnen besparen.'

Hardin kijkt naar me en mijn wangen beginnen te gloeien. 'Ik vind Catherine maar een verwaande egoïstische trut,' merkt hij op. Hier en daar wordt ontzet naar adem gehapt en de docent kijkt Hardin ontstemd aan, maar die vervolgt: 'Het is toch zo? Ze vond zichzelf veel te goed voor Heathcliff, en misschien was ze dat ook wel, maar hoewel ze wist dat Edgar niet in de schaduw van Heathcliff kon staan, trouwde ze toch met hem. Catherine en Heathcliff leken zo veel op elkaar dat ze eigenlijk niet goed door één deur konden, maar als Catherine niet zo koppig was geweest, hadden ze samen misschien gelukkig kunnen worden.'

Ik voel me vrij dwaas nu ook ik Hardin en mezelf met de personages uit de roman begin te vergelijken. Het verschil is dat Heathcliff heel erg veel van Catherine hield, zo veel dat hij niets deed toen zij, en hij uiteindelijk ook, met een ander trouwde. Hardin houdt niet op die manier van me, of zelfs helemaal niet, dus hij heeft niet het recht om zichzelf met Heathcliff te vergelijken.

De hele klas lijkt me aan te kijken, wachtend op mijn antwoord. Ze hopen waarschijnlijk dat we net als vorige keer gaan bekvechten, maar ik houd mijn mond. Ik weet dat Hardin me uit mijn tent wil lokken en ik trap er niet in.

64

∞

Na de les neem ik afscheid van Landon en loop ik meteen naar de docent om mijn afwezigheid te verklaren. Hij feliciteert me met de stage en legt uit dat hij het lesprogramma enigszins heeft aangepast. Ik houd ons gesprek gaande totdat Hardin het lokaal heeft verlaten.

Ik ga terug naar mijn kamer, waar ik al mijn aantekeningen en boeken op het bed uitspreid. Ik probeer wat te studeren, maar ik ben erg gespannen omdat ik voortdurend verwacht dat Steph, Hardin of een van de andere vaste gasten binnenkomt. Nadat ik al mijn studiemateriaal in mijn tas heb gestopt, loop ik naar mijn auto. Ik kijk wel of ik ergens buiten de campus kan studeren, misschien in een koffietentje.

Op weg naar de stad zie ik een kleine bibliotheek op de hoek van een drukke straat. Er staan maar een paar auto's geparkeerd, dus ik rijd de parkeerplaats op. Binnen loop ik helemaal door naar achteren en ga naast het raam zitten. Ik haal al mijn boeken en aantekeningen tevoorschijn, zodat ik aan de slag kan. Voor het eerst kan ik rustig leren, zonder te worden afgeleid. Dit is mijn nieuwe toevluchtsoord, de perfecte plek om te studeren.

'Mevrouw, we gaan over vijf minuten sluiten,' komt een oudere bibliothecaresse me vertellen.

Sluiten? Ik kijk naar buiten en zie dat het donker is. Het was me niet eens opgevallen dat de zon onder is gegaan. Ik was zo verdiept in mijn boeken dat er uren zijn verstreken zonder dat ik het merkte. Ik moet hier beslist vaker komen.

'Goed, dank u,' antwoord ik, en ik pak mijn spullen. Wanneer ik op mijn mobieltje kijk, zie ik dat er een nieuw berichtje van Zed is.

Wilde je even welterusten wensen, kijk uit naar vrijdag.

Hij is echt ontzettend aardig, en dus antwoord ik: Wat lief van je, dank je. Ik kijk er ook naar uit.

Terug op onze kamer zie ik dat Steph er niet is. Ik trek mijn pyjama aan en pak *Wuthering Heights*. Al snel val ik in slaap, dromend over Heathcliff en de woeste hoogten.

Op vrijdag zie ik bij het opstaan dat ik een berichtje van Landon heb. Hij zal de hele dag niet op de campus zijn omdat Dakota vandaag eerder aankomt dan hij had gedacht. Even vraag ik me af of ik Literatuur moet overslaan, maar ik besluit het niet te doen. Ik kan het niet door Hardin laten verpesten, zoals hij al met zo veel dingen heeft gedaan die me dierbaar zijn.

Ik neem iets langer de tijd om me klaar te maken voor de dag en vlecht mijn haar voordat ik het in de krul zet. Het belooft een warme dag te worden, dus ik trek een mouwloos fleecejack en jeans aan. Wanneer ik voor de les bij het koffiehuis binnenloop, blijkt Logan voor me in de rij te staan. Voordat ik ongezien weg kan glippen, draait hij zich om.

'Hoi Tessa,' zegt hij.

'Hoi Logan. Hoe is het ermee?' vraag ik beleefd.

'Goed, hoor. Kom je vanavond ook?'

'Naar het kampvuur?'

'Nee, naar het feest. Dat kampvuur is stom, dat is het altijd.'

'O. Nou, ik ga er wel naartoe.' Ik lach even en hij grinnikt.

'Nou, mocht je je vervelen, dan weet je waar je moet zijn,' zegt hij, en hij pakt zijn koffie.

Ik bedank hem wanneer hij wegloopt en ben opgelucht dat Hardins groepje geen belangstelling voor het kampvuur heeft. Dat betekent dat ik hen vanavond in elk geval niet tegen het lijf zal lopen.

Bij Literatuur loop ik rechtstreeks naar mijn plaats, zonder in de richting van Hardin te kijken. We praten verder over *Wuthering Heights*, maar Hardin mengt zich niet in de discussie. Zodra het college voorbij is, pak ik mijn spullen en ren bijna naar de deur.

'Tessa!' hoor ik Hardin achter me roepen, maar ik versnel mijn pas. Zonder Landon voel ik me veel kwetsbaarder. Ik loop al op het trottoir wanneer ik een hand op mijn arm voel, en ik weet dat hij het is omdat mijn huid begint te tintelen.

'Wat moet je?' roep ik uit.

Hij doet een stap naar achteren en steekt me een leerboek toe. 'Dit heb je laten vallen.'

Opluchting en teleurstelling strijden in me om voorrang. Ik hoop dat de pijn in mijn borst verdwijnt, maar die wordt met de dag heviger. Ik had niet tegenover mezelf moeten bekennen dat ik van hem houd. Als ik de waarheid had genegeerd, zou die misschien minder pijn hebben gedaan.

'O, bedankt,' mompel ik. Ik trek het boek uit zijn hand. Zijn blik kruist even die van mij, en we staren elkaar aan totdat ik me na een paar seconden herinner dat we op een druk trottoir staan. Ik kijk om me heen, naar de voorbijgangers. Hardin schudt zijn haar en strijkt het terug op zijn plaats voordat hij zich omdraait en wegloopt.

Ik loop naar mijn auto en rijd rechtstreeks naar het huis van Landon. We hebben pas om vijf uur afgesproken en het is nu drie uur, maar ik kan niet alleen op mijn kamer blijven zitten. Sinds Hardin in mijn leven is gekomen, kan ik geen rust meer vinden.

Karen doet met een brede glimlach de deur open en vraagt me binnen te komen.

'Ik ben even in mijn eentje. Landon en Dakota zijn een paar boodschappen voor me aan het doen,' zegt ze terwijl ze me meeneemt naar de keuken.

'Dat geeft niet. Sorry dat ik zo vroeg ben.'

'Dat is helemaal niet erg. Nu kun je me helpen met koken!' Ze geeft me een snijplank en een paar uien en aardappels. En we praten over het weer en de komende winter.

'Tessa, wilde je me nog komen helpen met de kas? Er is verwarming, dus we hoeven ons niet druk te maken over het weer.'

'Ja, natuurlijk. Dat lijkt me enig.'

'Mooi. Morgen misschien? Volgend weekend heb ik het een beetje druk,' grapt ze.

Haar bruiloft. Ik was het bijna vergeten. Ik probeer terug te glimlachen. 'Ja, dat geloof ik graag.' Ik wilde dat ik Hardin had kunnen overhalen om te komen, maar de kans op succes was toen al minuscuul en is nu helemaal nihil.

Karen schuift de kip in de oven en pakt borden en bestek, zodat we de tafel kunnen dekken. 'Komt Hardin vanavond ook eten?' vraagt ze terwijl we daarmee bezig zijn. Ze probeert duidelijk ontspannen te klinken, maar het is duidelijk dat de vraag haar nerveus maakt.

'Nee, die komt niet.' Ik sla mijn blik neer.

Ze houdt op met waar ze mee bezig is. 'Ik wil niet nieuwsgierig zijn, maar is alles goed tussen jullie?'

Ik kan het haar net zo goed vertellen. 'Ik geloof niet dat het goed zit.'

'O lieverd, wat naar om te horen. Ik dacht dat jullie echt iets moois hadden. Maar het is moeilijk om samen te zijn met iemand die zijn gevoelens niet durft te tonen.'

Dit gesprek geeft me een beetje een vreemd gevoel. Met mijn moeder kan ik niet over dit soort dingen praten, maar Karen is zo open dat ik het gevoel heb dat ik het wel kan bespreken. 'Hoe bedoel je?'

'Nou, ik ken Hardin minder goed dan ik zou willen, maar ik weet dat hij qua emoties niets van zichzelf laat zien. Ken heeft nachtenlang wakker gelegen van de zorgen. Hardin is altijd al een ongelukkig kind geweest.' Haar ogen worden vochtig. 'Hij kon niet eens tegen zijn moeder zeggen dat hij van haar hield.'

'Wat?' zeg ik.

'Dat kon hij niet. Ik weet niet goed waarom niet. Ken kan zich niet herinneren dat Hardin ooit tegen hem of zijn moeder heeft gezegd dat hij van hen hield. Dat is erg droevig, niet alleen voor Ken, maar ook voor Hardin.' Ze dept haar ogen.

Voor iemand die nooit tegen een ander durft te zeggen dat hij van hen houdt, kreeg hij die woorden wel erg snel over zijn lippen toen hij mij wilde kwetsen. 'Hij is... Hij is soms erg moeilijk te begrijpen,' is alles wat ik kan bedenken.

'Ja, dat zeker. Maar Tessa, mocht het tussen jullie niets worden, dan hoop ik dat je nog altijd langs wilt komen.'

'Ja, natuurlijk,' zeg ik tegen haar.

Terwijl we wachten tot het eten klaar is en we het op tafel kunnen zetten, begint Karen over de kas, misschien omdat ze aanvoelt in welke stemming ik verkeer. Halverwege een zin valt ze opeens stil en glimlacht breed. Ik draai me om en zie dat Landon de keuken binnenloopt, gevolgd door een knap meisje met krullen. Ik wist dat Dakota heel knap zou zijn, maar ze is nog mooier dan ik had verwacht.

'Hoi, jij bent vast Tessa,' zegt ze nog voordat Landon ons aan elkaar kan voorstellen. Ze loopt zonder aarzelen naar me toe om me te omhelzen en ik vind haar meteen aardig.

'Dakota, ik heb zo veel over je gehoord. Het is zo leuk dat we elkaar eindelijk leren kennen,' zeg ik. Ze glimlacht. Landons blik volgt haar wanneer ze naar Karen loopt, haar omhelst en aan het aanrecht gaat zitten.

'We kwamen Ken onderweg nog tegen. Hij moest even tanken en komt zo thuis,' zegt Landon tegen zijn moeder.

'Mooi. Tessa en ik hebben de tafel al gedekt.'

Landon loopt naar Dakota toe, slaat een arm rond haar middel en leidt haar naar de tafel. Ik ga tegenover hen zitten en kijk naar de lege plek naast me, die Karen 'omwille van de symmetrie' heeft gedekt maar die me een beetje verdrietig maakt. In een ideale wereld zou Hardin nu naast me zitten, met mijn hand in de zijne zoals Landon die van Dakota vasthoudt, en dan zou ik iets tegen hem kunnen zeggen zonder bang te zijn om te worden afgewezen. Even vraag ik me af of ik Zed had moeten uitnodigen, maar het zou heel ongemakkelijk zijn geweest om aan tafel te zitten met twee stellen die zo ontzettend verliefd zijn.

Ken komt binnen en leidt me af van mijn gedachten. Hij loopt naar Karen toe en geeft haar een kus op haar wang voordat hij gaat zitten.

'Dat ziet er heerlijk uit, lieverd,' zegt hij. Hij legt speels een servet op zijn schoot. 'Dakota, jij wordt ook elke keer mooier als ik je zie.' Hij glimlacht naar haar en wendt zich tot mij. 'En Tessa, gefeliciteerd met je stage bij Vance. Christian heeft me gebeld om te zeggen dat je een erg goede eerste indruk op hem hebt gemaakt.'

'Nogmaals bedankt dat je hem wilde bellen. Het is zo'n geweldige kans.' Ik glimlach, en heel even valt er een stilte rond de tafel omdat we allemaal genieten van Karens overheerlijke kip.

'Sorry dat ik zo laat ben,' klinkt er opeens een stem achter me. Mijn vork valt uit mijn hand en klettert op mijn bord.

'Hardin! Ik wist niet dat je zou komen!' zegt Karen vriendelijk. Ze kijkt even naar mij. Ik wend mijn blik af. Mijn polsslag is nu al sneller.

'Ja, daar hebben we het vorige week toch over gehad, Tessa?' Hij toont zijn gemene lachje en gaat naast me zitten.

Wat is er met hem? Waarom kan hij me niet met rust laten? Ik weet dat het deels mijn eigen schuld is omdat ik hem zo dicht in de buurt laat komen, maar hij geniet veel te veel van het kat-en-muisspelletje. Iedereen kijkt me aan, en dus knik ik en pak mijn vork. Dakota trekt een niet-begrijpend gezicht en Landon oogt bezorgd.

'Jij bent zeker Delilah?' zegt Hardin tegen haar.

'Eh, Dakota, om precies te zijn,' verbetert ze hem vriendelijk.

'Ja, Dakota. Komt op hetzelfde neer,' mompelt hij. Ik geef hem onder de tafel een schop.

Landon kijkt hem kwaad aan, maar Hardin lijkt het niet te merken. Ken en Karen beginnen hun eigen gesprek, net als Dakota en Landon. Ik concentreer me op mijn bord en probeer te bedenken hoe ik hier snel weg kan komen.

'En, hoe is je avond tot nu toe?' vraagt Hardin op ontspannen toon. Hij weet dat ik hier geen scène zal schoppen en probeert me dus op de kast te krijgen.

'Goed, hoor,' zeg ik zacht.

'Je gaat me niet vragen hoe de mijne is?' Hij trekt een zelfvoldaan gezicht.

'Nee,' brom ik. Ik neem nog een hap.

'Tessa, is dat jouw auto die buiten staat?' vraagt Ken.

Ik knik. 'Ja, ik heb eindelijk een auto!' zeg ik overdreven enthousiast, in de hoop dat iedereen daarover wil praten en ik niet tot Hardin veroordeeld ben.

Hardin trekt een wenkbrauw op. 'Sinds wanneer?'

'O, sinds kort,' antwoord ik. Je weet wel, sinds die dag waarop je tegen me zei dat het allemaal om de jacht gaat.

'O. Waar heb je hem gekocht?'

'Bij een dealer in occasions,' antwoord ik. Ik zie dat Dakota en Karen allebei een glimlach proberen te onderdrukken en besef dat dit mijn kans is om de aandacht van mij af te leiden. 'Dakota, Landon zei dat je naar de balletacademie in New York wilt?'

Ze vertelt ons alles over haar plannen om naar New York te verhuizen. Landon lijkt oprecht blij voor haar, hoewel ze dan erg ver uit elkaar zullen wonen.

Nadat ze haar verhaal heeft gedaan, kijkt Landon op zijn telefoon en zegt: 'Nou, we kunnen maar beter gaan als we op tijd voor het kampvuur willen zijn.'

'Wat?' zegt Karen. 'Neem dan in elk geval een paar toetjes mee.'

Landon knikt en helpt haar een paar Tupperware-bakjes te vullen.

'Rij je met mij mee?' vraagt Hardin. Ik kijk om me heen, alsof ik niet begrijp tegen wie hij het heeft.

'Ik heb het tegen jou,' verduidelijkt hij.

'Wat? Nee, jij gaat niet,' zeg ik tegen hem.

'Jawel. En je kunt me niet tegenhouden, dus kun je net zo goed met me meerijden.' Hij glimlacht en probeert zijn hand op mijn dij te leggen.

'Jezus, wat is er mis met je?' mompel ik.

'Kunnen we buiten even met elkaar praten?' vraagt hij, met een blik op zijn vader.

'Nee,' zeg ik zacht, want elke keer wanneer Hardin en ik 'praten' eindigt het ermee dat ik in tranen uitbarst.

Maar Hardin staat snel op en pakt mijn hand om me overeind te trekken. 'We zijn even naar buiten,' meldt hij. Hij trekt me door de woonkamer mee en door de voordeur naar buiten.

Zodra we buiten staan, ruk ik me los en zeg waarschuwend: 'Raak me niet aan!'

Hij haalt zijn schouders op. 'Sorry hoor, maar je liep niet mee.'

'Dat wílde ik niet.'

'Het spijt me. Van alles, oké?' Zijn vingers spelen met het ringetje in zijn lip, maar ik weiger naar zijn mond te kijken. Ik staar recht in de ogen die mij onderzoekend aankijken.

'Het spijt je? Het spijt je helemaal niet, Hardin. Je probeert me gewoon helemaal gek te maken. Hou daarmee op. Ik ben doodmoe van dat geruzie de hele tijd. Ik kan het niet langer. Is er niemand anders die je kunt lastigvallen? Ik wil je zelfs wel helpen met zoeken naar een ander onschuldig meisje dat je kunt kwellen. Als ik het maar niet hoef te zijn.'

'Ik kwel je niet. Ik weet dat ik niet altijd even duidelijk ben, en ik snap ook niet waarom niet. Maar als je me nog een kans geeft, één kans, dan hou ik op. Ik heb geprobeerd uit je buurt te blijven, maar dat gaat niet. Ik heb je nodig...' Hij staart naar de planken onder zijn voeten en wrijft met de neuzen van zijn schoenen over elkaar.

Hij is zo onbeschaamd dat het me helpt mijn tranen in bedwang te houden. Daar heeft zijn ego al genoeg van gezien. 'Hou op! Hou gewoon eens op. Krijg je hier dan geen genoeg van? Als je me echt nodig zou hebben, zou je me niet zo behandelen. Je hebt zelf gezegd dat het om de jacht ging, weet je nog? Je kunt niet na alles wat er is gebeurd zomaar hier opduiken en doen alsof er niets is gebeurd.'

'Ik meende het niet. Dat weet je.'

'Dus je geeft toe dat je het alleen maar zei om me te kwetsen?' Ik kijk hem kwaad aan en probeer mijn zelfbeheersing niet te verliezen.

'Ja...' Hij staart naar zijn voeten.

Ik raak zo van hem in de war: hij zegt dat hij meer wil, vervolgens zoent hij met Molly, dan zegt hij dat hij van me houdt en neemt het weer terug, en nu biedt hij zijn excuses aan? 'Waarom zou ik je vergeven? Je hebt net toegegeven dat je iets hebt gedaan met geen andere bedoeling dan me te kwetsen.'

'Nog één kans? Alsjeblieft, Tess. Dan zal ik je alles vertellen,' smeekt hij. Ik geloof bijna dat de pijn in zijn ogen echt is.

'Dat gaat niet. En ik moet nu gaan.'

'Waarom kan ik niet met je mee?' vraagt hij.

'Omdat... omdat ik daar met Zed heb afgesproken.'

Ik zie dat zijn gezichtsuitdrukking verandert en hij voor mijn ogen lijkt in te storten. Ik moet me tot het uiterste beheersen om hem niet te troosten. Maar Hardin heeft dit over zichzelf afgeroepen. Zelfs als het hem nu wel iets kan schelen, is het te laat.

'Zed? Zijn jullie... aan het daten of zo?' Zijn stem druipt van afschuw.

'Nee, daar hebben we het niet eens over gehad. We zijn gewoon... Ik denk dat je kunt zeggen dat we dingen samen doen.'

'Je hebt het er niet over gehad? Stel dat hij verkering met je wil, wat zou je dan zeggen?'

'Dat weet ik niet...' Ik weet het echt niet. 'Hij is aardig en beleefd en hij behandelt me fatsoenlijk.' Waarom neem ik nog de moeite dit aan hem uit te leggen?

'Tessa, je kent hem niet eens, je weet niet...'

Op dat moment gaat de voordeur open en vraagt een enthousiaste Landon: 'Klaar om te gaan?'

Zijn blik gaat even naar Hardin, die voor de verandering eens niet op zijn hoede lijkt en er zelfs... aangedaan uitziet.

Ik dwing mezelf naar mijn auto te lopen en rijd achter Landon aan de oprit af. Ik wil het niet, maar ik kijk toch om naar Hardin, die nog altijd op de veranda staat en me nakijkt terwijl ik wegrijd.

65

∞

Ik parkeer in het vak naast Landon en stuur Zed een berichtje om hem te laten weten dat ik ben aangekomen. Hij stuurt meteen een berichtje terug om te zeggen dat hij in de verste linkerhoek van het veld op me wacht.

Wanneer Landon en Dakota aan komen lopen, zeg ik tegen hen waar Zed zit.

'Klinkt goed,' zegt Landon, maar hij kijkt niet zo blij.

'Wie is Zed?' wil Dakota weten.

'Een... vriend van me.' Hij is gewoon een vriend.

'Want Hardin is je vriendje, hè?' vraagt ze.

Ik kijk haar aan. Ze lijkt er verder niets mee te bedoelen, ze snapt het gewoon niet. Je bent niet de enige, denk ik.

'Nee, liefje.' Landon lacht. 'Dat zijn ze geen van beiden.'

Ik lach ook. 'Het is niet zo erg als het klinkt.'

Net wanneer we de plek bereiken waar iedereen zich heeft verzameld, begint het studentenorkest te spelen en stroomt het veld vol. Tot mijn opluchting zie ik Zed tegen het hek geleund staan. Ik wijs hem aan en we lopen naar hem toe.

'O,' zegt Dakota enthousiast wanneer we dichterbij komen. Ik weet niet wat haar meer verrast, zijn piercings en tattoos of zijn knappe uiterlijk. Misschien beide.

'Dag, schoonheid,' zegt Zed stralend. Hij omhelst me. Ik kijk hem glimlachend aan en beantwoord het gebaar.

'Hoi, ik ben Zed. Leuk jullie te leren kennen.' Hij knikt naar Landon en Dakota. Ik weet dat hij Landon eerder heeft ontmoet, maar misschien wil hij gewoon beleefd zijn.

'Ben je hier al lang?' vraag ik.

'Een minuut of tien. Er zijn veel meer mensen dan ik had verwacht.'

Landon gaat ons voor naar een minder drukke plek in de buurt van de enorme stapel hout, waar we allemaal op het gras gaan zitten. Dakota zit tussen Landons benen, met haar rug tegen hem aan. De zon gaat onder en er steekt een briesje op. Ik had iets met lange mouwen moeten aantrekken.

'Ben je al eens eerder naar een avond als deze geweest?' vraag ik aan Zed, die zijn hoofd schudt.

'Nee, dit is niet zo mijn ding,' zegt hij met een lach, voordat hij eraan toevoegt: 'Maar ik ben blij dat ik ben gekomen.'

Ik glimlach vanwege het compliment. Op dat moment loopt er iemand het podium op die ons namens de universiteit en het orkest welkom heet. Na een paar minuten gebabbel tellen ze eindelijk af naar het moment waarop het vuur wordt ontstoken. Drie, twee, een... de vlammen schieten omhoog en slokken de stapel hout op. Het ziet er van zo dichtbij erg mooi uit, en ik weet nu al dat ik het warm genoeg zal hebben.

'Hoe lang blijf je?' vraagt Zed aan Dakota.

Ze kijkt bedrukt. 'Alleen dit weekend. Ik wou dat ik er volgende week bij kon zijn, op de bruiloft.'

'Welke bruiloft?' vraagt Zed.

Ik kijk even naar Landon, die 'Die van mijn moeder' antwoordt.

'O...' Hij valt even stil en kijkt naar de grond, alsof hij over iets nadenkt.

'Wat is er?' vraag ik hem.

'Niets. Ik probeer me te herinneren wie er laatst ook iets over een bruiloft van volgend weekend zei... O ja, Hardin, geloof ik. Hij vroeg ons wat hij naar een bruiloft moet aantrekken.'

Mijn hart staat stil. Hopelijk verraadt mijn gezicht niets. Dus Hardin heeft zijn vrienden nog steeds niet verteld dat zijn vader de rector is, en ook niet dat hij met de moeder van Landon gaat trouwen.

'Wat toevallig, hè?' zegt hij.

'Nee hoor, ze...' begint Dakota, maar ik val haar in de rede: 'Ja, dat zeker, maar weet je, in een stad als deze zijn er elk weekend wel een paar bruiloften.'

Zed knikt instemmend en Landon fluistert iets in Dakota's oor.

Hardin denkt erover om naar de bruiloft te komen?

Zed grinnikt. 'Ik kan me Hardin toch al moeilijk op een bruiloft voorstellen.'

'Hoezo?' Ik klink scherper dan mijn bedoeling was.

'Ik weet het niet. Omdat hij Hardin is, denk ik. Die krijg je alleen naar een bruiloft als hij het met een bruidsmeisje kan doen. Met alle bruidsmeisjes.' Hij rolt met zijn ogen.

'Ik dacht dat jullie vrienden waren?' vraag ik.

'Zijn we ook. Ik zeg niks naars over hem, zo is Hardin gewoon. Die ligt elk weekend met een andere meid in bed, en soms met meer dan een.'

Mijn oren suizen en de hitte van de vlammen is te veel voor mijn huid. Voordat ik besef wat ik doe, sta ik op.

'Wat ga je doen? Wat is er?' vraagt Zed.

'Niks. Ik wil... Ik heb even wat frisse lucht nodig,' mompel ik. Ik weet dat het stom klinkt, maar dat kan me niets schelen. 'Ik ben zo terug, tot straks.' Ik loop snel weg, voordat iemand achter me aan kan lopen.

Wat is er mis met me? Zed is een leuke jongen die me echt aardig vindt en graag bij me is, maar zodra de naam Hardin valt, kan ik aan niemand anders meer denken. Ik loop snel om het podium heen en haal een paar keer diep adem voordat ik me weer bij het drietal voeg.

'Sorry, het vuur was... te warm,' lieg ik. Ik ga weer zitten.

Zed heeft zijn telefoon gepakt en draait het scherm van me af wanneer hij het toestel weer in zijn zak stopt. Hij zegt dat het niet erg is en we blijven een uur lang met Landon en Dakota over van alles en nog wat babbelen.

'Ik begin best wel moe te worden, ik had een vroege vlucht,' zegt Dakota ten slotte tegen Landon, die knikt.

'Ik ben ook moe. Zullen we gaan?' Landon staat op en helpt Dakota overeind.

'Wil jij blijven?' vraagt Zed aan mij.

'Ja. Tenzij jij weg wilt?'

Hij schudt zijn hoofd. 'Nee, hoor.' We nemen afscheid van Landon en Dakota en zien hen in de menigte verdwijnen.

'Waarom organiseren ze dit evenement eigenlijk?' vraag ik aan Zed, al weet ik niet of hij de reden kent.

'Volgens mij om het einde van het footballseizoen te vieren,' zegt hij. 'Of het midden ervan, of iets dergelijks...' Ik kijk om me heen, en voor het eerst valt het me op dat veel bezoekers in footballshirts lopen.

'Aha.' Ik kijk naar Zed. 'Nu snap ik het.' Ik moet lachen.

'Ja,' zegt hij, en dan knijpt hij zijn ogen tot spleetjes. 'Hé, is dat Hardin?'

Ik draai met een ruk mijn hoofd om. Inderdaad, daar komt Hardin aangelopen, in gezelschap van een kleine brunette met een rokje aan.

Ik schuif dichter naar Zed toe. Dit is dus de reden waarom ik op de veranda weigerde naar Hardin te luisteren: hij heeft alweer een meisje opgeduikeld, gewoon om mij dwars te zitten.

'Hoi, Zed,' zegt het meisje. Ze heeft een hoge stem.

'Hoi, Emma.' Zed slaat een arm om mijn schouder. Hardin kijkt hem even boos aan, maar gaat wel naast ons zitten.

Ik hoop dat ik niet onbeleefd ben omdat ik mezelf niet aan dit meisje voorstel, maar ik heb nu al een hekel aan haar.

'Hoe is het vuur tot nu toe?' wil Hardin weten.

'Warm. En bijna voorbij, denk ik,' antwoordt Zed.

Er hangt een zekere spanning tussen die twee, dat voel ik, maar ik heb geen idee waarom. Hardin heeft zijn vriend duidelijk gemaakt dat hij geen zak om mij geeft.

'Kun je hier ook iets te eten krijgen?' vraagt het meisje met die irritante stem van haar.

'Ja, er is een kraampje,' zeg ik tegen haar.

'Hardin, kom mee,' beveelt ze. Hij rolt met zijn ogen, maar staat wel op.

'Kun je een krakeling voor me meebrengen?' roept Zed lachend, en Hardin klemt zijn kaken opeen.

Wat is er toch met hem?

Zodra Hardin en Emma zijn verdwenen wend ik me tot Zed. 'Zeg, zullen we gaan? Ik heb geen zin om met Hardin te praten. We hebben nogal de pest aan elkaar, weet je nog?' Ik probeer te lachen, maar het lukt niet echt.

'Ja, ja, dat is goed,' zegt hij. We staan allebei op en hij pakt mijn hand. Hand in hand lopen we weg, waarbij ik onwillekeurig uitkijk naar Hardin, bang dat hij ons zal zien. 'Heb je nog zin om naar het feest te gaan?' vraagt Zed op de parkeerplaats.

'Nee, dat ook niet.' Dat is wel het laatste wat ik wil.

'O. Nou ja, dan kunnen we wel een andere...' begint hij.

'Nee, ik wil graag iets met jou samen doen. Alleen niet hier of in het dispuutshuis,' zeg ik snel.

Verbaasd kijkt hij me aan. 'Goed... Nou, we kunnen naar mijn huis gaan. Als je wilt. Of we gaan ergens anders naartoe. Al weet ik in de stad ook verder niets.' Hij lacht en ik doe mee.

'Jouw huis is prima. Ik rij wel achter je aan,' zeg ik tegen hem.

Tijdens de rit denk ik telkens aan het gezicht dat Hardin zal trekken zodra hij ziet dat we weg zijn. Hij heeft een meisje meegebracht, dus hij heeft niet het recht zich er druk over te maken, maar daardoor voel ik me niet echt beter.

Zed woont net buiten de campus, in een kleine, maar schone woning. Hij biedt me iets te drinken aan, maar ik zeg nee omdat ik later nog terug wil rijden naar mijn kamer.

Ik laat me op de bank vallen en hij geeft me de afstandsbediening aan voordat hij terugloopt naar de keuken om iets voor zichzelf in te schenken. 'Kies jij maar. Ik weet niet waar je graag naar kijkt.'

'Woon je hier alleen?' vraag ik aan hem, en hij knikt. Ik voel me een beetje ongemakkelijk wanneer hij naast me gaat zitten en een arm om me heen slaat, maar ik verberg mijn zenuwen achter een glimlach. Zeds mobieltje trilt in zijn zak. Hij staat op en neemt op, met zijn vinger gebarend dat hij zo terug is, en loopt naar de kleine keuken.

'We zijn weggegaan,' hoor ik hem zeggen. 'Ja...' 'Oké.' 'Jammer.' De flarden die ik opvang, maken me niet veel wijzer, afgezien van 'We zijn weggegaan.'

Heeft hij Hardin aan de lijn? Ik stap op en loop naar de keuken. Zed hangt net op.

'Wie was dat?' vraag ik.

'O, niets belangrijks,' verzekert hij me, en hij leidt me terug naar de bank. 'Ik ben blij dat we elkaar wat beter leren kennen. Jij bent heel anders dan de meeste meiden hier,' zegt hij vriendelijk.

'Daar ben ik ook blij om,' zeg ik. 'Ken je Emma ook?' Ik moet het wel vragen.

'Ja. Haar vriendin is een nichtje van Nate.'

'Vriendin?'

'Ja, ze zijn al een tijdje met elkaar. Emma is een leuke meid.'

Dus Hardin was er niet samen met haar, althans niet op de manier dat ik dacht. Misschien wilde hij inderdaad met me praten in plaats van me te kwetsen door met een ander meisje aan zijn zij te verschijnen.

Ik kijk Zed aan, net op het moment waarop hij zich naar me toe buigt om me te kussen. Zijn lippen zijn koel van het drankje en smaken naar wodka. Zijn handen pakken voorzichtig en zachtjes eerst mijn armen en dan mijn middel vast. Het gekwelde gezicht dat Hardin eerder vandaag trok, duikt in mijn gedachten op; de smeekbede om een laatste kans, waar ik niets van geloofde, zijn felle woorden over Catherine en Heathcliff tijdens college, het feit dat hij altijd opduikt op momenten dat ik hem niet wil zien, het nieuws dat hij nooit aan zijn moeder heeft verteld dat hij van haar houdt, zijn plompverloren liefdesklaring, die hij daarop weer zo gemeen introk, zijn woede die hij uit door dingen kapot te gooien, zijn bezoek van vanavond aan het zo gehate huis van zijn vader, het nieuws dat hij zijn vrienden heeft gevraagd wat hij voor de bruiloft moet aantrekken – het is allemaal volkomen logisch en tegelijkertijd ook weer niet.

Hardin houdt van me. Op zijn eigen gemankeerde manier houdt hij van me. Opeens besef ik het, en het voelt als een harde dreun.

'Wat?' Zed onderbreekt de kus.

'Wat?' herhaal ik.

'Je zei net "Hardin".'

'Niet waar,' zeg ik verdedigend.

'Ja. Ja, dat deed je wel.' Hij staat op en loopt weg van de bank.

'Ik moet gaan... Het spijt me heel erg.' Ik pak mijn tas en ren nog voordat hij verder iets kan zeggen de deur uit.

66

∞

Het duurt even voordat ik besef wat ik moet doen. Ik heb Zed alleen gelaten om op zoek te gaan naar Hardin, maar ik moet goed bedenken wat mijn volgende stap wordt. Misschien gaat Hardin vreselijke dingen tegen me zeggen, me uitschelden en me wegsturen, maar het is ook mogelijk dat hij toegeeft dat hij gevoelens voor me heeft en dat al die spelletjes die hij heeft gespeeld de enige manier zijn waarop hij die emoties kan uiten. Als het eerste gebeurt – en daar ben ik vrij zeker van – zal ik me niet beroerder voelen dan ik me nu voel. Maar stel dat het tweede gebeurt, kan ik hem dan al die vreselijke dingen vergeven die hij heeft gezegd en gedaan? Als we allebei toegeven dat we iets voor elkaar voelen, zal alles dan veranderen? Zal híj veranderen? Is hij in staat me de liefde te geven waaraan ik behoefte heb, en zo ja, zal ik dan zijn wisselende stemmingen kunnen verdragen?

Het probleem is dat ik die vragen niet in mijn eentje kan beantwoorden. Geen enkele daarvan. Ik vind het vreselijk dat hij zo mijn gedachten binnendringt en me zo aan mezelf laat twijfelen. Ik vind het vreselijk dat ik met geen mogelijkheid kan voorspellen wat zijn volgende stap is.

Ik parkeer voor dat verrekte dispuutshuis waar ik al te veel tijd heb doorgebracht. Ik heb zo de pest aan dit huis. Ik heb op dit moment aan veel dingen de pest: de woede die Hardin bij me opwekt, heeft bijna het kookpunt bereikt. Ik stap uit, ren naar de voordeur en ga het drukke huis binnen. Ik loop meteen naar de oude bank waar Hardin doorgaans te vinden is, maar wanneer ik zijn dikke haardos nergens zie, duik ik snel weg achter een stevig gebouwde jongen voordat Steph of iemand anders me ziet staan.

Ik ren de trap op naar zijn kamer en bons met mijn vuist op de deur, wederom boos dat hij die op slot heeft gedaan.

'Hardin! Ik ben het, doe de deur open!' roep ik wanhopig, nog altijd bonzend, maar niemand doet open. Waar zit hij, verdomme? Ik wil hem niet bellen om daarachter te komen, hoewel dat het eenvoudigste zou zijn, maar ik ben kwaad en heb het gevoel dat ik nog even kwaad moet blijven om zonder schuldgevoel te kunnen zeggen wat ik wil zeggen – móét zeggen.

Ik bel Landon om te vragen of Hardin bij zijn vader zit, maar dat is niet het geval. De enige andere plek waar ik hem kan zoeken, is bij het kampvuur, al vraag ik me af of hij daar zo lang is blijven hangen. Ik heb echter niet veel andere opties.

En dus rijd ik terug naar het sportveld en parkeer daar mijn auto, in gedachten keer op keer herhalend wat ik tegen Hardin wil zeggen, zodat ik het niet vergeet als ik hem hier tegenkom. Ik loop het veld op, dat inmiddels behoorlijk leeg is, en zie dat het vuur bijna is gedoofd. Ik tuur het halfdonker in en probeer te midden van de stelletjes Hardin en Emma te herkennen, maar zonder resultaat.

Net wanneer ik mijn zoektocht wil staken, zie ik Hardin in zijn eentje tegen het hek naast het doel geleund staan. Hij ziet me niet; hij laat zich net op het gras zakken. Dan veegt hij zijn mond af en zie ik dat zijn hand rood is. Bloedt hij soms?

Opeens vliegt Hardins hoofd met een ruk omhoog, alsof hij voelt dat ik nader. En inderdaad, er druppelt bloed uit een van zijn mondhoeken. Op zijn wang is het begin van een blauwe plek zichtbaar.

'Jeetje, wat is er...' Ik ga op mijn knieën voor hem zitten. 'Wat is er met jou gebeurd?' vraag ik.

Hij kijkt naar me op met een blik die zo gekweld is dat mijn woede wegsmelt als suiker op mijn tong.

'Wat kan jou dat nou schelen? Waar is je date?' gromt hij.

Ik klak zachtjes met mijn tong en trek zijn hand weg van zijn mond, zodat ik zijn gewonde lip kan bekijken. Hij deinst voor me terug, maar ik zeg daar niets over. 'Vertel eens wat er is gebeurd,' zeg ik dwingend.

Zuchtend haalt hij zijn hand door zijn haar. Zijn knokkels zijn geschaafd en bloederig. Op zijn wijsvinger zit een diepe snee die er pijnlijk uitziet.

'Heb je gevochten?'

'Hoe kom je daar nu bij?' snauwt hij.

'Met wie? Ben je gewond?'

'Nee. Laat me met rust.'

'Ik was naar je op zoek.' Ik sta op en veeg de dode grassprietjes van mijn jeans.

'Oké. Nou, je hebt me gevonden, dus je kunt gaan.'

'Je hoeft niet zo rottig te doen,' zeg ik. 'Ik denk dat je beter naar huis kunt gaan om je wonden schoon te maken. En die vinger moet misschien worden gehecht.'

Hardin geeft geen antwoord, maar staat op en loopt langs me heen. Ik ben hiernaartoe gekomen om hem te vertellen wat ik voor hem voel, maar hij maakt het me niet gemakkelijk. Dat had ik ook niet verwacht.

'Waar ga je naartoe?' Ik loop als een verdwaalde puppy achter hem aan.

'Naar huis. Of eigenlijk wil ik Emma bellen om te vragen of ze me kan komen halen.'

'Heeft ze je hier alleen gelaten?' Ik mag haar helemaal niet.

'Nee. Nou ja, eigenlijk wel, maar omdat ik dat wilde.'

'Ik breng je wel.' Ik pak zijn jas, maar hij schudt me af. Ik kan hem wel slaan, want mijn woede is weer opgevlamd en ik ben kwader dan ooit. De rollen zijn omgedraaid; onze... Wat het ook was, het is veranderd. Tot nu toe was ik degene die voor hem wegliep.

'Blijf staan!' gil ik. Hij draait zich om, met fonkelende ogen. 'Ik zei dat ik je wel breng!' roep ik.

Hij glimlacht bijna, maar dan fronst hij en slaakt een zucht. 'Goed dan. Waar is je auto?'

Hardins geur vult meteen de auto, zij het nu met een zweem van metaal erbij. Het is nog altijd de lekkerste geur van de hele wereld. Ik zet de verwarming aan en wrijf over mijn armen om warm te worden.

'Waarom ben je hiernaartoe gekomen?' vraagt hij wanneer we de parkeerplaats verlaten.

'Om jou te zoeken.' Ik probeer te bedenken wat ik ook alweer wilde zeggen, maar mijn hoofd is leeg en ik kan maar aan één ding denken: dat ik zijn gekneusde lippen wil kussen.

'Waarom?' vraagt hij zacht.

'Omdat ik met je wil praten. We hebben veel te bespreken.' Ik wil lachen en huilen tegelijk, en ik heb geen idee waarom.

'Ik dacht dat je zei dat we elkaar niets meer te zeggen hadden,' zegt hij. Hij kijkt uit het raampje met een kilte die ik opeens heel erg irritant vind.

‘Hou je van me?’ De woorden klinken gehaast en gesmoord. Ik was niet van plan dat te zeggen.

Met een ruk draait hij zijn hoofd om. ‘Wat?’ Hij klinkt ronduit geschokt.

‘Hou je van me?’ vraag ik nogmaals, bang dat mijn hart uit mijn borstkas zal barsten.

Hij kijkt voor zich. ‘Hoe kun je me dit nu tijdens het autorijden vragen?’

‘Het maakt niet uit waar of wanneer ik het vraag. Vertel het me gewoon.’ Ik smeek hem bijna.

‘Ik... ik weet het niet. Nee, ik hou niet van je.’ Hij kijkt om zich heen, bijna alsof hij naar een ontsnappingsmogelijkheid zoekt. ‘En je vraagt dit soort dingen niet wanneer iemand naast je in de auto zit en niet weg kan. Jezus, wat heb jij?’ vraagt hij op luide toon.

Oeps. ‘Sorry’, is alles wat ik kan uitbrengen.

‘Waarom wil je dat eigenlijk weten?’

‘Doet er niet toe.’ Ik ben nu heel erg in de war. Mijn plan om onze problemen te bespreken is in duigen gevallen en mijn laatste restje eigenwaarde is verdwenen.

‘Ik wil weten waarom je dat vroeg. Nu,’ zegt hij nadrukkelijk.

‘Vertel me niet wat ik moet doen!’ roep ik.

Ik parkeer voor zijn huis en hij kijkt naar de drukte op het gazon. ‘Breng me naar mijn vader,’ zegt hij.

‘Wat? Ik ben verdomme geen taxi.’

‘Breng me naar mijn vader. Ik haal mijn auto morgen wel op.’

Als zijn auto hier staat, waarom rijdt hij dan niet zelf? Omdat ik echter niet wil dat er een einde aan ons gesprek komt, rol ik met mijn ogen en rijd naar het huis van zijn vader.

‘Ik dacht dat je het daar vreselijk vond,’ merk ik op.

‘Dat is waar. Maar ik heb nu geen zin in al die mensen om me heen,’ zegt hij zacht. En dan, op luidere toon: ‘Ga je me nog vertellen waarom je dat vroeg? Heeft het iets met Zed te maken? Heeft hij iets tegen je gezegd?’

Hij lijkt heel erg nerveus. Waarom vraagt hij zo vaak of Zed iets tegen me heeft gezegd?

‘Nee... Dit heeft niets met Zed te maken. Ik wilde het gewoon weten.’ Het heeft niets met Zed te maken, maar alles met het feit dat ik van hem houd en heel, heel even dacht dat hij ook van mij hield. Hoe langer ik in zijn buurt ben, hoe krankzinniger dat idee lijkt.

'Waar zijn Zed en jij na het kampvuur naartoe gegaan?' wil hij weten wanneer we zijn vaders oprit op rijden.

'Naar zijn huis,' antwoord ik.

Hardins lichaam verstijft en zijn bebloede handen ballen zich tot vuisten, waardoor de huid op zijn knokkels verder onder druk komt te staan. 'Ben je met hem naar bed geweest?' vraagt hij.

Mijn mond valt open. 'Wat? Waarom denk je dat in godsnaam? Je kent me inmiddels wel beter! En wat geeft je het recht om zo'n persoonlijke vraag te stellen? Je hebt duidelijk gemaakt dat je niets om me geeft, dus wat maakt het uit of ik met hem naar bed ga of niet?' roep ik uit.

'Dus dat was niet zo?' vraagt hij, met een ijzige blik.

'God, Hardin! Nee! Hij heeft me gezoend, maar ik zou nooit naar bed gaan met iemand die ik amper ken!'

Hij buigt zich voorover en zet de motor af door zijn bebloede vingers rond de sleutel te klemmen en die uit het slot te trekken.

'Heb je hem teruggezoend?' Hij lijkt recht langs me heen te kijken, zijn ogen deels gesloten.

'Ja... Nou, ik weet het niet. Ik geloof van wel.' Ik kan me er niets van herinneren, behalve dat ik Hardins gezicht voor me zag.

'Hoe kun je dat nu niet weten? Heb je gedronken?' Zijn stem klinkt nu luider.

'Nee, ik heb gewoon...'

'Wát!' schreeuwt hij, zich naar me omdraaiend. Ik weet niet wat de energie tussen ons betekent en ik blijf heel even zitten, in een poging er iets van te snappen.

'Ik... ik bleef maar aan jou denken!' geef ik ten slotte toe.

Zijn ijzige trekken verzachten onmiddellijk, en hij kijkt me recht in mijn ogen. 'Kom, dan gaan we naar binnen.' Hij opent zijn portier.

67

∞

Karen en Ken zitten op de bank in de woonkamer en kijken allebei op wanneer we binnenkomen.

'Hardin! Wat is er gebeurd?' vraagt zijn vader geschrokken. Hij springt op en komt naar ons toe, maar Hardin weert hem af.

'Ik heb niks,' mompelt Hardin.

'Wat is er met hem gebeurd?' vraagt Ken aan mij.

'Hij heeft gevochten, maar hij wil mij niet vertellen met wie of waarom.'

'Hé, ik sta hier, hoor, en ik zei net dat ik verdomme niks heb,' zegt Hardin kwaad.

'Sla niet zo'n toon aan tegen je vader!' zeg ik streng.

Hij spert zijn ogen open, maar valt niet tegen me uit; hij pakt met zijn gewonde hand mijn pols vast en trekt me de kamer uit. Terwijl hij me mee naar boven sleept, merken Ken en Karen tegen elkaar op dat Hardin er zo bebloed uitziet en hoor ik zijn vader zich hardop afvragen waarom Hardin, die hier vroeger nooit kwam, de laatste tijd de deur platloopt.

Zodra we op zijn kamer zijn, draait hij me om, drukt mijn beide polsen tegen de muur en komt vlak voor me staan, zodat er slechts een tiental centimeters ruimte tussen ons is.

'Dat flik je me nooit meer,' zegt hij met opeengeklemde kaken.

'Wat niet? En laat me los, nu meteen,' zeg ik tegen hem.

Hij rolt met zijn ogen, maar hij laat me los en loopt naar het bed. Ik blijf vlak bij de deur staan.

'Zeg niet wat ik tegen mijn vader moet zeggen. Maak je maar druk over je relatie met je eigen vader voordat je je met de mijne bemoeit.'

Zodra die woorden over Hardins lippen rollen, beseft hij wat hij heeft gezegd en trekt hij meteen een verontschuldigend gezicht. 'Het spijt me... Zo bedoelde ik het niet... Het ontsnapte me gewoon.' Hij doet met uitgestrekte armen een stap naar voren, maar ik deins terug naar de deur.

'Ja, het is altijd iets wat je zomaar ontsnapt, hè?' De tranen prikken in mijn ogen, zonder dat ik het wil. Mijn vader erbij halen is iets wat je gewoon niet doet. Dat geldt zelfs voor Hardin.

'Tess, ik...' begint hij, maar hij valt stil wanneer ik mijn hand opsteek.

Wat doe ik hier eigenlijk? Waarom blijf ik maar denken dat hij zijn eindeloze stroom van beledigingen lang genoeg zal staken om een echt gesprek met me te kunnen voeren? Omdat ik oerstom ben, dáárom.

'Het geeft niet. Zo ben je nu eenmaal. Dit is hoe je altijd doet. Je zoekt naar de zwakte van de ander en maakt daar meedogenloos misbruik van. Je doet er je voordeel mee. Hoe lang heb je gewacht voordat je dat tegen me kon gebruiken? Waarschijnlijk al zo lang als je me kent!' roep ik.

'Verdomme, nee! Dat is niet waar! Ik dacht er niet bij na toen ik dat zei! Maar jij bent hier ook niet onschuldig, je lokte het zelf uit,' schreeuwt hij, nog luider dan ik.

'O, ik heb het uitgelokt? Hoe dan? Vertel me dat eens!' Ik weet dat iedereen in huis ons kan horen, maar voor de verandering kan dat me geen moer schelen.

'Omdat je me altijd uit mijn tent lokt! Je maakt telkens ruzie met me! Je gaat godverdomme met Zed uit! Denk je dat ik dit leuk vind? Dat ik het fijn vind dat je zo veel macht over me hebt? Ik vind het vreselijk dat je me zo fascineert. Ik vind het vreselijk dat ik telkens aan je moet denken! Ik haat je... Echt! Je bent zo'n arrogante...' Hij valt stil en kijkt me aan.

Ik dwing mezelf terug te kijken en niet te laten merken dat hij me zojuist met elke lettergreep tot op het bot heeft gekwetst.

'Dat bedoel ik dus!' Hij haalt zijn handen door zijn haar en begint te ijsberen. 'Je... je maakt me gek, je drijft me echt helemaal tot waanzin! En dan heb je nog het lef om te vragen of ik van je hou? Waarom vroeg je dat eigenlijk? Omdat ik dat één keer tegen je heb gezegd, per ongeluk? Je weet al dat ik het niet meende, dus waarom vroeg je het opnieuw? Hou je ervan om te worden afgewezen? Is dat het? Kom je daarom telkens weer terug?'

Het enige wat ik wil, is wegrennen en nooit meer terugkomen. Ik moet vlúchten.

Ik probeer het tegen te houden, maar hij maakt me zo kwaad dat ik het enige roep waarvan ik weet dat het hem zal raken en zijn zelfbeheersing zal breken: 'Nee, ik kom terug omdat ik van je hou!'

Meteen sla ik mijn hand voor mijn mond, wensend dat ik de woorden kan terugnemen. Erger dan dit kan hij me niet kwetsen, maar ik wil me niet jarenlang blijven afvragen wat zijn reactie had kunnen zijn. Ik vind het niet erg dat hij niet van me houdt. Toen ik hieraan begon, wist ik immers al hoe hij was.

Hij kijkt verbijsterd. 'Wát?' Hij knippert snel, alsof hij die woorden probeert te verwerken.

'Toe dan, zeg dan dat je zo'n hekel aan me hebt. Zeg maar hoe stom ik ben omdat ik van iemand hou die niets om mij geeft.' Mijn stem klinkt vreemd, bijna jammerend. Ik wrijf in mijn ogen en kijk hem opnieuw aan. Ik voel me verslagen en wil hier weg om mijn wonden te kunnen likken. 'Ik ga nu.'

Net wanneer ik me omdraai, zet hij een grote pas in mijn richting en legt zijn hand op mijn schouder, maar ik weiger hem aan te kijken. 'Blijf hier, verdomme,' zegt hij, uiterst emotioneel.

De vraag is alleen welke emotie hij voelt.

'Hou je van me?' fluistert hij. Hij legt zijn gewonde vingers onder mijn kin en dwingt me naar hem op te kijken. Ik wend mijn blik van hem af en knik langzaam, wachtend totdat hij me zal uitlachen.

'Waarom?' Zijn adem is een vlaag warmte op mijn gezicht.

Eindelijk weet ik hem aan te kijken. Hij ziet er... báng uit? 'Wat?' vraag ik zacht.

'Waarom hou je van me... Hoe kun je in godsnaam van me houden?' Zijn stem breekt, hij staart me aan. Ik weet dat wat ik nu ga zeggen meer dan ooit bepalend is voor mijn lot.

'Hoe kun je nu niet weten dat ik van je hou?' vraag ik, in plaats van hem te antwoorden.

Hij denkt dat ik niet van hem kan houden? Ik kan het niet uitleggen, ik weet gewoon dat het zo is. Hij maakt me gek, hij maakt me kwader dan wie dan ook, maar om de een of andere reden ben ik voor hem gevallen en is die val niet te stuiten.

'Je zei dat je niet van me hield. En toen ging je met Zed uit. Je laat me altijd in de steek; je liet me eerder vanavond nog op de veranda staan, hoewel ik je smeekte me nog een kans te geven. Ik zei dat ik van je hield, maar je wees me af. Heb je enig idee hoe zwaar dat voor me was?' zegt hij.

Ik verbeeld het me vast, die tranen die in zijn ooghoeken lijken op te wellen, al ben ik me heel erg bewust van zijn eeltige vingers onder mijn kin.

'Je nam het terug voordat ik begreep wat je had gezegd. Je hebt me op heel veel manieren gekwetst, Hardin,' zeg ik.

Hij knikt. 'Dat weet ik... Het spijt me. Kan ik het goedmaken? Ik weet dat ik je niet verdien. Ik heb niet eens het recht dit te vragen, maar... Alsjeblieft, nog één kans. Ik beloof niet dat ik nooit meer ruzie zal maken of nooit meer kwaad op je zal worden, maar ik beloof wel dat ik mezelf helemaal aan je zal geven. Alsjeblieft, laat me proberen degene te zijn die je nodig hebt.' Hij klinkt zo onzeker dat ik er helemaal week van word.

'Ik wil geloven dat dit kan werken, maar ik snap niet hoe. Er is al zo veel schade aangericht.'

Maar mijn eigen ogen verraden me omdat de tranen beginnen te vallen. Hardin laat mijn kin los om ze op te vangen, ook al ontsnapt er een enkele traan over zijn eigen wang.

'Weet je nog dat je me vroeg van wie op de wereld ik het meeste hou?' vraagt hij, zijn lippen een paar centimeter van de mijne.

Ik knik, ook al lijkt het zo lang geleden en dacht ik dat hij op dat moment niet oplette.

'Van jou. Jij bent degene van wie ik het allermeeste hou.'

Zijn woorden verbazen me en laten de pijn en woede in mijn borst verdwijnen.

Voordat ik hem durf te geloven en opnieuw als was in zijn handen word, vraag ik: 'Dit hoort allemaal bij je ziekelijke spelletje, hè?'

'Nee, Tessa. Ik ben klaar met die spelletjes. Ik wil jou, dat is alles. Ik wil met je samen zijn, in een echte relatie. Natuurlijk moet je me wel leren wat dat inhoudt.' Hij lacht nerveus en ik val hem bij, met mijn eigen oprechte lach.

'Ik heb je lach gemist. Die heb ik niet vaak genoeg gehoord. Ik wil je aan het lachen maken, niet aan het huilen. Ik weet dat ik niet de gemakkelijkste ben...'

Ik snoer hem de mond door mijn lippen op die van hem te drukken. Zijn kussen zijn gehaast en ik proef het bloed van zijn wondje.

Mijn knieën bezwijken bijna vanwege de spanning die door mijn lijf stroomt. Het lijkt zo lang geleden dat ik zijn mond op de mijne voelde. Ik hou zo veel van deze beschadigde klootzak vol zelfhaat dat ik bang ben dat ik eraan zal bezwijken. Hij tilt me op en ik sla mijn benen om hem heen, vlecht mijn vingers door zijn haar. Hij kreunt in mijn mond en ik hap naar adem en trek harder aan zijn haar. Mijn tong strijkt over zijn onderlip, maar wanneer hij ineenkrimpt, houd ik op.

'Met wie heb je gevochten?' vraag ik.

Hij moet lachen. 'Dat vraag je nu?'

'Ja, ik wil het weten.' Ik glimlach.

'Je hebt altijd zo veel vragen. Mag ik later antwoord geven?' Hij pruilt.

'Nee, nu.'

'Alleen als je blijft.' Hij drukt me dichter tegen zich aan. 'Toe?' zegt hij smekend.

'Goed,' zeg ik, en ik kus hem opnieuw, helemaal vergetend wat ik wilde weten.

68

∞

Na een tijdje houden we op met zoenen en ga ik aan het voeteneinde van het bed zitten. Hardin loopt ook naar het bed en gaat bij het hoofdeinde zitten.

'Goed, en nu wil ik weten met wie je hebt gevochten. Was het Zed?' vraag ik, bang voor zijn antwoord.

'Nee. Het waren gewoon een paar jongens die ik verder ook niet ken.'

Ik ben blij dat het Zed niet was, maar dan dringen zijn woorden pas tot me door. 'Wacht even, een paar? Hoeveel precies?'

'Drie... of vier. Dat weet ik niet zeker.' Hij lacht.

'Het is niet grappig. En waarom was je trouwens aan het vechten?'

'Dat weet ik niet...' Hij haalt zijn schouders op. 'Ik was kwaad omdat je er met Zed vandoor was en op dat moment leek het een goed idee.'

'Nou, dat was het dus niet, en kijk eens hoe je eraan toe bent.' Ik frons, en hij houdt zijn hoofd scheef en kijkt me verwonderd aan. 'Wat?'

'Niets... Kom eens hier.' Hij steekt zijn armen naar me uit. Ik schuif over het bed naar hem toe en ga tussen zijn benen zitten, met mijn rug tegen hem aan.

'Ik heb spijt van de manier waarop ik je heb behandeld... en nog steeds behandel,' zegt hij zachtjes in mijn oor.

Er trekt een huivering door mijn lichaam; niet alleen vanwege zijn adem in mijn oor, maar ook vanwege zijn vrijwillige excuus. 'Het geeft niet. Of nou ja, het geeft wel. Maar ik wil je nog een kans geven.'

Ik hoop dat ik er geen spijt van krijg. Ik geloof niet dat ik nog meer stemmingswisselingen van hem kan verdragen.

'Dank je. Ik weet dat ik die niet heb verdiend. Maar ik ben egoïstisch genoeg om die kans met beide handen aan te grijpen,' zegt hij, met zijn mond tegen mijn oor. Hij slaat zijn armen om me heen. Deze houding voelt vreemd en nostalgisch tegelijk.

Wanneer ik blijf zwijgen, pakt hij me bij mijn schouders en draait me naar hem om. 'Wat is er?' vraagt hij.

'Niks. Ik ben alleen bang dat je weer van gedachten zult veranderen,' zeg ik. Ik wil hier zonder aarzelen in duiken, maar ik ben doodsbang dat ik keihard de bodem zal raken.

'Dat gaat niet gebeuren. Ik verander nooit van gedachten. Ik heb alleen tegen mijn gevoelens voor jou gevochten. Ik weet dat je me niet op mijn woord kunt vertrouwen, maar ik wil je vertrouwen verdienen. Ik zal je niet opnieuw pijn doen,' belooft hij, zijn voorhoofd tegen het mijne drukkend.

'Alsjeblieft niet,' zeg ik smekend. Het klinkt zielig, maar dat kan me niet schelen.

'Ik hou van je, Tessa,' zegt hij. Mijn hart maakt een sprongetje. Uit zijn mond klinken die woorden perfect, en ik heb er alles voor over om ze nogmaals te horen.

'Ik hou van je, Hardin.' Dit is de eerste keer dat we het allebei openlijk zeggen, en ik vecht tegen de angst dat hij zijn woorden misschien weer terug zal nemen. Maar ook al zou hij dat doen, dan zal ik nooit vergeten hoe ze klonken en welk gevoel ze me gaven.

'Zeg dat nog eens,' fluistert hij. Hij draait me om, zodat ik hem kan aankijken. In zijn ogen zie ik een kwetsbaarder blik dan ik ooit voor mogelijk had gehouden. Ik ga op mijn knieën zitten en neem zijn gezicht tussen mijn handen, wrijf met mijn duimen over de lichte stoppels op zijn volmaakte gezicht. Aan zijn uitdrukking kan ik zien dat hij die woorden van me nodig heeft, telkens weer. Ik zal ze net zo vaak zeggen totdat hij gelooft dat hij de liefde van een ander verdient.

'Ik hou van je,' herhaal ik, en ik druk mijn lippen op die van hem. Hij mompelt goedkeurend en strijkt met zijn tong langs de mijne. Hardin zoenen voelt elke keer weer nieuw en anders, hij is als een drug waarvan ik niet genoeg kan krijgen. Zijn handen rusten op mijn rug en duwen onze bovenlijven naar elkaar toe. Mijn verstand zegt dat ik het rustig aan moet doen, dat ik hem langzaam moet kussen en van elke seconde van deze heerlijke rust tussen ons moet genieten. Maar mijn lichaam zegt dat ik hem bij zijn haar moet pakken en zijn shirt over zijn hoofd moet trekken. Zijn lippen gaan naar mijn kaak en hechten zich vast aan mijn hals.

Dat is de druppel. Ik kan me niet langer beheersen. Dit zijn wij, een en al woede en passie en nu liefde. Een kreun ontsnapt aan mijn lippen, en hij gromt in mijn hals, pakt me bij mijn middel en keert ons om, zodat hij boven me zweeft.

'Ik... heb... je... zo... gemist,' zegt hij tussen het zuigen aan de huid van mijn hals door. Ik kan mijn ogen niet openhouden; het voelt te goed. Hij ritst mijn jack open en kijkt me hongerig aan. Zonder om toestemming te vragen rukt hij aan de stof, trekt hij mijn topje omhoog, over mijn hoofd, en hapt hij hoorbaar naar adem wanneer ik mijn rug krom zodat hij mijn beha kan losmaken.

'Ik heb je lichaam gemist... Je past zo perfect in mijn hand,' gromt hij, met zijn handen rond mijn borsten. Ik kreun nogmaals en hij drukt zijn onderlichaam tegen me aan zodat ik voel hoe opgewonden hij is. Onze ademhaling is snel en onbeheerst, en ik heb nog nooit zo naar hem verlangd. Blijkbaar heeft onze openheid over onze gevoelens niets veranderd aan de overweldigende hartstocht tussen ons. Daar ben ik blij om. Zijn hand glijdt over mijn blote buik en maakt de knoop van mijn jeans los. Wanneer zijn vingers in mijn slipje glijden, hijgt hij in mijn mond: 'Ik heb gemist hoe nat je altijd van me wordt.'

Zijn woorden doen ondeugende dingen met me, en ik hef opnieuw mijn heupen op, smekend om contact.

'Wat wil je, Tessa?' Hij ademt zwaar in de holte van mijn hals.

'Jou,' zeg ik voordat ik besef wat ik doe. Maar het is waar: ik wil Hardin, op de primitiefste, heftigste manier die je je maar kunt voorstellen. Zijn vinger glijdt moeiteloos naar binnen, beweegt heen en weer, en mijn hoofd valt achterover op het kussen.

'Het is zo heerlijk om naar je te kijken en te zien welk gevoel ik je kan geven,' zegt hij, waarop ik antwoord met gekreun. Mijn handen klauwen in het T-shirt op zijn rug. Hij heeft te veel kleren aan, maar ik kan geen samenhangende zin bedenken om hem duidelijk te maken dat hij ze moet uittrekken. Hoe zijn we van 'Ik heb een hekel aan je' bij 'Ik hou van je' beland? Het antwoord kan me niets schelen; het enige wat belangrijk is, is het gevoel dat hij me geeft, dat hij me altijd geeft. Zijn lichaam glijdt langs het mijne naar beneden en hij trekt zijn hand uit mijn slipje. Ik kerm vanwege het gemis en hij glimlacht.

Terwijl hij mijn jeans en slipje uittrekt, gebaar ik naar zijn volledig geklede lijf. 'Kleed je uit,' zeg ik, en daar moet hij om grinniken.

'Ja, mevrouw.' Met een tevreden lachje trekt hij zijn shirt over zijn hoofd, zodat zijn getatoeëerde huid zichtbaar wordt. Ik wil met mijn tong elk lijntje van elke tattoo volgen. Ik vind het zo mooi dat het symbool voor oneindigheid op zijn pols helemaal niet past bij de vlammen eronder.

'Waar heb je deze laten zetten?' Ik strijk met het topje van mijn wijsvinger over het teken.

'Wat?' Hij is afgeleid. Zijn blik en handen zijn op mijn borsten gericht.

'Deze tattoo. Die is zo anders dan de rest. Zo veel... zachter, en... vrouwelijker?'

Zijn vingers strijken over mijn borsten, en hij buigt zich voorover. Zijn opwinding drukt tegen mijn been. 'Vrouwelijker, zeg je?' Glimlachend volgt hij met zijn lippen de vorm van mijn mond voordat hij zijn hoofd terugtrekt en een wenkbrauw optrekt.

Ik heb geen belangstelling meer voor zijn tatoeage of waarom hij die heeft laten zetten. Ik wil hem alleen maar aanraken, zijn mond op die van mij voelen.

Voordat een van ons het moment kan verpesten door nog meer te zeggen, grijp ik hem bij zijn haar en trek zijn gezicht naar me toe. Ik kus hem even op zijn lippen en stort me dan op zijn hals. Mijn eerdere ervaringen met Hardin hebben me geleerd dat kussen op het plekje net boven zijn sleutelbeen hem helemaal gek kunnen maken. Ik plant daar warme, natte zoenen op zijn huid en voel zijn lichaam schokken en verstijven wanneer ik mijn heupen tegen hem aan druk. Het is een heerlijk gevoel, zijn naakte lijf op dat van mij. Overal op onze blote huid verschijnt een dun laagje zweet. Als we nog één kleine beweging maken, zullen we in een heel andere fase belanden, eentje waar ik tot dusver nog niet aan toe was. Hardin spant zijn harde spieren en wrijft langzaam, kreunend, tegen me aan.

Daar kan ik geen weerstand aan bieden. 'Hardin...' zeg ik kermend wanneer hij opnieuw langs me glijdt.

'Ja, schatje?' Hij houdt op met bewegen. Ik druk mijn hielen tegen zijn dijen en dwing hem opnieuw te bewegen. Zijn oogleden vallen trillend dicht. 'Fuck,' kermt hij.

'Ik wil...' zeg ik.

'Wat wil je?' Zijn adem is warm en zwaar op mijn klamme huid.

'Ik wil dat je... Je weet wel,' zeg ik, ondanks onze intieme houding opeens beschaamd.

'O,' zegt hij. Hij houdt opnieuw op met bewegen en kijkt me recht in mijn ogen. Het lijkt alsof hij een innerlijke strijd uitvecht. 'Ik... ik weet niet of dat een goed idee is...'

Wát? 'Hoezo?' Ik duw hem van me af. Daar gaan we weer.

'Nee... nee, schatje. Ik bedoel alleen voor vanavond.' Hij slaat zijn armen om me heen en trekt me naar zich toe, zodat ik naast hem op mijn zij lig. Ik kan hem niet aankijken. Ik schaam me te veel.

'Hoor eens, luister eens naar me.' Hij heft mijn kin op. 'Ik wil het wel degelijk, heel graag. Meer dan wat dan ook, geloof me. Ik wil je al om me heen voelen sinds ik je leerde kennen, maar ik... ik denk dat na alles wat er vandaag is gebeurd... Ik wil gewoon dat je eraan toe bent. Helemaal, bedoel ik. Want zodra we het doen, is het gebeurd. Dan kun je het niet meer ongedaan maken.'

Het gevoel van vernedering verdwijnt en ik kijk hem aan. Ik weet dat hij gelijk heeft, ik moet hier goed over nadenken, ook al kan ik moeilijk geloven dat ik morgen een andere mening zal hebben. Maar ik moet erover nadenken wanneer ik niet word bedwelmd door zijn naakte lijf tegen dat van mij. Hij is erger dan alcohol in mijn bloed.

'Wees niet boos, toe, maar denk er even over na. En als je zeker weet dat je dit wilt, wil ik maar al te graag met je neuken. Telkens weer, waar en wanneer je maar wilt. Ik wil...'

'Ja, ja, het is al goed!' Ik druk mijn hand tegen zijn mond. Hij lacht tegen mijn handpalm en haalt zijn schouders op, alsof hij 'Ik bedoel maar' wil zeggen.

Wanneer ik mijn hand weghaal, bijt hij er speels in en trekt me naar zich toe. 'Misschien moet ik me maar aankleden, dan kom je niet zo in de verleiding,' zegt hij plagend, en ik bloos.

Ik weet niet wat me meer verbaast: dat ik zo-even seks voorstelde of dat hij me voldoende respecteert om me af te wijzen.

'Maar ik wil je eerst een goed gevoel geven,' mompelt hij. Met een snelle beweging draait hij me op mijn rug. Zijn mond verdwijnt tussen mijn dijen, en binnen een paar minuten trillen mijn benen en moet ik een hand voor mijn mond slaan om te voorkomen dat het hele huis me zijn naam hoort roepen.

69

∞

Ik word wakker en hoor Hardin zachtjes achter me snurken, met zijn lippen tegen mijn oor gedrukt. Ik lig met mijn rug tegen zijn borst, zijn benen zijn verstrengeld met de mijne. Herinneringen aan gisteravond maken me aan het glimlachen, maar dan maakt het euforische gevoel plaats voor paniek.

Zal hij er nu hetzelfde over denken? Of zal hij me plagen en in de zeik nemen omdat ik mezelf aan hem heb aangeboden? Ik draai me langzaam om en kijk hem aan, zijn perfecte trekken bestuderend. Zijn eeuwige frons is verzacht door slaap. Ik steek mijn wijsvinger uit en raak het ringetje in zijn wenkbrauw en daarna de blauwe plek op zijn wang aan. Zijn lip ziet er beter uit, net als zijn knokkels. Gisteravond heeft hij eindelijk toegestaan dat ik hem hielp die schoon te wassen.

Zijn ogen schieten open nu mijn vinger gretig de vorm van zijn lippen volgt. 'Wat doe je?' vraagt hij. Ik weet niet wat zijn toon betekent, en dat maakt me onzeker.

'Sorry... Ik was gewoon...' Ik weet niet wat ik moet zeggen. Ik weet niet hoe hij zich voelt nu we in elkaars armen in slaap zijn gevallen.

'Niet ophouden,' fluistert hij. Zijn ogen vallen weer dicht. Ik kan weer ademhalen en glimlach voordat ik opnieuw zijn volle lippen aanraak, zijn wondje zorgvuldig vermijdend.

'Wat ga je vandaag allemaal doen?' vraagt hij een paar minuten later. Hij doet zijn ogen weer open.

'Ik wil Karen gaan helpen met de kas in de tuin,' zeg ik.

Hij komt overeind. 'O ja?' Dat maakt hem vast boos. Ik weet dat hij Karen niet aardig vindt, ook al is ze een van de liefste mensen die ik ooit heb ontmoet.

'Ja,' mompel ik.

'Nou, dan hoef ik me niet langer af te vragen of mijn familie je aardig vindt. Waarschijnlijk vinden ze jou leuker dan mij.' Grinnikend strijkt hij met zijn duim over mijn wang, waardoor er een rilling over mijn rug loopt. 'Het probleem is dat mijn vader nog gaat denken dat ik hem aardig vind als ik hier te lang blijf hangen,' merkt hij luchtig op, al is zijn blik duister.

'Misschien kunnen je vader en jij iets samen gaan doen terwijl Karen en ik buiten bezig zijn?' stel ik voor.

'Nee, dat zeker niet,' gromt hij. 'Ik ga terug naar huis, mijn echte huis, en wacht daar wel totdat je klaar bent.'

'Maar ik wil dat je hier blijft. Het kan wel even duren. Haar kas is behoorlijk verwaarloosd.'

Hij lijkt even niet te weten wat hij moet zeggen, en dat geeft me een fijn gevoel omdat ik besef dat hij niet te lang uit mijn buurt wil zijn. 'Ik... ik weet het niet, Tessa. Mijn vader wil waarschijnlijk niet eens dat ik hier ben,' mompelt hij.

'Natuurlijk wel. Wanneer hebben jullie voor het laatst samen in dezelfde kamer gezeten?'

Hij haalt zijn schouders op. 'Dat weet ik niet... Jaren terug. Ik weet niet of dit een goed idee is.' Hij strijkt met zijn handen door zijn haar.

'Als je je ongemakkelijk voelt, kun je altijd Karen en mij komen helpen,' verzeker ik hem. Eerlijk gezegd ben ik stomverbaasd dat hij overweegt om tijd met zijn vader door te brengen.

'Goed dan... maar ik doe dit alleen omdat ik jou niet alleen wil laten, zelfs niet voor heel even...' Hij valt stil. Ik weet dat hij zijn gevoelens niet goed kan verwoorden en zeg dus niets, om hem de tijd te geven zijn gedachten te formuleren.

'Ik bedoel, niet bij jou zijn is zelfs nog erger dan rondhangen met die lul van een vader van me.'

Ik glimlach, ondanks zijn harde woorden over zijn vader, en hoop dat Hardin zal inzien dat de vader die hij uit zijn jeugd kent niet dezelfde is als de man die nu beneden zit.

Ik stap uit bed en besef dan dat ik helemaal niets bij me heb: geen kleren, geen tandenborstel, niets. 'Ik moet even naar mijn kamer om het een en ander op te halen,' zeg ik tegen hem.

Hij verstijft even. 'Waarom?'

'Ik heb niets om aan te trekken en ik wil graag mijn tanden poetsen.' Ik kijk hem aan en zie een aarzelende glimlach op zijn gezicht, maar zijn ogen lachen niet. 'Wat is er?' vraag ik, bang voor het antwoord.

'Niets... Hoe lang blijf je weg?'

'Ik had eigenlijk gehoopt dat je mee zou gaan.' Zodra ik die woorden uitspreek, ontspant hij zichtbaar. Wat is er met hem?

'O.'

'Ga je me nog vertellen waarom je zo vreemd doet?' vraag ik met mijn handen in mijn zij.

'Dat doe ik niet... Ik dacht alleen dat je probeerde weg te komen. Van mij.' Zijn stem klinkt zo bescheiden, zo anders dan gewoonlijk, dat ik de neiging voel om naar hem toe te lopen en hem te omhelzen. In plaats daarvan gebaar ik dat hij naar me toe moet komen en voor me moet gaan staan.

'Ik ga nergens naartoe. Ik heb alleen wat kleren nodig,' zeg ik nogmaals.

'Dat weet ik... Ik zal er even aan moeten wennen. Meestal ren je heel hard weg en kom je niet meer terug.'

'Nou, ik ben eraan gewend geraakt dat je me wegduwt, dus we zullen ons allebei moeten aanpassen.' Glimlachend leg ik mijn hoofd tegen zijn borst, op een vreemde manier gerustgesteld door zijn bezorgdheid. Ik was zo bang dat hij deze ochtend van mening zou veranderen dat het goed voelt om te horen dat hij net zo bang was als ik.

'Ja, ik denk het wel. Ik hou van je,' zegt hij, en dat raakt me even diep als de eerste, en twintigste keer dat hij dat gisteravond zei.

'Ik hou ook van jou,' zeg ik tegen hem.

Hij fronst. 'Zeg niet "ook",' zegt hij.

'Wat? Hoezo?' Mijn twijfel steekt opnieuw de kop op. Even verwacht ik dat hij me weer zal afwijzen, al hoop ik met heel mijn hart van niet.

'Dat weet ik niet... Daardoor heb ik het gevoel dat je alleen maar met me instemt.' Hij kijkt naar de vloer. Ik denk aan wat ik mezelf gisteravond heb beloofd: dat ik alles zal doen om hem te helpen om de twijfels aan zichzelf te overwinnen.

'Ik hou van je,' zeg ik.

Hij kijkt naar me op. Zijn blik wordt zachter, en hij drukt zijn lippen zachtjes op de mijne.

'Dank je,' zegt hij wanneer hij zich van me losmaakt.

Ik rol met mijn ogen wanneer ik zie hoe goed hij eruitziet in een effen wit T-shirt en zwarte jeans. Hij draagt altijd zwarte of witte

T-shirts en zwarte jeans en ziet er elke dag weer fantastisch uit. Die simpele stijl past uitstekend bij hem; hij hoeft niet een of andere trend te volgen. Ik trek de kleren van de avond ervoor aan en hij pakt mijn tas voordat we naar beneden lopen.

We treffen Karen en Ken in de woonkamer aan. 'Ik heb ontbijt klaargemaakt,' zegt Karen opgewekt.

Ik voel me een beetje ongemakkelijk omdat Ken en Karen nu weten dat ik weer een nacht met Hardin heb doorgebracht. Ik weet dat ze er helemaal geen bezwaar tegen hebben en dat we inderdaad volwassen zijn, maar toch begin ik te blozen.

'Dank je,' zeg ik glimlachend. Ze kijkt me nieuwsgierig aan, waardoor ik weet dat ik straks in de kas de nodige vragen kan verwachten. Ik loop de keuken in, met Hardin op mijn hielen. We vullen onze borden met lekkers en gaan aan tafel zitten.

'Waar zijn Landon en Dakota?' vraag ik aan Karen. Dakota zal er waarschijnlijk weinig van begrijpen als ze me nu met Hardin ziet terwijl ik gisteravond nog met Zed was, maar ik schud de negatieve gedachten van me af.

'Die zijn een dagje naar Seattle, de stad verkennen. Had je nog zin om vandaag aan de kas te werken?'

'Ja, natuurlijk. Ik moet alleen even naar mijn kamer om schone kleren te halen,' zeg ik.

'Geweldig! Terwijl jij dat doet, kan Ken de zakken met aarde uit de schuur halen.'

'Je kunt ook wachten totdat we terug zijn, dan kan Hardin hem helpen,' bied ik min of meer aan, met een blik op Hardin.

'O, blijf jij vandaag ook hier?' vraagt ze. Haar glimlach wordt breder. Hoe is het mogelijk dat hij niet doorheeft dat anderen om hem geven?

'Eh... ja. Ik wilde vandaag hier blijven... Denk ik. Als j-je dat goed vindt?' stamelt hij.

'Natuurlijk! Ken, moet je horen, Hardin blijft vandaag hier!' Haar opgetogen stemming zorgt ervoor dat ik moet glimlachen, en Hardin rolt met zijn ogen.

'Wees aardig,' fluister ik in zijn oor, terwijl hij de meest neppe glimlach tevoorschijn tovert die ik ooit op zijn gezicht heb gezien. Dan begin ik te giechelen en geef ik hem een schop tegen zijn voet.

70

∞

Ik trek mijn kleren uit en neem snel een douche, ook al zal ik opnieuw vies worden als ik met Karen ga tuinieren. Hardin wacht geduldig en snuffelt ter vermaak in mijn la met ondergoed. Wanneer ik klaar ben, zegt hij dat ik genoeg kleren voor nog een nacht samen moet inpakken. Dat maakt me aan het glimlachen. Als het kon, bracht ik elke nacht met hem door.

Op weg terug naar zijn vaders huis vraag ik aan hem: 'Wil je eerst nog jouw auto halen?'

'Nee, dat hoeft niet. Tenzij jij zo blijft slingeren.'

'Pardon? Ik ben een uitstekend chauffeur,' zeg ik verdedigend.

Hij snuift, maar gaat er niet op in. 'Waarom heb je trouwens een auto gekocht?'

'Nou, vanwege die stage, en ik had geen zin om telkens weer de bus te pakken of anderen om een lift te vragen.'

Hij kijkt uit het raampje. 'O... Heb je hem alleen gekocht?'

'Ja... Hoezo?'

'Zomaar,' liegt hij.

'Ik ben in mijn eentje een auto gaan kopen. Ik had een rotdag,' zeg ik, en hij krimpt even in elkaar.

'Hoe vaak ben je met Zed uit geweest?' vraagt hij.

Waarom begint hij daar nu over? 'Twee keer. Uit eten en naar de film, en naar het kampvuur. Je hoeft je er echt geen zorgen over te maken.'

'En hij heeft je maar één keer gezoend?'

Ugh. 'Ja, één keer. Nou ja, afgezien dan van die keer... Daar was je bij. Kunnen we het nu over iets anders hebben? Ik bestook jou toch ook niet met vragen over Molly?' snauw ik.

'Oké... oké. Laten we niet weer beginnen. We hebben nog nooit zo lang geen ruzie gehad, dus we moeten het niet verpesten.' Hij pakt mijn hand en tekent met zijn duim kringetjes op mijn huid.

'Goed,' zeg ik, nog altijd een beetje geërgerd. De gedachte aan Molly op zijn schoot maakt mijn blik wazig.

'O toe, Tess, niet mokken.' Lachend prikt hij me in mijn zij.

Ik kan een giechel niet inhouden. 'Leid me niet af! Ik ben aan het autorijden!'

'Dit is waarschijnlijk de enige keer dat je tegen me zegt dat ik je niet mag aanraken.'

'Dat denk ik niet. Je bent wel erg arrogant.'

Mijn lach vermengt zich met die van hem, en het is een heerlijk geluid. Hij legt een hand op mijn dij en beweegt zijn lange vingers heen en weer.

'Zeker weten?' Zijn fluistering is schor en mijn huid tintelt. Mijn lichaam reageert zo snel op hem, mijn polsslag is meteen zo snel. Ik hap naar adem en knik, waarna hij een zucht slaakt en zijn hand wegtrekt. 'Ik weet dat je liegt, maar omdat ik liever niet in de berm eindig, vinger ik je later wel.'

Ik sla blozend naar hem. 'Hardin!'

'Sorry, schatje.' Glimlachend heft hij met een quasionschuldig gebaar zijn handen op en kijkt dan uit het raampje. Ik vind het fijn wanneer hij me 'schatje' noemt; dat heeft nog nooit iemand gedaan. Noah en ik vonden de koosnaampjes die anderen voor elkaar bedachten altijd belachelijk, maar wanneer Hardin me op zo'n manier aanspreekt, gonst het bloed door mijn aderen.

Bij zijn vader thuis zitten Ken en Karen in de achtertuin op ons te wachten. Ken ziet er zo vreemd uit in jeans en een T-shirt van WCU. Ik heb hem tot nu toe nooit in vrijetijdskleding gezien, en hierdoor lijkt hij een beetje op Hardin. Ze begroeten ons met een glimlach die Hardin probeert te beantwoorden, maar hij oogt ongemakkelijk en schuifelt met zijn handen in zijn zakken gepropt heen en weer.

'Zeg het maar als je er klaar voor bent,' zegt Ken tegen Hardin. Hij lijkt al net zomin op zijn gemak als Hardin, maar terwijl Hardin op zijn hoede oogt, is Ken eerder nerveus.

Hardin kijkt naar mij, en ik knik bemoedigend, verbaasd dat ik opeens degene ben die hem zelfvertrouwen moet geven. Blijkbaar is de dynamiek tussen ons ingrijpend veranderd, en dat maakt me onverwacht blij.

'We gaan naar de kas, dus breng de aarde daar maar naartoe,' zegt Karen, die Ken een zoen op zijn wang geeft. Hardin wendt zijn blik af, en heel even denk ik dat hij mij ook een zoen zal geven, maar dat doet hij niet. Ik loop achter Karen aan naar de kas en hap naar adem wanneer we naar binnen lopen. De kas is groot, veel groter dan hij vanbuiten lijkt, en ze meende het toen ze zei dat er van alles moest worden gedaan. De kas is nagenoeg leeg.

Met een dramatisch gebaar plant ze haar handen in haar zij en zegt opgewekt: 'Er is heel wat werk aan de winkel, maar volgens mij lukt het ons wel.'

'Dat denk ik ook,' zeg ik.

Hardin en Ken komen binnen met ieder twee zakken tuinaarde in hun handen. Zonder iets te zeggen zetten ze die neer op de plek die Karen aanwijst en lopen weer naar buiten. Twintig zakken aarde, honderden zaadjes en tientallen bloeiende planten en groenten later hebben we een aardige start gemaakt.

Voordat ik het goed en wel besef, gaat de zon bijna onder en heb ik Hardin al een paar uur lang niet meer gezien. Hopelijk leven Ken en hij nog.

'Dit lijkt me wel genoeg voor vandaag.' Karen veegt haar gezicht af. We zitten allebei onder de viezigheid.

'Ja, ik moet maar eens bij Hardin gaan kijken,' zeg ik.

Ze lacht. 'Dit betekent heel veel voor ons. Zeker voor Ken is het erg fijn dat Hardin vaker langskomt, en daar moeten we jou voor bedanken. Ik neem aan dat jullie de problemen hebben opgelost?'

'Min of meer... Ik geloof het wel.' Ik lach even. 'We zijn nog altijd heel verschillend.' Ze moest eens weten.

Ze glimlacht begripvol. 'Nou, soms is anders precies wat we nodig hebben. Met een uitdaging is niets mis.'

'Een uitdaging is hij zeker.'

We lachen allebei, en ze omhelst me even. 'Je bent een lieve meid, je hebt meer voor ons gedaan dan je je kunt voorstellen.'

Ik voel de tranen opwellen en knik. 'Hopelijk vinden jullie het niet erg dat ik vannacht weer hier logeer. Hardin vroeg of ik bleef slapen.' Ik probeer oogcontact te vermijden.

'Nee, natuurlijk niet. Jullie zijn volwassen en ik neem aan dat jullie het veilig doen.'

O god. Ik weet dat mijn wangen roder kleuren dan de bollen die we zo-even hebben geplant. 'We... eh... Dat is nog niet nodig,' stamel ik. Waarom bespreek ik dit met Hardins aanstaande stiefmoeder? Ik schaam me zo.

'O,' zegt ze, al even beschaamd. 'Laten we maar naar binnen gaan.'

Ik loop achter haar aan naar het huis, waar we allebei onze vieze schoenen bij de deur uittrekken. Ik zie Hardin in de woonkamer op de rand van de bank zitten en Ken in de luie stoel. Hardin ziet me meteen staan en trekt een opgelucht gezicht.

'Ik maak wel even iets te eten. Ga jij maar douchen,' zegt Karen.

Hardin staat op en loopt naar me toe, zo te zien blij dat hij niet langer in dezelfde kamer hoeft te zijn als zijn vader.

'We zijn zo terug,' zeg ik. Ik loop achter Hardin aan de trap op.

'Hoe was het?' vraag ik zodra we op zijn kamer zijn.

Hij geeft niet meteen antwoord, maar wikkelt zijn vingers rond mijn paardenstaart en brengt zijn lippen naar de mijne. We vallen tegen de deur aan en hij drukt zijn lichaam tegen dat van mij. 'Ik heb je gemist.'

Ik lijk vanbinnen te smelten. 'O ja?'

'Ja. Ik heb de afgelopen paar uur met mijn vader in een ongemakkelijke stilte doorgebracht, en als we al iets zeiden, was dat nog ongemakkelijker. Ik heb afleiding nodig.' Hij strijkt met zijn tong over mijn onderlip. Mijn adem stokt in mijn keel. Dit is anders. Het is meer dan welkom en heel opwindend, maar anders.

Zijn handen dwalen naar mijn buik en blijven vlak boven de knoop van mijn jeans rusten.

'Hardin, ik moet douchen. Ik zit onder de aarde,' zeg ik lachend.

Zijn tong beweegt over mijn hals. 'Zo heb ik je graag, lachend en vies.' Hij glimlacht naar me, een en al kuiltjes.

Ik duw hem echter zachtjes van me af, pak mijn tas en loop naar de badkamer. Mijn ademhaling is gejaagd, en ik ben een beetje gedesoriënteerd, dus wanneer ik de deur van de badkamer dicht wil doen en dat niet lukt, begrijp ik er even niets van. Totdat ik naar beneden kijk en Hardins schoen zie.

'Is er nog plaats voor mij?' Glimlachend loopt hij de badkamer in, me niet eens de kans gevend om te antwoorden.

71

∞

Zijn vingers pakken de zoom van zijn shirt vast en trekken het over zijn hoofd. Daarna reikt hij achter me om de kraan open te draaien.

'We kunnen niet zomaar samen gaan douchen! We zijn bij je vader thuis, Landon en Dakota kunnen elk moment thuiskomen,' zeg ik. De gedachte aan een volkomen naakte Hardin onder de douche is erg verleidelijk, maar het is te veel.

'Nou, dan neem ik een lekkere warme douche en blijf jij lekker piekeren.' Zijn broek valt samen met zijn boxershort op de vloer, en dan stapt hij onder de waterstraal. De naakte huid van zijn rug spant strak over zijn spieren. Hij kijkt me aan en laat zijn blik over mijn geklede lichaam gaan, net zoals ik zijn blote lijf bekijk. Het water valt over hem heen en laat zijn getatoeëerde huid glanzen. Ik besef pas dat ik sta te staren wanneer hij plotseling het gordijn dichttrekt en zijn perfecte lijf voor me verbergt.

'Vind je dat niet heerlijk, een warme douche na zo'n lange dag?' Zijn stem klinkt enigszins gedempt door het geluid van het water, maar ik hoor nog steeds dat hij erg voldaan klinkt.

'Ik zou het niet weten. Een of andere blote kerel heeft mijn douche gestolen,' zeg ik verontwaardigd. Ik hoor hem grinniken.

'Toch geen séxy blote kerel?' vraagt hij plagend. 'Kom, straks is het warme water op.'

'Ik...' Ik wil wel, maar samen met iemand douchen is gewoon zo intiem. Te intiem.

'Kom, wees eens avontuurlijk. Het is maar een douche.' Hij trekt het gordijn open. 'Toe.' Hij steekt zijn hand uit en mijn blik glijdt over zijn lange, getatoeëerde romp die glimt van het water.

'Goed dan,' fluister ik. Ik kleed me uit, bij elke beweging door hem gadegeslagen. 'Kijk niet zo,' zeg ik streng, waarop hij net doet alsof hij gekwetst is en een hand op zijn hart legt.

'Durf je mijn goede manieren soms in twijfel te trekken?' Hij lacht en ik knik langzaam, vechtend tegen een lach. 'Ik ben zo beledigd.'

Hij steekt een hand naar me uit, en ik kan gewoon niet geloven dat ik dit echt doe, dat ik met iemand samen een douche neem. Ik probeer mezelf zo goed mogelijk met mijn armen te bedekken terwijl ik naast hem onder de straal ga staan.

'Is het raar dat ik jouw verlegenheid nog steeds heel erg leuk vind?' zegt hij. Hij pakt mijn armen vast, zodat ik mezelf niet langer voor zijn blik kan verbergen, en trekt me onder de waterstraal. Zijn hoofd valt naar voren, mijn blote schouder wordt nat.

'En weet je waarom? Omdat je ondanks al je onschuld en verlegenheid toch allerlei vieze dingen met me wilt doen.' Zijn adem in mijn oor voelt warmer dan het water. Ik knipper met mijn ogen en voel zijn handen langzaam over mijn armen naar beneden gaan. 'En ik weet toevallig dat je het erg opwindend vindt als ik vieze dingen tegen je zeg.'

Ik hap naar adem. Hij glimlacht in mijn hals. 'Kijk dan, je hart klopt al sneller... Ik zie dat onder je kwetsbare huid.' Hij tikt met zijn wijsvinger tegen de ader in mijn hals. Ik weet niet of ik nog langer kan blijven staan; mijn benen zijn net als mijn hersens in een weke massa veranderd.

Nu zijn vingers mijn lichaam betasten, maak ik me niet langer druk over het feit dat we niet alleen in huis zijn. Ik wil roekeloos zijn en Hardin met me laten doen wat hij maar wil. Wanneer zijn lange vingers zich om mijn heupen sluiten, vlij ik me onwillekeurig tegen hem aan.

'Ik hou van je, Tessa. Dat geloof je toch, hè?' vraagt hij.

Ik knik, me afvragend waarom hij dat juist nu vraagt, nadat we het in de afgelopen vierentwintig uur zo vaak hebben gezegd. 'Ja, dat geloof ik.' Mijn stem klinkt schor. Ik schraap mijn keel.

'Mooi zo. Ik heb nog nooit eerder van iemand gehouden.' Hij gaat zo snel van speels naar verleidelijk dat ik hem amper kan bijhouden.

'Nog nooit?' Dat wist ik al, maar het is heel anders nu hij dat hardop zegt, zeker in een situatie als deze. Ik had verwacht dat hij inmiddels zijn hoofd tussen mijn dijen zou steken, niet dat hij zijn gevoelens zou uiten.

'Nee, nooit. Bij lange na niet,' bekent hij.

Ik vraag me af of hij ooit een echte relatie heeft gehad – of nee, dat wil ik niet weten. Hij heeft me al verteld dat hij niet in daten gelooft, en daar moet ik het mee doen.

‘O,’ is alles wat ik kan uitbrengen.

‘Hou je net zo van me als je van Noah hield?’ wil hij weten.

Er ontsnapt me een geluidje dat het midden houdt tussen een kuch en een verschrikte zucht. Ik wend mijn blik af en pak de shampoo van de plank. We staan hier al een paar minuten en ik ben nog niet eens begonnen met mezelf te wassen.

‘Nou?’ dringt hij aan.

Ik weet niet wat ik daarop moet antwoorden. Met Hardin is het heel anders dan met Noah. Ik denk dat ik van Noah hield. Ik wéét dat ik van hem hield, alleen niet op deze manier. Met Noah was het geruststellend en veilig; er gebeurde nooit iets. Met Hardin is het ongetemd en opwindend; elke zenuw wordt geprikkeld, ik kan maar geen genoeg van hem krijgen. Ik wil geen seconde van hem gescheiden zijn. Zelfs toen hij me helemaal gek maakte, miste ik hem verschrikkelijk en kon ik amper uit zijn buurt blijven.

‘Ik neem aan dat dat “nee” betekent.’ Hij draait zich om, zodat ik de straal helemaal voor mezelf heb. Ik voel me opgesloten in deze kleine ruimte. Er is te weinig frisse lucht, te veel damp van het warme water.

‘Het is anders.’ Hoe moet ik het uitleggen zonder geschift te klinken? Zijn schouders zakken naar beneden. Als hij me nu aan zou kijken, zou hij fronsen, dat weet ik zeker. Ik vouw mijn handen rond zijn middel en druk mijn lippen tegen zijn rug. ‘Het is anders, maar niet op de manier dat jij denkt,’ zeg ik. ‘Ik hou op een andere manier van jou. Noah was zo vertrouwd dat hij bijna familie was. Ik had het gevoel dat ik van hem moest houden, maar dat deed ik niet echt, niet op de manier waarop ik van jou hou. Pas toen ik besefte dat ik van jou hou, begreep ik dat liefde iets heel anders is dan ik dacht. Ik weet niet eens of dit logisch klinkt.’ Ik voel me een tikje schuldig omdat ik beken dat ik niet van Noah hield, maar ik denk dat ik dat al wist toen ik Hardin voor het eerst kuste.

‘Ja, dat klinkt heel logisch.’ Hij draait zich naar me om, en zijn blik is veel zachter. Het verlangen en de nervositeit zijn weg, die hebben plaatsgemaakt voor... liefde? Of is het opluchting? Ik weet het niet zeker, maar hij buigt zich voorover en kust mijn voorhoofd. ‘Ik wil gewoon dat je alleen van mij houdt. Op die manier ben je van mij.’

Hoe is het mogelijk dat hij eerst zo’n zak was en nu zulke lieve dingen zegt? Hoewel zijn stem een tikje bezitterig klinkt, zijn deze woorden lief en voor zijn doen verrassend nederig.

'Ja, op de manieren die ertoe doen, hou ik alleen van jou,' beloof ik hem. Hij lijkt tevreden met mijn antwoord, want zijn glimlach keert terug.

'En wil je nu misschien opzijgaan? Dan kan ik het vuil nog afspoelen voordat het water koud wordt.' Ik duw hem zachtjes opzij.

'Dat doe ik wel voor je.' Hij pakt een washandje en giet er vloeibare zeep op. Ik houd de hele tijd mijn adem in wanneer hij voorzichtig het vuil van mijn lichaam wast. Ik huiver wanneer hij bij de gevoelige plekjes komt en die iets meer aandacht geeft dan de rest van mijn lichaam.

'Ik zou graag willen dat je mij ook wast, maar dan zou ik me niet kunnen inhouden.' Hij knipoogt naar me en ik bloos. Ik wil graag weten wat er dan zou gebeuren, ik wil elke centimeter van zijn lichaam aanraken, maar Karen heeft het avondeten waarschijnlijk al klaar en kan ons elk moment komen halen.

Ik weet dat het verstandig zou zijn om de badkamer nu te verlaten, maar ik kan me maar moeilijk verstandig gedragen met een naakte Hardin voor me. Ik steek mijn hand naar hem uit en pak hem vast, en hij stapt naar achteren en drukt zijn rug tegen de muur. Hij staart me aan en ik maak langzaam pompende bewegingen met mijn hand.

'Tess,' kreunt hij. Hij laat zijn hoofd tegen de tegels rusten.

Ik blijf hem strelen omdat ik zijn gekreun dolgraag opnieuw wil horen. Ik geniet van de geluidjes die hij maakt. Even kijk ik naar beneden, naar het water dat over ons heen stroomt en mijn hand gemakkelijker laat bewegen.

'Je geeft me zo'n ontzettend lekker gevoel.'

Ik word een tikje nerveus van zijn blik, maar ik zie aan zijn opeengeklemde kaken en trillende oogleden dat hij zijn best doet om zijn ogen open te houden en me zo aan te moedigen om hem te blijven strelen. Mijn duim wrijft over het topje van zijn penis en hij vloekt binnensmonds.

'Ik kom nu al klaar. Verdomme.' Zijn ogen vallen dicht. De warmte van zijn ontlading vermengt zich met het hete water. Ik kan er niets aan doen, ik blijf staren totdat ik alleen nog water tussen mijn vingers door zie stromen. Hardin buigt zich voorover, buiten adem, en drukt een kus op mijn mond.

'Geweldig,' fluistert hij, me nogmaals kussend.

Ik ben helemaal schoon en rustig, zij het nog wat opgewonden van Hardins aanraking, en ik droog me snel af. Daarna pak ik mijn yogabroek en een T-shirt uit mijn tas, trek de kleren aan, borstel mijn haar en steek het op in een knotje. Hardin wikkelt een handdoek rond zijn middel en komt achter me staan, zodat hij me in de spiegel kan aankijken. Hij ziet er heerlijk en goddelijk en perfect uit, en hij is van mij.

'Die broek gaat me nog behoorlijk afleiden,' zegt hij.

'Ben je altijd al zo pervers geweest?' vraag ik plagend, en hij knikt.

Pas wanneer we de keuken binnenlopen, besef ik welke indruk we maken met onze natte haren. Het is overduidelijk dat we net samen hebben gedoucht. Hardin lijkt het niet erg te vinden, maar hij heeft dan ook geen manieren.

'Er staan broodjes op het aanrecht,' meldt Karen opgewekt. Ken zit er vlak naast, met een stapel mappen voor zich. Onze verschijning lijkt haar niet te verbazen of te schokken. Mijn moeder zou compleet flippen, zeker wanneer het om een jongen als Hardin zou gaan.

'Heel erg bedankt,' zeg ik tegen haar.

'Ik vond het vandaag erg gezellig, Tessa,' zegt Karen, en we praten verder over de kas terwijl we een paar broodjes pakken en die opeten.

Hardin eet zwijgend, maar kijkt af en toe wel naar me.

'Misschien kunnen we volgend weekend nog wat doen,' stel ik voor, maar dan verbeter ik mezelf lachend: 'O nee, het weekend daarna, bedoel ik.'

'Ja, zeg dat wel.'

'Eh, hebben jullie nog een thema voor de bruiloft of zo?' vraagt Hardin opeens.

Ken kijkt op van zijn werk.

'Nee, er is niet echt een thema, maar we hebben wel een kleurenschema, zwart en wit,' zegt Karen zenuwachtig. Ik weet zeker dat ze het niet meer over de feestelijke dag hebben gehad sinds Ken Hardin over de bruiloft vertelde en die zijn zelfbeheersing verloor.

'O. Wat moet ik dan aan?' vraagt hij achteloos. Nu ik zie hoe zijn vader reageert, heb ik zin om naar Hardin toe te lopen en hem een zoen te geven.

'Kom je ook?' vraagt Ken, duidelijk verbaasd maar wel heel erg blij.

'Ja... Ik denk het wel.' Hardin neemt schouderophalend een hap van zijn broodje.

Karen en Ken kijken elkaar even glimlachend aan. Dan staat Ken op en loopt naar Hardin toe. 'Dank je wel, jongen, dit betekent heel veel voor me.' Hij klopt Hardin op zijn schouder. Hardin verstijft even, maar beloont zijn vader met een aarzelend glimlachje.

'Dat is geweldig nieuws!' Karen klapt in haar handen.

'Het stelt niks voor,' mompelt Hardin. Ik ga naast hem zitten en pak onder de tafel zijn hand vast. Ik had nooit gedacht dat hij naar de bruiloft wilde komen, laat staan die met Ken en Karen bespreken.

'Ik hou van je,' fluister ik in zijn oor wanneer Karen en Ken niet opletten.

Glimlachend geeft hij me een kneepje in mijn hand. 'Ik hou van je,' fluistert hij terug.

'En, Hardin, hoe gaat het met je studie?' vraagt Ken.

'Goed.'

'Ik zag dat je een paar vakken hebt omgegooid.'

'Ja, en?'

'Je hebt toch nog wel Engels als hoofdvak?' vervolgt Ken, die zonder het te weten een risico neemt: ik kan merken dat Hardin zich begint te ergeren.

'Ja.'

'Geweldig! Ik weet nog dat je op je tiende hele fragmenten uit *The Great Gatsby* aanhaalde, elke dag weer, de hele dag door. Toen wist ik al dat we een literatuurstudent in de dop hadden,' zegt zijn vader.

'O ja? Weet je dat nog?' Hardins toon is bars. Ik knijp in zijn hand om hem duidelijk te maken dat hij rustig moet blijven.

'Ja, natuurlijk weet ik dat nog,' zegt Ken rustig.

Hardin spert zijn neusgaten open en rolt met zijn ogen. 'Dat kan ik maar moeilijk geloven. Je was namelijk voortdurend dronken, en als ik het me goed herinner, heb je dat boek verscheurd omdat ik per ongeluk je glas whisky had omgestoten en erop had gemorst. Dus ga nu niet gezellig herinneringen zitten ophalen als je godverdomme niet eens weet waar je het over hebt.' Hij staat op.

Ken en Karen happen allebei naar adem. 'Hardin!' zegt Ken wanneer Hardin de keuken verlaat.

Ik loop haastig achter hem aan en hoor Karen tegen Ken roepen: 'Dat had je niet moeten zeggen, Ken, je ging te ver! Hij had net gezegd dat hij naar onze bruiloft wil komen. Rustig aan, dat was toch de afspraak? En dan doe je zoiets. Je had je mond moeten houden!'

Hoewel Karen kwaad klinkt, kan ik aan haar hortende manier van praten horen dat ze eigenlijk huilt.

72

∞

Hardin smijt net de deur van zijn slaapkamer dicht wanneer ik boven aan de trap aankom. Ik morrel aan de deurknop, in de verwachting dat de deur op slot is, maar hij gaat open.

'Hardin, gaat het?' vraag ik, niet goed wetend wat ik anders moet zeggen.

Hij geeft antwoord door de lamp van het nachtkastje te pakken en die tegen de muur te smijten. De glazen voet breekt in stukken. Ik spring naar achteren en slaak zonder het te willen een kreet. Hij beent naar het bureau, pakt het kleine toetsenbord en rukt dat los van de computer om het vervolgens achter zich neer te gooien.

'Hardin, hou alsjeblieft op!' roep ik.

Hij kijkt me niet aan, maar smijt het beeldscherm op de grond en roept: 'Waarom, Tessa? Waarom? Het is echt niet zo dat die lul zich geen nieuwe computer kan veroorloven!'

'Je hebt gelijk.' Ik ga boven op het toetsenbord staan en vermorzel het nog verder.

'Wat? Wat doe je nu?' vraagt hij.

Ik raap het op en laat het op de grond vallen. Ik weet ook niet goed waar ik mee bezig ben, maar omdat het toetsenbord toch al kapot is, lijkt dit me op dit moment het beste.

'Ik help je,' zeg ik tegen hem. Er verschijnt een verwarde blik in zijn boze ogen, maar dan krijgt zijn humor de overhand. Ik pak het beeldscherm en gooi het op de vloer. Hij loopt met een glimlachje naar me toe wanneer ik het opnieuw wil pakken, maar dan legt hij zijn handen op die van mij, pakt de monitor van me af en zet die terug op het bureau.

'Ben je niet kwaad omdat ik zo tegen mijn vader heb lopen schreeuwen?' vraagt hij. Hij sluit zijn handen rond mijn wangen en streelt die zachtjes met zijn duimen. Zijn groene ogen kijken me indringend aan.

'Nee, je hebt het recht om je te uiten. Daar zou ik nooit kwaad om worden.' Hij heeft net ruziegemaakt met zijn vader en is nu bang dat ik kwaad op hem ben? 'Tenzij je natuurlijk zonder reden gemeen doet, en dat was nu niet zo.'

'Wauw...' zegt hij ademloos.

De kleine ruimte tussen onze lippen is te verleidelijk. Ik buig me voorover en druk mijn lippen op de zijne, en hij opent meteen zijn mond, de kus verdiepend. Mijn vingers grijpen naar zijn haar en hij kermt wanneer ik meer kracht uitoefen. Zijn woede rolt als een vloedgolf van hem af. Ik duw hem een stukje naar achteren, maar hij draait me om, zodat de onderkant van mijn rug het bureau raakt. Zijn handen grijpen mijn heupen vast en hij tilt me op het bureau. Ik ben zijn afleiding. Tot nu toe heb ik me nog nooit zo begeerd gevoeld, maar ik besef dat ik precies ben wat Hardin nodig heeft. Ik heb het gevoel dat ik nu meer in zijn leven aanwezig ben, dat ik noodzakelijk ben, en ik leg mijn hoofd in mijn nek wanneer zijn tong tegen de mijne duwt en hij tussen mijn benen gaat staan.

'Dichterbij,' kreunt hij in mijn mond. Zijn handen grijpen me bij mijn knieholten. Hij trekt me naar de rand, maar maakt zijn mond los van de mijne wanneer mijn handen aan zijn jeans trekken.

'Wat?' Hij kijkt me aan, een wenkbrauw opgetrokken. Hij denkt vast dat ik stapelgek ben; eerst wil ik hem helpen alles kapot te gooien en nu probeer ik hem uit te kleden. En misschien ben ik wel gek. Het kan me op dit moment niet schelen. Het enige wat me iets kan schelen, is de welving van Hardins sleutelbeenderen die schaduwen werpt in het maanlicht dat door het erkerraam naar binnen valt, en de manier waarop een van zijn handen mijn gezicht vasthoudt, alsof ik iets breekbaars ben, hoewel hij een paar minuten geleden nog alles hier kapot probeerde te smijten.

Ik geef zonder iets te zeggen antwoord door mijn benen om hem heen te wikkelen en hem naar me toe te trekken.

'Ik dacht echt dat je hier naar binnen zou komen stormen om me een hele preek te geven.' Glimlachend drukt hij zijn voorhoofd tegen het mijne.

'Dat had je mis,' breng ik hem met een tevreden lachje in herinnering.

'Heel erg. Ik wil vanavond niet meer terug naar beneden.' Hij kijkt me onderzoekend aan.

'Dat hoeft ook niet.'

Hij ontspant zich en drukt zijn hoofd in mijn hals. Ik ben verrast omdat het zo gemakkelijk tussen ons gaat. Ik had gedacht dat hij naar me zou snauwen of me zelfs zou proberen weg te sturen, maar hij zoekt nu steun bij me. Ik kan merken dat hij echt zijn best wil doen voor deze relatie, hoewel hij wordt geplaagd door wisselende stemmingen.

'Ik hou van je,' zeg ik tegen hem. Ik voel het ringetje in zijn lip langs mijn hals strijken wanneer hij glimlacht.

'Ik hou van je,' antwoordt hij.

'Wil je erover praten?' vraag ik, maar hij schudt zijn hoofd, met zijn gezicht nog steeds verborgen in mijn hals. 'Wil je dan misschien een film kijken? Iets grappigs?' stel ik voor.

Na een lange stilte kijkt hij naar het bed. 'Heb je je laptop bij je?' Ik knik en hij zegt: 'Wat dacht je van *The Vow*?'

Ik moet lachen. 'Dat vond jij toch zo'n vreselijke film?'

'Tja, nou... "vreselijk" is misschien wat overdreven. Ik vind het gewoon een sentimenteel liefdesverhaaltje, niet veel bijzonders,' verbetert hij me.

'Waarom wil je hem dan zien?'

'Omdat ik jou ernaar wil zien kijken,' antwoordt hij nadenkend.

Ik denk aan die nacht toen we de film op mijn kamer hebben gekeken en hij de hele tijd naar mij zat te staren. Dat lijkt nu zo lang geleden. Toen had ik geen idee wat er tussen ons zou gebeuren. Ik had nooit kunnen denken dat het hiertoe zou leiden.

Mijn glimlach is het enige antwoord dat hij nodig heeft. Hij pakt me bij mijn middel en draagt me naar het bed.

Een paar minuten later kruipt hij tegen me aan en kijkt naar mijn gezicht terwijl ik naar de film kijk. We zijn halverwege wanneer ik mijn oogleden zwaar voel worden.

'Ik heb slaap,' zeg ik gapend.

'Ze gaan allebei dood. Veel mis je niet.'

Ik geef hem een por. 'Je hebt echt problemen.'

'En jij bent zo leuk als je slaperig bent.' Hij klapt mijn laptop dicht en trekt me het bed op.

'En jij bent ongewoon aardig als ik slaperig ben,' zeg ik.

'Nee, dat ben ik omdat ik van je hou,' fluistert hij, en ik smelt. 'Slaap lekker, schoonheid.'

Hij geeft me een zoentje op mijn voorhoofd, maar ik ben te moe voor meer.

De volgende morgen is het licht fel, te fel. Wanneer ik op mijn andere zij rol en mijn hoofd in Hardins schouder begraaf, zucht hij in zijn slaap en trekt me tegen zich aan. Wanneer ik later weer wakker word, ligt hij naar het plafond te staren. Zijn uitdrukking verraadt niets.

'Gaat het?' vraag ik. Ik kruip tegen hem aan.

'Ja, hoor,' antwoordt hij, maar ik voel gewoon dat hij liegt.

'Hardin, als er iets is...' begin ik.

'Nee, hoor. Er is niets.'

Ik besluit er verder niet op in te gaan. We hebben het hele weekend lang geen ruzie gehad en dat is een record voor ons. Ik wil het niet verpesten. Ik til mijn hoofd op en plant een kus op zijn kaak. Zijn armen klemmen zich steviger om me heen.

'Ik moet vandaag nog een paar dingen doen, dus kun je me straks thuis afzetten?' vraagt hij.

Mijn maag draait zich om nu ik hoor hoe afstandelijk zijn stem klinkt.

'Ja, hoor,' mompel ik. Ik maak me los uit zijn armen. Hij probeert mijn pols te pakken, maar ik ben te snel voor hem. Met mijn tas in mijn hand loop ik naar de badkamer om me aan te kleden en mijn tanden te poetsen. We hebben een weekend lang in ons eigen wereldje gezeten, en ik vrees dat hij zonder de bescherming van deze muren niet meer dezelfde zal zijn.

Tot mijn opluchting kom ik Landon en Dakota niet tegen op de overloop, en ik ben nog opgeluchter dat Hardin bij mijn terugkomst al is aangekleed. Ik wil dit achter de rug hebben. Hij heeft het glas van de vloer opgeveegd en het toetsenbord ligt in de prullenbak. De lamp en het beeldscherm liggen er vlak naast, keurig opgestapeld.

Beneden neem ik afscheid van Ken en Karen, maar Hardin loopt zonder een woord tegen hen te zeggen naar buiten. Ik verzeker hun dat Hardin er komend weekend bij zal zijn, ondanks het drama van gisteravond. Ik zeg dat de computer en de lamp kapot zijn, maar ze gaan er niet echt op in.

'Ben je kwaad of zo?' vraagt Hardin na een stilte van een minuut of tien.

'Nee.' Ik ben niet kwaad, maar ik ben gewoon... zenuwachtig, denk ik. Er verandert iets tussen ons, en dat terwijl ik dat na dit weekend niet had verwacht.

'Je komt wel kwaad over.'

'Dat ben ik niet.'

'Als je het wel bent, moet je het zeggen.'

'Ik dacht dat alles goed was tussen ons, maar nu doe jij weer afstandelijk en wil je dat ik je thuis afzet,' zeg ik.

'Je bent van streek omdat ik vandaag het een en ander te doen heb?' Nu hij het zo verwoordt, besef ik hoe belachelijk en obsessief dat klinkt. Ben ik daarom zo van streek? Omdat hij vandaag niets met me wil ondernemen?

'Misschien.' Ik moet lachen omdat ik zo stom ben geweest. 'Ik wil gewoon niet dat er te veel afstand tussen ons is.'

'Ik wil niet... In elk geval niet expres. Het spijt me als ik je dat gevoel heb gegeven.' Hij steekt zijn hand uit en legt die op mijn dij. 'Er zal niets veranderen, Tessa.'

Zijn woorden stellen me gerust, maar achter mijn glimlach gaat nog altijd een restje onzekerheid schuil.

'Heb je zin om met me mee te gaan?' vraagt hij ten slotte.

'Nee, dat hoeft niet. Ik moet trouwens toch nog studeren.'

'Goed. Zeg, Tess, je moet niet vergeten dat dit allemaal heel erg nieuw voor me is. Ik ben er niet aan gewend dat ik bij het maken van mijn plannen rekening moet houden met anderen.'

'Dat weet ik.'

'Als ik klaar ben, kan ik naar je kamer komen, of we kunnen ergens iets gaan eten of zo.'

Ik leg mijn hand op zijn wang en haal die dan door zijn slordige haar. 'Het geeft niet, Hardin, echt niet. Laat me maar weten wanneer je klaar bent, dan kijken we wel wat we doen.'

Wanneer we bij zijn huis aankomen, buigt hij zich naar me toe en geeft me een snelle kus voordat hij uitstapt.

'Ik stuur je wel een berichtje,' zegt hij, en dan rent hij het stoepje op naar dat verrekte huis.

73

∞

Nadat ik Hardin heb afgezet, voel ik een vreemde leegte, die me een beetje het gevoel geeft dat ik me aanstel. Het is een korte rit naar mijn kamer, maar het lijkt al uren geleden dat ik hem heb afgezet. Steph is er niet, maar dat vind ik helemaal niet erg. Ik moet echt studeren en me voorbereiden op mijn eerste dag morgen bij Vance: ik moet bepalen wat ik aantrek, wat ik meebreng, wat ik ga zeggen.

Ik pak mijn agenda, deel mijn week van uur tot uur in en richt me dan op mijn kleren. Voor mijn eerste dag bij Vance valt mijn keuze op mijn nieuwe zwarte rok, mijn rode topje en mijn zwarte schoenen. De hakken zijn niet al te hoog, maar wel hoger dan wat ik twee maanden geleden zou hebben overwogen. Het is een erg professionele en toch vrouwelijke outfit. Even vraag ik me af wat Hardin ervan zou vinden.

Om hem helemaal uit mijn gedachten te bannen maak ik alle opdrachten voor de komende week af en werk nog wat vooruit. Tegen de tijd dat ik klaar ben, is de zon al onder en ben ik uitgehongerd, maar de mensa is dicht. Hardin heeft nog steeds niets van zich laten horen, dus ik neem aan dat hij niet meer komt.

Ik pak mijn tas en ga op zoek naar iets te eten. Ik kan me herinneren dat ik in de buurt van de bibliotheek een Chinees restaurant heb gezien, maar tegen de tijd dat ik daar aankom, is het al gesloten. Ik kijk waar het dichtstbijzijnde restaurant is en vind iets wat het Ice House heet. Het Ice House is klein en lijkt van blik gemaakt, maar ik gil van de honger en weet dat mijn maag nog sterker gaat knorren als ik nu op zoek moet naar weer iets anders. Eenmaal binnen zie ik dat het eerder een soort eetcafé is. Het is er opvallend druk, maar ik weet een tafeltje achterin te vinden.

Ik negeer de blikken van de gasten, die zich vast afvragen waarom ik alleen ben, maar ik eet altijd in mijn eentje. Ik ben niet een van die mensen die per se in gezelschap ergens naartoe moeten. Ik winkel alleen, ik eet alleen, en ik ben zelfs, wanneer Noah geen tijd had, een paar keer alleen naar de film gegaan. Ik vond het nooit erg om alleen te zijn... maar nu wel, als ik eerlijk moet zijn. Ik mis Hardin meer dan ik dacht, en het stoort me dat hij zich niet meer heeft gemeld.

Ik bestel iets te eten, en terwijl ik zit te wachten, brengt de serveerster me een roze drankje met een parapluutje.

'O, maar dat heb ik niet besteld,' zeg ik.

Ze zet de cocktail toch neer. 'Hij wel.' Glimlachend knikt ze in de richting van de bar. Meteen hoop ik dat Hardin daar zit, en ik strek mijn nek om het beter te kunnen zien. Hij is het niet. Zed zwaait naar me en laat me zijn oogverblindende glimlach zien. Nate komt aangelopen, gaat op de lege barkruk naast hem zitten en lacht ook naar me.

'O. Bedankt,' zeg ik tegen haar. Blijkbaar vindt de horeca rond de campus het geen bezwaar om minderjarigen alcohol te schenken, of misschien komen die jongens alleen in tentjes waar ze niet moeilijk doen. Ze verzekert me dat mijn eten zo klaar is en loopt weg.

Even later komen Zed en Nate naar me toe, pakken twee stoelen en gaan aan mijn tafel zitten. Hopelijk is Zed niet boos op me vanwege vrijdag.

'Jij bent wel de laatste die ik hier had verwacht, zeker op zondag,' zegt Nate.

'Het was niet mijn bedoeling. Ik wilde eigenlijk chinees halen, maar ze waren dicht,' zeg ik tegen hem.

'Heb je Hardin nog gezien?' vraagt Zed glimlachend voordat hij even naar Nate kijkt, die een geheimzinnige blik op hem werpt voordat hij zich weer tot mij wendt.

'Nee, het grootste deel van de dag niet. Jullie wel?' vraag ik. Mijn stem klinkt duidelijk zenuwachtig.

'De laatste paar uur niet, maar hij zal zo wel komen,' antwoordt Nate.

'Hiernaartoe?' vraag ik met een hoog stemmetje. Mijn eten wordt gebracht, maar ik heb geen trek meer. Stel dat Molly bij hem is? Dat kan ik niet aan, zeker niet na het weekend dat we net samen hebben doorgebracht.

'Ja, we komen hier vaak. Zal ik hem even bellen om te vragen hoe laat hij komt?' vraagt Zed, maar ik schud mijn hoofd.

'Nee, dat hoeft niet. Ik wilde toch al gaan.' Ik zoek met mijn blik naar de serveerster, zodat ik om de rekening kan vragen.

'Vind je het drankje niet lekker?' vraagt Zed.

'Nee. Of nou ja, ik heb het niet geproefd. Bedankt dat je iets voor me hebt besteld, maar ik moet nu echt gaan.'

'Hebben jullie weer ruzie?' vraagt hij.

Nate wil iets zeggen, maar Zed werpt hem vanaf de andere kant van de tafel een blik toe. Wat is er aan de hand? Hij neemt een slokje van zijn bier en kijkt opnieuw naar Nate.

'Wat heeft hij gezegd?' vraag ik.

'Niets. Alleen dat jullie nu beter met elkaar overweg kunnen,' antwoordt Zed voor hem. De kleine kroeg lijkt nu nog kleiner, en ik wil dolgraag weg.

'O, daar zijn ze al!' zegt Nate.

Mijn blik schiet naar de deur. Ik zie Hardin, Logan, Tristan, Steph en Molly – ik wist het wel. Ik weet dat ze vrienden zijn, en ik wil niet bazig of gek lijken, maar ik vind het vreselijk als Hardin met die meid omgaat.

Wanneer Hardin me ziet zitten, kijkt hij verbaasd en bijna bang. Niet weer. De serveerster komt net aangelopen wanneer het groepje naar ons tafeltje komt.

'Kunt u mijn eten voor me inpakken en me de rekening brengen?' vraag ik. De serveerster kijkt eerst verbaasd naar mij en dan naar de anderen, maar ze knikt en loopt naar de keuken.

'Waarom ga je weg?' vraagt Steph. Ze gaan met hun vijven aan de tafel naast de onze zitten. Ik weiger naar Hardin te kijken. Ik vind het vreselijk dat hij zich in het gezelschap van zijn vrienden zo anders gedraagt. Waarom kan hij niet de Hardin zijn met wie ik het weekend heb doorgebracht?

'Ik... Nou, ik moet nog studeren,' lieg ik.

Ze glimlacht hoopvol. 'Blijf toch! Je zit al zo vaak te leren!'

Al mijn hoop dat Hardin me in zijn armen zou nemen en me zou vertellen dat hij me zo heeft gemist, is vervlogen. De serveerster komt mijn ingepakte eten brengen en ik geef haar een biljet van twintig dollar en sta op.

'Nou, prettige avond nog,' zeg ik tegen hen. Ik kijk even naar Hardin en dan naar de vloer.

'Wacht even,' zegt Hardin. Ik draai me om en kijk hem aan. Alsjeblieft, laat hem geen botte opmerkingen maken of Molly zoenen.

'Krijg ik geen nachtzoen?' Hij glimlacht.

Ik kijk naar zijn vrienden. Die zien er allemaal wat verbaasd, maar vooral verward uit. 'W-wat?' stamel ik. Ik recht mijn schouders en kijk hem weer aan.

'Ik krijg geen zoen voordat je gaat?' Hij staat op en loopt naar me toe. Dit was wat ik wilde, maar nu het zover is, voel ik me ongemakkelijk omdat iedereen naar ons kijkt.

'Eh...' Ik weet niet wat ik moet zeggen.

'Waarom zou ze dat doen?' Molly lacht. O, ik kan haar niet uitstaan.

'Omdat ze zeg maar samen zijn,' zegt Steph tegen haar.

'Wát?' zegt Molly.

'Bek houden, Molly,' zegt Zed. Ik wil hem bedanken, maar vraag me door de toon van zijn stem af waarom hij voor deze woorden koos. Dit is meer dan ongemakkelijk.

'Dag, jongens,' zeg ik, en ik loop naar de deur.

Hardin loopt achter me aan en pakt me bij mijn pols om me tegen te houden. 'Waarom ga je weg? En wat doe je hier eigenlijk?'

'Nou, ik had honger en wilde iets eten. En nu ga ik weg omdat je me negeert en ik...'

'Ik negeerde je helemaal niet, ik wist gewoon niet wat ik moest zeggen of doen. Ik had niet verwacht je hier te zien. Ik was van mijn stuk gebracht,' legt hij uit.

'Ja, dat zal best. Je hebt de hele dag niets van je laten horen en nu kom je opeens met Molly aanzetten?' Ik klink veel zeurderiger dan mijn bedoeling is.

'En Logan, Tristan en Steph. Niet alleen Molly,' merkt hij op.

'Dat weet ik... Maar jullie hebben een verleden en dat zit me dwars.' Ik breek vast het record voor de snelste aanval van jaloezie.

'En dat is precies wat het is, schatje. Een verleden. Het was niet zo... Het was niet zoals tussen ons,' zegt hij.

Ik slaak een zucht. 'Dat weet ik. Ik kan er gewoon niets aan doen.'

'Ik weet het. Hoe denk je dat ik me voelde toen ik je hier met Zed zag zitten?'

'Dat is niet hetzelfde. Jij bent met Molly naar bed geweest.' Alleen al die woorden uitspreken is pijnlijk.

'Tess...'

'Ik weet dat het bespottelijk klinkt, maar ik kan er niets aan doen.' Ik wend mijn blik af.

'Het is niet bespottelijk. Ik snap het best. Ik weet alleen niet wat ik eraan moet doen. Molly is deel van ons groepje en zal dat waarschijnlijk altijd blijven.'

Ik weet niet wat ik had gedacht dat hij zou zeggen, maar het equivalent van 'zo erg is het niet' is niet wat ik wilde horen. 'Goed.' Ik zou blij moeten zijn dat hij iedereen nu min of meer heeft verteld dat we daten, maar het voelt gewoon anders dan het zou moeten voelen.

'Ik ga nu,' zeg ik tegen hem.

'Dan ga ik mee.'

'Zeker weten dat je je vrienden alleen wilt laten?' zeg ik kortaf.

Hij rolt met zijn ogen en loopt achter me aan naar mijn auto. Bij het instappen probeer ik mijn glimlach te onderdrukken. In elk geval is hij liever bij mij dan bij Molly.

'Zat je hier al lang?' vraagt Hardin wanneer ik de parkeerplaats verlaat.

'Een minuut of twintig.'

'O. En je had hier niet met Zed afgesproken, hè?'

'Nee. Ik kon verder niets vinden wat open was. Ik had geen idee dat hij hier zat, of dat jij ook zou komen. Je laat namelijk nooit iets van je horen.'

'O.' Hij zwijgt even. Maar dan kijkt hij me opnieuw aan. 'Waar hebben jullie het over gehad?'

'Nergens over. Hij zat net bij mij aan tafel toen jij binnenkwam. Hoezo?'

'Ik vroeg het me gewoon af.' Hij tikt met zijn vingers op zijn knie. 'Ik heb je vandaag gemist.'

'Ik jou ook,' zeg ik. We rijden de campus op. 'Maar ik heb heel veel huiswerk kunnen maken en ben helemaal klaar voor mijn eerste dag bij Vance.'

'Zal ik je morgen brengen?'

'Nee, daarvoor heb ik zelf een auto gekocht, weet je nog?' Ik lach.

'Dan kan ik je evengoed wel brengen,' biedt hij aan. We lopen naar mijn studentenflat en gaan naar binnen.

'Hoeft niet. Ik rij zelf wel. Maar toch bedankt.'

Net wanneer ik hem wil vragen wat hij de hele dag heeft gedaan – en waarom hij me, als hij me zo heeft gemist, geen berichtje heeft gestuurd – stokt mijn adem in mijn keel en welt de paniek in me op.

Mijn moeder staat voor mijn deur, met haar armen over elkaar heen geslagen en een diepe frons op haar gezicht.

74

∞

Hardin volgt mijn blik en spert zijn ogen open zodra hij haar ziet. Hij wil mijn hand pakken, maar ik deins terug en ga voor hem staan. 'Hoi, mo...'

'Wat heeft dit te betekenen!' schreeuwt ze zodra ze ons ziet naderen.

Ik wil ineenkrimpen en verdwijnen.

'Ik... Wat?' Ik zeg verder niets omdat ik nog niet weet wat zij weet. Nu ze zo woedend is, lijkt haar blonde haar lichter en valt het dichter rond haar perfect opgemaakte gezicht.

'Waar zat je met je verstand, Theresa! Noah gaat me al twee weken uit de weg, maar ik kwam mevrouw Porter tegen bij het boodschappen doen, en weet je wat ze zei? Dat het uit is! Waarom heb je niets gezegd? Het was zo vernederend dat ik er op die manier achter moest komen!' roept ze.

'Het stelt niet zo veel voor. Het is gewoon uit,' zeg ik, maar ze hapt naar adem. Hardin blijft achter me staan, al voel ik zijn hand op mijn onderrug.

'Het stelt niet zo veel voor? Hoe durf je! Noah en jij waren al jaren bij elkaar. Hij is goed voor je, Tessa. Hij heeft een toekomst, hij komt uit een goede familie!' Ze stopt even om op adem te komen, maar ik zeg niets omdat ik weet dat er nog meer komt. Ze recht haar rug en zegt dan zo kalm als ze kan: 'Gelukkig heb ik net met hem gesproken en hij is bereid je terug te nemen, ondanks je eerdere verdorven gedrag.'

Woede vlamt in me op. 'Hoe durf ik? Als ik niet meer met hem verder wil, dan hoef ik dat niet. Wat doet het ertoe uit wat voor soort familie hij komt? Ik was niet gelukkig met hem, dat is het enige wat telt. Hoe durf je dit met hem te bespreken? Ik ben verdorie volwassen!'

Ik duw haar opzij om de deur open te doen. Hardin loopt achter me aan, maar ook mijn moeder stormt achter hem aan naar binnen.

'Je hebt geen idee hoe belachelijk je klinkt! En dan kom je hier aanzetten met die... die... punker. Kijk toch eens naar hem, Tessa. Is dit soms jouw manier om tegen me in opstand te komen? Wat heb ik je in vredesnaam aangedaan dat je nu zo'n hekel aan me hebt?'

Hardin staat naast mijn ladekast, met zijn kaken op elkaar geklemd en zijn handen diep in zijn zakken. Ze moest eens weten dat Hardins vader rector van de WCU is en nog rijker is dan de familie van Noah. Maar dat ga ik niet tegen haar zeggen, want dat doet er niet toe.

'Dit gaat niet om jou! Waarom doe je altijd alsof alles om jou draait?' Mijn tranen willen dolgraag vrijuit kunnen stromen, maar ik gun het haar niet om mij te zien huilen. Ik vind het vreselijk dat ik huil van woede. Daardoor oog ik zwak, ook al kan ik er niets aan doen.

'Je hebt gelijk, het draait niet om mij. Maar wel om jouw toekomst! Je moet aan je toekomst denken, niet aan hoe je je nu voelt. Ik weet dat hij spannend en gevaarlijk lijkt, maar dit is geen toekomst voor je!' Ze gebaart naar Hardin. 'Niet met deze... deze freak!'

Voordat ik besef wat er gebeurt, duik ik op mijn moeder af, maar Hardin stapt ook naar voren, pakt me bij mijn ellebogen en trekt me van haar af. 'Praat niet zo over hem!' gil ik.

Mijn moeders ogen zijn groot en rood. 'Wie ben jij? Mijn dochter zou nooit zo tegen me praten. Ze zou nooit haar toekomst op het spel zetten of zo weinig respect tonen!'

Ik begin me schuldig te voelen, maar dat is juist wat zij wil, en ik moet me hard maken voor wat ík wil. 'Ik zet mijn toekomst niet op het spel! Ik sta gemiddeld een acht en begin morgen aan een geweldige stage! Je bent gewoon hartstikke egoïstisch en je wilt me een schuldgevoel aanpraten omdat je het niet kunt hebben dat ik gelukkig ben. Hij maakt me gelukkig, moeder, en als je dat niet kunt accepteren, kun je maar beter gaan.'

'Pardon?' Ze doet verontwaardigd, maar is in werkelijkheid net zo verbaasd over mijn woorden als ik. 'Hier krijg je spijt van, Theresa! Ik walg van je!'

De kamer begint te draaien. Ik was niet voorbereid op ruzie met mijn moeder, in elk geval niet vandaag. Ik wist dat het slechts een kwestie van tijd zou zijn voordat ze erachter zou komen, maar ik heb vandaag niet eens aan haar gedacht.

'Toen ik hem voor de eerste keer op jouw kamer zag, wist ik al dat er iets gaande was. Ik had alleen nooit kunnen denken dat je zo snel je benen voor hem zou spreiden!'

Hardin komt tussen ons in staan. 'Dit gaat te ver,' zegt hij met een waarschuwende blik in zijn donkere ogen. Volgens mij is Hardin de enige die tegen mijn moeder op kan.

'Bemoei je er niet mee!' bijt ze hem toe. Ze slaat opnieuw haar armen over elkaar. 'Als je hem blijft zien, praat ik niet meer met je en dan kun je zelf je collegegeld ophoesten. Alleen al deze kamer kost me duizenden dollars per jaar!' gilt ze.

Ik ben geschokt dat mijn moeder bereid is zo ver te gaan. 'Je dreigt me mijn opleiding af te pakken omdat je niet wilt dat ik verliefd op hem ben?'

'Verliefd?' Ze lacht schamper. 'O, Theresa, wat ben je toch naïef. Je hebt geen idee wat liefde is.' Ze lacht, maar het klinkt eerder als een ziekelijk gekakel. 'En denk je echt dat hij van jou houdt?'

'Dat is zo,' komt Hardin tussenbeide.

'Dat zal wel!' Ze gooit haar hoofd in haar nek.

'Mam.'

'Theresa, ik waarschuw je: als je hem blijft zien, moet je voor de gevolgen instaan. Ik ga nu weg, maar verwacht dat je me belt zodra je weer helder kunt denken.' Ze stormt mijn kamer uit. Ik loop naar de deur en zie haar wegbenen door de gang. Het geluid van haar tikkende hakken weerkaatst tegen de muren.

'Het spijt me zo.' Ik wend me tot Hardin.

'Je hoeft je nergens voor te verontschuldigen.' Hij neemt mijn gezicht tussen zijn handen. 'Ik ben trots op je omdat je voor jezelf opkwam.' Hij kust me op mijn neus. Ik kijk om me heen, me afvragend hoe het zo ver heeft kunnen komen. Dan laat ik me tegen Hardin aan vallen en slaat hij zijn armen om me heen, zodat hij de gespannen spieren in mijn nek kan masseren.

'Ik snap het gewoon niet. Ik snap niet dat ze zo kan doen, dat ze dreigt mijn collegegeld niet langer te betalen. En ze betaalt niet eens alles, ik ontvang een beurs en leen ook nog bij. Ze betaalt maar een vijfde, mijn kamer is nog het duurst. Maar stel dat ze me niets meer geeft? Dan moet ik naast mijn stage ook nog een baan gaan zoeken,' zeg ik snikkend.

Zijn hand gaat naar mijn achterhoofd en leidt mijn hoofd naar zijn borst, zodat ik daar kan uithuilen.

'Rustig maar, rustig maar... We verzinnen er wel iets op. Je kunt bij mij intrekken,' zegt hij. Lachend wrijf ik mijn ogen droog, maar hij vervolgt: 'Ik meen het. Of we kunnen samen iets buiten de campus zoeken. Ik heb geld zat.'

Ik kijk naar hem op. 'Dat meen je niet.'

'Dat meen ik wel.'

'Ik kan niet bij je intrekken.' Ik lach en haal mijn neus op.

'Waarom niet?'

'Omdat we elkaar nog maar een paar maanden kennen en we in die paar maanden vooral ruzie hebben gemaakt,' breng ik hem in herinnering.

'Dit weekend hebben we het toch heel aardig gedaan.' Hij glimlacht en we barsten allebei in lachen uit.

'Je bent gek. En ik trek niet bij je in,' zeg ik tegen hem, en hij omhelst me opnieuw.

'Denk er maar over na. Ik wil toch al verhuizen. Zoals je misschien wel hebt gemerkt, pas ik niet echt in dat dispuutshuis,' zegt hij lachend. Het is waar: zijn vrienden zijn de enigen die niet elke dag in poloshirts en kakibroeken rondlopen. 'Ik ben bij het dispuut gegaan om mijn vader dwars te zitten, maar dat had niet het effect waarop ik hoopte.'

'Als je het huis niks vindt, kun je een woning voor jezelf zoeken,' zeg ik. Ik ga echt niet zo snel met hem samenwonen.

'Ja, maar dat zou minder leuk zijn.' Grinnikend trekt hij zijn wenkbrauwen naar me op.

'We kunnen het sowieso leuk maken,' zeg ik plagend.

Zijn ondeugende lach wordt breder. Hij legt zijn handen op mijn billen en knijpt.

'Hardin!' zeg ik, streng maar speels.

De deur gaat open en mijn adem stokt. Even ben ik bang dat mijn spinnijdige moeder is teruggekomen voor een tweede ronde, maar tot mijn grote opluchting komen Steph en Tristan binnen.

'Ik heb zeker iets gemist! Je moeder stak net op de parkeerplaats haar middelvinger naar me op,' zegt Steph, en ik moet lachen.

75

∞

Steph gaat met Tristan mee naar huis en Hardin besluit bij mij te blijven slapen. De rest van de avond brengen we pratend en zoenend door, totdat Hardin met zijn hoofd op mijn schoot in slaap valt. Ik droom van een tijd en een plaats waar we echt samen kunnen zijn. Het lijkt me heerlijk om elke morgen naast Hardin wakker te worden, maar dat is niet haalbaar. Ik ben te jong, het zou te snel zijn.

Op maandagmorgen gaat mijn wekker tien minuten te laat af, waardoor mijn hele schema overhoop wordt gegooid. Ik neem snel een douche en maak me op, en daarna maak ik Hardin wakker door de föhn aan te zetten.

'Hoe laat is het?' zegt hij kermend.

'Half zeven. Ik moet mijn haar föhnen.'

'Half zeven? Je hoeft er pas om negen uur te zijn. Kom terug naar bed.'

'Nee, ik moet mijn haar doen en koffie halen. En ik moet uiterlijk om half acht weg, want het is drie kwartier rijden.'

'Dan ben je dus drie kwartier te vroeg. Je kunt om acht uur vertrekken.' Hij doet zijn ogen dicht en draait zich om.

Ik negeer hem en begin mijn haar te föhnen. Hij pakt een kussen en drukt het tegen zijn oren. Nadat ik mijn haar heb gekruld, bestudeer ik nogmaals mijn agenda om zeker te weten dat ik niets over het hoofd heb gezien.

'Ga je straks rechtstreeks naar college?' vraag ik aan Hardin terwijl ik me aankleed.

'Denk het wel.' Glimlachend kruipt hij uit bed. 'Mag ik je tandenborstel gebruiken?'

'Eh... Oké, doe maar. Ik koop op de terugweg wel een nieuwe.' Niemand heeft me ooit eerder gevraagd of hij mijn tandenborstel mocht gebruiken. Ik probeer me voor te stellen dat ik dat ding in mijn mond steek nadat hij het heeft gebruikt, maar het lukt me niet.

'Dan hoef je volgens mij pas om acht uur te vertrekken. Denk eens aan wat we in een half uur allemaal kunnen doen,' zegt hij, en ik kijk naar hem en zijn verleidelijke kuiltjes. Het ontgaat me niet dat zijn blik over mijn lichaam dwaalt, en wanneer ik de bobbel in zijn boxershort zie, krijg ik het meteen warm. Mijn vingers blijven rusten op het middelste knoopje van mijn blouse wanneer hij traag naar me toe loopt en voor me blijft staan. Ik gebaar dat hij mijn rok moet dichtritsen, en dat doet hij ook, maar niet zonder mijn blote huid even vluchtig met zijn vingers aan te raken.

'Ik moet echt gaan. Ik wil ook nog koffie halen,' zeg ik gehaast. 'En stel dat er een file staat? Of dat er een ongeluk gebeurt? Ik kan een lekke band krijgen. Misschien moet ik wel tanken. Stel dat ik helemaal achter op het terrein moet parkeren en heel ver moet lopen, zodat ik buiten adem raak en een paar minuten nodig heb om...'

'Rustig aan, liefje. Je bent veel te zenuwachtig.' Hij blaast even tegen mijn oor. Ik kijk hem in de spiegel aan. Hij ziet er zo geweldig uit wanneer hij net wakker is omdat hij door zijn slaperigheid veel zachter oogt.

'Je kunt daar niet zo nerveus verschijnen. Dan eten ze je met huid en haar op.' Hij plant een rij kusjes in mijn nek.

'Het komt wel goed.' Hoop ik. Ik krijg kippenvel van zijn warme adem op mijn huid.

'Laat me je helpen wat te ontspannen.' Zijn stem is laag en verleidelijk, nog vol van slaap.

'Ik...'

Zijn vingers strijken over mijn sleutelbeen naar mijn borst. Onze blikken kruisen elkaar in de spiegel en ik slaak verslagen een zucht. 'Vijf minuten?' Het is een vraag en smeekbede tegelijk.

'Meer heb ik niet nodig.'

Ik wil me naar hem omdraaien, maar hij houdt me tegen. 'Nee, ik wil dat je het ziet,' zegt hij spinnend in mijn oor. Bij het horen van die woorden voel ik de vertrouwde tinteling tussen mijn benen en hap ik naar adem. Hij strijkt mijn haar over mijn linkerschouder en drukt zijn lichaam tegen het mijne. Zijn hand gaat naar de zoom van mijn lange rok.

'Gelukkig heb je vandaag geen maillot aan. Ik moet zeggen dat ik wel een fan ben van deze rok.' Hij trekt hem tot aan mijn middel op. 'Zeker zo.'

Mijn blik is vastgenageld aan zijn handen in de spiegel. De vingers die in mijn slipje glijden, zijn een tikje koud, waardoor ik even opschrik en hij zachtjes lacht in mijn nek. Zijn andere hand is rond mijn borst gevouwen en houdt me op mijn plaats. Ik voel me zo open en bloot, maar tegelijkertijd ook zo opgewonden. Nu ik zie hoe hij me aanraakt, komen er gedachten bij me op waarvan ik niet eens wist dat ze bestonden. Zijn vingers bewegen langzaam binnen in me, en hij kust me zacht in mijn nek.

'Kijk eens hoe mooi je bent,' fluistert hij, met zijn mond op mijn huid. Ik kijk in de spiegel en herken dat meisje bijna niet. Mijn wangen zijn dieprood, mijn ogen groot en wild. Met mijn rok rond mijn middel opgetrokken en Hardins bewegende vingers in me zie ik er anders uit... bijna sexy.

Ik doe mijn ogen dicht, de spieren in mijn buik spannen zich. Hardin gaat door met zijn heerlijke aanval en ik bijt op mijn onderlip om een kreun te onderdrukken.

'Doe je ogen open,' beveelt hij. Mijn blik kruist die van hem, en meer heb ik niet nodig: Hardin die achter me staat, die me vasthoudt, die me door zijn aanraking ziet klaarkomen. Dat is genoeg. Ik leg mijn hoofd op zijn schouder en voel dat mijn benen beginnen te trillen.

'Goed zo, schatje,' zegt hij kirrend. Hij pakt me steviger vast en houdt me overeind terwijl mijn blik wazig wordt en ik zijn naam kreun.

Wanneer ik mijn ogen weer opendoe, kust Hardin me op mijn slaap en stopt hij een krul weg achter mijn oor voordat hij mijn rok naar beneden trekt. Ik draai me naar hem om en kijk hoe laat het is. Het is pas kwart voor acht.

Hij had echt maar vijf minuten nodig, denk ik bij mezelf, en ik glimlach.

'Nu kun je pas echt ontspannen deelnemen aan het Amerikaanse zakenleven.' Hij straalt, duidelijk trots op zichzelf. Dat kan ik hem niet kwalijk nemen.

'Klopt, maar jij zou een vreselijke Amerikaan zijn,' zeg ik plagend. Ik pak mijn tas.

'Heb ik ooit iets anders beweerd?' zegt hij. 'Dit is mijn laatste kans om je te brengen. Niet dat ik mijn auto bij me heb. Kan ik je soms in jouw auto brengen?'

'Nee, maar toch bedankt.'

'Veel succes. Je doet het vast fantastisch.'

Hij kust me opnieuw. Ik bedank hem en pak mijn spullen, hem in mijn kamer achterlatend. Hoewel mijn wekker tien minuten te laat afging, is het tot nu toe toch een geweldige morgen geworden. Het is rustig op de weg, dus het is pas half negen wanneer ik de parkeerplaats op draai. Ik besluit Hardin te bellen om de tijd te doden.

'Gaat het?' vraagt hij aan de andere kant van de lijn.

'Ja, ik ben er al,' zeg ik. Ik kan me zijn tevreden gezicht goed voorstellen.

'Zei ik toch. Je had tien minuten langer moeten blijven, dan had je me kunnen pijpen.'

Ik giechel. 'Je moet ook altijd weer de viezerik uithangen. En dat zo vroeg op de morgen.'

'Ja, ik ben in elk geval consequent.'

'Dat zeker.' We kaatsen nog een tijdje opmerkingen over zijn gebrek aan manieren heen en weer, en dan is het tijd voor mij om naar binnen te gaan. Ik loop naar de bovenste verdieping, waar het kantoor van Christian Vance is, en meld me bij de receptioniste.

Ze pakt de telefoon en kijkt me een paar tellen later met een brede lach aan. 'Meneer Vance komt je straks persoonlijk halen.'

De deur van de kamer waar ik mijn sollicitatiegesprek heb gevoerd zwaait open, en meneer Vance komt naar buiten. 'Mevrouw Young!' luidt zijn begroeting. Hij draagt zo'n duur pak dat ik me een beetje geïntimideerd voel, maar gelukkig zie ik er zelf ook netjes uit. Hij heeft een dikke map onder zijn arm.

'Dag, meneer Vance.' Glimlachend schud ik hem de hand.

'Zeg maar Christian. Ik zal je even naar je kamer brengen.'

'Mijn kamer?' flap ik eruit.

'Ja, je hebt een eigen werkruimte nodig. Groot is het niet, maar het is wel van jou. Laten we het papierwerk daar maar regelen.' Hij glimlacht en loopt zo snel weg dat ik moeite moet doen om hem bij te houden op mijn hoge hakken. Hij slaat links af, een gang in met allemaal kleine kamers.

'Daar zijn we dan,' meldt hij. Er hangt een zwart bordje naast de deur waarop in vette witte letters mijn naam staat.

Ik droom vast. De kamer is net zo groot als mijn kamer in de studentenflat. Blijkbaar verstaan meneer Vance en ik allebei iets anders onder 'groot is het niet'. Ik zie twee archiefkasten, een kersenhouten bureau van gemiddeld formaat, twee stoelen, een boekenplank, een computer – en er is een raam! Hij gaat voor het bureau zitten, dus ik neem erachter plaats. Het zal even duren voordat ik eraan gewend zal zijn dat dit mijn kamer is.

'Goed, ik wil even je werkzaamheden met je bespreken,' zegt hij. 'Je dient minimaal twee manuscripten per week te beoordelen; als je denkt dat ze goed genoeg zijn voor publicatie, stuur je ze door naar mij. Als je denkt dat ik mijn tijd ermee verdoe, gooi je ze weg.'

Mijn mond valt open. Deze stage is echt een droom die werkelijkheid wordt. En ik krijg ook nog een salaris en mijn studiepunten.

'Je begint met tweehonderd per week. Als over drie maanden blijkt dat je goed werk levert, krijg je opslag.'

Tweehonderd per week! Daar kan ik een eigen woning van betalen, of nou ja, een erg kleine.

'Dank u wel. Dit is zo veel meer dan ik had verwacht,' zeg ik tegen hem. Ik sta te popelen om dit allemaal aan Hardin te vertellen.

'Graag gedaan. Ik heb uit betrouwbare bron vernomen dat je een harde werker bent. Misschien kun je Hardin vertellen hoe fijn het hier is, dan komt hij misschien weer voor me werken,' zegt hij op geamuseerde toon.

'Wat?'

'Hardin heeft hier vroeger gewerkt, voordat Bolthouse hem van ons stal. Hij is hier vorig jaar als stagiair begonnen en bleek zo goed dat ik hem in dienst heb genomen. Maar zij boden hem een hoger loon, plus de mogelijkheid om thuis te werken. Hij zei dat het kantoorleven hem niet zo goed beviel en is opgestapt.' Hij glimlacht en schuift zijn horloge recht.

Ik lach zenuwachtig. 'Ik zal hem eraan herinneren dat dit een goede werkplek is.' Ik had geen idee dat hij een baan heeft. Hij heeft er nooit iets over gezegd.

Meneer Vance schuift de map naar me toe. 'Laten we eerst de papierwinkel even afhandelen.'

Na een half uur vol 'hier tekenen' en 'hier een paraaf' zijn we eindelijk klaar en laat meneer Vance me alleen, zodat ik aan mijn computer en kamer 'kan wennen'.

Maar zodra hij naar buiten is gelopen en de deur heeft dichtgedaan, kan ik alleen maar een gilletje slaken en rondjes draaien met mijn stoel, aan mijn bureau, in mijn eigen nieuwe werkkamer!

76

∞

Wanneer ik na de beste eerste werkdag die ik me kan voorstellen in mijn auto stap, probeer ik Hardin te bellen, maar hij neemt niet op. Ik wil hem vertellen hoe geweldig mijn morgen is geweest en hem vragen waarom hij me niet heeft verteld dat hij een baan heeft en voor Vance heeft gewerkt.

Omdat ze me vroeg naar huis lieten gaan vanwege een of andere vergadering voor het hogere kader ben ik al om één uur terug op de campus. Ik heb de rest van de dag vrij en ik besluit uiteindelijk maar naar het winkelcentrum te gaan. Nadat ik bij vrijwel elke winkel naar binnen ben gelopen, ga ik naar warenhuis Nordstrom. Ik kan wel wat meer kleren voor mijn werk gebruiken. De herinnering aan Hardin en mij voor de spiegel komt even in me op, waardoor ik besef dat nieuwe lingerie ook welkom is. Mijn ondergoed is nogal saai en niet meer echt nieuw. Hardin lijkt het niet erg te vinden, maar ik wil dolgraag zien wat voor gezicht hij trekt als ik mijn blouse uitdoe en een beha laat zien die niet effen zwart of wit is. Ik snuffel in de rekken en vind een paar veelbelovende setjes, waarvan een kanten setje in roze me het beste bevalt. Ik moet al blozen wanneer ik het uit het rek haal, maar ik vind het echt heel mooi. Een verkoopster met krullend haar en veel te veel rode lippenstift komt naar me toe.

'O, dat is een leuk setje, maar wat vind je hiervan?' Ze houdt iets omhoog wat nog het meeste lijkt op een stel roze koordjes aan een hangertje.

'Eh... niet echt mijn smaak.' Ik kijk naar de vloer.

'Je hebt liever iets wat meer bedekt?' vraagt ze.

Waarom moeten we het over mijn ondergoed hebben? Dit is zo vernederend.

'Je kunt een boxer proberen; dat is sexy zonder dat het té wordt.'

Ze houdt net zo'n roze setje omhoog als ik in mijn handen houd, maar dan met een ander broekje. Het is net een jongensboxer. Tot nu toe kon het me nooit veel schelen wat ik droeg; er was toch niemand die mijn ondergoed te zien kreeg.

'Goed,' geef ik toe. Ze trekt nog een paar setjes uit het rek, in wit, zwart en rood. Ik vind het rood wel erg gewaagd, maar ook boeiend. Zelfs het zwarte en witte setje zien er exotischer uit dan mijn gebruikelijke voorkeuren, simpelweg omdat het kant is.

Haar glimlach is een brede, angstaanjagende kloof. 'Pas ze maar eens, het is allemaal dezelfde stijl.'

Ik knik beleefd en pak de setjes aan, hopend dat ze me niet zal volgen als ik wegloop. Dat doet ze gelukkig niet, en ik kies ook een paar jurken en een paar comfortabele nette schoenen uit. Ik moet de vrouw aan de kassa drie keer vragen of ze het bedrag wil herhalen. Verleidelijke lingerie is veel duurder dan ik dacht. Hardin kan het maar beter mooi vinden.

Terug op mijn kamer zie ik dat Steph er niet is, en omdat ik niets van Hardin heb gehoord, besluit ik een dutje te doen. Ik berg mijn nieuwe kleren op en doe de gordijnen dicht.

Een onbekende ringtone maakt me wakker. Ik draai me om en doe mijn ogen open. Hardin zit op de stoel, met zijn voeten op Stephs ladekast.

'Lekker geslapen?' vraagt hij met een glimlach.

'Ja. Hoe ben jij hier binnengekomen?' Ik wrijf in mijn ogen.

'Ik heb Steph mijn sleutel teruggevraagd.'

'O. Hoe lang zit je hier al?'

'Een half uurtje. Hoe was het bij Vance? Ik had niet gedacht dat je al terug zou zijn, het is pas zes uur. Maar aangezien je hier lekker ligt te snurken, ben je blijkbaar al een tijdje thuis.' Hij lacht.

Ik steun op mijn elleboog en kijk hem aan. 'Het was geweldig. Ik heb een eigen kamer, met een bordje aan de muur met mijn naam erop... Niet te geloven! Het is fantastisch. Ik ga veel meer verdienen dan ik dacht en ik mag manuscripten beoordelen; dat is toch te gek? Ik ben gewoon bang dat ik het zal verpesten omdat het té goed is, snap je?' Ik ratel maar door.

'Goh, Vance vindt je vast heel aardig.' Hij trekt een wenkbrauw op. 'Maar maak je geen zorgen, je doet het vast erg goed.'

'Hij zei dat jij daar hebt gewerkt.' Ik probeer zijn reactie te peilen.

‘Dat verbaast me niks.’

‘Waarom heb je dat niet gezegd? En waarom heb je me niet verteld dat je een baan hebt? Wanneer heb je eigenlijk tijd om te werken?’

‘Je hebt altijd zo veel vragen.’ Hij haalt zijn handen door zijn haar. ‘Maar ik zal ze beantwoorden,’ voegt hij eraan toe. ‘Ik heb het je niet verteld omdat... Tja, dat weet ik eigenlijk niet. En ik maak tijd om te werken. Wanneer ik niet bij jou ben, kan ik tijd maken.’

Ik ga in kleermakerszit zitten, recht tegenover hem. ‘Meneer Vance is erg op je gesteld. Hij wil graag dat je weer voor hem komt werken.’

‘Dat zal best, maar nee, dank je. Ik verdien nu meer en hoef er minder voor te doen,’ schept hij op, en ik rol met mijn ogen.

‘Vertel eens wat over je werk. Wat doe je precies?’

Hij haalt zijn schouders op. ‘Ik beoordeel manuscripten en maak ze persklaar. Hetzelfde als wat jij doet, maar intensiever.’

‘O. Vind je het leuk werk?’

‘Ja, Tessa, dat vind ik.’ Zijn toon is een beetje bars.

‘Mooi. Wil je na je afstuderen ook voor een uitgeverij gaan werken?’

‘Ik weet niet wat ik wil.’ Nu rolt hij met zijn ogen.

‘Heb ik iets verkeerds gezegd?’ vraag ik.

‘Nee. Je stelt alleen nogal veel vragen in één keer.’

‘Wat?’ Meent hij dat, of is hij sarcastisch?

‘Je hoeft niet elk detail van mijn leven te weten,’ snauwt hij.

‘Ik probeer alleen maar een gesprek te voeren, over je baan en zo,’ zeg ik. ‘Dat doen mensen nu eenmaal. Sorry, hoor, dat ik belangstelling voor je dagelijks leven heb.’

Hij zegt niets. Waarom doet hij zo moeilijk? Ik heb een geweldige dag gehad die ik zeker niet met ruzie wil afsluiten. Ik kijk naar het plafond en zwijg ook. Na een tijdje kan ik vaststellen dat het plafond uit vijfennegentig platen bestaat die door veertig schroeven op hun plaats worden gehouden.

‘Ik ga douchen,’ zeg ik ten slotte.

‘Je gaat je gang maar,’ zegt hij geërgerd.

Ik rol met mijn ogen en pak mijn toilettas. ‘Weet je, ik dacht dat we dit nu wel hadden gehad, dat jij een klootzak bent zonder dat er enige reden toe is,’ zeg ik, en ik loop de kamer uit.

Ik neem de tijd om te douchen. Ik scheer mijn benen, twee keer, omdat ik morgen op mijn eerste echte dag bij Vance graag de jurk wil dragen die ik heb gekocht. Ik ben heel erg zenuwachtig, maar vooral ook erg opgetogen. Was Hardin maar iets minder bot. Ik vroeg hem alleen maar naar een baan waarover hij me niet heeft verteld. Ik moet met hem over dat soort dingen kunnen praten, maar er is zo veel wat ik nog niet over hem weet dat ik me er ongemakkelijk onder voel.

Ik probeer te bedenken hoe ik hem dat moet uitleggen, maar terug op mijn kamer zie ik dat Hardin al weg is.

77

∞

Ik erger me kapot omdat Hardin zich zonder enige reden zo bot gedroeg, maar ik probeer er niet te lang bij stil te staan. Ik borstel de klitten uit mijn haar en trek de roze lingerie aan die ik vandaag heb gekocht. Daarna trek ik een T-shirt over mijn hoofd en leg ik mijn kleren voor morgen klaar, maar ik kan alleen maar denken: waar zit hij? Ik weet dat ik me aanstel en dat mijn gedrag overdreven is, maar ik blijf me bezorgd afvragen of hij misschien bij Molly zit.

Net wanneer ik overweeg om Hardin te bellen ontvang ik een berichtje van Steph die zegt dat ze vanavond niet naar huis komt. Ze kan net zo goed bij Tristan en Nate intrekken; ze zit er toch al vijf dagen per week en Tristan is stapelgek op haar. Hij heeft haar waarschijnlijk tijdens hun tweede date al over zijn werk verteld en zou nooit zonder reden tegen haar snauwen of zomaar weglopen.

'Steph heeft mazzel,' zeg ik in mezelf, en ik pak de afstandsbediening. Zonder nadenken druk ik op de knopjes en blijf ten slotte hangen bij een herhaling van *Friends* die ik al minstens honderd keer moet hebben gezien. Ik kan me niet herinneren wanneer ik voor het laatst tv heb gekeken, maar het is fijn om gewoon in bed te liggen en naar iets grappigs te kijken, zonder te piekeren over de zoveelste zinloze ruzie met Hardin.

Na een paar afleveringen van verschillende series voel ik dat mijn oogleden zwaar worden. Nu ik slaperig ben, zakt mijn woede wat af en stuur ik Hardin een berichtje om hem welterusten te wensen, maar hij antwoordt niet meer voordat ik in slaap val.

'Shit.' Ik word wakker van een luide bons en schiet overeind om de lamp aan te doen. Het is Hardin, die in de donkere kamer stommelend probeert zijn weg te vinden.

'Waar ben jij mee bezig?' vraag ik.

Met rode, glanzende ogen kijkt hij naar me op. Hij is dronken. Geweldig.

'Ik kom voor jou.' Hij laat zich op de stoel vallen.

'Waarom?' vraag ik kermend. Ik wil hem bij me hebben, maar niet dronken, en niet om twee uur 's nachts.

'Omdat ik je heb gemist.'

'Waarom ben je dan weggegaan?'

'Omdat je me op mijn zenuwen werkt.'

O. 'Goed, ik ga nu weer slapen. Jij bent dronken, dus dan ga je geheid gemeen zitten doen.'

'Dat doe ik niet, Tessa. En ik ben niet dronken... Of nou ja, dat ben ik wel, maar wat maakt dat uit?'

'Het kan me niet schelen of je het wel of niet bent, maar het is een doordeweekse dag en ik heb mijn slaap nodig.' Als hij niet zulke kwetsende dingen tegen me zou zeggen, zou ik de hele nacht met hem opblijven, maar zo niet.

'"Het is een doordeweekse dag,"' herhaalt hij spottend. 'Jezus, wat ben jij burgerlijk, zeg.' Hij lacht alsof hij nog nooit zoiets grappigs heeft gehoord.

'Je moet gaan.' Ik ga weer liggen, met mijn gezicht naar de muur. Ik vind deze Hardin niet aardig. Ik wil de Hardin terug die liever is, en niet deze bezopen zak.

'O, schatje, wees niet boos,' zegt hij, maar ik negeer hem. 'Wil je echt dat ik wegga? Je weet wat er gebeurt als ik zonder jou moet slapen.' Zijn stem klinkt net iets luider dan een fluistering.

De moed ontglipt me. Ik weet wat er dan gebeurt, maar het is niet eerlijk van hem om dat tegen me te gebruiken als hij me dronken uit mijn tent probeert te lokken.

'Goed. Je mag blijven, maar ik ga weer slapen.'

'Hoezo? Wil je niets leuks met me doen?'

'Je bent dronken en gemeen.' Ik draai me eindelijk naar hem om.

'Ik ben niet gemeen.' Zijn gezicht verraadt niets. 'Ik zei alleen maar dat je me op mijn zenuwen werkte.'

'Het is tamelijk gemeen om zoiets te zeggen. Zeker omdat ik je alleen maar naar je werk vroeg.'

'O god, niet weer dat werk. Jeetje, Tessa, hou er eens over op. Daar wil ik het nu niet over hebben.' Hij klinkt zeurderig en spreekt met dubbele tong.

'Waarom heb je gedronken?' Het kan me niet schelen of hij drinkt; hij is volwassen en ik ben zijn moeder niet. Wat me dwarszit, is dat hij vanwege een bepaalde reden drinkt. Hij doet het nooit zomaar voor de lol.

Hij wendt zijn blik af en kijkt naar de deur, alsof hij ervandoor wil gaan. 'Dat... dat weet ik niet... Ik had gewoon zin in een borrel... borrels. Wil je alsjeblieft niet meer kwaad op me zijn? Ik hou van je.' Hij kijkt me recht in mijn ogen.

Zijn onomwonden woorden laten het grootste deel van mijn woede verdwijnen en ik verlang naar zijn armen om me heen.

'Ik ben niet kwaad op je, ik wil gewoon geen stap terug doen in onze relatie. Ik vind het vervelend als je zonder reden naar me uithaalt en dan verdwijnt. Als je ergens kwaad over bent, moet je het bespreken.'

'Jij vindt het gewoon vervelend als je niet alles onder controle hebt,' zegt hij. Hij wiebelt een beetje.

'Pardon?'

'Je bent een controlfreak.' Hij haalt zijn schouders op, alsof het een algemeen bekend feit is.

'Dat ben ik niet. Ik geef gewoon de voorkeur aan een bepaalde routine.'

'Ja, die van jou.'

'Goed, we zijn dus niet klaar met ruziemaken. Verder nog iets wat je kwijt wilt?' bijt ik hem toe.

'Nee, alleen dat je een controlfreak bent en dat ik heel graag met je wil samenwonen.'

Wat? Ik krijg nog eens een whiplash van zijn wisselende stemmingen.

'Ik wil met je samenwonen. Ik heb vandaag een woning gevonden. Het contract is nog niet getekend, maar het is een erg leuk appartement.'

'Wanneer heb je naar een woning gekeken?' Ik kan de vijf persoonlijkheden van Hardin Scott maar moeilijk uit elkaar houden.

'Nadat ik hier ben vertrokken.'

'Voordat je bent gaan drinken?' vraag ik.

Hij rolt met zijn ogen. Het licht van de lamp valt op het ringetje in zijn wenkbrauw, en ik probeer niet te denken aan hoe aantrekkelijk dat is.

'Ja, voordat ik ben gaan drinken. Wat zeg je ervan? Wil je bij me intrekken?'

'Ik weet dat dit hele datinggedoe nieuw voor je is, maar je beledigt niet eerst je vriendin om haar daarna te vragen bij je in te trekken. Niet in dezelfde zin.' Ik bijt op mijn onderlip om mijn lachen in te houden.

'Nou, dan moet de vriendin in kwestie niet zo moeilijk doen.' Hij grijnst. Zelfs dronken is hij ontzettend charmant.

'Nou, dan moet het vriendje in kwestie ophouden zich als een lul te gedragen,' kaats ik terug.

Lachend verruilt hij de stoel voor mijn bed. 'Ik probeer me heus goed te gedragen, echt waar. Maar soms kan ik er niets aan doen.' Hij gaat op de rand van het bed zitten. 'Ik ben er echt heel goed in!'

'Dat weet ik,' zeg ik zuchtend. Ondanks de onenigheid van vanavond weet ik dat hij echt zijn best heeft gedaan om aardiger te zijn. Ik wil zijn gedrag niet goedpraten, maar hij doet het beter dan ik had verwacht.

'Dus je komt bij me wonen?' Hij glimlacht hoopvol.

'Hé zeg, één stap tegelijk. Nu wil ik eerst ophouden met kwaad op je zijn.' Ik ga rechtop zitten. 'Kom bij me liggen,' beveel ik hem.

Hij trekt een wenkbrauw op, alsof hij 'Controlfreak' wil zeggen, maar hij staat toch op om zijn jeans uit te doen. Hij legt zijn T-shirt voor me op het bed, en ik vind het fijn dat hij net zo graag als ik wil dat ik het draag.

Ik wil mijn blouse verruilen voor zijn T-shirt, maar hij houdt me tegen.

'Fuck,' laat hij zich ontvallen, en ik kijk op. 'Wat heb je aan?' Zijn ogen worden groot en donker.

'Ik... ik heb vanmiddag nieuw ondergoed gekocht.' Blozend wend ik mijn blik af.

'Dat zie ik... Fuck,' zegt hij nogmaals.

'Dat zei je al.' Ik giechel. Het licht in Hardins ogen straalt voor mij – en daar gaat mijn huid van tintelen.

'Je ziet er ongelooflijk lekker uit.' Hij slikt. 'Dat zie je altijd wel, maar dit is gewoon...'

Mijn mond wordt droog wanneer ik naar de groeiende bobbel in zijn boxershort kijk. De energie tussen ons is voor de vijfde keer vanavond veranderd. 'Ik had het je al eerder willen laten zien, maar je had het te druk met de klootzak uithangen.'

'Mmm,' mompelt hij, duidelijk niet lettend op wat ik zeg. Hij plant zijn knie op het bed en bekijkt me van top tot teen voordat hij zich boven op me laat zakken.

Zijn lippen smaken naar whisky en munt, een hemelse combinatie. Onze kussen zijn zacht en plagend, onze monden komen bij elkaar en laten elkaar weer los, zijn tong glijdt speels langs de mijne. Hij wikkelt zijn hand in mijn haar en ik voel zijn erectie tegen mijn buik wanneer hij zijn lichaam dichter tegen me aan drukt. Hij laat mijn haar los, zodat hij op zijn elleboog kan leunen, en raakt me met zijn andere hand aan. Zijn lange vingers strijken langs de onderkant van de kanten beha en glijden af en toe onder de stof. Hij likt zijn lippen af wanneer hij zijn grote handen rond mijn borsten sluit en ze op en neer beweegt.

'Ik kan niet beslissen of dit uit of aan moet...' zegt hij. Het maakt mij niet uit; ik ben te veel in de ban van zijn vaardige vingers op mijn huid.

'Uit dus.' Hij maakt de sluiting los. Ik krom mijn rug, zodat hij er beter bij kan, en hij kreunt wanneer zijn kruis dat van mij raakt.

'Wat wil je, Tess?' Zijn stem beeft en is onbeheerst.

'Dat heb ik je al verteld,' zeg ik wanneer hij mijn slipje opzij trekt. Ik had liever gehad dat hij vanavond niet had gedronken, maar misschien zal zijn toestand het voor mij minder ongemakkelijk maken.

Ik schreeuw het uit wanneer zijn vingers in me binnendringen en sla een arm om hem heen in een poging iets, wat dan ook, vast te grijpen. Ik laat mijn andere hand tussen ons in glijden om hem vast te pakken. Hij kreunt, en ik knijp zachtjes en streel hem voorzichtig.

'Zeker weten?' hijgt hij.

Ik zie de onzekerheid in zijn heldere groene ogen. 'Ja, zeker weten. Denk er niet zo veel over na.' Er is wel heel veel veranderd als ik nu degene ben die dat tegen hem zegt.

'Ik hou van je. Dat weet je, hè?'

'Ja.' Ik druk mijn lippen op die van hem. 'Ik hou van je, Hardin,' zeg ik in zijn mond.

Zijn vingers blijven langzame, pompende bewegingen maken en zijn mond gaat naar mijn hals. Hij zuigt heftig aan mijn huid en strijkt dan met zijn tong over het gevoelige plekje. Dit herhaalt hij telkens weer, totdat mijn hele lijf in brand lijkt te staan.

'Hardin... ik ben...' probeer ik te zeggen, en snel trekt hij zijn hand terug en kust me terwijl ik een kermend geluidje maak. Hij schuift van me af en haakt zijn vingers rond mijn slipje om het naar beneden te trekken. Dan plaatst hij zijn handen op mijn dijen en geeft die een zacht kneepje voordat hij mijn buik kust en tegen mijn natheid blaast. Mijn lichaam komt als vanzelf van het bed omhoog en zijn tong gaat op en neer terwijl hij zijn armen om mijn dijen klemt en die spreidt. Binnen een paar tellen beginnen mijn benen te trillen en grijp ik de lakens vast. Zijn tong blijft me likken.

'Vertel eens hoe lekker dat is,' zegt hij, met zijn mond tegen me aan.

Gesmoorde geluidjes ontsnappen aan mijn lippen wanneer ik iets probeer te zeggen, het maakt niet uit wat. Hardin blijft schunnige dingen zeggen, likt me tussen zijn woorden door en vormt verrukkelijke patronen terwijl mijn lijf beeft en mijn tenen omkrullen. Wanneer ik weer tot mezelf kom, brengt hij zijn mond naar de mijne. Er kleeft een ongewone smaak aan zijn lippen. Mijn borstkas gaat op en neer en mijn ademhaling is onregelmatig.

'Weet je zeker...' begint hij.

'Ssst... Ja, ik weet het zeker,' zeg ik, en ik kus hem, hard. Mijn handen klauwen in zijn rug en trekken dan zijn boxershort naar beneden. Hij slaakt een zucht wanneer hij niet langer wordt belemmerd, en we kreunen allebei wanneer we onze huid tegen elkaar aan voelen.

'Tessa, ik...'

'Ssst,' zeg ik weer. Ik wil dit meer dan wat dan ook en ik wil niet dat hij blijft praten.

'Maar Tessa, ik moet je iets vertellen...'

'Stil nou, Hardin, hou alsjeblieft op met praten,' smeek ik, en ik kus hem opnieuw. Ik grijp zijn erectie vast en laat mijn hand langs de hele lengte op en neer gaan. Zijn ogen vallen dicht, hij hapt naar adem. Mijn instinct krijgt de overhand, en ik wrijf met mijn duim het vocht van het topje. Ik voel hem kloppen in mijn hand.

'Als je dat nog eens doet, kom ik klaar,' hijgt hij. Opeens springt hij van het bed. Voordat ik kan vragen wat er aan de hand is, haalt hij een klein pakje uit zijn jeans.

O. Dit gaat echt gebeuren.

Ik weet dat ik bang zou moeten zijn, of nerveus, maar ik voel alleen mijn liefde voor hem en de zijne voor mij.

Vervuld van verwondering wacht ik op wat gaat komen. De tijd lijkt stil te staan terwijl ik wacht totdat hij weer op het bed kruipt. Ik had altijd gedacht dat mijn eerste keer met Noah zou zijn, tijdens mijn huwelijksnacht. In een groot bed ergens in een chique bungalow op een tropisch eiland. Maar hier lig ik dan op mijn studentenkamertje, in een klein bed met Hardin, en ik zou niet anders willen.

78

∞

Mijn ervaring met condooms is beperkt tot de lessen seksuele voorlichting op school, waar ze erg intimiderend leken. Maar nu, hier, wil ik het condoom zo snel mogelijk uit Hardins hand trekken en omdoen. Ik ben blij dat Hardin mijn schaamteloze gedachten niet kan horen, ook al zegt hij dingen die veel schunniger zijn dan wat ik ooit zou kunnen bedenken.

'Weet je...' zegt hij met lage stem.

'Als je nog eens vraagt of ik het zeker weet, doe ik je iets aan.'

Lachend laat hij het condoom tussen zijn duim en wijsvinger heen en weer bungelen. 'Ik wilde je eigenlijk vragen of je weet hoe je deze dingen om moet doen, zodat je me ermee kunt helpen.'

Ik bijt op mijn lip. 'Ik wil je best helpen... maar dan moet je me wel laten zien wat ik moet doen.' Ik besef dat de lessen me niet hebben voorbereid op hoe dit moment eigenlijk voelt, en ik wil niets verpesten.

'Goed dan.' Hij gaat op het bed zitten. Ik kruis mijn benen over elkaar. Even leunt hij voorover om een snelle kus op mijn voorhoofd te planten. Dan scheurt hij de verpakking open en steek ik mijn hand uit, maar hij schudt grinnikend zijn hoofd. 'Ik laat het je wel zien. Zo.' Hij pakt mijn hand, haalt het rondje eruit en gebruikt onze verstrengelde handen om het condoom op de juiste plaats te houden. Het voelt glibberig aan. 'En nu afrollen,' zegt hij, met rode wangen. Terwijl allebei onze handen het condoom over zijn harde huid afrollen, knijpt hij zijn ogen verder dicht en wordt zijn erectie nog iets groter.

'Dat was niet eens zo slecht voor een maagd en een dronkaard,' grap ik.

Hij trekt een wenkbrauw op en glimlacht. Ik ben blij dat we erom kunnen lachen en niet zo serieus doen; daardoor ben ik minder bang voor wat er gaat gebeuren.

'Ik ben niet dronken, schat. Ik heb een paar glazen gedronken, maar een ruzie met jou heeft me ontnuchterd, zoals altijd.' Hij toont me de kuiltjes in zijn wangen en strijkt met zijn duim over mijn onderlip.

Zijn antwoord lucht me op. Ik wil niet dat hij halverwege buiten westen raakt of over me heen kotst. Ik moet lachen om die gedachte en kijk hem weer aan. Zijn blik is helder, en niet troebel zoals een uur geleden.

'En nu?' flap ik eruit.

Lachend pakt hij mijn hand en vouwt die om hem heen. 'Heb je er zin in?' vraagt hij plagend, en ik knik. 'Ik ook,' geeft hij toe. Ik geniet van zijn harde vlees in mijn hand. Hij schuift opzij en buigt zich over me heen. Met zijn knie spreidt hij mijn dijen, wijd, en zijn vingers wrijven tegen me aan.

Ik vraag me af of hij voorzichtig zal zijn... Ik hoop het maar.

'Je bent drijfnat. Dat zal het alleen maar gemakkelijker maken.' Hij ademt in. Zijn lippen vinden de mijne, en hij kust me langzaam, me plagend met zijn tong. Zijn lippen lijken met die van mij te versmelten, alsof ze voor mij gemaakt zijn. Hij trekt zich een klein beetje terug en kust mijn mondhoeken, gevolgd door mijn neus, en dan opnieuw mijn lippen. Mijn handen gaan naar zijn rug, in een wanhopige poging hem dichter bij me te krijgen.

'Kalm aan, schatje, we moeten het rustig aan doen,' fluistert hij tegen mijn oorlel. 'Het kan eerst even pijn doen, dus je moet het zeggen als ik moet ophouden. Dat meen ik, oké?' zegt hij vriendelijk, me recht in mijn ogen kijkend, wachtend op mijn antwoord.

'Goed.' Ik slik. Ik heb gehoord dat het pijn doet om je maagdelijkheid te verliezen, maar zo erg kan het toch niet zijn?

Hardin kust me opnieuw. Ik voel het zijdezachte condoom tegen me aan, waardoor ik huiver. Een paar tellen later komt hij in me...

Het is zo'n ongewoon gevoel... Ik knijp mijn ogen dicht en hoor mezelf naar adem happen.

'Gaat het?'

Ik knik en hij dringt dieper in me. Ik krimp even in elkaar door het knijpende gevoel binnen in me. Het is net zo erg als iedereen altijd beweert, of misschien nog wel erger.

'Fuck,' zegt Hardin grommend. Hij houdt zijn lichaam stil, roerloos, maar het voelt nog altijd erg ongemakkelijk.

'Mag ik me bewegen?' Zijn stem klinkt zo gespannen en raspend.

'Ja,' zeg ik. De pijn blijft, maar Hardin kust me overal; mijn lippen, mijn wangen, mijn neus, mijn hals en mijn ooghoeken, waarin de tranen opwellen. Ik richt mijn aandacht op Hardins sterke armen en op zijn warme tong in mijn hals.

'O god,' zegt hij kreunend. Hij gooit zijn hoofd in zijn nek. 'Ik hou van je, ik hou zo veel van je, Tess.' Hij ademt in mijn hals. Zijn geruststellende toon weet mijn pijn iets te verzachten, maar ik voel het opnieuw wanneer zijn heupen langzaam tegen de mijne bewegen.

Ik wil tegen hem zeggen hoeveel ik van hem hou, maar ik ben bang dat ik ga huilen als ik mijn mond opendoe.

'Wil je... Shit... Wil je dat ik stop?' stamelt hij. In zijn stem hoor ik genot en bezorgdheid om voorrang strijden.

Ik schud mijn hoofd en zie hem opnieuw vol verbazing zijn ogen dichtknijpen. Zijn kaak is gespannen omdat hij zo geconcentreerd is, zijn spieren trekken samen onder zijn getatoeëerde huid. De pijn verdwijnt bijna helemaal wanneer ik zie dat hij het niet langer houdt. Hij strijkt met zijn vingers over mijn jukbeen en kust me opnieuw voordat hij zijn hoofd in mijn hals begraaft. Zijn ademhaling is onregelmatig, heet en woest op mijn huid. Hij houdt zijn gezicht vlak voor het mijne en doet zijn ogen open. Ik zou de pijn keer op keer willen verdragen om dit te kunnen ervaren, deze diepe band met Hardin die me naar een plek voert waarvan ik het bestaan niet kon vermoeden. Tranen springen in mijn ogen wanneer ik de emotie in zijn prachtige groene ogen zie; die trekt me uit mijn benevelde toestand en voert me terug naar hem. Ik houd van hem en twijfel er niet aan dat hij van mij houdt. Zelfs als dit niet voor altijd zal zijn, zelfs als we elkaar nooit meer zullen spreken, dan nog weet ik dat hij op dit moment de hele wereld voor me was.

Hij doet zijn best om zich te beheersen en het tempo voor mij laag te houden, en daardoor houd ik alleen maar meer van hem. De tijd vertraagt en staat stil, versnelt en stopt opnieuw wanneer hij in en uit me beweegt. De lippen waarmee hij me kust, hebben de zilte smaak van zweet, en ik wil meer. Ik kus zijn hals en het plekje onder zijn oor waarvan ik weet dat het hem gek maakt.

Hij huivert en zegt kreunend mijn naam. 'Je doet het zo goed, schatje. Ik hou zo veel van je.'

Het doet geen pijn meer, maar het voelt nog altijd ongemakkelijk, en elke keer wanneer hij in me stoot, prikt het een beetje. Mijn lippen bewegen naar zijn hals en mijn handen trekken aan zijn haar.

'Ik hou van je, Hardin,' weet ik uit te brengen.

Kreunend drukt hij zijn gezwollen lippen op die van mij. 'O, schatje, ik ga klaarkomen, oké?' zegt hij met opeengeklemde kaken.

Ik knik en kus opnieuw zijn hals, zuigend aan zijn huid. Hardin blijft me aankijken terwijl hij klaarkomt; beloften van een eeuwigdurende, onvoorwaardelijke liefde worden gedaan wanneer hij verstijft en dan voorzichtig boven op me valt. Ik voel het zware bonzen van zijn hart tegen mijn borst en kus hem boven op zijn vochtige haar. Zijn borst gaat niet langer gejaagd op en neer, en hij komt overeind en trekt zich uit me terug. Ik krimp in elkaar door de plotselinge leegte. Hij doet het condoom af, legt er een knoop in en gooit het boven op de folieverpakking op de vloer.

'Gaat het? Hoe was het? Hoe voel je je?' Hij kijkt me onderzoekend aan en oogt kwetsbaarder dan ik voor mogelijk had gehouden.

'Het gaat prima,' verzeker ik hem. Ik klem mijn dijen tegen elkaar om de pijn te verzachten. Er zit bloed op de lakens, maar ik wil niet opstaan.

Hij strijkt zijn haar van zijn voorhoofd. 'Was het... was het zoals je had verwacht?'

'Beter,' antwoord ik in alle eerlijkheid. Ondanks de pijn was het een heerlijke ervaring. Ik fantaseer nu al over de volgende keer.

'Echt?' Hij grijnst. Wanneer ik knik, buigt hij zich over me heen en drukt zijn voorhoofd tegen dat van mij.

'Hoe was het voor jou? Het zal fijner zijn als ik... meer ervaring heb,' zeg ik tegen hem.

Zijn grijns vervaagt. Hij legt zijn vingers onder mijn kin en dwingt me hem aan te kijken. 'Dat moet je niet zeggen. Het was geweldig, schatje. Het was meer dan geweldig, het was... Beter kan niet,' zegt hij.

Ik rol met mijn ogen. Ik weet zeker dat hij veel betere meiden heeft gehad die wel weten wat ze moeten doen.

Het is alsof hij mijn gedachten kan lezen, want hij zegt: 'Van hen hield ik niet. Het is heel anders als je van iemand houdt. Echt, Tessa, dat kun je niet vergelijken. Twijfel niet aan jezelf en kijk niet neer op wat we net hebben gedaan.' Zijn stem klinkt zo zacht en oprecht dat ik mijn hart voel opzwellen en ik hem een zoen op de brug van zijn neus geef.

Glimlachend slaat hij een arm rond mijn middel en trekt me op zijn borst. Hij ruikt zo lekker, zelfs zwetend is Hardin nog altijd mijn lievelingsgeurtje.

'Doet het pijn?' Hij haalt zijn vingers door mijn haar en wikkelt een lok rond zijn wijsvinger.

'Een beetje.' Ik moet lachen. 'Ik durf niet op te staan.'

Hij drukt me dichter tegen zich aan en zoent me op mijn schouder. 'Ik heb het nog nooit eerder met een maagd gedaan,' zegt hij zacht.

Ik kijk naar hem op. Zijn blik is teder en helemaal niet spottend. 'O.' Ik kan wel honderd vragen over zijn eerste keer bedenken: wanneer, waar, met wie en waarom. Maar ik verdring die gedachten, want hij hield niet van haar. Ik ben de enige van wie hij ooit heeft gehouden. De vrouwen uit zijn verleden kunnen me niet meer schelen. Ze zijn niet meer dan dat: zijn verleden. Ik geef alleen iets om deze prachtige, beschadigde man die net voor het eerst in zijn leven echt de liefde heeft bedreven.

79

∞

Een uur later vraagt Hardin: 'Klaar om op te staan?'

'Ik moet wel, maar ik heb er geen zin in.' Ik wrijf met mijn wang langs zijn borstkas.

'Ik wil je niet wegjagen, maar ik moet heel nodig plassen,' zegt hij tegen me.

Ik lach en klim van hem en van het bed af. 'Au...' zeg ik, voordat ik mezelf kan inhouden.

'Gaat het?' vraagt hij voor de zoveelste keer. Hij steekt een hand uit om me te helpen.

'Ja, alleen een beetje beurs.' Ik krimp ineen wanneer ik mijn lakens zie.

Hij volgt mijn blik. 'O, die gooi ik wel weg.' Hij trekt de lakens van het smalle bed.

'Niet hier, dan ziet Steph het.'

'Oké. Waar dan?' Hij wiebelt heen en weer, blijkbaar al een tijdje geplaagd door een volle blaas.

'Ik weet niet... Kun je ze onderweg naar huis niet ergens in een vuilcontainer gooien of zo?'

'Wie zei dat ik naar huis ga? Wat is dit, je gaat met me naar bed en schopt me dan de deur uit?' Er danst een geamuseerde blik in zijn ogen. Hij raapt zijn jeans en boxershort van de vloer en trekt die aan. Ik pak zijn shirt en steek het hem toe.

Dan geef ik hem een tik op zijn billen. 'Hup, naar de wc jij, en neem voor de zekerheid meteen die lakens mee.' Ik weet niet waarom ik me er zo druk over maak, maar het laatste wat ik wil, is dat Steph me bestookt met vragen over mijn ontmaagding.

'Ja, hoor. Want dat ziet er helemaal niet eng uit, een vent die in het donker bebloede lakens naar zijn auto brengt.'

Ik kijk hem boos aan, maar hij propt de lakens bij elkaar en loopt naar de deur. 'Ik hou van je,' zegt hij voordat hij naar buiten loopt.

Nu ik alleen ben, kan ik even alles op een rijtje zetten. Ik vraag me af of ik er net zo goed uitzie als ik me voel: warm en op een ongewone manier tevreden. De herinnering aan Hardin die zich over me heen boog en bij me binnendrong, zorgt voor vlinders in mijn buik. Nu snap ik waarom iedereen het altijd over seks heeft. Ik heb echt iets gemist, maar ik weet dat mijn eerste keer mede zo geweldig was omdat het met Hardin was. Ik kijk in de spiegel en zie mijn mond openvallen. Mijn wangen zijn rood, mijn lippen gezwollen. Ik bijt op de binnenkant van mijn wangen en beweeg mijn handen; op de een of andere manier zie ik er anders uit. Even kijk ik aandachtig naar de kleine rode vlekjes op mijn borsten. Ik kan me niet eens herinneren hoe die zijn ontstaan. Ik denk terug aan hoe hij de liefde met me bedreef, zijn mond heet en nat op mijn huid. Ik schrik op uit mijn gedachten wanneer de deur wordt geopend.

'Sta je jezelf te bewonderen?' Hardin trekt een voldaan gezicht en doet de deur op slot.

'Nee... ik...' Ik weet niet wat ik moet zeggen, aangezien ik poedelnaakt voor de spiegel sta te fantaseren over zijn lippen op mijn huid.

'Het geeft niet, schatje. Als ik zo'n lichaam had als jij zou ik ook de hele dag naar mezelf staan te kijken,' zegt hij, waarmee hij me aan het blozen maakt.

'Ik denk dat ik een douche ga nemen.' Ik probeer mezelf zo goed mogelijk met mijn handen te bedekken. Ik wil zijn geur niet van mijn lichaam wassen, maar al het andere wel.

'Ik ook,' zegt hij. Ik trek een wenkbrauw op en hij steekt spottend zijn handen omhoog. 'Niet samen, ik weet het. Maar... als we samen zouden wonen, zou dat wel kunnen.'

In hem is ook iets veranderd. Dat zie ik. Zijn glimlach is dieper en zijn ogen stralen meer. Ik denk niet dat anderen het zullen zien, maar ik ken hem beter dan wie dan ook, al heeft hij nog veel geheimen die ik wil ontrafelen.

'Wat?' Hij houdt zijn hoofd scheef.

'Niets. Ik hou van je,' zeg ik. Zijn wangen kleuren roder en zijn grijns wordt breder, als een afspiegeling van de mijne. We lijken allebei dronken van de ander te worden. Dit is heerlijk. Ik wil mijn badjas pakken, maar hij komt voor me staan.

‘Heb je er nog over nagedacht? Over samenwonen?’ vraagt hij.

‘Dat heb je me gisteren voor het eerst gevraagd. Ik kan maar één grote beslissing tegelijk nemen.’ Ik moet lachen.

Hij wrijft over zijn slapen. ‘Ik wil gewoon zo snel mogelijk het contract tekenen. Ik moet weg uit dat stomme dispuutshuis.’

‘Kun je die woning niet in je eentje huren?’ stel ik nogmaals voor.

‘Ik wil dat het ónze woning wordt.’

‘Waarom?’

‘Omdat ik zo vaak mogelijk bij je wil zijn. Waarom twijfel je zo? Vanwege de kosten? Ik betaal natuurlijk alles.’

‘Echt niet,’ zeg ik verontwaardigd. ‘Als ik al ja zou zeggen, zou ik mijn deel betalen. Ik ben geen uitvreter.’ Ik kan gewoon niet geloven dat we dit gesprek voeren.

‘Wat is het dan?’

‘Ik weet het niet... We kennen elkaar gewoon nog niet zo lang. Ik heb altijd gedacht dat ik pas zou gaan samenwonen als ik zou trouwen...’ leg ik uit. Dat is niet de enige reden. Dan heb je nog mijn moeder, plus de angst dat ik van een ander – al is het Hardin – afhankelijk zou zijn. Dat was mijn moeder ook, ze was tot aan het vertrek van mijn vader financieel van hem afhankelijk, en daarna bleef ze hopen op zijn terugkeer, hoe klein die kans ook was.

‘Trouwen? Wat een ouderwets idee, Theresa.’ Grinnikend gaat hij op de stoel zitten.

‘Wat is er mis met trouwen?’ vraag ik. ‘Niet voor ons, bedoel ik. In het algemeen.’

Hij haalt zijn schouders op. ‘Niets, maar het is niks voor mij.’

Dit wordt me veel te serieus. Ik wil niet met Hardin over trouwen praten, maar het stoort me wel dat hij zegt dat het niets voor hem is. Ik heb nooit gedacht aan met hem trouwen, want daar is het veel te vroeg voor. Jaren te vroeg. Maar het is een mogelijkheid die ik open wil houden, en ik wil op mijn vijfentwintigste toch wel getrouwd zijn en minstens twee kinderen krijgen. Ik heb mijn hele toekomst gepland.

Dat hád je, zegt een stemmetje in mijn hoofd.

Dat had ik inderdaad, totdat ik Hardin leerde kennen. En nu lijkt mijn toekomst voortdurend te veranderen.

‘Dat zit je dwars, hè?’ onderbreekt hij mijn gedachten.

Nu we de liefde hebben bedreven, zijn we als door een onzichtbaar koord met elkaar verbonden en zijn onze lichamen en geesten één geworden. Dit betekent een gunstige verandering voor mijn toekomst... toch?

'Nee.' Ik probeer de emotie in mijn stem te onderdrukken, maar mijn toon is plechtig. 'Ik heb alleen nog nooit iemand zo duidelijk horen zeggen dat-ie niet wilde trouwen. Ik dacht dat iedereen dat wilde. Is dat niet het voornaamste doel van het leven?'

'Niet echt. Ik denk dat de meeste mensen gewoon gelukkig willen zijn. Denk eens aan Catherine, kijk eens wat trouwen haar en Heathcliff heeft opgeleverd.'

Ik vind het heerlijk dat we dezelfde boeken hebben gelezen en ernaar kunnen verwijzen. Er is niemand anders die dit soort dingen tegen me zou zeggen, de dingen die ik het beste begrijp.

'Ze trouwden niet met elkaar. Dat was juist het hele probleem,' zeg ik met een lach. Ik denk aan de tijd waarin er zo veel overeenkomsten waren tussen mijn relatie met Hardin en die van Catherine en Heathcliff.

'Rochester en Jane?' oppert hij. Ik ben aangenaam verrast dat hij *Jane Eyre* noemt.

'Dat meen je niet. Hij was kil en ontoegankelijk. En hij deed Jane een aanzoek zonder haar te vertellen dat hij al getrouwd was, met een vrouw die waanzinnig was geworden en die hij op zolder had opgesloten. Dit helpt niet echt, hoor,' zeg ik.

'Dat weet ik. Maar ik hoor je graag over je literaire helden praten.' Hij strijkt zijn haar van zijn voorhoofd, en ik steek in een kinderlijke opwelling mijn tong naar hem uit.

'Dus je wilt beweren dat je met me wilt trouwen? Ik beloof je dat ik geen geschift mens in mijn huis heb verstopt.' Hij zet een stap in mijn richting. Er is geen vrouw, dat weet ik ook wel, maar het is dat andere wat me dwarszit.

Mijn hart bonst hevig nu hij dichterbij komt. 'Wat? Nee, natuurlijk niet. Ik had het over het huwelijk in het algemeen. Niet over ons.' Ik sta in mijn blootje met Hardin over het huwelijk te praten. Wat is er in vredesnaam met mijn leven gebeurd?

'Dus je bedoelt dat je dat niet wilt?'

'Inderdaad. Of nou ja, ik weet het niet. Waarom hebben we het hier eigenlijk over?' Ik verberg mijn gezicht tegen zijn borst en voel hem trillen van de lach.

'Ik vroeg het me gewoon af. Maar nu je met geldige argumenten op de proppen komt, moet ik misschien mijn mening over het huwelijk herzien. Je kunt een fatsoenlijk man van me maken.'

Hij klinkt ernstig, maar dat kan hij niet zijn. Toch? Net wanneer ik begin te twijfelen aan zijn geestelijke gezondheid begint hij te lachen en drukt hij een kus op mijn slaap.

'Kunnen we het over iets anders hebben?' vraag ik kermend. Ontmaagd worden en over trouwen praten is te veel voor mijn weke brein.

'Ja, hoor. Maar ik laat het onderwerp "samenwonen" niet rusten. Je hebt tot morgen om erover na te denken. Ik blijf niet eeuwig wachten,' zegt hij.

'Wat aardig.' Ik rol met mijn ogen.

'Je kent mij, altijd even romantisch.' Hij kust mijn voorhoofd. 'Goed, ga douchen. Als je hier zo naakt blijft staan, wil ik niets liever dan je op het bed gooien en weer met je neuken.'

Hoofdschuddend maak ik me los uit zijn armen, en ik wikkel mijn badjas om me heen. 'Kom je nog?' Ik pak mijn toilettas.

'Dat zou ik heel graag willen, maar ik denk dat een douche voor nu voldoende moet zijn.' Hij knipoogt naar me, en ik geef hem een tik op zijn arm wanneer we naar buiten lopen.

80

∞

Tegen de tijd dat we hebben gedoucht en weer in bed liggen is het bijna vier uur 's nachts.

'Ik moet over een uur opstaan,' zeg ik kermend tegen zijn borst.

'Je kunt tot half acht blijven liggen, dan ben je nog op tijd,' brengt hij me in herinnering. Me morgenochtend moeten haasten klinkt niet erg aantrekkelijk, maar ik heb mijn slaap nodig. Gelukkig heb ik al een dutje gedaan en begin ik morgen dus niet doodop aan mijn eerste volledige dag bij Vance.

'Mmm...' mompel ik tegen zijn huid.

'Ik zet je wekker wel,' zegt hij, en ik val in slaap.

Ik probeer mijn weerbarstige haar te krullen en trek een bruin lijntje rond mijn waterige ogen, die branden van de slaap. Mijn nieuwe rode jurk heeft een vierkante, lage halslijn die mijn borsten benadrukt zonder ordinair te zijn. De rok komt tot net boven de knie en de smalle bruine ceintuur rond mijn middel doet me langer lijken dan ik in werkelijkheid ben. Ik vraag me even af of ik blusher moet gebruiken, maar dankzij mijn nacht met Hardin gloeien mijn wangen nog steeds. Ik trek mijn nieuwe schoenen aan en kijk in de spiegel. De jurk is behoorlijk flatteus, waardoor ik er beter uitzie dan ik verdien. Ik kijk even naar Hardin, die in een deken gewikkeld op mijn kleine bed ligt, zijn voeten bungelend over de rand, en ik glimlach. Ik heb hem pas op het allerlaatste moment wakker gemaakt, nadat ik eerst twijfelde of ik dat wel moest doen. Maar ik was egoïstisch en wilde hem graag een afscheidszoen geven.

'Ik moet gaan.' Ik raak zachtjes zijn schouder aan.

'Ik hou van je,' mompelt hij. Hij tuit zijn lippen, zonder zijn ogen open te doen. 'Ga je straks naar college?' vraag ik nadat ik hem heb gekust.

'Nee.' Hij draait zich om.

Ik kus hem nogmaals, op zijn schouder, en pak mijn jas en mijn tas. Ik wil niets liever dan bij hem in bed kruipen. Misschien is samenwonen niet zo'n slecht idee; we zijn toch bijna elke nacht bij elkaar. Ik ban de gedachte uit mijn hoofd. Nee, dat is geen goed idee. Te snel. Veel te snel.

Toch denk ik de hele rit lang aan een gezamenlijk huis, aan samen met Hardin gordijnen uitkiezen en de muren verven. Tegen de tijd dat ik bij Vance in de lift sta, heb ik al een douchegordijn en badmatten uitgekozen, maar wanneer de liftdeuren op de tweede verdieping openschuiven, schrik ik op uit mijn gemijmer omdat er een jongeman in een donker pak binnenkomt.

'Hallo,' zegt hij, reikend naar de knopjes. Zodra hij ziet dat de knop voor de bovenste verdieping al is ingedrukt, leunt hij achterover tegen de wand.

'Ben je hier nieuw?' vraagt hij. Hij ruikt naar zeep en heeft helderblauwe ogen, die een opvallend contrast vormen met zijn donkere haar.

'Ik ben maar een stagiaire,' zeg ik tegen hem.

'"Maar een stagiaire"?' Hij lacht.

'Ik ben geen werknemer, bedoel ik,' verbeter ik mezelf zenuwachtig.

'Zo ben ik een paar jaar geleden ook begonnen, en nu werk ik hier fulltime. Zit je op WCU?'

'Ja. Jij ook?'

'Ik ben vorig jaar afgestudeerd. Blij dat dat achter de rug is.' Hij grinnikt. 'Het bevalt je hier vast wel.'

'Ja, ik voel me hier nu al thuis.' We stappen de lift uit.

Ik wil net de hoek omslaan wanneer hij zegt: 'Ik heb niet verstaan hoe je heet.'

'Tessa. Tessa Young.'

Hij glimlacht en zwaait bij wijze van afscheid. 'Ik ben Trevor. Leuk je te leren kennen, Tessa.'

Dezelfde vrouw als gisteren zit aan de balie, en deze keer stelt ze zichzelf voor als Kimberly. Ze wenst me glimlachend succes en wijst naar een tafel vol koffie en lekkers. Ik bedank haar, eveneens glimlachend, en loop met een beker koffie en een donut naar mijn kamer. Op mijn bureau ligt een flinke stapel papier met een briefje van meneer Vance, die me veel succes wenst met de beoordeling van mijn eerste manuscript. Ik vind het heerlijk dat deze stage me zo veel vrijheid biedt en kan gewoon niet geloven dat ik zo geboft heb. Ik neem een hap van mijn donut, trek het briefje van de stapel en ga aan de slag.

Het manuscript blijkt behoorlijk goed, zodat ik het maar moeilijk kan wegleggen. Ik heb ongeveer een derde gelezen wanneer de telefoon op mijn bureau gaat.

'Hallo?' zeg ik, en dan besef ik opeens dat ik geen flauw idee heb hoe ik moet opnemen. In een poging volwassen te klinken voeg ik eraan toe: 'Ik bedoel, u spreekt met Tessa Young.' Ik bijt op mijn lip en hoor aan de andere kant van de lijn iemand zacht lachen.

'Mevrouw Young. Er is iemand die u graag wil spreken. Kan ik hem doorsturen?' vraagt Kimberly.

'Tessa. Zeg alsjeblieft Tessa,' zeg ik. Het is zo ongepast als ze me 'mevrouw Young' noemt. Ze is immers ouder dan ik en heeft veel meer ervaring.

'Tessa,' zegt ze, en ik zie haar vriendelijke lach bijna voor me. 'Kan ik hem doorsturen?' vraagt ze opnieuw.

'Ja. Of wacht even... Wie is het?'

'Dat weet ik niet... Een jonge vent... eh... Met de nodige tatoeages, heel veel tatoeages,' fluistert ze.

Ik begin te lachen. 'Ik kom hem wel even halen.' Ik hang op.

Ik vind het fijn en eng tegelijk dat Hardin hier is. Hopelijk is alles in orde. Hij staat in de lobby te wachten, met zijn handen in zijn zakken. Kimberly zit aan de telefoon, maar ik heb het vermoeden dat ze alleen maar doet alsof. Hopelijk wek ik niet de indruk dat ik misbruik maak van de geweldige kans die meneer Vance me heeft gegeven door op mijn tweede dag al privébezoek te ontvangen.

'Hoi. Is alles goed?' Ik loop naar hem toe.

'Ja. Ik was benieuwd hoe je eerste echte dag is.' Glimlachend draait hij aan het ringetje in zijn wenkbrauw.

'O, heel goed. Ik...' Ik val stil nu ik zie dat meneer Vance naar ons toe komt.

'Kijk eens aan... Je komt toch niet smeken of ik je je oude baan wil teruggeven?' vraagt hij met een brede glimlach, Hardin op zijn schouder kloppend.

'Dat mocht je willen, ouwe rukker,' zegt Hardin, eveneens lachend, en mijn mond valt open. Meneer Vance grinnikt even en balt dan zijn vuist om Hardin een speelse por tussen zijn ribben te geven. Ze hebben blijkbaar een betere band dan ik dacht.

'Waaraan heb ik de eer te danken? Of kom je mijn nieuwe stagiaire stalken?' Hij kijkt even naar mij.

'Dat laatste. Ik doe niets liever dan stagiaires stalken.'

Ik kijk van de een naar de ander, niet goed wetend wat ik moet zeggen, maar ik geniet van de speelse kant van Hardin, die hij zo zelden laat zien.

'Heb je tijd om te gaan lunchen, als je dat nog niet hebt gedaan?' vraagt Hardin aan mij. Mijn blik gaat naar de klok aan de muur. Het is al twaalf uur. De dag vliegt voorbij.

Ik kijk even naar meneer Vance, die zijn schouders ophaalt. 'Je hebt elke dag een uur lunchpauze, en je moet toch eten!' Hij glimlacht, neemt afscheid van Hardin en loopt de gang in.

'Ik had je al een paar berichtjes gestuurd om te vragen of je goed was aangekomen, maar je hebt niet geantwoord,' zegt Hardin in de lift tegen me.

'Ik was zo verdiept in een verhaal dat ik niet eens op mijn telefoon heb gekeken.' Ik reik naar zijn hand.

'Het gaat toch wel goed met je? Met ons?' Hij kijkt me recht aan.

'Ja, waarom niet?'

'Ik... ik weet niet... Ik maakte me gewoon zorgen omdat je geen antwoord gaf. Ik dacht... dat je misschien spijt had van vannacht.' Hij kijkt naar de vloer.

'Wat? Nee, natuurlijk niet. Ik heb gewoon mijn mobieltje niet gecheckt. En ik heb zeker geen spijt van vannacht, geloof me.' Nu de herinneringen in me opkomen, kan ik een glimlach niet onderdrukken.

'Mooi. Nou, dat is een hele opluchting.' Hij laat zijn adem ontsnappen.

'Je bent helemaal hiernaartoe gereden omdat je bang was dat ik spijt had?' vraag ik. Het lijkt me wat overdreven, al is het vleiend.

'Ja... Nou, niet helemaal. Ik wil ook graag met je lunchen.' Glimlachend brengt hij mijn hand naar zijn lippen.

We stappen de lift uit en lopen naar buiten. Ik had mijn jasje mee moeten nemen, bedenk ik rillend. Hardin kijkt naar me.

'Er ligt een jas in mijn auto. Die pak ik wel even voor je, dan kunnen we daarna naar Brio lopen. Dat is een erg goed restaurant.' We lopen naar zijn auto, waar hij een zwart leren jack uit de kofferbak pakt. Ik moet lachen. Hij moet een complete garderobe achterin hebben. Sinds ik hem heb leren kennen, haalt hij al kleren uit zijn auto.

Het jack is verbazingwekkend warm en ruikt naar Hardin. Ik verdrink er bijna in en schud met mijn armen om de mouwen omhoog te schuiven.

'Dank je.' Ik kus hem op zijn kaak.

'Het staat je goed. Zit als gegoten.'

Hand in hand lopen we over het trottoir, wat ons een paar verbaasde blikken van zakenlieden op straat oplevert. Soms vergeet ik hoe verschillend we eruitzien. We zijn in bijna alle opzichten tegenpolen, maar op de een of andere manier werkt dat voor ons.

Brio is een klein, maar charmant Italiaans restaurant. De vloer is betegeld met prachtige tegels in verschillende kleuren en het plafond is versierd met een muurschildering van de hemel, compleet met mollige lachende engeltjes voor een witte poort met erachter een witte en zwarte engel die elkaar omhelzen. De witte engel lijkt de ander door de poort te willen trekken.

'Tessa?' Hardin trekt aan mijn mouw.

'Ik kom al,' mompel ik. We lopen naar een tafeltje achter in het restaurant. Hardin gaat naast me zitten, niet tegenover me, en hij trekt zijn stoel naar me toe en plant zijn ellebogen op tafel. Ik vind het niet erg dat hij voor ons allebei bestelt, want hij is hier eerder geweest.

'Dus jij en meneer Vance kennen elkaar erg goed?' vraag ik.

'Dat zou ik niet willen zeggen. Maar wel goed genoeg.' Hij haalt zijn schouders op.

'Jullie lijken goed met elkaar te kunnen opschieten. Dat was een leuk gezicht.'

Het begin van een glimlach speelt rond zijn lippen, en hij legt een hand op mijn dij. 'Is dat zo?'

'Ja, ik zie je graag vrolijk.' Ik vermoed dat zijn vriendschap met meneer Vance dieper gaat dan hij mij vertelt, maar ik wil nu niet aandringen.

'Ik ben vrolijk. Meer dan ik... ooit had kunnen denken,' voegt hij eraan toe.

'Wat is er met je? Je wordt helemaal sentimenteel,' zeg ik plagend.

Hij grinnikt. 'Ik wil best een paar tafels voor je omgooien, of iemand een bloedneus slaan.'

Ik geef hem een por tegen zijn schouder. 'Doe maar niet.' Ik giechel.

Ons eten wordt geserveerd en ik bedank de serveerster. Het ziet er heerlijk uit, en voordat ik een hap neem, adem ik de verrukkelijke geuren in. Hardin heeft een soort ravioli besteld, die heel erg lekker is.

'Goed, hè?' zegt hij trots, en hij neemt nog een hap. Ik knik en volg zijn voorbeeld.

Na het eten kibbelen Hardin en ik over de vraag wie er gaat betalen, maar hij wint.

'Betaal me later maar terug.' Hij knipoogt achter de rug van de serveerster naar me.

Terug op kantoor loopt Hardin met me mee naar binnen. 'Ga je mee naar boven?' vraag ik aan hem.

'Ja, ik wil je werkkamer zien. En daarna vertrek ik. Beloofd.'

'Afgesproken,' zeg ik, en we stappen de lift in. Op de bovenste verdieping aangekomen geef ik Hardin zijn jack terug. Hij trekt het aan en ik zet grote ogen op: hij ziet er erg smakelijk uit in leer.

'Ha, daar ben je weer,' zegt de jongeman in het donkerblauwe pak wanneer we hem op de gang tegenkomen.

'En daar ben jij weer.' Ik glimlach.

Zijn blik gaat naar Hardin, die zichzelf voorstelt.

'Leuk je te leren kennen. Ik ben Trevor, ik werk hier op de financiële afdeling.' Hij zwaait even en zegt 'Nou, tot ziens dan maar', voordat hij wegloopt.

Op weg naar mijn kamer grijpt Hardin opeens mijn pols vast en dwingt me hem aan te kijken. 'Wat had dat verdomme te betekenen?' bijt hij me toe.

Dit meent hij niet. Ik kijk naar zijn hand rond mijn pols en stel vast dat hij het wel meent. Zijn greep is niet stevig, maar hij houdt me wel op mijn plaats.

'Wat bedoel je?'

'Die vent.'

'Wat is er met hem? Ik ken hem verder niet, ik ben hem vanmorgen in de lift tegengekomen.' Ik trek mijn pols los.

'Daar zag het niet naar uit. Jullie stonden bijna voor mijn ogen te flirten.'

Ik kan er niets aan doen, maar ik uit een lach die meer op een blaf lijkt. 'Wát? Als je denkt dat dat flirten was, ben je echt gek. Ik was beleefd, en hij ook. Waarom zou ik met hem flirten?' Ik probeer met gedempte stem te spreken. Een scène schoppen zal mijn loopbaan hier geen goed doen.

‘Waarom niet? Hij zag er aardig en netjes uit, strak in het pak,’ zegt Hardin.

Ik besef dat hij eerder gekwetst en bezorgd dan kwaad is. Mijn eerste opwelling is hem van katoen te geven en te zeggen dat hij weg moet gaan, maar ik kies voor een andere benadering. Net als toen hij bij zijn vader thuis het servies kapotsmeet.

‘Denk je dat echt? Dat ik iemand als Trevor wil, die zo anders is dan jij?’ vraag ik vriendelijk.

Hardin spert zijn ogen open, van zijn stuk gebracht. Ik weet dat hij verwachtte dat ik boos zou worden, maar de verandering van tactiek brengt hem tot rust en laat hem over zijn antwoord nadenken. ‘Dat weet ik niet... Misschien wel.’ Hij kijkt me recht aan.

‘Nou, dat heb je mis, zoals wel vaker,’ zeg ik glimlachend. We moeten dit later nog eens bespreken, dan kan ik hem corrigeren, maar ik vind het belangrijker om hem nu duidelijk te maken dat hij nergens bang voor hoeft te zijn.

‘Het spijt me als je denkt dat ik met hem flirtte, maar dat was niet zo. Dat zou ik je nooit aandoen,’ verzeker ik hem. Zijn blik verzacht, en ik leg mijn hand op zijn wang. Hoe kan iemand die zo sterk is ook zo zwak zijn?

‘Ik... Oké,’ zegt hij.

Lachend streel ik hem over zijn wang. Ik vind het fijn om hem van zijn stuk te brengen. ‘Wat moet ik met hem als ik jou heb?’

Zijn oogleden trillen, en dan glimlacht hij eindelijk. Ik ben opgelucht dat ik nu weet hoe ik de bom die Hardin is onschadelijk moet maken. ‘Ik hou van je,’ zegt hij. Hij drukt zijn lippen op de mijne. ‘Het spijt me dat ik zo kwaad werd.’

‘Excuses aanvaard. Wil je nu mijn kamer zien?’ zeg ik opgewekt.

‘Ik heb jou niet verdiend,’ zegt hij zacht. Te zacht. Ik besluit zijn woorden te negeren en ga opgewekt verder. ‘Wat vind je ervan?’ vraag ik stralend.

Hij grinnikt en luistert aandachtig terwijl ik hem elk detail laat zien, van alle boeken op de plank tot het lege fotolijstje op mijn bureau.

‘Daar wil ik een foto van ons twee in stoppen,’ zeg ik tegen hem.

We hebben nog geen foto gemaakt waar we allebei op staan, iets wat ik pas besefte toen ik het lege lijstje daar neerzette. Hardin is niet het type dat lacht voor een foto, zelfs niet voor eentje die je met je telefoon maakt.

'O, ik ben niet zo van de foto's,' zijn de woorden waarmee hij mijn vermoedens bevestigt, maar wanneer hij merkt dat ik me een tikje beschaamd voel vanwege zijn reactie voegt hij er met moeite aan toe: 'Maar ik denk... Ik zou er wel eentje kunnen maken. Eén, meer niet.'

'Dat zien we later wel,' zeg ik glimlachend.

Hij lijkt opgelucht. 'Dan kunnen we het er nu over hebben dat je er zo sexy uitziet in die jurk. Je maakt me al de hele tijd gek.' Zijn stem klinkt een octaaf dieper, en hij zet een stap in mijn richting. Mijn lichaam wordt meteen warm; zijn woorden hebben altijd dat effect op me.

'Je mag blij zijn dat ik vanmorgen nog niet echt wakker was. Anders...' Hij strijkt met zijn vingertoppen langs de halslijn van mijn jurk. 'Anders had ik je niet laten gaan.'

Hij pakt met zijn andere hand de zoom van mijn jurk vast en streelt me over mijn dij.

'Hardin...' zeg ik waarschuwend. Mijn stem verraadt me en klinkt eerder als een kreun.

'Wat is er, schatje... Wil je soms dat ik dit niet doe?' Hij tilt me op en zet me op de rand van mijn bureau.

'Het is...' Nu zijn lippen mijn hals vinden, kan ik niet meer helder denken. Ik begraaf mijn vingers in zijn haar en hij knabbelt aan mijn huid. 'We kunnen niet... Er kan iemand binnenkomen... Of zo.' Mijn woorden zijn niet bepaald samenhangend.

Hij legt zijn handen op mijn dijen en spreidt ze verder. 'Er zit niet voor niets een slot op de deur... Ik wil je echt nu hier nemen, op dit bureau. Of misschien tegen het raam.' Zijn mond gaat naar mijn borst. De gedachte aan wat hij voorstelt, lijkt mijn hele lichaam onder stroom te zetten. Zijn vingers strijken over het kant van mijn slipje. Ik hoor hem sissend inademen.

'Dit trek ik niet,' zegt hij kermend, met een blik tussen mijn benen op het witte kanten broekje dat ik gisteren heb gekocht. Ik kan gewoon niet geloven dat ik dit laat gebeuren, op het bureau in mijn nieuwe kamer, op de tweede dag van mijn stage. Het is opwindend en eng tegelijk.

'Doe de deur op...' begin ik, maar ik word onderbroken door het schrille gerinkel van mijn telefoon. Ik spring overeind en loop haastig om het bureau heen om op te nemen. 'Hallo? Met Tessa Young!'

'Mevrouw Young. Tessa,' verbetert Kimberly zichzelf. 'Meneer Vance gaat dadelijk naar huis, maar hij wil eerst even bij je langskomen.' Ze klinkt een tikje geamuseerd.

Blozend bedank ik haar. Het is overduidelijk dat ze begrijpt hoe onweerstaanbaar Hardin voor me is.

81

∞

Hardin vertrekt kort nadat hij met meneer Vance gevatte opmerkingen over een footballwedstrijd heeft uitgewisseld. Ik bied mijn excuses aan voor Hardins bezoek, maar meneer Vance veegt die van tafel met de opmerking dat Hardin bijna familie is en altijd langs mag komen. Hij moet een opmerking over mijn salaris drie keer herhalen omdat ik met mijn gedachten ergens anders ben: ik blijf het beeld voor me zien van Hardin die op het bureau de liefde met me bedrijft.

Ik ga verder met het lezen van het manuscript en ben al snel zo verdiept in mijn werk dat ik pas wanneer ik opkijk zie dat het vijf uur is. Ik had al een uur geleden naar huis mogen gaan en heb een telefoontje van Hardin gemist. Op weg naar mijn auto bel ik hem terug, maar hij neemt niet op. Het is niet bijzonder druk onderweg, en wanneer ik op mijn kamer aankom, zie ik tot mijn verbazing Steph op het bed liggen. Soms vergeet ik dat ze er ook nog woont.

'Tijd niet gezien,' grap ik. Ik zet mijn tas neer en trek mijn schoenen uit.

'Ja...' Ze snuift.

'Wat is er? Gaat het?' Ik ga naast haar op het bed zitten.

'Volgens mij is het uit, tussen mij en Tristan.' Ze snikt. Het is zo'n raar gezicht om Steph te zien huilen. Doorgaans is ze zo sterk en gevat.

'Hoe bedoel je? Weet je dat zeker of niet?' Ik leg troostend mijn hand op haar rug.

'Nou, we kregen ruzie, en toen maakte ik het uit, maar ik meende het niet. Ik weet niet waarom ik dat deed. Ik was gewoon kwaad omdat hij bij háár zat, en ik weet hoe ze is.'

'Bij wie?' vraag ik, al denk ik dat ik het antwoord al weet.

'Molly. Je had haar moeten zien. Ze zat aan één stuk door te flirten en hing gewoon aan zijn lippen.'

'Maar ze weet toch dat jullie met elkaar gaan? Ik dacht dat ze je vriendin was?'

'Dat kan haar niks schelen. Ze doet alles om de aandacht van een jongen te trekken.'

Nu ik Steph zie huilen en haar haar ogen zie afvegen, neemt mijn hekel aan Molly nog verder toe. 'Ik geloof niet dat Tristan belangstelling voor haar heeft. Ik zie hoe hij naar jou kijkt. Hij geeft echt om je. Je moet hem bellen en het uitpraten,' stel ik voor.

'En als hij nu bij haar zit?'

'Dat zit hij niet,' verzeker ik haar. Ik kan me niet voorstellen dat Tristan er met de slang met roze haar vandoor is.

'Hoe weet jij dat nou? Soms denk je dat je iemand kent, maar dat is niet zo.' Ze kijkt me recht aan.

'Hoi,' zegt Hardin, die onze kamer binnen komt stormen en het verdrietige tafereel in zich opneemt. 'Eh... Kom ik soms ongelegen?' Hij schuift ongemakkelijk heen en weer. Hardin is niet het soort jongen dat een huilend meisje troost, of ze nu een vriendin is of niet.

'Nee, ik ga Tristan zoeken en mijn excuses aanbieden.' Ze staat op. 'Dank je, Tessa.' Ze geeft me een knuffel en kijkt Hardin aan. Ze wisselen een paar ongemakkelijke blikken voordat ze naar buiten loopt.

Hardin draait zich naar me toe en geeft me een zoen. 'Heb je honger?'

'Ja, best wel,' antwoord ik. Ik zou wat moeten studeren, al loop ik behoorlijk ver voor. Ik heb eerlijk gezegd geen idee hoe of wanneer Hardin werkt.

'Ik dacht dat je nadat we hebben gegeten misschien Karen of Landon kunt bellen om te vragen wat ik moet dragen... Naar de bruiloft, bedoel ik.'

Nu ik Landons naam hoor, voel ik een steek in mijn hart. Ik heb hem al een paar dagen niet gesproken en ik mis hem. Ik wil hem over mijn stage vertellen, en misschien zelfs wel over Hardin en mij. Hoewel, dat laatste weet ik nog niet zeker, maar ik wil hem wel spreken.

'Ja, ik zal Landon bellen. Ik heb zo'n zin in de bruiloft!' zeg ik tegen hem, en dan realiseer ik me dat ik zelf ook nog kleren moet uitkiezen.

'Ja. Ik ook. Ik kijk er zo naar uit. Ik sta te popelen!' Hij rolt met zijn ogen en ik moet lachen.

'Nou, ik ben in elk geval blij dat je gaat. Het betekent heel veel voor je vader en voor Karen.'

Hij schudt zijn hoofd, maar in de korte tijd dat ik hem ken, is er wel veel veranderd.

'Ja. Laten we maar iets gaan eten,' mompelt hij. Hij pakt mijn jasje van de stoel.

'Mag ik me misschien eerst even verkleden?' vraag ik. Ik voel dat hij naar me kijkt wanneer ik me uitkleed en jeans en een sweater van WCU uit mijn ladekast pak en die snel aantrek.

'Je ziet er zo leuk uit. Overdag sexy zakenvrouw, 's avonds schattige studente,' zegt hij plagend. Ik voel vlinders in mijn buik en ga op mijn tenen staan om hem op zijn wang te kussen.

We besluiten een hapje te eten in het winkelcentrum, zodat we daarna nog wat kunnen winkelen. Zodra we zijn gaan zitten, bel ik Landon, die zegt dat hij zijn moeder zal bellen om te vragen wat Hardin aan moet trekken en me daarna meteen terug zal bellen.

'Misschien kunnen we eerst naar kleren voor jou gaan kijken?' stelt hij voor.

'Ik weet ook niet wat ik aan moet.' Ik lach.

'Nou, je ziet er toch wel mooi uit, wat je ook draagt.'

'Dat is niet waar; jij bent veel beter in die "al loop ik in vodden, ik zie er toch goed uit"-look.'

Hij lacht brutaal naar me en leunt achterover op zijn stoel. 'Ja, dat is zo, hè?'

Ik rol met mijn ogen en hoor dan dat mijn mobieltje zoemt. 'Dat is Landon.'

'Hoi,' zegt Landon, 'volgens haar kun je het beste iets wits dragen. Dat is ongewoon, maar dat wil ze graag. Probeer Hardin in elk geval in een nette broek en een stropdas te lullen. Ik geloof niet dat ze van hem veel verwachten.' Hij lacht.

'Goed, ik zal mijn best doen voor een stropdas.' Ik kijk even naar Hardin, die op komische wijze fronst.

'Veel succes. Hoe is het met de stage?'

'Goed. Of nee, geweldig. Het is een droom die uitkomt. Ik kan het gewoon niet geloven. Ik heb mijn eigen kamer en krijg betaald om de hele dag te lezen. Het is perfect. Hoe zijn de colleges? Ik mis Literatuur.'

Op Hardins gezicht verschijnt nu een echte frons, en ik volg zijn blik naar het midden van het foodcourt. Zed, Logan en een onbekende jongen lopen naar ons toe. Zed zwaait vriendelijk naar me en ik lach zonder nadenken naar hem. Hardin kijkt me boos aan en staat op.

'Ik ben zo terug.' Hij loopt naar het groepje toe. Ik probeer mijn gesprek met Landon voort te zetten en tegelijkertijd Hardin in de gaten te houden, maar ik weet niet goed wat ik moet doen.

'Zonder jou is het niet hetzelfde, maar ik ben erg blij voor je. Gelukkig heb ik niets meer met Hardin te maken, die komt toch niet meer naar college,' zegt Landon.

'Hoe bedoel je, "hij komt niet meer"? Ik weet dat hij er vandaag niet was, maar gisteren toch wel?'

'Nee. Ik dacht dat hij was gestopt omdat jij niet meer komt en hij blijkbaar per se bij jou in de buurt moet zijn,' zegt hij plagend.

Daar krijg ik een warm gevoel van, al baart het me ook zorgen dat Hardin colleges mist.

Ik kijk even naar hem. Hij staat met zijn rug naar me toe, maar aan zijn schouders kan ik zien dat hij gespannen is. De onbekende jongen lacht geslepen en Zed schudt zijn hoofd. Logan heeft geen belangstelling voor de twee en kijkt een groepje meisjes na dat langsloopt. Hardin zet een stap in de richting van de jongen, maar ik weet niet of dat dreigend bedoeld is.

'Het spijt me, Landon, maar ik moet je terugbellen,' zeg ik, en ik hang op. Ik laat onze dienbladen op de tafel staan en loop naar hen toe, hopend dat er in de tussentijd niemand aan ons eten zal zitten.

'Hoi, Tessa, hoe is het?' vraagt Zed. Hij loopt naar me toe om me een knuffel te geven.

Ik begin te blozen, maar ik beantwoord zijn gebaar, al vermijd ik angstvallig naar Hardin te kijken. Zeds haar staat aan de voorkant recht omhoog, sexy en slordig, en hij is helemaal in het zwart. Zijn leren jack is aan de voor- en achterkant bedekt met emblemen.

'Hardin, stel je me nog aan je gezelschap voor?' vraagt de onbekende jongen, wiens glimlach me koude rillingen bezorgt. Ik kan merken dat hij geen vriendelijk persoon is.

'Eh, ja.' Hardin maakt een gebaar. 'Dit is Tessa, een kennis van me. Tessa, dit is Jace.'

'Een kennis'? Het voelt alsof hij me in mijn buik trapt, maar ik probeer het gevoel van vernedering te negeren en glimlach dapper.

'Zit je ook op WCU?' vraag ik, veel kalmer dan ik me voel.

'God, nee zeg, dat gestudeer is niks voor mij.' Jace grinnikt koeltjes.

'Al zou ik misschien van gedachten veranderen als alle meiden er net zo uitzagen als jij.'

Ik slik en wacht totdat Hardin iets zal zeggen. Of nee, ik ben gewoon een kennis, dus waarom zou hij zich ermee bemoeien? Ik zeg niks. Was ik maar gewoon aan ons tafeltje blijven zitten.

'We gaan vanavond naar de haven. Jullie moeten ook komen,' zegt Zed.

'Dat gaat niet. Misschien een andere keer,' zegt Hardin. Ik wil tussenbeide komen om te zeggen dat ik voor mezelf kan beslissen, maar ik ben zo kwaad dat ik geen woord kan uitbrengen.

'Waarom niet?' vraagt Jace.

'Omdat ze morgen moet werken. Misschien kom ik later nog wel langs. Alleen,' voegt hij eraan toe.

'Jammer, hoor.' Jace glimlacht naar me. Zijn lichtblonde haar valt voor zijn gezicht, en hij schudt het uit zijn ogen.

Hardin klemt zijn kiezen op elkaar en kijkt naar hem. Ik heb het gevoel dat ik iets mis. Wie is dit eigenlijk?

'Ja, ik kom later nog wel langs,' zegt Hardin.

Ik ga er snel vandoor en hoor dat Hardin achter me aan komt, maar ik blijf niet staan. Hij roept me niet, waarschijnlijk omdat hij zijn vrienden niet de verkeerde indruk wil geven, maar hij blijft me volgen. Ik ga sneller lopen en duik bij Macy's naar binnen, waar ik hem probeer af te schudden door opeens de hoek om te gaan. Helaas; hij pakt me bij mijn elleboog en draait me naar hem om.

'Wat is er?' Hij is duidelijk geïrriteerd.

'Ik zou het niet weten, Hardin!' roep ik. Een oudere vrouw kijkt me aan en ik glimlach verontschuldigend naar haar.

'Ik ook niet! Jij bent degene die Zed stond te omhelzen!' roept hij.

We trekken al behoorlijk de aandacht, maar ik ben zo kwaad dat het me niets kan schelen. 'Schaam je je voor me of zo? Ik bedoel, ik snap ook wel dat ik niet het allercoolste meisje ben, maar ik dacht...'

'Wat? Nee! Natuurlijk schaam ik me niet voor je. Ben je gek geworden?' zegt hij schamper.

Zo voel ik me op dit moment wel. 'Nou, waarom zei je dan dat ik een kennis was? Je hebt het over samenwonen, en vervolgens doe je net of we niet meer dan gewone vrienden zijn? Wat wil je doen, me verborgen houden? Ik ben niet van plan iemands geheim te zijn. Als ik niet goed genoeg ben om aan je vrienden te worden voorgesteld, dan hoeft het van mij niet.' Ik draai me met een ruk om en loop weg om mijn woorden kracht bij te zetten.

'Tessa! Verdomme...' Hij loopt me door de winkel achterna. Ik loop naar de paskamers en kijk boos naar hem om.

'Ik loop mee, hoor,' zegt hij, mijn gedachten lezend.

Omdat ik weet dat hij dat zou doen, draai ik me om en loop naar de uitgang. 'Breng me naar huis. Nu,' eis ik. Zonder een woord te zeggen loop ik minstens tien meter voor hem uit naar zijn auto. Hij wil het portier voor me opendoen, maar deinst terug wanneer ik hem kwaad aankijk. Als ik hem was, zou ik op afstand blijven.

Ik staar uit het raampje en denk aan al die vreselijke dingen die ik tegen hem zou kunnen zeggen, maar ik houd mijn mond. Het overheersende gevoel is schaamte; blijkbaar wil hij anderen niet vertellen dat we samen zijn. Ik weet dat ik anders ben dan zijn vrienden, die me ongetwijfeld een saaie trut vinden, maar dat zou hem koud moeten laten. Onwillekeurig vraag ik me af of Zed een eventuele relatie voor zíjn vrienden verborgen zou houden, en ik vermoed dat het antwoord 'nee' zou zijn. Pas nu dringt het tot me door dat Hardin me nog nooit zijn vriendin heeft genoemd. Misschien had ik pas met hem naar bed moeten gaan nadat hij had toegegeven dat we aan het daten zijn.

'Blijf je kwaad?' vraagt hij wanneer we de snelweg bereiken.

'Ik? Dat meen je niet!' Mijn stem vult zijn kleine auto.

'Ik snap niet waarom je het zo erg vindt dat ik je een kennis noemde. Zo bedoelde ik het niet. Ik was even van mijn stuk gebracht,' liegt hij.

Ik weet dat hij liegt; hij kan me namelijk niet recht aankijken. 'Als je zo voor me schaamt, hoef ik je niet meer te zien,' zeg ik. Ik druk mijn nagels in mijn been om te voorkomen dat ik ga huilen.

'Dat moet je niet zeggen.' Hij strijkt met zijn hand door zijn haar en haalt diep adem. 'Tessa, waarom denk je dat ik me voor je schaam? Dat is bespottelijk,' gromt hij.

'Veel plezier op je feest vanavond.'

'Ik ga niet. Dat zei ik alleen maar om Jace koest te houden.'

Ik weet dat wat ik nu ga zeggen een vreselijk idee is, maar ik wil iets bewijzen. 'Neem me mee naar dat feest.'

'Vergeet het maar,' zegt hij met opeengeklemde kaken.

'Zie je nu wel?' bijt ik hem toe.

'Weet je waarom ik dat niet doe? Om te beginnen omdat Jace een lul is. En ten tweede is dat geen plek voor jou.'

'Waarom niet? Ik kan heus wel op mezelf passen.'

'Jace en zijn vrienden zijn veel te hoog gegrepen voor je, Tessa. Jezus, dat zijn ze zelfs voor mij. Het is tuig dat alleen maar zit te blowen.'

'Waarom ben je dan met hem bevriend?' Ik rol met mijn ogen.

'Er is een groot verschil tussen vrienden zijn en vriendelijk zijn.'

'Nou, waarom gaat Zed met hem om?'

'Dat weet ik niet, maar Jace is niet iemand tegen wie je nee zegt,' legt hij uit.

'Dus je bent bang voor hem. Daarom zei je niets toen hij een opmerking tegen me maakte,' zeg ik. Jace moet wel heel erg zijn als zelfs Hardin bang voor hem is.

Hardin verbaast me door in lachen uit te barsten. 'Ik ben niet bang voor hem, maar ik wil hem niet uitdagen. Hij houdt van spelletjes, en als ik hem met jou uitdaag, maakt hij ook een spelletje van jou.' Hij houdt het stuur zo stevig vast dat zijn knokkels er wit van worden.

'Nou, dan is het maar goed dat we niet meer dan kennissen zijn.' Ik kijk uit het raampje naar het prachtige uitzicht op de stad. Ik besef dat ik me aanstel, maar ik kan er niets aan doen. Nu ik weet dat Jace een griezel is, begrijp ik waarom Hardin dat zei, maar daarmee is het niet minder pijnlijk.

82

∞

Terug op mijn kamer laat ik me op mijn bed vallen. Ik ben nog steeds kwaad op Hardin, zij het minder kwaad dan zo-even. Ik zit niet te wachten op aandacht van Jace, maar nu ik hem heb ontmoet, zijn er alleen maar meer vragen bij me opgekomen. Vragen die, zo weet ik, Hardin niet zal willen beantwoorden.

'Het spijt me zo. Ik wilde je niet kwetsen,' zegt hij. Ik kijk hem niet aan omdat ik weet dat ik dan zal smelten. Het moet hem duidelijk worden dat ik dit soort dingen niet langer pik. 'Wil... wil je me nog steeds?' vraagt hij met bevende stem.

Ik kijk naar hem en zie hoe kwetsbaar hij is. Ik slaak een zucht, wetend dat ik niet lang kwaad kan blijven als zijn blik zo bezorgd is. 'Ja, natuurlijk. Kom eens hier.' Ik klop naast me op het bed. Als het om deze man gaat, heb ik geen wilskracht.

'Zie je me als je vriendinnetje?' vraag ik zodra hij is gaan zitten.

'Ja. Ik bedoel, het klinkt een beetje gek om je zo te noemen,' zegt hij.

'Gek?' Ik pulk aan mijn nagels, een slechte gewoonte die ik nog moet afleren.

'Dat is een woord dat tieners gebruiken, en jij bent meer voor me dan dat.' Hij neemt mijn gezicht tussen zijn grote handen. Zijn antwoord zorgt voor kriebels in mijn buik, van het goede soort. Ik kan een lach niet onderdrukken en zijn schouders ontspannen meteen.

'Ik vind het niet fijn dat je voor de anderen verzwijgt dat we samen zijn. Hoe kunnen we nu samenwonen als je vrienden het niet eens mogen weten?'

'Zo zit het niet. Wil je dat ik nu Zed bel en het hem vertel? Als iemand zich zou moeten schamen, ben jij het, omdat je samen met mij bent. Ik heb wel gezien hoe iedereen naar ons kijkt,' zegt hij. Dus het is hem ook niet ontgaan dat we de aandacht trekken.

'Dat doen ze alleen maar omdat we er zo verschillend uitzien, en het is hún probleem. Ik schaam me niet voor je, Hardin, dat zou ik nooit doen.'

'Ik was even bang dat je het niet meer zag zitten,' zegt hij.

'Het niet meer zag zitten?'

'Je bent het enige constante in mijn leven. Dat weet je toch, hè? Ik zou me geen raad weten als je me in de steek zou laten,' zegt hij.

'Ik laat je niet in de steek, tenzij je me er een reden voor geeft,' verzeker ik hem, maar ik kan geen reden bedenken waarom ik dat zou doen. Ik zit er al tot over mijn oren in. De gedachte dat ik hem zou verlaten, wekt een ondraaglijke lichamelijke pijn op. Ik zou het niet kunnen verdragen. We ruziën weliswaar elke dag, maar ik houd van hem.

'Dat zal ik niet doen.' Hij wendt heel even zijn blik af en kijkt me dan weer recht aan. 'Bij jou ben ik degene die ik wil zijn.'

Ik druk mijn wang tegen zijn hand. 'En zo zie ik je graag.'

Ik houd van hem, van alles aan hem. Alle uitvoeringen. Ik vind het vooral fijn dat ik dankzij hem ben veranderd; we zijn allebei ten goede veranderd. Ik heb ervoor gezorgd dat hij meer open is dan vroeger en dat hij zich gelukkiger voelt, en hij heeft me geleerd dat ik gewoon moet leven, zonder over elk detail te piekeren.

'Ik weet dat ik je soms op je zenuwen werk... Nou ja, vrij vaak, en god weet dat jij me af en toe helemaal gek maakt,' zegt hij.

'Is dat een compliment?'

'Ik probeer alleen maar te zeggen dat het feit dat we soms ruziën niet betekent dat we niet samen zouden moeten zijn. Iedereen maakt wel eens ruzie.' Hij glimlacht. 'We maken alleen wat meer ruzie dan de meeste mensen. Jij en ik zijn allebei heel anders en moeten nog leren hoe we met elkaar om moeten gaan. Het wordt vanzelf gemakkelijker,' verzekert hij me.

Ik glimlach ook en haal mijn vingers door zijn donkere haar.

'We hebben nog steeds geen kleren voor de bruiloft,' merk ik op.

'O jee, kunnen we dan wel gaan?' Hij trekt het minst overtuigende gezicht dat ik ooit heb gezien en kust me op mijn neus.

'We gaan zeker. Het is nog maar dinsdag. We hebben nog bijna een week.'

'Of we slaan de bruiloft over en ik neem je een weekendje mee naar Seattle.' Hij trekt vragend een wenkbrauw op.

'Wat?' Ik schiet overeind. 'Nee, bedoel ik. We moeten naar de bruiloft,' verbeter ik mezelf. 'Maar je mag me volgend weekend meenemen.'

'Nee, het aanbod geldt slechts tijdelijk,' zegt hij plagend. Hij trekt me op zijn schoot.

'Goed, dan moet ik maar iemand anders vinden om mee naar Seattle te gaan.' Zijn kaak verstrakt en ik strijk met mijn vinger over de stoppels op zijn kin en kaak.

'Dat zou je niet durven.' Hij probeert een glimlach te onderdrukken.

'O, zeker wel. Seattle is immers mijn lievelingsstad.'

'Ja?'

'Ja. Ik heb nog niet zo veel gereisd.'

'Wat is de verste plek waar je bent geweest?' vraagt hij.

Ik leg mijn hoofd op zijn borst en hij leunt achterover tegen het hoofdeinde, met zijn armen om me heen. 'Seattle. Ik ben nog nooit buiten de staat Washington geweest.'

'Nooit?' roept hij uit.

'Nee, nooit.'

'Waarom niet?'

'Dat weet ik niet. Na het vertrek van mijn vader was er nooit geld voor. Mijn moeder moest de hele tijd werken en ik had het druk met school en wegkomen uit dat stadje. Ik had niet veel tijd voor andere dingen, behalve werken.'

'Waar zou je graag naartoe willen?' vraagt hij. Zijn vingers strelen mijn arm.

'Chawton. Ik wil het huis van Jane Austen zien. Of Parijs. Ik wil graag zien waar Hemingway woonde toen hij daar zat.'

'Ik wist dat je die plaatsen zou noemen. Ik kan je wel meenemen.' Hij klinkt ernstig.

'Laten we met Seattle beginnen,' zeg ik giechelend.

'Ik meen het, Tessa. Ik kan je overal mee naartoe nemen. Zeker in Engeland. Ik ben daar per slot van rekening opgegroeid. Dan kan ik je voorstellen aan mijn moeder en aan de rest van de familie.'

'Eh...' Ik weet niet wat ik moet zeggen. Hij is zo vreemd. Een uur geleden noemde hij me nog een kennis, en nu wil hij me voorstellen aan zijn moeder in Engeland.

'Zullen we met Seattle beginnen?' herhaal ik lachend.

'Prima, maar weet dat ik graag met je over het Engelse platteland wil rijden om je te laten zien waar Austen is opgegroeid...'

Ik kan me niet voorstellen hoe mijn moeder zou reageren op het nieuws dat ik met Hardin naar het buitenland zou gaan. Waarschijnlijk zou ze me op zolder opsluiten en nooit meer laten gaan. Ik heb haar niet meer gesproken sinds ze er woedend vandoor is gegaan en dreigde alles te zullen doen om het contact tussen Hardin en mij te verbreken. Ik wil de onvermijdelijke discussie zo lang mogelijk uitstellen.

'Wat is er mis?' vraagt hij. Hij houdt zijn hoofd vlak voor mijn gezicht.

'O, niets. Ik moest even aan mijn moeder denken.'

'O... Die trekt wel bij, liefje.' Hij klinkt zo zeker van zijn zaak, maar ik ken haar als geen ander.

We hebben het even over de bruiloft, maar dan begint Hardins mobieltje te trillen. Ik schuif op, zodat hij het uit zijn zak kan pakken, maar hij maakt geen aanstalten.

'Ze wachten maar even,' zegt hij tot mijn vreugde.

'Blijven we zaterdag na de bruiloft bij je vader logeren?' vraag ik, om niet aan mijn moeder te hoeven denken.

'Wil je dat graag?' vraagt hij.

'Ja, ik vind het daar fijn. Dit bed is zo klein.' Ik trek mijn neus op en hij lacht.

'We moeten vaker bij mij gaan zitten. Wat dacht je van vanavond?'

'Ik moet morgen naar mijn werk.'

'Ja, en? Je neemt je spullen gewoon mee en je kunt morgen in een echte badkamer douchen. Ik ben al een tijdje niet meer op mijn kamer geweest. Hopelijk hebben de jongens hem niet onderverhuurd,' grapt hij. 'Of vind je het soms fijn om samen met dertig anderen te douchen?'

'Niet bepaald.' Ik laat me glimlachend van het bed glijden.

Hardin helpt me mijn spullen te pakken en ik kijk steeds meer uit naar een avond bij hem thuis. Ik had altijd een hekel aan dat dispuutshuis, en dat heb ik eigenlijk nog steeds, maar het vooruitzicht van een douche in een echte badkamer en Hardins ruime bed is te aantrekkelijk om nee tegen te zeggen. Hij haalt het rode lingeriesetje uit mijn la en geeft het me gretig knikkend aan, en ik bloos voordat ik het in mijn tas stop. Ik pak een van mijn oude zwarte rokken en een witte blouse in omdat ik zo lang mogelijk met mijn nieuwe jurken wil doen.

'Een rode beha onder een witte blouse?' merkt Hardin op. Ik haal de witte blouse uit mijn tas en pak een blauwe.

'Neem maar wat extra kleren mee, dan hoef je volgende keer niet zo veel in te pakken,' stelt hij voor. Hij wil dat ik kleren bij hem bewaar. Wat heerlijk dat het zo vanzelfsprekend is dat we elke nacht samen zullen zijn.

'Ja, dat zou ik kunnen doen.' Ik pak mijn nieuwe witte jurk en nog een paar andere dingen.

'Weet je wat het nog gemakkelijker zou maken?' vraagt hij. Hij hangt mijn tas over zijn schouder en we lopen naar buiten.

'Wat?' Ik weet al wat hij wil zeggen.

'Als we allebei in hetzelfde huis zouden wonen.' Hij glimlacht. 'Dan hoeven we niet te beslissen waar we slapen en zou jij niet met je kleren hoeven te slepen. Dan zou je elke dag in je eentje kunnen douchen... Of nou ja, niet helemaal in je eentje.' Hij knipoogt speels. En net wanneer ik denk dat hij klaar is, wanneer we bij zijn auto aankomen en hij het portier voor me opendoet, voegt hij eraan toe: 'Dan kun je na het opstaan koffiezetten in onze keuken en je voorbereiden op de dag en dan zien we elkaar aan het einde van de dag weer bij ons thuis. Geen gezeik meer met kamergenotes of disputen.'

Elke keer wanneer hij het over 'ons' heeft, dansen de vlinders in mijn buik. En hoe meer ik erover nadenk, hoe beter het klinkt. Ik ben alleen doodsbang dat we te snel gaan. Ik wil niet dat het daardoor misloopt.

Op weg naar zijn huis legt hij zijn hand op mijn dij en zegt nogmaals: 'Denk er niet te lang over na.' Ik hoor dat zijn mobieltje weer begint te zoemen, maar hij negeert het. Deze keer vraag ik me een tikje argwanend af waarom hij niet opneemt, maar ik verdring die gedachte al snel.

'Waar ben je bang voor?' vraagt hij wanneer ik blijf zwijgen.

'Dat weet ik niet. Stel dat het misloopt met mijn stage en ik me geen eigen woning meer kan veroorloven? Of stel dat het misgaat tussen ons?'

Hij fronst even, maar herstelt zich snel. 'Schatje, ik heb al gezegd dat ik de huur betaal. Het was mijn idee, en bovendien verdien ik meer.'

'Het kan me niet schelen hoeveel je verdient. Ik vind het geen fijn idee als je alles betaalt.'

'Dan betaal jij de kabeltelevisie.' Hij lacht voldaan.

'En de boodschappen?' bied ik aan. Ik weet niet meer of ik het nu serieus meen of niet.

'Afgesproken. De boodschappen... Dat klinkt goed, hè? Dan kun je elke avond voor me koken als ik thuiskom.'

'Pardon? Eerder andersom, lijkt me,' zeg ik lachend.

'Om beurten?

'Afgesproken.'

'Dus dat betekent dat je bij me intrekt?' Ik heb nog nooit een bredere grijns op zijn perfecte gezicht gezien.

'Dat zei ik niet, ik bedoelde dat...'

'Je weet dat ik voor je zal zorgen, hè? Altijd,' belooft hij.

Ik wil tegen hem zeggen dat er niemand voor me hoeft te zorgen, dat ik mijn eigen geld wil verdienen en zelf mijn deel wil betalen, maar ik vermoed dat hij het niet alleen over de financiële kant van de zaak heeft.

'Dit klinkt te mooi om waar te zijn,' geef ik ten slotte toe, aan hem en aan mezelf.

Hij verbaast me door 'Dat gevoel heb ik ook' te antwoorden.

'Echt waar?' Daardoor voel ik me opgelucht.

'Ja, dat denk ik voortdurend. Je bent te goed voor me en ik zit gewoon te wachten totdat je dat beseft, maar ik hoop dat dat niet zal gebeuren.' Hij houdt zijn blik op de weg gericht.

'Dat zal niet gebeuren.' En dat meen ik.

Hij zegt niets.

'Goed,' verbreek ik de stilte.

'Goed wat?'

'Goed, ik trek bij je in.' Ik glimlach.

Hij maakt een geluid waardoor het lijkt alsof hij al die tijd zijn adem heeft ingehouden. 'Echt waar?' Zijn kuiltjes verschijnen wanneer hij zijn hoofd schudt en even glimlacht.

'Ja.'

'Je hebt geen idee hoeveel dat voor me betekent, Theresa.' Hij legt zijn hand op de mijne en geeft die een kneepje. Hardin slaat zijn straat in en mijn gedachten draaien op volle toeren. We gaan dit echt doen. We gaan samenwonen. Hardin en ik. Samen. De hele tijd. In ons eigen huis. Ons eigen bed. Ons eigen alles. Ik zweet peentjes, maar mijn opwinding is, in elk geval voor nu, sterker dan mijn nervositeit.

'Noem me geen Theresa, anders verander ik nog van gedachten,' zeg ik plagend.

'Je zei dat alleen vrienden en familie je zo mogen noemen. Volgens mij heb ik het wel verdiend.'

Dat weet hij nog? Volgens mij heb ik dat vlak na onze eerste kennismaking gezegd. Ik lach breeduit. 'Touché. Noem me maar zoals je wilt.'

'O liefje, dat zou ik niet zeggen als ik jou was. Ik heb een hele lijst van schunnige bijnamen voor je.' Zijn glimlach is zo ondeugend dat ik ernaar verlang die namen te horen, maar ik weet mijn mond te houden en knijp mijn benen tegen elkaar. Het is hem niet ontgaan, want zijn lach wordt breder.

Ik wil hem duidelijk maken dat hij een viezerik is, maar ik kan de juiste woorden niet vinden. We naderen zijn huis en zien dat de voortuin vol mensen en de straat vol auto's staat.

'Shit, ik wist niet dat er een feest was. Het is verdomme dinsdag. Kijk, dit is nu het soort gezeik...'

'Het geeft niet. We gaan meteen naar je kamer,' onderbreek ik hem, in een poging zijn irritatie te verminderen.

'Goed,' zegt hij zuchtend.

We lopen het drukke huis in en zetten meteen koers naar de trap. Net wanneer ik denk dat we het redden zonder een bekende tegen te komen, zie ik een hoofd met vettig, lichtblond haar boven aan de trap. Jace.

83

∞

Hardin, die Jace op hetzelfde moment ziet staan als ik, is onmiddellijk gespannen. Hij draait zich eerst om naar mij, dan weer naar Jace. Even lijkt het erop dat Hardin ons allebei wil omdraaien, maar dan ziet Jace ons staan, en ik weet dat Hardin hem niet tegen ons in het harnas wil jagen door nu weg te lopen. Om ons heen is het feest in volle gang, maar het enige wat ik zie, is Jace' kwaadaardige lachje, dat me koude rillingen bezorgt.

Wanneer we boven aan de trap aankomen, kijkt Jace ons overdreven verbaasd aan en zegt: 'Ik had niet gedacht jullie twee hier te zien. Jullie konden ook al niet naar de haven komen.'

'Ja, we wilden net...' begint Hardin.

'O, ik weet best wat jullie hier komen doen.' Jace klopt hem glimlachend op zijn schouder. Ik krimp ineen wanneer zijn bruine ogen zich op mij richten. 'En wat fijn jou weer te zien, Tessa,' zegt hij koeltjes.

Ik kijk even naar Hardin, maar die is te veel op Jace geconcentreerd om iets te merken. 'Ja, van hetzelfde,' weet ik uit te brengen.

'Nou, het is maar goed dat jullie niet naar de haven zijn gekomen. De politie heeft voortijdig een einde aan dat feest gemaakt. Daarom zitten we nu hier.'

Waren we nu maar op mijn kamer gebleven. Aan de blik in Hardins ogen kan ik zien dat hij hetzelfde denkt.

'Dat is klote, man,' zegt Hardin.

Hij wil doorlopen, maar Jace pakt hem bij zijn arm en zegt: 'Kom jullie eens mee naar beneden, dan drinken we wat.'

'Zij drinkt niet,' zegt Hardin, uit de hoogte en duidelijk geërgerd. Helaas lijkt die ergernis Jace verder aan te moedigen.

'O, nou, kom jij dan maar mee. Ik sta erop,' zegt hij.

Hardin kijkt me aan. Ik sper mijn ogen open en probeerde zonder woorden 'Nee!' te zeggen, maar dan knikt hij naar Jace.

Dat meent hij niet!

'Ik kom zo. Ik breng haar even... weg,' mompelt Hardin. Voordat Jace iets kan zeggen, trekt Hardin me aan mijn pols mee naar zijn kamer. Hij maakt de deur open, duwt me naar binnen en doet snel de deur dicht.

'Ik wil niet naar beneden,' zeg ik terwijl hij mijn tas neerzet.

'Je gaat ook niet naar beneden.'

'Maar jij wel?' vraag ik.

'Ja, heel even. Ik ben zo terug.' Hij wrijft met zijn hand in zijn nek.

'Waarom zei je niet gewoon nee?' vraag ik. Voor iemand die beweert niet bang te zijn voor Jace gedraagt Hardin zich wel heel erg onderdanig.

'Zoals ik al zei, tegen hem zeg je niet snel nee,' zegt hij.

'Kan hij je soms ergens mee chanteren of zo?'

'Wat?' Hardin loopt rood aan. 'Nee... Jace is gewoon een lul. En ik wil geen problemen. Zeker niet waar jij bij bent.' Hij zet een stap in mijn richting. 'Ik blijf niet lang beneden, maar ik ken hem: als ik niet iets met hem ga drinken, komt hij hiernaartoe. En ik wil hem niet in jouw buurt hebben,' zegt hij. Hij geeft me een zoen op mijn wang.

'Goed,' zeg ik met een zucht.

'Maar je moet wel hier blijven. Ik weet dat het niet ideaal is, met die harde muziek beneden, maar ik kan even niets beters bedenken.'

'Goed,' herhaal ik. Ik wil toch niet naar beneden. Ik heb een hekel aan deze feesten en wil Molly, mocht die hier rondlopen, al helemaal niet zien.

'Ik meen het. Oké?' zegt hij met zachte stem.

'Ja, oké. Maar laat me niet te lang alleen,' smeek ik.

'Dat doe ik niet. We gaan morgen zodra je uit je werk komt het contract voor dat appartement tekenen. Dan zijn we voortaan van dit soort gezeik af.'

Ik heb ook geen zin meer in deze feesten of in mijn kleine kamer. Ik wil in een echte keuken eten in plaats van in een mensa, ik wil van de vrijheden van een volwassene kunnen genieten. Het leven op de campus herinnert me er alleen maar aan hoe jong we nog zijn.

'Goed, ik ben zo terug. Doe de deur achter me op slot en laat hem dicht. Ik heb een sleutel.' Hij drukt een snelle kus op mijn lippen en draait zich om naar de deur.

'Jeetje, je doet alsof iemand me wil ombrengen.' Met dat grapje probeer ik de spanning te verbreken, maar hij lacht niet en loopt de kamer uit. Ik rol met mijn ogen, maar ik doe wel degelijk de deur op slot. Het laatste waar ik zin in heb, zijn dronken gasten op zoek naar een plek om een potje te vrijen.

Ik zet zijn tv aan in de hoop dat die iets van de herrie van beneden kan overstemmen, maar ik blijf me afvragen wat Hardin daar doet. Waarom is hij zo op zijn hoede voor Jace, en waarom is Jace zo'n griezel? Spelen ze hun gebruikelijke onvolwassen spelletjes? Stel dat iemand Hardin uitdaagt om Molly te zoenen? Stel dat ze weer op zijn schoot kruipt? Ik vind het vreselijk dat ik zo jaloers ben, het drijft me tot waanzin. Ik weet dat Hardin met heel veel meiden heeft gezoend en gevreeën, Steph meegerekend, maar Molly zit me meer dwars dan de anderen. Misschien wel omdat ik weet dat ze me niet aardig vindt en me voortdurend onder de neus wil wrijven dat ze iets met Hardin heeft gehad.

En de eerste keer dat je haar zag, zat ze bij hem op schoot met haar tong in zijn keel, zegt het stemmetje in mijn gedachten.

Uiteindelijk worden al die gedachten me te veel. Ik weet dat ik op Hardins kamer moet blijven, met de deur op slot, maar mijn voeten hebben andere plannen, en voordat ik het weet, loop ik met twee treden tegelijk de trap af, op zoek naar Hardin.

Beneden zie ik Molly's vreselijke roze haar en die kleren van haar die de term 'kleding' amper verdienen, maar tot mijn grote opluchting is Hardin nergens te bekennen.

'En wie hebben we daar,' zegt een stem achter me. Ik draai me om en zie Jace op nog geen halve meter afstand staan.

'Hardin zei dat je niet lekker was. Die gast liegt altijd.' Glimlachend haalt hij een aansteker uit zijn zak. Hij knipt hem met zijn duim aan en houdt het vlammetje vlak onder de rafels van zijn mouwloze spijkerjack om die weg te branden.

Ik besluit me aan Hardins leugen te houden. 'Dat klopt, maar ik voel me nu beter.'

'Zo snel al?' Hij lacht, duidelijk geamuseerd.

De kamer lijkt nu veel kleiner en de menigte groter. Ik knik en kijk om me heen, wanhopig zoekend naar Hardin.

'Kom, ik wil je aan een paar van mijn vrienden voorstellen,' zegt Jace. Zijn stem blijft me koude rillingen bezorgen.

‘Ik... eh... ik denk dat ik beter Hardin kan gaan zoeken,’ stamel ik.

‘Kom dan maar mee, Hardin zit al bij mijn vrienden.’ Hij legt een arm rond mijn schouder.

Ik stap opzij en doe net alsof zijn gebaar me ontgaat. Ik vraag me even af of ik terug naar boven moet gaan, zodat Hardin niet zal merken dat ik beneden ben geweest, maar ik heb het gevoel dat Jace me achterna zal komen of het aan Hardin zal vertellen. Waarschijnlijk allebei.

‘Goed,’ geef ik toe. Ik loop door de drukte achter Jace aan, die me meeneemt naar de achtertuin. Alleen een paar lampen op de veranda branden, de tuin is verder in duisternis gehuld. Ik word een beetje zenuwachtig nu ik achter Jace aan het donker in loop, maar dan kruist mijn blik die van Hardin. Hij spert verbaasd zijn ogen open en kijkt me dan kwaad aan. Even maakt hij aanstalten om op te staan, maar dan gaat hij weer zitten.

‘Kijk eens aan wie ik in haar eentje aantrof, helemaal verdwaald,’ zegt Jace, wijzend op mij.

‘Ik zie het,’ mompelt Hardin. Hij is woedend.

Ik sta voor een kleine kring van onbekende gezichten. Het groepje zit samengepakt rond een stapel stenen die aan een vuurplaats doen denken, alleen brandt er geen vuur. Het zijn vooral stoer uitziende jongens en een paar meisjes.

‘Kom hier.’ Hardin schuift opzij, zodat ik naast hem op een steen kan gaan zitten.

Ik neem plaats en Hardin kijkt me aan met een blik die duidelijk maakt dat hij, als we nu alleen waren geweest, flink tegen me tekeer zou zijn gegaan. Jace buigt zich voorover en fluistert een jongen met zwart haar en wit T-shirt vol scheuren iets in het oor.

‘Waarom zit je niet op mijn kamer?’ vraagt Hardin zacht maar nadrukkelijk.

‘Dat... dat weet ik niet. Ik dacht dat Molly...’ begin ik, maar dan besef ik hoe stom dat klinkt.

‘Dat meen je niet,’ zegt hij een tikje geërgerd. Hij haalt een hand door zijn haar. De aandacht richt zich weer op ons wanneer de jongen met het zwarte haar me een fles wodka aangeeft. ‘Ze drinkt niet.’ Hardin trekt de fles uit mijn handen.

‘Jezus, Scott, dat kan ze zelf ook wel zeggen,’ zegt een andere jongen. Hij heeft een vriendelijke glimlach en ziet er niet zo eng uit als Jace of de jongen met het zwarte haar.

Hardin lacht even, maar ik hoor dat de lach nep is. 'Bemoei je er niet mee, Ronnie,' zegt hij luchtig.

'Wie heeft er zin in een spelletje?' vraagt Jace.

Ik kijk naar Hardin. 'O nee, jullie zijn toch niet van die lui die ook het liefste truth or dare spelen? Wat is het toch met al die spelletjes?' vraag ik kermend.

'O, ik mag haar wel. Lekker brutaal,' zegt Ronnie, en ik lach.

'Is er iets mis met een spelletje doen?' zegt Jace met dubbele tong. Ik zie dat Hardin naast me verstijft.

'We zaten eigenlijk aan strippoker te denken,' zegt een andere jongen.

'O nee,' zeg ik.

'Wat dachten jullie van Zuigen en Blazen?' vraagt Jace.

Ik krimp blozend ineen. Ik heb geen idee wat voor spel dat is, maar het lijkt me niet iets wat ik met dit groepje wil spelen.

'Nooit van gehoord, maar nee, bedankt,' zeg ik. Vanuit mijn ooghoek zie ik Hardin glimlachen.

'Het is leuk, hoor, en nog leuker als je wat hebt gedronken,' zegt een mannenstem ergens in het donker.

Ik vraag me even af of ik de fles uit Hardins handen moet pakken en een slok moet nemen, maar ik moet vroeg op en heb geen zin in een kater.

'Daar hebben we niet genoeg meisjes voor,' zegt Ronnie.

'Ik haal er wel een paar.' Voordat iemand kan protesteren loopt Jace naar binnen.

'Ga terug naar boven,' zegt Hardin zo zacht dat alleen ik het kan horen.

'Dan moet je wel meegaan,' antwoord ik.

'Goed, dan gaan we.'

Maar zodra we opstaan, begint de kring te kermen. 'Wat ga je doen, Scott?' vraagt een van de jongens.

'We gaan naar boven,' antwoordt hij.

'Ach toe, we hebben je maanden niet gezien. Blijf nog even.'

Hardin kijkt naar mij en ik haal mijn schouders op. 'Oké dan,' zegt Hardin. Hij neemt me mee terug naar de grote steen. 'Ik ben zo terug. Blijf hier. Ik meen het,' zegt hij.

Ik rol met mijn ogen. Het is nogal ironisch dat hij me achterlaat bij wat heel goed het ergste groepje op dit feest zou kunnen zijn.

'Wat ga je doen?' vraag ik hem voordat hij wegloopt.

'Iets te drinken halen. Dat kun jij ook wel gebruiken.' Hij glimlacht en loopt naar binnen.

Ik staar afwisselend naar de lucht en naar de vuurplaats om ongemakkelijke gesprekken te vermijden, maar het werkt niet echt.

'Hoe lang kennen Hardin en jij elkaar al?' vraagt Ronnie. Hij neemt nog een slok.

'Een paar maanden,' antwoord ik beleefd. Ronnie straalt iets geruststellends uit; in tegenstelling tot Jace zet hij mijn zintuigen niet meteen op scherp.

'O, dus nog niet zo lang?' zegt hij.

'Eh, nee, niet echt. Hoe lang ken jij hem al?' Ik kan deze gelegenheid net zo goed gebruiken om zo veel mogelijk over Hardin te weten te komen.

'Sinds vorig jaar.'

'En waarvan?' Ik probeer ontspannen te klinken.

'Van een feest. Of nou ja, een heleboel feesten.' Hij lacht.

'Dus jullie zijn vrienden?'

'Ze is wel nieuwsgierig, hè?' komt de jongen met het zwarte haar tussenbeide.

'Jazeker,' antwoord ik, en hij lacht. Ze zijn niet zo erg, of in elk geval niet zo erg als Hardin deed voorkomen. En waar zit hij trouwens?

Een paar tellen later verschijnt Hardin, in gezelschap van Jace en drie meisjes. Wat nu weer? Jace en Hardin lopen met elkaar te praten; Jace klopt Hardin op zijn schouder en ze lachen allebei.

Hardin heeft twee rode bekertjes in zijn handen. Tot mijn opluchting is geen van die meisjes Molly. Hardin gaat naast me op de steen zitten en kijkt me even speels aan. Hij lijkt in elk geval meer op zijn gemak dan voordat hij drinken ging halen.

'Alsjeblieft.' Hij geeft me een van de bekers aan.

Ik staar hem even aan voordat ik het bekertje aanpak. Eén drankje kan geen kwaad. Ik herken de smaak onmiddellijk: dit hebben we ook gedronken op de avond dat Zed en ik hebben gezoend. Hardin staart me aan en ik lik mijn lippen af om het drankje te proeven.

'Nu hebben we genoeg meisjes,' zegt Jace met een gebaar naar de nieuwkomers.

Ik kijk naar de meisjes en onderdruk onmiddellijk mijn neiging om een oordeel te vellen. Hun rokjes zijn kort en hun topjes zijn op de kleur na volkomen identiek. Het meisje met het roze topje glimlacht naar me en lijkt me daarom het aardigst.

'Jij doet niet mee,' zegt Hardin in mijn oor. Ik wil tegen hem zeggen dat ik heel goed zelf kan beslissen wat ik wel en niet doe, maar hij buigt zich naar me toe en slaat een arm rond mijn middel. Ik kijk naar hem op, duidelijk verbaasd, maar hij glimlacht alleen maar.

'Ik hou van je,' fluistert hij dan. Zijn lippen zijn koel tegen mijn oor en ik huiver.

'Goed, ik denk dat iedereen wel weet hoe het werkt,' zegt Jace op luide toon. 'We moeten de kring kleiner maken, dus ga dichter bij elkaar zitten. Maar laten we eerst even het feestje starten.' Met een tevreden gezicht haalt hij iets uit zijn zak. Hij pakt zijn aansteker en steekt het kleine witte voorwerp aan.

'Dat is wiet,' zegt Hardin zachtjes tegen me. Dat vermoedde ik al, ook al heb ik nooit eerder een joint gezien.

Ik knik en zie dat Jace de joint naar zijn lippen brengt en een flinke trek neemt voordat hij hem aan Hardin aanbiedt. Hardin schudt zijn hoofd. Ronnie pakt de joint en inhaleert overdreven, om vervolgens luid te hoesten.

'Tessa?' Ronnie steekt mij de joint toe.

'Nee. Nee, dank je.' Ik kruip dichter tegen Hardin aan.

'Goed, laten we gaan spelen,' zegt een van de meisjes. Ze haalt iets uit haar tas. De anderen schuiven van de stenen op het gras en maken zo de kring kleiner.

'Kom op, Hardin!' zegt Jace, maar Hardin schudt zijn hoofd. 'Ik hoef niet.'

'Dan hebben we nog één meisje nodig, tenzij je de kans wilt lopen dat Dan zijn tong in je mond steekt,' zegt Ronnie lachend. Dan moet de jongen met het zwarte haar zijn. Een stille jongen met rood haar en flink wat gezichtsbeharing neemt een fikse trek en geeft de joint door aan Jace. Ik drink mijn bekertje leeg en reik naar dat van Hardin. Hij trekt zijn wenkbrauwen op, maar houdt me niet tegen.

'Ik ga Molly halen. Die is er wel voor in,' zegt het meisje met het roze topje.

Nu ik Molly's naam hoor, welt mijn haat jegens haar zo sterk in me op dat ik niet langer helder kan denken en 'Ik doe wel mee' eruit flap.

'O ja?' vraagt Jace verbaasd.

'Mag dat wel?' zegt Dan met een spottende blik op Hardin.

'Ik kan heel goed voor mezelf beslissen, hoor.' Ondanks mijn felle toon werp ik hem een onschuldige glimlach toe.

Ik weet dat ik maar beter niet naar Hardin kan kijken; hij heeft me al gezegd dat ik niet mee moet doen, maar ik kon natuurlijk mijn grote mond niet houden. Ik drink zijn bekertje leeg en ga naast het meisje in het roze topje zitten.

'Nee, tussen twee jongens in,' zegt ze tegen me.

'Oké.' Ik sta op.

'Ik doe ook mee,' mompelt Hardin. Ik ga als vanzelfsprekend naast hem zitten, maar kijk hem nog altijd niet aan. Jace neemt aan mijn andere kant plaats.

'Ik vind dat Hardin hier hoort. Dat maakt het veel spannender,' merkt Dan op. De jongen met het rode haar knikt.

Hardin rolt met zijn ogen, maar hij gaat wel tegenover me zitten. Ik snap er niks van. Wat maakt het nu uit wie er naast wie zit? Wanneer Dan naast me plaatsneemt, begin ik nerveus te worden. Het voelt heel erg ongemakkelijk, zo tussen hem en Jace in.

'Kunnen we nu eindelijk beginnen?' zegt het meisje met het groene topje op zeurderige toon. Ze zit tussen Hardin en de jongen met het rode haar. Jace pakt iets van de meisjes aan wat nog het meeste op een stukje papier lijkt en drukt het tegen zijn mond.

Wát?

'Klaar?' vraagt hij aan me.

'Ik ken de regels van dit spel niet,' beken ik, en ik hoor een van de meisjes spottend lachen.

'Je drukt je mond tegen de andere kant van het velletje papier en zuigt. Het papiertje mag niet vallen. Als dat gebeurt, moet je de ander zoenen,' legt hij uit.

O nee. Ik kijk even naar Hardin, maar die houdt zijn blik op Jace gericht.

'Begin hier maar, dan kan ze zien hoe het moet,' zegt het meisje aan de andere kant van Jace.

Dit spelletje bevalt me helemaal niet. Hopelijk is het op de een of andere manier afgelopen voordat het mijn beurt is. Of die van Hardin. En ze lijken trouwens veel te oud voor dit soort spelletjes. Waarom grijpen studenten elke kans aan om met om het even wie te zoenen? Ik zie dat Jace het papiertje aan het meisje doorgeeft zonder het te laten vallen. Met ingehouden adem zie ik dat Hardin het van haar overneemt en doorgeeft aan het meisje naast hem. Als hij met een van hen moet zoenen...

Zodra het hem is gelukt, laat ik mijn adem ontsnappen. Het papiertje valt tussen de jongen met het rode haar en het meisje met het gele topje op de grond, en hun lippen raken elkaar. Ze doet haar mond open en ze gebruiken allebei hun tong, waardoor ik beschaamd mijn blik afwend. Ik wil opstaan en weglopen, maar mijn lichaam verroert zich niet. Nu ben ik aan de beurt.

O god, nu ben ik aan de beurt. Ik slik wanneer Dan zich tot mij wendt, met het papiertje tegen zijn lippen. Ik weet nog altijd niet goed wat ik moet doen, dus ik sluit mijn ogen, druk mijn lippen tegen de andere kant en zuig. Ik voel warme lucht door het papiertje stromen wanneer Dan blaast, maar ik besef dat hij te hard blaast en dat het papiertje zal vallen. Op hetzelfde moment dat het papiertje op mijn been valt, voel ik ook de warme adem van Dan, die zijn mond naar de mijne brengt. Zodra zijn lippen de mijne raken, wordt hij weggetrokken.

Ik doe mijn ogen open, maar tegen de tijd dat ik besef wat er gebeurt, zit Hardin al boven op Dan, met zijn handen rond diens nek.

84

∞

Ik schiet achteruit, steunend op mijn handen, en Hardin, die Dan nog altijd bij zijn nek vasthoudt, rukt Dans hoofd omhoog en duwt het dan met kracht neer in het gras. Heel even vraag ik me af of Hardin hetzelfde zou hebben gedaan op de betonnen veranda of bij de stenen rond de vuurplaats, en ik vermoed dat ik het antwoord weet zodra Hardin een vuist maakt en Dan een ram tegen zijn kaak geeft.

'Hardin!' schreeuw ik, overeind krabbelend. De rest van het groepje kijkt alleen maar toe. Jace is geamuseerd, en zelfs Ronnie wekt de indruk het vermakelijk te vinden.

'Hou hem tegen,' zeg ik smekend, maar Jace schudt zijn hoofd. Hardins vuist komt wederom in contact met Dans toch al bloederige gezicht.

'Dit zal er al een tijdje aan te komen. Laat die twee het maar even uitvechten.' Hij kijkt me zelfvoldaan aan. 'Wil je iets drinken?'

'Wat? Nee! Ik wil niets drinken! Jezus, wat is er met jullie?' schreeuw ik.

Er hebben zich inmiddels de nodige toeschouwers verzameld, die de vechtersbazen aanmoedigen. Ik heb Dan gelukkig nog geen klap zien uitdelen, maar ik wil wel heel graag dat Hardin ophoudt hem in elkaar te slaan. Omdat ik hem niet zelf durf tegen te houden roep ik Zed zodra ik hem zie staan. Hij heeft het meteen door en komt aangerend.

'Hou hem tegen, alsjeblieft!' roep ik. Iedereen lijkt dit spannend te vinden, behalve ik. Als Hardin zo door blijft gaan, slaat hij hem dood. Dat weet ik gewoon.

Zed knikt even snel naar me en zet dan een paar stappen in Hardins richting. Hij grijpt hem bij zijn shirt en trekt hem naar achteren. Hardin is daardoor zo van zijn stuk gebracht dat Zed hem gemakkelijk van Dans ineengedoken lijf kan trekken, maar dan draait Hardin zich woedend om en haalt uit naar Zed. Zed weet zijn vuist te ontwijken en legt beide handen op Hardins schouders. Hij zegt iets tegen Hardin wat ik niet kan verstaan en knikt dan naar mij. Hardins ogen fonkelen, zijn knokkels zitten onder het bloed en zijn shirt is gescheurd door Zeds ingreep. Zijn borstkas gaat snel op en neer, als bij een wild dier dat net zijn prooi heeft gedood. Ik maak geen aanstalten om naar hem toe te lopen omdat ik weet hoe kwaad hij op me is. Dat voel ik gewoon, maar ik ben minder bang voor Hardin dan ik waarschijnlijk zou moeten zijn. Ik heb hem weliswaar net op de vreselijkst denkbare manier door het lint zien gaan, maar ik weet dat hij mij nooit fysiek pijn zou doen.

Nu de opwinding voorbij is, loopt bijna iedereen terug naar binnen. Dan blijft ineengedoken op de grond liggen en Jace buigt zich voorover om hem overeind te helpen. Dan krabbelt moeizaam overeind en tilt zijn shirt op om het bloed van zijn gezicht te vegen. Ik wend mijn blik af wanneer hij een mengeling van bloed en speeksel uitspuugt.

Hardin kijkt om naar Dan en wil naar hem toe lopen, maar Zed houdt hem tegen.

'Krijg de tering, Scott!' roept Dan. Jace gaat tussen hen in staan. O, nu wil hij opeens wel iets doen. 'Wacht maar tot je kleine...' begint Dan, maar Jace snauwt 'Hou je gore kutbek' en Dans mond valt dicht.

Dan kijkt naar mij en ik doe een stap naar achteren, me afvragend wat Jace bedoelde met zijn opmerking dat het er al een tijdje aan zat te komen. Een paar minuten geleden leek alles nog oké tussen Hardin en Dan.

'Ga naar binnen!' schreeuwt Hardin, en ik weet meteen dat hij het tegen mij heeft.

Ik besluit voor de verandering eens naar hem te luisteren, draai me om en loop naar binnen. Ik weet dat iedereen naar me kijkt, maar het kan me niet schelen. Ik baan me een weg tussen de feestgangers door en ren naar Hardins kamer. Ik was vergeten de deur op slot te doen en zie tot mijn ontzetting dat er een grote rode vlek op het tapijt zit. Er moet iemand naar binnen zijn gestommeld die drank op het tapijt heeft gemorst. Geweldig. Ik ren naar de badkamer en houd een handdoek onder de kraan. Terug op Hardins kamer doe ik de deur achter me dicht en probeer de vlek weg te boenen, maar die wordt door het water alleen maar groter. De deur klikt open en ik probeer snel overeind te komen.

'Jezus, waar ben jij mee bezig?' Zijn blik gaat naar de handdoek in mijn hand en dan naar de vlek op de vloer.

'Iemand... Ik vergat de deur op slot te doen toen ik naar beneden ging.' Ik kijk hem aan. Hij spert zijn neusgaten open en haalt diep adem.

'Het spijt me,' zeg ik.

De woede straalt van hem af, en ik kan niet eens boos op hem worden, want dit is immers allemaal mijn schuld. Als ik naar hem had geluisterd en op zijn kamer was gebleven, dan was dit nooit gebeurd.

Hij strijkt gefrustreerd met zijn handen over zijn gezicht en ik zet een stap in zijn richting. Zijn vingers zijn gekneusd en zitten onder het bloed, waardoor ik aan zijn vechtpartij op het sportveld moet denken. Hij verbaast me door de handdoek uit mijn handen te pakken en ik deins in een opwelling terug. Hij houdt zijn hoofd scheef, een niet-begrijpende blik in zijn ogen, en veegt met het gedeelte van de handdoek dat niet onder de vlekken zit zijn knokkels af.

Ik had verwacht dat hij als een dolle naar binnen zou stormen, van alles kapot zou gooien en tegen mij zou schreeuwen, maar in plaats daarvan blijft hij zwijgen. En dat is veel erger.

'Kun je alsjeblieft iets zeggen?' smeek ik.

Hij spreekt nog langzamer dan gewoonlijk. 'Geloof me, Tessa, je wilt niet dat ik nu iets zeg.'

'Jawel.' Ik kan dit kwade zwijgen niet verdragen.

'Niet waar,' zegt hij grommend.

'Jawel! Je moet met me praten en vertellen wat er zo-even daarbuiten is gebeurd!' Ik wijs naar het raam en hij balt zijn vuisten.

'Verdomme, Tessa! Blijf je altijd zo aandringen? Ik heb godverdomme duidelijk gezegd dat je hier moest blijven, en wel meer dan één keer, maar wat deed je? Zoals gewoonlijk luisterde je niet! Waarom is het zo godvergeten moeilijk voor je om te doen wat ik zeg?' schreeuwt hij. Hij slaat zo hard met zijn vuist tegen de zijkant van zijn ladekast dat het hout splijt.

'Omdat het niet aan jou is om te zeggen wat ik wel en niet kan doen!' schreeuw ik terug.

'Dat zeg ik helemaal niet. Ik probeerde je alleen te beschermen tegen wat er net is gebeurd. Ik had je al gezegd dat het foute lui zijn, en nog kom je Jace opzoeken en besluit je mee te doen met dat stomme spelletje. Wat had dat godverdomme te betekenen?' De diepe aderen in zijn nek zwellen zo op onder zijn huid dat ik vrees dat ze zullen barsten.

'Ik wist niet wat dat spelletje inhield!'

'Je wist dat ik niet wilde dat je meedeed! En je zei alleen maar ja omdat Molly's naam werd genoemd en je om een of andere vreemde reden door haar geobsedeerd bent!'

'Pardon? Geobsedeerd? Nou, misschien vind ik het gewoon niet leuk dat mijn vriendje met haar naar bed is geweest!' Mijn wangen worden vuurrood. Mijn jaloezie en afkeer van Molly komen misschien in de buurt van een obsessie, maar Hardin heeft net bijna een jongen gewurgd omdat die me wilde kussen.

'Nou, het is erg jammer voor je, maar als je een probleem hebt met ieder meisje met wie ik naar bed ben geweest, kun je beter ergens anders gaan studeren,' roept hij. Mijn mond valt open. 'Je had geen problemen met die meiden beneden,' vult hij aan.

Mijn hart begint als een razende te bonzen. 'Welke meiden?' Mijn adem stokt. 'Die drie meiden die ook meespeelden?'

'Ja, en zo'n beetje iedere andere meid hier.' Hij kijkt me aan, zijn stem verraadt geen enkele emotie.

Ik probeer een antwoord te verzinnen, maar ik kan de juiste woorden niet vinden. Het feit dat Hardin met die drie meiden, en met in feite alle studentes aan WCU naar bed is geweest, maakt me misselijk – en het ergste is nog dat hij het me onder de neus wrijft. Ik moet zo belachelijk overkomen; iedereen die me in gezelschap van Hardin ziet, denkt ongetwijfeld dat ik zijn zoveelste verovering ben. Ik wist dat hij kwaad zou zijn, maar dit gaat wel erg ver, zelfs voor Hardin. Het voelt alsof de klok is teruggedraaid naar het moment waarop ik hem nog maar net kende en hij me vrijwel elke dag aan het huilen maakte.

'Wat? Ben je verbaasd? Dat is niet nodig,' zegt hij.

'Nee.' En ik ben niet verbaasd. Ik ben gekwetst. Niet vanwege zijn verleden, maar omdat hij me uit woede zo behandelt. Hij zegt dit omdat hij me wil kwetsen. Ik knipper snel met mijn ogen om de tranen tegen te houden, maar omdat dat niet werkt, draai ik me om en veeg mijn ogen af.

'Ga weg.' Hij loopt naar de deur.

'Wat?' Ik draai me naar hem om.

'Ga gewoon weg, Tessa.'

'Waarnaartoe?'

Hij kijkt me niet eens aan. 'Terug naar je kamer... Weet ik het... Maar je kunt niet hier blijven.'

Ik had niet verwacht dat dit zou gebeuren. De pijn in mijn borst wordt heviger met elke seconde die in stilte verstrijkt. Aan de ene kant wil ik hem smeken om me te laten blijven, om net zo lang ruzie met hem te maken totdat hij vertelt waarom hij beneden zo reageerde, maar aan de andere kant schaam ik me en voel ik me heel erg gekwetst omdat hij me zo koeltjes de deur wijst. Ik pak mijn tas van het bed en hang die over mijn schouder. Bij de deur kijk ik om naar Hardin, in de hoop dat hij zijn excuses zal aanbieden of van gedachten zal veranderen, maar hij draait zich om naar het raam en negeert me volledig. Ik heb geen idee hoe ik terug moet komen bij de studentenflat; Hardin heeft me een lift hiernaartoe gegeven en ik was van plan vannacht hier te blijven. Ik kan me niet herinneren wanneer ik voor het laatst alleen op mijn kamer heb geslapen, en de gedachte daaraan maakt me zenuwachtig. De rit naar dit huis lijkt dagen geleden, geen uren.

Onder aan de trap voel ik dat iemand aan mijn trui trekt. Met ingehouden adem draai ik me om, stilletjes hopend dat het niet Jace of Dan is.

Het is Hardin. 'Kom mee terug naar boven,' zegt hij. Zijn stem klinkt wanhopig en zijn ogen zijn rood.

'Hoezo? Je wilde toch dat ik zou vertrekken?' Ik staar naar de muur achter hem.

Zuchtend trekt hij de tas van mijn schouder en loopt terug de trap op. Ik vraag me even af of ik mijn tas moet achterlaten en gewoon moet vertrekken, maar mijn koppige houding is juist de reden waarom ik in deze situatie verzeild ben geraakt.

Ik slaak een geërgerde zucht en loop achter hem aan naar zijn kamer. Hij doet de deur achter ons dicht, draait zich om en zet me klem tegen de deur.

Hij kijkt me recht in mijn ogen. 'Het spijt me.' Hij drukt zijn heupen tegen de mijne en legt een van zijn armen tegen de deur, vlak naast mijn hoofd, zodat ik me niet kan bewegen.

'Mij ook,' fluister ik.

'Ik heb gewoon... Soms verlies ik mijn zelfbeheersing. Ik ben niet echt met die meiden naar bed geweest. Nou, niet met alle drie.'

Ik voel me iets opgeluchter, maar nog niet helemaal.

'Wanneer ik kwaad word, is mijn eerste opwelling hard uit te halen, zodat ik de ander zo veel mogelijk pijn kan doen. Maar ik wil niet dat je weggaat, en het spijt me dat ik je zo heb laten schrikken toen ik Dan in elkaar sloeg. Ik doe mijn best om te veranderen, voor jou... zodat ik degene kan zijn die je verdient, maar het is zo moeilijk. Zeker wanneer je expres dingen doet die me kwaad maken,' zegt hij. Hij legt een hand op mijn wang en veegt de opdrogende tranen weg.

'Ik was niet bang voor je,' zeg ik.

'Waarom niet? Je zag er wel bang uit toen ik die handdoek pakte.'

'Nee... Nou, toen misschien wel een beetje, omdat er een vlek op de vloer zat. Maar ik was eerder bang voor wat jou kon overkomen toen je met Dan vocht.'

'Voor mij?' Hij recht zijn schouders en zegt opschepperig: 'Hij heeft me niet eens weten te raken.'

Ik rol met mijn ogen. 'Ik was bang dat je hem zou doden of zo. Je kunt behoorlijk in de problemen komen omdat je hem bent aangevlogen,' leg ik uit.

Hardin grinnikt. 'Voor de goede orde: je was bang voor de juridische gevolgen van die vechtpartij?'

'Niet lachen. Ik ben nog altijd boos op je.' Ik sla mijn armen over elkaar. Ik weet niet precies waarom ik kwaad ben, afgezien dan van het feit dat hij me wegstuurde.

'Ik ben ook nog steeds boos op jou, maar je bent erg vermakelijk.' Hij drukt zijn voorhoofd tegen dat van mij. 'Je maakt me helemaal gek,' zegt hij.

'Dat weet ik.'

'Je luistert nooit naar me en gaat altijd tegen me in. Je bent koppig en vrijwel onuitstaanbaar.'

'Dat weet ik,' herhaal ik.

'Je blijft me maar uitdagen en zorgt voor veel te veel onnodige stress. Om nog maar te zwijgen van het feit dat je bijna voor mijn ogen met Dan begon te vrijen.' Zijn lippen raken mijn nek. Ik huiver.

'Je zegt vreselijk irritante dingen en gedraagt je heel erg kinderachtig wanneer je kwaad bent.' Ondanks de beledigingen die hij uit – klachten over eigenschappen die hij volgens mij diep in zijn hart heel erg leuk vindt – voel ik vlinders in mijn buik wanneer hij mijn huid kust en zijn verbale aanval voortzet. Hij duwt zijn heupen tegen die van mij, deze keer met meer kracht.

'Maar afgezien daarvan... ben ik ook heel erg gek op je,' zegt hij, krachtig aan de gevoelige huid onder mijn oor zuigend.

Ik begraaf mijn handen in zijn haar en maak hem aan het kreunen. Hij pakt me met beide handen bij mijn middel en trekt me naar zich toe. Ik weet dat er nog meer te zeggen valt, dat er nog steeds onopgeloste problemen zijn, maar op dit moment wil ik me alleen maar in Hardin verliezen en deze avond vergeten.

85

∞

In wat voelt als een wanhopige poging om me tijdens de kus dichter naar zich toe te trekken legt Hardin zijn hand in mijn nek. Ik voel dat al zijn woede en frustratie in lust en genegenheid veranderen: zijn mond is hongerig en zijn kussen zijn onbeheerst. Hij loopt achteruit, zonder zijn lippen los te maken van de mijne, en leidt me met één hand op mijn heup en de andere achter mijn hoofd naar het bed. Ik struikel echter over zijn voeten en val naar voren. Op hetzelfde moment raken zijn benen het voeteneinde van het bed, en samen tuimelen we op het bed neer. In een poging de overhand te krijgen ga ik schrijlings op zijn romp zitten, tegelijkertijd mijn trui en mouwloze topje over mijn hoofd trekkend. Hij spert zijn ogen open wanneer hij mijn kanten beha ziet en probeert me naar zich toe te trekken om me te kussen, maar ik heb andere plannen.

Ik reik met ongeduldige vingers naar mijn rug en maak de sluiting van mijn beha los. Dan trek ik de bandjes van mijn schouders en gooi het kledingstuk achter me op het bed. Hardin steekt warme handen naar me uit en pakt mijn borsten vast, die hij ruw kneedt in zijn grote handpalmen. Ik pak zijn polsen, trek zijn handen weg en schud mijn hoofd. Hij houdt verbaasd zijn hoofd scheef voordat ik over zijn romp naar beneden glijd en zijn broek begin los te maken. Hij helpt me door zijn broek en zijn boxershort tot aan zijn knieën naar beneden te trekken. Mijn vingers pakken hem meteen vast en hij hapt naar adem. Ik kijk naar zijn gezicht en zie dat zijn ogen gesloten zijn. Ik maak langzame, pompende bewegingen en buig me dan dapper voorover om hem in mijn mond te nemen. Ik weet nog welke aanwijzingen hij me vorige keer heeft gegeven en herhaal de dingen waarvan ik weet dat hij ze lekker vond.

'Jezus... Tessa,' zegt hij hijgend, zijn handen in mijn haar begravend.

Zo lang heeft hij tijdens onze seksuele experimenten nog nooit zijn mond gehouden, en ik stel geamuseerd vast dat ik zijn schunnige praat mis.

Ik kruip verder naar beneden, zonder het bevredigen van hem te onderbreken, en eindig tussen zijn knieën.

Hij gaat rechtop zitten en kijkt me aan. 'Je ziet er nu zo sexy uit, met die slimme mond van je om me heen.' Hij pakt mijn haar steviger vast.

Ik voel de warmte opwellen tussen mijn dijen en beweeg mijn hoofd sneller. Ik wil hem opnieuw mijn naam horen kreunen en laat mijn tong over het topje glijden. Hij heft zijn heupen op van het bed en duwt zichzelf dieper mijn mond in. Mijn ogen beginnen te tranen en ik kan amper ademhalen, maar het voelt zo goed om hem keer op keer mijn naam te horen zeggen. Een paar tellen later laat hij mijn haar los en pakt hij mijn gezicht vast, zodat ik me niet meer kan bewegen. De metalige geur van zijn bebloede knokkels dringt in mijn neus, maar ik onderdruk de reflex om me terug te trekken.

'Ik kom bijna klaar...' zegt hij. 'Dus als er nog iets is wat je... Als je nog iets anders wilt doen, moet je nu ophouden.'

Ik wil niet praten, ik wil hem niet laten merken hoe ik ernaar verlang om met hem te vrijen. Ik sta simpelweg op, trek mijn jeans naar beneden en stap eruit. Daarna wil ik mijn slipje uittrekken, maar Hardin steekt een hand uit en houdt me tegen.

'Ik wil dat je dat aanhoudt... Voor nu tenminste,' zegt hij kirrend. Ik knik en slik, verteerd door verwachtingsvolle spanning. 'Kom hier.' Hij wenkt me en trekt zijn shirt over zijn hoofd. Dan schuift hij naar de rand van het bed en trekt me naar zich toe.

We zijn nu kalmer dan zo-even en de woedende spanning tussen ons is gezakt. Hardins borst is rood en zijn blik is onbeheerst. Het voelt zo lekker om op zijn schoot te zitten nu hij helemaal naakt en opgewonden is en ik slechts mijn slipje draag. Hij legt zijn handen op mijn onderrug en houdt me met zijn gespreide hand op mijn plaats wanneer zijn lippen opnieuw de mijne vinden.

'Ik hou van je,' fluistert hij in mijn mond. Zijn vingers schuiven mijn slipje opzij. 'Ik... hou... van... je...'

Zijn vingers dringen in me en ik hap naar adem vanwege het onmiddellijke genot. Hij beweegt ze langzaam, te langzaam, en ik wieg instinctief van voor naar achter om het tempo te verhogen.

'Zo ja, schat... Jeetje... Je bent er altijd zo snel klaar voor,' zegt hij kermend. Ik beweeg tegen zijn hand. Mijn ademhaling gaat sneller, mijn gekreun klinkt luider. Het verbaast me nog steeds hoe snel mijn lichaam op hem reageert. Hardin weet precies wat hij moet zeggen en doen.

'Van nu af aan ga je naar me luisteren, oké?' fluistert hij in mijn hals, zachtjes bijtend.

Wát?

'Zeg dat je doet wat ik zeg, anders laat ik je niet klaarkomen.'

Dat méént hij niet. 'Hardin...' zeg ik smekend. Ik probeer sneller te bewegen, maar hij houdt me tegen.

'Goed... Goed... Alsjeblieft,' zeg ik vragend, en hij trekt een voldaan gezicht. Ik kan hem wel slaan omdat hij me dit nu aandoet. Hij slaat toe wanneer ik op mijn kwetsbaarst ben, maar ik verlang zo naar hem dat ik het niet kan opbrengen kwaad op hem te worden. Ik ben me te zeer bewust van zijn naakte huid tegen de mijne, van het feit dat slechts mijn dunne slipje ons van elkaar scheidt.

'Alsjeblieft,' herhaal ik.

Hij knikt. 'Brave meid,' zegt hij in mijn oor. Hij laat mijn heupen los en beweegt snel zijn vingers op en neer.

Binnen een paar tellen nader ik mijn hoogtepunt. Hardin fluistert vieze woordjes in mijn oor, vreemde termen die me opwinden op een manier die ik niet kan omschrijven. Ze zijn schunnig maar o zo welkom, en ik moet zijn armen vastgrijpen om te voorkomen dat ik van het bed val wanneer ik door zijn aanraking uiteen lijk te spatten.

'Doe je ogen open. Ik wil dat je ziet wat alleen ik met je kan doen,' beveelt hij, en ik doe mijn best om mijn ogen open te houden terwijl mijn orgasme me overweldigt.

Daarna valt mijn hoofd op zijn borst en sla ik mijn armen zo stevig als ik kan om hem heen en probeer ik op adem te komen.

'Ik kan gewoon niet geloven dat je me wilde...' Ik wil hem streng toespreken, maar hij brengt me tot zwijgen door met zijn tong over mijn onderlip te strijken. Mijn adem komt in stootjes, ik ben nog steeds aan het bijkomen van mijn hoogtepunt. Ik steek mijn hand tussen ons in en pak hem vast. Hij krimpt even in elkaar, neemt mijn lip tussen zijn lippen en begint zachtjes te zuigen. Ik besluit het voorbeeld van Hardin Scott te volgen en pak hem steviger vast.

'Bied je excuses aan, dan geef ik je alles wat je wilt,' zeg ik zo verleidelijk als ik maar kan in zijn oor.

'Wat?' Zijn uitdrukking is onbetaalbaar.

'Je hebt me wel gehoord.' Ik trek een zo neutraal mogelijk gezicht. Met mijn ene hand maak ik pompende bewegingen, de vingers van mijn andere hand glijden over mijn doorweekte slipje.

Hij kermt wanneer ik tegen hem aan wrijf.

'Het spijt me,' flapt hij eruit. Zijn wangen zijn donkerrood. 'Mag ik je neuken... Alsjeblieft,' zegt hij smekend. Ik moet lachen, maar aan mijn lach komt een abrupt einde wanneer hij een klein pakje van het nachtkastje pakt. Hij verspilt geen tijd met het omdoen van het condoom en kust me opnieuw.

'Ik weet niet of je hier al aan toe bent, jou bovenop. Als het je te veel wordt, moet je het zeggen. Oké, schatje?' En zo is hij weer de lieve en aardige Hardin.

'Oké,' antwoord ik.

Hij tilt me een klein stukje op. Ik voel het condoom langs me strijken, gevolgd door het gevoel gevuld te worden wanneer hij me laat zakken.

'O jee.' Ik doe mijn ogen dicht.

'Gaat het?'

'Ja... h-het is a-nders,' stamel ik.

Het doet pijn, maar niet zo veel als de vorige keer, al voelt het nog altijd onaangenaam en vreemd. Ik houd mijn ogen dicht en beweeg even met mijn heupen in een poging de druk te verminderen.

'Goed anders of slecht anders?' Zijn stem klinkt gespannen en de ader in zijn voorhoofd is zichtbaar.

'Ssst... hou op met praten.' Ik beweeg opnieuw.

Hij kreunt en verontschuldigt zich, met de belofte dat hij me even de tijd wil geven om hieraan te wennen. Ik heb geen idee hoeveel tijd er verstrijkt voordat ik opnieuw mijn heupen beweeg. Hoe meer ik beweeg, hoe beter het voelt, en op een bepaald moment slaat Hardin zijn armen om me heen en trekt me naar zich toe, zodat onze heupen elkaar raken. Dit voelt veel fijner, ik in zijn armen terwijl we samen bewegen. Ik zet me met mijn ene hand schrap tegen zijn borst wanneer mijn benen moe beginnen te worden en negeer de opkomende spierpijn. Ik blijf hem berijden, met mijn ogen open, zodat ik naar hem kan kijken. Een zweetdruppel rolt van zijn voorhoofd. Nu ik hem zo zie, bijtend op zijn onderlip, met zijn ogen zo strak op mijn gezicht gericht dat ik zijn blik bijna voel branden, voel ik me op de best denkbare manier overrompeld.

'Je bent alles voor me. Ik mag je niet verliezen,' zegt hij wanneer mijn lippen over zijn hals en schouder bewegen. Zijn huid is zilt en vochtig en volmaakt. 'Ik kom bijna, schatje, nog even. Je doet het zo goed, liefje.' Kreunend beweegt hij zijn handen over mijn rug op en neer, en ik verhoog het tempo. Hij vlecht zijn vingers door de mijne met een intiem gebaar dat me doet smelten. Ik houd van zijn aanmoediging en ik houd van hem.

Mijn buikspieren spannen zich nu Hardin me bij mijn nek pakt en blijft fluisteren dat ik zo veel voor hem beteken. Zijn lichaam verstijft. Ik staar hem aan, volledig verteerd door zijn woorden en de manier waarop zijn duim over mijn clitoris strijkt, waardoor ik tot een snelle, krachtige ontlading kom. Ons gekreun vermengt zich met elkaar, net als onze lichamen. Hij valt achterover op het bed en trekt mij met zich mee. Ik keer terug naar de werkelijkheid en merk amper dat hij het condoom afdoet. 'Ik ben blij dat je me achterna bent gekomen,' zeg ik na een lange, maar aangename stilte. Nu mijn hoofd op zijn blote borst rust, voel ik dat zijn hart langzamer begint te kloppen.

'Ik ook. Ik was het niet van plan, maar ik moest. Sorry dat ik zei dat je moest vertrekken. Soms kan ik zo'n lul zijn,' zegt hij.

Ik til mijn hoofd op en kijk hem aan. 'Soms?' Ik glimlach.

Hij tilt een van zijn handen van mijn rug en tikt met zijn wijsvinger op mijn neus, waardoor ik moet giechelen. 'Vijf minuten geleden had je niets te klagen,' merkt hij op.

Ik schud mijn hoofd en vlij het neer op zijn klamme huid. Met mijn vingers volg ik de vorm van de eenvoudige hartvormige tattoo bij zijn schouder, en ik zie dat er kippenvel op zijn huid verschijnt. Het ontgaat me niet dat het hart met effen zwart is ingekleurd.

'Dat komt doordat je beter bent in dat soort dingen dan in daten,' zeg ik plagend.

'Daar kan ik niets tegen inbrengen.' Grinnikend strijkt hij mijn haar uit mijn gezicht. Een van de fijnste dingen die hij met me doet, is me over mijn wang strelen. Zijn vingertoppen zijn ruw, maar voelen als zijde op mijn hoofd.

'Wat is er tussen jou en Dan gebeurd? Voor vanavond, bedoel ik,' vraag ik. Dat kan ik waarschijnlijk beter niet vragen, maar ik moet het weten.

'Wat? Wie heeft je verteld dat er een probleem is tussen Dan en mij?' Hij tilt mijn kin op, zodat ik hem kan aankijken.

'Jace. Hij zei niet wat, alleen dat het er al een tijdje aan zat te komen. Wat bedoelde hij daarmee?'

'O, gewoon wat gezeik van vorig jaar. Niks om je zorgen over te maken. Dat beloof ik,' zegt hij. Zijn glimlach reikt niet tot aan zijn ogen, maar ik dring niet verder aan.

Ik ben gewoon blij dat we voor de verandering een probleem hebben opgelost en dat we steeds beter met elkaar leren communiceren.

'Als je morgen klaar bent bij Vance kom je naar mij toe, hè? Ik wil niet dat iemand die woning voor onze neus inpikt,' zegt hij.

'We hebben niet eens meubels,' breng ik hem in herinnering.

'Het is een gemeubileerd appartement, maar als we er eenmaal wonen, kunnen we er onze eigen spulletjes aan toevoegen.'

'Hoe duur is het?' vraag ik, al wil ik het antwoord niet weten. Als het een gemeubileerde woning is, zal dat de prijs opdrijven.

'Maak je daar geen zorgen over, jij hoeft alleen maar uit te zoeken hoe duur de kabeltelevisie is.' Hij glimlacht en kust me op mijn voorhoofd. 'Wat zeg je ervan? Je doet nog altijd mee?'

'En de boodschappen,' merk ik op, en hij fronst. 'Maar inderdaad, ik doe nog altijd mee.'

'En ga je het aan je moeder vertellen?'

'Dat weet ik nog niet. Uiteindelijk wel, maar ik weet nu al wat ze gaat zeggen. Misschien moet ik haar er eerst aan laten wennen dat we een stel zijn. We zijn nog zo jong en gaan nu al samenwonen. Ik wil niet dat ze straks rijp is voor het gekkenhuis.' Ik lach, ondanks de lichte pijn in mijn borst, en wens dat de verhouding tussen mijn moeder en mij minder gecompliceerd was en dat ze blij voor me kon zijn.

'Het spijt me dat het niet goed zit tussen jullie. Ik weet dat het mijn schuld is, maar ik ben te egoïstisch om me niet met je te bemoeien.'

'Het is jouw schuld niet. Ze is gewoon... Nou ja, zo is ze nu eenmaal.' Ik druk een kus op zijn borst.

'Je moet zorgen dat je nog wat slaap krijgt, liefje. Morgenochtend moet je weer vroeg op, en het is bijna twaalf uur,' zegt hij.

'Twaalf uur? Het lijkt veel later.' Ik rol van hem af en ga voor hem liggen.

'Nou, als jij niet zo strak was geweest, had ik het langer volgehouden,' zegt hij in mijn oor.

'Welterusten!' kerm ik beschaamd.

Lachend kust hij me achter in mijn nek en doet dan het licht uit.

86

∞

De volgende ochtend scharrel ik al vroeg door Hardins kamer om de spullen bij elkaar te pakken die ik nodig heb om een douche te nemen.

'Ik ga mee,' zegt hij kreunend, maar ik moet lachen.

'Nee, dat ga je niet. Het is nog maar zes uur, weet je dat? Had jij geen regel over half acht?' zeg ik plagend. Ik pak mijn tas.

'Ik loop met je mee.' Wat heeft hij toch een heerlijke schorre ochtendstem.

'Mee waarheen? Naar de badkamer?' Ik lach schamper wanneer hij het bed uit rolt. 'Ik ben een grote meid. Ik kan het zelf wel vinden.'

'Tot nu toe was je heel goed in doen wat ik zeg.' Hij rolt met zijn ogen, maar zijn geamuseerde blik ontgaat me niet.

'Goed, pa, loop dan maar mee naar de badkamer,' zeg ik gemaakt zeurderig. Ik ben niet van plan om naar hem te luisteren, maar ik wil hem nu wel even een plezier doen.

Hardin trekt spottend zijn wenkbrauwen op. 'Noem me niet opnieuw zo, anders sleur ik je terug naar bed.' Hij knipoogt en ik ren snel de overloop op, voordat ik in de verleiding kom te blijven.

Hij loopt achter me aan en blijft terwijl ik me sta te douchen op het toilet zitten wachten. 'Neem mijn auto maar,' zegt hij tot mijn grote verbazing. 'Ik regel wel een lift naar de campus om jouw auto op te halen, dan rij ik daarmee naar het appartement.'

Tot mijn ontzetting stel ik vast dat ik gisteravond niet eens aan dit soort details heb gedacht, en doorgaans plan ik alles tot in de puntjes. 'Je wilt me jouw auto lenen?' vraag ik ademloos.

'Ja. Maar als je hem in de prak rijdt, hoef je niet terug te komen,' zegt hij.

Ik weet dat hij dat tot op zekere hoogte serieus bedoelt en zeg lachend: 'Ik moet eerder bang zijn dat je mijn auto in de prak rijdt!'

Hij probeert het douchegordijn opzij te trekken, maar ik houd het dicht en hoor hem grinniken. 'Vergeet niet, liefje, dat je vanaf morgen elke dag in je eigen badkamer kunt douchen.' Zijn stem klinkt boven het geluid van het water uit waarmee ik de shampoo uit mijn haar was.

'Ik denk dat ik dat pas besef als we er echt wonen.'

'Wacht maar totdat je het ziet. Je vindt het vast geweldig,' zegt hij.

'Wie weet er verder dat je een woning gaat huren?' vraag ik, hoewel ik het antwoord al weet.

'Niemand. Moet dat dan?'

'Nee hoor, ik vroeg het me gewoon af.'

De kraan piept wanneer ik hem dichtdraai. Hardin houdt een handdoek voor me omhoog en slaat die om mijn natte lijf.

'Ik ken je goed genoeg om te weten dat jij denkt dat ik ons samenwonen voor mijn vrienden verborgen wil houden,' zegt hij.

Dat klopt. 'Nou ja, het is een beetje raar dat je hier weggaat en het aan niemand hebt verteld.'

'Dat heeft niets met jou te maken. Ik wil gewoon geen gezeur aan mijn kop omdat ik het dispuut verlaat. Pas wanneer we zijn verhuisd, vertel ik het aan de anderen. Ook aan Molly.' Glimlachend slaat hij zijn armen om mijn schouders.

'Ik wil het graag aan Molly vertellen.' Lachend omhels ik hem ook.

'Afgesproken.'

Nadat ik me tijdens het aankleden diverse keren tegen Hardins grijpgrage handen heb verdedigd, geeft hij me zijn autosleutels en vertrek ik. Zodra ik in zijn auto stap, gaat mijn telefoon.

Wees voorzichtig, ik hou van je, luidt zijn bericht.

Doe ik. En wees voorzichtig met mijn auto ;-). Hou ook van jou. kusje.

Ik kan niet wachten totdat je weer terug bent. Vijf uur, afgesproken? Met dat barrel van je komt het wel goed.

Let op je woorden, anders rijd ik met jouw auto nog tegen een stoeprand. Glimlachend verstuur ik mijn antwoord.

Val me niet lastig en ga naar je werk, anders kom ik naar beneden en ruk ik die jurk van je lijf.

Hoewel dat erg aantrekkelijk klinkt, leg ik mijn telefoon op de stoel naast me en start de auto. De motor komt zacht spinnend tot leven, minder luid brullend dan de mijne. Voor een oldtimer rijdt deze auto veel soepeler dan die van mij; Hardin zorgt er blijkbaar erg goed voor. Ik draai net de snelweg op wanneer mijn telefoon weer gaat.

'Jeetje, kun je nog geen twintig minuten zonder me?' zeg ik lachend in het toestel.

'Tessa?' zegt een mannenstem. Noah.

Ik trek de telefoon van mijn oor en kijk naar het scherm, waarop ik mijn angstige vermoeden bevestigd zie.

'Eh... Sorry... Ik dacht...' stamel ik.

'Je dacht dat ik hem was... Dat snap ik,' zegt hij. Hij klinkt droevig en helemaal niet rancuneus.

'Het spijt me.' Ik ontken het niet.

'Geeft niet,' zegt hij.

'Goed...' Ik weet niet wat ik moet zeggen.

'Ik heb je moeder gisteren gesproken.'

'O.' Mijn borst doet pijn, niet alleen omdat ik hoor hoe gekweld en verdrietig Noah klinkt, maar ook omdat ik word herinnerd aan de afkeer die mijn moeder voor me voelt.

'Ja... Ze is behoorlijk pissig op je.'

'Dat weet ik... Ze dreigde haar bijdrage aan mijn studie stop te zetten.'

'Ze komt er wel overheen. Dat weet ik gewoon. Ze is op dit moment vooral gekwetst,' zegt hij.

'Gekwetst? Dat meen je toch niet, hè?' zeg ik minachtend. Is hij haar nu echt aan het verdedigen?

'Hoor eens, ik weet dat ze het helemaal verkeerd heeft aangepakt, maar ze is gewoon erg boos omdat je... Je weet wel... Met hem bent.' De walging in zijn stem is overduidelijk.

'Nou, het is niet aan haar om te bepalen met wie ik ben. Bel je me daarom? Om tegen me te zeggen dat ik niet met hem samen moet zijn?'

'Nee, nee, Tessa, dat is het niet. Ik wilde gewoon weten of het goed met je gaat. We hebben elkaar al een hele tijd niet meer gesproken. Sinds we tien waren, is er niet meer zo'n lange stilte tussen ons geweest.'

Ik kan me de frons op zijn gezicht voorstellen. 'O... Nou, sorry dat ik zo kortaf tegen je deed. Ik heb alleen erg veel aan mijn hoofd en dacht dat je belde om...'

'We zijn weliswaar niet meer samen, maar dat betekent niet dat ik er niet meer voor je kan zijn,' zegt hij.

Mijn hart trekt even samen. Ik mis hem: niet onze relatie, maar hij is sinds mijn kindertijd zo belangrijk voor me geweest dat het moeilijk is om hem helemaal te laten gaan. Hij heeft me altijd in alles gesteund en ik heb hem pijn gedaan, zonder hem zelfs maar te bellen om het uit te leggen of mijn excuses aan te bieden. Ik vind het vreselijk dat ik het nooit met hem heb uitgesproken, en tranen wellen op in mijn ogen.

'Het spijt me, Noah, van alles,' zeg ik zacht. Ik slaak een zucht.

'Het komt wel goed,' zegt hij even zacht. Maar dan vervolgt hij, alsof hij heel graag van onderwerp wil veranderen: 'Ik heb gehoord dat je een stageplaats hebt gevonden.' Ons gesprek gaat verder totdat ik bij Vance aankom.

Hij hangt op met de belofte dat hij met mijn moeder over de problemen tussen mij en haar zal praten, waardoor ik het gevoel heb dat er een enorme last van mijn schouders valt. Noah is altijd degene geweest die haar het beste kan kalmeren wanneer ze zo over haar toeren is.

De rest van de dag verloopt probleemloos. Ik ben de hele dag bezig mijn eerste manuscript uit te lezen en van aantekeningen voor meneer Vance te voorzien. Hardin en ik sturen elkaar af en toe berichtjes met details over onze afspraak van later vandaag, en voordat ik het weet, is de werkdag voorbij.

Wanneer ik bij het adres aankom dat Hardin me heeft doorgegeven, stel ik tot mijn verbazing vast dat de woning tussen de campus en de uitgeverij in ligt. Als ik – wanneer ik – hier woon, ben ik slechts twintig minuten onderweg. Het is nog altijd zo'n abstract idee, samenwonen met Hardin.

Ik zie mijn eigen auto nergens op de parkeerplaats staan en ik krijg Hardins voicemail wanneer ik hem probeer te bellen. Hij is toch niet van gedachten veranderd? Dat zou hij toch wel tegen me zeggen?

Net wanneer ik in paniek dreig te raken komt Hardin in mijn auto de parkeerplaats op en parkeert naast me. Of nee, ik dacht dat dit mijn auto was, maar hoewel dit hetzelfde model is, ziet hij er heel anders uit. De afbladderende zilverkleurige lak is verdwenen en het glanzende voertuig oogt als nieuw. 'Wat heb je met mijn auto gedaan?' vraag ik zodra hij uitstapt.

'Ook leuk jou te zien.' Hij glimlacht en geeft me een zoen op mijn wang.

'Nee echt, wat heb je gedaan?' Ik sla mijn armen over elkaar.

'Je auto laten opknappen. Je zou me kunnen bedanken.' Hij rolt met zijn ogen.

Ik bijt op mijn tong omdat dit niet de juiste plaats of het juiste moment is. En de auto ziet er trouwens geweldig uit. Ik vind het alleen een vervelend idee dat Hardin geld aan me heeft uitgegeven. Een auto professioneel laten spuiten is niet goedkoop.

'Dank je.' Ik glimlach en vlecht mijn vingers door die van hem.

'Graag gedaan. En nu gaan we naar binnen.' Hij neemt me mee over de parkeerplaats. 'Je ziet er goed uit in die auto, zeker in die jurk. Ik moest er de hele dag aan denken. Had je maar ja gezegd op mijn verzoek om een naakte selfie te sturen,' zegt hij, waarop ik hem een por geef. 'Dat mag ik toch wel zeggen? Het had college veel boeiender gemaakt.'

'Ah, je bent naar college geweest,' zeg ik lachend.

Hij haalt zijn schouders op en doet de buitendeur van het gebouw voor me open. 'Daar zijn we dan.'

Ik glimlach om het gebaar, dat niets voor hem is, en loop naar binnen. De hal is heel anders dan ik had verwacht. Alles is wit: de vloer, de muren, de stoelen, de banken, de vloerkleden en de lampen op doorzichtige tafeltjes. Het ziet er elegant, maar ook heel erg intimiderend uit. Een kleine, kalende man in een pak komt naar ons toe en schudt Hardin de hand. We lijken hem een beetje nerveus te maken, of misschien doet alleen Hardin dat.

'Jij bent vast Theresa,' zegt hij met een glimlach. Zijn tanden zijn net zo wit als de lichte muren.

'Tessa,' verbeter ik hem, eveneens glimlachend. Hardin onderdrukt ook een lach.

'Leuk je te leren kennen. Zullen we het contract tekenen?'

'Nee, ze wil de woning eerst zien. Hoe kunnen we nu tekenen als ze nog niets heeft gezien?' Hardins toon is vlak.

De arme man slikt even en knikt dan. 'Ja, natuurlijk. Kom maar mee.' Hij wijst de hal in.

'Doe eens aardig,' fluister ik tegen Hardin. We lopen met z'n drietjes naar de lift.

'Nee.' Hij lacht spottend en geeft me een zacht kneepje in mijn billen.

Ik kijk hem boos aan, maar zijn kuiltjes worden alleen maar dieper. De man vertelt over het geweldige uitzicht en zegt dat dit een van de beste en meest gemêleerde complexen van de stad is. Ik knik beleefd en Hardin zegt niets wanneer we uit de lift stappen. Ik ben van mijn stuk gebracht door het contrast tussen de hal beneden en de gang boven. Het voelt alsof we in een heel ander gebouw staan... en zelfs in een heel ander tijdperk.

‘Hier is het.’ De man opent de eerste deur die we tegenkomen. ‘Er zijn slechts vijf wooneenheden op deze verdieping, dus jullie hebben erg veel privacy.’ Hij gebaart dat we naar binnen mogen lopen, maar hij kijkt Hardin niet aan. Hij is duidelijk bang voor hem. Dat kan ik hem niet kwalijk nemen, maar vermakelijk is het wel.

Ik hoor mezelf naar adem happen bij de aanblik van de woning. De vloer van de grootste kamer bestaat grotendeels uit oud geverfd beton; alleen in het gedeelte dat volgens mij als woonkamer dient, is de vloer van hardhout. De muren zijn van baksteen en heel erg mooi. Verweerd, maar mooi. De ramen zijn groot, de meubels ouderwets maar schoon. Als ik het ideale huis mocht ontwerpen, zou het er zo uitzien. De inrichting grijpt terug op een periode uit het verleden, maar is tegelijkertijd heel modern.

Hardin kijkt me aandachtig aan terwijl ik om me heen kijk en naar de andere kamers loop, met Hardin en de man in mijn kielzog. De keuken is klein, maar de veelkleurige tegeltjes boven de gootsteen en het aanrecht geven de ruimte een aparte, frisse uitstraling. Ik vind alles aan dit kleine appartement leuk. De hal beneden had me zo doen schrikken dat ik hierboven iets vreselijks had verwacht, maar gelukkig is dit geen veel te duur en deftig appartement. De badkamer is klein, maar ruim genoeg voor ons twee, en de slaapkamer is al even volmaakt als de rest. Drie van de muren bestaan uit oude rode bakstenen, de vierde is bedekt door een kamerhoge boekenkast met een laddertje eraan. Dat maakt me aan het lachen, want ik heb me altijd voorgesteld dat ik na mijn afstuderen precies zo’n woning als deze zou hebben. Ik had nooit kunnen denken dat het veel sneller zou gaan.

‘Die planken krijgen we wel vol. Ik heb heel veel boeken,’ mompelt Hardin nerveus.

‘Ik... Het is...’ begin ik.

‘Je vindt het niks, hè? Ik had gehoopt van wel, ik vond het echt iets voor jou. Verdorie!’ Hij fronst en haalt zijn vingers door zijn haar.

‘Nee... Ik...’

‘Nou, laat ons maar iets anders zien,’ snauwt Hardin tegen de man.

‘Hardin! Laat me nu even uitpraten. Ik wilde net zeggen dat ik het fantastisch vind,’ zeg ik tegen hem.

De man kijkt al even opgelucht als Hardin, wiens frons in een brede lach verandert. 'Echt waar?'

'Ja. Ik was bang dat het een of andere dure, kille bedoening zou zijn, maar dit is perfect,' zeg ik tegen Hardin, en dat meen ik.

'Ik wist het wel! Nou ja, ik kneep 'm net wel even, maar zodra ik deze woning zag, wist ik dat het iets voor jou was. Ik zag je al zitten...' Hardin wijst naar de bank onder het raam. 'Met een boek in je hand. Toen wist ik dat ik hier samen met jou wilde wonen.'

Ik lach en voel de vlinders kriebelen in mijn buik. Het is zo bijzonder dat hij dat zegt waar een ander bij is, ook al is het een makelaar.

'Dus jullie zijn klaar om te tekenen?' De man schuifelt ongemakkelijk heen en weer.

Hardin kijkt naar mij en ik knik. Ik kan niet geloven dat we dit echt doen. Ik negeer het stemmetje dat zegt dat dit te snel gaat, dat ik te jong ben, en ik loop achter Hardin aan naar de keuken.

87

∞

Hardin zet zijn handtekening onder aan een pagina waaraan geen einde lijkt te komen en schuift het vel dan naar mij toe. Ik pak de pen en onderteken voordat ik er te veel over kan nadenken. Ik ben er klaar voor, wij zijn er klaar voor. Ja, we zijn jong en kennen elkaar nog niet erg goed, maar ik weet dat ik heel veel van hem houd en dat hij van mij houdt. Zolang dat zeker is, vallen de andere stukjes wel op hun plaats.

'Goed, hier zijn de sleutels,' zegt Robert, wiens naam ik eindelijk weet dankzij dat ellenlange contract. Hij geeft Hardin en mij ieder een sleutelbos, neemt afscheid en vertrekt.

'Nou... Welkom thuis?' zegt Hardin zodra we alleen zijn.

Ik lach en loop naar hem toe, zodat hij zijn armen om me heen kan slaan.

'Ik kan niet geloven dat dit nu ons huis is. Het lijkt nog altijd niet echt.' Ik kijk naar de woonkamer.

'Als iemand me twee maanden geleden had verteld dat ik met jou onder één dak zou wonen, laat staan een relatie zou hebben, dan had ik diegene vierkant uitgelachen of een draai om zijn oren verkocht.' Glimlachend neemt hij mijn gezicht tussen zijn handen.

'Nou, wat lief van je,' zeg ik plagend. Ik pak hem bij zijn middel. 'Maar het is heerlijk dat we nu een eigen plek hebben. Geen feesten meer, en geen kamergenoten en gedeelde badkamers,' zeg ik.

'Ons eigen bed.' Hij trekt zijn wenkbrauwen op. 'We moeten nog wel wat spulletjes kopen. Servies en zo.'

Ik leg de rug van mijn hand tegen zijn voorhoofd. 'Je voelt je verder wel goed?' vraag ik. 'Je werkt vandaag wel heel erg mee.'

Hij duwt mijn hand opzij en drukt dan een kus op de bovenkant. 'Ik wil gewoon zeker weten dat alles naar je zin is. Ik wil dat je je thuis voelt... bij mij.'

‘En jij? Voel jij je thuis?’ wil ik weten.

‘Verrassend genoeg luidt het antwoord ja,’ zegt hij knikkend en om zich heen kijkend.

‘We moeten mijn spullen gaan halen. Ik heb alleen een paar boeken en wat kleren,’ zeg ik.

Hij zwaait met zijn armen, alsof hij een of andere goocheltruc heeft uitgehaald. ‘Al gebeurd.’

‘Wat?’ vraag ik.

‘Ik heb alle spullen uit je kamer hiernaartoe gebracht. Ze liggen in je kofferbak,’ zegt hij.

‘Hoe wist je dat ik ja zou zeggen?’ Ik glimlach. Ik had graag afscheid genomen van Steph en van de kamer die drie maanden lang mijn thuis was, maar ik zal haar snel genoeg weer zien.

‘Als je deze woning niet mooi had gevonden, had ik net zo lang gezocht totdat je wel ja zou zeggen,’ bekent hij.

‘Oké... En jouw spullen?’

‘Die halen we morgen wel. Er liggen wat kleren in mijn kofferbak.’

‘Waarom is dat eigenlijk?’ Hij heeft altijd stapels kleren bij zich.

‘Dat weet ik eerlijk gezegd niet. Ik denk omdat je nooit weet wanneer je schone kleren nodig hebt.’ Hij haalt zijn schouders op. ‘Kom, dan gaan we spullen voor de keuken kopen en wat te eten halen,’ zegt Hardin.

‘Goed.’ Sinds we hier over de drempel zijn gestapt dansen de vlinders in mijn buik. ‘Mag ik weer in jouw auto rijden?’ vraag ik beneden in de hal.

‘Dat weet ik niet...’ Hij glimlacht.

‘Je hebt zonder mijn toestemming mijn auto laten spuiten. Volgens mij heb ik dat voorrecht wel verdiend.’ Ik steek mijn handen uit en hij rolt met zijn ogen voordat hij me de sleutels geeft.

‘Dus mijn auto bevalt je wel? Hij rijdt goed, hè?’

Ik kijk hem bedeesd aan. ‘Het gaat wel.’

Ik lieg. Ik vind hem heerlijk rijden.

We hadden niet op een betere plek kunnen wonen: vlak bij verschillende winkels, koffietentjes en zelfs een park. We eindigen in Target, waar ons winkelwagentje al snel vol raakt met borden, potten, pannen, bekers en andere dingen, waarvan ik niet wist dat we ze nodig hadden maar die erg nuttig lijken. Het is zo veel dat we besluiten de boodschappen een andere keer te doen. Ik bied aan om het morgen na mijn stage te doen, mits Hardin een lijstje maakt van dingen die hij lekker vindt. Het leukste van het samenwonen tot nu vind ik dat ik allerlei dingen over Hardin te weten kom die ik nog niet wist. Hij is doorgaans zo zuinig met informatie, maar nu hoef ik, doordat we samen spullen voor het huis uitzoeken, niet van alles uit hem te trekken. Hoewel we bijna elke nacht samen doorbrengen, is er zo veel wat ik nog niet van hem wist. Bijvoorbeeld: hij houdt van ontbijtgranen zonder melk, hij kan er niet tegen als kopjes niet bij elkaar passen, hij gebruikt 's morgens en 's avonds verschillende soorten tandpasta en weet niet waarom, en hij dweilt liever honderd keer de vloer dan dat hij een keer de vaatwasser moet vullen. We spreken af dat ik de afwas doe en hij de vloer dweilt.

Bij de kassa staan we even te kibbelen over de vraag wie er betaalt. Dat wil ik doen, omdat ik weet dat hij al een borg voor de woning heeft betaald, maar hij wil per se dat ik alleen de boodschappen en de kabeltelevisie betaal. Aanvankelijk vond hij het goed dat ik meebetaalde aan de elektriciteitsrekening, maar toen bleek dat stroom bij de huur is inbegrepen. De huur. Ik huur een woning, samen met een man, in mijn eerste studiejaar. Dat is toch niet te geloven?

Hardin kijkt boos naar de caissière, die mijn bankpasje aanpakt en het tot mijn vreugde door de betaalautomaat haalt zonder enige aandacht aan hem te schenken. Het liefste wil ik triomfantelijk lachen, maar hij is al geïrriteerd en ik wil de avond niet verpesten.

Hardin mokt totdat we thuis zijn, en ik zeg niets omdat ik het wel vermakelijk vind. 'Misschien moeten we wel twee keer naar boven en beneden lopen om de auto leeg te krijgen,' zeg ik.

'Dat is ook zoiets: ik sjouw liever met honderd tassen dan dat ik twee keer loop,' zegt hij, eindelijk glimlachend.

Uiteindelijk moeten we toch twee keer lopen omdat de borden te zwaar zijn. Hardin ergert zich steeds meer en ik vind het steeds grappiger.

We zetten al het servies in de kastjes en Hardin belt de pizzalijn. Uit beleefdheid bied ik aan te betalen, wat me een boze blik en een opgestoken middelvinger oplevert. Lachend gooi ik al het afval in de vuilnisbak. Er is geen woord gelogen van de uitspraak dat de woning volledig gemeubileerd is. We hebben bijna alles wat we nodig hebben, zelfs een vuilnisbak en een douchegordijn.

'De pizza wordt over een half uur bezorgd. Ik loop even naar beneden om jouw spullen te pakken,' zegt hij.

'Ik ga mee.' Ik loop achter hem aan.

Hij heeft mijn spullen tot mijn afgrijzen in twee dozen en een vuilniszak gestopt, maar ik zeg er niets van. Hij pakt een handvol T-shirts en een spijkerbroek uit zijn kofferbak en propt die bij mijn kleren in de vuilniszak.

'Gelukkig hebben we een strijkijzer,' zeg ik uiteindelijk. Mijn blik valt op zijn kofferbak. 'Heb je die lakens nog niet weggegooid?' vraag ik.

'O... Nog niet aan toegekomen. Ik wilde het doen, maar ik ben het vergeten.' Hij wendt zijn blik af.

'Oké...' Ik voel me een beetje ongemakkelijk vanwege zijn reactie.

We staan net boven voor de deur wanneer de pizzabezorger aanbelt. Hardin gaat naar beneden en komt terug met een doos waaruit een heerlijke geur opstijgt. Ik had niet beseft dat ik zo'n honger had.

We eten aan tafel. Het is vreemd maar leuk om samen met Hardin in ons nieuwe huis te eten. We zeggen niets wanneer we de pizza verslinden, maar het is een goede stilte. Zo'n stilte die me duidelijk maakt dat we thuis zijn.

'Ik hou van je,' zegt hij wanneer ik de vaatwasser vul.

Ik draai me om en zeg: 'Ik hou van je.' Op hetzelfde moment begint mijn mobieltje, dat op tafel ligt, te trillen. Hardin kijkt ernaar en tikt op het scherm. 'Wie is het?' vraag ik.

'Noah?' Het is tegelijkertijd een vraag en een antwoord.

'O.' Ik weet dat dit niet goed kan aflopen.

'Volgens hem was het "leuk je te hebben gesproken vandaag"?' Hij klemt zijn kaken op elkaar.

Ik loop naar hem toe en pak de telefoon, die ik bijna uit zijn hand moet trekken. Het zou me niets verbazen als hij hem wilde vermorzelen.

'Ja, hij heeft me vandaag gebeld,' zeg ik met een zelfvertrouwen dat ik niet voel. Ik had het tegen hem willen zeggen. Het was alleen nog niet het juiste moment.

'En...' Hij trekt een wenkbrauw op.

'Hij wilde me vertellen dat hij mijn moeder heeft gesproken. En hij wilde weten hoe het gaat.'

'Waarom?'

'Dat weet ik niet... Gewoon interesse, denk ik.' Ik haal mijn schouders op en ga op de stoel naast hem aan tafel zitten.

‘Hij hoeft niet te weten hoe het gaat,’ zegt hij grommend.

‘Het heeft niets te betekenen, Hardin. Ik ken hem al mijn halve leven.’

Zijn blik wordt killer. ‘Kan me geen zak schelen.’

‘Je stelt je aan. We zijn net gaan samenwonen en je maakt je druk omdat Noah me heeft gebeld?’ Ik lach schamper.

‘Waarom zou je met hem praten? Nu denkt hij waarschijnlijk dat je hem terug wilt omdat je hebt opgenomen.’ Hij haalt zijn handen door zijn haar.

‘Nee, dat denkt hij niet. Hij weet dat ik hier met jou ben.’ Ik probeer mijn woede te onderdrukken.

Hij gebaart woest naar mijn mobieltje. ‘Dan moet je hem nu bellen om te zeggen dat hij je nooit meer belt.’

‘Wát? Echt niet. Dat doe ik niet. Noah heeft niets verkeerd gedaan en ik heb hem al genoeg gekwetst. Dat hebben we allebei. Dus nee. Dat ga ik niet tegen hem zeggen. Het kan geen kwaad als ik vrienden met hem ben.’

‘Dat kan het wel,’ zegt hij met stemverheffing. ‘Hij denkt dat hij beter is dan ik en zal je van me proberen af te pakken! Ik ben niet achterlijk, Tessa. Je moeder wil ook dat jullie samen zijn, maar ik laat hem niet afpakken wat van mij is!’

Ik doe een stap naar achteren en kijk hem met grote ogen aan. ‘Hoor je jezelf? Je klinkt volkomen gestoord! Ik ga hem niet negeren omdat jij denkt dat ik je bezit ben!’ Ik storm de keuken uit.

‘Blijf hier!’ brult hij. Hij loopt me achterna naar de woonkamer.

Echt iets voor Hardin, om ruzie te maken nadat we zo’n heerlijke dag hebben gehad. Maar ik wil niet toegeven. ‘Doe dan niet alsof ik je bezit ben. Ik zal mijn best doen om voortaan beter naar je te luisteren, maar wat Noah betreft niet. Als hij iets ongepasts zou zeggen of doen zou ik meteen een einde aan het contact maken, maar dat heeft hij niet gedaan. Bovendien moet jij leren mij te vertrouwen.’

Hardin staart me aan, en ik vraag me af of zijn energie op is omdat hij simpelweg ‘Ik mag hem niet’ antwoordt.

‘Dat snap ik, maar je moet wel redelijk blijven. Hij is niet van plan me van je af te pakken; zo is hij niet. Dit is de eerste keer dat hij contact heeft opgenomen sinds ik het heb uitgemaakt.’

‘En de laatste keer!’ snauwt Hardin. Ik rol met mijn ogen en loop naar de kleine badkamer. ‘Wat ga je doen?’ vraagt hij.

'Douchen. En als ik dat heb gedaan, ben jij hopelijk klaar met kinderachtig doen.' Ik ben trots op mezelf omdat ik tegen hem inga, maar ik heb ook met hem te doen. Ik weet dat hij alleen maar bang is dat hij me aan Noah kwijtraakt. Hij wordt verteerd door een intense jaloezie omdat Noah en ik er samen zo 'goed uitzien'. Op papier is Noah beter voor me, en dat weet Hardin, maar ik houd niet van Noah. Ik houd van Hardin.

Hardin loopt achter me aan naar de badkamer, maar draait zich om en loopt weg wanneer ik me begin uit te kleden. Hij smijt de deur hard dicht. Ik neem snel een douche en zie Hardin in zijn boxershort op het bed liggen wanneer ik de badkamer verlaat. Ik zeg niets en open de la om een pyjama te pakken.

'Trek je mijn shirt niet aan?' Zijn stem klinkt laag.

'Ik...' Ik zie dat hij het heeft opgevouwen en op het tafeltje naast het bed heeft gelegd. 'Dank je.' Ik trek het over mijn hoofd. Door de vertrouwde muntgeur vergeet ik bijna dat ik kwaad op hem ben, maar dan kijk ik naar hem en zie ik zijn bedrukte gezicht en dan weet ik het weer. 'Nou, het was een leuke avond,' zeg ik spottend. Ik breng mijn handdoek terug naar de badkamer.

'Kom hier,' zegt hij wanneer ik terugkom.

Aarzelend loop ik naar hem toe. Hij gaat op de rand van het bed zitten en trekt me naar zich toe, zodat ik tussen zijn benen sta.

'Het spijt me.' Hij kijkt naar me op.

'Wat spijt je?'

'Dat ik me als een barbaar heb gedragen,' zegt hij. Ik moet wel lachen. 'En dat ik onze eerste avond samen heb verpest,' voegt hij eraan toe.

'Dank je. We moeten leren dingen te bespreken, zonder dat jij meteen uit je slof schiet.' Ik wikkel een lok haar in zijn nek rond mijn vingers.

'Dat weet ik.' Hij glimlacht aarzelend. 'Kunnen we erover praten, dat jij hem niet meer ziet?'

'Niet vanavond,' zeg ik met een zucht. Ik zal een middenweg moeten vinden, maar ik ga echt niet het contact verbreken met iemand die ik al mijn halve leven ken.

'Kijk toch eens, we zijn onze problemen aan het oplossen.' Hij lacht meewarig.

'Hopelijk vinden de buren het niet erg dat het minder rustig is.'

'O, het zou toch al niet stil zijn geweest.' Hij glimlacht breder, zodat zijn kuiltjes maximaal effect hebben, maar ik ga niet in op zijn schunnig bedoelde opmerking. 'Ik wilde de avond niet verpesten,' zegt hij opnieuw.

'Dat weet ik. En die is niet verpest. Het is nog maar acht uur.' Ik glimlach.

'Ik wilde je graag uit die jurk helpen.' Zijn ogen kleuren donkerder.

'Ik kan hem altijd weer aantrekken,' zeg ik in een poging sexy te zijn. Zonder een woord te zeggen staat hij op en tilt me over zijn schouder. Ik slaak een gilletje en schop met mijn benen. 'Wat doe je nu!' roep ik.

'Die jurk halen.' Lachend draagt hij me naar de wasmand.

88

∞

'Jammer genoeg kreeg ik niet meer de kans je jurk uit te trekken,' fluistert Hardin in mijn oor terwijl hij me op het bed neerdrukt. Zodra ik zijn T-shirt over mijn hoofd trok, tackelde hij me bijna het bed op en deed hij het condoom sneller om dan ik voor mogelijk had gehouden.

'Mmm...' is het enige wat ik kan uitbrengen wanneer hij in en uit me glijdt. Dit is de eerste keer dat het geen pijn doet en het gewoon lekker voelt.

'O, schatje... je voelt zo goed,' zegt hij kreunend, wiegend met zijn heupen. Het gevoel is onbeschrijflijk fijn. Zijn slanke lichaam past perfect tussen mijn benen en zijn warme huid voelt zo heerlijk tegen die van mij. Ik wil iets antwoorden, hem net zo aanmoedigen met schunnige woordjes zoals hij altijd bij mij doet, maar ik ga te veel op in hem en in het genot dat zijn tedere aanval bij me opwekt.

Ik grijp zijn rug vast; mijn nagels dringen in zijn vlees en zijn ogen draaien weg. Ik vind het heerlijk hem zo te zien, onbeheerst, in de greep van een oergevoel. Hij tilt mijn dij op, wikkelt die rond zijn middel en brengt onze lichamen nog dichter bij elkaar. Nu ik hem zo zie, houd ik het bijna niet meer; mijn tenen krullen om en mijn been klemt zich rond zijn rug. Kreunend zeg ik keer op keer zijn naam.

'Goed zo, schatje... Kom maar klaar. Laat maar zien hoe... o god... hoe lekker je dit v-vindt,' stamelt hij, en ik voel hem binnen in me bewegen. Hoewel hij een paar tellen eerder dan ik klaarkomt, blijft hij bewegen totdat ik uit elkaar lijk te spatten, uitgeput en voldaan. Mijn lichaam is volkomen ontspannen en hij laat zich boven op me vallen. We blijven zwijgend liggen, genietend van het feit dat we zo dicht bij elkaar zijn, en binnen een paar minuten stijgt er een zacht gesnurk van Hardins lippen op.

De dagen hier verstrijken snel. Zo gaat dat wanneer je voor het eerst in je leven echt vrij bent. Het voelt nog altijd vreemd om een eigen woning met een eigen douche te hebben en mijn eigen koffie in mijn eigen keuken te zetten. Dat ik dit alles met Hardin kan delen, maakt het alleen maar beter. Ik besluit mijn donkerblauwe broderiejurk en mijn witte schoenen met hoge hakken aan te trekken. Daar kan ik steeds beter op lopen, al stop ik voor de zekerheid nog altijd mijn oude vertrouwde Toms in mijn tas. Ik krul mijn haar, steek het op en daarna breng ik zelfs wat oogschaduw en eyeliner aan. Het voelt echt goed, een eigen plek hebben.

Hardin weigert wakker te worden en komt net lang genoeg overeind om me een afscheidszoen te geven. Ik vraag me af hoe hij erin slaagt zijn werk te doen en ook nog te studeren. Tot nu toe heb ik hem geen van beide zien doen. Dapper pak ik zijn sleutels en rijd in zijn auto naar mijn werk. Als hij toch niet naar college gaat, mist hij zijn auto ook niet. Ik was vergeten dat we nu zo dicht bij Vance wonen en neem me voor Hardin voor zijn inzicht te bedanken, al betekent het dat hij nu verder naar de campus moet rijden. Mijn dag is echter heel wat leuker nu ik niet langer bijna drie kwartier in de auto hoef te zitten.

Op de bovenste verdieping is Kimberly in de vergaderzaal bezig donuts in keurige rijtjes te leggen.

'Hé, Tessa, kijk jou eens!' Ze fluit speels. Ik bloos en ze moet lachen. 'Donkerblauw staat je heel erg goed.' Ze bekijkt me van top tot teen. Ik word er een beetje verlegen van, maar haar glimlach is geruststellend. Dankzij Hardin heb ik de laatste tijd veel meer zelfvertrouwen en voel ik me sexy.

'Dank je, Kimberly.' Ik glimlach naar haar en pak een donut en een kop koffie. De telefoon op haar bureau gaat, en ze rent ernaartoe om op te nemen.

Op mijn kamer wacht een e-mail van meneer Vance, die me complimenteert met de aantekeningen die ik bij het manuscript heb gemaakt. Hoewel dit boek niet wordt aangekocht, kijkt hij uit naar mijn volgende beoordeling. Daar begin ik dan ook meteen aan.

'Nog iets goeds?' De stem van Hardin laat me opschrikken. Ik kijk op, enigszins geschrokken, en hij lacht. 'Vast wel, anders had je wel al gemerkt dat ik er ben.'

Hij ziet er fantastisch uit. Zijn haar staat zoals altijd aan de voorkant rechtop, maar aan de zijkant is het platter en hij heeft een effen wit shirt met een v-hals aan. Het zit strakker dan gewoonlijk, zodat de tattoos eronder zichtbaar zijn. Hij ziet er zo ontzettend lekker uit – en hij is helemaal van mij.

'En... hoe was de rit?' vraagt hij plagerig.

'Erg aangenaam.' Ik giechel.

'Dacht je dat je zomaar zonder mijn toestemming mijn auto kon pakken?' Zijn stem klinkt laag, en ik weet niet of hij een grapje maakt.

'Ik... eh...' stamel ik.

Hij zegt niets, maar loopt naar mijn bureau en trekt mijn stoel naar achteren. Zijn blik gaat van mijn schoenen naar mijn gezicht wanneer hij me overeind trekt. 'Je ziet er vandaag zo sexy uit,' zegt hij in mijn hals voordat hij zijn lippen op mijn huid drukt.

Ik huiver. 'Wat... wat kom je doen?'

'Ben je niet blij me te zien?' Glimlachend tilt hij me op het bureau.

O. 'Ja... natuurlijk,' antwoord ik. Ik ben altijd blij hem te zien.

'Misschien moet ik hier maar weer komen werken, dan kan ik dit elke dag doen.' Hij legt zijn handen op mijn dijen.

'Straks komt er nog iemand binnen.' Ik probeer streng te zijn, maar mijn stem trilt.

'Nee, hoor. Vance zit de rest van de middag in een vergadering en Kimberly heeft beloofd eerst te bellen als ze je nodig heeft.'

Het idee dat Hardin Kimberly heeft laten weten wat hij mogelijk van plan is, maakt me aan het blozen, maar mijn hormonen krijgen de overhand. Snel kijk ik naar de deur.

'Op slot,' zegt hij brutaal.

Zonder na te denken trek ik Hardin naar me toe en leg mijn hand op zijn kruis, zodat ik hem door zijn jeans heen kan aanraken. Kreunend knoopt hij zijn broek los en trekt die samen met zijn boxershort naar beneden.

'Het moet wel iets sneller dan gewoonlijk, oké?' zegt hij. Hij schuift mijn slipje opzij.

Ik knik verwachtingsvol en lik mijn lippen af. Grinnikend trekt hij me aan mijn heupen naar de rand van het bureau. Mijn lippen vallen zijn nek aan, en ik hoor dat er een folieverpakking wordt opengescheurd.

'Kijk toch eens. Drie maanden geleden bloosde je nog bij het woord "seks", en nu laat je je neuken op je bureau,' fluistert hij, en hij ramt in me.

Hardin drukt een hand tegen mijn mond en bijt zelf op zijn onderlip. Ik kan gewoon niet geloven dat ik toesta dat Hardin hier op mijn bureau seks met me heeft, op mijn stageplaats, met Kimberly nog geen dertig meter verderop. Ik wil het niet toegeven, maar het is een waanzinnig idee. Waanzinnig op de goede manier.

'Maak... geen... geluid...' zegt hij hakkelend, en hij beweegt nog sneller. Ik knik hijgend en grijp hem bij zijn bovenarmen om te voorkomen dat hij me van het bureau duwt.

'Zo vind je het lekker, hè? Snel en hard?' zegt hij knarsetandend.

Ik bijt zachtjes in zijn hand om te voorkomen dat ik het uitschreeuw.

'Geef antwoord, anders hou ik op,' zegt hij dreigend.

Ik kijk hem van onder mijn oogleden aan en knik, te overweldigd om een woord te kunnen uitbrengen.

'Dat dacht ik al,' zegt hij, en hij draait me om, zodat ik op mijn buik op het bureau lig.

O god. Hij dringt opnieuw in me en beweegt langzaam voordat hij mijn haar rond zijn vuist wikkelt en mijn hoofd omhoogtrekt om me te kunnen kussen. De spanning in mijn buik neemt toe en zijn bewegingen worden onbeheerster – en nu weet ik dat het voor ons allebei niet lang meer zal duren. Bij zijn laatste stoot kust hij mijn schouder, en dan trekt hij zich terug en helpt me overeind.

'Dat was...' begin ik, maar hij smoort me met een kus op mijn lippen.

'Ja... dat was het zeker,' maakt hij mijn zin af voordat hij zijn broek omhoogtrekt. Ik haal mijn vingers door mijn haar en veeg langs mijn ogen om te zien of mijn make-up is uitgelopen. Dan kijk ik op de klok. Het is bijna drie uur. Weer is er bijna ongemerkt een dag voorbijgegaan.

'Ben je klaar?' vraagt hij.

'Wat? Het is nog maar drie uur.' Ik wijs op de klok.

'Christian zei dat je eerder naar huis mocht. Ik heb hem een uur geleden nog gesproken.'

'Hardin! Je kunt hem niet zomaar vragen of ik eerder naar huis mag. Deze stage is belangrijk voor me.'

'Rustig maar. Hij zei dat hij de hele dag weg zou zijn en kwam zelf met het idee.'

'Ik wil niet dat iemand denkt dat ik misbruik maak van de gelegenheid.'

'Dat denkt niemand. Je cijfergemiddelde en je werk spreken voor zich.'

'Wacht even... waarom heb je me dan niet gebeld om te vragen of ik naar huis kwam?' Ik trek een wenkbrauw op.

'Omdat ik je sinds je eerste dag hier al over dat bureau wilde leggen.' Hij glimlacht voldaan en pakt mijn jasje voor me.

Ik wil tegen hem zeggen dat het gekkenwerk is dat hij hiernaartoe is gekomen om seks te hebben op het bureau, maar ik kan niet ontkennen dat ik ervan heb genoten. Wanneer ik hem zo zie, in dat T-shirt en met die spieren vol tattoos, weet ik dat ik hem nooit iets kan weigeren.

Op weg naar onze auto's kijkt hij met samengeknepen ogen naar de zon en zegt: 'Ik heb zitten denken... We kunnen kleren voor die vreselijke bruiloft gaan kopen.'

'Goed idee,' stem ik in. 'Maar dan rij ik in jouw auto naar huis en kunnen we mijn auto thuis achterlaten.' Ik stap in zijn auto voordat hij kan protesteren. Hij schudt glimlachend zijn hoofd.

Nadat we mijn auto thuis hebben neergezet rijden we naar het winkelcentrum. Hardin loopt de hele tijd als een klein kind te zeuren en te mokken, en uiteindelijk moet ik hem allerlei seksuele gunsten beloven om ervoor te zorgen dat hij een stropdas koopt. Hij eindigt met een nette zwarte broek, een zwart jasje, een wit overhemd en een zwarte das. Simpel, maar perfect voor hem. Hij weigert te passen, dus ik hoop maar dat de maat klopt. Het zou voor hem een goed excuus zijn om de bruiloft over te slaan, maar dat laat ik niet gebeuren. Zodra zijn kleren geregeld zijn, is het mijn beurt.

'Die witte.' Hij wijst naar het korte witte jurkje in mijn hand. Ik heb ook een langere zwarte jurk uitgekozen omdat ik weet dat Karen graag wil dat we ons aan het kleurenschema in zwart en wit houden, maar ik besluit naar Hardin te luisteren. Per slot van rekening vond hij het witte jurkje dat ik gisteren droeg ook erg leuk. Dan besef ik tot mijn ergernis dat Hardin niet alleen mijn kleren en schoenen voor me draagt, maar ze ook wil betalen. Wanneer ik bezwaar wil maken, kijkt het meisje achter de kassa me lachend en schouderophalend aan, alsof ze wil zeggen: 'Wat wil je dat ik eraan doe?'

'Ik moet vanavond nog werken, dus ik kom niet thuis eten,' zegt hij op weg naar buiten.

'O, ik dacht dat je vanuit huis werkte.'

'Klopt, maar hiervoor moet ik even naar de bieb,' legt hij uit. 'Ik maak het niet al te laat.'

'Dan ga ik ondertussen wel boodschappen doen,' zeg ik.

Hij knikt. 'Wees voorzichtig en zorg ervoor dat je voor donker thuis bent,' zegt hij.

Hij maakt een boodschappenlijstje met alle dingen die hij lekker vindt en gaat na thuiskomst meteen weer weg. Ik doe een jeans en een sweater aan en loop naar de supermarkt verderop in de straat. Weer thuis ruim ik alles op, studeer ik nog even en maak dan iets te eten klaar. Ik stuur Hardin een berichtje, maar omdat hij niet antwoordt, zet ik een bord voor hem in de magnetron en ga dan op de bank tv liggen kijken.

89

∞

Wanneer ik wakker word, duurt het even voordat ik besef dat ik nog steeds op de bank lig.

'Hardin?' roep ik, mezelf bevrijdend uit de deken. Ik loop naar de badkamer, in de hoop dat hij daar is, maar die is leeg. Jezus, waar zit hij?

Ik loop terug naar de woonkamer en pak mijn mobieltje van de bank. Nog steeds geen antwoord van hem, en het is al zeven uur 's morgens. Ik bel hem, maar krijg de voicemail en hang op. Ik loop naar de keuken om koffie te zetten en neem dan een douche. Gelukkig ben ik op tijd wakker geworden, want ik had niet eens de wekker gezet. Dat vergeet ik nooit.

'Waar ben je?' zeg ik hardop voordat ik onder de douche stap.

Tijdens het föhnen van mijn haar probeer ik verschillende verklaringen te bedenken. Gisteravond dacht ik dat hij gewoon te veel in zijn werk verdiept was omdat hij zo veel moet inhalen, of misschien kwam hij een bekende tegen en vergat hij de tijd. Maar in de bibliotheek? Die gaat doorgaans niet al te laat dicht, en zelfs kroegen sluiten uiteindelijk hun deuren. De meest voor de hand liggende uitleg is dat hij naar een feest is. Op de een of andere manier wéét ik dat gewoon. Een deel van me is nog altijd bang dat hij misschien een ongeluk heeft gehad, een mogelijkheid waaraan ik echt niet wil denken. Maar wat voor excuus of verhaal ik ook verzin, ik weet dat hij iets doet wat hij niet zou moeten doen. Gisteravond was alles oké tussen ons, maar nu blijft hij opeens de hele nacht weg?

Ik ben niet in de stemming voor een jurk en trek een van mijn oude zwarte kokerrokjes met een lichtroze blouse aan. Tijdens de rit naar mijn werk is het voortdurend bewolkt, en tegen de tijd dat ik bij Vance aankom, is mijn stemming even bedrukt als het weer en kook ik simpelweg van woede. Wie denkt hij wel niet dat hij is? Denkt hij dat hij zomaar weg kan blijven zonder me zelfs maar te bellen?

Kimberly kijkt me met opgetrokken wenkbrauwen aan wanneer ik zonder een donut te pakken langs de tafel met lekkers loop, maar ik schenk haar mijn beste nepglimlach en loop naar mijn kamer. Mijn ochtend verloopt als in een waas. Ik lees telkens weer dezelfde pagina, zonder dat er een woord tot me doordringt.

Mijn hart staat even stil wanneer er op mijn deur wordt geklopt. Ik hoop hevig dat het Hardin is, ook al ben ik nog zo kwaad op hem. Het is echter Kimberly.

'Zin om mee te gaan lunchen?' vraagt ze vriendelijk.

Ik zeg bijna nee, maar dan bedenk ik dat hier blijven zitten en piekeren over de mogelijke verblijfplaats van mijn vriendje me ook niet veel verder helpt.

Ik glimlach. 'Goed, hoor.'

We lopen de hoek om naar een klein Mexicaans eetcafé. Tegen de tijd dat we daar aankomen, rillen we van de kou, en Kimberly vraagt om een tafeltje naast de verwarming. We worden er recht onder gezet, en zodra we zijn gaan zitten, steken we onze handen omhoog.

'Wat een guur weer.' Ze praat over de kou en zegt dat ze de zomer nu al mist.

'Ik was bijna vergeten hoe koud het 's winters kan worden,' zeg ik simpelweg. Voor mijn gevoel lopen de seizoenen in elkaar over, en ik heb amper gemerkt dat de herfst bijna voorbij is.

'En, hoe is het met de stoere gast?' vraagt ze lachend.

De ober brengt ons chips en salsa. Mijn maag knort. Voortaan sla ik mijn ochtenddonut niet meer over.

'Nou...' Ik vraag me af of ik haar over mijn privéleven moet vertellen. Ik heb niet veel vrienden. Of eigenlijk alleen Steph, maar die zie ik bijna nooit meer. Kimberly is zeker tien jaar ouder dan ik en heeft waarschijnlijk meer ervaring met mannen. Ik staar naar het plafond, dat vol hangt met lampjes in de vorm van bierflesjes, en haal diep adem.

'Nou, ik weet eigenlijk niet hoe het op dit moment zit. Gisteravond leek er niets aan de hand, maar hij is de hele nacht weggebleven. Het was onze tweede nacht in ons nieuwe huis en hij is niet eens thuisgekomen,' leg ik uit.

'Wacht even, terug naar het begin... Jullie wonen samen?' Haar mond valt open.

'Ja... sinds dinsdag.' Ik probeer te glimlachen.

'En hij is vannacht niet thuisgekomen?'

'Nee. Hij zei dat hij nog moest werken, in de bibliotheek, maar hij is niet meer teruggekomen.'

'En je denkt niet dat hij gewond is of zo?'

'Niet echt.' Ik heb het gevoel dat ik het wel zou weten als er iets mis zou zijn, alsof we op zo'n manier met elkaar verbonden zijn dat ik het zou voelen als hij gewond zou zijn.

'Hij heeft niet gebeld?'

'Nee. En ook geen berichtje gestuurd.' Ik frons.

'Als ik jou was, zou ik hem aan zijn ballen ophangen. Dit hoef je niet te pikken,' zegt ze.

De ober komt langs om te zeggen dat onze bestelling er zo aan komt en vult mijn waterglas bij. Ik ben eigenlijk wel blij met de onderbreking, omdat ik nu even op adem kan komen na Kimberly's barse woorden.

En dan gaat ze verder en begrijp ik dat ze me niet veroordeelt, maar het juist voor me opneemt. Daardoor voel ik me een stuk beter. 'Ik meen het. Je moet hem duidelijk maken dat hij zich niet zo kan gedragen, anders blijft hij het doen. Het probleem met mannen is dat het gewoontedieren zijn, en als je hem deze gewoonte toestaat, kun je hem die nooit meer afleren. Hij moet van het begin af aan weten dat je dit soort gedoe niet pikt. Hij mag zijn handen dichtknijpen dat je zijn vriendin bent en moet zich fatsoenlijk gaan gedragen.'

Haar aansporende woorden bevestigen me in mijn gevoel dat ik best kwaad mag zijn, of zelfs woedend. Ik mag hem best aan zijn ballen ophangen, zoals Kimberly het subtiel zegt.

'Hoe moet ik dat doen?' vraag ik.

Ze lacht. 'Geef hem van katoen. Tenzij hij met een verdomd goed excuus komt – en ik durf te wedden dat hij dat nu probeert te bedenken – geef je hem zodra hij thuiskomt de wind van voren. Je hebt zijn respect verdiend, en als hij je dat niet geeft, moet je hem ertoe dwingen. Of hem dumpen.'

'Je laat het wel erg gemakkelijk klinken.' Ik lach.

'O, dat is het beslist niet.' Ze lacht ook en kijkt dan ernstig. 'Maar het moet wel gebeuren.'

Tijdens de rest van de lunch praten we over haar studententijd en de vreselijke relaties die zij achter de rug heeft. Haar blonde bob zwaait bij bijna elke verhaal heen en weer omdat ze zo vaak haar hoofd schudt. Ik moet af en toe zo hard lachen dat ik mijn tranen moet wegvegen. Het eten is heerlijk en ik ben blij dat ik met haar ben gaan lunchen en niet in mijn eentje op kantoor ben blijven mokken.

Op weg terug naar mijn kamer krijgt Trevor me in het oog en loopt hij glimlachend naar me toe. 'Hoi, Tessa.'

'Hoi, hoe gaat het met jou?' vraag ik beleefd.

'Goed hoor, maar het is hier erg koud,' zegt hij. Ik knik. 'Je ziet er vandaag heel leuk uit,' voegt hij eraan toe, en dan wendt hij zijn blik af, waardoor ik het gevoel krijg dat hij dat niet hardop had willen zeggen. Ik glimlach en kan hem nog net bedanken voordat hij duidelijk beschaamd in de toiletten verdwijnt.

Aan het einde van de dag heb ik letterlijk niets uitgevoerd en besluit ik het manuscript mee naar huis te nemen in de hoop mijn gebrek aan motivatie later goed te maken.

Eenmaal thuis blijkt dat Hardins auto nog altijd niet voor de deur staat. Mijn woede welt weer op. Ik bel hem en spreek kwaad zijn voicemail in, waardoor ik me gek genoeg iets beter voel. Dan maak ik snel iets te eten voor mezelf klaar en zoek ik mijn kleren voor morgen uit.

Niet te geloven dat de bruiloft al over twee dagen is. Stel dat hij dan nog niet terug is? Dat is hij vast wel. Maar stel van niet?

Ik kijk om me heen. Het is nog altijd een leuke woning, maar nu Hardin er niet is, heeft het appartement iets van zijn glans verloren.

Op de een of andere manier weet ik toch het nodige werk te verzetten. Ik ben net bezig alles op te ruimen wanneer de deur opengaat. Hardin stommelt de woonkamer in en loopt zonder een woord te zeggen door naar de slaapkamer. Ik hoor dat hij zijn schoenen op de vloer gooit en vloekt, waarschijnlijk omdat hij zijn evenwicht verliest. Ik denk aan wat Kimberly vandaag tijdens de lunch heeft gezegd en besluit mijn woede de vrije loop te laten.

'Waar heb jij in godsnaam gezeten?' roep ik zodra ik binnenkom. Hardin heeft zijn T-shirt uitgetrokken en is nu bezig met zijn broek.

'Ook goedenavond,' zegt hij met dubbele tong.

Mijn mond valt open. 'Ben je dronken?'

'Misschien,' antwoordt hij. Hij gooit zijn broek op de vloer.

Verontwaardigd snuivend raap ik zijn broek op en smijt die naar hem toe. 'We hebben niet voor niets een wasmand.'

Hij lacht me uit om mijn boze blik.

'Jij hebt wel lef, Hardin! De hele nacht en het grootste deel van de dag wegblijven, zonder ook maar even te bellen, en dan kom je stomdronken thuis en heb je het lef me uit te lachen?' gil ik.

'Schreeuw niet zo. Ik heb koppijn.' Kermend laat hij zich op het bed vallen.

'Vind je dit grappig? Zie je dit als een spelletje? Waarom vroeg je of ik met je wilde samenwonen als je onze relatie toch niet serieus neemt?'

'Ik wil het er nu niet over hebben. Je overdrijft. Kom hier, dan zal ik je blij maken.' Zijn ogen zijn bloeddoorlopen van het vele drinken. Hij steekt zijn armen naar me uit, een stompzinnige dronken grijns op zijn knappe gezicht.

'Nee, Hardin,' zeg ik streng. 'Ik meen het. Je kunt niet zomaar zonder enige uitleg de hele nacht wegblijven.'

'Jezus, kun je godverdomme een beetje dimmen? Je bent mijn moeder niet. Hou op met zeiken en kom hier,' zegt hij opnieuw.

'Sodemieter op,' bijt ik hem toe.

'Pardon?' Hij gaat rechtop zitten. Nu heb ik zijn aandacht.

'Je hebt me wel gehoord. Rot op. Ik ben niet zo'n meid die de hele nacht gaat zitten wachten totdat haar vriendje thuiskomt. Ik had gedacht dat je op zijn minst een excuus zou verzinnen, maar zelfs dat is te veel gevraagd! Deze keer geef ik niet toe, Hardin. Ik vergeef je alles altijd veel te snel, maar nu niet. Dus of je geeft me een goede reden voor je afwezigheid of je sodemietert op.' Ik sla mijn armen over elkaar, trots op mezelf omdat ik niet toegeef.

'Misschien ben je het vergeten, maar ík ben degene die hier de huur betaalt. Dus als er iemand opsodemietert, ben jij het.' Zijn blik verraadt niets.

Ik kijk naar zijn handen, die op zijn knieën rusten. Weer zijn de knokkels bont en blauw, bedekt met geronnen bloed.

Ik probeer nog steeds een antwoord te bedenken wanneer ik vraag: 'Heb je weer gevochten?'

'Doet dat ertoe?'

'Ja, Hardin, dat doet ertoe. Heb je dat de hele nacht gedaan? Gevochten? Je hoefde niet eens te werken, hè? Of is dat soms je werk? Lui in elkaar slaan?'

'Wat? Nee, natuurlijk niet. Je weet wat ik doe. En ik ben wel gaan werken, maar ik raakte afgeleid.' Hij strijkt met zijn hand over zijn gezicht.

'Waardoor?'

'Niks. Jezus,' zegt hij kermend. 'Je zeikt altijd aan mijn kop.'

'Ik zeik altijd aan je kop? Wat had je dan verwacht? Je blijft de hele nacht en dag weg! Ik wil antwoord, Hardin. Ik word er niet goed van dat je nooit eens ergens antwoord op geeft.'

Hij negeert me en trekt een shirt over zijn hoofd.

'Ik heb me de hele dag zorgen lopen maken, je had op zijn minst even kunnen bellen. Ik voelde me vandaag zo rot, en dat terwijl jij zat te drinken en God mag weten wat zat te doen. Zo verpest je mijn stage nog, en dat is niet oké.'

'O, die stage die mijn vader voor je heeft geregeld?' zegt hij brutaal.

'Je bent niet te geloven.'

'Het is toch zo?' Hij haalt zijn schouders op.

Hoe kan dit dezelfde jongen zijn die twee nachten geleden, toen hij dacht dat ik sliep, in mijn oor fluisterde dat hij van me hield?

'Daar ga ik niet eens antwoord op geven, want daarmee zou ik je alleen maar je zin geven. Je wilt ruzie, maar op mij hoef je niet te rekenen.' Ik pak een van mijn T-shirts en loop de kamer uit, maar bij de deur draai ik me nog even naar hem om. 'Ik wil één ding duidelijk maken: als jij je zaken niet op orde krijgt, en dan bedoel ik nu meteen, ben ik hier weg.'

Ik loop naar de bank en ga liggen, blij dat er een plekje is waar hij niet is. Even laat ik een paar tranen de vrije loop, maar dan veeg ik mijn wangen af en pak ik Hardins oude exemplaar van *Wuthering Heights*. Ik wil niets liever dan teruglopen naar de slaapkamer en een uitleg van hem eisen – waar heeft hij gezeten, met wie, en waarom heeft hij gevochten, en met wie – maar ik dwing mezelf op de bank te blijven liggen omdat hij zich daar veel meer aan zal ergeren.

Al erger ik me nog meer aan de mate van controle die hij over bepaalde delen van mijn leven lijkt te hebben.

90

∞

Ik leg mijn boek neer en kijk op mijn telefoon hoe laat het is. Even na twaalven, dus ik kan maar beter gaan slapen. Hij heeft al eerder geprobeerd me naar bed te lokken, door te zeggen dat hij zonder mij niet kan slapen, maar ik heb mijn poot stijf gehouden en hem genegeerd totdat hij weer wegliep.

Ik dreig net in slaap te vallen wanneer ik Hardin 'Nee!' hoor schreeuwen. Zonder nadenken spring ik op van de bank en ren naar onze slaapkamer. Hij ligt te woelen onder de dikke deken en zweet hevig.

'Hardin, word wakker,' zeg ik zacht. Ik raak zijn schouder aan en strijk met mijn andere hand een drijfnatte krul van zijn voorhoofd.

Zijn ogen vliegen open. Zijn blik is ontzet.

'Rustig maar... je had een nachtmerrie.' Ik probeer hem zo goed mogelijk te troosten. Mijn vingers spelen met zijn haar en strelen dan zijn wang. Hij beeft wanneer ik in bed kruip, me tegen zijn rug vlij en mijn armen rond zijn middel sla, maar hij ontspant zich wanneer ik mijn gezicht tegen zijn klamme huid druk.

'Blijf alsjeblieft bij me,' smeekt hij. Ik slaak een zucht en blijf rustig liggen, hem nog steviger vastpakkend. 'Dank je,' fluistert hij, en binnen een paar minuten slaapt hij weer.

Hoe ver ik de warme kraan ook opendraai, het water wil maar niet warm genoeg worden om mijn gespannen spieren los te maken. Ik ben doodmoe omdat ik afgelopen nacht te weinig heb geslapen en me zo aan Hardin erger. Hij sliep nog toen ik ging douchen, en ik hoop maar dat hij blijft slapen totdat ik naar mijn stage ben vertrokken.

Helaas wordt mijn hoop de bodem ingeslagen. Ik kom de badkamer uit en zie hem aan het aanrecht in de keuken staan.

'Je ziet er vandaag erg mooi uit,' zegt hij kalm.

Ik rol met mijn ogen en loop langs hem heen om voor mijn vertrek een kop koffie te pakken.

'Dus je praat niet tegen me?'

'Nu even niet, nee. Ik moet naar mijn werk en heb niet de energie voor jou,' bijt ik hem toe.

'Maar je kwam bij me in bed liggen,' zegt hij pruilend.

'Ja, maar alleen omdat je lag te schreeuwen en te beven. Dat betekent niet dat ik het je heb vergeven. Ik wil een uitleg voor alles: de geheimen, de ruzies, zelfs de nachtmerries. Zo niet, dan ben ik hier weg.' Ik verbaas niet alleen hem, maar ook mezelf met die woorden.

Kreunend haalt hij zijn handen door zijn haar. 'Tessa... zo eenvoudig is het niet.'

'Dat is het dus wel. Ik had zo'n vertrouwen in je dat ik mijn moeder heb genegeerd en bij je ben ingetrokken. Nu moet jij genoeg vertrouwen in mij hebben om me de waarheid te vertellen.'

'Je zou het niet begrijpen. Dat weet ik gewoon,' zegt hij.

'Dat zal je nog verbazen.'

'Het... het gaat gewoon niet,' stamelt hij.

'Dan kan ik niet met je samen zijn. Het spijt me, maar ik heb je genoeg kansen gegeven en je blijft...' begin ik, maar hij onderbreekt me.

'Niet doen. Dreig niet me te verlaten.' Zijn toon is kwaad, maar zijn blik is gekwetst.

'Dan moet je me antwoorden geven. Wat kan ik volgens jou niet begrijpen? Je nachtmerries?' vraag ik.

'Zeg dat je me niet zult verlaten,' smeekt hij.

Mijn poot stijf houden is veel moeilijker dan ik had verwacht, zeker wanneer hij er zo verslagen uitziet.

'Ik moet gaan. Ik ben al laat.' Ik loop naar de slaapkamer en kleed me zo snel mogelijk aan. Aan de ene kant ben ik blij dat hij me niet achternakomt, maar aan de andere kant wil ik dat juist graag.

Wanneer ik vertrek, staat hij nog altijd in de keuken, met ontbloot bovenlijf en zijn witte, gewonde knokkels rond zijn koffiemok geklemd.

Ik laat alles wat Hardin zo-even heeft gezegd door mijn gedachten gaan. Wat zal ik nooit kunnen begrijpen? Ik zou hem nooit veroordelen vanwege iets wat hem nachtmerries bezorgt. Ik hoop dat hij dat bedoelt, al heb ik ook het vermoeden dat ik hier iets overduidelijks over het hoofd zie.

Bijna de hele ochtend voel ik me schuldig en gespannen, maar Kimberly stuurt me zo veel links naar grappige YouTube-filmpjes dat mijn sombere bui niet eeuwig aanhoudt. Tegen het middaguur ben ik de problemen thuis bijna vergeten.

Het spijt me, van alles. Kom na je werk alsjeblieft naar huis, luidt het berichtje dat Hardin stuurt terwijl Kimberly en ik genieten van een mandje muffins dat een klant naar meneer Vance heeft gestuurd.

'Is hij dat?' vraagt ze.

'Ja,' antwoord ik. 'Ik heb hem laten weten wat ik van zijn gedrag vind, maar daar voel ik me best rot over. Ik weet dat ik gelijk heb, maar je had hem vanmorgen moeten zien.'

'Mooi, misschien heeft hij zijn lesje geleerd. Heeft hij je verteld waar hij was?' vraagt ze.

'Nee, dat is het probleem.' Ik kerm en pak nog een muffin.

Geef eens antwoord Tessa. Ik hou van je, meldt hij een paar minuten later.

'Stuur die stumper eens iets terug,' zegt Kimberly glimlachend.

Ik knik. Ik kom naar huis, luidt mijn antwoord.

Waarom is het zo moeilijk om voor mezelf op te komen? Meneer Vance stuurt iedereen vlak na drie uur naar huis, en ik besluit nog even langs de kapper te gaan om voor de bruiloft van morgen mijn haar te laten bijpunten en mijn nagels te laten doen. Hopelijk weten Hardin en ik onze problemen vóór de grote dag op te lossen, want het laatste wat ik wil is met een kwade Hardin naar zijn vaders bruiloft gaan.

Tegen de tijd dat ik thuiskom, is het bijna zes uur en heb ik diverse berichtjes van Hardin ontvangen, waarvan ik er geen eentje heb beantwoord. Voor onze deur adem ik even diep in om me mentaal voor te bereiden op wat er gaat komen. Of we staan straks heel hard tegen elkaar te schreeuwen, met als gevolg dat een van ons twee zijn of haar spullen pakt, of we slagen erin het uit te praten. Ik loop naar binnen en zie Hardin over de betonnen vloer heen en weer lopen. Zijn blik vliegt naar mijn gestalte in de deuropening, en hij trekt een opgelucht gezicht.

'Ik dacht dat je niet meer zou komen.' Hij loopt naar me toe.

'Waar moet ik anders naartoe?' luidt mijn antwoord. Ik loop langs hem heen naar de slaapkamer.

'Ik, eh... ik heb voor je gekookt,' zegt hij.

Hij is onherkenbaar. Zijn haar, dat gewoonlijk deels rechtop staat en deels naar achteren is gekamd, valt over zijn voorhoofd. Hij draagt een grijze capuchontrui en een zwarte joggingbroek en oogt zenuwachtig, bezorgd en zelfs... bang?

'O... Waarom?' Ik moet het wel vragen. Ik trek zelf ook een joggingbroek en trui aan, en Hardin kijkt nog bedrukter wanneer ik het T-shirt dat hij duidelijk voor me heeft klaargelegd op de ladekast laat liggen.

'Omdat ik een lul ben,' antwoordt hij.

'Ja... dat klopt.' Ik loop terug naar de keuken. Het eten ziet er lekkerder uit dan ik had gedacht, al weet ik niet zeker wat het is. Pasta met kip, daar lijkt het op.

'Pollo alla fiorentina.' Hij geeft antwoord op de vraag in mijn gedachten.

'Hmm.'

'Je hoeft niet...' zegt hij met een klein stemmetje. Dit is zo anders dan gewoonlijk, en voor het eerst sinds we elkaar hebben leren kennen, heb ik het gevoel dat ik de baas ben.

'Nee, het ziet er goed uit. Ik ben gewoon verbaasd.' Ik neem een hapje. Het is nog lekkerder dan het eruitziet.

'Je haar zit leuk,' merkt hij op. Ik denk aan de laatste keer dat ik een nieuw kapsel had genomen en Hardin de enige was wie het opviel.

'Ik moet antwoorden hebben,' breng ik hem in herinnering.

Hij ademt hoorbaar uit. 'Dat weet ik, en die ga ik je ook geven.'

Ik neem nog een hapje om de tevredenheid te verbergen die ik voel omdat ik heb volgehouden.

'Ik wil je om te beginnen vertellen dat niemand – en dan bedoel ik niemand, behalve mijn ouders – dit weet.' Hij peutert aan de korstjes op zijn knokkels.

Ik knik en neem een hapje.

'Goed... daar gaan we dan,' zegt hij nerveus, en dan steekt hij van wal. 'Op een avond, toen ik een jaar of zeven was, zat mijn vader in een kroeg aan de overkant van de straat. Daar bracht hij bijna elke avond door, en iedereen kende hem daar, en dus was het helemaal niet verstandig om daar ruzie met anderen te krijgen. Toch was dat die avond precies wat er gebeurde. Hij begon te knokken met een stel soldaten die net zo bezopen waren als hij. Het eindigde ermee dat hij een van die gasten met een bierflesje op zijn hoofd sloeg.'

Ik heb geen idee waar dit verhaal zal eindigen, maar ik weet dat het niet fraai zal zijn.

'Eet alsjeblieft door...' zegt hij smekend, en dat doe ik. Ondertussen probeer ik hem niet al te veel aan te staren.

'Hij liep de kroeg uit, maar ze liepen achter hem aan naar ons huis. Ik denk dat ze wraak wilden nemen of zo. Het probleem was alleen dat hij niet naar binnen was gegaan, al dachten zij van wel. Mijn moeder lag beneden op de bank te slapen, wachtend op mijn vader.' Zijn groene ogen kijken me recht aan. 'Zo'n beetje als jij gisteravond.'

'Hardin...' fluister ik, en ik reik over de tafel naar zijn hand.

'En dus vonden ze eerst mijn moeder...' Zijn stem sterft weg. Hij staart naar de muur, voor mijn gevoel een eeuwigheid. 'Ik rende naar beneden toen ik haar hoorde schreeuwen en probeerde die kerels van haar af te trekken. Ze hadden haar nachtpon kapotgetrokken en ze bleef maar schreeuwen dat ik weg moest gaan... Ze wilde niet dat ik zou zien wat ze met haar deden, maar ik kon gewoon niet weglopen, snap je?'

Hij knippert een traan weg en mijn hart breekt vanwege dat mannetje van zeven dat moest toezien hoe zijn moeder zo werd mishandeld. Ik ga op zijn schoot zitten en druk mijn hoofd in zijn hals.

'Om een lang verhaal kort te maken: ik probeerde ze weg te jagen, maar het had geen enkele zin. Tegen de tijd dat mijn vader naar binnen stommelde, had ik een hele doos pleisters op haar lijf geplakt om haar... Ik weet het niet... Om haar beter te maken, denk ik. Is dat niet stom?' vraagt hij in mijn haar.

Ik kijk naar hem op en hij fronst. 'Niet huilen,' fluistert hij, maar ik kan er niets aan doen. Ik had nooit kunnen denken dat een dergelijke verschrikking de oorzaak van zijn nachtmerries was.

'Het spijt me dat ik je dwong me dat te vertellen,' zeg ik snikkend.

'Nee... Liefje, het geeft niet. Het voelde eigenlijk best wel goed,' verzekert hij me. 'Voor zover iets als dat goed kan voelen.'

Hij streelt me over mijn haar en wikkelt een lok rond zijn vinger, verdiept in zijn eigen gedachten. 'Daarna wilde ik alleen nog maar beneden op de bank slapen, zodat... ze mij eerst zouden vinden als er iemand zou komen. Toen zijn de nachtmerries begonnen... en die zijn min of meer gebleven. Na het vertrek van mijn vader ben ik een paar keer in therapie gegaan, maar niets leek te helpen. Totdat ik jou leerde kennen.' Hij glimlacht zwakjes. 'Het spijt me dat ik de hele nacht ben weggebleven. Zo wil ik niet zijn. Ik wil niet zoals hij zijn.' Hij slaat zijn armen steviger om me heen.

Nu ik weer wat meer stukjes ken van de puzzel die Hardin is, begrijp ik hem beter. En even plotseling als mijn stemming is veranderd, is ook mijn mening over Ken anders geworden. Ik weet dat mensen kunnen veranderen, en het is duidelijk dat hij niet langer degene is die hij vroeger was, maar toch voel ik de woede in me opwellen. Hardin is zo geworden vanwege zijn vader: vanwege het drankmisbruik, de verwaarlozing en die vreselijke nacht toen zijn vader een aanval op zijn gezin uitlokte en er niet was om zijn vrouw en zoontje te beschermen. Ik heb niet alle antwoorden gekregen die ik wilde hebben, maar het zijn er veel meer dan ik had verwacht.

'Ik zal het nooit meer doen... Dat zweer ik... Maar beloof me dat je me niet zult verlaten...' mompelt hij.

Elk spoor van woede en zelfingenomenheid is uit me verdwenen. 'Ik zal je niet alleen laten, Hardin. Ik zal je niet verlaten.' En omdat het ernaar uitziet dat hij het nog een paar keer moet horen, herhaal ik die woorden.

'Ik hou van je, Tessa, meer dan van wat dan ook,' zegt hij, mijn tranen wegvegend.

91

∞

We zitten al minstens een half uur zo op de stoel wanneer Hardin eindelijk zijn hoofd optilt en zegt: 'Kan ik nu gaan eten?'

'Ja.' Ik glimlach zwakjes naar hem en wil van zijn schoot glijden, maar hij houdt me tegen.

'Ik zei niet dat je weg mocht. Geef me mijn bord maar aan.' Hij glimlacht ook.

Ik schuif zijn bord naar hem toe en pak ook het mijne van de andere kant van de kleine tafel. Ik moet nog even bijkomen van al deze nieuwe informatie en voel me nu eerlijk gezegd ongemakkelijk bij het idee dat we morgen naar de bruiloft moeten.

Omdat ik aanvoel dat Hardin het er verder niet over wil hebben, neem ik nog een hap en zeg: 'Je bent een veel betere kok dan ik had verwacht. Nu ik dat weet, hoop ik dat je vaker voor me wilt koken.'

'We zullen zien,' zegt hij met volle mond. We eten de rest van de maaltijd in een aangename stilte op.

Later, wanneer ik de vaatwasser aan het vullen ben, komt hij achter me staan en vraagt: 'Ben je nog boos?'

'Niet echt,' antwoord ik. 'Ik ben er nog steeds niet blij mee dat je de hele nacht bent weggebleven, en ik wil nog altijd weten met wie je hebt gevochten, en waarom.' Hij doet zijn mond open om iets te zeggen, maar ik houd hem tegen. 'Maar niet vanavond.' Ik denk dat we geen van beiden nog meer aankunnen.

'Goed,' zegt hij zacht. Er flitst enige bezorgdheid in zijn ogen, maar ik besluit er niet op in te gaan.

'O, en ik was ook niet blij met wat je over mijn stage zei. Dat heeft me echt gekwetst.'

'Dat weet ik. Daarom zei ik het ook,' zegt hij, iets te eerlijk.

'Dat weet ik. En dat is ook de reden dat ik er niet blij mee ben.'

‘Het spijt me.’

‘Doe het niet nog eens, oké?’ zeg ik, en hij knikt. ‘Ik ben doodmoe,’ voeg ik eraan toe, in een poging van onderwerp te veranderen. Ik loop naar de slaapkamer en hij komt achter me aan.

‘Ik ook. Laten we het de rest van de avond rustig aan doen. Ik heb de kabeltelevisie aangesloten.’

‘Dat was mijn taak.’ Ik kijk hem verontwaardigd aan.

Hij rolt met zijn ogen en gaat naast me op het bed zitten. ‘Je kunt me ook gewoon het geld ervoor geven...’

Ik staar naar de muur. ‘Hoe laat vertrekken we morgen naar de bruiloft?’

‘Wanneer we maar willen.’

‘Het feest begint om drie uur, dus ik denk dat we er om twee uur moeten zijn,’ zeg ik.

‘Een uur te vroeg?’ Hij krimpt even ineen. Ik knik. ‘Ik snap niet waarom je...’ begint hij, maar hij wordt onderbroken door mijn mobieltje.

Aan het gezicht dat Hardin trekt wanneer hij mijn telefoon pakt, zie ik meteen wie het is. ‘Waarom belt hij je?’ zegt hij verontwaardigd.

‘Dat weet ik niet, Hardin, maar ik wil wel opnemen.’ Ik trek het toestel uit zijn hand.

‘Noah?’ Mijn stem klinkt zacht en bevend. Hardins kwade blik kan een gat in de vloer branden.

‘Hoi, Tessa. Sorry dat ik op een vrijdagavond bel, maar... Nou ja...’ Hij klinkt verontrust.

‘Wat is er?’ dring ik aan, omdat ik weet dat hij in moeilijke situaties niet snel ter zake komt. Ik kijk naar Hardin, die zonder geluid ‘Luidspreker’ zegt.

Ik werp hem een blik toe die ‘Ben je gek’ zegt, maar doe het dan toch, zodat Hardin kan meeluisteren.

‘Je moeder is gebeld door het hoofd van je studentenhuis dat haar vertelde dat de laatste rekening voor je kamer is betaald. Dus ze weet dat je bent verhuisd. Ik heb eerlijk gezegd dat ik geen idee heb waar je nu woont, maar ze geloofde me niet. En nu is ze naar je op weg.’

‘Hoe bedoel je? Naar de campus?’

‘Ja, ik denk het wel. Ik weet het niet zeker, maar ze zei dat ze je zou gaan zoeken. Ze was behoorlijk vaag en ontzettend kwaad. Ik wilde je gewoon even waarschuwen dat ze er zeg maar aan komt.’

‘Niet te geloven!’ roep ik in de telefoon, maar dan bedank ik Noah voordat ik ophang.

Ik laat me achterover op het bed vallen. ‘Fantastisch… Wat een geweldige manier om de avond door te brengen.’

Hardin leunt naast me op zijn elleboog. ‘Ze zal je niet kunnen vinden. Niemand weet waar we wonen,’ verzekert hij me, mijn pony van mijn voorhoofd strijkend.

‘Ze kan me misschien niet vinden, maar ze zal zeker Steph aan haar hoofd zeuren en iedereen in de studentenflat lastigvallen en een enorme scène schoppen.’ Ik sla mijn handen voor mijn gezicht. ‘Misschien moet ik daarnaartoe gaan.’

‘Of je belt haar en geeft haar ons adres en laat haar hiernaartoe komen. Op ons eigen terrein, zodat jij de touwtjes in handen hebt,’ stelt hij voor.

‘Vind je dat goed?’ Ik laat mijn handen zakken.

‘Natuurlijk. Het is je moeder, Tessa.’

Ik kijk hem vragend aan, denkend aan de kloof tussen hem en zijn vader, maar dan zie ik dat hij het meent. Ik weet dat hij bereid is de problemen met zijn ouders op te lossen, dus ik moet ook zo dapper zijn. ‘Ik ga haar bellen,’ zeg ik.

Ik staar lange tijd naar het toestel voordat ik diep ademhaal en haar nummer opzoek. Ze is erg kortaf en spreekt snel. Ik kan merken dat ze haar hatelijke energie bewaart voor een ontmoeting in levenden lijve. Ik vertel haar verder niets over de woning en zeg niet eens dat ik er woon: ik geef haar simpelweg het adres en hang zo snel mogelijk op.

Dan kom ik instinctief overeind en begin op te ruimen.

‘Het is hier al netjes. We hebben amper iets vuil kunnen maken,’ zegt Hardin.

‘Dat weet ik,’ zeg ik. ‘Maar hierdoor voel ik me beter.’

Nadat ik de paar kleren die op de vloer waren gevallen heb opgevouwen en opgeborgen steek ik in de woonkamer een kaars aan en blijf met Hardin aan tafel op mijn moeder zitten wachten. Ik zou niet zo nerveus moeten zijn, ik ben per slot van rekening volwassen en kan mijn eigen keuzes maken. Maar ik ken mijn moeder en weet hoe erg ze door het lint kan gaan. Ik ben al heel erg emotioneel vanwege de glimp die Hardin me een uurtje geleden in zijn verleden gunde, en ik weet niet of ik nog de fut heb om vanavond met haar te ruziën. Ik kijk op de klok en zie dat het al acht uur is. Hopelijk blijft ze niet lang en kunnen Hardin en ik vroeg naar bed en in elkaars armen proberen de erfenis van onze families te verwerken.

'Wil je dat ik bij je blijf of spreek je haar liever alleen?' vraagt Hardin me een tijdje later.

'Ik denk dat ik beter even alleen met haar kan zijn.' Ik wil hem dolgraag bij me hebben, maar ik weet dat zijn aanwezigheid het nog erger zal maken.

'Wacht even... Ik moet opeens denken aan iets wat Noah zei. Dat de laatste rekening voor mijn kamer is betaald.' Ik kijk hem vragend aan.

'Ja... en?'

'Die heb jij betaald! Dat is toch zo?' roep ik bijna. Mijn woorden klinken krachtig, maar ik ben niet echt kwaad. Eerder verbaasd en geërgerd.

'En...' Hij haalt zijn schouders op.

'Hardin! Je moet ophouden om geld aan me uit te geven; daar voel ik me niet prettig bij.'

'Ik snap niet wat het probleem is. Zo hoog was die rekening niet,' werpt hij tegen.

'Ben je stiekem ongelooflijk rijk of zo? Zit je in de drugshandel?'

'Nee, ik heb gewoon veel gespaard en bijna niets uitgegeven. Het afgelopen jaar heb ik geen huur betaald en veel gewerkt, dus mijn spaarpot werd steeds voller. Ik had nooit iets waaraan ik geld wilde uitgeven... maar nu wel.' Zijn lach is breed. 'En ik geef het graag aan je uit, dus ga niet tegen me in.'

'Je mag blij zijn dat mijn moeder onderweg is en ik slechts energie heb om met een van jullie te ruziën,' zeg ik plagend. Hij uit een lange, grinnikende lach die langzaam wegsterft, en we blijven zwijgend hand in hand zitten wachten.

Een paar minuten later wordt er aangeklopt... of nee, eerder op de deur gebonkt.

Hardin staat op. 'Ik ga in de slaapkamer zitten. Ik hou van je.' Hij geeft me een snelle kus voordat hij wegloopt.

Ik adem zo diep mogelijk in en doe de deur open. Mijn moeder ziet er zoals altijd akelig goed verzorgd uit. De make-up rond haar ogen is nergens uitgelopen, haar rode lippenstift is glad en glimmend en haar blonde haar is een soort stralenkrans rond haar hoofd.

'Waar ben jij in godsnaam mee bezig? Zonder iets tegen mij te zeggen uit dat studentenhuis vertrekken!' begint ze meteen. Ze duwt me opzij en loopt naar binnen.

'Je gaf me niet veel keuze,' werp ik tegen. Ik concentreer me op mijn ademhaling, in een poging kalm te blijven.

Ze draait zich met een ruk om en kijkt me boos aan. 'Pardón? Ik heb je geen keuze gegeven?'

'Je dreigde mijn kamer niet langer te betalen,' breng ik haar in herinnering. Ik sla mijn armen over elkaar.

'Ik heb je wel een keuze gegeven, maar je maakte de verkeerde,' bijt ze me toe.

'Nee, jij bent degene die verkeerd zit.'

'Hoor je jezelf? En kijk toch eens, je bent niet dezelfde Tessa die ik drie maanden geleden naar de universiteit heb gebracht.' Ze beweegt haar armen voor mijn lichaam op en neer. 'Je daagt me uit, je schreeuwt zelfs tegen me! Je hebt wel lef. Ik heb van alles voor je gedaan, en nu... nu vergooi je je toekomst.'

'Dat doe ik niet! Ik heb een geweldige stage waarmee ik een goed salaris verdien. Ik heb een auto en ik sta gemiddeld een achtenhalf. Wat wil je nog meer?' roep ik terug.

Haar ogen lichten op nu ik haar uitdaag, en met een stem die druipt van venijn antwoordt ze: 'Nou, om te beginnen had je iets anders kunnen aantrekken. Echt, Tessa, je loopt erbij als een voddenbaal.' Ik kijk naar mijn pyjama, maar zij heeft een nieuw punt van kritiek gevonden. 'En dit is nu... je make-up? Wie ben je? Niet mijn Theresa, dat is wel zeker. Mijn Theresa zou niet op vrijdagavond in haar pyjama rondhangen in het appartement van een duivelsaanbidder.'

'Praat niet zo over hem,' zeg ik knarsetandend. 'Ik heb je al gewaarschuwd.'

Mijn moeder knijpt haar ogen dicht en lacht kakelend, zo hard dat ze haar hoofd in haar nek legt. Ik onderdruk de neiging om haar een klap in haar perfect opgemaakte gezicht te geven. Mijn gewelddadige gedachten roepen meteen een gevoel van schaamte bij me op, maar ze drijft me te ver.

'En nog iets,' zeg ik langzaam, kalm, ervoor zorgend dat mijn woorden zo duidelijk mogelijk zijn. 'Dit is niet alleen zíjn appartement. Dit is óns appartement.'

En daardoor stokt haar lach.

92

∞

De vrouw die me heeft opgevoed hecht zo aan controle dat het me tot nu toe nog maar een paar keer in mijn leven is gelukt haar te verbazen, laat staan haar te laten schrikken. Maar nu laat ik mijn moeder heel erg schrikken. Ze staat met kaarsrechte rug, maar haar gezicht is bedrukt.

'Wat zei je daarnet?' vraagt ze langzaam.

'Je hebt me wel gehoord. Dit is ons appartement, en daarmee bedoel ik dat we hier samenwonen.' Ik plant mijn handen in mijn zij om mijn woorden kracht bij te zetten.

'Dat kan niet waar zijn. Jij kunt een woning als deze nooit betalen!' zegt ze minachtend.

'Moet ik je soms het huurcontract laten zien? Dat kan, hoor.'

'Dit is allemaal nog erger dan ik dacht...' zegt ze. Dan dwaalt haar blik af naar iets achter me, alsof ik er helemaal niet ben en ze haar formule voor mijn leven probeert te berekenen. 'Ik wist wel dat je stom bezig was door met die... jongen om te gaan, maar met hem samenwonen? Dat is helemaal verschrikkelijk. Je kent hem niet eens! Je hebt zijn ouders niet eens ontmoet... En schaam je je niet voor hem als jullie je in het openbaar vertonen?'

Mijn woede bereikt een kookpunt. Ik kijk naar de muur, in een poging mijn kalmte te bewaren, maar het wordt me te veel, en voordat ik mezelf kan tegenhouden, trek ik mijn mond open. 'Hoe durf je hem onder mijn dak te beledigen! Ik ken hem beter dan wie dan ook en hij kent me beter dan jij me ooit zult kennen. En ik heb zijn ouders ontmoet, of in elk geval zijn vader. Wil je weten wie zijn vader is? Die is godverdomme de rector van WCU!' roep ik. 'Is dat goed genoeg voor je?'

Ik vind het vreselijk om de functie van Hardins vader te gebruiken, maar dit is precies wat haar van haar stuk kan brengen.

Hardin komt met een bezorgd gezicht de slaapkamer uit, waarschijnlijk omdat hij mijn stem hoorde breken. Hij gaat naast me staan en probeert me net als vorige keer bij mijn moeder vandaan te trekken.

'O, fantastisch, daar hebben we de man in kwestie,' zegt mijn moeder spottend met een woest gebaar naar Hardin. 'Zijn vader is geen rector.' Ze lacht half.

Mijn gezicht is rood en betraand, maar het kan me niet schelen. 'Dat is hij wel. Dat is schrikken, hè? Als je het niet zo druk had gehad met een vooringenomen trut zijn, had je met hem kunnen praten en dat kunnen weten. Maar weet je, je verdient het niet eens om hem te kennen. Hij is er voor me zoals jij er nooit voor me kunt zijn, en je kunt niets – en dan bedoel ik echt níéts – doen om ons van elkaar te scheiden!'

'Zo praat je niet tegen me!' schreeuwt ze. Ze doet een stap in mijn richting. 'Denk je dat je nu opeens een vrouw bent, omdat je toevallig een leuk appartementje hebt en weet hoe je eyeliner moet gebruiken? Liefje, ik zeg het niet graag, maar je ziet eruit als een hoer! Op je achttiende met iemand samenwonen!'

Hardin knijpt zijn ogen waarschuwend tot spleetjes, maar ze negeert hem.

'Je kunt hier maar beter een einde aan maken, Tessa, voordat je je goede naam verliest. Kijk eens in de spiegel en kijk dan naar hem! Jullie zijn een bespottelijk stel. Noah, die was geschikt voor je, maar je hebt hem aan de kant gezet voor... voor dit!' Ze gebaart naar Hardin.

'Noah heeft hier niets mee te maken,' zeg ik.

Hardin klemt zijn kaken op elkaar en ik smeek hem zonder woorden om zijn mond te houden.

'Noah houdt van je, en ik weet dat je van hem houdt. Stop met deze belachelijke vertoning en ga met me mee. Ik zal je kamer in de studentenflat voor je terugvragen en Noah zal het je beslist vergeven.' Ze steekt bazig haar hand uit, alsof ze verwacht dat ik die zal pakken en met haar mee zal lopen.

Ik klem mijn vuisten rond de zoom van mijn sweater. 'Je bent gek. Echt, luister eens naar jezelf. Ik wil niet mee. Ik woon hier samen met Hardin en ik houd van hem. En niet van Noah. Ik geef om Noah, maar ik dacht alleen maar dat ik van hem hield omdat jij me dat liet geloven. Het spijt me, maar ik hou van Hardin en hij houdt van mij.'

'Tessa! Hij houdt niet van je. Hij hangt alleen maar om je heen totdat hij de kans krijgt met je het bed in te duiken. Denk eens na, meisje!'

De manier waarop ze 'meisje' zegt, zorgt ervoor dat ik mijn laatste restje zelfbeheersing verlies.

'Hij is al met me het bed in gedoken, en raad eens, hij is nog steeds bij me!' roep ik. Hardin en mijn moeder kijken me allebei geschokt aan, maar waar mijn moeders ontzetting plaatsmaakt voor walging, laat Hardins gezicht een meelevende frons zien.

'Ik zal je één ding vertellen, Theresa. Wanneer hij je hart breekt en je nergens naartoe kunt, klop dan niet bij mij aan.'

'O, dat zal ik zeker niet doen. Daarom zul je altijd alleen zijn. Je kunt niet langer de baas over me spelen, ik ben nu volwassen. Dat je mijn vader niet de baas kon zijn, betekent nog niet dat je het recht hebt mij te onderdrukken.' Zodra die woorden mijn mond verlaten, heb ik er al spijt van. Het is gemeen om mijn vader erbij te betrekken, maar voordat ik mijn excuses kan aanbieden, raakt haar hand mijn wang. De schrik is pijnlijker dan de klap.

Hardin gaat tussen ons in staan en legt zijn hand op haar schouder. Mijn gezicht prikt. Ik bijt op mijn lip om te voorkomen dat ik harder ga huilen.

'Als je nu niet meteen opsodemietert uit onze woning bel ik de politie,' zegt hij waarschuwend. Ik krijg de rillingen van zijn kalme toon en zie mijn moeder ook huiveren. Het is duidelijk dat hij haar ook van haar stuk heeft gebracht.

'Dat zou je nooit doen.'

'Je denkt van niet? Terwijl ik net heb gezien dat je een klap uitdeelde? Het is dat je haar moeder bent, anders zou ik iets veel ergers doen dan de politie bellen. Je hebt vijf seconden om ervandoor te gaan,' zegt hij. Ik kijk mijn moeder met grote ogen aan en druk mijn hand tegen mijn gloeiende huid.

Ik vind het niet fijn dat hij haar bedreigt, maar ik wil dat ze vertrekt. Nadat ze elkaar even uitdagend hebben aangestaard, gromt Hardin: 'Nog twee seconden.'

Ze snuift verontwaardigd en loopt naar de deur. Haar hakken klakken hard op de betonnen vloer.

'Hopelijk kun je leven met je keuze, Theresa,' zegt ze. Ze smijt de deur dicht.

Hardin slaat zijn armen om me heen in de meest troostende en geruststellende omhelzing die ik me kan voorstellen, en dat is precies wat ik nodig heb.

'Het spijt me, schatje,' fluistert hij in mijn haar.

'Het spijt mij dat ze zulke vreselijke dingen over je zei.' Mijn drang om hem te verdedigen is sterker dan mijn bezorgdheid om mezelf of mijn moeder.

'Maak je over mij maar geen zorgen. Mensen zeggen wel ergere dingen over me,' brengt hij me in herinnering.

'Dat maakt het nog niet oké.'

'Tessa, maak je niet druk over mij. Wat heb jij nodig? Kan ik iets voor je doen?' vraagt hij.

'Misschien wat ijs?' vraag ik met verstikte stem.

'Komt eraan, schatje.' Hij drukt een kus op mijn voorhoofd en loopt naar de koelkast.

Ik wist dat haar komst weinig goeds zou opleveren, maar ik had niet gedacht dat het zo erg zou worden. Aan de ene kant ben ik trots op mezelf omdat ik niet voor haar dreigementen ben gezwicht, maar aan de andere kant voel ik me vreselijk schuldig omdat ik mijn vader heb genoemd. Ik weet dat zij er niets aan kon doen dat hij is vertrokken en ik weet ook dat ze de afgelopen acht jaar erg eenzaam is geweest. Sindsdien heeft ze geen enkele date gehad; ze heeft al haar tijd aan mij besteed en geprobeerd mij te veranderen in de vrouw die zij wil dat ik word. Ze wil dat ik net zo ben als zij, maar dat werkt voor mij niet. Ik heb respect voor haar en al haar harde werk, maar ik moet mijn eigen weg kiezen, en zij moet inzien dat ze haar fouten niet via mij goed kan maken. Ik heb zelf trouwens al te veel fouten gemaakt. Ik had liever gezien dat ze blij voor me kon zijn en kon zien hoeveel Hardin van me houdt. Zijn uiterlijk maakt haar aan het schrikken, dat besef ik heel goed, maar als ze de moeite zou nemen om hem te leren kennen, dan zou ze net zo dol op hem worden als ik.

Als hij tenminste zijn onbeleefde gedrag binnen de perken kan houden... en dat zie ik niet snel gebeuren, al ben ik me wel bewust van kleine veranderingen in hem. Hij houdt bijvoorbeeld in het openbaar mijn hand vast, en als ik in de gang van onze woning langs hem loop, geeft hij me altijd een zoen. Misschien ben ik de enige tegen wie hij ooit echt open zal zijn en aan wie hij zijn geheimen vertelt, de enige van wie hij echt houdt, maar dat geeft niet. Om eerlijk te zijn ben ik egoïstisch genoeg om daarvan te genieten.

Hardin gaat op de stoel naast me zitten en drukt de zak met ijs tegen mijn wang. Hij heeft er een zachte keukenhanddoek omheen gewikkeld, die erg prettig aanvoelt op mijn gevoelige huid.

'Ik kan gewoon niet geloven dat ze me heeft geslagen,' zeg ik langzaam. De handdoek valt op de tegelvloer en hij bukt zich om hem op te rapen.

'Ik ook niet. Ik dacht dat ik gek werd.' Hij kijkt me recht aan.

'Dat dacht ik ook,' geef ik met een zwakke glimlach toe.

Het voelt alsof deze dag veel te lang heeft geduurd; het was de langste en vermoeiendste dag van mijn leven. Ik ben doodmoe en wil gewoon worden weggevoerd. Het liefste naar een bed met Hardin erin, zodat ik de ruzie met mijn moeder kan vergeten.

'Het is dat ik zo veel van je hou, anders was dat ongetwijfeld gebeurd.' Hij glimlacht en drukt een kus op allebei mijn gesloten oogleden.

Ik kies ervoor om te geloven dat hij haar nooit iets zou aandoen, dat hij het louter overdrachtelijk bedoelt. Op de een of andere manier weet ik dat hij, ondanks zijn woede, nooit iets ergs zou doen, en daardoor houd ik alleen maar meer van hem. Ik heb ontdekt dat Hardin, als het om mij gaat, een blaffende hond is die niet bijt.

'Ik wil heel graag naar bed,' zeg ik tegen hem, en hij knikt.

'Natuurlijk.'

Ik trek de deken terug voordat ik op mijn helft van het bed ga liggen. 'Denk je dat het altijd zo blijft?' vraag ik aan Hardin.

Hij haalt zijn schouders op en gooit een overbodig kussen op de vloer. 'Ik zou graag willen zeggen dat mensen veranderen en volwassen worden, maar ik wil je niet te veel hoop geven.'

Ik ga op mijn buik liggen en begraaf mijn gezicht in het kussen.

'Hé,' zegt Hardin zacht tegen mijn nek. Hij volgt met zijn vinger de kromming van mijn rug. Ik rol me om en zucht bij het zien van de bezorgdheid in zijn ogen.

'Het gaat wel,' lieg ik. Ik heb afleiding nodig. Ik breng mijn hand naar zijn gezicht en strijk met mijn duim over zijn volle lippen. Ik draai het metalen ringetje naar een kant en hij glimlacht.

'Is het leuk om me aan te staren alsof ik een of ander wetenschappelijk experiment ben?' vraagt hij plagend.

Ik knik en beweeg het metaal tussen mijn vingers. Met mijn andere hand raak ik de ring in zijn wenkbrauw aan.

'Goed om te weten.' Hij rolt met zijn ogen en neemt mijn duim tussen zijn tanden voordat ik mijn hand kan terugtrekken. Ik schuif naar achteren en stoot mijn hand tegen het hoofdeinde.

Ik wil hem, zoals zo vaak, een plagerige tik geven, maar hij pakt mijn zere hand in zijn beide handen en brengt die naar zijn mond. Ik pruil speels totdat zijn tong uiterst uitdagend rondjes draait rond het puntje van mijn wijsvinger. Zo gaat hij elke vingertop af totdat ik alleen maar kan hijgen van verlangen. Hoe doet hij dat toch? Zulke ongewone gebaren van genegenheid raken me tot diep in mijn binnenste.

'Voel je je beter?' vraagt hij. Hij laat mijn hand in mijn schoot vallen. Ik knik weer, niet in staat de juiste woorden te vinden. 'Wil je meer?' Hij bevochtigt zijn lippen met zijn tong. Ik knik opnieuw.

'Zeg het, schatje,' dringt hij aan.

'Ja. Meer, alsjeblieft.' Mijn verstand weigert duidelijk alle dienst. Ik buig me naar hem toe, verlangend naar zijn aanraking, naar de afleiding die hij kan bieden. Hij schuift over het bed, trekt met zijn ene hand aan het koordje van mijn pyjamabroek en strijkt met zijn andere zijn haar van zijn voorhoofd. Mijn slipje wordt naar beneden getrokken en valt rond mijn enkels wanneer mijn broek de vloer raakt. Hij buigt zich voorover en nestelt zich tussen mijn gespreide dijen.

'Weet je dat de clitoris uitsluitend genot geeft? Verder heeft die geen enkel doel,' deelt hij me mee, met zijn duim op dat plekje drukkend. Kreunend druk ik mijn hoofd in het kussen. 'Dat is echt waar. Ik heb het ergens gelezen.'

'*Playboy*?' zeg ik plagend. Een gedachte formuleren kost me moeite, laat staan een zin.

Dat lijkt hij vermakelijk te vinden, en met een voldaan lachje laat hij zijn hoofd zakken. Op het moment dat zijn tong mijn geslachtsdeel vindt, grijp ik de lakens vast en beweegt hij snel zijn vingers in combinatie met zijn perfecte mond. Ik begraaf mijn handen in zijn haar en bedank in stilte degene die heeft ontdekt hoe dit werkt terwijl Hardin me tot een orgasme brengt. Twee keer.

Hardin houdt me de hele nacht stevig vast en fluistert dat hij zo veel van me houdt. Wegzinkend in de slaap denk ik aan de dag die we hebben beleefd: de relatie van mijn moeder is aangetast, misschien voorgoed, en Hardin heeft me meer over zijn jeugd verteld.

Mijn dromen worden bevolkt door een bang jongetje met krullen dat om zijn moeder roept.

De volgende morgen zie ik tot mijn opluchting dat de klap van mijn moeder geen zichtbare sporen heeft achtergelaten. Ik voel een pijn in mijn binnenste omdat onze relatie nog verder is verslechterd, maar ik wil daar vandaag niet te lang bij stilstaan.

Ik neem een douche, krul mijn haar en steek het op, zodat het niet in de weg hangt bij het opmaken. Ik trek Hardins shirt van gisteren aan en plant kusjes op Hardins schouders en oren om hem wakker te maken. Mijn maag rammelt, en ik loop naar de keuken om een ontbijt klaar te maken. Ik wil de dag zo aangenaam mogelijk beginnen, zodat we allebei kalm en opgewekt naar de bruiloft kunnen vertrekken. Tegen de tijd dat ik klaar ben met de keukentherapie die ik mezelf heb opgelegd staat er een maaltijd op het aanrecht waar ik behoorlijk trots op ben. Eieren met spek, toast, pannenkoeken en zelfs gebakken aardappeltjes. Het is veel te veel voor ons twee, maar Hardin kan aardig wat wegwerken, dus wie weet blijft er niet te veel over.

Ik voel een paar sterke armen rond mijn middel. 'Hé, wat is dit allemaal?' vraagt hij met zijn hese, slaperige stem. 'Dit is nu de reden waarom ik wilde samenwonen,' zegt hij in mijn nek.

'Wat, zodat ik een ontbijt voor je kon klaarmaken?' Ik lach.

'Nee... Of ja, eigenlijk wel. Dat, en jou half aangekleed in de keuken zien staan.' Hij bijt zachtjes in mijn nek en probeert de zoom van mijn T-shirt op te tillen zodat hij me boven in mijn dijen kan knijpen.

Ik draai me om en zwaai een spatel voor zijn gezicht heen en weer. 'Handen thuis voordat we hebben gegeten, Scott.'

'Ja, mevrouw.' Grinnikend pakt hij een bord en begint het vol te laden met eten.

Na het ontbijt dwing ik Hardin een douche te nemen, hoewel hij zijn best doet om mij terug naar bed te lokken. In het heldere ochtendlicht lijken zijn duistere bekentenis en de ruzie met mijn moeder vergeten. Mijn adem stokt in mijn keel wanneer Hardin in zijn outfit voor de bruiloft de slaapkamer uit komt. De nette zwarte broek is strak gesneden en valt op een verrukkelijke manier rond zijn heupen, zijn stropdas hangt los rond zijn nek en zijn witte buttondownoverhemd is nog niet dichtgeknoopt, zodat zijn prachtige gespierde bovenlijf te zien is.

'Ik... eh... heb eigenlijk geen idee hoe je een stropdas moet omdoen.' Hij haalt zijn schouders op.

Ik heb een droge mond en kan mijn blik niet van hem losmaken, maar ik weet nog net 'Ik kan je wel helpen' uit te brengen. Gelukkig vraagt Hardin niet waar ik dat heb geleerd, want zijn stemming zou snel omslaan als hij de naam Noah zou horen. 'Je ziet er erg knap uit,' zeg ik hem wanneer ik klaar ben met zijn stropdas. Hij haalt zijn schouders op en trekt het zwarte jasje aan, waarmee hij de look compleet maakt.

Zijn wangen kleuren rood, en ik kan er niets aan doen, ik moet lachen om de onverwachte emotie. Het is duidelijk dat hij zich in zulke kleren helemaal niet op zijn gemak voelt – en dat is zo schattig.

'Waarom ben jij nog niet aangekleed?' vraagt hij.

'Ik wilde tot het allerlaatste moment wachten. Mijn jurk is namelijk wit,' zeg ik, en hij lacht plagend.

Nadat ik nogmaals mijn make-up heb bekeken en mijn schoenen heb gepakt trek ik mijn jurk aan. Hij is nog korter dan ik me kan herinneren, maar Hardin vindt het prima. Nadat hij mijn strapless beha heeft gezien, blijft zijn blik op mijn borsten rusten. Hij geeft me altijd het gevoel dat ik mooi ben en begeerd word.

'Als alle andere mannelijke gasten net zo oud zijn als mijn vader voorzie ik geen problemen.' Met een tevreden gezicht trekt hij mijn rits dicht. Ik rol met mijn ogen en hij kust mijn blote schouder voordat ik mijn haar losmaak en de lange krullen over mijn schouders laat vallen. De lichte stof van de jurk spant strak om mijn lichaam, en ik glimlach wanneer ik mezelf en Hardin samen in de spiegel zie.

'Je ziet er oogverblindend uit,' zegt hij, me opnieuw kussend.

We zoeken al onze spulletjes bij elkaar, ook de uitnodiging en de felicitatiekaart die ik heb gekocht. Ik laat net mijn mobieltje in mijn tasje zakken wanneer Hardin me bij mijn arm pakt.

'Lach eens.' Hij haalt zijn telefoon tevoorschijn.

'Ik dacht dat je nooit foto's maakte.'

'Ik dacht dat jij er wel eentje zou willen hebben.' Zijn lach is maf en jeugdig en mijn hart zwelt ervan op.

Ik glimlach en ga dicht naast Hardin staan. Hij neemt een foto en zegt dan 'Nog eentje', waarop ik op het nippertje mijn tong uitsteek. Hij heeft op het juiste moment afgedrukt, met mijn tong op zijn wang en zijn ogen groot en vol humor.

'Dat is de leukste,' zeg ik.

'We hebben er maar twee.'

'Ja, maar toch.' Ik geef hem een zoen en hij drukt nogmaals af.

‘Foutje,’ zegt hij. Ik werp hem een blik toe en hoor dat hij er nog eentje maakt.

In de buurt van zijn vaders huis stopt Hardin om te tanken, zodat we dat niet op de terugweg hoeven te doen. Terwijl hij daarmee bezig is, komt er een bekende auto aangereden, met Nate voorin. Zed parkeert zijn auto twee pompen verder, stapt uit en loopt naar binnen.

Ik hap naar adem zodra ik zijn gezicht goed kan zien: zijn lip is opgezwollen en hij heeft twee blauwe ogen. Op zijn wang zit een paarse bloeduitstorting, en wanneer hij Hardins auto ziet staan, verschijnt er een woedende frons op zijn knappe, gewonde gezicht. Wat is er hier in vredesnaam aan de hand? Hij zegt helemaal niets en laat niet eens merken dat hij Hardin en mij heeft gezien. Een paar tellen later stapt Hardin in en pakt mijn hand vast. Ik kijk naar onze verstrengelde vingers en hap opnieuw naar adem. Mijn blik glijdt over zijn geschaafde knokkels.

‘Jij was het!’ zeg ik. Hij trekt een wenkbrauw op. ‘Jíj hebt hem in elkaar geslagen! Je hebt met Zed gevochten, en daarom deed hij net alsof hij ons niet zag.’

‘Kun je even rustig aan doen?’ bijt Hardin me toe. Hij draait eerst mijn raampje dicht en rijdt dan pas weg.

‘Hardin...’ Ik kijk om, maar Zed is naar binnen gelopen. Ik kijk weer naar Hardin.

‘Kunnen we dit gesprek na de bruiloft voeren? Ik ben al op van de zenuwen. Alsjeblieft?’ smeekt hij.

Ik knik. ‘Goed, na de bruiloft.’ Ik geef een zacht kneepje in de hand die mijn vriend zo heeft toegetakeld.

93

∞

Hardin, die duidelijk van onderwerp probeert te veranderen, vraagt: 'Nu we een eigen huis hebben, wil je vanavond zeker niet in mijn vaders huis blijven slapen?'

Ik verdring Zeds gewonde gezicht uit mijn gedachten. 'Dat klopt.' Ik glimlach. 'Tenzij Karen dat graag wil. Je weet dat ik tegen haar geen nee ga zeggen,' maak ik hem duidelijk.

Na wat Hardin me gisteravond heeft verteld zie ik ertegen op om Ken weer te zien. Ik probeer er niet te veel aan te denken, maar het is minder gemakkelijk dan ik dacht.

'O, dat was ik bijna vergeten.' Hij steekt zijn hand uit naar de radio.

Ik kijk naar hem en zie dat hij zijn vinger opsteekt, ten teken dat ik even moet wachten. 'Ik heb besloten The Fray nog een kans te geven,' zegt hij.

'O ja? En wanneer heb je dat besloten?' wil ik weten.

'Na onze eerste date bij de rivier, al heb ik de cd pas vorige week uit het doosje gehaald,' geeft hij toe.

'Dat was geen date,' zeg ik plagend.

Hij grinnikt. 'Ik mocht je vingeren. Dan is het volgens mij een date.'

Ik wil hem een speelse tik geven, maar hij pakt mijn hand vast en kust de handpalm. Giechelend wikkel ik mijn vingers om zijn slanke vingers. Beelden van mezelf op het witte T-shirt terwijl Hardin me mijn eerste orgasme laat beleven komen in me op. Hardin lacht tevreden. 'Dat was leuk, hè?' pocht hij, en ik moet ook lachen.

'Vertel me maar eens wat je van The Fray vindt,' zeg ik.

'Niet zo slecht als ik dacht. Er is één liedje dat aardig blijft hangen.'

Nu ben ik nog nieuwsgieriger. 'O ja?'

'Ja...' zegt hij. Zijn blik gaat even naar de weg voordat hij het knopje van de radio indrukt. Muziek vult de kleine ruimte. Ik begin meteen te lachen.

'Het heet "Never Say Never",' meldt Hardin, alsof ik de nummers van mijn favoriete band niet zou kennen.

We luisteren zwijgend naar de tekst, zonder dat ik de maffe grijns op mijn gezicht kan onderdrukken. Ik weet dat hij zich een beetje schaamt omdat hij me dit liedje laat horen, dus ik zeg verder niets. Ik geniet simpelweg van een teder moment met Hardin.

Tijdens de rest van de rit vertelt Hardin me wat hij van elk liedje op het album vindt. Het is een klein, maar belangrijk gebaar, dat me meer vertelt dan hij ooit zal kunnen vermoeden. Ik houd van die momenten waarop hij me een onbekende kant van zichzelf laat zien. Deze kant is een van mijn nieuwe favorieten.

De straat van zijn vader staat vol auto's. Ik stap uit en huiver in de koele bries. Het dunne jasje dat ik over mijn jurkje draag, biedt niet echt veel warmte. Hardin trekt zijn jasje uit en legt het over mijn schouders. Het is opvallend warm en ruikt naar hem, mijn lievelingsgeur.

'Kijk eens aan, wat ben jij een heer. Wie had dat kunnen denken?' zeg ik plagend.

'Hou je in, anders neem ik je mee terug naar de auto om je te neuken,' zegt hij. Ik maak een geluidje dat het midden houdt tussen een zucht en een gilletje, wat hij erg vermakelijk vindt. 'Heb je in dat... eh... ding ook nog ruimte voor mijn mobieltje?' vraagt hij.

'"Dat ding" is een avondtasje, en ja, dat heb ik.' Glimlachend steek ik mijn hand uit. Hij legt de telefoon in mijn hand, en wanneer ik die in mijn tasje schuif, valt het me op dat de achtergrond van het scherm niet langer effen grijs is. Ik zie de foto die hij eerder van me heeft gemaakt. Mijn lippen half geweken, mijn ogen vol leven en mijn wangen voorzien van een levendige blos. Het is vreemd mezelf zo te zien, maar dat doet hij met me. Hij brengt me tot leven.

'Ik hou van je,' zeg ik. Ik doe mijn tasje dicht zonder iets te zeggen over zijn nieuwe achtergrondscherm.

Het grote huis van Ken en Karen puilt uit van de gasten, en Hardin pakt, nadat hij zijn jasje van mijn schouders heeft getild en het heeft aangetrokken, mijn hand stevig vast.

'Laten we Landon gaan zoeken,' stel ik voor.

Hardin knikt en gaat voorop. We treffen zijn stiefbroer in de woonkamer aan, naast de kast met porselein die een vervanging vormt voor de kast die Hardin tijdens mijn eerste bezoek aan dit huis heeft gesloopt. Dat lijkt nu zo lang geleden. Landon wordt omringd door een groep mannen die allemaal minstens zestig lijken en van wie een zijn hand op Landons schouder heeft gelegd. Hij glimlacht wanneer hij ons in het oog krijgt en verontschuldigt zich tegenover zijn gezelschap. Hij ziet er erg knap uit, in een pak vergelijkbaar met dat van Hardin.

'Ik had nooit gedacht jou nog eens strak in het pak te zien,' zegt Landon lachend.

'Zeg er maar niet te veel over, anders kun je het niet meer navertellen,' dreigt Hardin, maar er klinkt humor in zijn woorden door. Ik kan merken dat hij Landon steeds aardiger begint te vinden, en daar ben ik blij om. Landon is een van mijn beste vrienden en ik geef veel om hem.

'Mijn moeder vindt het vast geweldig. Tessa, jij ziet er ook prachtig uit.' Hij trekt me naar zich toe voor een omhelzing. Hardin blijft al die tijd mijn hand vasthouden, dus ik moet Landons gebaar met een arm beantwoorden.

'Wie zijn al die mensen?' vraag ik. Ik weet dat Ken en Karen hier nog maar een jaar wonen, maar er zijn minstens tweehonderd gasten.

'Vooral vrienden van Ken, van de universiteit, en nog wat vrienden en familie. Ik ken nog niet eens de helft.' Hij lacht. 'Willen jullie iets drinken? Over tien minuten gaan we allemaal naar buiten.'

'Wie is er op het briljante idee gekomen om in december buiten te trouwen?' merkt Hardin klaaglijk op.

'Mijn moeder,' zegt Landon. 'Maar er is natuurlijk verwarming in de tenten.' Hij kijkt om zich heen en dan weer naar Hardin. 'Je moet even tegen je vader zeggen dat je er bent. Hij is boven. Mijn moeder heeft zich ergens met mijn tante verstopt.'

'Eh... Ik blijf liever beneden,' antwoordt Hardin.

Ik streel met mijn duim over zijn hand en hij geeft me een waarderend kneepje. Landon knikt. 'Nou, ik moet ervandoor, maar ik zie jullie straks.' Glimlachend laat hij ons alleen.

'Wil je nu naar buiten?' vraag ik.

Hardin knikt.

'Ik hou van je,' zeg ik.

Hij glimlacht, een en al kuiltjes. 'Ik hou van je, Tessa.' Hij plant een kus op mijn wang.

Hardin doet de achterdeur open en geeft me opnieuw zijn jasje. Ik zie dat de achtertuin prachtig is versierd en voor een groot deel in beslag wordt genomen door twee grote tenten. Aan de bomen en op het terras hangen honderden kleine lantaarntjes, maar zelfs bij daglicht ziet het er al schitterend uit.

'Volgens mij moeten we hier zijn.' Hardin wijst naar de kleinste van de twee tenten.

We wurmen ons door de opening in het tentzeil heen en zien dat hij gelijk heeft. Voor de rijen met stoelen staat een eenvoudig altaar, de wanden zijn versierd met witte bloemen en alle gasten zijn in zwart en wit gekleed. Ongeveer de helft van de stoelen is al gevuld, en wij kiezen een zitplaats op de op een na laatste rij. Ik weet dat Hardin liever niet helemaal vooraan zit.

'Ik had nooit gedacht nog eens de bruiloft van mijn vader te bezoeken,' zegt hij tegen me.

'Dat weet ik. En ik ben heel trots op je omdat je bent gekomen. Het betekent heel veel voor hen. En het klinkt alsof je zelf ook weet dat het goed voor je zal zijn.' Ik leg mijn hoofd op zijn schouder en hij slaat een arm om me heen.

We praten even over de prachtige versieringen in de tent, die allemaal zwart en wit zijn. Eenvoudig en elegant. Doordat alles zo simpel is, heb ik des te meer het gevoel dat ik ondanks het grote aantal gasten deelgenoot ben van een intiem, persoonlijk moment in zijn familie.

'De receptie is zeker in de andere tent?' vraagt hij. Hij wikkelt een lok van mijn haar rond zijn duim en wijsvinger.

'Ik denk het wel. Die is vast nog mooier...'

'Hardin? Ben jij het?' zegt opeens een vrouwenstem. We kijken allebei naar links. Een oudere vrouw in een zwart-wit gebloemde jurk en op platte schoenen staart ons met grote ogen aan. 'O, hemel, je bent het echt!' zegt ze ademloos. Ze draagt haar grijze haar in een eenvoudige wrong en ziet er door haar lichte make-up gezond en stralend uit.

Hardin is daarentegen lijkbleek geworden. Hij staat op en begroet haar. 'Oma.'

Ze slaat stevig haar armen om hem heen. 'Niet te geloven dat je er bent. Ik heb je al zo lang niet meer gezien. Wat ben je een knapperd geworden. Een echte man. Wat ben je lang! En wat is dit?' Fronsend wijst ze naar zijn piercings.

Hij wordt rood en lacht ongemakkelijk. 'Hoe gaat het met u?' Hij wiegt ongemakkelijk op zijn hielen heen en weer.

'Prima, lieverd, maar ik heb jou zo gemist.' Ze bet haar ooghoeken droog. Dan kijkt ze overdreven duidelijk om hem heen en vraagt belangstellend: ‘En wie is deze fraaie jongedame?’

‘O... sorry. Dit is Tess... Tessa. Mijn... vriendin,’ antwoordt hij. ‘Tessa, dit is mijn... mijn grootmoeder.’

Glimlachend sta ik op. Ik had er nooit aan gedacht dat ik Hardins grootouders zou kunnen ontmoeten omdat ik ervan uitging dat ze overleden waren, net als die van mij. Hij heeft nooit iets over hen gezegd, maar vreemd is dat niet. Ik heb het ook nooit over de mijne.

‘Wat leuk u te ontmoeten.’ Ik steek mijn hand naar haar uit, maar ze heeft andere plannen. Ze trekt me in haar armen en geeft me een kus op mijn wang.

‘Insgelijks. Wat ben jij een mooi meisje!’ zegt ze met een accent dat nog sterker is dan dat van Hardin. ‘Ik ben Adele, maar je mag me wel “oma” noemen.’

‘Dank u,’ zeg ik blozend.

Ze klemt enthousiast haar handen ineen. ‘Niet te geloven dat je er bent. Heb je nog contact met je vader? Weet hij dat je hier bent?’ vraagt ze met een blik op Hardin.

Hardin stopt verlegen zijn handen in zijn zakken. ‘Ja. Ik kom hier de laatste tijd zeg maar af en toe langs.’

‘Dat is heerlijk nieuws. Ik had geen idee,’ zegt ze, en ik zie dat ze bijna weer in tranen is.

‘Wilt u allemaal gaan zitten? De plechtigheid staat op het punt te beginnen,’ zegt een man op het podium voor in de tent door een microfoon.

Oma trekt Hardin aan zijn arm voordat hij kan protesteren. ‘Kom bij de rest van de familie zitten. Jullie horen niet helemaal achterin.’ Hij kijkt me over zijn schouder aan met een blik die ‘Help me’ zegt, maar ik houd mijn mond en loop glimlachend mee naar voren. We gaan naast een vrouw zitten die erg veel op Karen lijkt en waarschijnlijk een zus van haar is. Hardin pakt mijn hand vast, en zijn grootmoeder kijkt even glimlachend naar ons vertoon van genegenheid voordat ze een klopje op zijn andere hand geeft. Hij verstijft even, maar trekt zijn hand niet weg.

Ken loopt naar zijn stoel, en het gezicht dat hij trekt wanneer hij zijn zoon op de eerste rij ziet zitten, is hartverwarmend en ontroerend tegelijk. Hardin glimlacht zelfs aarzelend naar hem, en Ken lacht breeduit terug. Landon gaat naast Ken op het podium staan, maar Hardin lijkt het niet erg te vinden. Hij was daar onder geen enkele omstandigheid zelf gaan staan.

Zodra Karen binnenkomt, gaat er een zucht door de tent. Ze ziet er prachtig uit. Ze loopt door het middenpad en kijkt zo stralend naar haar aanstaande dat ik mijn hoofd op Hardins schouder leg. Het geluk straalt van haar af en haar lach verlicht de hele tent. Haar jurk strijkt langs de vloer en haar wangen glanzen. Het draagt allemaal bij aan de sfeer.

Het is een prachtige ceremonie, waarbij ik het niet droog houd en Kens stem breekt tot een verstikte snik wanneer hij zijn bruid eeuwige trouw belooft. Hardin kijkt naar me en glimlacht. Hij trekt zijn hand uit de mijne en veegt mijn wangen droog. Karen is een schitterende bruid. Hun eerste kus als man en vrouw levert applaus en gejuich van de gasten op.

'Wat ben je sentimenteel,' zegt Hardin plagend. Ik leg opnieuw mijn hoofd op zijn schouder en wacht totdat de meeste gasten de tent hebben verlaten.

Even later lopen we samen met Hardins oma naar de andere tent. Ik had gelijk, die is zelfs nog mooier ingericht dan de eerste. Langs de wanden van de tent staan tafels gedekt met witte kleden, zwarte servetten en bloemstukken met zwarte en witte bloemen. Aan het plafond hangen net zulke lantaarns als in de tuin, en hun subtiele licht wordt fraai weerkaatst door de glazen en de glanzende witte borden. Het midden van de tent is vrijgehouden, zo te zien als een dansvloer met zwarte en witte tegels, en overal staan obers klaar om gasten naar hun zitplaats te begeleiden.

'Jullie moeten er niet vandoor gaan. Ik wil jullie vanavond nog spreken,' zegt Hardins grootmoeder voordat ze ons alleen laat.

'Dit is de chicste bruiloft waar ik ooit ben geweest,' zegt hij, opkijkend naar het witte doek aan het dak van de tent.

'Ik ben als kind voor het laatst op een bruiloft geweest,' zeg ik.

Hij glimlacht. 'Dat vind ik fijn.' Hij geeft me een zoen op mijn wang.

Ik ben er nog niet aan gewend dat hij in het openbaar zijn genegenheid toont, maar ik zal er snel aan kunnen wennen.

'Waarom?' vraag ik wanneer hij gaat zitten.

'Omdat dat betekent dat je nooit met Noah naar een bruiloft bent geweest,' zegt hij.

Ik lach om te voorkomen dat ik ga fronsen. 'Ik vind het ook leuk,' verzeker ik hem, en hij glimlacht.

Het eten is overheerlijk. Ik kies voor kip en Hardin voor biefstuk. Het eten wordt heel informeel in buffetvorm opgediend, maar het is verre van alledaags. Ik doop een stukje kip in de roomsaus en breng de vork naar mijn mond, maar Hardin grist hem uit mijn hand en neemt lachend een hap. Dan moet hij even hoesten omdat hij tegelijkertijd probeert te lachen en te kauwen.

'Dat krijg je ervan als je mijn eten steelt,' zeg ik plagend. Ik neem snel een volgende hap voordat hij opnieuw mijn vork kan pakken.

Hij leunt lachend tegen mijn schouder, en het ontgaat me niet dat de vrouw tegenover ons naar ons zit te kijken. Ze trekt een afkeurend gezicht wanneer Hardin zijn lippen op mijn schouder drukt. Ik staar even openlijk terug, waarop ze haar blik afwendt.

'Zal ik voor jou ook een bordje halen?' vraag ik aan Hardin, zo luid dat de onbeleefde vrouw het kan horen. Ze kijkt naar de man naast haar en trekt een wenkbrauw op, maar hij schenkt geen aandacht aan haar, wat haar nog meer lijkt te irriteren. Glimlachend leg ik mijn hand op die van Hardin. Hem ontgaat gelukkig al net zo veel als de man tegenover ons.

'Ja, dat is goed.'

Ik buig me naar hem toe, zoen hem op zijn wang en ga in de rij voor het buffet staan.

'Tessa?' zegt een bekende stem. Ik draai me om en zie meneer Vance en Trevor een paar meter verderop staan.

'Hallo,' zeg ik glimlachend.

'Je ziet er adembenemend uit,' zegt Trevor. Ik bedank hem zachtjes.

'En, geniet je van je vrije weekend?' vraagt meneer Vance.

'Ja, maar ik geniet ook van mijn werk,' verzeker ik hem.

'Dat zal best.' Lachend pakt hij een bord.

'Geen rood vlees!' zegt Kimberly achter hem. Hij doet net alsof hij zichzelf door het hoofd schiet en zij werpt hem een kushandje toe. Kimberly en meneer Vance? Wie had dat kunnen denken? Ik moet haar maandag om details vragen.

'Vrouwen,' zegt hij plagend, maar hij maakt voor haar een bordje klaar, net zoals ik voor Hardin doe.

'Ik zie jullie straks nog wel.' Glimlachend loopt hij terug naar zijn gezelschap. Ze zwaait naar me en laat het jongetje op haar schoot hetzelfde doen. Ik zwaai terug en vraag me opeens af of ze een kind heeft.

Trevor buigt zich naar me toe en beantwoordt de vraag in mijn gedachten. 'Dat is zijn zoontje.'

‘O,’ zeg ik. Ik wend mijn blik af van Kimberly.

Trevor blijft naar meneer Vance kijken. ‘Zijn vrouw is vijf jaar geleden overleden, kort na de geboorte van hun zoontje. Sindsdien was hij alleen, totdat hij een paar maanden geleden iets met Kim kreeg. Hij is stapelgek op haar.’ Hij kijkt me glimlachend aan.

‘Goed, nu weet ik in elk geval bij wie ik voor de kantoorroddels moet zijn,’ grap ik. We lachen allebei.

‘Schat...’ zegt Hardin. Hij slaat allebei zijn armen om mijn middel, in een duidelijke poging om aan te geven wat van hem is.

‘Aangenaam. Hardin was het toch, hè?’ vraagt Trevor.

‘Ja,’ zegt Hardin kortaf. ‘Laten we weer gaan zitten, Landon zocht net naar je.’ Hij trekt me naar zich toe, Trevor zonder woorden duidelijk makend dat ons gesprek is beëindigd.

‘Tot straks, Trevor!’ Ik glimlach beleefd en geef Hardin op weg naar onze tafel zijn bord.

94

∞

‘Waar is Landon?’ vraag ik zodra we zijn gaan zitten.

Hardin neemt een hapje van een croissant. ‘Ik zou het niet weten.’

‘Eh, je zei net dat hij naar me op zoek was?’

‘Was hij ook, maar ik weet niet waar hij nu is.’

‘Hardin, niet met volle mond praten.’ Zijn grootmoeder komt achter hem staan.

Het ontgaat me niet dat hij even diep ademhaalt voordat hij zich naar haar omdraait. ‘Sorry,’ mompelt hij.

‘Ik wilde je nog even spreken voordat ik vertrek. God mag weten wanneer ik je weer zie. Wil je met je oma dansen?’ vraagt ze op vertederende toon, maar hij schudt zijn hoofd. ‘Waarom niet?’ vraagt ze glimlachend.

Ik besef dat het niet alleen de schrik was die Hardin eerder van zijn stuk bracht. Er hangt een spanning tussen hen die ik niet goed kan verklaren.

‘Ik wilde net iets te drinken voor Tessa halen,’ liegt hij. Hij staat op en loopt weg.

Zijn grootmoeder lacht ongemakkelijk. ‘Nou, het is me er eentje, hè?’

Ik weet niet goed wat ik moet zeggen; mijn eerste opwelling is hem te verdedigen, maar ik vermoed dat ze een grapje maakt.

Opeens kijkt ze me streng aan. ‘Drinkt hij nog?’

‘Wat? N-nee,’ stamel ik, volkomen overrompeld. ‘Of nou ja, heel af en toe,’ verduidelijk ik wanneer ik hem met twee flûtes gevuld met een roze drankje naar ons toe zie lopen.

Hij geeft me een van de glazen aan, dat ik glimlachend naar mijn lippen breng. Ik ruik iets zoets wanneer ik mijn hoofd buig om een slok te nemen. De bubbeltjes in het drankje kietelen mijn neus en het smaakt net zo zoet als het ruikt.

‘Champagne,’ zegt hij, en ik bedank hem.

‘Tessa!’ Karen schreeuwt het bijna uit voordat ze haar armen om me heen slaat. Ze heeft haar trouwjurk verruild voor een knielange witte wikkeljurk waarin ze er al even oogverblindend uitziet. ‘Ik ben zo blij dat jullie er zijn! Hoe vond je het?’ Karen is de enige die ooit zou vragen of anderen zich op haar bruiloft vermaken, zo is ze wel.

‘Ik vond het enig. Het was zo mooi.’ Ik glimlach.

Hardin legt zijn hand op mijn onderrug en ik leun tegen hem aan. Het ontgaat me niet dat hij zich erg ongemakkelijk voelt, zo tussen zijn grootmoeder en Karen, en nu komt Ken ook nog naar ons toe.

‘Wat fijn dat jullie er zijn,’ zegt Ken tegen Hardin. Hij steekt zijn hand naar hem uit.

Hardin schudt zijn vader gehoorzaam de hand. Het ontgaat me niet dat Ken zijn arm optilt, alsof hij Hardin wil omhelzen, maar hij laat hem weer zakken voordat hij dat echt kan doen.

‘Tessa, wat zie je er mooi uit.’ Hij omhelst me en vraagt dan belangstellend: ‘Vermaken jullie je een beetje?’

Ik kan er niets aan doen, maar ik voel me iets minder op mijn gemak nu ik weet hoe hij al die jaren geleden was. ‘Ja. Jullie hebben er iets heel moois van gemaakt.’ Hardin doet zijn best om zijn vader een compliment te geven. Ik leg mijn hand op zijn rug en maak kalmerende kringetjes.

Hardins grootmoeder kucht en kijkt naar zijn vader. ‘Ik wist niet dat jullie weer met elkaar praten.’

Ken wrijft met zijn hand in zijn nek, een gebaar waarvan ik vermoed dat Hardin het van hem heeft overgenomen.

‘Ja. Zullen we het hier een andere keer over hebben, mam?’ zegt Ken, en ze knikt instemmend.

Ik neem nog een slok en probeer niet te denken aan het feit dat ik in het bijzijn van volwassenen sta te drinken terwijl ik daar nog niet oud genoeg voor ben. Nota bene in het bijzijn van de rector van mijn universiteit.

Een ober in een zwart vest loopt langs met een dienblad vol champagne. Ik krimp ineen wanneer ik zie dat Ken een glas pakt, maar dan geeft hij het aan zijn kersverse echtgenote. Ik ben zo opgelucht dat hij niet drinkt.

‘Nog eentje?’ vraagt Hardin aan me. Ik kijk even naar Karen.

‘Toe maar, het is feest,’ zegt ze.

Ik glimlach. 'Goed dan.' Hardin gaat nog een glas voor me halen.

We babbelen even over de bruiloft en de bloemen, totdat Hardin met slechts één glas terugkomt. Karen kijkt hem bezorgd aan en vraagt: 'Hou je niet van champagne?'

'Jawel, maar ik heb al een glas op, en ik moet nog rijden,' antwoordt hij.

Karen kijkt hem aan met overduidelijke bewondering in haar bruine ogen en wendt zich dan tot mij. 'Heb je komende week nog tijd om langs te komen? Ik heb zaden voor de kas besteld.'

'Ja, natuurlijk. Ik kan elke dag van de week, als het maar na vieren is,' zeg ik.

Oma kijkt duidelijk aangenaam verrast van Karen naar mij. 'Hoe lang kennen jullie elkaar al?' vraagt ze aan Hardin en mij.

'Een paar maanden,' zegt Hardin zacht.

Soms vergeet ik dat niemand buiten ons – of nou ja, buiten Hardins – vriendengroepje weet dat we een paar maanden geleden nog de pest aan elkaar hadden.

'O, dus voorlopig nog geen achterkleinkinderen?' Ze lacht en Hardin begint te blozen.

'Nee, nee. We wonen nog maar net samen,' zegt Hardin, waarop Karen en ik allebei tegelijk de champagne terug in onze glazen spugen.

'Jullie wonen samen?' vraagt Ken.

Ik had niet gedacht dat Hardin dat vandaag zou vertellen. Hem kennende had ik eigenlijk verwacht dat hij het helemaal niet zou vertellen. Ik schaam me een beetje voor mijn eigen reactie, maar ik ben wel blij dat hij er geen geheim van maakt.

'Ja, we zijn een paar dagen geleden in Artisan getrokken,' legt hij uit.

'Wauw, dat is een goede buurt, en dichter bij Tessa's stage,' merkt Ken op.

'Ja,' bevestigt Hardin, die duidelijk probeert te peilen hoe iedereen dit nieuws verwerkt.

'Nou, jongen, ik ben blij voor je.' Hij legt een hand op de schouder van zijn zoon. Ik kijk toe met een gezicht dat niets verraadt. 'Ik had nooit kunnen denken dat je zo tevreden kon zijn... met het leven en met jezelf.'

'Dank je.' Hardin weet zowaar te glimlachen.

'Misschien kunnen we een keer komen kijken?' vraagt Ken.

Karen slaat haar ogen neer en zegt waarschuwend: 'Ken,' duidelijk net als ik denkend aan die keer toen Ken te ver is gegaan.

'Eh, ja hoor, dat is goed,' zegt Hardin, waarmee hij ons allemaal verbaast.

'Echt?' vraagt Ken. Hardin knikt. 'Goed, laat me dan maar weten wanneer het jullie uitkomt.' Zijn ogen zijn een tikje vochtig.

Muziek schalt door de tent en Karen pakt Ken bij zijn arm. 'Nu is het onze beurt. Nogmaals, ik vind het zo fijn dat jullie er zijn.' Ze leunt voorover en drukt een zoen op mijn wang. 'Je hebt geen idee wat je allemaal voor deze familie hebt gedaan,' fluistert ze in mijn oor. Tranen laten haar ogen glanzen wanneer ze zich van me losmaakt.

'Tijd voor de eerste dans van de bruid en bruidegom!' schalt het door de speakers. Ook Hardins grootmoeder voegt zich bij de gasten die aan de rand van de dansvloer een kijkje nemen.

'Je hebt haar zo blij gemaakt,' zeg ik tegen Hardin. Ik zoen hem op zijn wang.

'Laten we naar boven gaan,' zegt hij.

'Wat?' Ik ben een tikje beneveld door het tweede glas champagne dat ik net heb gedronken.

'Naar boven,' herhaalt hij, en ik voel de bekende spanning in me opwellen.

'Nu?' vraag ik lachend.

'Nu.'

'Maar al die mensen...'

Hij geeft geen antwoord, maar pakt mijn hand en leidt me tussen de gasten door de tent uit. Binnen in huis pakt hij nog een glas champagne voor me, en ik probeer niet te morsen wanneer we naar boven rennen.

'Is er iets mis?' vraag ik nadat hij de deur van de slaapkamer achter ons op slot heeft gedaan.

'Ik heb je nodig,' zegt hij op duistere toon. Hij trekt zijn jasje uit.

'Maar is alles in orde?' vraag ik. Mijn hart klopt zo heftig dat het uit mijn borstkas lijkt te barsten.

'Ja. Ik heb alleen wat afleiding nodig,' zegt hij kreunend. Hij loopt naar me toe, pakt het glas uit mijn hand en zet het op de ladekast. Dan neemt hij nog een stap, pakt me bij mijn polsen en houdt die allebei boven mijn hoofd.

Ik ben blij dat ik hem kan afleiden van die overdaad aan emoties van beneden: zijn oma die hij voor het eerst in jaren weer ziet, zijn vader die opnieuw trouwt, het voorgenomen bezoek aan ons nieuwe huis. Dat is heel veel om in zo'n korte tijd te verwerken.

Ik stel geen vragen en zet hem niet verder onder druk, maar ik pak hem bij de kraag van zijn overhemd en druk mijn heupen tegen die van hem. Hij is nu al hard. Kermend laat hij mijn polsen los, zodat ik mijn vingers door zijn haar kan vlechten. Hij drukt zijn mond op de mijne; zijn tong is heet en zoet en smaakt nog een beetje naar champagne. Binnen een paar tellen haalt hij een foliepakje uit zijn zak.

'Je moest maar eens aan de pil gaan, dan hoef ik deze niet meer te gebruiken. Ik wil je echt kunnen voelen,' zegt hij met hese stem. Hij bijt zachtjes op mijn onderlip en zuigt verleidelijk, waardoor mijn lichaam alleen maar meer naar hem verlangt.

Ik hoor dat hij zijn rits naar beneden trekt en een sissend geluidje maakt wanneer mijn handen zijn broek en boxershort tot aan zijn knieën naar beneden trekken. Hardin laat zijn handen over de voorkant van mijn jurkje glijden en haakt dan zijn vingers rond mijn slipje om het uit te trekken. Ik stap er onhandig uit en moet hem vasthouden om te voorkomen dat ik mijn evenwicht verlies. Hij grinnikt zachtjes voordat hij zijn lippen in mijn nek drukt. Zijn handen klemmen zich rond mijn heupen, en dan tilt hij me op, zodat ik mijn benen rond zijn middel kan slaan.

Ik grijp de hals van mijn jurk vast en wil die naar beneden trekken, maar hij mompelt smekend in mijn nek: 'Nee, hou die aan. Dit jurkje is zo sexy... Zo sexy, en toch zo wit en maagdelijk... en fuck... het is zo opwindend. Je bent zo mooi.' Hij tilt me nog verder op en dringt dan in me. Mijn rug rust tegen de gladde deur en Hardin beweegt me op en neer. Zijn gebaren zijn koortsachtig en wanhopig. Zo heb ik hem nog niet eerder meegemaakt, en het is alsof ik ijs ben en hij vuur. We zijn zo anders en toch hetzelfde.

'Is... dit... fijn?' vraagt hij hakkelend, met zijn armen om me heen om me op mijn plaats te houden.

'Ja,' zeg ik kreunend. Het is een erg intens gevoel om zo te worden genomen, met mijn rug tegen de deur en mijn benen rond zijn middel, maar het is hemels.

'Kus me,' smeekt hij.

Ik laat mijn tong al tussen zijn lippen glijden voordat hij zijn mond opendoet om me binnen te laten. Ik trek aan zijn haar en moet mijn best doen om hem te kussen nu hij steeds sneller in en uit me beweegt.

Onze lichamen bewegen in een gejaagd tempo, maar onze zoenen zijn langzaam en intiem.

'Ik kan maar niet genoeg van je krijgen, Tess, ik... Verdomme. Ik hou van je,' zegt hij in mijn mond, en ik hap kreunend naar adem nu dat bekende gevoel diep in mijn buik opwelt.

Een paar kreunen ontsnappen aan zijn lippen, maar ik schreeuw het uit wanneer we allebei ons hoogtepunt bereiken. 'Laat je gaan, schatje,' beveelt hij, en dat doe ik. Hij drukt zijn lippen op de mijne, mijn kreten opslokkend terwijl hij verstijft en het condoom vult.

Nadat hij een paar keer zwaar heeft geademd, valt zijn hoofd op mijn borst en houdt hij me nog even in zijn armen voordat hij me optilt en weer op eigen benen laat staan.

Ik laat mijn hoofd achterover tegen de deur rusten en probeer op adem te komen. Hij wikkelt het condoom zorgvuldig in de verpakking en steekt het in zijn zak voordat hij zijn broek optrekt.

'Herinner me eraan dat ik dat beneden weggooi.' Hij lacht en ik giechel. 'Dank je,' zegt hij, me op mijn wang kussend. 'Niet voor wat we net hebben gedaan, maar voor alles.'

'Je hoeft me nooit te bedanken, Hardin. Je doet net zo veel voor mij als ik voor jou.' Ik kijk hem in zijn heldergroene ogen. 'Of eigenlijk meer.'

'Echt niet.' Hij schudt voorzichtig zijn hoofd en pakt me bij mijn hand. 'Kom, dan gaan we naar beneden voordat ze een zoekactie starten.'

'Hoe zie ik eruit?' vraag ik. Ik haal mijn vingers door mijn haar en veeg mijn ogen af.

'Pas geneukt,' zegt hij plagend, en ik rol met mijn ogen. 'Je ziet er erg mooi uit.'

'Jij ook,' zeg ik tegen hem.

Tegen de tijd dat we terug zijn in de tent staat bijna iedereen op de dansvloer en lijkt het erop dat onze afwezigheid onopgemerkt is gebleven. We gaan net zitten wanneer er een liedje begint dat ik herken. 'Never Let Me Go' van Florence and the Machine.

'Wil je dansen?' vraag ik aan Hardin, hoewel ik zijn antwoord eigenlijk al weet.

'Nee, ik dans niet.' Hij kijkt me aan. 'Tenzij... jij dat graag wilt?' voegt hij eraan toe.

Zijn aanbod verbaast me, en ik vind het fijn dat hij wel wil. Hij steekt zijn hand naar me uit, maar in feite ben ik degene die ons naar de geblokte dansvloer leidt. Snel, voor het geval hij van gedachten verandert. We blijven aan de rand van de vloer, op enige afstand van de andere gasten.

'Ik heb geen idee wat ik moet doen.' Hij lacht.

'Ik laat het je wel zien,' verzeker ik hem, en ik leg mijn handen op zijn heupen. Hij staat een paar keer op mijn tenen, maar hij heeft het snel door. Ik had nooit van mijn leven kunnen denken dat Hardin op de bruiloft van zijn vader zou dansen.

'Best wel een rare keuze voor een bruiloft, hè?' zegt hij lachend in mijn oor.

'Juist niet; het is het perfecte liedje voor een feest als dit.' Ik laat mijn hoofd op zijn borst rusten.

Ik ben me er heel goed van bewust dat we niet echt dansen; we bewegen eerder een beetje heen en weer op de muziek, verstrengeld in elkaars armen, maar dat vind ik helemaal niet erg. De volgende twee liedjes blijven we op de dansvloer staan, en toevallig zijn dat twee van mijn lievelingsnummers. Hardin moet lachen wanneer hij 'You Found Me' van The Fray herkent en trekt me naar zich toe. Bij het volgende liedje, een werkje van een boyband, schiet ik in de lach en rolt Hardin met zijn ogen. Ondertussen vertelt hij me iets meer over zijn grootmoeder. Ze woont nog altijd in Engeland, maar hij heeft haar niet meer gesproken sinds ze hem op zijn twaalfde verjaardag belde. Tijdens de scheiding koos ze de kant van zijn vader en verdedigde ze zijn gedrag, waarmee ze in feite Hardins moeder de schuld van alles gaf. Dat was voor Hardin voldoende reden om nooit meer een woord met haar te willen wisselen. Hij lijkt het helemaal niet erg te vinden om mij dat te vertellen, en ik zeg niets, afgezien van af en toe een instemmend gemompel of een knikje.

Hardin maakt me aan het lachen met een paar grappen over hoe jankerig en sentimenteel de muziek is die wordt gedraaid. 'Heb je soms zin om weer naar boven te gaan?' grapt hij. Hij legt zijn hand op mijn onderrug.

'Misschien.'

'Ik moet je vaker champagne geven.'

Ik pak zijn handen en plaats die rond mijn middel, waardoor hij pruilt, maar daardoor moet ik alleen maar harder lachen. 'Eigenlijk vermaak ik me wel,' geeft hij toe.

'Ik ook. Bedankt dat je mee wilde gaan.'

'Ik zou nergens anders willen zijn.'

Ik weet dat hij het niet alleen over de bruiloft heeft, maar ook over mij, en een golf van warmte slaat door me heen.

'Mag ik?' vraagt Ken bij het begin van het volgende liedje.

Hardin fronst, kijkt naar mij en dan naar zijn vader. 'Oké, maar niet meer dan één liedje,' zegt hij grommend.

Ken lacht en herhaalt: 'Eén liedje.' Hardin laat me los en Ken slaat een arm rond mijn middel. Ik probeer de ongemakkelijke gevoelens die hij bij me opwekt te onderdrukken. Tijdens onze dans houdt hij het gesprek luchtig, waardoor mijn ongemak verder afzakt. We moeten allebei lachen om een dronken stel naast ons dat amper op hun benen kan blijven staan.

'Kijk dat toch eens,' zegt Ken vol verbazing.

Ik draai me om, zodat ik kan zien wat hij bedoelt, en onderdruk een verrast kreetje wanneer ik Hardin tamelijk onhandig met Karen over de dansvloer zie bewegen. Ze moet lachen wanneer hij op haar witte schoenen gaat staan en hij glimlacht beschaamd. Deze avond verloopt veel beter dan ik ooit had kunnen denken.

Na het liedje loopt Hardin snel terug naar mij, met Karen in zijn kielzog. We zeggen tegen het gelukkige paar dat we naar huis gaan en omhelzen elkaar nog een keer. Hardin lijkt iets minder gespannen dan eerder op de avond. Iemand roept Ken, en hij knikt in die richting. Karen en hij zeggen ons nog een laatste keer gedag en verdwijnen na ons nogmaals te hebben bedankt tussen hun gasten.

'Ik kan bijna niet meer overeind blijven,' zeg ik. Ik heb nog nooit zo lang op hoge hakken gelopen en heb minstens een week nodig om bij te komen.

'Moet ik je dragen?' vraagt hij met een spottend babystemmetje.

'Nee.' Ik giechel.

Op weg naar buiten komen we Trevor, meneer Vance en Kimberly tegen. Ze glimlacht opgewekt en geeft me, nadat ze Hardin van top tot teen heeft bekeken, een vette knipoog. Ik probeer mijn lachen in te houden, maar krijg er een hoestbui van.

'Heb je een dans voor mij bewaard?' vraagt meneer Vance plagend aan Hardin.

'Ik kijk wel uit.' Hardin lacht terug.

'Gaan jullie nu al?' vraagt Trevor aan mij.

‘We waren er al een tijdje,’ antwoordt Hardin in mijn plaats, en hij trekt me van hen vandaan. ‘Leuk je weer eens te zien, Vance,’ roept hij op weg naar buiten over zijn schouder.

‘Dat was wel erg onbeleefd,’ zeg ik bestraffend wanneer we in zijn auto stappen.

‘Hij stond met je te flirten. Dan mag ik zo onbeleefd zijn als ik wil.’

‘Trevor flirtte niet. Hij was gewoon vriendelijk.’

Hardin rolt met zijn ogen. ‘Hij wil je, dat kan ik gewoon merken. Doe niet zo naïef.’

‘Ik wil dat je aardig tegen hem bent. Ik moet met hem werken en wil geen problemen,’ zeg ik kalm. Dit was zo’n fijne avond dat ik die niet wil laten verpesten door zijn jaloezie.

Hardin trekt een gemeen gezicht. ‘Ik kan altijd aan Vance vragen of die hem ontslaat.’

Ik moet wel lachen om zijn brutale antwoord. ‘Je bent gek.’ Ik snuif minachtend.

‘Gek van jou,’ antwoordt hij, en hij draait de weg op.

95

∞

'Ik vind het geweldig om thuis te komen!' verklaar ik verrukt zodra we over de drempel stappen, om vervolgens te ontdekken dat het binnen ijskoud is. 'Behalve wanneer jij de verwarming uitdraait.' Ik huiver en hij grinnikt.

'Ik snap nog steeds niet hoe die werkt; veel te hightech.'

Terwijl Hardin met de thermostaat worstelt, pak ik een deken van het bed en nog twee uit de kast en leg die op de bank. Daarna loop ik terug naar de slaapkamer. 'Hardin!' roep ik.

'Ik kom eraan!'

'Kun je mijn rits losmaken?' vraag ik wanneer hij binnenkomt, duidelijk gefrustreerd omdat hij niet zo handig met de verwarming is.

Ik krimp even ineen wanneer ik zijn koude vingers op mijn blote huid voel. Hij verontschuldigt zich en trekt snel de rits naar beneden. De jurk valt op de vloer. Ik doe mijn schoenen uit en voel dat de betonnen vloer ook ijskoud is. Snel loop ik naar de ladekast en pak de warmste pyjama die ik kan vinden.

'Hier, neem deze maar.' Hij loopt naar de kast en pakt een grijze hoody.

'Dank je,' zeg ik met een glimlach. Ik weet niet waarom ik Hardins kleren zo fijn vind; het is alsof we dichter bij elkaar komen als ik iets van hem draag. Met Noah deed ik dat nooit, afgezien van die ene keer dat ik een trui van hem heb geleend toen we met zijn familie gingen kamperen.

Hardin lijkt het ook leuk te vinden dat ik zijn kleren draag. Begerig kijkt hij toe wanneer ik de hoody over mijn hoofd trek. Ik zie hem worstelen met zijn stropdas en loop naar hem toe om hem te helpen. Zonder iets te zeggen bekijkt hij me wanneer ik de dunne stof van zijn hals trek en de stropdas wegleg voordat ik een paar dikke pluizige paarse sokken pak die mijn moeder me vorig jaar met kerst heeft gegeven.

Over drie weken is het al kerst, besef ik, en ik vraag me af of mijn moeder wil dat ik naar huis kom. Ik ben sinds het begin van mijn studie niet meer thuis geweest.

'Wat zijn dat?' Hardin tikt grinnikend tegen de bonten balletjes rond mijn enkel.

'Sokken. Warme sokken, om precies te zijn.' Ik steek mijn tong uit.

'Fraai, hoor,' zegt hij plagend, om vervolgens zijn joggingbroek en een bijpassend shirt aan te trekken.

Tegen de tijd dat we terugkeren naar de woonkamer is het daar iets warmer geworden. Hardin zet de tv aan en gaat op de bank liggen. Hij trekt mij op zijn borst en begraaft ons onder een berg dekens.

'Ik vroeg me net af wat jij met kerst gaat doen,' zeg ik nerveus. Ik weet niet waarom die vraag me zo verlegen maakt. We wonen immers al samen.

'O, daar wilde ik het volgende week met je over hebben, omdat het deze week zo druk was, maar nu je het toch vraagt...' Hij glimlacht, maar ik kan aan zijn gezicht zien dat hij net zo nerveus is als ik. 'Ik ga met de feestdagen naar huis en zou het leuk vinden als je meegaat.'

'Naar huis?' zeg ik met een piepstemmetje.

'Ja, naar Engeland... Naar mijn moeder.' Hij kijkt een tikje schaapachtig en voegt er aarzelend aan toe: 'Ik snap het wel als je geen zin hebt. Het is niet niks, en je bent al bij me ingetrokken.'

'Het is niet dat ik geen zin heb, het is... Ik weet het niet...' Het is zo'n opwindend idee om samen met Hardin naar het buitenland te gaan, zeker omdat ik nog nooit buiten mijn eigen staat ben geweest, maar het is ook doodeng.

'Je hoeft niet meteen ja of nee te zeggen, maar laat het me wel snel weten, oké? Ik vertrek op de twintigste,' legt hij uit.

'Een dag eerder ben ik jarig,' zeg ik.

Hij beweegt onverwacht en tilt mijn hoofd op. 'Echt? Waarom heb je dat niet eerder gezegd?'

Ik haal mijn schouders op. 'Dat weet ik niet. Ik heb er niet echt aan gedacht. Verjaardagen betekenen niet zo veel voor me. Vroeger haalde mijn moeder altijd alles uit de kast, maar de afgelopen paar jaar niet meer.'

'Nou, wat vraag je voor je verjaardag?'

'Niets. Misschien kunnen we uit eten gaan?' Ik wil er niet al te moeilijk over doen.

'Uit eten... Ik weet het niet. Is dat niet wat overdreven?' zegt hij plagend.

Ik giechel en hij zoent me op mijn voorhoofd. Ik dwing hem naar de nieuwe aflevering van *Pretty Little Liars* te kijken, maar al snel vallen we op de bank in slaap.

Ik word midden in de nacht wakker, nat van het zweet. Ik maak me van Hardin los, trek de hoody uit en loop naar de thermostaat om de verwarming lager te zetten, maar dan zie ik een blauw lampje knipperen op Hardins mobieltje. Ik pak het toestel van het aanrecht en strijk over het display. Drie nieuwe berichten.

Leg dat ding neer, Tessa.

Ik heb geen enkele reden om in zijn telefoon te kijken, dat is gekkenwerk. Ik leg het mobieltje neer en loop terug naar de bank, maar dan hoor ik zijn telefoon trillen ten teken dat er nog een bericht is binnengekomen.

Eentje maar. Ik lees er niet meer dan eentje. Dat is toch niet zo erg? Ik weet dat het gestoord is als ik Hardins berichten ga lezen, maar ik kan mezelf niet tegenhouden.

Bel eens terug lul. De naam van Jace vult de bovenste helft van het schermpje.

Inderdaad, dit was een heel slecht idee. Ik ben er geen steek verder mee gekomen en voel me ontzettend schuldig omdat ik Hardins berichtjes zit te lezen, maar... waarom heeft Jace eigenlijk contact met hem?

'Tessa?' zegt Hardin met schorre stem. Ik laat van schrik het mobieltje vallen, dat met een klap op de vloer belandt.

'Wat was dat? Wat ben je aan het doen?' vraagt hij in de halfdonkere kamer. Het enige licht komt van de tv.

'Je telefoon ging... en ik heb hem gepakt,' lieg ik halfslachtig, en ik buk me om het toestel op te rapen. Er zit een scheurtje aan de zijkant van het scherm. 'En ik heb een scheurtje in je display gemaakt,' voeg ik eraan toe.

Hij kreunt vermoeid. 'Kom gewoon hier liggen.'

Ik leg de telefoon neer en ga naast hem op de bank liggen, maar het duurt een hele tijd voordat ik weer in slaap val.

De volgende morgen word ik wakker van Hardin, die onder me vandaan probeert te wurmen. Ik schuif tegen de rugleuning van de bank om hem erdoor te laten, en hij pakt nog voordat hij naar de badkamer loopt zijn mobieltje van het aanrecht. Hopelijk is hij niet al te woedend omdat ik het toestel heb laten vallen. Als ik niet zo nieuwsgierig was geweest, was dit nooit gebeurd. Ik hijs mezelf overeind en ga een pot koffie zetten.

Hardins voorstel om me mee te nemen naar Engeland blijft maar door mijn hoofd spoken. Het is al zo snel gegaan met onze relatie omdat we zo jong zijn gaan samenwonen. Toch wil ik ook graag zijn moeder leren kennen en samen met Hardin Engeland zien.

'In gedachten verzonken?' onderbreekt Hardin me. Hij loopt de keuken in.

'Nee... Of nou ja, een beetje.' Ik moet lachen.

'Waar denk je aan?'

'Kerstmis.'

'Wat is daarmee? Weet je niet wat je voor me moet kopen?'

'Ik denk dat ik mijn moeder moet bellen om te vragen of ze wil dat ik met kerst naar huis kom. Ik zou me heel erg schuldig voelen als ik niet even naar huis zou gaan. Ze is anders helemaal alleen.'

Hij kijkt niet al te opgetogen, maar hij blijft kalm. 'Dat snap ik.'

'Het spijt me, van je telefoon.'

'Dat geeft niet.' Hij gaat aan de keukentafel zitten.

Maar dan flap ik eruit: 'Ik zag dat je een berichtje van Jace had.' Ik wil niets voor hem verborgen houden, hoe beschamend mijn bekentenis misschien ook is.

'Wát?'

'Je telefoon begon te zoemen en ik keek wie het was. Waarom stuurde hij je nog zo laat een berichtje?'

'Wat heb je gelezen?' Hij negeert mijn vraag.

'Een bericht van Jace,' herhaal ik.

Hij klemt zijn kaken op elkaar. 'Wat stond erin?'

'Dat je hem terug moest bellen...' Waarom doet hij zo overspannen? Ik wist dat hij er niet blij mee zou zijn, maar dit is wel een beetje overdreven.

'Dat is alles?' snauwt hij, en dat wekt mijn ergernis op.

'Ja, Hardin. Wat had er anders in moeten staan?'

'Niets...' Hij neemt langzaam een slok koffie, alsof het opeens niets meer voorstelt. 'Ik vind het gewoon geen prettig idee als je aan mijn spullen zit.'

'O. Nou, ik zal het niet meer doen.'

'Mooi. Ik heb vandaag het een en ander te doen, dus misschien kun jij jezelf bezighouden?'

'Wat moet je doen?' vraag ik, maar ik heb er meteen spijt van.

'Jézus, Tessa,' zegt hij op luide toon, 'waarom moet je altijd alles van me weten?'

'Dat wil ik helemaal niet. Ik wil alleen weten wat je gaat doen. We hebben een relatie, Hardin, en nog een behoorlijk serieuze ook, dus waarom zou ik dat niet mogen vragen?'

Hij schuift zijn beker opzij en staat op. 'Jij weet gewoon niet wanneer je moet ophouden met zeiken, dat is het probleem. Ik hoef je niet alles te vertellen, of we nu samenwonen of niet. Als ik had geweten dat je zou gaan lopen zeiken, dan was ik wel weggegaan voordat je wakker werd.'

'Wauw,' is alles wat ik kan uitbrengen voordat ik naar de slaapkamer ren.

Maar hij zit me op de hielen. 'Hoezo, "wauw"?'

'Ik had gisteren al moeten weten dat het allemaal te mooi was om waar te zijn.'

'Pardon?' zegt hij verontwaardigd.

'Het was zo leuk en je deed voor de verandering eens niet vervelend, maar vanmorgen werd je wakker en *bam*! Meneer is weer de oude vertrouwde klootzak.' Ik loop gehaast door de kamer en raap Hardins vuile kleren op.

'Je vergeet het gedeelte waarbij je zo nodig mijn telefoon moest bekijken.'

'Ja, en het spijt me dat ik dat heb gedaan, maar dat stelt echt niet zo veel voor. Niet als er iets aan de hand is waarvan je niet wilt dat ik het weet, want dat lijkt me een veel groter probleem!' schreeuw ik, alles in de wasmand proppend.

Hij wijst kwaad naar me. 'Nee, Tessa, jij bent het probleem. Jij blaast alles altijd vreselijk op!'

'Waarom heb je met Zed gevochten?' kaats ik terug.

'Daar gaan we het nu niet over hebben,' zegt hij op kille toon.

'Wanneer dan wel, Hardin? Wat hou je voor me achter? Hoe kan ik je vertrouwen als je dingen voor me verborgen houdt? Heeft dit iets met Jace te maken?' vraag ik, en zijn neusvleugels trillen.

Hij haalt zijn handen over zijn gezicht en dan door zijn haar, waardoor het rechtop blijft staan. 'Ik snap niet waarom jij je godverdomme nooit met je eigen zaken kunt bemoeien,' moppert hij, en hij loopt weg.

Een paar tellen later hoor ik de voordeur met een klap dichtvallen en veeg ik de tranen van woede van mijn wangen. Hardins reactie op mijn vraag over Jace blijft de hele tijd dat ik aan het schoonmaken ben aan me knagen. Hij reageerde wel erg overdreven; het is duidelijk dat er iets is wat hij me niet wil vertellen, maar ik snap niet waarom niet. Ik ben er vrij zeker van dat het niets met mij te maken heeft, maar waarom schiet Hardin zo ontzettend uit zijn slof? Zodra ik Jace voor het eerst zag, wist ik al dat hij foute boel was, en als Hardin me niet wil vertellen wat er aan de hand is, zal ik ergens anders naar antwoorden moeten zoeken. Ik kijk uit het raam en zie Hardins auto de parkeerplaats verlaten. Dan pak ik mijn mobieltje. Mijn nieuwe bron neemt meteen op.

'Zed? Met Tessa,' zeg ik.

'Ja... Dat weet ik.'

'Oké... Nou, ik wilde je eigenlijk iets vragen.' Mijn stem klinkt bedeesder dan mijn bedoeling was.

'Eh... Waar is Hardin?' vraagt hij, en afgaande op zijn toon vermoed ik dat hij het me kwalijk neemt dat ik hem heb afgewezen toen hij zo aardig tegen me was.

'Die is er niet.'

'Ik geloof niet dat dit een goed idee...'

'Waarom heeft Hardin met je gevochten?' onderbreek ik hem.

'Sorry, Tessa, ik moet ophangen.' En dat doet hij ook meteen.

Wát? Ik was er niet helemaal zeker van dat hij me zou vertellen wat er is gebeurd, maar hierop had ik ook niet gerekend. Nu ben ik nog nieuwsgieriger én geïrriteerder geworden.

Ik probeer Hardin te bellen, maar natuurlijk neemt hij niet op. Waarom deed Zed zo? Het leek wel alsof hij me iets niet durfde te vertellen. Misschien had ik het mis en heeft dit toch met mij te maken? Ik snap niet wat er aan de hand is. Ik doe een stapje terug en bekijk de situatie nog eens goed. Reageer ík soms overdreven? Ik denk aan het benauwde gezicht dat Hardin trok toen ik hem vertelde dat ik het berichtje van Jace had gelezen, en ik weet zeker dat ik me die uitdrukking niet heb verbeeld.

Ik neem een douche in een poging mijn zenuwen en gedachten tot bedaren te brengen, maar het werkt niet. Door het onrustige gevoel vanbinnen stel ik telkens nieuwe vragen. Na mijn douche föhn ik mijn haar en kleed ik me aan, me afvragend wat mijn volgende stap kan zijn.

Door al mijn plannenmakerij voel ik me net miss Havisham uit *Great Expectations*. Ik heb haar personage nooit zo interessant gevonden, maar opeens begrijp ik hoe ze zich voelde. Nu snap ik dat de liefde je dingen kan laten doen die je normaal gesproken nooit zou doen en hoe geobsedeerd en gek je ervan kunt worden. Al is mijn plan in werkelijkheid waarschijnlijk niet zo krankzinnig of dramatisch als het in mijn gedachten lijkt. Het enige wat ik wil doen, is Steph zoeken en haar vragen of zij weet waarom Hardin en Zed hebben gevochten, en of ze me meer over Jace kan vertellen. Het enige wat dit plan gekkenwerk maakt, is dat Hardin helemaal door het lint zal gaan als hij ontdekt dat ik Zed heb gebeld en met Steph heb gepraat.

Nu ik erover nadenk, besef ik dat Hardin me sinds we zijn gaan samenwonen niet meer heeft meegenomen naar zijn vrienden – waardoor de kans des te groter is dat geen van hen weet dat we nu onder één dak wonen.

Tegen de tijd dat ik de woning verlaat, zijn mijn gedachten zo'n chaos dat ik mijn mobieltje op het aanrecht laat liggen. Het begint te sneeuwen zodra ik de snelweg op draai, en daardoor ben ik minstens een half uur onderweg naar de studentenflat. Die ziet er nog net zo uit als in mijn herinnering, maar waarom ook niet? Ik ben nog maar een week geleden verhuisd. Het lijkt alleen veel langer.

Ik been door de gang en negeer de brutale blik van het meisje met het geblondeerde haar dat eerder tegen Hardin liep te schreeuwen omdat hij wodka voor haar deur had gemorst. Die eerste nacht dat Hardin hier sliep, lijkt nu zo lang geleden; sinds ik hem heb leren kennen, heeft tijd alle betekenis verloren. Ik klop op mijn oude deur, maar niemand doet open. Natuurlijk is ze er niet, ze is er nooit. Ze zit het grootste deel van de tijd bij Tristan en Nathan thuis, en ik heb geen idee waar die wonen. En stel dat ik dat wel wist, zou ik daar dan naartoe gaan?

Ik stap in mijn auto en probeer al rondrijdend een nieuw plan te bedenken. Dat was heel wat gemakkelijker geweest als ik mijn mobieltje bij me had gehad, maar net wanneer ik mijn radicale beslissing om mijn voormalige kamergenote min of meer te stalken aan de wilgen wil hangen, kom ik langs Blind Bob's, de motorkroeg waar ik eerder met Steph ben geweest. Ik zie Nates auto staan en rijd de parkeerplaats op. Voordat ik uitstap, haal ik diep adem, en wanneer ik ten slotte naast mijn auto sta, prikt de buitenlucht in mijn neus, zo koud is het. De serveerster glimlacht naar me wanneer ik naar binnen loop, en tot mijn opluchting zie ik Stephs rode haar achter in de kroeg.

Had ik toen maar geweten wat er zou volgen.

96

∞

Nerveus loop ik door de rokerige kroeg. Waarom leek dit me eigenlijk een goed idee? Hardin wordt natuurlijk woedend op me en Steph denkt vast dat ik gek ben.

Steph begint breeduit te lachen wanneer ze me in het oog krijgt. Voordat ze me omhelst, schreeuwt ze bijna: ‘Tessa, jezus, wat doe jij hier?’

‘Ik, eh... ben op zoek naar jou,’ zegt ze.

‘Is alles in orde? Of miste je me?’ Ze lacht.

‘Ik miste je.’ Dat lijkt me nu het eenvoudigste antwoord.

‘Ik heb je al zo lang niet meer gezien, Tessa,’ zegt Nate plagend. Ook hij omhelst me. ‘Waar heeft Hardin je verstopt?’

Tristan duikt op achter Steph en slaat zijn armen om haar middel. Uit de manier waarop ze tegen hem aan leunt, kan ik opmaken dat ze hun ruzie over Molly hebben bijgelegd.

Ze glimlacht. ‘Kom bij ons zitten, de anderen zijn er nog niet.’

De anderen? Betekent dat dat Hardin ook nog komt? Ik durf die vraag niet eens te stellen, zo bang ben ik voor het antwoord. Ik loop achter het drietal aan naar hun tafeltje en bestel een hamburger met friet. Het is inmiddels al drie uur ’s middags en ik heb de hele dag nog niets gegeten.

‘En ik zal ervoor zorgen dat er geen ketchup op zit,’ zegt de serveerster met een begrijpende lach voordat ze naar de keuken loopt. Ze weet zich duidelijk nog te herinneren hoe Hardin zich tijdens mijn vorige bezoek heeft gedragen.

Ik pluk aan mijn gemanicuurde nagels, wachtend totdat de serveerster me mijn cola komt brengen.

‘Je hebt gisteravond echt een fantastisch feest gemist, Tessa,’ zegt Nate. Hij tilt zijn glas op en drinkt het laatste restje bier op.

'O ja?' Ik glimlach. Het irritantste van mijn relatie met Hardin is dat ik nooit weet wat ik anderen wel en niet mag vertellen. Als dit een gewone relatie zou zijn, had ik simpelweg 'O ja, het was gisteren heel leuk op zijn vaders bruiloft' geantwoord, maar omdat deze relatie verre van normaal is, houd ik mijn mond.

'Ja, het was te gek. We zijn naar de haven gegaan in plaats van naar het dispuutshuis.' Hij lacht. 'In de haven kun je veel meer uithalen en hoef je later niet op te ruimen.'

'O. Woont Jace in de haven?' Ik probeer zo neutraal mogelijk te klinken.

'Wat? Nee, het is een jachthaven. Daar werkt hij overdag. Hij woont er wel in de buurt.'

'O...' Ik kauw op mijn rietje.

'Het was steenkoud, maar Tristan is met zijn zatte kop in dat koude water gesprongen.' Steph lacht spottend en Tristan steekt speels een vinger naar haar op.

'Het was niet zo erg. Zodra ik het water raakte, voelde ik niets meer,' grapt hij.

Mijn eten wordt gebracht, samen met kippenvleugeltjes voor Tristan en biertjes voor hen alle drie.

'Wil je ook een biertje? Ze vraagt echt niet naar je leeftijd,' zegt Nate tegen me.

'Nee, dank je. Ik moet nog rijden.'

'En, hoe is het in je nieuwe studentenflat?' vraagt Steph, die een frietje van mijn bord pikt.

'Mijn wat?'

'Je nieuwe studentenflat?' herhaalt ze langzaam.

'Die heb ik niet.' Heeft Hardin haar verteld dat ik naar een andere flat ben verhuisd?

'Eh, ja, want je woont niet meer bij mij. Al je spullen zijn weg en Hardin zei dat je van flat was gewisseld en dat je moeder helemaal door het lint was gegaan of zoiets.' Ze neemt een flinke slok van haar bier.

Ik besluit dat het niet uitmaakt hoe kwaad Hardin op me wordt, ik weiger te liegen. Ik ben woedend en ik schaam me omdat hij onze relatie nog altijd verborgen houdt. 'Hardin en ik wonen samen,' zeg ik.

'Wát?' zeggen Steph, Nate en Tristan op hetzelfde moment.

'Ja. Sinds vorige week. We hebben een appartement op een minuut of twintig van de campus,' leg ik uit. Ze kijken me alle drie aan of ik twee hoofden heb.

'Wat nou?' vraag ik bot.

'Niks... Het is gewoon... Wauw... Ik weet niet, het is een behoorlijke verrassing,' zegt Steph.

'Hoezo?' snauw ik. Ik weet dat het niet eerlijk is om de woede die ik voel op haar te richten in plaats van op Hardin, maar ik kan er niets aan doen.

Ze fronst en lijkt over iets na te denken. 'Ik weet het niet, ik kan me gewoon moeilijk voorstellen dat Hardin met iemand samenwoont. Dat is alles. Ik wist niet dat het zo dik aan was. Je had het me wel even kunnen vertellen.'

Net wanneer ik haar wil vragen wat ze daarmee bedoelt, kijken Nate en Tristan allebei snel naar de deur en dan weer naar mij. Ik draai me om en zie Molly, Hardin en Jace in de deuropening staan. Hardin schudt de sneeuw uit zijn haar en veegt zijn hoge schoenen af aan de mat. Ik draai me snel om. Mijn hart lijkt uit mijn borstkas te barsten. Het is te veel in één keer: Molly is samen met Hardin, wat me doet koken van woede. Jace is samen met Hardin, waar ik helemaal niets van snap. En ik heb net aan iedereen verteld dat we samenwonen, waar zij niets van lijken te begrijpen.

'Tessa,' hoor ik Hardin kwaad achter me zeggen.

Ik kijk naar hem op en zie dat zijn gezicht vertrokken is van woede. Hij probeert zich te beheersen, dat zie ik, maar hij kan elk moment overkoken. 'Ik moet met je praten,' zegt hij met opeengeklemde kaken.

'Nu?' Ik probeer ontspannen en scherp tegelijk te klinken.

'Ja, nu,' antwoordt hij, me bij mijn arm pakkend. Ik sta snel op van het tafeltje en loop achter hem aan naar de hoek van de kleine kroeg. 'Wat doe jij verdomme hier?' vraagt hij zacht, zijn gezicht op een paar centimeter van het mijne.

'Ik wilde Steph spreken.' Niet echt een leugen, maar ook niet helemaal de waarheid.

Dat weet hij. 'Lul niet zo uit je nek.' Hij doet zijn best om niet te schreeuwen, maar we hebben al de aandacht van een paar stamgasten getrokken. 'Ga naar huis,' zegt hij.

'Pardon?' kaats ik terug, een van zijn favoriete antwoorden gebruikend.

'Ga naar huis.'

'Welk huis bedoel je? Mijn nieuwe studentenkamer?' vraag ik uitdagend. De kleur trekt weg uit zijn gezicht. 'Inderdaad, ik heb het ze verteld. Ik heb ze verteld dat we samenwonen – waarom heb jij dat niet gedaan? Snap je niet dat ik ontzettend voor lul stond? Ik dacht dat je me niet langer geheim zou houden.'

'Dat deed ik niet...' liegt hij.

'Ik ben al die geheimen en leugens spuugzat, Hardin. Elke keer wanneer ik denk dat het de goede kant...'

'Sorry. Ik wilde je niet geheim houden. Ik wilde gewoon wachten.' Hardin lijkt niet helder te kunnen denken. Ik kan de innerlijke strijd achter zijn groene ogen bijna zien. Zijn blik schiet gejaagd door de ruimte en zijn paniek baart me zorgen.

'Ik hou dit niet vol. Dat snap je toch wel?' zeg ik.

'Ja.' Hij slaakt een zucht en neemt het ringetje in zijn lip tussen zijn tanden. Dan haalt hij zijn hand door zijn vochtige haar. 'Kunnen we dit thuis verder bespreken?' vraagt hij, en ik knik.

Ik loop achter hem aan, terug naar het tafeltje. 'We gaan,' kondigt Hardin aan.

Jace laat een akelig lachje zien. 'Nu al?'

Hardins schouders verstijven. 'Ja,' antwoordt hij.

'Terug naar jullie appartement?' vraagt Steph, en ik werp haar een snelle blik toe. Niet nu, smeek ik haar zwijgend.

'Jullie wát?' Molly lacht kakelend. Ik zou het helemaal niet erg vinden als ik haar de rest van mijn leven nooit meer zou zien.

'Hun appartement. Ze wonen samen,' zegt Steph op zangerige toon. Ik weet dat ze dat alleen maar zegt om Molly te pesten, iets wat ik doorgaans zou toejuichen, maar ik ben nu zo woedend op Hardin dat ik me niet op Molly kan concentreren.

'Kijk eens aan.' Molly tikt met haar lange vuurrode nagels op het tafelblad. 'Dat is interessant.' Ze kijkt Hardin aan.

'Molly...' zegt hij waarschuwend. Ik ben er zeker van dat ik een uitdrukking van paniek over zijn gezicht zie schieten.

Ze trekt een wenkbrauw op. 'Je neemt dit allemaal wel erg serieus, hè?'

'Molly, echt, als je nu je mond niet houdt, dan...'

'Wat? Wat neemt hij te serieus?' Ik kan mijn vraag niet inhouden.

'Tessa, ga naar buiten,' beveelt hij, maar ik negeer hem.

'Wat neemt hij te serieus? Zeg het dan!' roep ik.

'Wacht even, je speelt het gewoon mee, hè?' Ze lacht en vervolgt: 'Ik wist het wel! Ik zei tegen Jace dat je ervan wist, maar hij geloofde me niet. Hardin, Zed krijgt echt wel veel geld van je.' Ze gooit haar hoofd in haar nek en staat op.

Hardin is lijkbleek; al het bloed lijkt uit zijn lijf te zijn weggetrokken. Ik snap er helemaal niets van en kijk even naar Nate, Tristan en Steph, maar die hebben hun aandacht allemaal op Hardin gericht.

'Wat zou ik moeten weten?' Mijn stem trilt. Hardin pakt me bij mijn arm en probeert me weg te trekken, maar ik ruk me los en ga voor Molly staan.

'Hou je niet van de domme, ik weet dat je het weet. Wat heeft hij gedaan? Het geld met jou gedeeld?' vraagt ze.

Hardin pakt mijn hand vast. Zijn vingers zijn ijskoud. 'Tessa...'

Ik ruk me los en kijk hem met grote ogen aan. 'Zeg het dan! Waar heeft ze het over?' roep ik tegen hem. De tranen wellen op in mijn ogen, en ik moet mijn best doen om een vloedgolf aan emoties te beheersen.

Hardin verbaast me door zijn mond open te doen en hem dan weer te sluiten.

'O god, weet je het écht niet? O, dit is geweldig. Jongens, allemaal luisteren!' zegt ze op spottende toon.

'Molly, niet doen,' zegt Steph.

'Weet je zeker dat je het wilt horen, prinses?' vervolgt Molly met een triomfantelijke glimlach naar mij.

Ik hoor letterlijk het bloed achter mijn oren kloppen, en heel even vraag ik me af of de anderen dat ook horen. 'Ja. Zeg het,' draag ik haar op.

Ze houdt haar hoofd scheef... maar bedenkt zich dan. 'Nee, ik vind dat Hardin het haar moet vertellen.' En dan begint ze te giechelen en laat ze de piercing in haar tong langs haar tanden schrapen, een geluid dat nog erger is dan nagels op een schoolbord.

97

∞

Het gaat allemaal zo snel dat ik het amper kan bevatten. Verward kijk ik om me heen en zie dat ik word omringd door mensen die me blijven pesten, hoezeer ik ook mijn best doe om erbij te horen, en ik weet dat ik geen van hen kan vertrouwen.

Wat is er aan de hand? Waarom blijft Hardin daar staan? Wat gebeurt er?

'Dat vind ik ook,' stemt Jace in. Hij heft als bij wijze van groet zijn glas bier op. 'Toe dan, Hardin. Vertel het haar.'

'Dat... dat doe ik buiten wel,' zegt Hardin met lage stem.

Ik kijk in zijn fonkelende ogen, die vervuld lijken van wanhoop en verwarring. Ik weet niet wat hier aan de hand is, maar ik weet wel dat ik nergens met hem naartoe ga.

'Nee, hier. Waar zij bij zijn, zodat je niet kunt liegen.' Mijn hart doet nu al pijn, en ik weet dat ik niet klaar ben voor wat hij me gaat vertellen.

Hij zwijgt even, friemelt met zijn vingers, en zegt dan: 'Het spijt me.' Hij steekt zijn handen voor zich uit. 'Tessa, je moet niet vergeten dat dit gebeurde voordat ik jou echt had leren kennen.' Zijn ogen smeken om genade.

Ik vertrouw mijn stem niet en prevel met amper geopende mond: 'Vertel het me.'

'Die avond... die tweede avond... Dat tweede feest waar jij was, toen we truth or dare speelden... en Nate vroeg of je nog maagd was...' Hij doet zijn ogen dicht, alsof hij zijn gedachten op een rijtje probeert te zetten.

O nee. Als ik me nog beroerder kon voelen, zou ik nu mijn dieptepunt bereiken. Dit gebeurt niet. Dat kán niet. Niet nu. Niet met mij.

'Ga verder...' Jace leunt naar voren, alsof hij nog nooit zoiets geweldigs heeft meegemaakt. Hardin werpt hem een woedende blik toe, en het is dat Hardin druk bezig is onze relatie de nek om te draaien, want anders had hij die klootzak ter plekke een kopje kleiner gemaakt. Dat weet ik gewoon.

'Je zei dat je... En dat bracht iemand op een idee...'

'Wie bracht dat op een idee?' onderbreekt Molly hem.

'Mij... Het bracht mij op een idee,' geeft hij toe. Hij blijft me recht aankijken. Niet dat dat het gemakkelijker maakt. 'Dat het... leuk zou zijn... om een weddenschap af te sluiten.' Hij laat zijn hoofd naar voren vallen en mijn tranen beginnen te stromen.

'Nee,' zeg ik met verstikte stem. Ik doe een stap naar achteren.

Verwarring dringt mijn toch al chaotische gedachten binnen, zodat ik niet langer wijs kan worden uit mijn gedachten of uit wat ik om me heen hoor, maar al snel maakt die verwarring plaats voor een ziedende mengeling van pijn en woede. Al die herinneringen die bij me opkomen, stapelen zich op...

'Blijf uit zijn buurt.'

'Wees voorzichtig.'

'Soms denk je dat je iemand kent, maar dat is niet zo.'

'Maar Tessa, ik moet je iets vertellen.'

Al die opmerkingen van Molly, Jace en zelfs Hardin gaan keer op keer door mijn gedachten. Er knaagde altijd al iets aan me, er was continu dat gevoel dat iets me ontging. Het lijkt wel alsof alle lucht uit de kleine kroeg wordt gezogen, en mijn mond valt bijna open nu de waarheid tot me doordringt. Er waren zo veel aanwijzingen, maar Hardin had me zo verblind dat ik ze niet zag.

'Wist jij het?' Ik wend me tot Steph. Ik kan Hardin niet langer aankijken.

'Ik... ik wilde het je zo vaak vertellen, Tess,' zegt ze, met haar ogen vol schuldbewuste tranen.

'Ik kon het gewoon niet geloven toen hij zei dat hij had gewonnen, zelfs niet toen hij me dat condoom liet zien.' Jace grinnikt, duidelijk genietend van de voorstelling.

'Ik ook niet! Maar die lakens... Ik bedoel, lakens vol bloed, dat valt niet te ontkennen.' Molly lacht.

De lakens. Daarom lagen die nog steeds in zijn auto...

Ik weet dat ik iets moet zeggen, het maakt niet uit wat, maar ik kan de juiste woorden niet vinden. Alles draait nog altijd om me heen; de gasten in de kroeg zitten te eten en te drinken en zien niet dat het hart van een goedgelovig meisje een paar meter verderop in stukken breekt. Hoe is het mogelijk dat de tijd door blijft lopen? Ik zie dat Tristan zijn hoofd buigt, dat Steph zit te huilen, en, het allerergste, dat Hardin naar me kijkt.

'Tessa, het spijt me zo.' Hij wil naar me toe lopen, maar ik ben zo verstijfd dat ik niet eens kan wegrennen.

De stem van Molly breekt als die van een harpij door de stilte heen. 'Voor zo'n portie drama kun je toch alleen maar bewondering hebben. Ik bedoel, weten jullie nog de vorige keer dat we hier zaten, toen Steph Tessa die belachelijke make-over had gegeven? Toen Zed en Hardin ruzie begonnen te maken over wie haar naar huis mocht brengen?' Ze lacht en vervolgt: 'En weet je nog dat Hardin naar je kamer kwam? Met die wodka! Je dacht echt dat hij bezopen was. Weet je nog dat ik hem belde toen hij bij jou zat?' Ze trekt heel even een gezicht alsof ze echt een antwoord van me verwacht. 'Die nacht had hij de weddenschap moeten winnen. Hij was behoorlijk zeker van zichzelf, maar Zed bleef maar zeggen dat je nooit zo snel zou toegeven. Ik denk dat Zed gelijk had, maar je gaf nog altijd veel sneller toe dan ík had verwacht, dus het is maar goed dat ik niet heb gewed...'

Molly's vreselijke stem en Hardins blik; verder bestaat er op dit moment niets in deze kroeg.

Ik heb me nog nooit zo gevoeld. Ik heb me nooit kunnen voorstellen dat iemand me zo zou vernederen en me zo veel zou afnemen. Hardin heeft me de hele tijd lopen belazeren. Voor hem was het allemaal een spelletje. Al die omhelzingen, al die zoenen, al die lachjes, al die keren dat hij 'Ik hou van je' zei, de seks, de plannen – en o, wat doet dit godverdomme verschrikkelijk veel pijn. Hij heeft alles van tevoren uitgedacht, elke nacht, elk detail, en iedereen wist ervan, behalve ik. Zelfs Steph, die ik steeds meer als een vriendin begon te beschouwen, wist ervan. Ik kijk even naar hem, sta mezelf in al die schrik een moment van zwakte toe, en wens meteen dat ik dat niet had gedaan. Hij staat daar maar – alsof mijn hele wereld niet om me heen instort en hij me niet ten overstaan van iedereen heeft vernederd.

'Je vindt het vast wel leuk om te horen dat je flink wat waard bent. Zed probeerde er een paar keer tussenuit te knijpen, maar ik hoop dat hij je met het geld van Jace, Logan en Zed in elk geval mee uit eten heeft genomen,' zegt Molly lachend.

Jace drinkt zijn glas leeg en slaakt een kreet. 'Ik vind het alleen jammer dat ik er niet bij was toen dat beruchte "Ik hou van je" werd uitgesproken. Ik heb gehoord dat het behoorlijk indrukwekkend was.'

'Hou godverdomme je kop!' roept Tristan tot verbazing van iedereen. Als ik niet zo verdoofd was geweest, had hij mij ook nog verbaasd. 'Krijg toch allemaal de tering. Ze heeft genoeg voor haar kiezen gekregen!'

Hardin doet nog een stap in mijn richting. 'Schatje, zeg eens wat.'

En het is dat smekende 'Schatje' dat ervoor zorgt dat er eindelijk weer een verbinding tussen mijn hersens en mijn mond ontstaat. 'Noem me godverdomme niet zo! Hoe kun je me dit aandoen? Je... je... Ik kan gewoon niet...' Ik wil van alles zeggen, maar het komt er niet uit. 'En ik zeg niks, want dat wil je juist.' Ik klink veel verwarder dan ik in werkelijkheid ben. Vanbinnen sta ik in brand, en mijn hart ligt op de vloer, onder Hardins schoenzool.

'Ik weet dat ik het heb verpest,' begint hij, maar ik schreeuw: 'Verpest? Verpést? Waarom? Vertel me alsjeblieft waarom. Waarom ik?'

'Omdat jij er toevallig was,' zegt hij. En zijn eerlijkheid sloopt me alleen maar meer. 'Je was een uitdaging. Ik kende je niet, Tessa. Ik wist niet dat ik verliefd op je zou worden.'

Nu hij het over liefde heeft, voel ik een heel andere emotie dan in de afgelopen paar weken en moet ik de gal wegslikken die in mijn keel opwelt. 'Je bent gewoon gestoord! Je bent hartstikke gestoord!' gil ik.

Ik ren naar de deur. Dit wordt me te veel. Hardin klemt zijn hand rond mijn arm, maar ik ruk me los en geef hem een klap in zijn gezicht. Hard.

Zijn gekwetste uitdrukking geeft me een bijzonder pijnlijk gevoel van bevrediging.

'Je hebt alles verpest!' schreeuw ik. 'Je hebt me iets afgepakt wat niet voor jou bestemd was, Hardin. Het was bedoeld voor iemand die van me houdt, die echt van me houdt. Dat was voor hem, wie hij ook is, en jij hebt het afgenomen... voor géld? De relatie met mijn moeder is kapot, en dat komt door jou. Ik heb alles voor je opgegeven! Ik had iemand die van me hield, iemand die me nooit zo'n pijn zou doen. Je bent walgelijk.'

'Ik hou echt van je, Tessa. Ik hou meer van je dan van wat dan ook. Ik heb geprobeerd te voorkomen dat zij het je zouden vertellen, ik heb nooit gewild dat je er op deze manier achter zou komen. Daarom was ik de hele nacht weg, ik probeerde ze ervan te overtuigen dat ze niets moesten zeggen. Ik wilde je het binnenkort zelf vertellen, nu we samenwonen, want nu doet het er niet meer toe.'

Ik heb geen controle over de woorden die van mijn lippen rollen. 'Ben je... Je... O, god, Hardin, wat is er in godsnaam mis met je? Denk je echt dat het oké is om aan anderen te vragen of ze zoiets voor me geheim willen houden? Dacht je dat ik het minder erg zou vinden als we eenmaal samen zouden wonen? Daarom wilde je per se mijn naam op het huurcontract zetten. O god, je bent zo gestoord!'

Al die kleine dingen die me sinds mijn eerste ontmoeting met Hardin aan het twijfelen hebben gebracht zijn opeens heel logisch. Het is zonneklaar. 'Daarom ben je mijn spullen uit mijn kamer gaan halen. Je was bang dat Steph iets zou zeggen.'

Iedereen in de kroeg zit naar me te kijken. Ik voel me zo klein, zo gebroken en zo klein.

'Wat heb je met het geld gedaan, Hardin?'

'Ik...' begint hij, maar dan valt hij stil.

'Vertel het me,' eis ik.

'Je auto... Dat ik die heb laten spuiten... En de borg voor het appartement. Ik dacht dat ik... Ik heb het je zo vaak willen vertellen, zodra ik wist dat het meer was dan een weddenschap. Ik hou van je... Ik heb de hele tijd van je gehouden, echt waar,' zegt hij.

'Je hebt het condoom bewaard zodat je dat kon laten zien, Hardin! Je hebt ze de lakens laten zien, verdomme!' Ik begraaf mijn handen in mijn haar en trek eraan. 'O god, wat ben ik toch stom. Terwijl ik zat na te genieten van de beste nacht uit mijn leven liet jij de lakens aan je vrienden zien.'

'Ik weet niet... Ik heb geen excuus... maar je moet het me vergeven. We komen er wel uit,' zegt hij.

En ik lach. Oprecht. Ondanks mijn tranen moet ik lachen; ik ben ongetwijfeld mijn verstand kwijt. Dit gaat heel anders dan in de film. Ik weet me niet te beheersen. Ik verwerk het nieuws niet elegant, met een enkel geschrokken kreetje of een eenzame traan. Ik huil, ik trek aan mijn haar en ik ben amper in staat mijn emoties te beheersen of een volzin te produceren.

'Het je vergeven?' Ik lach schamper. 'Je hebt mijn hele leven verpest, dat besef je toch wel? Ja, natuurlijk besef je dat, dat was immers de bedoeling. Je had beloofd dat je me kapot zou maken. Dus gefeliciteerd,

Hardin, het is je gelukt. Wat wil je als beloning? Geld? Of moet ik een volgende maagd voor je zoeken?'

Hij schuifelt even heen en weer, alsof hij me voor de anderen aan tafel aan het zicht wil onttrekken. 'Tessa, toe nou. Je weet dat ik van je hou. Ik weet dat je van mij houdt. Ga mee naar huis, alsjeblieft, dan zal ik je alles vertellen.'

'Naar huis? Dat is mijn huis niet. Dat is het nooit geweest, dat weet jij net zo goed als ik.' Ik probeer opnieuw naar de deur te lopen. Ik ben er zo dichtbij.

'Wat kan ik doen? Ik wil alles voor je doen,' zegt hij smekend. Hij buigt zich voorover, me nog steeds aankijkend. Heel even begrijp ik er niets van, maar dan zie ik dat hij voor me op zijn knieën valt.

'Jij? Je kunt niets doen. Je kunt nooit meer iets voor me doen, Hardin.'

Wist ik maar wat ik moet zeggen om hem net zo te kwetsen als hij mij heeft gekwetst. Als ik dat wist, zou ik het duizend keer herhalen, zodat hij weet hoe het is om te worden besodemieterd en vernederd.

Nu Hardin op zijn knieën zit, grijp ik mijn kans en loop naar de deur, maar daar bots ik tegen iemand op. Ik kijk op en zie dat het Zed is. Zijn gezicht is nog altijd niet helemaal hersteld van de vechtpartij met Hardin.

'Wat is er?' Hij pakt me bij mijn ellebogen, maar dan gaat zijn blik van mij naar Hardin en zie ik aan zijn gezicht dat hij begrijpt wat er aan de hand is.

'Het spijt me,' zegt hij, maar ik negeer hem. Hardin komt eraan en ik wil nu weg uit deze kroeg, weg van hem.

Buiten blaast de ijskoude lucht mijn haar in mijn gezicht, maar ik verwelkom de kou, in de hoop dat de wind het brandende gevoel in mijn binnenste kan verzachten. Mijn auto en de straten zijn bedekt door een laagje sneeuw.

Zeds stem zegt achter me: 'Je kunt zo niet rijden, Tessa.'

Ik ploeg verder door de sneeuw, dwars over de parkeerplaats. 'Laat me met rust! Ik weet dat jij ook hebt meegedaan! Dat deden jullie allemaal!' gil ik, zoekend naar mijn sleutels.

'Ik breng je wel naar huis. Je moet niet zelf achter het stuur gaan zitten, niet in dit noodweer,' zegt hij.

Ik wil net tegen hem tekeergaan wanneer Hardin naar buiten komt.

Ik kijk naar de jongen van wie ik ooit dacht dat hij de liefde van mijn leven was, van wie ik geloofde dat hij elke dag bijzonder zou maken, en wild, en vrij. En dan kijk ik naar Zed.

'Oké,' zeg ik.

Zodra ik de klik van het slot van Zeds auto hoor, stap ik zo snel mogelijk in. Zodra Hardin beseft dat ik samen met Zed vertrek, rent hij naar de auto. Zijn gezicht is vertrokken van woede, en ik hoop voor Zeds bestwil dat hij is ingestapt voordat Hardin ons heeft bereikt.

Zed gaat achter het stuur zitten en geeft gas. Ik kijk om en zie Hardin voor de tweede keer vanavond op zijn knieën vallen.

'Het spijt me zo, Tessa. Ik had geen idee dat het zo uit de hand zou lopen, maar...' begint Zed.

Ik val hem in de rede: 'Hou je mond.' Ik wil niets meer horen. Ik kan er niet meer tegen. Ik heb buikpijn en ben gekwetst door het verraad van Hardin, dat me elke seconde verder verzwakt. Ik weet zeker dat er niets van me over zou blijven als Zed nu iets tegen me zou zeggen. Ik moet weten waarom Hardin dit heeft gedaan, maar ik ben doodsbang voor wat er kan gebeuren als ik het hele verhaal te horen krijg. Ik heb nog nooit zo'n pijn gevoeld en weet niet hoe ik die moet verdragen, en of ik die wel kán verdragen. Zed knikt en we rijden een paar minuten lang zwijgend verder. Ik denk aan Hardin, aan Molly, aan Jace en de rest, en er verandert iets in me. Iets geeft me moed. 'Weet je wat?' Ik wend me tot hem. 'Praat tegen me. Vertel me alles. Elk detail.'

Hij kijkt me even bezorgd aan, en dan zegt hij, blijkbaar beseffend dat hij geen keuze heeft, zachtjes 'Oké' en draait de snelweg op.

98

∞

De weddenschap

Alles gaat van kwaad tot erger. Met elke seconde word ik achterdochtiger en ik weet niet hoe lang ik mezelf nog kan beheersen. Het lijkt haast onmogelijk om te voorkomen dat mijn fout – nee, mijn verraad – naar buiten komt en mijn leven verwoest. Hopelijk heb ik Molly en Jace zover gekregen dat ze hun mond dichthouden en dat ze zich met hun grote ego niet met mijn relatie bemoeien. Het afgelopen uur heb ik hun spelletje meegespeeld, ik heb gelogen en zelfs niets gezegd wat ook maar een beetje in de buurt van de waarheid kwam.

'Ik snap die obsessie met haar echt niet. Zo knap is ze nou ook weer niet, dat heb ik al tigduizend keer gezegd. Maar dat is niet het enige: ze is een verrekte nerd.' Molly raakt niet uitgepraat over Tessa. Vanaf het moment dat ze vanavond bij ons kwam zit ze hier op de rand van de kade met haar benen omlaag bungelend en ratelt ze aan één stuk door over haar.

'Jij met je grote mond.' Jace glimlacht naar Molly. 'Zo zou ik het niet zeggen, maar ik vind ook dat Tessa niet bij ons past, dat is duidelijk.' Hij werpt me een vluchtige blik toe en kijkt dan snel weg.

Hij gooit iets in het water. Een flesje. Het blijft drijven en ik moet meteen aan Tessa denken die ongetwijfeld een opmerking had gemaakt over milieuvervuiling.

De mobiel in Molly's hand blijft maar trillen en elke keer dat ze een berichtje op het scherm leest, wat het ook mag zijn, word ik onrustiger.

'Hou op over haar, ja.' Ik werp Jace een blik toe, die zijn werkkleding aanheeft. 'Moet je vandaag werken?'

Hij schudt zijn hoofd en kijkt weer naar Molly. 'Nee. Ik wilde vanmiddag een paar uur meepakken, maar ik meld me zo af en ga wat eten. Hebben jullie ook trek?'

Molly springt op van de houten kadebalk. 'Altijd! Laten we naar Blind Bob's gaan. Daar is Steph ook.'

In eerste instantie wil ik ervoor bedanken en naar huis gaan, naar Tessa, bij wie ik hoor, maar iets weerhoudt me van dat verstandige besluit en voor ik het weet zitten we met zijn drieën in mijn auto, onderweg naar Blind Bob's. Misschien vertel ik het iedereen wel tegelijk, de hele groep – om twee vliegen in één klap te slaan of hoe je het ook noemt – om te kijken wat ik moet doen om ze tegen te houden mijn hele leven te ruïneren.

Ik haat het hoeveel macht ze over mij hebben. Over Tessa en ons leven samen. Shit! Voordat we naar Londen gaan moet ik het ze echt vertellen, als Tessa tenminste met me mee wil. Maar dat weet ik zeker, omdat ze geen nee kan zeggen tegen een bezoek aan de plekken waar haar literaire helden vandaan komen.

'Van wie is die auto daar?' Molly wijst naar Tessa's geparkeerde auto en mijn maag krimpt ineen. Ik ben vandaag als een klootzak bij hij haar weggestormd en nu is ze hier met mijn vrienden. Dit kan heel snel compleet uit de hand lopen. Maar dat laat ik niet gebeuren.

Molly zegt iets tegen Jace wat ik niet snap en ik negeer ze wat sullig terwijl ik mezelf moet bedwingen niet snel bij Bob's naar binnen te rennen.

Wanneer ik binnenkom, met Molly en Jace op mijn hielen, schud ik de sneeuw uit mijn haar en loop ik naar Tessa toe.

Ik moet haar hier snel weg zien te krijgen.

'Tessa, we moeten praten.'

'Nu?'

'Ja.' Ik pak haar arm vast en ze schudt me af.

'Wat doe jij hier in godsnaam?' vraag ik zacht zodat alleen zij me kan horen. Ik doe mijn best om mijn boosheid te beheersen. Ik weet dat zij hier niets aan kan doen, maar mijn rationele kant is niet mijn sterkste punt.

'Ik ben met Steph aan het chillen.'

Omdat ze nerveus op haar onderlip bijt weet ik dat ze liegt.

'Bullshit.' Ik kijk naar mijn vriendengroep en zie Molly lachend naar Tessa en mij gluren. Verdomme! 'Je moet weggaan,' dring ik aan, in de hoop dat ze naar me luistert.

'Pardon?' Natuurlijk gaat ze niet weg.

'Ga naar huis.'

'Welk huis? Naar mijn nieuwe studentenkamer?' Ze duwt me weg en er gaat een koude rilling door me heen. Ze hebben zitten kletsen voordat ik hier was, dat is duidelijk.

Dit mag echt niet gebeuren. Niet hier, niet nu.

'Ik heb ze verteld dat we samenwonen. Hoe kon jij dat verzwijgen? Snap je niet dat je me voor schut zet? Ik dacht dat we de tijd dat je onze relatie geheimhield achter ons hadden gelaten.'

Er welt een brandend gevoel op in mijn borst en ik verbijt mijn kwaadheid.

Dan probeer ik te liegen, om te voorkomen dat het nog hoger oploopt in deze stomme bar. 'Ik wilde niet –'

'Ik ben helemaal klaar met de geheimen en het bedrog, Hardin. Elke keer dat ik denk dat het goed gaat tussen ons...'

Ik weet niets te zeggen. Ik heb geen woorden om dit recht te zetten. Niks. 'Sorry. Ik wilde het niet verzwijgen, ik wachtte er alleen nog even mee.'

Waar die idiote bewering vandaan komt snap ik zelf niet eens. Ik kijk de bar rond terwijl ik alles op een rijtje probeer te zetten. Mijn gedachten razen, ik kan alleen maar aan het ergste scenario denken en het enige wat ik weet, is dat ik Tessa mee naar buiten moet nemen.

'Ik kan hier niet mee doorgaan, dat begrijp je toch wel?'

'Dat snap ik.' Mijn god, en of ik het snap. Ik wil dit ook niet, al heel lang niet. Ik heb alleen geen idee hoe ik het kan veranderen. 'Kunnen we naar huis gaan en er rustig over praten?'

Tessa knikt, waarna ik naar het zitje gebaar waar mijn zogenaamde vrienden zitten en ik loop naar ze toe. 'Wij gaan ervandoor.'

Jace lacht en mijn woede laait op. Ik ken die blik van hem. 'Nu al?' Hij daagt me uit om me voor het blok te zetten.

'Ja.' Ik kijk naar Tessa en probeer haar met mijn ogen duidelijk te maken dat ze vast naar buiten moet gaan.

'Naar jullie flát?' vraagt Steph aan Tessa.

Met grote ogen kijkt Tessa naar mij.

'Wát?' Molly's mond valt open van verbazing.

'Hun flat – ze wonen samen.' Steph benadrukt die laatste woorden. Jace fronst zijn wenkbrauwen en ik zie dat het tot ze door begint te dringen.

'Dat méén je niet.' Molly tikt met haar nagels op de tafel, met een doordringende blik naar mij. 'Heel interessant.' Ze trekt een mondhoek op en in paniek haal ik een hand door mijn haar terwijl ik er bij de haarwortels even aan trek.

Dit is precies wat Molly wil: een opening om het kleine wereldje waar ik Tess in probeer te houden te verstoren.

'Molly...'

Ze trekt een wenkbrauw naar me op. 'Je voert dit geintje wel iets te ver door, vind je niet?'

Ik heb geen idee wat ik zeg, ook al bewegen mijn lippen. 'Molly, echt, ik zweer het, als je je bek niet houdt...'

'Welk geintje? Wat voert hij te ver door?' Tessa's stem breekt op het eind.

God weet – oké, ik heb hem al lang niet gesproken – hij weet dat ik haar alles zal opbiechten als we hier weg zijn, maar ik wil het haar niet tegenover iedereen vertellen.

'Ga naar buiten, Tessa,' zeg ik dringend om haar te overtuigen.

'Nee. Waar gaat dit over? Zeg het dan!' snauwt ze. Ze gaat niet weg. Dat weet ik, daarvoor ken ik haar te goed.

'Wacht. Je weet het, of niet?' Molly schiet in de lach en likt met haar tong langs haar lippen. 'Ik wíst het! Ik heb het aan Jace verteld, maar hij wilde me niet geloven. Hier moet je Zed flink voor betalen, Hardin.' Molly staat op van de bank.

Nu kijkt iedereen naar mij, maar ik maak me alleen zorgen om Tessa, die er met de tranen in haar blauwe ogen bij zit.

Met een bevende stem vraagt ze: 'Wat wist je?'

Ik probeer haar nog een keer uit deze chaos weg te halen en strek mijn hand naar haar arm uit, maar ze staat op en stapt bij me vandaan.

Molly lijkt ervan te genieten en daagt Tessa uit. 'Doe niet alsof je gek bent. Je weet ervan. Wat heeft hij gedaan? Het geld met je gedeeld?'

'Tessa...' Ik raak haar hand even aan, hopend dat ze met me meegaat. Maar ze duwt me weg.

'Vertel! Waar heeft Molly het over?'

Het laatste beetje hoop dat ik heb om iets zinnigs te zeggen verdwijnt nu helemaal. Ik probeer te praten maar kan niets uitbrengen.

Molly giechelt. 'O, mijn god, dus je weet het niet? Dit is echt te gek. Ga ervoor zitten, jongens!'

'Hou op, Molly,' smeekt Steph. Ik heb nog steeds geen woorden. Wat is er in godsnaam met me aan de hand?

Natuurlijk houdt Molly niet op. Dat wist ik van tevoren. 'Weet je zeker dat je het wilt horen, prinsesje?'

'Vertel op,' eist Tessa.

Ik heb het gevoel dat ik naar een film kijk, zoals de scène zich voor me afspeelt, en ik hoop nota bene met mijn stomme kop dat mijn filmpersonage Tessa vastpakt en wegrent, of dat hij verdomme iets zegt. Maar nee.

Dan maak ik mezelf wijs dat dit misschien het beste is. Hoe sneller Tessa weet dat ik gestoord ben, hoe beter. Voor haar. Dan hoef ik haar tenminste niet het hele verhaal te vertellen. Ja, ik ben laf, maar dat wisten we al.

Molly verpest dit echter. 'Nee, ik vind dat Hardin het haar zelf moet uitleggen.'

'Mee eens,' zegt Jace, en hij brengt zijn biertje omhoog. 'Kom op, Hardin, vertel de waarheid.'

Fysiek geweld zou me nu niet helpen... Wat maakt het uit als ik Jace een tand uit zijn mond sla? Dit houd ik mezelf voor terwijl de bar voor mijn ogen begint te draaien. Ik zie alleen nog maar zwart en rood. En het blauw van Tessa's ogen, die me smekend om opheldering aankijken.

'Ik... Ik vertel het je buiten wel.' Het zou alles nog veel erger maken als ik het haar met iedereen erbij vertel, ook al weet de rest het al. Shit, dit is echt zo verrot!

Maar op het moment dat ze iets gaat zeggen zie ik aan haar gezicht dat ze niet van plan is ook maar ergens heen te gaan met mij. 'Nee, ik blijf hier. Vertel het maar waar iedereen bij is, dan kun je tenminste niet liegen.'

'Sorry,' begin ik, alsof dat het minder erg maakt. 'Tessa, bedenk dat dit is gebeurd voordat ik je beter leerde kennen.'

'Draai er niet omheen.'

'Die avond... toen je voor de tweede keer naar een feest kwam en we Doen, durven of de waarheid deden... en Nate jou vroeg of je nog maagd was...' Ik weet echt niet waar ik moet beginnen, laat staan dat ik weet hoe dit afloopt. Had ze me nou maar eerder gedumpt. Met alle ellende die ik haar heb aangedaan had ze dat allang moeten doen. Dat zou veel beter zijn geweest. Voor mij en voor haarzelf, in plaats van voor de ogen van iedereen af te gaan; wij allebei en wat we hebben.

Hadden.

'Ga door...' zegt Jace treiterend.

'Je zei dat dit zo was... en toen kwam iemand op het idee –' De woorden blijven in mijn keel steken en alles in me smeekt erom dit niet hier op te hoeven biechten.

'Wíé kreeg dat idee?' vraagt Molly scherp.

'Ik... Dat was ik,' zeg ik met verstikte stem terwijl ik mezelf dwing Tessa aan te kijken. Om vanbinnen niet kapot te gaan kan ik beter wegkijken, maar ik kan het niet over mijn hart krijgen. Dit is wel het minste wat ik haar verschuldigd ben.

'Ik zei dat... het misschien leuk was... om erom te wedden.' Terwijl de woorden in de lucht blijven hangen begint Tessa te huilen en ik druk mijn nagels haast tot bloedens toe in mijn handpalmen, in de hoop dat deze pijn me afleidt van mijn hartenpijn.

De stille seconden waarin alleen onze ademhaling hoorbaar is lijken uren te duren door alles wat onuitgesproken is, terwijl ik afwacht tot er iemand begint te praten. Tessa wendt haar gezicht af en kijkt naar Steph. 'Wist jij het?'

'Ik... Ik wilde het je steeds vertellen, Tess,' zegt Steph, maar ik vraag me af of het waar is. Waarschijnlijk niet, al zijn haar tranen redelijk overtuigend.

'Toen hij beweerde dat hij had gewonnen geloofde ik er niets van, ook al had hij het condoom bij zich,' brengt Jace in, om nog meer olie op het vuur te gooien.

Molly schiet in de lach. 'Ik geloofde het ook niet. Maar het laken... Dat er bloed op zat viel niet te ontkennen!'

Ik ben het soort man – nee, jongen – die zijn vrienden een laken met bloedvlekken laat zien. Ik lijk op mijn vader, ik ben zelfs nog erger.

'Het spijt me oprecht, Tessa.' Dan loop ik naar haar toe. Hoe kan ze nog naar me kijken? Ik haat mezelf meer dan zij ooit zou kunnen en het helpt me om mijn woede en vernedering weg te stoppen totdat ik haar weer aankijk.

Molly gaat door en laat niets heel van wat er nog van ons over is. Dit keer zeg ik niet meer dat ze haar mond moet houden, omdat het mijn verdiende loon is om herinnerd te worden aan hoe walgelijk ik ben.

Ik hoor niet eens wat ze zegt. Het enige wat ik hoor is Tessa's gesnik naast me terwijl Molly blijft doordrammen.

'Hij zou die avond de weddenschap winnen, zo arrogant was hij wel om dat te denken. Zed bleef erbij dat je je maagdelijkheid niet zo snel zou opgeven en ik was het met hem eens. Toch gaf je het eerder op dan ik had verwacht, dus ik was blij dat ik geen geld had ingezet...

Misschien is het een troost om te weten dat je heel wat waard was, ook al probeerde Zed een paar keer terug te krabbelen. Ik mag hopen dat Hardin je op z'n minst op een etentje heeft getrakteerd van het geld van Jace, Logan en Zed,' zegt Molly lachend.

Jace slaat zijn laatste slok bier achterover en als ik mezelf in de reflectie van zijn glas zie slik ik de gal in mijn keel moeizaam door terwijl hij begint te praten. 'Ik vind het alleen jammer dat ik niet bij die beruchte liefdesverklaring in het bijzijn van iedereen was. Ik hoorde dat het een grote afgang was.'

Dit moet echt stoppen. Maar ik kan er niets tegen doen. Plotseling valt Tristan tegen Jace en Molly uit. 'Kap er verdomme mee! Stelletje idioten! Ze heeft al genoeg moeten doorstaan!'

'Zeg iets, schat. Alsjeblieft,' weet ik over mijn lippen te krijgen, maar Tessa's gezicht vertelt me dat de woorden haar steken als messen.

'Haal het niet in je hoofd me zo te noemen, hoe durf je! En hoe kon je me dit aandoen? Je... je... ik kan het niet...' zegt ze tussen haar snikken door. 'Ik ga echt niks zeggen omdat jij het wilt.'

'Ik weet dat ik het totaal heb verknald...' Maar verder dan dat kom ik niet. Het is nog zwak uitgedrukt voor wat ik heb gedaan. Waarom weet ik toch niks te zeggen?

'Verknáld?' schreeuwt ze nu naar me. Haar gezicht is vuurrood, haar ogen staan woest en dit keer stelt me dat niet gerust. Normaal gesproken is haar woede mijn houvast – mijn troost, eigenlijk. Maar nu niet.

'Zeg me dan waaróm? Waarom ik?' Haar smekende stem breekt.

'Omdat je er nou eenmaal was,' antwoord ik eerlijk, hoe verschrikkelijk het ook klinkt. 'Je was een uitdaging voor mij. Ik kende je amper, Tessa. Ik wist niet dat ik verliefd op je zou worden.'

Ze ziet eruit alsof ze een klap in haar gezicht heeft gekregen. Het liefst wil ik dat ze mij een klap geeft, een flinke mep, íéts.

'Je bent ziek in je hoofd. Echt ziek!' gilt ze terwijl ze naar mij en mijn vrienden kijkt alsof we allemaal even gestoord zijn. Misschien is dat ook zo. Ik heb meer gemeen met hen dan met Tessa, ook al liet ik ze mij bijna het tegendeel geloven.

Wanneer ik haar opnieuw aanraak krijg ik eindelijk wat ik wil: ze geeft me een klap in mijn gezicht en ik ben blij met de pijn.

'Je hebt alles kapotgemaakt! Je hebt me iets afgenomen wat niet van jou was, Hardin. Iets wat bedoeld was voor iemand die oprecht van me hield, wie het ook was geweest. En jij hebt het me ontnomen – voor géld! Ik heb het contact met m'n moeder verbroken voor jou. Ik heb alles opgegeven! Ik had iemand die van me hield, die me nooit zo zou kwetsen als jij. Je bent walgelijk!'

Haar woorden komen veel harder aan dan de klap tegen mijn wang. Ik wil niets liever dan een vuist maken en tegen het dichtstbijzijnde metaal of hout aan rammen. Maar ik probeer me weer op haar te concentreren en voor ik het weet begin ik als een wanhopige vent te jammeren.

'Ik hou van je, Tessa. Zielsveel. Ik was van plan het je zelf te vertellen. Ik wilde niet dat je er zo achter moest komen. Daarom was ik de hele avond weg, om te zorgen dat ze niets zouden zeggen. Echt, ik wilde het je snel vertellen nu we samenwonen, omdat het dan niet zo erg zou zijn.'

'Ben je... je... O, mijn god, Hardin! Wat bezielt jou? Vind je het normaal om mensen over te halen hun mond tegen mij te houden? Denk je dat het allemaal oké is wat je doet zolang ik maar van niks weet? En dat ik het door de vingers zie omdat we samenwonen? Daarom wilde je mijn handtekening zo nodig in het huurcontract hebben! Onvoorstelbaar. Je bent echt niet goed bij je hoofd!'

Haar ogen schieten vuur terwijl ze omhoogkijkt en dan weer naar mij. 'Daarom heb jij mijn spullen uit mijn kamer opgehaald – je was bang dat Steph alles zou doorvertellen!'

Dat is het niet, Tessa. Ik wilde je voor mezelf houden. Maar dit zeg ik niet hardop.

'Wat heb je met het geld gedaan, Hardin?'

'Ik...' Maar ik kan het haar beter niet vertellen.

'Zeg op.'

Ze laat me geen keus. 'Jouw auto... de verf... en de borg voor het appartement. Ik dacht dat als ik... ik wilde je het zo vaak vertellen dat het leek alsof het niet meer om een weddenschap ging. Ik hou van jou – al die tijd hield ik van je, ik zweer het!'

'Je bewaarde het condoom om het aan je vrienden te showen, Hardin! Je liet ze het laken zien, dat verrekte laken met bloedvlekken!' Ze trekt aan haar haren. 'Niet te geloven! Sukkel die ik ben! Terwijl ik mijmerde over elk detail van de beste nacht van mijn leven, liet jij je vrienden het laken als bewijs zien.'

'Weet ik... en het valt niet goed te praten... maar je moet me vergeven. We komen er wel uit,' probeer ik, al weet ik dat het een gepasseerd station is, maar ik ben nog steeds compleet in de war en alles gaat me te snel.

'Jou vergeven?' Ze schiet in de lach, maar het is niet echt en dat maakt het nog erger. 'Je hebt mijn hele leven verziekt – dat snap je toch wel? O, dat snap je zeker. Het was al die tijd je bedoeling, weet je nog? Je zei dat je me "kapot zou maken". Nou, gefeliciteerd, Hardin, het is je gelukt. Wat zal ik je ervoor geven? Geld? Of zal ik een andere maagd voor je zoeken?'

Shit. Mijn ogen branden en mijn lijf lijkt alleen nog maar in elkaar te kunnen zakken. 'Tessa, alsjeblieft. Je weet dat ik van je hou. Ik weet dat het zo is. Laten we naar huis gaan, dan vertel ik je alles.'

'Naar huis? Dat is niet mijn thuis. Dat is het nooit geweest, dat weten we allebei.'

'Wat wil je dat ik doe? Ik doe álles voor je.' Zonder erbij na te denken zak ik op mijn knieën. Ik zal net zo lang smeken tot ik erbij neerval en de bar allang is gesloten. Als het moet blijf ik hier op zijn knieën zitten voor haar tot de winter voorbij is.

'Jij? Niks. Je kunt niks meer voor me doen, Hardin.'

Meent ze dat? Zal ze dat altijd zo blijven voelen? Dan gaat de deur achter haar open en komt Zed binnen op het moment dat zij naar buiten probeert te vluchten. Hij raakt haar schouders met zijn handen aan en daarna wordt alles één groot waas. Hoe ik mijn best ook doe om te bevatten wat er gebeurt, het lukt me niet. Ik probeer overeind te komen om haar tegen te houden. Maar ze gaat met Zed weg en ik kan er niks meer aan doen.

Steph zegt iets tegen me. 'Hardin, sorry dat dit gebeurde...'

'Sta op, man,' zegt Jace. Maar ik kan ze amper horen.

Ik hoor alleen de wind die buiten raast en het enige mooie in mijn leven ver van me wegvoert.

Dankwoord

∞

Deze serie zou nooit hebben kunnen bestaan zonder de hulp van heel veel anderen. Ik had een volgend boek kunnen vullen met alleen maar bedankjes (jullie weten dat ik dat kan en misschien nog zou doen ook), maar omdat ik hier zo weinig ruimte heb, houd ik het zo kort en goed als ik kan.

Allereerst dank aan alle Hessashippers/Afternators/Toddlers (dat was de minst leuke)/oorspronkelijke lezers (jullie zijn niet met één term te omschrijven). Jullie waren er vanaf het begin bij en zijn echt ongelooflijk. Jullie stonden achter me en hebben mijn leven kleur gegeven. Elk woord heb ik geschreven omdat jullie zo enthousiast over mijn verhalen waren. Jullie zijn geweldig en ik vind jullie helemaal te gek.

Dan natuurlijk dank aan Wattpad. Als jullie niet zo in me hadden geloofd, was dit boek nooit ontstaan en waren mijn dromen nooit uitgekomen. Vergeet niet waar het allemaal is begonnen en dat jullie allemaal een rol hebben gespeeld in de totstandkoming van zoiets groots. Geef nooit op en vergeet niet (ik weet dat ik al te veel zeg) dat morgen altijd beter is dan je had kunnen denken. Je bent belangrijk en geliefd, ook al voelt dat soms niet zo.

Dank je, Amy Martin, omdat je het voor me opnam en *Hier begint alles* bleef promoten totdat ze het doorhadden.

Bedankt, Candice en Ashleigh, jullie hebben allebei zo veel voor me gedaan en ik kan dat allemaal nooit goedmaken.

Dank aan Gallery Books, dat geloofde in *Hier begint alles* en me Adam Wilson gaf, hun beste en levendigste redacteur. Adam, je bent gewoon geweldig en grappig, en je opmerkingen maken me altijd aan het lachen. Je snapt mij, mijn gevoel voor humor (ook de afgezaagde grappen) en je begrijpt Hardin en Tessa als geen ander. Je hebt me geweldig geholpen en ervoor gezorgd dat alles soepel en snel verliep.

Dank aan mijn ouders en mijn schoonmoeder, die van me hielden en me altijd bleven steunen.

Dank je, Kaci, voor je lijstjes en je aanmoedigingen. (Voeg hier onze emoji in.)

En dank aan Jordan, mijn man, van wie ik al sinds mijn jeugd houd. Je gaf me de tijd om mijn dromen waar te maken, je verdroeg mijn eindeloze geschrijf en getweet en je klaagde niet eens zo veel wanneer ik je die talloze Hessa-herschrijfsels liet zien.

Ik heb geen plaats meer, dus ik moet er een einde aan breien, maar ik houd van jullie allemaal en ben zo blij dat ik jullie ken.